I0671018

ՎԵՐՔ ՀԱՅԱՍՏԱՆԻ: ՈՂԲ ՀԱՅՐԵՆԱՍԻՐԻ

Verk Hayastani - Wounds of Armenia

Պատմական վեպ

Խաչատուր Աբովյան

Khachatur Abovian

Verk Hayastani – Wounds of Armenia
Copyright © Jiahu Books 2013
First Published in Great Britain in 2013 by Jiahu Books – part of Richardson-Prachai Solutions Ltd, 34 Egerton Gate, Milton Keynes, MK5 7HH
ISBN: 978-1-909669-47-5
Conditions of sale
All rights reserved. You must not circulate this book in any other binding or cover and you must impose the same condition on any acquirer.
A CIP catalogue record for this book is available from the British Library
Visit us at: jiahubooks.co.uk

ՎԵՐՔ ՀԱՅԱՍՏԱՆԻ

ՈՂԲ ՀԱՅՐԵՆԱՍԻՐԻ

Պատմական վէպ

ԱԶՆՈՒԱՏՈՀՄ ՋՐԱՊԵՏԻ,

ՔԱՋԱԶԱՐՄ ՀԱՅՐԵՆԱՍԻՐԻ
ՎՍԵՄԱՄԻՏ ՀԱՅԿԱԶՆՈՑ ՍՄԲԱՏԱՅ
ԿԱՅՍԵՐԱՊՍԱԿ ԱՍՊԵՏԻ

Հոգեհարազատ սիրոյ
նորընծիւղ առհաւատչեայ

Ես ո՞ւմ զիմ ողբոց ձայնից սգարան,
Ես ո՞ւմ դառն վիրացս ցուցից զբերան.
Վաղուց զլխիկոր թախծեալ իմ քնար՝
Անկեալ ի խոնարհ, խզեալ զյուսոյն լար,
Բանայր ինձ զայն խոր զընդանն հոգեսպառ,
Վայել զիմ կենաց վայրիկ այս թշուառ,
Գրկել զայն անսիրտ, սառն չքնաղարան,
Մահուամբ դիւրանալ ի նախնեացն կայան.
Սուրբ փոքուոյն զէ՛ր իմ կոծն ողկերոտեաց
Նուիրել, մնալ զատ յայս արհաւրաց:

Դո՛ւ զիմ սպառեալ շունչ կրկին զարթուցեր,
Դո՛ւ նսեմ հոգւոյս նոր լո՛յս բղխեցեր.
Ի Քո՛յդ հայեցեալ սէր առ Հայրենին,

Ի ջերմ Քո եռանդն սրտի վեհ-խորին՝
Անկան կեղևանք յաչացս դառնակոծ,

Կենսահաստ իմ թևք զօրացան ի Քոց
Զայնից երկնասլաց: Ո՛հ, զարթնում յանկարծ,
Մահաշունչ իմ քուն մեկնի ինքնիպլած:
Հայրենին իւրով չքնաղ մեծութեամբ,
Հայկազունք իւրեանց ընտիր վեհութեամբ
Նոր դրա՛խտ, նոր օ՛ր սուրբ բացան առաջի
Թխպեալ իմ հոգւոյ, ծիւրեալ իմ սրտի:
Որդին կարօտեալ ի ծունկս սիրավառ
Անկեալ՝ որոնէ զիւր աստղ ուղեվար:
Դու յայս երկնաղերս մաղթանաց պահու
Կանգնիս ի բարձունս Հայկազանց դասու.
Հոգեհրաշ տեսլեամբ անմահ Քոց նախնեաց,
Կիլիկեան վեհից Սմբատաց քաջաց
Զանուն, զօրինակ, զսիրտ և զեռանդն
Ի Քո՛յդ վեհ անձին բերեալ սիրամարտ՝
Բանաս զիմ լեզու, հանես զիմ բաղձանս
Ի բոյլս դիւցազանց մերոց ի կայանս,
Զորս բուռն ժամանակն թաղէր ի մոխիր,
Զորոց զին անկշիռ անգիտէր երկիր:
Թէ ո՛չ Բրաքիօն կապեսցեն Քեզ ձեռք,
Թէ ո՛չ խրոխտ կրկէսք կանգնեսցեն Քեզ մերք,
Մուսայն զՔո անուն՝ ընտիր, պաշտելի,
Հանգէ՛, վե՛հ սեպուհ, ի կամարս երկնի:
Անդ ջոկք մեծազանց մերոց սուրբ նախնեաց,
Աստ սիրտք շնորհապարտք անմեղ մեր մանկանց
Դարուց խիզախեալ՝ զանմահ յիշատակ
Քո սուրբ պահեսցեն յամայր անքանդակ:

ՀԱՌԱՋԱԲԱՆ

Կրեսոս թագավորն լիդացվոց, երբ Կյուրոս բոլոր աշխարքի տիրեց ու նրա երկիրն էլ առավ, կռվումը ղանշուն, սիրելի, բարեկամ, զորապետ՝ նրան թողեց, ու էն անգին մարգարտի ու ջավահրե ամարաթներում մեծացած Կրեսոսը, որ իրանից բախտավոր աշխարքի երեսին էլ մարդ չէ՛ր համարում, ընկած մեկ պարսիկ զորականի առաջ, շունչը բերնին հասած՝ փախչում էր, որ իր գլուխն էլա պրծացնի, պարսիկը ետևիցը հասավ: Սուրը գլխին պսպղաց, աչքերը սևացավ, դեռ գլուխը չտված՝ հենց իմացավ, թե մահն, էն ա, հոգին առավ: Հենց ուզում էր, որ ի՛ր թուրը իր սիրտը կոխի, որ թշնամին իրան չսպանի, զորականը որ թուրը չի՛ բարձրացրեց, թագավորի միամոր որդին, որ հոր մահը չտեսավ առաջին, քսան տարվա փակ լեզուն իսկույն կապը կտրեց, բաց էլավ, ու քսան տարվա լուռ սիրտը իր առաջին ձենը տվեց.

— Անօրե՛ն, էդ ու՞մ ես սպանում, քաշի՛ր թուրդ ետ, չե՞ս տեսնում, որ առաջիդ Կրեսոս ա, աշխարքի տե՞րն ա:

Զորականի ձեռները թուլացան. թագավորն իր գլուխն ազատեց, քսան տարեկան լալ (մունջ) որդին իր հորը պրծացրեց:

Էնքան տարի ողորմելի թագավորազն իր կյանքն անց էր կացրել, ո՛չ ծնողաց էնքան սերը, էնքան ջուքն ու փափագը, որ նրա ձենը մի լսեն, մի սիրտըները հովանա, ոչ էն փառքն ու մեծությունը, ո՛չ էն պատիվն ու իշխանությունը, ո՛չ էն գանձն ու հարստությունը, ո՛չ աշխարքիս սերն ու վայելչությունը, ո՛չ էնքան սիրելյաց ու բարեկամաց սերն ու քաղցր զրիցը, ո՛չ ամպի ձենը, ո՛չ գետի ու թռչնոց էն անուշ եղանակը էնքան վախտ նրա սրտին է՛ն ներգործությունը չէին տվել, որ մեկ ծպտա էլա, ու իր հոր, իր ազիզ հոր մահը որ առաջին տեսավ, սիրտն էլ իր խուփը ետ քցեց, պապանձած լեզուն էլ իր կապը կտրեց, փակ բերանը իր կսկիծը հայտնեց, կարոտ, վերջին թելն ընկած հերը իր որդու ձենը լսեց, որ լսողի սիրտն էսօր էլ ա կրակ ընկնում, երբ մտածում ա, թե որդիական սերն էր, որ բնության գրած զնջիլը էսպես ջարդեց ու փշրեց:

Ո՛չ քսան, երեսուն տարուց ավելի ա, իմ ազիզ հե՛ր, իմ սիրելի ա՛զգ, որ սիրտս կրակ ա ընկել, էրվում, փոթոթվում ա. գիշեր-ցերեկ լացն ու սուգ իմ աչքիցս, ա՜խն ու ո՜խը իմ բերնիցս չի՛ պակասում, ա՜յ իմ արյունակից բարեկամք, որ մեկ միտքս ու մուրազս ձեզ պատմեի ու հետո հողը մտնեի: Ամեն օր գերեզմանս առաջիս տեսնում էի, ամեն սհաթ մահվան հրեղեն սուրը գլխիս պտտում էր, ամեն րոպեի ձեր սիրտն ու դարդը հոգիս էրում,մաշում էր. լսում էի ձեր քաղցր ձենը, տեսնում էի ձեր սիրուն երեսը, իմանում էի ձեր ազնիվ միտքն ու կամքը, վայելում էի ձեր ազիզ սերն ու բարեկամությունը, մտածում էի ձեր կորցրած փառքն ու մեծությունը, մեր առաջին, է՛ն հիանալի թագավորաց, իշխանաց գործքն ու կյանքը, մեր Հայրենյաց, մեր սուրբ աշխարքի առաջվան սքանչելիքն ու հրաշքը, մեր ընտիր ազգի աննման բնությունը ու արած քաջությունները: Մասիսառաջիս էր կանգնած միշտ, որ մատով ցույց էր տալիս, թե ի՞նչ աշխարքի ծնունդ եմ ես. դրախտը մտքումս էր կենդանի, որ ինձ, երազում թե լուրջ, միշտ մեր երկրի անունն ու պատվականությունը իմ առաջս էր բերում. Հայկ, Վարդան, Տրդատ, Լուսավորիչ՝ քնած տեղս էլ ինձ ասում էին, որ ես իրա՛նց որդին եմ. Եվրոպա թե Ասիա՝ ինձ անդադար ձեն էին տալիս, թե Հայկա զավակն եմ ես, Նոյան՝ թոռը, Էջմիածնա՝ որդին, դրախտի՝ բնակիչը. դաշտում թե ժամում, չոլում թե տան՝ էն քարերն էլ ուզում էին, որ սիրտս պոկեն, հանեն, ուրտեղ որ իմ ազգի ոտը կոխել ա ու էսօր էլ կոխում ա. շատ անգամ, մեկ հայ տեսնելիս, ուզում էի էլած շունչս էլ հանեմ, նրան տամ,— բայց, ա՜խ, լեզուս փա՛կ էր, աչքս՝ բա՛ց, բերանս՝ բռնա՛ծ, սիրտս՝ խո՛ր, ձեռս՝ պակա՛ս, լեզուս՝ կա՛րճ. զանձ չունեի, որ գործով ցույց տայի ուզածս. անունս մեծ չէր, որ ասածս տեղ հասնի. մեր գրքերն էլ՝ գրաբար, մեր նոր լեզուն էլ՝ անպատիվ, որ սրտիս հասրաթը խոսքով հայտնեի. հրամայել չէ՛ի կարող, խնդրեի, աղաչեի էլ՝ լեզուս մարդ չէ՛ր իմանալ, չունքի ես էլ էի ուզում, որ ինձ վրա չծիծաղին, չասեն՝ կոպիտ ա, հիմար ա, որ քերականություն, ճարտասանություն, տրամաբանություն չգիտի, ես էլ էի ուզում, որ ասեն. «Օ՜հ, էնպես խորը, խրթին շարադրել գիտի, որ սատանեն էլ միջիցը մեկ բառ չի՛ կարող իմանալ, հասկանալ»: Ես էլ էի ուզում, որ իմ գլուխս ցույց տամ, որ ինձ վրա զարմանան ու ինձ գովեն, թե հայերեն շատ խոր տեղյակ եմ: Ով մեկ լեզու գիտի, ես մեկ քանիսը գիտեմ. ի՞նչ գիրք ասես, որ չեմ սկսել թարգմանիլ ու կիսատ թողալ. ոտանավոր, շարադրություն հո՛, էնքան եմ գրաբար գլխիցս դուս տվել, որ մեկ մեծ գիրք էլ է՛ն կդառնա:

Էս միջոցումը աստված ինձ մեկ քանի երեխեք էլ հասցրեց, որ պետք է կարդացնեի: Սիրտս ուզում էր պատռի, որ էս էրեխեքանց ձեռքն էլ ինչ հայի գիրք տալիս էի, չէին հասկանում: Ռուսի, նեմեցի, ֆրանցուզի լեզվումը ինչ բան որ կարդում էին, նրանց անմեղ հոգուն էլ էին էնպես բաները դիր գալիս: Ուզում էի, շատ անգամ, մազերս պոկեմ, որ էս օտար լեզուքը ավելի էին սիրում, քանց մերը: Բայց պատճառը շատ բնական էր. էն լեզվըներումը նրանք կարդում էին երևելի մարդկանց գործքերը, նրանց արածներն ու ասածները, նրանք կարդում էին է՛ն բաները, որ մարդի սիրտ կարող է գրավել, չունքի սրտի բաներ էին, ո՞վ չի՛ սիրիլ: Ո՞վ չի՛ ուզիլ լսիլ, թե սերը, բարեկամությունը, հայրենասիրությունը, ծնողը, զավակը, մահը, կռիվը ի՞նչ զատ են, բայց մեր լեզվումը թէ էսպես բաներ ըլին, թո՛ղ աչքս հանեն: Էլ ընչո՞վ Երեխին քո լեզուն սիրիլ տաս: Գեղըցու վրա ջավահիր ծախիր, հա՛, շատ լավ բան ա, ամա որ կարողություն չունի, մէկ կոտր ճաթի հետ էլ չի՛ փոխիլ քո տված անգին քարը:

Է՛ս հո էս. Եվրոպիումն էլ որ չէի կարդում բազի գրքերում, թե հայ ազգը պետք է որ սիրտ չի՛ ունեցած ըլի, որ էնքան բաները գլխովն անց են կացել, մեկ մարդ էլա չի՛ դուս էկել, որ մեկ պտուղ բան գրի, ինչ կա՝ եկեղեցու վրա ա, աստծու ու սրբերի, բայց հեթանոս Հոմերի, Հորացի, Վիրգիլի, Սոֆոկլեսի գրքերը երեխեքն էլ գլխատակներին ունեին, չունքի բոլոր աշխարհի բաներ են: Թէ ասեի՝ բոլոր եվրոպացիք են անխելք անհավատ, որ աստծու բանը թողած էսպես ծտի-մտի բաների հետ էին ընկել, հիմարություն կըլեր: Թէ չէ, մեր Նարեկը թողած՝ ախր ինչպե՛ս էին նրանք էն գրքերին հավանում: Լավ գիտում էի, որ մեր ազգը էնպես չէ՛ր, ինչպես նրանք ասում էին, ամա ի՞նչ անես. անադուն ջաղացի քարն էլ չի՛ պտիտ գալիս, ո՞ւմ ասես:

Միտք էի անում, որ թէ կռվին մարդ ասես, մեր միջումը հազարավորն են էլել ու էսօր էլ կան. թէ խելոք խոսք ասես, մեր պատավնեքն էլ հազարը գիտեն: Թէ աղ ու հաց ասես, սեր, բարեկամություն, քաջություն, երևելի անձինք ասես, մեր գեղըցոնց սիրտն էլ ա լիքը էսպես մտքերով: Աստվ, մասալա, սուր-սուր խոսքեր որ ուզենաս, հո էն հետին ռամիկ մարդը մեկի տեղակ հազարը կասի: Ախր ի՞նչ պետք էր արած, որ մեր սիրտն էլ ուրիշ ազգեր իմանային, մեզ էլ գովեին, մեր լեզուն էլ սիրեին, մնացել էի տարակուսած: Լավ գիտեի, որ թէ սամանցվի, թէ ղըլբաշի երկրումը ինչքան էնպես երևելի, խելոք, հունարով մարդ են էլել, ինչքան խանի, շահի, սուլթանի դռներին սիրեկան աչքը, լա՛ խաղ ասող, ռռանավոր շինող մարդ են էլել, շատը հայ ա էլել: Մենակ Քեշիշ օղլին, Քյոռ օղլին բավական են, որ աստծս սուտ չի՛ դուս գա: Թո՛ղ էսօր էլ մեկ մարդ Գրիգոր Թաղիանովի հետ խոսա, նրա ասած խոսքերն, նրա էն ճարտար լեզուն, նրա էն հիանալի բոյն ու պատկերը, նրա հենց մեկ հունարը տեսնի, որ հարիր տեսակ զանազան մարդի ու ազգի լեզուն, շարժմունքը, նստիլ վեր կենալը էնպես ցույց կտա, որ քոռանա՛, թէ Եվրոպիո էն ընտիր թեատրներումն էլ տեսած ըլիմ, ու վարժատան երես հո էր օրումը, կարելի ա, էն ժամանակն ըլի տեսած, որ այբբենը մեր միջումը զարով էին բռնում, զյուլլով վեր քցում, էն ժամանակը կիմանա, թէ հայոց միջումը ի՛նչ հունար կա:

Էսպես բաները մտածելով՝ օրս ու ամբրս մաշվել էր: Շատ անգամ ուզում էի իմ գլուխս մահու տամ: Չէի իմանում, թէ սրա չարեն ի՞նչ կըլի: Թո՛ղ լսողը չհավատա, ամա էս ցավն էնպես էր սիրտս առել, որ շատ անգամ գժվածի պես ընկնում էի սար ու ձոր, ման գալիս, մտածում, էլ ետ սիրտս լիքը տուն գալիս: Հենց է՛ս էր պատճառը, որ մեկ օր էլ, ամառվան գաստուրի ժամանակին, աշակերտներս որ առավոտը թողի, ճաշիցը ետ ընկա էլի սարեսար: Ծարս կտրվեց, գնացի Նեմեցի Կոլոնիեն, մեկ նեմեց բարեկամի մոտ. նրանք էլ ինձ վրա ցավելով՝ իրեք օր չթողին գամ քաղաքը: Բայց քաղաքումն իմ սիրելի աշակերտները ու ծանոթ-բարեկամք իմ սուգս վաղուց էին արել: Հենց իմացել էին, թե Քուռն եմ ընկել, չունքի ամեն առավոտ, բիզուն գնում էի, լողանում: Էլի իմ, ի՛մ ազիզ, ի՛մ սիրելի աշակերտներն էին ընկել ետևիցս, որ բալքի մեկ բան էլա իմանան: Մեկ առավոտ փանջարումը նստած՝ էլի մտքիս հետ էի ընկել, որ նրանք առաջովս անց կացան: Որ չտեսա նրանց, հոգիս տեղըհան էլավ: Իմ ու նրանց էն օրվան իրար տեսնիլը ո՞վ կարա պատմիլ. ով սիրտ ունի, ինքը կիմանա: Բալքի թե գերեզմանումը էս ձեր սերը մտքիցս գնա, ա՛յ իմ սիրելի՛, իմ ազի՛զ բարեկամք. թե չէ, որքան էս կապուտ երկինքը գլխիս ա, շունչս՝ բերանումս, ձե՛զ, ձե՛զ սուրբ պետք է համարեմ ինձ համար, ձեր արևի՛ն մեռնիմ:

Բայց ա՜խ, ե՞րբ ա երկինքը մեկ կերպի մնացել, որ մարդի սիրտը մնա: Հենց մի փոքր մտքիս արևը երևաց թե չէ, էլի սև-սև ամպերը գլխները բարձրացրին, էլի կայծակ ու որոտումն սրտումս մեյդան բաց արին: Ջուրն ընկնիլ՝ էլ չէի կարող, չունքի աստուծո ահը մտքումս, անմեղ քոփիս ձենը անկաջումս էր, սերն ու ծնողական գութը՝ ջիգյարումս. ես դինջանայի, էթըմին ո՞վ պահեր:

Բանը հենց էս էր, որ ասում էի մտքումս, թե նստիմ, ինչքան խելքս կբերի, մեր ազգին գովեմ, մեր երևելի մարդկանց արած քաջությունները պատմեմ, էլի մտածում էի, թե ու՞մ համար գրեմ, որ ազգը լեզուս չի՛ հասկանալ: Թեկուզ ռուսերեն, նեմեցերեն յա ֆրանցուզերեն գրած, թեկուզ գրաբառ, տասը՝ կըլի որ հասկանային, բայց հարիր հազարի համար՝ թեկուզ իմ գրածը, թեկուզ մեկ քամու ջաղաց: Ախր որ ազգը էն լեզվովը չի՛ խոսում, էն լեզուն չի՛ հասկանում, սաքի հենց բերնիցդ էլ ոսկի վեր ածի՛ր, ու՞մ պետք է ասես: Ամեն մարդ իր սրտի խարջ բան կուզի: Քո դաբլու փլավն ինձ ի՞նչ օգուտ, որ ես չե՛մ սիրում:

Ում հետ էլ որ խոսում էի, էն էին թանխա տալիս, թե մեր ազգը ուսումնասեր չի՛, կարդալը նրա համար գին չունի, բայց ես տեսնում էի, որ մեր կարդալ չսիրող ազգը Ռոպենսոնի պատմությունը, Պղնձե քաղաքի հիմար գիրքը ձեռնեձեռ էր ման ածում: Էս էլ լավ գիտեի, որ ինչ երևելի ազգեր կան, բոլորն էլ երկու լեզու ունին՝ հին ու նոր: Ախր թե լուսավորյալ լեզուն լավ ա, ու քարերն էլ պետք է տրաքին ու հասկանան, էլ տոնլուղ, նշան, պատիվ ո՞ւր են տալիս դիլբանդին: Էն լեզվագետ իմաստունը թո՛ղ գնա, կանգնի, գոռա, ջանը դուս գա, լսողը թո՛ղ ինքը հասկանա, լուսավորյալ գլուխն ափսոս չի՞, որ ցավի:

Միտք էի անում, որ գիժն էլ էս չի՛ անի: Էլի էսպես, մտքիս հետ ընկած՝ շատ անգամ որ դռնար էի գնում յա քաղաքովն անց կենում, ուշ ու միտքս հավաքում էի, թէ տեսնիմ՝ խալխը խոսալիս, քեֆ անելիս ի՞նչ բանից ա ավելի հազ անում: Շատ անգամ տեսնում էի, որ մեյդանում, փողոցում մեկ քոռ աշըղի է՛նպես են հայիլ-մայիլ մնացել ու կանգնել, անկաջ դնում, փող բաշխում նրան, որ բերնըների ջուրը գնում էր: Մեջլիս ու հարսանիք հո, առա՜նց սազանդարի ե՞րբ հացը կուլ կերթար: Ասածները թուրքերեն էր, շատը մեկ բառ էլա չէ՛ր հասկանում, ամա լսողի, տեսնողի հոգին գնում էր դրախտը, ետ գալիս: Միտք արի, միտք արի, մեկ օր էլ ասեցի ինձ ու ինձ. արի՛, քո քերականություն, ճարտասանություն, տրամաբանություն ծալի՛ր, ղրաղ դի՛ր ու մեկ աշըղ էլ դու դա՛ռ, ինչ կըլի, կըլի, խանչալիդ քարը հո վեր չի՞ ընկնի, զառ փարադ հո չի՞ գնալ: Մեկ օր էլ դուվեր կընկնիս, կմեռնիս, մեկ ողորմի ասող էլ չե՛ս ունենալ:

Մեկ բարիկենդանի, աշակերտներս որ բաց թողի, սկսեցի, ինչ որ երեխությունիցս լսած կամ տեսած բան գիտեի, տակ ու գլուխ արի: Վերջը իմ ջիվան Աղասին միտս ընկավ, նրա հետ հարիր քաջ հայի տղերք էլ իրանց գլուխը բարձրացրին, ու ամենն էլ ուզում էին, որ իրանց ոտը գնամ: Մյուսները մեծ-մեծ մարդիկ էին, շատն էլ դեռ հլա սաղ-սալամաթ, փառք աստուծո, Աղասին՝ աղքատ ու մեռած, նրա սո՛ւրբ գերեզմանին ղուրբան: Ասեցի՝ կեղծավորություն չանեմ, նրան ընտրեցի: Սիրտս էկել էր, բերնիս հասել: Տեսնում էի, որ էլ հայի գիրք ձեռն առնող, էլ հայի լեզուն խոսող քիչ ա գտնվում: Մեկ ազգի պահողն էլ լեզուն ա ու հավատը, թե սրանից էլ կորցնենք վա՜յն էկել ա մեր օրին: Հայոց լեզուն առաջիս փախչում էր Կրեսոսի նման. երեսուն տարվա փակ բերանս Աղասին բաց արեց:

Մեկ երես բան դեռ չէի գրել, որ իմ մանկական սիրելի բարեկամ ազնիվ հայազգի պարոն դոքտոր Աղափոն Սմբատյանը ներս մտավ: Ուզում էի թուղթս ծածկեմ, էլ չկարացի: Ինձ համար աստված էր նրան էնսահաթին դրկել, նրա ջանին մեռնիմ: Զոռ արեց, որ կարդամ. բարեկամիցը ի՞նչ պետք է թաքցրած: Սիրտս դողում էր կարդալիս, մտքումս ասում էի, թե հենց հիմի, որդե որ ա, գլուխը կպտտի, ունքերը կկիտի մյուսների նման ու իմ ախմախության վրա մտքումն էլա հո կծիծաղի, որ երեխիս չափ: Բայց փիսը ես էի, որ նրա ազնվական հոգին դեռ լավ չէի ճանաչել: Վերջացնելիս, որ հենց էն ա, թուրն էկել էր, ոսկորին դեմ առել, որ չասեց՝ «Թե էդպես կշարունակեք, շատ հիանալի բան կդառնա»,— ուզում էի վրա թռչիմ, բերանը, է՛ն քաղցր բերանը համբուրեմ:

Նրա սուրբ բարեկամության եմ պարտական, որ մունջ լեզուս բաց արեց: Նա գնաց թե չէ, կրակը ջանս առավ: Սհաթի տասն էր առավոտի: Էլ հաց, կերակուր միտքս չէկան: Ճանճը առաջովս անց կենալիս ուզում էի սպանեմ, էնպես էի վառվել: Հայաստան հրեշտակի պես առաջիս կանգնել, ինձ թև էր տալիս: Ծնող, տուն, երեխայություն, ասած, լսած բաներ՝ էնպես էին կենդանացել, որ էլ աշխարքը միտքս չէ՛ր գալիս: Ինչ խուլ, կորած, մոլորած մտքեր ունեի, բոլոր բացվել, ետ էին եկել: Նոր էի իմանում, որ գրաբառ ու ուրիշ լեզվներ մինչև էն սհաթը միտքս փակել, բխովել էին: Ինչ որ ասում էի կամ գրում մինչև էն հաղաղը, գողացած կամ հնարած բաներ էին, էնդուր համար հենց մեկ երես բան գրում էի թե չէ, յա քունս էր տանում, յա ձեռս բեզարում: Գիշերվան մինչև սհաթի հինգը ո՛չ հացի մտիկ արի, ո՛չ չայի. չիբուխն էր իմ կերակուրը, գրիչը՝ իմ հացը: Տանցոնց խնդրելուն, նեղանալուն, խռովելուն էլ չէ՛ի մտիկ անում: Երեսուն թաբաղեն, էն ա, լցվելով էր, որ բնությունը իր պարտքը պահանջեց, աչքերս գնաց: Սաղ գիշերը ինձ էնպես էր երևում, թե նստած գրում եմ. երանի՜ կըլեր ինձ, թե էն մտքերը ցերեկն էին միտս ընկել:

Սի՛րելի կարդացող, չնեղանաս, որ բանն էսքան երկարացրի: Էնդուր համար եմ էստոնք հիշում, որ իմանաս, թե ազգի սերը ի՞նչ լազաթ ունի, ի՞նչ զորություն: Էն առավոտը իմ դուշմանի տանը ո՛չ ետ գա, ինչ որ ես տեսա: Աչքս բաց եմ անում՝ իմ խեղճ, ղարիբ գերմանացի կողակցի ձենն ա ընկնում անկաջս: Տեսնիմ, իմ միայնակ որդին դոշին առած՝ էն արտասունքն ա վեր ածում, որ քարեր կմղկտան: Ծառա ու ղարավաշ էլ մեկ պուճախում են փետացել, կանգնել, ինձ ցավելով մտիկ անում: Ո՞ւմ սիրտը էս սհաթին չէ՛ր ճաքիլ: Գժվածի պես վեր թռա, երեխիս եմ նայում. փառք աստուծո, սաղ ա. կողակցիս եմ աղաչում, սիրտը չի՛ կարում ետ բերիլ: Ի՞նչ էր պատահել, չէի իմանում:

— Անաստված, ինձ սպանեցիր հո, էս ի՞նչ բան բերիր գլխիս,— վերջապես լսեցի:

Ծառեքն էլ մեկ կողմից են ինձ ղնամիշ անում: Վերջապես իմանամ, որ սաղ գիշերը անդադար դելն եմ տվել, գոռացել, ա՜խ քաշել, խոսացել, ու ինչ որ հարցրել են տանըցիք, միշտ էլ գերմաներեն ո՛չ, հայերեն պատասխան տվել ու հազար տեսակ վայրիվերո բան ասել, էլ ետ իմ կռիվն սկսել: Մինչև սհաթի ինը, էս հալումն ընկած՝ ես իմ քեֆն եմ արել, նրանք՝ իրանց սուգն, ու ինձանից ձեռք վերցրել: Էն առավոտը, սաղ շաբաթ ու ամիս, էսօր էլ մուրազս հենց էն ա էլել, որ գնամ, ընկնեմ մեկ իշխանի ոտք, ասեմ, ինձ մեկ կտոր հաց տա, ու ես՝ գիշեր-ցերեկ ընկնեմ գեղեգեղ ու մեր ազգի արած բաները հավաքեմ, գրեմ:

Թո՛ղ ինձ այսուհետև ոգեւո կանչեն. լեզուս բաց ա էլել, հ՛մ ընտիր, ազիզ, հ՛մ սրտի սիրեկան ազգ: Թո՛ղ տրամաբանություն գիտեցողը իրան համքյարի համար գրի, ես՝ քո կորած, շվարած որդին, քեզ համար:

Ո՛վ թուր ունի, առաջ հ՛մ գլխիս խփի, հ՛մ սիրտս խրի, ապա թե ո՛չ՝ քանի բերնումս լեզու կա, փորումս՝ սիրտ, ես լեղապատառ ձեն կտամ.

— Էդ ո՞ւմ վրա եք թուր հանել, հայոց մեծ ազգին չե՞ք ճանաչում:

Թաք ըլի դո՛ւ, դո՛ւ, իմ պատվական ազգ, քո որդու արածը, քո որդու խակ լեզուն սիրես, ընդունիս, ինչպես հերը իր մանուկի կմկմալը, որ աշխարքի հետ չի՛ փոխիլ: Երբ որ կմեծանամ, խրթին լեզվով էլ կխոսանք: Աղասին քո փոքր որդին ա, սրանից դիա մեծ, դիա անփաշիքը շատ ունիս. ինձ մի սիրտ տո՛ւր, արևիդ մատաղ գնամ, տե՛ս, թե ի՞նչ ձևով եմ գնում, նրանց բերում, առաջիդ կանգնացնում, որ դու էլ զարմանաս, թե էնպես որդիք ունեցողը աշխարքումն էլ ի՞նչ դարդ կանի: Ե՛րեսս ոտիդ տակը: Տո՛ւր էդ սուրբ ձեռդ էլ մի համբուրեմ, որ ինձ ներես, ու գնանք մեր սիրուն Աղասու մոտ:

ԳԼՈՒԽ ԱՌԱՋԻՆ

1

Բարիկենդան էր: Ձինն էկել, դիզվել, սար ու ձոր բռնել էր: Պարզըկա գիշերը էնպես էր գետինը սառցրել, որ ամեն մեկ ոտը կոխելիս հազար տեղից տրաքտրաքում, ճռճռում, ճճճքում էր ու մարդի ջանը սրտացնում, ձեն տալիս: Ամեն մեկ ծառի ճղքներից, ամեն մեկ տան բաշից հազար տեսակ սառցի լուլա, հազար տեսակ ձնի քուլա կախ էր էլել ու բիզ-բիզ իրար վրա սառել: Հենց գիտես՝ սար ու ձոր կամ նո՛ր էր ծաղկել, կամ նո՛ր ծերացել, մահվան դուռն ընկել՝ շունչն էր մնացել, որ տա ու աշխարքիս բարով մնա ասի: Ղուշ, գազան, անասուն, սողուն՝ որը փետացել, էստեղ-էնտեղ վեր էր ընկել, որն էլ վաղուց, ամսով առաջ բունը մտել, ձենը կտրել, պաշարը վայելում, գարնան գալուն սպասում: Գետերի, առվըների երեսները սառիցը մեկ գազ էկել, հաստացել, իրար վրա դիզվել, էնպես էր ջրի, աղբրի բերնին հուպ տվել, որ մոտըներին կանգնողը միմիայն նրանց խուլ ձենն էր լսում, որ սառցի տակին տխուր, տրտում քլքլում էր ու էլ ետ էստեղ-էնտեղ կամաց-կամաց ձենը կտրում, պապանձվում, սառչում:

Արեգակը էս առավոտ որ գլուխը քնի տեղիցը ու աղոթարանիցը չի՛ բարձրացրեց ու աչքը աշխարքի վրա քցեց, շողքը սարերի գագաթին, դաշտերի գլխին էնպես էր պեծին տալիս, պսպղում, փայլում ու սառցի, ձնի հետ խաղում, ծիծաղում, կանաչ ու կարմրին տալիս, որ հենց իմանաս, թե ալմազ, զմրութ, յախութ ու հազար տեսակ-տեսակ անգին քարեր ըլեին դաշտերի, սարերի գլխին, երեսին, դոշին փռած: Սարերի սառը բուքը, ձորերի դառնաշունչ քամին էնպես էր մեյդան բաց արել, փռում, փչում, հոսան անում, ձնի թեփը իրար գլխով տալիս, որ ճամփորդի քիթ ու պռունկը կպցնում, ճաքացնում, երեսը պատռում, գլխին, երեսին հազար անգամ խփում, աչք ու բերան լցնում, շառին կամ ձորերն էր քցում, խեղդում, կամ ձնումը թաղում, շունչը կտրում, կամ ոտ ու գլուխ փետացրած՝ ճամփից խոկում, սար ու չոլ քցում, խեղդում կամ քարեքար տալիս:

Էնպես մեկ խիստ ձմեռվան օրի լիսն ու մութը որ բաժանվեցավ, ու աղոթարանը բաց էլավ, քանաքոցիք[1] քնից վեր կացան, տան երդիկները բաց արին, երեսները

---

1 Երևանուցը հինգ վերստ հեռու մեկ գեղ՝ հյուսիսային կողմն ընկած. տեղը բարձր, ջուրը

լվացին, մեկ-երկու խաչ հանեցին, բարի լիս ասացին իրար, երեխեքը ծածկեցին, ու ամեն մարդ սկսեց գնալ իր բանը: Մեծ մարդիկը միրքները սանրելով, պառավ կնանիքը չարսավը կռնատակների տակին՝ կամաց-կամաց տանիցը դուս էլան ու տերողորմյա քաշելով, Հայր մեր ասելով, Հրաժարիմքը կամ Հավատով խոստովանիմը քթըների տակին փնթփնթացնելով, իրար ողջույն տալով, շատը իր տակը քցելու շորը կամ մորթին ձեռին առնած, քիթ-քթի տված՝ գնացին ժամ, դուռը պաչեցին, էն վախտին վրա հասան, որ տերտերը դեռ չէ՛ր էկել, ժամկոչին ասեցին, որ զանգակը քաշի, ու իրանք մեկ-քանի ծունր դնելուցը հետո՝ մարդիկը սեղանի առաջին կամ սների տակին, կնանիքը եռի դասումը իրանց համար իրար մոտ շորը փռեցին, չոքեցին, գլուխ-գլխի դրին ու սկսեցին զրից անիլ, իրանց գեղի ու տների բանը պատմիլ, իրար հալ հարցնիլ, մինչև տերտերն էկավ, ճրագները, կանթեղները վառեցին, որտեղ ձեթ չկար, մղդսին ածեց, տերտերի փիլոնը քցեց, ու ընչանք մյուս ընկերն ու տիրացուքը կգային, նա էլ մեկ-քանի ծունր դրեց, չոքեց, սաղմոս ասաց, աղոթք արեց, էկողներին լավ վարավուրդ արեց, ուրի քեֆը հարցրեց, որի հետ էլ էնքան զրից արեց կամ աչքերը ճմռեց, մինչև խալխը մի քիչ շատացավ, ընկերն էկավ, Հրաժարիմքն ասեցին գդակը գլխներին, երեսները դեպի Արևմուտք դարձրին, ու հետո էլ ետ շուռ էկան, Հավատամքն ու Մեղեն սկսեցին, զանգակն մեկ անգամ էլ քաշեցին, որտեղ զանգակ չկար, ժամհարը գնաց, կտրների, աղբսների վրա ձեն տվեց, ու ժամն սկսեց կանգնիլ: Տերտեր, տիրացու ժամն էին ասում, ժողովուրդը ծունր դնում, խաչ հանում կամ չոքում, նստում, ու աշխատասեր, ժիր մղդսին յա ճրագի ծերը կտրում, յա կանթեղներին լիս տալիս, յա թե չէ՝ միրուքը քորելով, կռնդալ գլուխը տրորելով, արշտտալով դուրս ու տուն էր անում, բուրվառ շինում, կամ էրեխեքանց գլխին խփում, որ հանդարտ կենան, դալմադալ չանեն, դես ու դեն չվազին: Բազի անգամ էլ բռնոթու դութին ջիբիցը կամ ծոցիցը հանում, թափ տալիս, ինքը քաշում, փռշտում, երեսին խաչ հանում յա սատանին անիծում ու քեղխուդեքանցը թափազա անում, պատիվ տալիս ու էլ ետ ծանր-ծանր գալիս, իր տեղը կանգնում կամ տերտերի իրամանը կատարում:

Ջահել, տան տղերքն էլ ամառվան պես խոտ հնձելու, կալ կալսելու, բաղ փորելու, էտելու, թաղելու, դարման կրելու դարդ չունենալով՝ ճմլկոտալով, աչքները ճմռեցին ու քնահարամ մտան գոմը, որ տավարին, ձիանոցը խոտ տան, տակըները սրբեն, ջուրը տանին, ձիանը թիմարեն ու հետը խաղ ասելով էլ ետ կայեն ու գնան տուն:

քաղցր, օդը գեղեցիկ, չորս կողմը բաղերով լիքը: Մեջը երկու հրաշալի եկեղեցի, հազար քյալափա, ու այժմ հիսուն տուն կա: Ամառվան տեղը Երևանու խաների:

Հարգևոր հարսերը՝ աղարույր գյուղաքաթնի օծմաղը մինչև քթըների կեսը խոր քցած, քող ու լաչակի ծերը աչքերի տակը խոր քաշած, որ էլ երեսները չէր երևում, մեկ դարայի կամ դադաք մինթանա հաքըներին, մովի կամ կտավի շապկով զարդարած, մեկ մեծ գոտկով մեջքները չորս տակ, հինգ տակ կապած՝ ղշի պես կուփ-կուփ վեր թռան, երեսներին մի քիչ ջուր քսեցին, փեշով սրբեցին, ու որն սկսեց տունն ավլել, որը դուռը սրբիլ, որն էլ չախմախին տվեց, կրակ արեց, որ թունդիրը վառի ու տան թաղարեքը տեսնի, պղնձները վրեն դնի ու կերակուրները էփի, հազիր անի: Տան ջահել աղջկերքն էլ գլխըները սանդրեցին, մազըները հուսած, քամակներին քցած, կարմրագազար պոպոզ մորթե գդակները գլխըներին, անկաջները կապեցին, դաստամալն ուսըներին քցեցին, կուժը վրեն դրին, բերանը կալան ու գնացին, որ տան համար ջուր բերեն, ու երկար ժամանակ ջրի վրա իրար հետ զրից տալուցը ետը՝ էլ ետ իրար հետ խոսալով, ծիծաղելով մեկն իրանց տունը գնաց, մյուսն՝ իրանց:

Արեգակի շողքն ընկավ տուն. բորյազը մեկ կողմից էր շվացնում, բզզում, հոսանը մյուս կողմից փստացնում, փստացնում, վզվզում, ձինը փանջարեքովը ու երդկովը ներս ածում, աչք ու անկաջ լցնում, ու էրեխեքն էլ քնաթաթախ վեր կացած, թունդրի չորս կողմովը բոլորված, շարված, ու դեռ անլվա՝ ոտըները քարին, գետնին էին ծեծում, մորըները խփում, որ հաց առնին, ուտեն: Աթարի սև, թանձր ծուխը դուռն ու երդիկը կալել, տունը մխի ծով էր շինել, էնպես որ մարդի աչքը առաջը չէ՛ր կարում ջոկի: Էրեխեքանց սուգ ու շիվանը գլուխ էր տանում, քյալլա ծակում: Որն օրորոցումն էր լալիս, որը դեռ յորղանի տակին, աչք ու բերան ծխով լիքը՝ գոռում, հարայ տալիս, որն էլ տված հացովը հերիք չէր, էլի ժնգժնգում, ուզում էր, որ էլի տան, որ ձենը կտրի: Խեղճ տանտիկինը հո, չէ՛ր իմանում, թե ձեռը ո՛րի բերնին դնի, ո՛րի աչքը կշտացնի, ու իր բերանն ու աչքը հո, բաց ու խուփ անելով մեռել էր, հենց բռնի՛ր: Է՛նքան ծուխ էր կուլ տվել, բռնոթի քաշել, փռշտացել, հազացել, որ սիրտն էկել էր, բողազին դեմ առել: Է՛նքան աչքերը տրորել էր ու աղի արտասունք թափել, որ աչքի լիսը թռել էր: Է՛նքան կուզեկուզ, հավկրի պես ման էր էկել պուճախե-պուճախ ընկել, որ էլ մեջքը չէ՛ր կարում քաշիլ: Թունդիրն էլ քանի կենում էր, թեժանում էր: Պղնձները ղլթղլթալով եփ էին գալիս, ինքն էլ թունդրի չորս կողմը դուբարա ավել քսեց, սրբեց, կերակրների համը տեսավ, աղ քցեց ու մտիկ էր անում, որ ժամավորը տուն գա:

Աստուծո ողորմությունը հասավ. ծուխը ետ քաշվեցավ. քամին ետ առավ, ջրի գնացողները էկան, տղերքն էլ հավաքվեցան. արեգակը մեկ ջիդաբոյ էկավ, բարձրացավ, բայց դեռ Ողորմի աստծու ձեն չլսած, ժամավորները չէկած՝ ո՞վ էր կարող, որ բերանը նշխարք դնի:

Առվոտա սհաթի ութը դեռ չէ՛ր ըլիլ, էս որ ասում եմ:

— Է՛հ, ժամ չի՛ դառավ մեր գլխին, մեկ իշի հարսանիք դառավ, տո,— սկսեց տանուտեր Օհանեսի մեծ տղա Աղասին բերանը բաց անիլ ու ինքն իրան թոնթորալ, բարկանալ, որ իր բոզ ձին թաքել, հազիր էր արել, որ էսօր դուս գնա, ջիրիդ խաղա ու ուզում էր, մնաց որ ըլի, մեկ փոքր նհար անի, ձիու քամակն ընկնի ու գնա, իր թայդաշ (տոլ) տղերքանց հետ իր քեփը արամիշ անի:— Տո՛, ձեր տունը չքանդվի, ախր ի՞նչ խաբար ա էսքան պոչը ձգել, երկարացնել: Մեկ-էրկու ծունր դի՛ր, երեսիդ մեկ-քանի խաչ հանի՛ր, պրծանք, գնաց. ժամի դուռը պաչ արա՛, էլ ետ արի՛, քո բանդ տե՛ս: Ի՞նչ ա, էսպես օրն էլ ժամի տուտը բռնիլ, ե՜րկար մտիկ անիլ, որ հա կա՛ց ու բերանդ բաց ու խուփ արա՛, թե Օրհնյալ եղերուքն ասեն, որ բերանդ հացի համ տեսնի: Խաչը գիտենա, էս հալևորներն ու պառավները քանի մեծանում են, խելքներն էլ հետները կորցնում: Կուզես բարկացի՛ր, կուզես սառը ջուր խմի՛ր, որ մեռնիս էլ, էնքան պետք ա մտիկ անես, որ ժամավորները գան, Ողորմի աստված ասեն, որ բալքի թե աչքդ մի բան տեսնի: Մարդի աչքը ջուր ա կտրում, լերդը չորանում: Էսօր էլ հո մատաղ չե՞ն մորթել ու ժամի դռանը բաժանում, որ հա թե մտիկ էլ անես, էլի աչքդ մի բան տեսնի, բերանդ մսի համ, քիթդ մսի հոտ առնի: Տերտերների գլուխն էլ հո էսօր լավ տաքացած՝ ի՞նչ են մտիկ անում, թե գելը ոչխարը տարավ: Էլ տուտը չե՛ն կտրում, լավ-օսալ մի քիչ ուռը բարձրացնում, որ աղունը շուտով վեր գա, ամեն մարդ իր տուն գնա: Էչ չե՛ն միտք անում, թե էսօր ի՞նչ օր ա: Էս կարգ դնողին ի՞նչ ասեմ. նրա հորն ողորմի, ինքը հացի տեղ խոտ կըլի կերած, բա՛ս... Փորս վեց-վեց անում, ղլվլոց ա ընկել, էլի հա կա՛ց ու գլխիդ վա՜յ տո՛ւր, թե ժամը պետք ա արձակվի, որ փորիդ արքայություն ըլի:

— Տո՛, խա՛նի խաբար, ի՞նչ էլավ քեզ. մի քիչ որ համբերես, լեզուդ քեզ անես, լավ չըլի՞լ. ի՞նչ ես առավոտ-առավոտ էլ բերնիդ կապը կտրել, հո կրակ չի՞ ընկել փորդ ու քեզ էրում, խորովում,— ասեց մերը բարկանալով,— հո աշխարքը տարան ո՛չ, դու մնացիր: Մենք ջա՞ն չունինք, մեզ աստված չի՞ ստեղծել, հողի՞ցը դուս էկանք: Պա՛-պա՛, պա՛-պա՛... էս ժամանակիս տղերքը հենց սալթ գժվել, կապռվի են դառել: Ո՛չ մեծի պատիվն են պատիվն են ճանաչում, ո՛չ հավատի գինը, ո՛չ ժամի, աղոթքի զորությունը: Էս ա, որ աստված մեր գլխին բարկացել, ամեն կողմից մեզանից զուլումը պակաս չի ըլում, է՜: Ամենն էլ իրանց ձին են քշում: Էրեկվան երեխեն էլ դառ ուռը չի՛ էլած՝ ոտն ա բարձրացնում, հո աստված չի՛ վերցնիլ: Վեր կացար տեղիցդ, տո՛, մեկ հլա ատծուն փառք տո՛ւր, երեսիդ խաչ հանի՛ր, հոգիդ միտքդ բե՛ր ու ետո ուզածդ արա՛, է՛. հո ճաքեցիր ո՛չ: Տա՛, տա՛, տա՛... Աստված ազատի էս ժամանակվա երեխեքանց ձեռիցը. որ թողաս, աշխարք կքանդեն: Լավ ա, որ աստված էսպես անօրեն բանին համբերում ա, ես ըլիմ, չե՛մ համբերիլ:

Աղասին հնազանդ որդի էր: Ղորդ ա, մորը ո՛չինչ չասեց, լովեց, բայց ասածը մեկ անկաջովը մտավ, մյուսովը դուրս էլավ: Ոտի տակին կրակ էր վառվում. սիրտն ուզում էր բերնովը դուս գա: Գեղումը մեծացած ռամիկ տղա հազարից մեկ անգամ ժամի երես չէ՛ր տեսել, մեղի ձեն չէր լսել, կողքերն ու գլուխը չոլում, սարում հաստացրել: Մեկ զատկին, մեկ էլ ջրօրհնեքին, սատանի աչքը քոռ, ղորդ ա, զանգակի ու պատարագի ձեն իմանում էր, բայց վա՜յ էն իմանալուն. ո՛չ սրտին էր քյար անում, ո՛չ ջանին: Նրա համար ժամն ու գիլի հարսանիքը մեկ էր. ո՛չ բառն էր իմանում, ո՛չ զորությունը. ծունր դնելիս կամ չոքելիս էլ մեջքն ու ոտներն էին ցավում, ծալապատիկ նստում էր, բեզարում էր, ոտի վրա կանգնում էր, չէ՛ր կարում համբերի: Շատ անգամ ճարը կտրում էր, դուս էր գալիս ժամի հայաթը, մեկ գերեզմանաքարի վրա նստում, մեկ կուշտ քնում, էլ ետ ներս մտնում: Շատ անգամ էն վախտին էր ժամ գնում, որ ամեն բանը կերել պրծել, Օրհնյալ եղերուքն էին ասում: Ո՛չինչ. մեկ-էրկու խաչ էր հանում երեսին, ժամի դուռը պաչում, ետ դառնում:

Սաքի մենք է՞նպես չենք անում, կոպիտ գեղըցու վրա ի՞նչ ենք զարմանում կամ ծիծաղում: Գրի սևն ու սպիտակը հո, էսպես տեղը, տերտերներն էլ բանց էին ջոկում. ավետարան կարդալիս հազար անգամ յա չեշմակը (գյոզլուկը) դզում, յա տիրացվի, մղդսու վրա բարկանում, յա գրակալը դոշըներին քաշում, յա գլուխ, երես գրքի միջումը կորցնում, մեկ պստիկ մոմ էլ ձեռներն առնում, յա մոնթի գլխին խփում, որ մոմը դուզ բռնի: Շատ անգամ էլ, որդիանց որդի, մեկ փիս, անմարս, դժար, ատամ, գլուխ կոտրող բառ էլ որ չէր ռաստ գալիս, հենց գիտես, թե սատանի թամքը կորավ. շատ կռանալուցը, մոմը մոտ բռնելուցը յա գիրքն էր էրվում, յա նրա միրուքը: Ամա էսպես բառեր փարավուրդ էին արել, մոտանալիս կամ գլխովն էին պտտում, կամ մեկ գիրն ասում, մյուսը կուլ տալիս. յա թե չէ՛ սխ կարդալու տեղ՝ սոխ կամ սխտոր ասում, դս ասելու տեղ՝ դսրախ, ու ժամ օրհնողն էլ յա չոռ էր ասում, յա չէ՛ լսում: Մեկ գիր պակաս ժամանակին հո, աստված հեռու տանի. ժամ ու ժողովուրդ, տերտեր, տիրացու իրար գլխով էին դիպչում. ամեն բերնից էնպես մեկ խոսք էր դուս գալիս, որ զուռնի փոխանակ դափ էին ածում, մնի տեղ ցխավելը յա քշոցը կարդացողի ձեռը տալիս, տպողին օրհնում, կազմողին գովում ու գեջդանգեջ, պրծնելիս, աստծուն էնքան իրանց հոգու համար շնորհակալություն չանում, որքան գրքից, ավետարանից ազատվելու խաթեր: Թե մեկ փարդապետ էլ պատահում էր էսպես վախտը, աստված հեռու տանի, էշը մնում էր ցխումը խրված, կյըրդացողի ոտն ու ձեռը դող էր ընկնում, լեզուն կապվում:

Չէ՛ զարմանալու. ի՞նչ անեն խեղճերը, գեղերումը վարժատուն չունին, քաղաքներումը՝ օրինավոր վարժապետ, ու տասի փորում, հինգ օր մաճ զաս, մեկ այբի կոտր չե՛ս գտնիլ: Է՛ն էլ շատ ա, որ իրանց ջուրը ջրամանիցը հանում են, իրանց բանը յոլա տանում, ժամի կարգը կատարում: Ամենքս էլ լավ գիտենք, թե ո՞ւմ մեղքն ա, ամա հիմիկ խոսալու վախտը չի, հետո կասեմ. ի՞նչ ասեմ, իմացողն իմացավ ու անկաջի տակն էլ բալքի թե քորեց. բայց անկաջի տակը քորելով փոր չի՛ կշտանալ, լավ է մեկ օր առաջ իր բանը կարգին բռնիլ ու չասիլ՝ էգուց, էգուց: Էգուց էլ էս օրվանից ա, ընչանք էգուց-էլօր կքցենք մեր բանը, գելը սուրուն կտանի. ով անկաջ ունի, լսի, թե չէ ոտը քարին կառնի:

Մեր Աղասին, բացի սրանից, ղորդ ա, տարին իրեք-չորս անգամ սրբություն էլ էր առնում, խոստովանվում, պաս ու ծում պահում, զատկի մատաղին ընկեր ըլում, խունկ ու մոմ վառում, իր մեղքը բոլոր տերտերի վիզը կապում, ինքը բերանը սրբում, ձեռները լվանում, դրաղ կանգնում, բայց էս պարտքիցը պրծածին պես, քրդի աստծին պես՝ «Էլմը զեն կիկոն» էր, «Էլմը զեն կիկոն»: Էլ էն ջուրը, էլ էն ջաղացը, ո՛չ դուղն էր բան մտնում, ո՛չ բերանը լազաթ առնում: Շատ անգամ ժամի ճամփեն էլ էր մտքիցը քցում, խունկն ու մոմն էլ: Էս մեկ աղաթ էր. աչքը բաց էր արել, էնպես էր տեսել, թե հինգ նավակատյացը միս չպետք էր կերած, ժամ գնացած, ծում պահած, սրբություն առած, պատարագ արած, հոգո հաց տված, գերեզմաններն օրհնած. ուրիշներն անում էին, ինքն էլ էնպես էր անում, աղքատաց կերակրում, շատ անգամ քահանա, խալխ կանչում ու իրանց ննջեցելոց հոգիքը հիշում: Բոլոր, բոլոր հիանալի սովորություններ էին, աննման օրենք, սուրբ աստվածապաշտություն և մարդասիրություն: Աստված տա, ամեն ազգ էս բարեգործությունները ունենան, որ մեր ընտիր հայերն ունին, ամա Աղասու ջիգրը հենց էնդուր վրա էր շատ անգամ գալիս, որ ինչ անում էին, խելքումը չէին հասկանում, թե բանի զորությունն ի՞նչ ա: Հանդն էր դուս գալիս՝ իր մախլն ու պտուղը, դաշտերի ծառն ու ծաղիկը, երկնքի պայծառ արեգակի, լուսնի, աստղերի լիսը տեսնելիս նրա հոգին վերանում էր, խելքը թռչում, շատ անգամ աչքերը ծով դառած՝ տեղն ու տեղը մնում կանգնած. հենց իմանում էր, թե իրան դրախտը տարան: Ձեռները քցում, գլուխը բաց անում, երեսը մեկ երկինքը, մեկ երկրի վրա քցում, հոգոց հանում ու ցանկանում էր, որ ձեն տա:

— Ա՜խ, ո՞վ ես դու, ո՞վ, յարադանիդ ղուրբան, աստված, որ էսքան բարիքը ստեղծել ես մեզ համար: Ա՜խ, ընչի՞ չե՛ս քո սուրբ երեսը մեկ օր մեզ ցույց տալիս, որ ոտներդ ընկնինք, մեր սիրտը, մեր հոգին քեզ մատաղ տանք: Թե ասեմ՝ երկիրն ա մենակ գեղեցիկ, հազար ծաղկներով, բուսով զարդարած, բաս երկինքը ո՞ւր թողամ, որ ցերեկը ինձ լիս ա տալիս, հանդիս պտուղը հասցնում, գիշերը մութն իմ աչքիցս հեռացնում ու էնպես, չադրի պես գլխիս վրա կանգնած՝ անձրև, արև տալիս, որ ես ապրիմ, որդիքս պահպանեմ, աշխարքի պետքը գամ, որ մեռնելիս էլ գան հողիս վրա, ինձ մեկ դարտակ ողորմի ասեն: Ա՜խ, երկնային թագավոր աստված, քանի աչքս բաց եմ անում, էս քո արարածը տեսնում, սիրտս կրակ է դառնում, աչքս՝ ծով, բերանս լռվում, մնում եմ տաքացած, ջեռուցած, բայց ա՜խ, ո՛չ էս կրակն ա ինձ էրում, ո՛չ էս ջուրն ինձ խեղդում: Աչքս մոլորված՝ էս թփից էն թուփ, էս սարից էն սարն ա ընկնում, ծառի տակին ասես, սարի գլխին ասես՝ մտիկ անելով աչքս շաղվում, ջուր ա կտրում: Հենց գիտես՝ մեկ ձեն, մեկ թև, մեկ աներևույթ հոգի, տերևները խշշալիս, դուշը թռչելիս, աղբյուրը քչքչալիս, բյուլբյուլը երգելիս, հովը փչելիս, շաղը երեսիս թափելիս, ամպը գոռալիս, անձրևը գալիս ինձ ձեն ըլի տալիս, ինձ ձեռով ըլի անում, ինձ վրա խնդրում, թե վայելի՛ր էստոնք, հողածին մարդ, բարի կա՛ց, բարություն արա՛, Արարչիդ մեծությունը ու խնամքը ճանաչի՛ր, ծառի պես պտուղ տո՛ւր, ծաղկի պես՝ հոտ, սարի պես՝ աղբյուր, դաշտի պես՝ մասիլ, երկրի պես՝ հաց, երկնքի պես՝ լիս. վայելի՛ր աստուծո բարությունը, ուրիշին էլ փայ տո՛ւր. աղքատ տեսնելիս՝ կերցրո՛ւ, կշտացրո՛ւ, դուշը վրովդ անց կենալիս՝ կանչի՛ր, կուտ տո՛ւր. դու առատ ձեռք ունեցիր, որ առատ առնիս ու բախտավոր ըլիս: Ա՜խ, բոլոր կանեմ, կյանքս ուզեն, չե՛մ խնայիլ, բայց ի՞նչ կըլի, որ, տե՛ր իմ և աստված ջան, էս հոգին մեկ օր էլա մի ինձ երևի, որ էսպես կարոտ չմնամ, չէրվիմ, չմաշվիմ նրա աննման սիրովը: Երազումն էլա որ մեկ նրա պատկերը տեսնեի, սրտումս դարդ չէր մնալ, էսքան չէի հասրաթ ըլիլ ու տանջվիլ: Թե դու ես նրան ուղարկում, ո՜վ տեր իմ և արարիչ, ինչի՞ չես հրամայում, որ մեկ օր, մեկ օր, ա՛խ, մեկ րոպե էլա, մեկ աչքս բաց ու խուփ անելիս էլա, նա մի աչքովս ընկնի, նրան տեսնիմ, սիրտս հովանա ու էլի նրա ասածն անեմ. բերնիս թիքեն հանեմ, ուրիշին ուտացնեմ, հաքիս շորը հանեմ, ուրիշի լաշը ծածկեմ, որ հորնըմորս սիրտն էլ ուրախանա, ասեն, թե «Աստված իրանց բարի զավակ ա պարգևել, որ իրանց խրատը գետինը չի՛ քցում, իրանց բարի ճամփին ա հեռևում, իրանց ասածն անում»:

Հանդը դուս գալիս՝ մեր բիրտ Աղասին էսպես էր մտածում, ու սիրտն էրվում, ժամիցը գալիս՝ փառք էր տալիս աստուծո, որ շուտ արձակվեցավ, ինքը տուն էկավ, որ մի քիչ դինջանա ու գնա հանդը, որ էլի սիրտը բացվի, էլի էն հիանալի ձենը լսի ու իր բանն անի: Շատ անգամ բարկացած՝ գալիս էր, տան պուճախումը կամ քուրսու տակին ոտները փռում, տրանջում, թոշթռում, փնփսուո անում, որ ժամումը, խոստովանվելիս, էնպես բաներից էին խաբար ա՛ել, նրա սիրտը վիրավորել, որ նրա մտքովը ամենևին երազումն էլ չէին անց կացել:

— Ա՛խպեր, արածիս հլա մեկ ճար արա՛, հետո ուրիշ բաներից հարցրու, է՛,— ասում էր շատ անգամ նեղանալով:— Հենց քանի ասում ես, էլի երկու սհաթ չոքացնում, գլուխդ տանում են, թե՝ ասա՛, ասա՛: Ախր որ չեմ արել, ի՞նչ ասեմ, ի՞նչ: Էնպես բան արա՛, որ սիրտս մի քիչ հովանա յա տաքանա, շատ խոսալուց ի՞նչ կշահվիս: Ասենք, թե խաթր եմ անում, լիս չե՛մ ընկնում, հենց պետք է ամեն բան բերանդ գալիս խոսի՞ս: Սիրտս սրտում ա էդ հարցրած բաներիցդ, քար ըլի, էդ խոսքերը չի՛ տանիլ: Ախր ի՞նչպես են աստուծո սուրբ տաճարումը էնպես բաներից խաբար առնում, որ չոլումը չի՛ պետք է խոսացած, բալքի թե քամին իմանա, տանի, ուրիշի անկաջ քցի. տանը չի՛ պետք է ասած, որ չըլիմ չիմանամ, պատերը զարզանդին: Ես իմ կարն խելքովս էնպես եմ իմանում, որ մարդ խոստովանվելիս ինքը պետք է իր մեղքի փառությունը, իր արած չարությունը միտք անի, փոշմանի, զղջա, աստծուն խնդրի, որ իրան թողություն տա, որ էլ չանի. կարողություն տա, որ իր ճամփիցը չհեռանա, բարի ըլի, թե չէ՝ զուր անելով, մարդի վրա բեռը ղնելով, անկաջը էսպես բաներով լցնելով, սրտիցը ո՛չինչ խաբար չառնելով ի՞նչ կընկնի մարդի ձեռքը. ոչինչ: Հինգ օր էլ գլուխդ քարեքար տուր, տարով ծում պահի, որ սիրտդ թամուզ չի՛, ի՞նչ օգուտ: Թե ինձ փառություն ես արել, պետք է սրտով իմանաս, ինքդ փոշմանես, թե չէ ուրիշի ասելով դու խո քո ուզածը ու քո խորհուրդը չե՛ս թողալ: Տերտերի առաջին չոքելիս, մեղա տալ՝ ս էնպես պետք է վեր կենաս, որ խղճմտանքդ դինջ ըլի, նրա ասածը գլխումդ մտնի, թե չէ՝ սիրտդ լիքը զնացիր, լիքը վեր կացար, ի՞նչ օգուտ: Խաթաբալա ա, է՛լի. մեկ որ յախեդ ձեռ ա ընկնում, էլ չեն ուզում, թե պոկեն:

Հաղորդության օրը որ գալիս ա. աստված գիտենա, ջանս դող ա ընկնում: Ինչ աման-չաման կա, լվանում եմ, դուրս մզում, քամում, բեհնս քանդում, որ տեսնիմ, թե ի՞նչ եմ արել, որ ես ինքս ասեմ ու հարցնիլ չտամ: Տուն չե՛մ կտրել, մարդ չե՛մ սպանել, ուրիշի հաքը ձեռիցը չե՛մ խլել, աստծուն իրան այան ա. փողություն, չարություն, անառակություն մտքովս էլ չի՛ անց կենում, էնքան արևի, անձրևի տակին չոքըչոք եմ անում: Առավոտը գնում եմ հանդը, իրգունը գալիս, մեկ մարդի ծուռը աչքով չեմ մտիկ տալիս, էլ մեղքս ո՞րն ա, որ հենց գլխըներս տանում են, թե՝ հա՛, ասա, հա՛, ասա՛: Ես լավ գիտեմ՝ մեղքի պարկն ո՞վ ա, իրանցից պետք է հեսաբ պահանջել. մեզ վրա են բեռը բարձում, մեզ մեղավոր շինում: Ղորդ են ասել, թե շատ կարդացողի ծուծը բարակ կըլի, գլխումը խելքը չի՛ ըլիլ կամ թե չէ կթուլքանա:

Աշխարքս կարդացողիցն ա շինվել, կարդացողիցն էլ պիտի քանդվի: Իմ դուշմանս նրանց ձեռը չընկնի, սաղ-սաղ կուտեն մարդի: Ինչ ասես՝ նրանցից դուս ա գալիս: Ավետարանը իրանք են կարդում, ժամ ու պատարագ իրանք անում, մեզ ասում, թե մեր աստծն արեք, մեր գործքին մեք նայիլ: Ախր ի՞նչպես չնայեմ, հո քոռ չեմ, փառք աստծու: Ինչ ճամփով որ դու գնում ես, ես էլ էն ճամփովը պետք է հետդ գամ. տո՛, դու դուզ գնա՛, որ ես էլ դուզ գնամ, է՜. զոռի բան չի՛ հո: Տո՛, դու խեցգետնի պես ծուռն ես եռում, ինձանից պահանջում ես, թե ծուռը մի գնար: Առաջ դու արա՛, հետո ինձ խրատ տո՛ւր, է՜:

Ես էլ գիտեմ, որ աստված փիս բանը չի սիրիլ. ես որ հող տեղովս ասում եմ, նա ի՞նչպես կընդունի: Թե բան ունիս, է՛ն ասա, էդով քարվան չի՛ կտրվիլ: Նստում են երկա՜ր, զուռնալամա խոսում, հազար բանի անուն տալիս, հազար հրաշք պատմում, մեջը փուչ, օխտը հատիկ, ո՛չ աղ կա, ո՛չ համեմ: Քրիստոս գիտենա, իմ ծառիցը ու դաշտիցը շատ բան եմ սովրում, քանց սրանցից: Տո՛, փող էլ ուզես՝ կտամ, չունենամ, գլուխս կծախեմ, քեզ կպահեմ, թաք ըլի էնպես բան ասես, որ խելքումս մտնի, իմ հավարին հասնիս, էն ժամանակը հոգիս ուզես, քեզ թասիր չե՛մ անիլ, չե՛մ:

Ամենը հո ամենը, իլահիմ մեր Տեր Մարկոսը. որ առավոտից մինչ րիգուն՝ փիլոնն ուսին քցած, փոխանը վեր քաշելով, հողաթափը ծրփծրփացնելով կամ քոշերը քստքստացնելով, քուցին-քուցին անելով, մեկ դազգանակ ձեռին, լոնդի տերողորմեն շխշխկացնելով, քուչեքը չափելով, մեկ մեռել կամ կնունք, շիլափլավ կամ մատաղ պատահելիս՝ մեկ էլ էն ես տեսնում, որ հազալով, փռշտալով, ոտին-գլխին անելով, դռները ջարդելով, կոտրատելով, ափալ-թափալ ներս ընկավ, հոգեառ հրեշտակի պես էկավ, թունդրի դրաղը կտրեց, իրան-իրան նստեց, արաղ, մազա ուզեց, ու հենց իմանաս, թե մեռելի կես հոգին ինքն ա ուզում հանի: Դեռ պատանը չկարած, չլվացրած, շուտով թաղումնելեքն ու կողոպուտն ա ուզում. աստված հո չի՛ վերցնի: Տո՛, մեկ արի՛, ձեռս բռնի՛ր, հոր պես ինձ սիրտ դի՛ր, ինձ անուշ լեզվով մխիթարի՛, հետո հոգիս էլ հետը հանի, է՜. թե որ չտամ, պատժի գամ: Մեկ հացկերույթ ըլելիս՝ սուփրի գլխին ինքն ա նստում, հինգ մարդի դդար հաց ուտում, տկի հոտն առնելիս՝ փորը ղլվլոց ընկնում: Տո՛, քո տունը չքանդվի, քո տունը, հո սոված չմեռա՞ր, ա՛յ խանի խարաբ, ի՞նչ էլավ քեզ. մարդի փորը հո դժոխք չի՞, որ իրան ուտի:

Սար ու ձոր՝ տերտերի փոր. ի՞նչ դորդ են ասել, է՜: Բերնին դուրբան, ով էս խոսքն ասել ա: Ավետարանի կողքումը պետք է գրած, որ սրանք կարդան ու իմանան: Քիչ ա մնացել, որ մեզ սաղ-սաղ ուտեն: Երեխեքներս չոքան դառած ման են գալիս, նրանց դարդը չեն քաշում, որ մեկ այբբեն էլա, մեկ ճզի-բզի սովորցնեն, հենց իրանց փիքրն են քաշում: Էդպես հո չի՞ ըլիլ:

Ղորդ ա, կարդալ-մարթալ չե՛մ գիտում. էշ կերել եմ, էշ մեծացել: Ես ի՞նչ գիտեմ՝ տերտերն ի՞նչ ա, ժամն՝ ինչ: Էդպես բաները էս հաստ գլխումը, հազար տարի էլ ասեմ, մեռնիմ, կտրիմ, ոտներս քարեքար տամ, տուն չի՛ գնալ, տո՛ւն: Պարտականը նա ըլի, որ ինձ կարդալ չի սովորցրել, ամա բանը մենակ կարդալումը չի՛: Ինչ կուզե ասեն, ես իմ կոպիտ գլխովը էնպես եմ կարծում. նախ տեղը՝ դատած մալը ուտիլը ու դարտակ քնիլը հարամ ա: Մարդ պետք է ինքն էլ աշխատի, որ կերածը հալալ ըլի:

Էս լաողն էնպես կիմանա, թե մեր Աղասին մեկ սարսաղ, անհոգի, անաստված, իր հավատն ուրացած մարդ պետք է ըլեր, որ մեր ողորմելի կարդացողներին էսպես քարկոծում, պախարակում էր ու էլ միտք չէ՛ր անում, թե նրա՛նք են Քրիստոսի կենարար մարմինն ու արինը ճաշակում, ծառա եմ նրանց սուրբ զորությանը: Նրա՛նք են մեր հոգու տերը, մեր մեղքը սրբող-մաքրողը: Նրա՛նց է տված երկնքի ու երկրի իշխանությունը, որ արքայության դուռը մեզ համար բանան կամ փակեն: Նրանք որ չըլին, մեր հոգին դժոխքումը հուրն-հավիտենական խարի պուճախումը հա՛ կտանջվեր, հա՛ կտանջվեր ու սատանեքանց փայ կըլեր: Մազե կարմնջովը անց կենալիս՝ տեղը թե նրանք մեր ձեռը չի բռնեն, անդունդը կթափվինք, ու ամեն մեկ մեր թիքեն հազար սատանի ճանկը կընկներ: Ինչ ուզում ես՝ խոսի՛ր, արա՛, ձեռդ ո՞վ ա բռնում, ամեն մարդ իր գլխի տերն ա, ամա էսպես բանի վրա խոսողի ատամները պետք է ջարդած, որ խելքը գլուխը գա:

Ի՞նչ անես, էշ գեղըցի ըլելով՝ գլուխը հաստ, ծուծը բարակ, անտաշ, կոպիտ, ո՛չ վարպետ էր տեսել, ո՛չ վարժատուն, ձիու տակը սրբելուցը, մանը բռնելուցը, հանդը վարելուցը ու կառեպանությունից ավելի ո՛չինչբան չէ՛ր գիտում: Ախր մեկ մարդ որ անլվա հաց ուտի, ամսըներով չոլումն ու գոմումն իր օրն անց կացնի, նրանից էլ ի՞նչ հարցնես, ի՞նչ բեդամաղ ըլիս. նրա ասածը ո՞վ չվանի կդնի: Թեկուզ գեղըցին, թեկուզ յաբանի հայվանը, մի հեսաբ ա: Մեկ մարդ որ խաչ հանելիս չիմանա, թե ձեռը առաջ դո՞չին պետք է դրած, թե՞ ճակատին, ա՞ջու կողմը, թե՞ ձախու, սաղ տարին հինգ անգամ ժամի երես տեսնի, էլ ո՞վ նրա դնչին մտիկ կտա: Կըլի որ նրա բոլոր անբավականության պատճառը բարիկենդանն էր ու ժամի երկարիլը: Բալքի միտք էր անում, թե իր թայդաշ տղերքը էն սհաթին ձի ու ասպար հագրած՝ դուս ըլին էկած, ու ինքը ետ մնա: Բալքի թե հենց [illegible]՛ատուր համար էր նա էնքան դատ-բերատ անում, տրտնջում, բերանը ավերում, հոգին ապականում. թե չէ նրա ձենը մինչև է՛ն օրը իր հերնըմերն էլ չէին լսել: Էս պատճառով կարելի ա նրա գիժ խոսքերը մոռանալ, նրան ներել ու էնպես ափեղցփեղ, հայվարա խոսողի բերանը ցխել, որ իր չափը ճանաչի:

Ուրեմն՝ լսողը թո՛ղ չքարկանա ու իսկույն ձեռք բարձրացնի, որ Աղասու բերնին խփի: Էնպես չար լեզու ուրիշ մարդիկ էլ ունին, բայց Աղասու բարի խասիաթը, բարի սիրտն ու հոգին քիչը կունենան: Էս հասակը հասել էր, քսան տարին անց կացել, նա դեռ հորնըմոր առաջին էնպես էր, ինչպես մեկ անմեղ գառը: Մեկ օր նրանց խոսքիցը չէ՛ր դուս էկել. մեկ օր նրա բերնիցը մեկ թթու խոսք չէ՛ր լսված. աչքը նրանց աչքին անելիս՝ նա նրանց միտքը իսկույն իմանում ու գլուխը մահու էր տալիս, որ նրանց կամքը կատարի: Գեղըցիքը բոլոր նրա արևովն էին խնդում, նրա գլխովն օրթում ուտում: Ամենի աչքը նրա վրա է, նրան էր գովում, նրան էր օրհնում: Մեկին մեկ փորձանք դիպչելիս կամ մեկ դարդ ունենալիս նա իր գլուխը ետ էր դնում, նրա մուրազին հասնում: Բերնի թիքեն հանում էր, ուրըշին ուտացնում: Էնքան իր ապրանքին, իր հանդին ու մալին չէ՛ր մուղայիթ, որքան իր հարևանների:

Տանուտերի տղեն էր, աղքատի ու նաչարի ընկեր: Որբ էր նրա դուռը գալիս՝ սուփրեն էր բաց անում կամ քիսեն. ում գութան չուներ, իրանցը բան տալիս. ում եզն ու հոտաղ չուներ, իրանցն ուղարկում. ում փող չուներ, որ մշակ բռնի, իգին էտի, փորի յա թաղի կամ թաղը ետ տա, ինքն էր առաջ ընկնում, գեղի տղերքը հավաքում ու գնում նրա բանն՝ առանց կանչելու, առանց խնդրելու անում, ու իգու տերը մեջը մանելիս՝ աչքը մնում սառած, նրան ումբր ու արև խնդրում, չունքի թե մեկ տարի վազն անթաղ մնա մեր աշխարքումն, իսպառ կչորանա:— Շատ հերնըմեր երանի էին տալիս նրա հորն ու մորը, որ էնպես բարի զավակ ունեին: Ինչ տեղ մեջլիս կամ մեկ սուփրա էր բաց ըլում, նա էր նրանց գլուխը, ուրախությունը ու քեֆ շհանց տվողը:

Նրա սուրահի բոյը, նրա թուխ-թուխ աչքերը, նրա ղալամով քաշած ունքերը, նրա աննման, գեղեցիկ պատկերը, նրա անուշ լեզուն, քաղցր ձենը, նրա լեն թիկունքը, բարձր ճակատը ու ոսկեթել ճալվերը մարդի խելք էին տանում. տեսնողը մաթ էր մնում, չէ՛ր կշտանում: Սազը ձեռն առածին պես՝ քարին, փետին շունչ, հոգի, լեզու էր տալիս: Ղորդ ա, արևն երեսն էրել գունը փախցրել էր, ամա ծիծաղելիս որ աչք ու ունքը չէ՛ր բաց անում, հենց իմանաս՝ վարդ է բաց ըլում, երեսիցը լիս վեր թափում: Նրա թվանքի գյուլլեն դարտակ չէ՛ր անց կենալ: Սիրտն էնքան բարի էր, որ նիախ տեղը դուշ էլ չէ՛ր սպանիլ. մռջիմը չէ՛ր կոխիլ, ամա հարամի թշնամու ձեռին տապակվելով գիշեր-ցերեկ, որ թե էնպես էր պատահում, որ թուրքերն էկել էին, բաղը լցվել, կամ իրան սպանիլ, կամ իր հարևանին, էն ժամանակը երկնքումն ըլեր, վեր կգար, գեղի էն կողմիցը ձեն տային, իսկույն ական թոթափել հազիր էր, ու թե բառով բանը չէ՛ր վերջանում, էն ժամանակը նա իրան թրի, թվանքի ու կռան հունարը էնպես էր ցույց տալիս, որ թշնամին մնում էր կատու դառած կամ նրա ձեռին, հնձանի տաքարին դուրբան ըլում, որ թաղում, ծածկում էին, չունքի հազար անգամ էին փորձել, փարափուրդ արել, թե մինչև տանկին չծեծես, քեզ բարեկամ չի՛ դառնալ:

Էնքան դվաթով էր, որ ձեռը մեկ տղամարդի գոտիկը որ չէ՛ր քցում, հավի ճուտի պես բարձրացնում, գլխի ծերն էր հանում, պտիտ տալիս, էլ ետ վեր բերում: Ձին նի ըլելիս որ ձեռը չէր բարձրացնում, ալան ձին կզանում էր ու մեջքը դեմ անում: Հինգ մարդ վրա թափեին, բանց ձեռը կոլորեին: Գոմշի կամ եզան բողազը մեկ թուր խփելով է՛նպես դուս կտրում, որ թրի ծերը գետինն էր խրվում: Շատ անգամ քսան հարամի հենց թրի ոտքով էր հետ ածում: Թուրքերը նրա անունը լսելիս լեղապատառ էին ըլում: Շատ անգամ, կռիվ քցած փախտը, հենց նրա ձենն իմանում էին թե չէ, ճանճի պես ցրվում, դես ու դեն էին կորչում, գյում ըլում: Ավելի անունը Ասլան բալասի էին դրել: Ձեռներն էլ կապած որ հարամու, թուլու մեջ բաց թողեիր, կարող էր, որ իր գլուխը պրծացներ:

Բայց է՛սքան զարմանալի հատկություններն ունենալով՝ էլի երեխի հետ երեխա էր, մեծի հետ՝ մեծ: Խանի, շահի առաջի էնպես էր կանգնում, ջուղաբ տալիս, որ, հենց իմանաս, թագավորի որդի ըլի: Ծիծաղն ու խնդությունը նրա երեսիցը պակաս չէ՛ր հարկից. է՛նքան պարզ էր նրա սիրտը, է՛նքան հանգիստ՝ նրա խղճմտանքը, է՛նքան արդար՝ նրա հոգին: Նրա ամեն մեկ խոսքը անգին ջավահիր էր:

Շատ մոր աչք մնացել էր կարոտ, որ նրան իր փեսա շինի, նրա գլխովը պտիտ գա Ջահել աղջկերքը, նրա ձենը կամ անունը լսելիս, ուզում էին, որ հոգիները տան: Շատ անգամ, ջրի ճամփին կամ տան կտրներին կանգնած տեղը, որ Աղասուն անց կենալիս չէին տեսնում, էնպես էին կարծում, թե հրեշտակ է անց կենում, մնում էին քար դառած, մայիլ էլած: Նրա ձենը լսելիս, նրա բոյը տեսնելիս, սիրտները կրակ էր ընկնում, խելքները գնում. ուզում էին իրանց հոգին հանեն, նրան տան: Ջանգյուլու՛ ասելիս կամ փալ քցելիս կամ թիզբաց անելիս ամենն էլ իրանց մտքումը նրան էին դնում, երազում նրան տեսնում, վեր կենում՝ նրա սիրուն ա՜խ, ո՜խ քաշում: Նրա ձեռի խնձորը կամ վարդը որ մեկի ձեռն էր ընկնում, որ փտում էլ էր կամ չորանում, էլի նա ծոցիցը չէ՛ր հեռացնում, քնելիս՝ բարձին դնում, զարթնելիս՝ դոշին, երեսին կամ քթին: Մեկ տեղ դոնաղ ըլելիս, հազար տեղից՝ պատի արանքից, դռի շեմից, տան պուճախից, հենց նրան էին մտիկ տալիս, ու շատը ուզում էր, թե հենց էն սհաթը յա Աղասու ձեռը նրա ձեռին դիպչի կամ շունչը՝ շնչին, յա թուրը սիրտը մտնի, որ շուտով նրա արևին մատաղ ըլի, որ Աղասին նրան թաղի, Աղասու սիրտը նրա համար մրմնջա, Աղասու աչքը նրա վրա լա, բայց ա՜խ, Աղասին վաղուց էր իր մուրազին հասել ու նրանց մուրազը փորըներումը թողել: Սաղ գեղը է՛նքան էր նրա սիրովը վառվել, որ մինչև նրա վրա խաղ էլ էին հանել՝ իրանք ասում, էրեխեքանցը սովորցնում:

Աղասի ջա՛ն, գլխիդ դուրբան,
Դու ես մեր թագն ու պարծանքը.
Աշխարքս որ բոլոր ման գան,
Ո՞վ կլի հատդ, դու մեր կյանքը:

Գլխովդ միշտ պտիտ կըգանք,
Ա՛ռ մեր հոգին, դու մեր հրեշտակ.
Թե թաղես էլ մեզ, ձեն կտա՞նք,
Էլ քեզ կօրհնենք, քեզ դուրբան գնանք:

Երկնքին դու լիս ես տալիս,
Ծաղկերին՝ հոտ, համ ու հոգի.
Դաշտ, սար ու ձոր քեզ տեսնելիս՝
Գլուխ վեր բերում քո առաջի:

Բյուլբյուլն մեռած՝ սազիդ ձենին,
Վարդն թառամած՝ սերդ հիշելիս,
Ա՛խ են քաշում, տալիս գլխին,
Վա՜յ են ասում՝ դու մտիկ չտալիս:

Քանի սաղ ենք, քեզ ըլինք դուրբան,
Քո շվաքիդ տակին մնանք.
Ա՜խ, թե մեռնինք, մեր գերեզման
Էլ գաս, կոխես, որ դինջանանք:

Թագավորներ հապարտ քաջեր,
Որ ունենան քեզ պես որդի.
Քո անունը երբ լսում են,
Թող են դառնում քո թշնամիք:

Արեգակն իր լիսն երեսից,
Ամպերն իրանց թևերը փռած՝
Քեզ են նայում, որ արևից
Ղուրբան ըլինք, մնում կանգնած:

Տանիցը որ դուրս ես գալիս՝
Ամենիս աչքն վրեդ մայիլ.
Քաղցր լեզուդ մենք լսելիս՝
Ոտիդ տակին ուզում մեռնիլ:

Ղալամով աչքերդ ու քաշած,
Սուրահի բոյդ մեկ չինարի.
Աշխարհի աչքն քո վրեն մնաց,
Աղասի ջա՛ն, մեզ մոտ արի:

Բայց, ինչ կուզե որ անեն, Աղասին իրանց տանն էնպես էր, ինչպես մեկ հարսը: Ղոդ ա, մի քիչ ոտին-գլխին արեց, ամա էն էլ բարիկենդանի հունարն էր: Շիրախանի բալանիքն ասես թե մառանի, մոր ջիբումն էր: Սա էլ հո էնպես կապ էր ընկել, պպին կանգնել, թե ընչանք ժամը դուս չի գա, նրան, որ մեռնի էլ, մեկ կաթը ջուր չի տալ: Աղասու նշանածն էլ լավ ոտին-գլխին էր անում, ամա ի՞նչ աներ ջրատարը, ձեռիցը մեկ բան չէ՛ր գալիս: Անաստված կեսուրը ո՛չ մեկի դնչին էլ չէ՛ր նայում, չէ՛ր մոտում: Ամեն բանը իր ձեռովն էր հազըր արել՝ արաղ, գինի, հավ, ձու, ոչխարի միս, բայց, ժամը չարձակված, վա՜յ նրան, որ էստոնց կտովն անց կենար կամ մատը դներ վրեն:

Էս միջոցումը շամի սաքուն էլ սկսեցին թամուզ սարքել, խալիչա փռել, բուխարին վառել, դուրսն ու տունն ավլել, չունքի որ գեղի քեդխուդեքը էսօր էստեղ էին կանչած, ու էնպես կարգով՝ օրը մեկ քեդխուդի տան, ինչպես որ միշտ սովորություն ա, իրանց բարիկենդանը պետք է անցկացնեին: Աղասու մարդը փողուց կտրիցը նայում էր, որ տեսնի, թե ե՞րբ ժամը դուս կգա: Հենց կնանոնց սպիտակ չարսավը տեսավ թե չէ, նոքարը ափալ-թափալ տուն ընկավ ու նրան աչքալիս տվեց: Էլի մերը իր ձին քշեց, իր ասածն արեց ու Աղասուն չթողաց, որ տեղից էնքան ժաժ գա, մինչև Սառախաթուն տատը տուն չէկավ, Սաղմոսն ու չարսավը չծալեց ու ամենին հավասարական Ողորմի աստված չասեց, նշխարք չբաժանեց:

— Աստված ձեր գլխին խռով չկենա, էսօր դուք հո՛ հոգիս հանեցիք, իմը ինձ հասցրիք,— ասեց Աղասին քթի տակին, մեկ կտոր նշխարք բերանը քցեց ու ընչանք ղոնաղները տուն կգային, փասա-փուսեն հավաքեց, դուս թռավ, ծլկեցավ:

Անիրավ ձին էլ, հենց իմանաս, իրան փառք էր համարում, որ էնպես նստող ուներ վրեն: Ոտն օրզանգվին առավ թե չէ, մեջքը կռացրեց ու սկսեց գլուխը խաղացնիլ, ոտները գետնին խփիլ, նալներին կրակ տալ, խրխնջալ, փնչալ ու թև առնիլ, ոտները գետնիցը կտրիլ: Աղասու ընկերքն էլ մեկ տեղ թոփ էին էլել, ամեն բանը հազիր արել, իրանց մեծին սպասում ու դեռ չէին համարձակում, որ իրանց քեֆն սկսեն, չունքի պատվելի քեղխուդեքը եկեղեցուց դուս էկած՝ գեղամիջումը կանգնել, զրից էին անում, իրանց հոգսը հոգում:

— Մեկ կորչում էլ չե՛ն էս անատամ հալևորները, էս ծերերը, որ մենք դինջանանք, մեր քեֆին նայինք,— ասաց մեկը՝ ատամները կրճտացնելով, բարկանալով:— Իրանք ջանից ընկել են, իրանց ջահելությունը մոռացել, ու չե՛ն էլ ուզում, որ մենք էլա մեր օ՛րը քաշենք:

Բայց տանուտեր Օհանեսը էփված, փորձված մարդ ըլելով, միրուք ու մազեր հազար բանում սպիտակացրած, հազար չարթուչվան կտրած՝ ծանր, ուռած կանգնել, գզրին թամբահ էր անում, որ թուրք պատահելիս տանի, մեկ տեղ ղոնաղ տա, էն շանը լավ մտիկ անի, որ մարդի չկծի, ու տերտերն էլ մեջքները քցած քիչ-քիչ երիշ արին, տուն գնացին: Հենց նրանք հեռացան, մեր ղոչաղ տղերքանց աստղը դուս էկավ:

2

— Քեղխուդեքը գալիս են, տո՛, տե՛ղ արեք, դրա՛ղ կացեք, ճա՛մփա բաց արեք,— ձեն տվեց գզիր Կոտանը՝ մեկ աչքը քոռ, դունչը ծուռը, էնպես որ միրքի կես փայը մնացել էր երեսի վրա ցից էլած, խճճված, կես փայն էլ բողազին, չանին կպել, չորացել, էնքան խոսացել էր ու հարայ տվել:

Թագավորն էլ էնպես ուռած-ուռած իր քոշք ու սարեն (պալատը) չէ՛ր մտնիլ, ինչպես մեր գեղի իշխանքը՝ իրանց տաք գոմը, թեև շատի հաքին էնքան շոր չկար, որ էրկու մաների գին ունենա: Որը մեկ տասը տարվան կտրատված, քրքրված հին յափունջում կոլոլված, որը մեկ հազար տեղ կարկատած, մաշված քրդի աբա էնպես էր ուսերին քաշել, որ, ղորդ ա, բէրանն ու միրուքը ծածկած ուներ, բայց գոտկի տակիցը դենը, գլուխդ ապրի՛, պատառոտած քոբաչի չուխի ծլանկները (կտորները) հազար տեղից էնպես էին ճոլոլակ էլած ու քամու ձեռին եսիր մնացել, որ փչելիս՝ ուզում էր, թե իրանց էլ հետը տանի: Գլխըներին հո, էնպես գիտես, թե ամեն մեկը մեկ սաղ ոչխար ըլեր դրած: Էն որ մի քիչ չաղ էր ու եղալի (հարուստ), ոտն ու գլուխը էլի մի քիչ քոք էր ու, աստծու տվածիցը, շորի հոտ էր գալիս վրըներիցը: Սրանց ամեն բանն էլ կարգին էր. լաքչինը՝ թազա, մուգ մավի ղադաք փոխանի ղրաղները՝ աղարուր, մավի քոբաչի շալ չուխա կամ եզրու ղադաք կապա, սիպտակ կտավե կամ շալի գոտիկ. շապկըների յախեն՝ որինը մով, որինը քաթան. արխալըղները, ղորդա, կարկատած էր, ամա շատ որ ըլեր, մեկ տասը-քսան տեղ, ավելի չէ՛, էն էլ ռանգ-ռանգ կտորներով՝ որը կարմիր, որը դեղին, որը գոլ-գոլ, էնպես որ շատի արխալուղը հեռըվանց, հենց իմանաս, չալ ղաջարի ըլեր կամ չալ կատվի պոչ: Ամենիցը գլուխը նրանց բորանի քուրքն էր. երեսը՝ կարմիր ներկած, ինչպես մեկ թուրքի հինա դրած ղաբա միրուք. Երեսք չուներ, ջանումն էլ բաց տեղ չէ՛ր մնում, բոլոր ծածկում էր: Փեշերը ու նեղ թևերը իշի նոխտի պես ուսըներիցը կախ ընկած՝ գետինն էին հասնում ու դիպած տեղը թամուզ ավելում, հայլի շինում. ամեն մեկ քուրք մեկ թզաչափ մազ ուներ, բայց ա՜խ, շատ արևի ու անձրևի ձեռիցը է՛ն հալն էր ընկել, ներկն ու երեսի ջուրը գնացել, որ, հենց գիտես, քոստ ձիու սաղրի ըլեր: Շատի վրա տասը տարվան թոզ ու կեղտ կար: Շատի ուսերն ու քամակը էնպես էր ծակվել, բուրդն ու մազը դուս թափել, որ տեսնողը հենց կիմանար, թե զարունքվան բրդըհան էլած ուղտի կաշի ըլեր: Բազըրի փափախի մորթին էլ հո՛, էնպես էր չալ ընկել, ու ծերիցը բուրդը դուրս թափել, որ մեկ բարակ քամի կամ հով փչելիս էլ՝ ամեն մեկ մազը թև էր առնում ու գլխըներին պար գալիս: Բայց էլի էնպես մարդի քեֆը գալիս էր տեսնելով, թե ի՛նչպես տանուտերն ու քեդխուդեքանց շատը գդակները կոտրել, աջու ականջի վրա թէքել, իրանց հինգ ոչխարանի քուրքը քեֆով մեկ էս ուսին էին քաշում, մեկ էն, ու բազի անգամ գլխըները էլ հետը տրմբացնում էին, որ գդակները գիժություն չանեն, իրանց չափը ճանաչեն ու դուզ կանգնին: Բազի անգամ էլ իրար բունոթի թավազա անելով կամ մեկը ձեռը մյուսի գոտիկը կամ ճտքովը քցած՝ իրանց էրեխությունը միտքըներն էին բերելու շախա անում, իրար բոթբոթում, շվաչնում, զրթկացնում, փռթկացնում, ճռթկացնում, մռթկացնում ու բազի վախտ էլ հրհռում, քրքռում, բրբռում, դրդռում. շատը հո, ծիծաղու, մեջքի իլիկը կոտրըվել էր, էնպես որ ժամիցը ընչանք տուն կգային, հենց բռնի՛ր, տարի քաշեց, էնքան էին էստեղ-էնտեղ կանգնել ու զրից արել:

Ղորդ ա, ասացի, որ շատի հաքին տրեխ էր, գյուլբա էլ չուներ, որ ոտը ծածկեր. շատի չուխի վրա հարիր կարկատան կար, շատի ձեռների, երեսի, միրքի վրա տասը տարվան աղբ, կեղտ, թոզ ու մազ կար, շատը բերնումը երկու հատիկ ատամ էլա չուներ. էնքան ծերացել էր, ամա ի՞նչ կանես, որ տունն ու շիրախանեն հազար բարությունով լիքը՝ տրաքում էին, ու աստուծո հոգի կար միջըներում, մեկ օձի ձուն էր պակաս նրանց տանիցը: Գինին՝ կարասներով շարած, ամբարը՝ հացով լիքը, կթի կովն ու գոմեշները՝ փորթ ու ձագը տակըներին, գոմումը կապած, քյահլան ձին՝ թավլումը, գութանը՝ դռանը լծած, մառանը՝ եմիշով, կախանով, տանձ ու խնձորով խլթխլթում, և մտնողին հոտը տեղն ու տեղը բռնում, շշմացնում էր: Նորահարսն ու փեսեն կամ մեկ ազիզ դոնաղ որ գլուխը բարձին չէ՛ր դնում էս անմահական բարության մեջը, էնպես իմանում էր, թե դրախտումն ա աչքը խփում կամ բաց անում: Որը երկու, որը իրեք բաղ ուներ, նոքար, հոտաղ՝ դռանը հազիր, ու տան ներսն ու պուճախը դըմբում էր: Կարասներով կողակ, կճեներով պանիր ու դավուրմա, աքաշներով զոխ, բոխ, ողորմակոթ, բղըներով եղ ու կարագ, մոթալներով պանիր,— ծո՜վ, ի՞նչ տուն: Տասը դոնաղ որ էն սհաթը նրա դռանը վեր գային, սաղ ամիս ուտեին, խմեին, կոտրեին, ջարդեին, փչացնեին, նրա տան խերն ու բարաքյաթը հա՛ կար, հա՛ կար, ու յաբանի յադն էլ նրանց դռնովը անց կենար, իրանք թևիցը կքաշեին, տուն կկանչեին, որ նրանց սուփրի համն առնի ու էնպես ճամփա ընկնի: Շատ անգամ եկեղեցումը որ մեկ ղարիբ օքմին կտեսնեին, Սուրբ սուրբն ասածին պես շատը կերթար, եկեղեցու դուռը կկալներ, որ ափթա ինքը նրան իր տունը տանի, ու շատ անգամ, երբ ուզողը շատ կըլեր, խոսքըմին կանեին, որ մեկ-երկու շաբաթ նրան իրանց միջումը պահեն, նրան քեֆ շհանց տան, ու բոլորն ի միասին, մեկ օր սրա տանը, մեկ օր՝ նրա, ուրախություն անեն, ղարըբի սիրտն առնեն:

Շատը սուրուով ոչխար էլ էին պահում: Էնպես մարդ կար, որ տարենը երկու հարիր, իրեք հարիր լիտր տանձ, խնձոր, ծիրան ծախում էր ու մեկ էնքան էլ աղքատի ու ճամփորդի ուտացնում յա դեղապետի համար պահում, որ սարի աղքատ խալխը՝ թուրք, հայ, չունքի բաղ չունին, մեկ հիվանդ պատահելիս՝ զան, տանին, ու իրանց թամարզու նաչարի աչքը դռանը չմնա, չունքի մեր աշխարքումը ինչ հիվանդ էլ որ ըլի, նրա առաջին ու վերջին դեղը պտուղն ա: Պտուղ որ չըլի, ո՛չինչ բան նրան չի՛ փրկիլ, ու լեզուն բերնումը կչորանա, յա հասրաթ կմեռնի: Ամեն մարդ իր բաժակի գինին ալհադա ուներ պահած, որ համ իր եկեղեցուն էր տալիս, համ էլ գեղըցոնցը բաժանում, ուրտեղ բաղ չկար, որ նրա ննջեցելոց հոգին հիշեն: Ամեն նավակատյաց ոչխար ասես, կով ասես՝ մորթում, մատաղ անում, ժամ, պատարագ անիլ տալիս, ժամոց բաժանում ու տանով-տեղով գնում, իրանց սիրելյաց գերեզմանները օրհնիլ էին տալիս ու աղքատներին կշտացնում: Մեկ փարի բան բազարիցը տուն չէ՛ր գալ, բացի իրանց հաքնելու շորիցը. էն էլ՝ կտավ, շալկացու, չուխացու, շատը հարսներն ու աղջկերքն էին նրանց համար մանում, գործում կարում:

Նրանց կնանոնցը որ մտիկ տայիր, խելքդ կերթար. խասի ու դումաշի միջում կորած էին. բերնըներիցը կտրում էին, օղլուշաղի ոտն ու գլուխը թամուզ պահում. տղամարդը շատ օրը հանդումն ա ըլում, ի՞նչ հաջաթ. կինարմատը միշտ պետք է աբուռով հաքնի, աբուռով մաշի: Մեկը-մեկի ջգրու, շատ անգամ, իրանց օղլուշաղին էնպես էին ծաղկում, զարդարում, ինչպես գարնան վարդը: Սադրի մաշիկ, կարմիր ծուղեք, դասաբ, դրաղները գյուլաբաթնով արած փոխան, ալ դարայի մինթանա (քաթիբա), զառ լաչակ, դալամա՞ար արխալուղ, սամուր քուրք, արծաթե կոճակներ ու բիլազիգ, քարգահարուր օձմաղ, ճլպինդ, տոտեր, շալկի յախա, ոսկե քամար, յախութ մատանիք, քահրըբար յա մարջան ճտի շարք՝ շատի միջումը ոսկիք, մանեթ, աբասի ծակած, անցկացրած. դոշի քորոց, ականջի օղ՝ որը ոսկի, որը մարգարիտ. մինթանի դրաղները՝ շատինը մարգարտաշար: Շատի մազերումը ու գլխին հինգ թումանի զարդ ու զարդարանք կար: Շատի ճակատին շարքով յալդուզ ոսկի շարած: Ամեն մեկի կնիկն ու աղջիկը, հենց իմանաս, խանըմ ու բեկզադա ըլեր: Շատը չորս-հինգ հարսն ուներ տանը, որ մեկ տեղը ցավելիս՝ ուզում էին գլխովը պտիտ գան ու ոտները ջուր անեն, խմեն: Գլուխն ու քամակը դեմ անելիս՝ հարսներն ու աղջկերքը իրար հետ բաս էին մտնում, որ իրանք քորեն կամ քութութեն: Տրխըները կամ լաքչըները հանելիս՝ ձեռն էր, որ բան էր ընկնում. որը ոտն էր ճմռում, որը ջուրն էր տաքացնում, որը բերում, որ ոտն ու գլուխը լվանա, որը թևերը վեր քաշած՝ ձեռին ջուր էր ածում, որը մահրամեն տալիս, որը թևն էր քաշում, որը շորերը դասում, որը տեղը քցում, քնացնում: Քնած փախտին էլ ե՞րբ կարեր մեկ ճանճ, որ նրա մոտովն անց կենա կամ երեսին նստի, էնքան աչքաբաց էին հարսն ու աղջկերքը: Մեկ դոնաղ պատահածին պես էս պատիվը դոնաղինն էր, ե՞րբ կարեին նրանք բաց աչքով նրա երեսին մտիկ տալ: Մեկ բան ուզելիս՝ ոտի տող գլխի վրա էին գնում, որ նրա աստծն անեն ու ձեռըները դոշըներին դրած՝ աչքը կթած ունեին, որ տեսնեն, թե իրանց տերը կամ դոնաղը ի՞նչ կհրամայի, որ կատարեն: Կեսուրը կամ կեսարը մեկ աչքը քցելիս՝ ուզում էին, որ տեղնուտեղը հալչին, էնքան հնազանդ էին:

— Բա՛խտ, բախտ էս ա. փողի բարաքյաթին էլ նալլաթ, նրա կտրողին էլ,— շատ անգամ ասում էին գեղըցիք ու գլխըները ժաժ տալիս,— ուտիլ չի՛ կարելի, հաքնիլ չի՛ կարելի: Էսօր ջերդ լցնես, էգուց պետք է մատդ լպստես: Ո՛չ գիշերը քունդ ա տանում, ո՛չ ցերեկը՝ դադարդ: Փորացավ ընկածի պես՝ մարդ չի՛ իմանում, թե թիքեն ո՞ր կողմովն ա կուլ գնում: Փողը որ կա, ժանգ ա, ձեռի կեղտ. էսօր կա, էգուց աստուծով մխիթարիս: Մեռնիս՝ պետք է շներոց-գիլերոց ըլի: Թեկուզ փողի համն առած, թեկուզ իր միսը կերած, հեսաբը մեկ ա: Սարդարն էլ ա մեր դուռը գալիս, փողատերն էլ: Տաշտումը հաց ունենամ, կարասումը՝ գինի, ջվալումն՝ ալիր, հերն անիծած, որ չխփ-չփլախ էլ ըլիմ, դարդ անեմ: Օջախս լիքը ըլի, տանս՝ բարաքյաթ, որդիքս՝ սաղ-սալամաթ, թո՛ղ օրը հազար մարդ մտնի, հազար մարդ դուս գա, ի՞նչ եմ հոգում. հացն աստծունն ա, ես էլ հետը. ո՞վ հասնի, թո՛ղ ուտի: Տերին փառք, տեղը հլա շատ կա. տղերքըս սաղ ըլին, ջանս սաղ ի՛: Աստված իր ստեղծած բանդի ոգը ի՞նչպես կկտրի: Գդակս ծուռը կդնեմ, քեփս արամիշ կանեմ. ո՛վ թամբալ ա, թո՛ղ նա դարդ անի:

Չէ՛, չէ՛, փողի սիրեն ճանաչողը ո՛չ հոգի ունի, ո՛չ հավատ: Փող՝ հող, մին ա: Զարգար Պ. որ շատ փող ունի, հենց էն ա, ինձանից մեկ թիզ բարձրացել ու լավ ա ապրո՞ւմ: Նրա քոռ աչքը գիտենա: Շատ փիքր անելուցը երեսի կաշին գնացել, չոփ ա դառել, քամակն էկել, փորին դեմ առել, ատամները ցից-ցից մնացել, աչքերը կուլ գնացել. մեկ որ փչես, հազար տեղ գունդ ու կծիկ կըլի. մեկ որ քթին հուպ տաս, հոգին էն սհաթը կտա: Տարենը որ հազար շուն, գել, թուրք, հայ, աղքատ, դարիբ, դուրբաթ հացս չուտեն, տանս չքնեն, գինիս չխմեն, իմ աչքը հեչ քո՞ւն կգա: Գյոռս էլ որ քանդեն, ձեն չե՛մ տալ: Իգուս մասըլի տուտը Թեհրան, Ստամբոլ ա հասել: Ո՞ւմ հարդն ա, որ մեկին չէ՛ ասի: Ինչ ուտում են, չեն ուտում, էնպես ասած ունիմ, որ հաբքա, խուրջին էլ լցնեն, որ տանեն իրանց տունը: Իր տնկած ծառի տակին քնիլը, իր բհամ բերած պտուղն ուտիլը աշխարք արժի: Նոր չե՛մ հաքնիլ, հին կհաքնեմ, ձեռս ո՞վ ա բռնում, ո՞վ ա գլխիս ծեծում, թե զառ ու դումաշ հաքիր: Ե՞ս չեմ իմ գլխիս տերը:

Քաղաքը որ մտնում եմ, հենց իմանաս, թե աշխարք սով ա ընկել. էլ ո՛չ խեր կա, ո՛չ բարաքյաթ: Հացն ու ջուրն էլ որ փողով ըլին ծախում ու առնում, էլ ո՞ւմ դուռը գնաս, ո՞ւմ ձեռդ դեմ անես: Բացի փախտ էլ տեսել եմ, որ դուքաններումը կիտուկ-կիտուկ մանեթները, ոսկին ածած, ամեն մեկ փող համարելիս, էնպես գիտես, թե փողատիրոնջ հոգին հետն ա դուս գալիս, էնպես են սրթսրթում իրանց խազինի վրա: Հենց իմանաս, թե առաջներիցը թև կառնի, կթռչի: Մեկ ձեռդ դեմ արա՛, շան որդի ըլիմ, ո՛չ մեկ բուռ հողի արժանանամ, թե սուտ ըլիմ ասում, աստված, երկինք, գետինք, ծով, ցամաք՝ մեկ ծեղ էլ չեն տալ, որ աչքդ կոխես: Թո՛ւհ, մարդ իրան հոգին պետք է ծախի, որ փողի թամահ անի: Հազար տարի էլ որ քո ազիզ սիրելու դրանն էլ շլինքդ ծնես, կանգնիս, առվու մեռնիս, հազար տարի անոթի փորով զկռտաս, մեկն էլ ա քեզ տուն չի՛ կանչիլ, մեկ սառը ջուր խմացնիլ:

Էն մարդն էլ, որ քո տանը կերել, խմել, ամառվ, տարով քո աղ ու հացի վրա ա էլել, աչքը աչքիդ առնելիս, հենց գիտես, թե գյուլլով խփեցին: Ետևն ա քեզ դեմ անում ու աչքը քամակը քցում: Տո՛, փողդ էլ ջհանդամը գնա, դու էլ, տո՛, դո՛ւ տումսաղ. ասենք թե աչքդ ա քոռացել, ինձ չեմ ուզում, որ ճանաչես կամ սուփրիդ դրածը նշանց տաս, տո՛ գլխիդ քար ընկնի, ինչ կերել ես՝ քթովդ դուս գա, խնդրել եմ աստվածանից՝ զահրըմար ըլի, էն դինումը առաջդ գա, աչքերդ բռնի, տո՛, մեկ բարով, աստուծո բարին է՞լ ա գլխիցդ դհաթ էլել, որ դունչդ ցցում ես ու ետ փախչում: Մեկ բարի լիս, բարի օր էլա՝ տո՛ւր, է՜, հո բերնիցդ քրեհ չե՞ն ուզում, ի՞նչ ես քարացել, էդ էլ հո փողով չի՛, ա՜յ փողակեր՝ հողակեր: Ասենք, թե չուխես մահուդ չի՛, հին, մաշված, բրդից ա, քոնը՝ նոր, կանաչ մահուդ, ձեռիցդ հո չե՞մ խլում: Քեզ պես հազար մահդամարդ իմ էս աղքատ չուխիս ղուրբան ըլի, որ առանց ղոնաղի հաց չի ուտում: Թե մեկ օր էլ ճանկս կընկնիս՛, ես գիտեմ, թե ձիուդ գլուխը դվորը շուռ կտամ. իլա սաբր արա, հալբաթ էլի քամին կպտտի, քեզ մեր դեհը կքցի. էն ժամանակը աչքդ բարին տեսնի: Ծոթ առնելիս հո՛, շատն ուզում ա, մեկ-երկու շահի փող ենք դատել, էն էլ նա խլի:

Է՜յ գիտի ժամանակ, հա՛. ո՞վ էր տեսել կամ լսել ավալի սփթա էսպես բաներ. գառն ու գելն ի միասին արածում էին, հըմիկ կովը վեր են քաշում, որ տեսնեն, թե տակին երաբ փորթ կա՞, թե չէ: Սատկած ձիու նալնի են ման գալիս, էլ ո՞ւմ ասես դարդդ: Հերը որդին չի՛ ճանաչում, որդին՝ հորը, ախպերն՝ ախպորը, լավ ա, որ քարը քարի վրա կանգնած մնում ա: Մարդ ինքը պետք է լավություն անի, որ աստված էլ նրա բանն հաջողի: Էլի աստված օրհնի՛ մեր հողը, մեր ջուրը. էլի թե հոգի կա, հավատ, մեզանում ա: Ուտե՛նք, խմե՛նք, քեփ անե՛նք, իրար թասիբ քաշե՛նք, իրար արևով խնդա՛նք. մեկ օր կմեռնենք, որ ողորմի չտան, գյոռբեգյոռ հո չե՞ն անիլ: Մարդ ինչ անի, է՛ն իր առաջը կգա: Լավություն կանես՝ լավություն կտեսնիս, վատություն կանես՝ վատություն: Հարիր տարի կըլի, որ լուսահոգի Ապովը մեռել ա, էլի նրա ողորմին հա՛ կա, հա՛ կա: Թուրք ու հայ նրա գերեզմանովն են օրթում ուտում: Ճամփի վրի մենծ իգու անունը Հնդստանն ա հասել. էն ջաղդահ բաղը իր ձեռովը տնկեց, որ անց կենողը գնա, նրա բարությունը վայելի: Ջորս կատեպան ամեն առավոտ, ինչ պտուղ ծառիցը վեր էր ընկնում, հավաքում, քթոցներով տանում էին, ճամփին դնում ու անց կենողի ջեբն ու խուրջինը լցնում: Էն մեծա իգուցը մեկ պտուղ, մեկ թաս գինի իրանց տանը չէին բանացնի, ջոկ կպահեին ու աղքատ գեղըցոնցը կբաժանեին:

Ի՞նչ պետք է տանինք էս փուչ աշխարքիցը. դատարկ էկել ենք, դատարկ կերթանք: Սաքի որ շատ էլ մալ, դովլաթ ունեցա, աշխարքի տեր էլ դառա, հո էլի պտի հողը մտնիմ: Իմն ա մի բուռը հողը, մեկ զազ կտավը: Լավ ըլիմ՝ լավ կասեն, վատ ըլիմ՝ վատ:— Տերտե՛ր ջան, քո ոտի հողն եմ, դրո՞ւստ եմ ասում, թե ծուռը: Գրի սևն ու սպիտակը չե՛մ գիտում, ամա ես իմ կարճ խելքովը էսպես եմ աշխարքի բանը քննում: Ով չի՛ ուզում, իր քեփն ա, ամեն մարդ իր գլխի տերն ա: Քեփ սանն, քյանդ քյոխվանն(Քեփը քոնը, գեղը տանուտերինը): Թուրքն անիծած ա, խոսքն՝ օրհնած:— Ի՞նչ կասես, տա՛նուտեր. թե սուտ եմ ասում, բերնիս խփի՛ր, անկաջս քաշի՛. դու գիտես, որ քո չոռը ինձ համար ջան ա, քո մեկ մազը արարած աշխարքի հետ չեմ փոխիլ: Թե ճշմարիտը չե՛մ ասում, ասա՛. «Գլուխդ քարին ես տալիս»: Ես էլ ձենս կկտրեմ: Ղորդ ա, վարպետի ու վարդապետի մոտ չեմ մեծացել, ամա իմ ողորմածիկ, լուսահոգի հերը տասը վարդապետի խելք ուներ գլխին: Ինչ որ խոսում էր, հենց իմանաս, թե ավետարանի կողքին գրած ըլի: Սաղ Աստվածաշունչը փորումն ուներ: Մեկ խոսք խոսալիս՝ հազար վկայություն էր բերում: Ժամագիրքը, Շարականը, Սաղմոսն ու Այսմավուրքը հո՛, ջրի պես գիտեր: Հարիր փիլիսոփա, վարդապետ, տերտեր հավաքվեր, բերանները կցխեր, ճամփու կդներ: Աշխարքի էն դինիցն էր խաբար տալիս: Մեկ ժողովքարար մեր գեղը գալիս պետք է տափ կենար, որ նրա ձեռը չընկնի, թե չէ՛, աստված ազատի, հոգին կհաներ, միսը բերանը կտար, շատ անգամ չէ՛ր իմանալ, թե էկած ճամփեն ո՛րն ա: Էս հիմի որ լավ-օսալ գլխիցս դուսեմ տալիս, նրա հունարն ա, թե չէ՛ ես ո՞վ եմ, որ ինչ գիտենամ:

Բանը է՛ն չի, որ մարդ, ծեգը տալիս, գնա ժամը, մեկ-երկու ծունգր դնի, դուս գա, մի քիչ գրին մտիկ անի, արշտոտա, քունը տանի, կակող բարձի վրա, դույթուքի յորղան-դոշակում երկար ձգվի, ուտի, խմի, քեփ անի, փորն ու գլուխը հաստացնի ու գա, մեր ջանին ընկնի, թե ինչ որ դատել ենք, էն էլ մեզ տվեք, որ տանինք, լավ ուտենք, լավ հագնինք, լավ մաշենք, ձեզ համար աղոթք անենք: Ախպե՛ր, բաբա՛, ջա՛նմ, գյո՛զմ. աղոթք ունիս, քեզ համար պահի՛, քեզ համար արա՛: Ի՞նչ ես տվել, որ մեզանից չե՛ս կարում ետ առնիլ: Ընկի որ չըլի, կասեմ. «Աստված, քեզ համար մեկ պասորդ կանեմ»: Աստված բերնին չի՛ նայում, սրտին ա մտիկ տալիս: Մեկ հաս ու չհաս պատահելիս հո՛, ուզում են, թե մեր տունը քանդեն: Տո՛, թե սուտը կարճ ա, չի՛ հասնիլ, փո՞ղն ա երկարացնում: Բերաններս խփել ենք, ինչ որ ասում են, անկաջ ենք անում: Ասենք՝ մենք չենք խոսում, բաս աստված վերևիցը չի՞ նայում: Էս ի՞նչ բան ա, թե փլավը ես ուտեմ, քո գլխին դմփեմ. մածունը ես լպստեմ, քեզ գող կատու կանչեմ: Ասենք, թե կարգավոր են, խաթրներիցը անց չենք կենում, չենք ուզում, որ անեծքի պատճառ դառնանք, չունքի սևագլխի անէծքը քարին որ դիպչի, քարը կպատռի. իրանք էլ մի քիչ պետք է իրանց չափը ճանաչեն։ Սևանու ճգնավորներն են լավ կարգավոր, ի՞նչ խոսք ունիմ, բաժակի, մսի համ չեն տեսնում, հաքածները բուրդ ա ու շալ, չոր գետնի վրա են քնում, երեսներիցը լիս ա վեր թափում. տաս՝ էլի կօրհնեն, չտաս՝ էլի կօրհնեն։ Մոտը մտած ժամանակը աստուծո բան են խոսում. կնկա երես տեսնելիս հո՛, երկու վերստ ճամփա հեռու են փախչում։ Չէ թե կնկանից, գինուց, փողից, ձիուց, էլ ի՛նչ գիտեմ, ինչ բանից խաբար տալիս։ Քյահլան ձիու վրա իրանք են նստում, խաս ու դումաշ իրանց հաքին ա, դաբլ ու փլավ ու հազար տեսակ անոշ կերակրներ, խմիչք իրանք գործածում, բանըդ կուշտն ընկած փախտը ուզում են, թե գլուխդ վեր բերեն. էս ո՛չ Քրիստոս ա արել, ո՛չ Մահմեդ։

Տո՛, հենց փող պետք է տամ, որ հոգիս դրախտը գնա՞։ Տո՛, որ գործքըս լավ չըլի, ես անօրեն ըլիմ, աստված նրանց խոսքովը, իմ ոգուս պետք է թողություն տա՞։ Տո, աստված փողն ի՞նչ ա անում, նրա յարադանին դուրբան։ Փողն աղքատին պետք է տված։ Դեն քցես՝ լավ ա, քանց էն մարդին տաս, որ քեզ մեկ շնորհակալություն էլա չասի։ Հազար օր նրանց տանդ պահի՛, պատիվ տո՛ւր, մեկ որ ոտդ մոտըներն ա ընկնում, մեկ սառը ջրի էլ լայաղ չե՛ն տեսնում, էս հո աստված չի՛ վերցնի։ Մեզանից առնում են, իրանց բարեկամներին ու ազգականներին շենացնում, ետո մեզ վրա էլ մեծ-մեծ խոսում։ Ասենք, թե ամեն բանի վրա լիս չե՛նք ընկնում, մեր աքուլը պահում ենք, որդի, երեխա իշի պես մենծանում են, նրանց հոգսը չե՛ն քաշում, վարժատուն չե՛ն բաց անում, չե՛ն կարդացնում, հենց ուզում են, թե մեր դատածը խլեն։ Մի գնա մեչիդը, ամեն մի մոլլա, էն անհավատ տեղըներովը, քառսուն-հիսուն մեծ, պստիկ գլխին հավաքել, առավոտից մինչև մութը ուսումն ա տալիս, իր մասամբի բանը սովորցնում. մերոնք հենց իրանց քեփն են արամիշ անում։ Ո՞րի արածըն աստծուն դիր կգա, ձեզ եմ հարցնում։ Ասում էլ ես, աղաչանք անում, անկաջըլվեր են անում. մեր որդիքն էլ մեզ նման էշ ուտում, էշ մենծանում. չենք գիտում, թե մենք սովորցնենք, գիտացողն էլ անկաջը կալել ա, ո՞ւմ ասես։

Թե սուտ եմ ասում, ա՛յ ջամըհաթ, մատըներդ կոխեցե՛ք, աչքս հանեցե՛ք, թե չէ՝ ախր մեր ազգը որ խեղճ ա մնացել, թրի, կրակի եսիր, բոլորի պատճառն էս ա, որ մեզ մեկ ասող չի՛ ըլում, թե մենք ո՞վ ենք, մեր հավատն ի՞նչ ա, ընչի՞ համար ենք էկել աշխարհ. քոռ գալիս ենք, քոռ գնում։ Հա՛, լավ, հավն էլ ա օրը հարիր անգամ, ջուր խմելիս կամ կուտ ուտելիս, գլուխը ցածացնում, բարձրացնում, էստով ի՞նչ կդառնա։ Ո՞վ չի՛ գիտի, թե երկնքումն աստված կա, մեզ համար՝ դատաստան։ Ամա պետք է իմանանք էլ, թե երկրումը ի՞նչ պետք է անենք, որ էս դատաստանի տակը չընկնինք, է՛: Ախպե՛ր էսպես չի՞, դուք ասեցե՛ք. ես մեղա, գլուխս քարը: Տո՛, ետին թուրքն էլ ախր Ղուրանի շատ փայը անգիր գիտի, ես մեկ Հայր մեր չեմ գիտում, ախր ի՞նչ իմանամ, թե հոգիս ո՞ւր կերթա, մարմինս՝ ո՞ւր. Ախր իմ խեղճ երեխեքն ինձանից ինչ պետք է սովորին: Շատ բան ասիլ չի՛ ըլում: Չի՛ ըլիլ, որ մարդ իր մատը իր աչքը կոխի, իր ձեռով իր գլխին յա երեսին թակի. ամա ի՞նչ անեմ. սիրտս պատռում ա, որ մեր ողորմելությունը միտքս եմ բերում: Թո՛ղ ինձ կարդացնեն, որդուս ուսումն տան, մեզ ճամփա շհանց տան, ճամփից, հավատից չհանեն, սատանի փայ ըլիմ, մեկ բուռը հողի, մեկ զազ կտավի, ժամ, պատարագի՝ հասրաթ, թե աչքս ուզեն, չհանեմ, իրանց տամ. որդիս ուզեն, չմորթեմ, մատաղ անեմ:

— Ի՞նչ ասեցիր, հերիք ա, խնամի Հարություն,— ասեց տանուտերը,— ո՞ւմ ասես, ո՞ւմ. հազար շուն, հազար գել կա, որ ո՛չ գիր գիտեն, ո՛չ գրի զորություն. մեր աստղը մեկ անգամ թեքվել ա. էսպես էկել ենք, էսպես կէրթանք. ամեն մեկ խոսքդ մեկ ջավահիր ածի, ամա ո՞ւմ ասես: Գիլի գլխին ավետարան կարդացին, ասեց՝ շուտ արեք, սուրուն գնաց: Բիլանա բիր, բիլմիանա բին. թուրքն ա ասել (իմացողին մեկ, չիմացողին հազար), ո՞ւմ գլուխը ծեծենք. ո՞վ կուզի, որ իր աչքը քոռ ըլի, ամա որ ասածդ տեղ չի՛ հասնում, ի՞նչ ես գլուխդ ցավացնում, բերանդ ափսո՛ս չի՞. քարին որ, հլա աստված սիրես, տասը տարի քարոզ էլ ասես, քյա՞ր կանի: Աստված մեր հորնըմոր հոգին լուսավորի՛, որ եկեղեցու դուռն ու ճամփեն էլա սովորցրել են, թե չէ հենց յաբանի հայվանի պես պտի մենծանայինք: Էդպես բանի վրա տարով էլ որ խոսաս, տուտը չի՛ հասնիլ. գնա՛նք տուն, ու ինչ որ աստված տվել ա, վայելենք, մեր հորնըմոր ողորմաթասը խմենք, հալբաթ աստված մեկ օր իր ողորմության դուռը բաց կանի, էսպես հո չի՞ մնալ: Գնա՛նք, գնա՛նք, թե չէ շուտով մենծ պասը կգա. էն վախտը վա՜յ քո օրին՝ հա՛, կա՛ց ու թթու կե՛ր, զազար կրծի՛ր ու բերնիդ ու փորիդ հույս տո՛ւր: Բարիկենդան ա, մեր քեֆն անենք հլա. ինչ աստծու կամքն ա, է՛ն ըլի: Փողատերն էլ իր համար կենա, վարդապետն էլ. լավության չեն անում, իրանք գիտեն, նրանց մեղքը հո մեզանից չե՞ն հարցնիլ, մեզանից չե՞ն ուզիլ. ո՞վ ա գիտում, թե էգուց գլխներիս ի՞նչ կգա. մարդի միս են ուտում, արինը խմում. ո՞վ ճար ունի, իր գլխին ա անում. մերն էլ՝ աստված, էսպես չե՛նք մնալ. փիս բանը, փիս ճամփեն էսօր ա, էգուց լիս կընկնի, ու էն ժամանակը շատ մեր լաց կըլի: Ճամփեն որ ուղիղ ըլի, ինչքան երկար էլ ըլի, գնա՛, դուզ ճամփից մի՛ դուս գալ. թե չէ, որ սարերով, չոլերով ընկար, բանդ բոշ ա, գլխիդ փորձանք շատ կգա: Ցոլդան չխանն գյոզի չխար (ճամփից դուս էկողի աչքը դուս կգա): Գնա՛նք, գնա՛նք տուն, տեսնենք, մեր խանումը ի՞նչ ա հազիր արել, խեղճը սաղ գիշերը աչքը չի՛ կպցրել ու հենց չարխի պես գլխի վրա պտիտ էկել, դես ու դեն ընկել։

— Աղբարը խեր ըլի մեր տանըդրոնց, թե նա չէ՛ր էլել, էս մարդը մեր գլուխը հենց սալթ կտաներ,— էն կալմիցը մեկը բեղերն ոլորելով, քիթը վեր քաշելով, խտտահով կում անելով, հազալով, գլուխը տմբացնելով ձեն տվեց։— Հինգ սհաթ ա, ժամը դուս ա էկել. ագռավներն էլ, որդիանց որ էլավ, հիմիկ մեկ կտոր միս յա աղբ, յա ուրիշ զատ քթած, կերած կըլին. փորըներս ղվվում ա, անկաջներս դժժում. ցուրտը մեկ դհիցը ցափըներս տանում, սովը մեկ դհից զոռ անում, սա հենց իր խոսքի տուտը բռնել ա ու ոտը վեր կալած ջաղացի պես դանը վրա ածել, գլխիցը դուս տալիս։ Քիչ էր մնացել, որ ասեի՝ քարփանը գնաց. պոչդ կարճացրու, դնգի ոտը ցածրացրո՛ւ, բերնիդ կապը կապի՛ր, լեզուդ քնացրո՛ւ. ու քամի ունիս, տա՛ր, ձեր տանը փչի՛ր. էս քամին մեզ հերիք ա, որ ոտնուձեռ սառցնում, փետացնում ա։ Կրակ, պատուհաս ա, էլի. զրից ունիս, տա՛ր, ձեր քուրսու տակին արա՛, որ լսողի քունը տանի. ի՞նչ ես չարչու մասալեքդ բաց արել, գլխըներս տանում։ Մենք էլ լավ գիտենք, թե կորած էշը ո՞ր գոմումն ա կապած, ամա ի՞նչ անես, որ մոռանողի շլինքը կոտրում են, իշի ոտն ու գլուխը խուզում. որ տերը տեսնելիս զոռում էլ ա, ասում են, թե քոնը չի՛, ո՞ւմ գլուխը կտրես։ Վաղի մասալեն չըլի, թե՝ Ուղտին հարցրին. ընչի՞ ա շլինքդ ծուռը,— ասեց. ի՞նչ տեղս ա դուզ, որ շլինքս ծուռը չըլի։ Մեր բանն էս ա դառել, ասելով ո՞ւմ կապի կբերես. առաջ լուծն ու կամըրդ պատրաստի՛ր, կալդ շինի՛ր, դեզդ դիզի՛ր, ետո գիժ մոզու անկաջիցը բռնի՛ր, է՜. հո հազար անգամ տեսել ես, որ կամն առնում ա, չոլերն ընկնում, էլ ի՞նչ ես նիախ տեղը բերանդ ցավացնում, մեզ էլ հացից քցում։

Ցանք անողը առաջ պետք է գետինը վարի, փափկացնի, ետո սերմն ածի, թե չէ էլածն էլ ղուրդ ու ղուշ կուտի, կմնաս գլուխդ քորելով, մատդ լպստելով։ Մեղրաճանճին մուխ տո՛ւր, որ փախչի, թե չէ երեսդ ես դեմ անում, հալբաթ որ կկծի, յարալու կանի։ Ամեն մարդ հենց իր ձին ա քշում, էլ առաջը մտիկ չի՛ անում, թե ո՞վ ա կանգնած։ Ճրագը իրան տակին ա լիս տալիս. աշխարքը՝ դմակ, մարդը՝ դանակ. ո՞վ ա հարցնում։ Բարդին կռացնես, քեզ վրա կընկնի, գլուխդ կջարդի։ Ուրագն իր դեհն ա տաշում, ծառն իր տակին շվաք անում։ Ջուրն իր ձկանը պահում, հավն իր ճուտին մուղայիթ կենում. սաքի որ ամպի պես էլ գոռաս, լսողն ո՞վ ա։ Դեղ ունիս, քո գլխին արա՛. եղ ունիս, ձեր բղդումը տահի՛ր։ Ինչ կուզես՝ արա՛ յա ասա՛, ջուրն իր ճամփեն կքթնի։ Հենց դու կմնաս միջումը փասամարդի։ Դրուստը խոսողի փափախը ծակ կըլի, չե՞ս լսել։ Ով ասես՝ գլխին կխփի ու բուրդը քամուն կտա։ Ի՞նչ բանդ ա, փորդ հո բերնիցդ բարձր չի՛։ Տունչդ փորիցդ ա դուս գալիս, պահի՛ր, տազ արա՛. քեզ ո՞վ ա ասում, թե արի, մեր կալը չափի՛ր, որ չանադդ քեզ ու քեզ դեմ ես անում։ Թե մեկ բան էլ գիտես, ձեր տան պատերին էլ մախա մի՛ գնալ, հողին էլ մի՛ ասիլ. ձեն կտան, դու կմնաս միջումը մեղավոր: Ախր ի՞նչ անես, որ լուռ չկա. հո չե՞ս կարող քեզ սպանիլ: Հոտաղ կերել եմ, հոտաղ մենծացել, պարտական մնա, որ ինձ մեկ լավ ճամփա ցույց չի տվեց, ո՞ւմ գլուխը կտրես յա՛ աչքը հանես: Ղիամաթումը սառչում ենք, սա հենց ի՛ր զուռնեն ա փչում. տո՛, զուռնեն է՛ն տեղ փչիր, որ պար էկող էլ ըլի, է՛, աղբաթի խեր. թե չէ՛, էս չոլումը որ փչում ես, քեզ ո՞վ շաբաշ կտա, ո՞վ բարաքյալլա կասի:

Տանուտե՛ր, տունդ շնորհավոր: Խնամի Հարությո՛ւն, ասածս սարին, քարին դիպչի, քամին տանի. համեցե՛ք, խռովել ես, սառը ջուր խմի՛ր, սիրտդ հովանա, համեցե՛ք, քո գլուխը որ կա, սար ա. անձրև, ձին, կարկուտ, կայծակ թո՛ղ դիպչի էլ, գա էլ, ի՞նչ վենդ ա: Մենք էլ լավ գիտենք, որ դրուստն ես ասում, ամա ի՞նչ անես, որ գեղըցու խոսքը չկանի չե՛նդնում, քաղաքացին էլ տեղը տաքացրել, տազ արել, իր չայը խմում, ո՞ւմ դարդն ա, թե քարը քարի վրա չի՛ կանգնիլ. ամեն մարդ իր փլակն ա դզում, իր գլուխը քորում. բերանդ բաց անելիս՝ հող են ածում, աչքդ բաց անելիս՝ թոզ. շունը տերը չի՛ ճանաչում, ո՞ւմ ասես, ո՞ւմ: Կուտ ունիս, քո հավի առաջն ածի՛ր. դան ունիս, քո ջաղացը տա՛ր: Դու էլ, թե ձեռիցդ գալիս ա, դանակդ սրի՛ր, մեկ կողմիցը վրա թռի՛ր. աշխարքս թալան-թալան ա, նամարդը իշի փալան ա: Հա կա՛ց ու քեֆ արա՛: Բարիկենդան օրեր ա, խելքըներս կորել ա, ետո ես կգամ, առաջ դու գնա՛:

3

Անջախ մի անջախ իրար բոթբոթելով, համեցեք անելով. կռնից, թևից քաշելով տուն ընկան:

Օրհնյալ է աստված,
Փառք հավիտյանս չամիչ.
Սրտըներն ընկավ տեղը,
Մատըներն ընկավ եղը.
Աքլորին բարձեցին գեղը
Ու կուզըկուզ անելով՝
Մտան տաք տեղը:
Նամարդ ըլի, ով չասի՝

Աստված վերջը խեր անի:

Արի՛, հիմի գոմի դուռը կսնգնի՛նք ու մեր քեղխուդեքանց քեֆին թամաշ անե՛նք: Բայց ի՞նչ անես, որ չե՛ն թողում: Հազար յաղ ու այլազգի էլ որ ըլիս, սրանց սովորությունն էնպես ա, որ առանց քեզ թիքա չեն բերաններն դնիլ. չգնաս՝ կխռովին, ու ամեն մարդ իր տունը կերթա. գնա՛նք, ի՞նչ կա որ, հո մեզ չե՞ն ուտիլ: Տարով մեջըներումը մնաս, քեզ տնետուն ման կածեն, քեֆ շհանց կտան: Բարիկենդան օրը էն, որ քարվան մտնի գեղը, ճամփից ետ կդարձնեն. քեզ էլ կպահեն, նոքարներիդ էլ, ձիանոնցդ էլ, իրանք քո հոգսը կհոգան, քեզ քնից, տեղից չեն ժաժ տալ, էնքան ղոնաղասեր են:

Հա՛յ դե, ջո՛ւր տո՛ւ, քշի՛,
Ձիդ ներս քաշի՛:
Մտնինք գոմը,
Տեսնինք համը,
Ուտենք փլավը,
Մարսենք չլավը.
Անա աղլուխդ դի՛ր քթիդ,
Որ հոտը չդիպչի սրտիդ:

Լսեցի՞ր, նստեցի՞ր, չէ՞. կսնգնի՛ր, իմացի՛ր, բանը բանի նման չի՛. ա՛ռ քեզ տրաքոց: Շփոթ ու խաշիլ ա, որ հիմի իրար կխառնվի: Թե ճար ունիս, փեշդ ձեռիդ պահի՛ր, գդակդ՝ գլխիդ, թե չէ՛, գլխաքաց որ դուս գաս, խարփուխ կընկնիս, թե ասածս չանես, պարտական ըլիս:

Գոմի սաքուն էնպես էր ուռքացել, ինչպես համամ: Աթարի կրակի մարմանդ բոցը մեկ կողմից, եզի, կովի, ձիու հոտը՝ մյուսիցը, մարդի քյալլա էին ծակում: Փորները՝ ուռած, գլխըները՝ դատարկ, ձեռք ու ոտք՝ մրսած, գոմի ծանրացած բուղն ու կրակի ու ծուխն էլ որ քթըներըն չդիպավ, մաղձ ու աղիք իրար գլխով տվեց: Որը բերնին էր հուպ տալիս, որը աչքին, որը փորին, որը քթին, որն էլ թութուն էր քաշում, որ բալքի թե էն զահրմար հոտը մի քիչ կտրվի: Որը փռշտում էր, որը հազում, որն էլ էնպես էր զկռտում, որ սիրտ ու թոք հետը դուս էին գալիս: Ամեն մեկ քիթ նաղրախանա էր դառել, ամեն մեկ բողազ՝ դռռռռռռ, ամեն մեկ փոր՝ դափ ու դարյա: Հազալիս երես ու միրուք էր, որ ներկվում էր: Փռշտալիս, հենց գիտես, անձրև էր գալիս. քթի ցելթուկը ինչ տեղ ասես հասնում էր. երես, բերան, աչք, ունք էլ չէր ասում, թե աստված ա ստեղծել: Տատը աղլուխ չունենալով՝ կամ փեշով էր սրբում քիթը, կամ ձեռը պատին քսում, կամ թե չէ քիթն է՛նպես էր սաստիկ էր քաշում, որ մեկ բուռը ծուխ ասես, բուղ ասես, գոմի հոտ ասես, թոզ ասես՝ քուլա-քուլա բարձրանում, բեհն էին համբարձվում:

Էս միջոցումը խեղճ տանդրոջ կնիկն էլ փեշերը վեր քաշելով, քիթը սրբելով՝ գլուխը քարը չի տվեց, ուզեցավ, որ ներս մտնի ու դռնաղներին բարի լիս ասի ու գալըները շնորհավորի: Հազի, փռշտոցի ձենը լսելով՝ քաղաքավարություն բանացրեց, գոմի դուռը բաց արեց, որ մի քիչ հոտն ու ծուխը դուս գնա: Բայց երանի, թե ձեռը կոտրըվել էր, չէ՛ր բաց արել: Հենց դռան ճռռոցն իմացան թե չէ, աշխարքն իրար գլխով դիպավ, ու որն անգդակ, որն քուրքը քաշ տալով, աչք ու քիթ բռնած՝ էնպես քոռըքոռ հենց ուզեցան, որ դուս թռչին, երեսները մի քիչ հովին տան, էլ չկարողացան առաջներին մտիկ անիլ, չունքի տունը ծուխը խավարացրել էր, բուղը ամպի պես կալել. իրար գլխով ընկան. հենց իմացան, թե քամին դուռը բաց արեց, ու մեր խեղճ տանդրոջ կնկա ջանը իրան հասցրին, ոտի տակ տվին:

Հարայ հրոցը որ իմացան, ետ դարձան. աչքդ բարին տեսնի, չէին իմանում՝ ծիծաղա՞ն, թե սուգ անեն, յա վրա հասնին, քոմակ անեն. չունքի տանդրոջ խաթունը էնպես էր ծանրագոգոթ խրվել գոմի կպրե կարասումը, որ էլ ո՛չ քիթ, ո՛չ երես, ո՛չ լաչակ, ո՛չ մինթանա (դերիա). դատարկ տեղ չէր մնացել, բոլոր ռուսվա էր էլել վարդահոտումը: Էս ղալմաղալումը ողորմելին հենց իմացավ, թե ձեռները թամուզ են, հենց մատները բերանը տարավ, որ օսմաղը մի քիչ բաց անի ու շունչը քաշի, քո դուշմանի գլուխը չի՛ գա, ինչ նրա գլուխն էկավ. մեկ դուրում տաք-տաք, կովի էր թե գոմշի, չգիտեմ, մազա էլ էս վախտը բերանն ընկավ ու սրբություն, խաչ, ավետարան աչքիցն ընկավ: Էլ թուք ասես, վատ խոսք ասես՝ նա էր, որ կվաթաթախ բերնով տալիս էր ու ասում:

Ծանրագլուխ տանուտերը ընչանք հիմիկ էնպես էր իմանում, թե փորթերն են կապըները կտրել, իրար գլխով ընկել, ու տանտիկինն ուզում էր, որ տուն անի. աչքը ցցեց դռան մեջը թե չէ, տունը գլխին փուլ էկավ: Մերու արջի պես բղղալով, ճղղալով, էստուր-էնդուր գլխին բամբաչելով որ վրա չի՛ հասավ, որ իր խաթունին էս դժոխքիցն ազատի, սատանի աչքը քոռանա, քուրքն ընկավ ոտի տակը, գլխի վրա որ մաղալաղ չտվեց՝ շրը՛փ, չը՛խպ, ինչ նա տեսավ, քո դուշմանի գլխին չգա. երեսի վրա էնպես խրվեց էս կվի մեղրի կճուճումը, որ աչք, ունք, բերան, քիթ, միրուք էնպես ներկվեցին,որ հազար ուստա քիաքառող էլ որ էլել էր, էնպես աղաթին, լազաթին՝ հինա չէ՛ր կարող իր օրումը քւիլ:

Դարդիմանդ տանտիկինը մարդի խայտառակությունը տեսավ թե չէ, իր ցավը մոռացավ ու տեղիցը ժաժ էկավ, որ իր հալևորին մի քիչ քոմակ անի. հալևորն էլ հենց է՛ն էր ուզում, որ գլուխը էս անոշ բարձիցը բարձրացնի ու իր խաթունի՛ն էս ռուսվայությունիցը ազատի, ձեռըները իրար չի հասան, քամակ-քամակի դիպավ. ա՛ռ քեզ տրաքոց. էլ ետ դուբարա իրանց վարդահոտի մեջը էնպես խրվեցան, որ երկու լուծ գոմեշը անջախ կարող էր նրանց էստեղանց հանի:

— Տո՛, ջրատա՛ր, տո՛, գլուխդ հողեմ, ախր ի՞նչ բանըդ էր կորվել, որ դու էլ էկար, էստեղ ընկար: Ես քիչ ռուսվա էլա, դու էլ ուզեցար, որ հետս ընկեր դառնա՞ս: Էս հո խուրմա չէ՛ր, որ մենակ ուտեի, քեզ չտայի, ի՞նչ էր սիրտդ պատռում: Կրեմ էդ գլուխդ, որ դու ես: Էդ հունարիդ տերն ես, որ մեկ էշ բզիկ չե՛ս իմանում: Ժամն էլ գլխիդ խռով կենա՛, պատարագն էլ, հացն էլ, սուփրեն էլ, բարեկենդանն էլ, պասն էլ: Մենք մեր բարեկենդանն արինք, հըմիկ որ ջհանդամը գնում են, թո՛ղ գնան դրանք: Սրանց ոտը պետք է կոտրվեր, որ մեր շեմը չէին կոխել: Էս ի՞նչ բան էր, որ մեր գլուխն էկավ. գեղի, աշխարքի միջում խայտառակ էլանք: Մերը մեզ հասավ: Թե մենք, թե մեր զգիր Կոտանը: Ով տես, մեզ վրա պտի բերանը բաց անի:

— Տո՛, քավթառ խմանազ, իմ ցավս հերիք չի՛, դու էլ մեկ կողմիցն ես միսս ծամում: Ի՞նչ ես բերնիդ կապը կտրել ու լեզուդ քեզ չես անում: Ձենըդ կտրի՛, թե չէ էնպե՛ս քաշի կտամ, որ ատամներդ փորդ կթափի: Սաղ օրը աթար ես թխում, էսօր էլ համն ա՛ռ, էլ ի՞նչ ես գլուխս տանում: Որ չէիր գոթռոմացել, թեզ վեր էիր կացել, հո հիմիկ էրկուսս էլ պրծած կըլեինք: Կնիկարմատն ու ձուն մեկ օրինակի են, հենց ձեռն ես տալիս թե չէ, էն սհաթը փիլվում են: Շատ կնկա թամահ անողին ի՞նչ ասեմ, հազար խոսք ա բերանս գալիս, ետ գնում: Տե՛ր աստված, քեզ մեղա. խաթա-բա՛լա ա, էլի: Կրակն ընկանք, տո՛: Փասա-փուսեդ քաշի՛ր, վե՛ր կաց, կորի՛ր, էլ երեսս չի՛ գալ:

Էս խոսքումը դոնաղներն, էն ա, էնքան ծիծաղել էին, որ սիրտըներն էկել, բողազներին դեմ էր ընկել, ու շատի ոտները դաբաղի աշ դրած կաշի էր դառել: Ախր ո՞վ տեսնի Էնպես լազաթի թամաշա ու աչքը կալնի ու չծիծաղի: Լավ իրանք էլ չէին ուզում, ամա, նալլաթ չար սատանին, բանն էնպես էր վրա էկել: Ինչևիցե, փոր ու բերան բռնած՝ էլ ետ մոտ էկան, որ իրանց տանդրոջ հավարին հասնին: Սա էլ քթի տակին փնթփնթալով, ոտ ու ձեռ հինաթաթախ՝ վեր կացավ ու դեպի իրան տեղը երըմիշ էլավ:

Էսքան թամաշեն ու նաղլը անց էր կացել, դեռ զզիր Կոտանը ո՛չինչ բանից խաբարություն չուներ: Էս հարայ-հրոցը որ ընկավ՝ «Հա՛յ, ջուր բերե՛ք, հա՛յ, քոմակ արե՛ք, տանուտերն ու տանտիկինը խեղդվեցին»,— հենց իմացավ թե չէ, էնպես կարծեց, թե մուխն ա նրանց զոռ արել, վրա վազեց ղոչաղ-ղոչաղ, բրդի կծկի պես, մեկ կնուն խոտեց կժի տեղ ու խալխին՝ «Հա՛յ, ձեր հերը, հա՛յ ձեր մերը» ասելով, միսն ատամի տակին, ափալ-թափալ ներս պրծավ ու հենց էն սահաթին վրա հասավ, որ տանուտերը երես-մերես սրբել, միրուքը լվացել, ուզում էր, որ բերանն էլ թամուզացնի, չունքի ատամների տակին էլ մեկ քանի անոշ թիքա մնացել էին: Շատ փայը հո՛, բարկացած ժամանակը կուլ էր գնացել, էստուր համար էր բողազը ճորթում, հազում, ջուր կում անում, ամա ձեռը ո՛չինչ չէր ընկնում, հազալ-մազալու վախտը անց էր կացել: Սոված փոր, ծեր մարդ, դարտակ գլուխ ու էնպես խնկահոտ, մեղրահամ, ի՞նչ լազաթ կտա, իմացողը թո՛ղ իմանա: Էլ ի՞նչ ասեմ: Էստուր համար էր մեր պարոն տանուտերը կատաղած արջի պես փորը բռնել, պտիտ գալիս:

— Վա՛յ, իմ աչքս դուս գա, տա՛նուտեր ջան, վա՛յ, ես դժոխքի փայ ըլիմ, վա՛յ, վա՛յ, վա՛յ. էդ ի՞նչ ա քո հալը, գլխիդ մեռնիմ, մկամ քո Կոտանը մեռել, կորել ա, որ դու էդ օրն ես ընկել,— ասեց խեղճ զզիրն ու աչքը կեռացրած, մեկ դիհի վրա թեքված՝ վրա թռավ, որ նրա գլուխը լա, նրա ցավին մեկ դարման անի:

Հենց քիչ էր մնացել, որ տանուտերը սիլեն եռ քաշի ու նրա մեկ քոռ աչքն էլ դզի, ատամները փորն ածի, որ իր տերն էնպես թողել, իր քեֆի եռևիցն էր ընկել, դովթալաք զզիրը էլ սիլամիլին մոտիկ չտվեց, դաստ արեց, որ իր ծուռը դզի, աղի խաթրն առնի, ու էրկու ձեռով որ կնուճը շուռ չտվեց տանդրոջ գլխին, աստված ազատի, ինչ նրան հանդիպեց: Մեկ եքակնուն, հինգ տարվա թթու, թանձր, պնդպնուն բազկաթանը էնպես նրան ողողեց, որ ջրհեղեղի օրն էլ էնպես ալեկոծում, էնպես զուլում չէ՛ր էլած, չէ՛ր տեսնված յա լսված: Տանուտերը հո տանուտերը, քոռ զզրի սիրտը ջուր կապվեցավ: Բազկաթանի հոտը էնպես քյալլին դիպավ, որ տասը գազ ծուլ էլավ ու գող շան պես վրվրթալով, սրսրթալով, հեթեթալով եռ թռավ գոմի պուճախն ու մնաց քար կտրած, սառած: Մեկ մկան բունը որ հազար թումանի տվել էին, կառներ, մեջը կմտներ, որ իր սև օրը լա ու տանդրոջ ձեռիցը պրծնի: Քու դուշմանի գլուխը չի գա, ինչ նրա հալն էր. տանդրոջը հո, աստված ո՛չ շհանց տա, ընչանք թաքբար ջուր կբերեին, իրանն իրան հասավ: Միրուք, բերան, քամակ, ծոց, քուրք-մուրք՝ հոտած բազկաթանի մեջը չխչխպում, ծլծլում էին: Ձեր, լաքչին՝ բոլոր լցվել էին, տուտը պճեղն էր հասել: Քամակը քոր էր ընկել, աչքերը մրմնջում էին. թե ուզում էլ էր, որ ժաժ գա չէ, փոխանն էնպես էր լցվել բազկաթառով, որ փաչեքը իրար դիպչելիս դափի, զուռնի ձեն էին հանում, չփչփում:

Էս շան հալին էլի զոռում, զռում, հարայ էր տալիս, ձեռները դես ու դեն քցում, որ զզրին ճանկի ու սպանի: Քոռ Լավի պես մնացել էր պատի տակին կանգնած, ամա էլ հենց է՛ն էր ձեն տալիս.

— Թողե՛ք, թողե՛ք, դրա քոռ աչքն անիծած, թողե՛ք, դրան սպանեմ, շնաստակ անեմ, դա՞ էր մնացել, որ իմ գլխիս օյին գա՞: Դրան է՛ն օրը քցեմ, որ մեծ թիքեն անկաջը մնա:

Ընչանք ջուր կբերեին, ամենին իրանցը իրանց էր հասել. շատը նվաղել, քամակի վրա վեր էր ընկել: Էլ ի՞նչ կանեին իրար երեսի ալիր փչիլ յա մածուն քսիլ, որ շատ անգամ, ուրախ վախտներն, անում էին: Էս բավական ալիր էլ էր, մածուն էլ: Էս ղալմաղալումը տանդրոջ կնիկը ճրրալով, թռնթռալով դուս էր գնացել, որ իր գլուխը լա, իր մեղքիցը ազատվի: Խալխը տանդրոջ բնությունը լավ գիտելով, որ բարկացած ժամանակին հրեշտակ էլ ձեռն ընկներ, չէ՛ր խնայիլ, ո՞ւր մնաց զզիր Կոտանը, տերտերին աչքով արին, որ նա, քանի աչքը բաց չի՛ արել, մունճաթ անի, որ բալքի խղճին մեկ ճար ըլի, ու էլ ետ զզրին բերեն, տանդրոջ ձեռը պաչիլ տան: Հենց իմանում էին, թե կարգավորի պատիվն էլա կպահի:

— Բարիկենդան օրեր ա, խնամի Օհանես, խելքըներս կորել ա, տնա՛շեն,— բերանը բաց արեց ծանրազոռոթ մեր փառավոր տերտերը, որ իր կարգի պատիվը ճանաչելով՝ ուզում էր, որ բալքի հաշտություն քցի միջքները ու էրկուսին էլ բարըշացնի:— Աշխարք ա, է՛ղպես կըլի. հո աղջիկ չե՛ս, որ խասդ ու փարադդ գնա. հո շուշա չես, որ կոտրվեիր, խանէ՛ խարաբ. մոմ չե՛ս, որ հալչիս. մի քիչ սիրտդ լե՛ն պահի, ի՞նչ էլավ քեզ: Քրիստոս իր սուրբ ավետարանի միջումը գրում ա, ամենիդ մուրազն էլ տա, թե՝ Երանի՛ խաղաղարարաց, կամ թե՝ Թշնամուդ գլխին կրակ կածես, թե որ նրան սի՛... ըր՛... դռ՛... ր՛ս... Վա՛յ քո հերն էլ անիծած, քո մեռոն քսողինն էլ, քո օխտը պորտին նալլաթ, քեզ բարի օր տվողին, բարի լիս տվողի շլինքը հախ միսն տերը կոտրի, էս ի՞նչ ա իմ հալը,— տերտերը բուխարուց ձեն տվեց՝ գլուխը քորելով. միրուքը թափ տալու: — Էս ի՞նչ անիծած մարդի ռաստ էկանք էսօր, տո՛, հենց ամեն բանն էլ թարս ա գալիս: Հարամ ըլի է՛ն հացն էլ, է՛ն ջուրն էլ, խաթա-բալի մեջ ընկանք, է՛լի: Էս ի՞նչ կրակ ա, որ մեզ էրում ա:

Իրավ որ ողորմելի կարգավորը կրակի մեջ էր ընկել: Չունքի ինչ սհաթի որ նա մտացավ, որ տանդրոջ սիրտն առնի, էլ չէ՛ր մտածում, թե նրա արինն ու հերսը աչք ու միտք կալել, քոռացրել էին: Անաստված տանուտերը էնպես մեկ սաստիկ դուրթմա (մուշտի) տվեց էս քո խեղճ տերտերի դոշին, որ փիլոնը մի տեղ ընկավ, գդակը՝ մի, ու ինքն էլ չոքըչոք անելով՝ գլուխն էնպես բուխարու աթարի կրակի մեջն ընկավ, որ երես-մերես բոլոր խանձվեցավ: Խեղճի բերանը մրով, մոխրով լցվել էր, միրքի կեսը հո, կես տարի անցախ դուս կգար, էնպես էր քոքիցը խանձվել, պլոկվել: Ճտտեղանց էր է՛ն քաղցր օրհնությունը տալիս, որ մեկ դուրթմի էլա ինքը չի՛ դիմացավ ու ուզում էր, որ մեր խեղճ թանակոլոլ, մեղրաթաթախ, վարդահոտ տանուտերին ճամփու բերի:

— Ժամումը գլխըներս տանում են, հերիք չի՛, փոմումն էլ են ուզում իշխանություն բանացնեն, ախր ի՞նչպես մարդ համբերի,— վրա բերեց տանուտերը: — Ձեր օրհնողին ի՞նչ ասեմ. նալլաթ չար սատանին, բերանս ի՞նչ ա գալիս, ետ գնում:

Էլի երկար էսպես քթի տակին մրթմրթում էր տանուտերը, որ զզրին փախցրին, պահեցին: Աստված բարի ճամփա տա, որ էնպես ղալաթ բան մյուս անգամ չբռնի՛, և մեր գրի սև ու սպիտակը ճանաչողներին էլ խելք, իմաստություն տա, որ էսպես տեղը իրանց պատիվը չկորցնեն:

4

Տանուտերը գեզջանգեջ աչքը բաց արեց, դուռն ու պուճախն ընկավ, որ իր սիրտը մի քիչ հովացնի, բայց զզիրը թռել էր: Քեղխուդէքը մեկ կողմից, կնիկը մյուս կողմիցը թոփ էլան,տանդրոջ սիրտն առան, տերտերին էլ բարշացրին, տանդրոջն էլ, զզիրն էլ էկավ, չոքըչոք ոտներն ընկավ, մեղա ասեց, ձեռը պաչեց, մեկ թաս արաղ էլ կոնծեց. ծուխն էլ քիչ-քիչ պակսեց, բուղն էլ, ամեն բան սկսեց իր կարգն ընկնիլ: Տերտերը «Պահպանիչն» ասեց, քեղխուդի մեկը՝ «Եվ ևս խաղաղությունը», տանտիկինը «Ամեն» ձեն տվեց, տանուտերը՝ «Մեղա Աստուծո», «Հայր սուրբ, զքեզ ունիմ միջնորդը» ու վերջապես արաղ-մազեն էլ որ տուն չբերին, ամենի սիրտն էլ տեղն ընկավ: Ինչ անց էր կացել, քամուն տվին, խունկ ծխեցին, երդիկ ու դուռը բաց արին, հոտը-մոտը քաշվեցավ, կատարները տաքացավ, ու մեր պարոն քեղխուդէքը հացի նստեցին, սուփրեն քաշեցին. մեկ գլխին տերտերը բազմեց, մյուս գլխին՝ տանուտերը, մեկելները էլ պատի տակին էնպես սրով բազմեցին ու ոտները ծալեցին, որ սուփրէ մեջը էկող-գնացողի, անց ու դարձ անողի համար բաց էր մնացել:

Նոքարը որ արաղը չածեց, ավալի սփթա տերտերին դեմ արեց. սա էլ խաչակնքեց, օրհնեց, տվողին խմացրեց, որ մեր զգիրն էր, ու ետո ինքն առավ թասը ձեռը ու օրհնության տուտը սկսեց:

— Աստված աշխարքիս խաղաղություն, թագավորաց հաշտություն, քրիստոնեից ազատություն տա՛: Ընչանք մեռնինք ո՛չ, որ մեկ օր էլ էնպես՝ էլով, գյունով, ռուսի ձեռի տակին նստինք, քեֆ անենք:

— Ամե՛ն, ամե՛ն,— ձեն տվին ամենն էլ:

— Տունդ շե՛ն կենա, տու՜դ, տա՛նուտեր, որդիքդ ապրի՛ն: Աստված օջախդ հաստատ պահի՛, նամարդի մուհթաջ չանի՛. մեր գլխի թագն ես, մեր աչքի ծաղիկը, Հա՛յր Աբրահամի օրհնությունը քեզ վրա, Սիմեոն ծերունի պես քո ըմբրի խերը տեսնիս: Քեզ ծուռը մտիկ անողի աչքը քոռանա, ո՛ւմ սրտումը մեկ խեթ կա, աստված բարին կատարի՛: Ինչ էլավ՝ աստված վերջը բարի անի՛, քաշած զահմաթդ ապաշխարանք համարի՛. էսօր՝ քեզ, էգուց՝ մեզ. մենք էլ քո ջրերն ընկանք: Ով խռով ա, սառը ջուր խմի՛: Իմ գլխիս ջաղաց էլ աղան, թաք ըլի տեղս տաք ըլի, ձեռիս՝ թաս, սիրտս՝ ուրախ: Տո՛, քեֆ արե՛ք, տո՛, դուշմանի աչքը հանեցե՛ք: Շնորհավոր բարիկենդան. աստված զատկին էլ մեզ արժանի անի. քանի կարանք, մեր օրը վայելենք. էգուց ո՛չ էլ օր մեծ պասը ոտները երդիկը նըլըլակ կանի, հա կա՛ց ու բազկաթթու կե՛ր: Հավասարական սաղ ըլի՛ք, ուրա՛խ: Տեր աստված, քեզ փառք. մեր երեսը քո ոտիդ տակը: Քո ստեղծվածն ենք, մեզ չի՛ կորցնես: Տե՛ր աստված, դու մեր Ռուս թագավորի սիրտը ռահմ քցես, որ գա, մեզ ազատի. ընչանք մահ մի՛ տար մեզ, մինչև նրանց երեսը տեսնինք: Կենդանություն,— ասեց ու արաղի թասը շպրտեց:

— Կենդանի մնաս, սա՛ղ ըլիս. կարգիդ՝ հաստատ, տե՛րտեր ջան. անո՛ւշ, խմածդ անո՛ւշ, հենց իմացանք՝ մե՛ր սրտովը գնաց,— ձեն տվին ամենն էլ, ու մեկը մեկ թիքա պանիր, մյուսը մեկ թիքա խորոված յա խաշլամա, լոշում փաթաթած, թավագա արին:

Տերտերն էլ առաջ ձեռը տվողի բթի վրա դրեց, թիքեն առավ, բերնին, ճակատին դրեց, «Հա՜յ, ձեռդ ապրի, հա՜յ գորանաս» ասելով, ձգվելով, օրհնելով, գովելով՝ թիքեն ծամեց, կուլ տվեց ու ինքը մյուսների օրհնանքին անկաջ դրեց, անո՜ւշ ասեց:

Էնպես՝ արաղի թասն սկսեց պտիտ գալ, ձեռնեձեռ ընկնիլ ու ամեն մեկի ձեռին մեկ սհաթ տանջվիլ, չխմողին տանջիլ, չունքի ամենն էլ մեկ եքա պարկ օրհնություն բերնըներումը հազիր ունին, ու ում լեզվումը մի քիչ հունար կա, սուփրի ու գինու կամ արաղի թասի վրա ա փորձում։ Բայց ամենի խոսքի տուտն է՛ս էր.

— Օրհնյա՛ ի տեր, աստված կարգիդ հաստատ պահի՛։ Քո աղոթքը մեր գլխիցն անպակա՛ս ըլի։ Տա՛նուտեր, սաղ ըլիս. տանուտեր, քո շվաքը մեզ վրա դայիմ-դաղըմի ըլի։ Մի՛րզամ, աստված որդիքդ պահի՛։ Ավետի՛ք, քո որդու կարմիրը կապե՛նք։ Խնա՛մի, աչքի լիս ես, աստված քեզ մեկ դոչ որդի տա՛։ Հավասարական սաղ ըլի՛ք, ուրա՛խ։ Տե՛ր աստված, վերջըներս բարի անես։ Կենդանություն։

Էսպես՝ ամեն մեկ խմող ամենին ջոկ-ջոկ մեկ բան պտի ասեր ու էն էլ ամեն թասի վրա։ Թեկուզ քսա՛ն թաս էլ մեկ մարդ խմի, քսա՛ն մարդ էլ նստած, ամեն թաս խմելուն ամենին էլ հատուկ-հատուկ մեկ բան որ չասի, թասը կուլ չի գնալ, բկումը կմնա։ Շատն էլ թասը մեկ սհաթ քիմի ձեռին բռնում ա, որ վրեն մի տաղ յա մի խաղ ասեն ու իրան անունի շարականը վրա բերեն։ Հայտնի բան ա, որ տերտերից յա տիրացվից գյուման շարական ասող՝ գեղ տեղն ո՞վ կա։ Ամա սրանք էլ խեղճ շարականի բուրդը շատ անգամ էնպես են զզում, որ աստված հեռու տանի։ Լսողը մինչև Երուսաղեմ մին կփախչի։ Բայց ի՞նչ կանես, բախտըներիցը հազար շուն կա, հազար գել, որ ո՛չ գիր գիտեն, ո՛չ գրի զորություն։ Լավն էլ էս ա, շատ գլուխ չի՛ ցավիլ։

Մեր երկրումը առաջ ձեռըները լվանում, սրբում (էն էլ նստած տեղն ա նոքարը՝ փեշկիրն ուսին, ավթաֆա լագանը ձեռին, ամեն մեկի առաջին կռանում յա չոքում, ձեռին ջուր ածում), ետո են սուփրեն քաշում, աղամանը, պանրամանը, ձկնամանը մեջտեղը շարում, ապա հացը քաշում, ամենի առաջին կիտում, բազի վախտ կանաչի էլ ա ըլում։ Գդալ, չանգալ-դանակի ոտը դեռ մեր աշխարքը չի մտել։ Մատներն էլած տեղը ի՞նչ հարկավոր ա չանգալ-դանակ։ Կերակրներն էլ մեկ սինով (պոթնոս) ներս են բերում, ու մեկ նոքար փեշն ու թևերը վեր քաշած, ուսին քցած, կուզըկուզ անելով՝ երկուսի առաջին մեկ աման ա դնում։ Հացից ետը էլի ջրով որ ձեռք ու բերան չողողեն, չլվանան, կերածը հարամ կըլի։ Գդակ վերցնիլ սեղանի վրա յա գլուխ տալ ադաթ չի՛։ Երկրի ծեսն էսպես ա, Եվրոպա չի, որ կովը վեր քաշեն, տեսնեն՝ տակին հորթ կա, թե՝ չէ։

Հենց մի քիչ աղի կողակ ու պանիր որ անոշ չարին, գելը կատաղեցավ։

— Տո՛, լերդս կպավ, է՜, բերանս հո ցամաքեցավ. էդ զահրըմարը միածա՛, որ տեսնինք՝ ի՞նչ համ ունի, է՜, ա՜յ տնաշեն։ Կողակի թիքեն հրես բկիս դեմ ա ընկել, ի՞նչ էլավ ձեզ, մեզ հո սպանելու չե՞ք բերել էստեղ,— ձեն տվին էս տեղանց, էն տեղանց քեղխուղեքը, որ գինին շուտով ածեն:

Նորը չիմանա, թե հայաստանցիք ուրիշ ազգերի նման, հենց էն ա, գինի տեսնելիս, ուզում են հոգիքը տան կամ, ինչպես բազի Կովկասյան սարը դեռ չտեսած մարդ, գինու ումբին որ տեսնում են, երեսներին խաչ են հանում կամ շիրախանումը քնում, կամ թուր ու սերթուկ գրավ դնում, կամ թե չէ՝ ցխում, վեր ընկնում, երազ տեսնում, դելը տալիս: Աստված մի՛ արասցե, էս պակասությունը չունին, նրանք էս շնորհքիցն ու մարիփաթիցն վաղուց են ձեռք լվացել, որովհետև աշխարհ չեն տեսել, ու էշ կերել, էշ մեծացել, ո՛չ բարոյականության ձեն լսել, ո՛չ կրոնագիտության, որ գինու գինը լավ իմանան ու երկու թաս խմելիս ոտ ու գլուխ կորցնեն ու սիրահարված՝ երկինքը համբառնան: Չէ՛, չէ՛, նրանք շատ բոի են ու էլած-չէլածը չեն տալիս խմիչքի, ամա տեղն ընկած չախտը, գինու տիրոջ ջանին մուննաթ, էնքան են խմում, որ երեսները վարդ ա դառնում, գլխները՝ նաղրախանա, լեզվները՝ բլբլի, սիրտները ալանի և ո՛չ խոզի. չունքի մեկ հայ չես տեսնիլ քո օրումը հարբած, ցխումը թավալ տալիս, թեկուզ հինգ թունգի էլ խմի: Մա՛շալա, տղեն սրան կասեմ, ա՛յ թե մարդ ա, ուրիշն էլ էս բանը կանի:

Հաց քցող տղեն էրկու ստաքանանոց տոլուն էլի տերտերին դեմ արեց. նա էլ օրհնությունը տվեց ու ճամփու քցեց: Ետո մեկելներին տվեց. էսպես՝ բոլոր հացի ժամանակը մեկն էլա ինքը չէ՛ր ածում իր գինին. էս նոքարի ու դուլուղ անողի գործն ա. որ քսան մարդ էլ որ ըլին, հենց մեկ թասից պտի խմեն, էնպես որ, ընչանք թասը պտիտ կգա ու վերջին մարդին կհասնի, սրա բողազն ա ցամաքում, վերի նստողի՝ թուքը: Կենաց-մենաց խմիլն Երևանումն էնքան ադաթ չի, ամա մարդ իր լեզվի հունարը ձեռաց պետք է չթողա, ամեն թասի վրա մեկ խոսք ասի. ինչ կըլի՝ ըլի, հաջաթ չի. բեհին տաքացած ժամանակը ինչ կուզես, ասա՛, վատ խոսք էլ որ ասես, լավի տեր անց կկենա: Սովորական կերակրներն էլ մեր երկրի սրանք են՝ բոզբաշ կամ քուֆթա կամ խաշ, տոլմա, խորոված կամ խաշած ձուկը, զառան մսով փլավ, խաշած հավ ու ոչխարի խորոված, որ հենց էնտեղ ներթ բուխարումը խորովում ու շատ անգամ շամփրով, տաք-տաք իրար թալագա անում: Բազի անգամ էլ տոլուչին պետք է բերանը բաց անի, որ մեկ թիքա խորոված իրանց ձեռովը բերանը դնեն կամ մեկ թաս գինի կոնծիլ տան:

Էսպես՝ մեկ քանի տոլու մաքրազարդեցին թե չէ, քեֆըները չաղացավ, դամաղները տաքացավ, շունը տերը կորցրեց: Կրչոնց Վիրապն էլ հո՛ էնտեղ էր, էլ ի՞նչն էր պակաս, սազը կողքին հազիր ուներ. անկաջ պտեր, որ նրա ձենին հայիլ-մայիլ մնար:

Հենց ջուրն իր ճամփեն քցավ թե չէ, սա էլ իր սազը քոքեց, ճնգճնգացրեց. հա՛ կաց ու քեֆ արա՛: Պատերը դմբում էին, գետինը զրնգզրնգում, օճորքը տեղըհան ըլում, նրա ձենը մարդի քյալլին ցցվում: Էնպես զոռբա ձեն ուներ Վիրապը, որ հինգ սհաթվա ճամփից լսվում էր.

— Փի՛ր օլսան, փի՛ր. ջանմ սան, ջանմ. ի՞նչ կըլեր, որ քո մերն քեզ նման մեկ հինգն էլ էր բերել, որ աշխարքի միջումը մի հատ չըլեիր: Սսա՛, բերանիդ ղուրբան, սսա՛. Բերանդ ապրի, ըմբրով կշտանաս,— հազար տեղից ձեն էին տալիս մեր պարոն քեղխուդեքը՝ գլխըները տրմբացնելով, անոշ-անոշ զկրտալով:

Տատի բերնի ջուրը հետը գնում էր: Տատ անգամ, քեֆը քոք ժամանակին, տերտերն էլ ի՛ր ձենի հունարն էր ուզում նշանց տա, ու կամ Վիրապի հետ էր բաս մտնում, զռռում, կամ թե չէ «Երևեցավ խնկաբերիցն» ասում, խալխի թասըները վեր դնիլ տալիս, կամ ձեռըներին բանդ անում. ամա էնպես մեկ մխոտ, ճղթած, ճղլանի, քացախած ձենով, որ մարդի գլուխը տեղիցը պոկ էր գալիս: Քեղխուդեքը հո, մաջալ չէին տալիս. ինչ բերանները գալիս էր, հենց է՛ն էին քյոնդալանա ասում, զռում, էնպես, որ խեղճ սազանդարի ասածը բերնումը հարամ էր ըլում:

Ամենը հո ամենը, իլլահիմ մեր մեղրաբերան տանուտերը. անատամ ռեխը որ բաց չէ՛ր անում, պատերը դողում էին, կատվըները մլավում, հավերը բակումը իրանց տիրոջ ձենը լսելով՝ շարքով կանգնում, կոկռում յա կչկչում: Ցորթ, եզը, ձի, տավար ուզում էին, որ ուրախությունիցը կապըները կտրեն: Էշը զռում էր, գոմեշը տըլնգում, էծը մկկում, կովը բառանչում, փորթը բղավում, որը փշտացնում, որը փստացնում, որը վզզացնում, որը բզզացնում: Մյուս բաները չեմ ասում, ամոթ ա: Գարի, դարման կերած տավար, հայտնի բան ա, որ ինչ ասես, նրանցից դուս կգար: Խուլասա, ի՞նչ գլուխ ցավացնեմ. էսպես նաղրախանի ու մուզիկի ձեն շահի դռանն էլ չէր լսված: Բայց գինու տակոին դալար մնա: Էս թոփ ու թոփխանեն, էս զարբազանը մեկին էլա քյար չէ՛ր անում: Տատի, հենց բռնես, քեֆը գալիս էր: Բայց ամեն սհաթ հո մեկ չի՛ ըլիլ, ու ում ուժն ասես՝ տերտերին յա զզրին ա հաղթում: Սրանց մեկը էս ալեկոծության ժամանակին հենց շարքյասեն առավ, օրհնեց, պրծավ ու պռնկին դրեց, որ մաքրազարդի թե չէ, էշն էն կողմիցը էնպես մեկ թունդ տրաքացրեց, որ էլած-չէլած խելքը գլխիցը թռավ, շշկլեց, գինու կեսը կատիկը թռավ, կեսը միրքին թափեցավ, ու հենց ուզում էր, որ թասն էլա չի՛ կոտրի, ու բեղափիլ ձախու ձեռը որ չի՛ վրա բերեց, սատանի աչքը քոռանա, էնպես սատիկխփեց տանդրոշ գլխին, որ փափախը կրակի վրա ծունդր դրեց, խորոված շամփուրը վեր քցեց, տասը հատիկ ատամների մեկն էլ բերնիցը վազեց, փորը գնաց, որ գլուխը պրծացնի: Թե ուրիշ վախտ էր էլել, ես գիտեմ, թե տանուտերը ինչպես նրա միրքի մազերը մին-մին կպոկեր, բերանը կլտեր, ամա էս սհաթին, որ քար էլ աղային գլխին, ձեն չէ՛ր տալ:

— Լավ հարաքյաթ ես անում, հա՛: Է՜հ, ի՞նչ անենք. բարիկենդան օրեր ա, խելքըներս կորել ա, դու սաղ ըլիս: Ա՜յ տղա, ածա՛, լցրո՛ւ: Վիրա՛պ ջան, մեկ լավ գլէ՛. խմե՛նք, քե՛փ անենք, ո՞վ ա խաբար, թե էգուց գլխըներիս ի՞նչ ա գալացուկ: Գյոռն չաթլասն, տերտե՛ր ջան, գյոռն. էդ չալ միրուքդ ուտեմ, որ մի սիրտս կշտանա. կե՛ր, խմի՛ր, քե՛փ արա,— ասում էր ու տերտերի ուսերին լավ բաբաթ վեր հատում. սա էլ պարտքի տակին չէ՛ր մնում ու մեկի տեղակ հինգն էլա ետ տալիս:

Էսպես՝ դինջ, տանստանու, ինչպես հեր ու որդի, քեփ էին անում մեր պարոն քեդխուդեքը, համաք անում, իրար սիրտ շահում ու հազար բաբաթ նաղլ, մասալա, առակ, շախս ասում, անում, լսողի սիրտը բանում, իրանց օրը անց կացնում: Վաղուց էին կշտացել. էլ հո հաց չէին ուտում, մազա էին անում, գինի խմում. բազինն էլ վեր էր կենում, պար գալիս: Տերտերը մեկ թաս գինի մեկին դեմ անելիս հո, հազար տեղ գլխի վրա կունդկի էր տալիս, որ նրա սուրբ ձեռիցը բաժակն առնի, ձեռը պաչի: Էնպես՝ վախտին էին մտիկ տալիս, որ դուս գան, գնան, ջահել տղերքանց ջիրիդին թամաշա անեն:

5

Արեգակն էկել, երկնքի մեջտեղը բռնել էր. օրվան փուշը մի քիչ կոտրըվել, տաքացել էր: Սար ու ձոր արծաթի պես փլփլում, պլպլում էին: Էս հաղաղին ով որ Քանաքեռ մտներ, հենց կիմանար, թե երկնքիցը մեկ ավետյաց ձեն ա էկել, աշխարքս արքայություն ա դառել, մարդի աչքն էլ ցավ, կսկիծ չի պետք է տեսնի, և Քանաքռու խարաբեքն էլ էին թև առել, ծափ տալիս, թե էլ էնպես չեն մնալ, թե իրանց մեջն էլ շունչ կմտնի, շեն կընկնի, էնքան տղամարդ, ջահել տղերք, էրեխեք էին տներիցը դուս էկել, քուչեքումն ու կտրներին քեփ անում: Օտար մարդը հենց կիմանար, թե էս գեղըցիք աշխարքի տերն են. ո՛չ դարդ ունեն, ո՛չ դասավաթ. ամեն մեկը հազար թումանի տեր են: Ոհաթ խալխը՝ որը ձեռնաբռնուկ էին արել, պար գալիս, որը բոլորեշուրջ նստել, քեփ էին անում, որը խաղ էր ասում, որը զամ քաշում: Էստեղ զուռնեն էր փչում, էնտեղ ճժալախտի էին խաղում, մյուս տեղը փահլևաններն էին կոխ պրծնում, յա դարաչիքը փալ բաց անում: Մանր տղերքն էլ յա ճնաթոփի էին խաղում, յա աչքակապուկ, յա սալդաթի պես կռվում: Դաբխփի (դհոլ), զուռնի ձենն ու հարայ հրոցը աշխարք էին վեր կալել:

Աղասին էլ քեֆն արել, պրծել, իր դաստեն ետևին քցած՝ էկավ մեկ տասը ձիավորով, գեղի միջովն անց կացավ, որ գնա, կալերի դզումը, ջաղացների մոտին իր հունարը նշանց տա, ջիրիդ խաղա, չունքի գեղամիջին էնպես դուզ տեղ չկա: Հենց իմանաս՝ մեկ թագավորի որդի ա գալիս: Ցարաղ-ասպաբը կապած, թվանքն ուսին, թուրը կողքիցը կախ, ջուխտ փշտովն ու դամեն գոտկումը, կանաչ մով շալվարը, զառ կապեն հաքին, գյուլբանգի աղլուխը ճտին. նուղայի թուխ գդակը գլխին կոտրել, աջու անկաջի վրա էր քցել. ոսկեթել թուխ-թուխ մազերը ձախու կողմիցը քամու հետ խաղում՝ յա ազնիվ երեսին էր դիպչում, յա բկի տակովն ընկնում: Բեղերն ապրշումի պես ոլորել, էնպես էր թշի վրովը դուս տարել, որ ամեն մեկի մեկ ծերը անկաջներին էին դիպչում: Մտիկ անողի խելքը գնում էր: Գեղըցիք հենց նրան տեսան թե չէ, ծափ տվին, պար էկան, ձեն-ձենի տվին ու սկսեցին նրա խաղն ասիլ, նրա գովքն ածիլ:

— Աղասի՛ ջան, գլխիդ ղուրբան, էս թասը խմե՛նք քո արևսաղաղին, արևիդ մեռնիմ. մեր գլխիցը ո՛չ պակսիս. գնա՛, մենք էլ էս ա, կգանք,— ամեն կողմից ձեն տվին ու Աղասու թասը խմեցին:

Ազնիվ երիտասարդն էլ, ով որ իրան էսպես պատիվ էր տալիս, գդակով էր անում, քաղցր երեսով գլուխ տալիս ու անց կենում:

Հեռվանց երևում է, թե ի՞նչ ղիամաթ էր անում իգիթը: Ձիու անկաջը մտած՝ էնպե՛ս էր քշում, կրակին տալիս, որ, հենց իմանաս, թևավոր դուշ ըլի: Շատ անգամ ջրիդը հեռու տեղից շպրտում, ձին չափ էր քցում, ու գետնիցը ծուլ ըլելիս՝ ձիու վրիցը բռնում էր, էլ ետ քցում: Շատ անգամ հենց էնպես դուզ շպրտում էր ու կրակի պես ետևիցը հասնում, կալնում, էլ ետ ծուլ անում: Գետնին վեր ընկած տեղիցն էլ էնպես էր թամքի միջիցը կռանում, բարձրացնում, որ ջիրիդն առաջին դողում էր: Ընկերտանց վրա էլ որ փախտ-փախտ ջիրիդ չէ՛ր քցում, է՛նպես էր նշանում, որ գդակների ծերին էր դիպչում կամ գդակը հետը տանում, որ իմանան, թե նա նրանց դիմիշ չի՛ անում: Շատ անգամ թամքի միջին ջուխտ ոտի վրա կանգնում, էնպես էր ձին չափ քցում: Աչք պետք է ըլեր, որ նրա ռաշիդությունը, տղամարդությունը, հունարը տեսներ ու զարմանար:

— Ջանմ սան, ջանմ, Աղա՛սի. մերդ մեկ հատ ա քեզանից բերել, հազար տարի անց կենա, քեզ նման մեկն էլա չի՛ բհամ տալ,— ասում էին թամաշավորքն ու խնդում, ուրախանում, ծափ տալիս:

Հանկարծ էս քեֆի միջումը, հենց բոնես, մեկ ամպ տրաքեց, երկիրը շարժեց, յա թոփի, թոփխանի ձեն էկավ, յա երկինքը փուլ էկավ:

— Տարա՛ն... տարա՛ն... աստվածասե՛րք, մոտ էկե՛ք... քոմակ արե՛ք, գլուխս լացե՛ք: Տունս կոխեցի՛ն, օջախս, քանդեցի՛ն... աչքիս լիսը հանում ե՛ն, սիրտս դուս են ճղթում, տո՛, մեկ հասե՛ք, ի՞նչ կըլի: Ա՛ստված, երկի՛նք, ծո՛վ, ցամա՛ք... Էս ի՞նչ կրակ ա, էս ի՞նչ զուլում ա... Վա՛յ, օրս ու ումրս խավարի, էս ի՞նչ եմ տեսնում: Ձեր թուրը կոտրվի, ձեր էկած ճամփեն փուշ ու տատասկ դառնա... Վա՛յ իմ ըմրիս, արևիս... ո՞ր ջուրն ընկնիմ, ո՞ր ջհանդամը գնամ... Գետինն էլա չի՛ պատռվում, որ ինձ մեջը տանի, աչքս հանի. էլ ի՞նչ աչքով իմ սև օրս լաց ըլիմ... Էրեխիս տարա՛ն... քոմակ արե՛ք... Աստվա՛ծ, յարադանդ քոռանա, էս ի՞նչ կրակ ա, որ մեր գլխին ես ածում, մեզ էրում, փորթորում: Ա՛ռ, ա՛ռ քո տված հոգին, էլ չի՛ հարկավոր. հոգի չե՛ս տվել, կրակ ես տվել, որ էրվի, ինքը չիմանա, մեր ջանը փորթոթի... Ամա՛ն... հարա՛յ... դա՛տ... մադա՛թ... Ե՛րկինք, մե՛ջ փուլ արի՛, ինձ տակովդարա՛, ի՞նչ կըլի... Ձեր փափախը ձեր գլխին խոռվ կենա, ի՞նչ տղամարդիկ եք, տո՛, մեկ ձեռն էլա հասցըրե՛ք, է՛, ի՞նչ եք քարացել, փետացել: Թա՛գուհի ջան, գլխիդ մատաղվնամ... Թա՛գուհի... Անումիդ մեռնիմ... երեսս ոտիդ տակը. Թ՛ագուհի ջան... էդ չախմուր աչքերիդ դուրբան ըլիմ, ազիզ ջան: Աչքիս լսի պես մեծացրի, որ է՞դ տեղն ընկնիս... Թո՛ղ ինձ սպանեն... էդ թուրը թո՛ղ իմ սիրտս խրեն... թո՛ղ քո ոտիդ տակին հոգիս տամ... թո՛ղ ես հողը մտնիմ... էն փախտին ուր տանում են քեզ, թո՛ղ տանին: Թո՛ղ քո նեղ օրը չտեսնիմ, ո՞ր դժոխքն ուզում ա, թո՛ղ ինձ նեքս տանի...

Էս կսկծալի ձենի հետ լավ պարզ լսվում էր, որ մեկ տղամարդ թուրքերեն ասում, հարբա էր գալիս, որ ձենը կտրի:

— Ձենդ կտրի՛, դանջղ, դարաչի... Հենց էս սհաթին փորդ վեր կածեմ. ջինգյանությունն ի՞նչ պետք ա. սարդարի հրամանն ա, պետք է ձեր աղջիկը քաշենք, տանինք. ի՞նչ խոսք ունիք, ի՞նչ կարողություն. սարդարի հրամանին սարը չի՛ դիմանալ, դուք ի՞նչ կարաք անիլ:

Խալխի գլխին ջուր մաղվեցավ: Ամենն էլ իմացան, թե ի՞նչ խաբար ա: Սարդարի փառաշներն (ծառայք) էկել էին, որ աղջիկ քաշեն, ո՞վ հարդ ուներ, որ ծպտա: Բարիկենդանը սուգ դառավ: Երեխեքը լալով, դողալով տուն փախան. կնանիքը դռները կողպեցին ու շիրախանի կարասների տակը մտան, կամ վերնատներումը տափ կացան, կամ դարմանի ու խոտի խրձերի մեջը մտան: Գեղը, հենց բռնես, բիրադի քանդվեցավ: Տղամարդկերանց որը որ փախլուկ էր, գլուխն առավ, կորավ. որը որ մի քիչ պինդ սիրտ ուներ, զարզանդելով, դողդողալով մոտ էկավ, չէ՛ թե օգնություն անի, չէ՛, այլ թե տեսնի, ի՞նչպես մարդիկ են էկողները, ի՞նչպես են տանում խեղճ ջրատար աղջկանը: Ռանգ-մռանգները թռած, սփրթնած՝ էկան մեռելի պես ու տան բաշին շարվեցան: Տատի լեզուն բերնումը շաղվել, փետացել էր: Տատի լերդն ու թոքը ջուր էր կտրվել: Տատի պռոշները ախու ճաքել՝ արինը շռալով գնում էր: Լավ ուզում էին, որ քոմակ անեն, լավ ուզում էին իրանց էլած-չէլածը տան, որ խեղճերին ազատեն, բայց ո՞ւմ ձեռիցը մեկ բան կգար: Սարդարն էր հրամայել, ո՞վ էր կարող, որ ձեռք վրա բերի: Թե մեկ ծպտոն էլ հանել էին, էն սհաթը տուն, տեղ կրակ կտային ու իրանց էլ թոփի բերնին կդնեին, կքցեին: Աստված ո՛չ շհանց տա: Անօրենի ձեռը դուշմանս չի՛ ընկնի: Մարդ ո՞ր հողը տա գլխին. ինչ ուզում են, է՛ն են անում: Դատաստան չկա՛, իրավունք չկա՛, ու հայ ազգն էլ էնքան էսպես ցավեր տեսել էր, մեկ օր խոսքըմին չէ՛ր ըլում, որ իր գլուխն ազատի: Աղջիկն ասես՝ քաշում էին, տղեն ասես՝ տանում, շատ անգամ թուրքացնում, հավատից հանում, շատ անգամ էլ գլուխը կտրում, էրում, նահատակում: Ո՛չ տունն էր իրանը, ո՛չ մալը, ո՛չ ապրանքը, ո՛չ ջանը, ո՛չ օղլուշաղը: Զարմանալուն էս ա, որ էսպես կրակի, զուլումի մեջը էլի նրանց աչքը ուրախություն, նրանց երեսը ծիծաղ էր գալիս:

Էսպես, ինչպես ասեցի, հարիր մարդից ավելի վրա էին թափել, ձեռըները ծոցըներումը դրել ու պատի ծերիցը մտիկ էին տալիս: Սուգ ու շիվանն աշխարքն առել էր: Ֆառաշները կատաղել, փրփրում էին. շատ անգամ թվանքները դեմ էին անում, որ խալխին խփեն, վեր քցեն, որ բալքի ռադ ըլին, կորչին. բայց էլի հուշտ էլած ոչխարի պես ետ էին դառնում, էլ ետ՝ ետ փախչում, էլ ետ՝ ետ գալիս, մտիկ տալիս:

Ի՛նչ խեղճ, ողորմելի մերն էր անում, աստված հեռու տանի. քար չէ՛ր մնացել, որ գլխին չի խփի. հող չէ՛ր մնացել, որ վրեն չածի: Ձագը կորած հավի պես մեկ դես էր փազում, մեկ՝ դեն, մեկ գլխին տալիս, մեկ՝ ոտին: Է՛նքան էր ծնկներին, գլխին խփել, հարայ տվել, լաց էլել, մազերը պոճոկել, երեսը չանգռել, կտրատել, որ էլ ո՛չ աչքումը լիս կար, ոչ ջանումը՝ թաղաթ, ո՛չ բերնումը՝ լեզու: Էնպես, հենց ձենը փորն ընկած, շունչը կտրված՝ ոտին-գլխին էր անում, ինքն իրան ջարդում, գլուխը քարեքար տալիս, յա սուրութմիշ ըլելով, գետինը լիզելով՝ փառաշների ոտներն ընկնում յա ձեռըները բռնում, որ թուրը խլի, իր սիրտը խրի, յա թե չէ, սրանք էլ որ դոշին չէին խփում յա քացով տալիս, դեն քցում, ընկնում էր ջուխտձեռով աղջկա վրա յա ճտովը ու էլ, թեկուզ քացով էին խփում գլխին, թեկուզ դմբզով (մուշտով), թեկուզ դամշով յա թվանքի դուրթմով, էլ պոկ չէ՛ր գալիս, էլ չէ՛ր իմանում: Ուզում էր, որ փորը ճղի ու իր հոգու սիրելին էլ ետ ներս տանի:

— Թա՛գուհի ջան, էս ի՞նչ ա, քո հարսանիքի պա՞րն եմ գալիս. փեսեն ո՞ւր ա, տերտերն ընչի՞ հա՛մար չի՛ գալիս: Հինեն ի՞նչ տեղ ա, բերե՛ք, որ աղջկանս ձեռները կարմրացնեմ: Դափ ու զուռնեն ընչի՞ չեն ածում: Ա՜յ ղոնաղներ, ի՞նչ եք էդպես պարապ, կտրի ծերին կանգնած մնացել, ձեռըներդ ծոցըներդ դրել... Ինձ չե՞ք սիրում... Պար էկե՛ք, է՜...հարսանքավորն էդպես բաշիբոզ կկանգնի ու թամաշա կանի՞... Խարչն իմն ա, հո ձեր քիսիցը չի գնում. կերե՛ք, քեֆ արե՛ք, իմ որդուս արևն օրհնեցե՛ք: Մեկ աղջիկ ունիմ, որ աչքիս լսի հետ չե՛մ փոխիլ, նրա խաթրն էլա չո՞ւնիք, որ մեկ ուրախություն անեք, սիրտս հովանա: Հա՞... քնա՞ծ եմ, թե՞ զարթուն, թե գլուխս վրես չի՛... Բաժինքը հազիր ա... Չէ՛, չէ՛...փեսեն հո Թիֆլիզ գնաց, էսպես թեզ չէ՛ր կարալ ետ դառնալ... Սրանք ո՞ւր են էկել... Թուրքը հո հայի հացը չի՛ ուտիլ... Հա՛, հա՛, իմէկ իմացա. մեր ճանաչներն են, էկել են, որ երեխիս հարսանքի ուրախությունը տեսնին... Լաց մի՛ ըլիլ, երեսիդ մեռնիմ... Թա՛գուհի ջան, ջանս ու հոգիս քեզ մատաղ. քանի որ գլխիդ սաղ եմ, ո՞վ դարդ ունի, որ քո մեկ մազին դիպչի... Մազերդ ոսկեթել, Թա՛գուհի ջան. ունքերդ փարաղով քաշած, ո՛րդի ջան. օրորոցիդ մատաղ գնամ, Թա՛գուհի ջան... Վարդի պես բաց էլած, մանիշակի պես փընջված, իմ ա՛րև, իմ կյա՛նք, իմ թա՛գ ու պարծանք որդի ջան... Աչքերդ բա՛ց արա, աչքերիդ ղուրբան ըլիմ. բերանդ բա՛ց արա, էդ աննման, վարդահոտ բերնիդ մեռնիմ... Քո խեղճ, պառավ մորն է՞դպես ես սիրում... Է՞դպես ես իմ սիրտը շահում... Թե ամաչում ես, ասեմ, որ էս կանգնողները հեռանան: Ա՜յ մարդիկ, հեռացե՛ք, կորե՛ք, իմ աղջկա աչքին մե՛ք երևալ: Բանու գործ չունի՞ք, գնացե՛ք ձեր տունը. ի՞նչ եք էստեղ կիտվել: Ի՞նչ անամոթ մարդիկ եք, տո՛, ձեզ չե՞մ ասում, քոռացե՞լ եք... Արի՛, գնա՛նք բաղը, Թա՛գուհի ջան, անումիդ մեռնիմ. ծառերը ծաղկել են, քո ծաղիկ երեսին ղուրբա՛ն: Դաշտերը կանաչել են, քո կանաչ արևին մատաղ գնամ: Ուր ենք մնացել էստեղ, գնա՛նք, տեսնի՛նք, ուրախանա՛նք...

6

Ո՞ր մեկն ասեմ, ո՞ր մեկը թողամ. մարդի սիրտ կրակ ա ընկնում, երբ որ խեղճ մոր արածն ու ասածը միտքն ա բերում: Ո՛վ որդի ա մեծացրել, նա լավ կիմանա մոր սիրտը, տկար լեզուն ի՞նչ կարա սրտի ամեն մեկ կսկիծը, ամեն մեկ յարեն բառով ետ պատմիլ: Ողորմելի մերը էսպես խելքը կորցրել, չէր իմանում, թե ի՞նչ էր ասում, ի՞նչ էր անում: Թուրքերն էլ, որ տասը հատ էին թվով, է՛ն անօրեն տեղըներովն էլ, դորդ ա, բարկանում, հարբա էին գալիս, ամա մոր էսպես մորմոքվիլը տեսնելով՝ սիրտըները մի քիչ գութ ընկավ: Իրանք էլ էին գիտում, որ մոր համար հեշտ չի որդի մեծացնիլ, ետո էսպես բիրաղի կորցնիլ: Հավն իր ձագը կորցնելիս՝ կյանքը հետը տալիս ա, ո՞ւր մնա բանական մարդը. իրանք էլ մնացել էին մոլորված, ամա Սարդարի հրամանն էր, չանեին, չտանեին, իրանց գլուխը կթռչեր յա աչքը դուս կգար: Ճարըները կտրվեց, խոսքըմին արին, որ մորն էլ աղջկա հետ տանին բերդը, սարդարի դուռը, իրանց պարտքի տակիցը դուս գան, ետո ինչ կուզենան, անեն: Նոքարներին հրամայեցին, որ ձիանները թամքեն, յարաղ-ասպաբ քցեցին, թուրըները կապեցին ու կամաց-կամաց մոտ էկան, որ մորն էլ, աղջկանն էլ վերցնեն, տանին:

Թագուհի՛ն, Թագուհի՛ն, աշխարքի աչք Թագուհի՛ն, երկնքի տակին, գետնի երեսին անթառամ ծաղիկ Թագուհի՛ն, դրախտ, մանիշակ, անգին, անհատ, աննման Թագուհի՛ն. ի՞նչ լեզու պետք է ըլի, որ նրա գովասանությունը պատմի, ի՞նչ աչք, որ նրա տեսքն ու կերպարանքը մեկ բանի նմանացնի: Շարման, լուսաթաթախ երեսը, որ արեգակի պես լիս էր տալիս ու վարդի պես փայլում, դառել էր սպիտակ քաթան, սառել, սփրթնել: Էն երկնանման աչքերը, որ տեսնողի հոգին վառում, կրակում էին, ընկել էին խոր, փակվել, կուլ գնացել: Թագուհի՛ն, ջիվան Թագուհի՛ն, մորը մեկ Թագուհի՛ն, որ հրեշտակի նման ում որ մեկ մտիկ էր տալիս, հոգին անմահական խնդությունով լցվում էր, սառել, փետացել,անշունչ, անլեզու մնացել էր գետնի վրա ընկած, երեսը երկինքը քցած. հենց գիտես, թե էլ էս աշխարքումը չի՛, հրեշտակաց մեջն ա համբարձել, դրախտումն ըլի իր անմեղությունը վայելում: Նրա թուխ-թուխ ունքերը, նրա չալ-չալ աչքերը, նրա նռնահատ թշերը, նրա բարակ-բարակ, ղալամ քաշած պռոշները, նրա լուսեղեն ճակատը, նրա մարմար, նուրբ քիթը, նրա բլբուլի լեզուն, նրա ոսկեցնցուղ բուկը՝ բոլոր-բոլոր սառել, քարացել, պապանձվել էր: Հենց հարամ ձեռը նրան առավ թե չէ, մեկ ա՛խն էր՝ նրա հոգին: Քաշեց, թուլացավ, իրանից գնաց, ու մինչև դրան շեմը կբերեին, հավի պես մեկ էլ թպրտաց, ու ձենը փորն ընկավ: Շլինքը ծռվել, թուլացել, գլուխը շեմի էս կողմն էր մնացել կախ էլած, մարմինը՝ է՛ն կողմն ընկած: Ոսկեթել մազերի կեսը մնացել էր բարձր, որ նրա անմեղ երեսն ու դոշը ծածկի, կեսը էնպես խճճված՝ գետնի վրա փռվել, քաշ էր ընկել: Նազուկ ձեռների մեկը սրտի վրա էր թուլացած ընկած, մյուսը՝ հողի վրա, չորացած տարածված: Դամարը ցամաքել, շունչը կտրվել, հոգին երկինքն էր վերացել:

Բաս ի՞նչ կըլեր, որ էսպես չէ՛ր էլել: Մինչև էն հադաղը նրա անկաջը մեկ թթու խոսք չէ՛ր լսել. նրա աչքը մեկ դառը օր չէ՛ր տեսել, նրա երեսը մեկ կոշտ զրից չէ՛ր էկել: Վարդի պես ծաղկել, մանիշակի պես մեծացել էր: Դեռ ոտը քարի չէ՛ր դիպել, դեռ մատը մեկ փուշ չէ՛ր մտել: Տասնըհինգ տարին անց էր կացել, դեռ նրա անմեղ հոգին աշխարքիցս մեկ բան չէ՛ր խաբար: Նրա ընկեր աղջըկերքը դռներին, կտրներին էին ման գալիս, օր անցկացնում, նա ծունկը մոր ծնկանը կպցրած՝ յա կար էր անում, յա քարգահ, յա իրանց տանն ու դռանն էր մտիկ տալիս, յա իրանց մալին, ապրանքին աչք ածում: Ղուշը գլխի վրովը թռչելիս՝ կարմրտակած, շունչը կտրած, լեղապատառ տուն էր ընկնում, որ իր օլաքն էլ ա մեկ օձմին չտեսնի: Մոր մեկ մատը փուշ ըլելիս յա մեկ տեղը ցավելիս՝ ուզում էր հոգին հանի, իրան տա. էլ քար, էլ խոտ չէր մնում, որ նա վրեն չի՛ չոքի ու աստծու ողորմությունը խնդրի: Աղքատ տեսնելիս՝ բերնի թիքեն հանում, իրան էր տալիս, որ նրան օրհնի, նրանց արևշատություն խնդրի: Բաղն էլ է՛ն ժամանակն էր գնում, որ լիսն ու մութը դեռ չէ՛ր բաժանված ըլում: Բաղիցն էլ է՛ն վախտն էր տուն գալիս, որ մութը գետինն առած, ոտը քաշված, խաղաղված էր ըլում: Ով ուզենար նրան տեսնի, յա ծառի, յա պատի տակի պետք էր տափ կենար, որ նրա սուրբ երեսը տեսներ, նրա աչքի լուսը հայիլ-մայիլ մնար: Ծաղկըներն էլ, հենց իմանաս, նրա ոտի ձենն առնելիս՝ ուրախանում, ցնծում, բացվում, փչչում էին: Ղշերն էլ նրա երեսը տեսնելիս, հենց բոնիր, նո՛ր հոգի էին առնում, գլխըները թևըների տակիցը բարձրացնում, ճխում, ճչում, ծլվլում, թևերին խփում, ծափ տալիս: Ձեռը զառան գլուխը քսելիս յա շփելիս, հենց գիտես, թե է՛ս անմեղ հայվանն էլ էր իմանում, որ հրեշտակի ձեռք ա իրան դիպչում և ո՛չ մարդի: Մի քիչ մոտիցը պակսելիս՝ ձենը աշխարք էր վերցնում, մարդի սիրտ էրում, է՛նպես էր բղղում, քար ու քող ընկնում: Շատ անգամ նրա փափուկ ծնկան վրա էր քնում, նրա անուշահոտ, ազիզ ձեռիցն էր խոտ ուտում:

Զայիր-չիմանի, մանիշակի վրա, վարդի, թթենու տակին յա քչքչան առվի մոտ որ բազի վախտ քնած չէր ըլում, հենց իմանաս, երկնքիցը լիս ա վեր էկել, արինիքը հայլի դառել: Էնպես քնած վախտին էլ ըլում, որ մերը ուսուլով մոտանում էր՝ յա երեսն երեսին դնում, յա գլուխը իր գոգը դնում, յա վրեն շոր քցում ու խաչակնքում, որ քունն առնի, դինջանա, յա թե չէ, որ վախտը գալիս էր, երեսին հով էր տալիս, նանիկ էր ասում, որ վեր կենա, իրիկնահովը, արեգակի մեր մտնիլը տեսնի, ու միասին պտուղ, ծաղիկ հավաքեն, գնան տուն: Շատ անգամ վարդի փունջը մեկ ձեռին, մանիշակինը՝ մեկել, աչքը որ չէ՛ր բաց անում, հենց գիտես, սար, ձոր, ծառ, թուփ, խոտ, ծաղիկ նրան էին մաթ մնացել, նրա շունչն ըլ էին ուզում, որ քաշեն, ծծեն, զորանան, դալարին:

Հովը մազերի վրա սլսլալիս, երեսին դիպչելիս էլ չէ՛ր ուզում, որ առաջ խաղա յա ետ գնա, հենց նրա գլխո՛վն էր պտտում, հենց նրա մազերի՛ հետ խաղում: Վարդի վրա երեսը կռացնելիս, ուզում էր, որ բարձրանա, նրա շունչը քաշի, նրա պատկերի գունը գողանա, որ դիա ավելի գեղեցիկ, դիա անուշահոտ երևի: Բլբուլը նրա հոտն առնելիս իր վարդը մոռանում, նրան էր գովում, նրա վրեն էր իր սերը թափում, նրա հասրաթովն էրվում, խորովվում: Շատ անգամ, ինքը ձեն հանելիս, յա ինքն իրան խաղ ասելիս, հենց իմանում էր, թե հրեշտակներն են իր հետ խոսում, իրան ձեն տալիս յա ձենը քաշում: Առավոտյան ցողը, իրիկվան վերջի լիսը՝ մեկը նրան տեսնելիս ցնծալով վեր էր գալիս, որ նրա սուրբ երեսին նստի, մեկը ցավելով երեսն իրան էր քաշում, աչքը խփում, որ նա շուտով քուն մտնի, գիշերն անց կենա, որ առավոտն էլի գա, նրա տեսության արժանանա, նրա լուսովը հոգի առնի ու զվարճանա: Քունը նրա աչքերին է՛նպես էր մոտանում, ինչպես մեկ սրբի՝ երկնային հրեշտակը: Թևերն երեսին փռում, անմահական երազով նրան գրկում, զգվում, արթնացնում, էլ ետ իր գիրկը դնում:

Ա՜խ, ո՞ր մեկն ասեմ. նրա ամեն մեկ շարժմունքը, ամեն մեկ խոսքը, ամեն մեկ մտիկ տալը, ամեն մեկ աչքի ու պռոշի ժաժ գալը հրաշք էր: Էն լուսակողող աչքերը, էն խնկան ծաղիկ շրթունքը որ չէ՛ր բաց անում, մարդ ուզում էր ո՛չ ուտի, ո՛չ խմի, հենց նրան մտիկ տա, նրա սուրահի բոյին թամաշ անի, նրա ոտի տակին հոգին տա, նրա ձեռիցն իր մահն առնի՛: Է՛ս երկնային հրեշտակը, է՛ս անմեղ գառն էր էս հաղաղին է՛ն գազանների ձեռին. ի՞նչ քարացած, ապառաժ սիրտ պետք է ըլի, որ նրան տեսնելիս կամ նրա պատմությունը լսելիս գլխին կրակ չի՛ վառվի: Ո՞ր մեր էս հաղաղին թուրը չէ՛ր առնիլ ու իր ջիգյարը ցցիլ: Ո՞ր հարևան կամ անցվորական նրա էն լուսեղեն երեսին նայելիս՝ աչքին չէ՛ր հուպ տալ, որ լացը գա, ու սիրտը հովանա: Ամա մեր գեղական խեղճ խալխը էնքան էնպես բաներ տեսել ու լսել էին, որ արտասունքներն էլ էր ցամաքել, աչքըների լիսն էլ էր հատել:

Հենց էն ա, փառաշները տեսնելով, որ մեր ու աղջիկ դարդի ձեռիցը նղղեցան ու էլ ձեն, շունչ չէին տալիս, լավ համարեցին, որ էնպես թուլացած՝ վերցնեն, էրկուսին էլ տանին, որ էլ շատ ինջըմիշ չըլին, չչարչարվին: Երկուսը ձիու վրա նստել, էն ա, տեղ էին բաց անում, որ մեկը մորը խոտի, մյուսը աղջկանը առաջն առնի ու, էն ա, խաթրջամ էլած՝ միտք էին անում, թե իրանց բանը լավ գլուխ բերին, մեկ թուր պսպղաց, փառաշների մեկի գլուխը գետնի վրա ընկավ ու սկսեց ղլվլացնիլ, բլբլացնիլ ու պար գալ: Դեռ սա ձենը չէ՛ր կտրել, որ մյուս ընկերինն էլ սրա հացը կերավ, սրա մոտ գնաց:

— Աղասի՛ ջան, մեր տունը քանդեցիր: Աղասի՛, ձեռդ քեզ քաշի՛, քո խեղճ, հալևոր հորը խնայի՛. որդով, տանով տեղով եսիր կէերթանք. մի՛ անիր, մի՛ ըլիր, ջա՛նմ, գյո՛զմ. քո ջիվան ջանիդ էլա ղադր արա՛, տո՛, բեմուրվաթ: Աստված, էս ի՞նչ զուլում էր, որ մեր գլխին էկավ: Ո՜վ զինավոր սուրբ Գեորգ, ո՜վ սուրբ Կարապետ, դուք մեզ քոմակ արեք: Տղերք, կորե՛ք, կորե՛ք, որ ձեր իգն ու թոզը ըստեղ չէրևա: Տո՛, մեկդ ու մեկդ հասե՛ք տանդրոջ մոտ, անկաջաբռնուկ տվե՛ք, ա՜յ նրա տունը չքանդվի ինչ քանդվեց. զինին գլխին զահրըմար ըլի.աշխարքս արինը բռնել, ծով ա դառել, մեր ախմախ քեղխուդեքը նստել, քեֆ են անում, ա՜յ թե մարդ են, հա՛: Տո՛, քեֆն էլ գլխըներին խռով կենա, խաչն ու ավետարանն էլ: Տնաքանդնե՛ր, տո՛, մի աշխարքի դարդիցն էլ խաբար առե՛ք, է՜. ախր ի՞նչ եք տան չորս պատը ու զինու զավն ու թասը բռնել, լակում, տրաքում: Տո՛, Վա՛թո, հասի՛, հասի՛, փազի՛, թև ա՛ռ, թռի՛. մարաքեն քանի կենում ա, չաղանում ա. հենց էս սհաթը կգան, մեզ կտանին, բերդը կածեն: Աղասի՛, Աղասի՛, քառանոս ո՛չ, Աղասի՛. փախի՛ր, փախի՛ր, էդ շներիցը գլուխդ ա՛ռ, կորի՛ր, էդ ի՞նչ արիր, տնով քանդված. մեր դուռը շարեցիր, մեր տան հիմքը տակըվեր արիր, տո՛, բե՛մուրվաթ:

Բայց թափ էլ տրաքեր, նաղրախանա էլ ածեին, Աղասին չէ՛ր իմանալ. դորդ որ քառացել էր. էլ ո՛չ անկաջն էր իրանը, ո՛չ ջանը, ո՛չ աչքը, բայց խելքն ու ձեռը լավ իմանում էին, թե ի՞նչ բանի վրա են: Արինը աչքերը կոխած՝ ռաշիդ երիտասարդը հենց էնպես բանի էր ման գալիս, որ իր ձեռի ղվաթը, իր թրի հունարը շհանց տա: Ախր էլ ո՞ր օրվան համար են թուր կապում: Ջիրիդատեղիցը փարավուրդ էր արել, որ աշխարքն իրարոցով դիպավ ու ձենը կտրեց:

— Տղե՛րք, էստում մեկ բան կա, գնա՛նք, մեր բարիկենդանը հարամ էլավ,— ասեց ու թռավ:

Հենց տեսան նրան գալիս, բնությունը իմանալով՝ հարիր տեղից ձեն տվին, ձեռով, գդակով արին, որ հեռանա. բայց շունչը բերնին դեմ էր առել, էնպես ձին չափ էր քցել. էլ մաջալ չէ՛ր անում, որ տեսնի՝ թվանքը լիքն ա երա՞բ, թե դատարկ: Առյուծի պես ներս ընկավ հսկա երիտասարդը. ճամփին անկաջովն էր ընկել, թե ի՞նչ խաբար ա: Երկուսի գլուխը սրբել են եռև. մյուսներն ուզեցան, որ թուր հանեն, բայց քաշն Աղասի որ բերանը բաց չի՛ արեց՝

—Դժո՛խքի որդիք, ձեզ ո՞վ ա ղրկել էստեղ, ո՞ւմ վրա եք էդպես կատաղել: Ասեք, թե հայը ձեն չի՛ հանում, պետք է նրան սաղ-սաղ ուտե՞ք: Աչքըներիդ լիսը կթոցնեմ էս սհաթը, կորե՛ք, թե չէ ամեն մեկդ ճուտի պես առաջիս կթըպրտա: Քանի էս կուռը վրես ա, դուք էստեղանց թել չե՛ք կարող դուս տանիլ:

Որ չասեց ու մեկի էլ ուսը վեր բերեց, մյուսի աղիքը վեր ածեց, էն վեցը տեսան, որ ճար չկա, ձիանը նի էլան ու ընչանք բերդը մեկ գնացին:

— Արի՛, երեսիդ մեռնիմ, Թա՛գուհի ջան, աչքդ բա՛ց արա, աչքերիդ ղուրբան. Աղասին մեռած, ոսկորները փտած, հող դառած պետք է ըլեին, որ քո սիրուն մազին մեկն էլա մատով տար: Վա՜յ իմ աչքին, իմ արևին, ինչպես փետացել, սառել ա: Թա՛գուհի ջան, քո ջանին ղուրբան, ա՛ռ, հոգիս ա՛ռ, թո՛ղ ես մեռնիմ, դու կենդանացի՛ր և քո խեղճ մոր սիրտը մի՛ դուս կտրիր, մի՛ դուս ճոթռիր, երեսս ոտիդ տակը,— ասում էր քնքուշ, երիտասարդը, լալիս, գլխին տալիս: Արտասունքը աչքերիցը քուլա-քուլա էր վեր թափում:

Գնացին ջուր բերելու: Նա ձեռները խաչել, ինքն էլ փետացել, մնացել էր կանգնած: Մոտանար, սիրտ չէ՛ր անում, խոտել, ձեռները ճմռել, անկաջումը ձեն տալ, երեսին ձեռը խփել, բոլո՛ր, բոլոր չէ՛ր կարելի, չունքի Թագուհին դեռ կույս էր, ուրիշ մարդի աղջիկ: Մորն էր մտիկ անում, մերը ձեն չէ՛ր տալիս. դուրսն էր նայում, սատկած լաշերի դժոխային կերպարանքն էին աչքովն ընկնում: Էլ ինս, ջինս, խան, ադամորդի չէր երևում, ամենն էլ փախել, սարերով-ձորերով էին ընկել, որ իրանց գլուխը պրծացնեն: Շների վնգվնգալն ու յա կոնձկոնձալը, աքլորի ու հավի կռկռալը, հենց իմանաս, թե նրան ասում ըլեին ցավելով.

— Ինչ արի՛ր, արի՛ր. գլուխդ ա՛ռ, կորի՛. գնա՛ Փամբակ, Թիֆլիզ, ուհի հողը: Էս երկրումը քո արևը մեր մտավ, քո օրը խավարեցավ, քո ճրագը հանգավ: Թոփի բերանն ա՝ քո ջանը: Քանի ոտքը խաղաղ ա, քանի ջիլավդ ձեռիդ ա, քանի բերնումդ շունչ կա, ոտումդ՝ թաղաք, փախի՛ր, գլխիդ ճարը տե՛ս: Մնաս էլ, ձեր տունը բոլոր սուրը կքաշեն, գնաս էլ՝ էն բաբաթ. քեզ էլա ճա՛ր արա: Քո հերը քեզանից դայրու էլ զավակ չունի. նրա օջախի ծուխը մի՛ կտրիր, ձեռներդ արնոտ արիր. սարդարի փառաշներին ես սպանել, տո՛, ա՛նիրավ, մեկ միտք արա՛ է՛լ: Դրանց արինը քեզանից կուզեն. դրանց տերերը հիմիկ կատաղել, փրփրել իրանց միսն ուտում կըլին, ի՞նչ ես փետացել, կանգնել. էլ ո՞ր օրին ես մտիկ տալիս: Քյահլան ձին՝ տակիդ, յարաղ-ասպաբը՝ վրեդ. մեկ կտոր հաց ո՞րտեղ ըլի, որ չճարես:

7

Հենց իմանաս՝ դժոխքն առաջին բաց էր էլել: Հազար գլխանի դիվան ատամներ դրնտացնում, զարհուրելի ձևով խնդում, ծիծաղում, ժնգժնգացնում, չանգերը սրում, հազրում, բոցն ու կրակը չաղ ըլեին անում, որ նրան էրեն, խորովեն, կտրատեն, թիքա-թիքա անեն, իրանց փայ շինեն: Հազար կյրե կարաս, հազար օձ, կարիճ՝ բերանները բաց, նրան ըլեին սպասում, որ քրքրեն, կուլ տան, մարսեն: Դեռ աչքը էս սարսափելի քնիցը չբաց արած՝ է՛նպես էր երևում նրան, թե սարդարի ջալլաթները (դահիճ) կոները վեր քաշած, արինն աչքները կոխած, թրերը սրած՝ գալիս էին, որ իրան տանին: Թոփչին թոփն էր սրբում, հազրում. գյուլլաչին գյուլլեն ջոկում, մոտ բերում: Հեր, մեր, ազգական, էրլու, անցվորական՝ հեռու տեղից գոռում, հարայ ըլեին տալիս, գլխըներին, ծնկներին խփում, ծեծվում, ջարդվում, իրան անունը տալիս ու սուգ ըլեին անում:

— Ա՛ղասի ջան, մեկ թուր էլ ի՛նձ խփի, ի՛նձ... Վա՜յ իմ օրիս, արևիս, վա՜յ... Տունս բրիշակ էլավ... Բալա ջա՛ն... հոգի ջա՛ն... իմ երկի՛նք, իմ գետի՛նք... իմ հրեշտա՛կ... վա՜յ...ամա՜ն... աչքս դուս էկա՛վ... պտուղս խավարեցա՛վ... Թո՛ղ քո ձեռն ինձ սպանի... որդի ջա՛ն... թո՛ղ քո ոտիդ տակին հոգիս տամ... ախպեր ջա՛ն... թո՛ղ քո ձեռիցը մահս առնե՛մ...ջա՛նըմ ջան... Սիպտակ մազս քեզ փիա՛նդազ, Ա՛ղասի ջան. քանի աչքումս լիս կա, քանի բերնումս՝ շունչ, ոտդ բերնիս դի՛ր, թուրդ սիրտս խրի՛ր. տո՛ւր ինձ մահ, տո՛ւր, թո՛ղ գնա՛մ, կորչի՛մ, հետո ինչ կուզես, է՛ն արա, աչքիս լիսը հանի՛ր... ի՛մ երկնքի բարեբեր որդի, ի՛մ սար... ի՛մ աստված...

Է՛նպես էր մեկ ծեր մարդ ընկել Աղասու ոտքը, գլուխը գետնին ծեծում, մազերը ճղռում ու վախտ-վախտ Աղասու ոտներովը փաթաթվում:

Սի՛րելի կարդացողք, էլ ի՞նչ ասիլ հարկավոր ա: Դուք էլ իմանում եք, որ էս խեղճ, տարաբախտ հալևորը Աղասու ողորմելի հերն էր: Հենց խաբար տանողը որ լեղապատառ, լեզուն կպած տուն չընկավ ու գլուխը ծեծելով ձեն չի՛ տվեց՝

— Տո՛, ձեր տունը չքանդվի, գեղը կոխեցին, տարան. Աթոյենց աղջիկը քաշեցին. Աղասին՝ արնի միջումը ծլծլում, փառաշները կրակ են քցել խալխն էրում:

Ինչպես որ մեկ ամպի տրաքոց կամ սաստիկ թոփի ձեն մեկ ձորի խփում, քարափները դղրդում, թնդում, մարդի անկաջները խլանում, մի քիչ ժամանակ շշմում ա, ու գլուխդ սկսում ա դժժալ, պտիտ գալ, աչքերդ սևանում, մութ ու խավար քեզ կոխում, խելքդ թռչում, մնում ես քարի պես կանգնած, ոտքդ ու ձեռքդ թուլանում, ջանդ սառում, լեզուդ կպչում ա, էլ չէ՛ս իմանում, թե ո՞ւր ես՝ երկրո՞ւմը, թե դժոխքումը,— է՛ս հանգին Աղասու հոր ոսկերքը սարսափեցան, է՛ս հանգին ուշ ու միտքը թռավ, մնաց սառած, փետացած ու աչքերը չռած՝ քցեց է՛ս կողմն, է՛ն կողմը: Ծերությունը ջանն առած՝ մի ոտը հողի երեսին, մյուսը՝ գերեզմանումը, աշխարքի վրա է՛ն մեկ պտուղն ուներ, է՛ն մեկ զավակը: Նրան մտիկ տալիս հենց իմանում էր, թե աշխարքի թագավորն էլ ա ինքը, շահն էլ: Նրան ջիրիդ խաղալիս տեսնելիս՝ հենց իմանում էր, թե ոտը գետնիցը կտրվել ա, թև առել, թռչում. ծերությունն էլ էր մոռանում, մահն էլ, դժոխքն էլ, արքայությունն էլ: Է՛նպես էր կարծում, թե նո՛ր ա ծնվել, ու ուրախությունիցը ճխում, ճչում, տռին-գլխին էր անում ու, ինչպես ութ տարեկան երեխա, խնդում, ծիծաղում: Նրա անունը որ տալիս էին, լերդի ծերը խաղում էր, սիրտն ուզում էր պատռի: Ամեն մեկ նրա աչքերին պաչ անելիս, ամեն մեկ նրան խտիտն առնելիս՝ հենց գիտում էր, լիս ա վեր գալիս գլխին, պատերը վարդ են դառել, դաշտ ու սար՝ ծաղիկ: Նրա ճակատին մտիկ տալիս, նրա բոյն ու սուրաթը աչքովն ընկնելիս՝ նրա համար նոր արեգակ էր բացվում, ուզում էր սիրտը ճղի ու նրան մեջը դնի:

Էս հասակը հասել էր նա, նրան մեկ չոռ չէ՛ր ասել, չէ՛ր էլ ասել, թե աչքիդ վերևն ունք կա, յա ծուխը դեպի քեզ: Ջանն էլ որ ուզեր, չէ՛ր խնայիլ նրան. հոգին էլ որ հաներ, ձեն չէ՛ր տալ նրան. գլուխը պտի ծախեր ու նրա մուրազը կատարեր: Խանի, բեկի մոտ գնալիս՝ նա իր որդուն էնպես էր զարդարած դուս բերում, որ ամենի աչքը մնում էր վրեն սառած: Սարդարն էլ էր տեսել նրա տղի կտրճությունը, նրա քաջությունն ու ձեռի հունարը: Շատ անգամ, ազիզ օր ըլելիս, ինչքան ջիրիդ խաղացողներ կային, պատառծակն էր կոխում, հետ ածում: Փահլևանները հո, նրա անունը լսելիս, զրգնդում, դող էին ընկնում: Նա մեյդան դուս գալիս՝ աշխարքի բերանը բաց էր անում: Մեկն էլա սիրտ չէ՛ր անում, որ նրան մոտենա: Բերդումը շատ անգամ, համաքըվեր, ոչխարի տեղ եզ, ուղտ էին բերում, որ բալքի կարենան նրան մեկ օր ամաչացնին, շատ անգամ թուրը փոխում էին, որ բալքի չի՛կտրի, ու մնա ամոթով, բայց քաջ երիտասարդը մեկ խփելով եզան կամ ուղտի գլուխը է՛ս կողմն էր թռչում, լաշն՝ է՛ն:

— Հայի՛փ, հայի՛փ, որ հայ ես,— ասում էր սարդարը շատ անգամ, գլուխը պտտելով,— թե որ թուրք էիր էլել, խանություն պետք էր քեզ տված:

Կովի միջումը, էն գյուղի ու կրակի թեժ ժամանակին, նետի պես արձակվում, ընկնում էր դուշմանի գյոռ տեղը, ասլանի պես որին էս կողմը, որին էն կողմը քցում, ջախըրբուրդ, թիքա-թիքա անում ու օսմանցվի մազերիցը բռնած, քաշ-քաշ անելով՝ հետը սուրութմիշ բերում, սարդարի առաջին կանգնացնում:

— Աղա՛ն Բալասի (առյուծի ճուտ),— սարդարը ձեն էր տալիս ու ճակատին պաչ անում,— ի՞նչ կըլեր, որ քեզանից մեկ տասն էլ ունենայի. քո մոր մեջքը կոտրվի, ընչի՞ չէր քեզանից մեկ չորսն էլ բերում. ափա՛րիմ, բա՛րաքյալլա, էրեսդ պարզ կենա՛, քեզանից շա՜տ ունենամ:

Ցորս գնալիս՝ առաջ նրա ձյուլլեն պետք է վեր քցեր: Խաներ, բեկեր մնացել էին նրա սուրաթի, նրա լեն թիկունքի վրա զարմացած, հիացած: Շատ անգամ, հանաքըվեր, խոսք էին քցում, թե որ թուրքանա, բեկություն, խանություն կտան նրան: Մուլք էին խոստանում, ըռհաթ, մալ, դովլաթ, աղջիկ էին ասում՝ կտանք. բայց նա է՛ն կաթը չէ՛ր կերել, որ իր սուրբ հավատն ուրանա, փուչ աշխարքիս մալին, դովլաթին թամահ անի:

— Իմ ցամաք հացը լավ ուտեմ ինձ համար, քանց ձեր դաբլու փլավը: Իմ տերտերի մեկ մուռուտա մազը հազար ձեր մոլլի ու ախունդի հետ չեմ փոխիլ: Գութան վարեմ իմ հավատովը, ցանք անեմ, բահի տամ լա՛վ ա, քանց խան, բեկ դառնամ, աշխարքի տեր ըլիմ ու իմ օրենքն ուրանամ:

Թուրը սարդարն էր բաշխել, թվանքը՝ Ջավաթ խանը, ձին՝ Նաղի խանը: Նոր էլ Հայոց սարվազի նայիբությունը նրան էին տվել: Ա՜խ, ո՞րն ասեմ. մեկ Աղասի էր, մեկ քյուլ Երևան. ո՛վ ասես՝ նրա անունովն էր օրթում ուտում. ո՛վ ասես՝ նրա արևովն էր խնդրում, նրա գլխովն էր ուզում պտիտ գա:

— Էս ո՞ւր եմ... քնա՞ծ եմ, զարթո՞ւն եմ, երազո՞ւմ եմ. օ՜հ, օ՜հ, օ՜հ... արյան ծովն է՞ս ա, որ ասում են,— սկսեց ողորմելի ծերունին էնպես իրան-իրան խոսալ, երբ առաջի տաքությունն անց կացավ, ու թմբրություն էկավ վրեն: — Դժոխքի տարտարոսն է՞ս ա, որ պատմում են... Իսրի պուճախն է՞ն ա... Վա՜յ ինձ, վա՜յ ինձ... վա՜յ ինձ... Միսս սրտումս... աչքս խավարում ա... չանգալ ա, որ հազրում են... մանգաղ ա, որ սրու՜... շիշ ա, որ կայծակին ա տալիս... Ա՛ստված, քո փառքդ շա՜տ... էլ ընչի՞ մեզ ստեղծեցիր... որ էս կրակի մեջը պետք է էրեիր... Երանի՜ նրան, որ մոր փորիցը դուս չի՛ էկել... Էս ի՞նչ եմ տեսնում, արա՛րիչ աստված... Հրե՛ն, խորովում են... հրե՛ն, միսը կտրատում են... Ամա՜ն... ամա՜ն...ամա՜ն... Գլուխ առե՛ք, կորե՛ք... Շատ գինի խմողի փորն են ճղում... փիս խոսողի, բամբասողի, խաբարբզանի... տուն քանդողի լեզուն են բողազիցը դուս ճորում, էրում, տապակում... Շատ փող սիրողի ջանին մանեթներ ա, որ կրակիցը հանում են, կպցնում... Կաշառք ուտողի միսը քալփաթնով պոկում են, բերանն են տալիս... Վատ ճամփի ման էկողի, գողի, բոզի գլխըներին հալած պղինձ են ածում... տաքացրած շամփրներ սրտները կոխում ու էրում, փոթոթում... Մեկ տեղ վնգվնգում են, մեկ տեղ թնգթնգում... Մեկ տեղ վլվլում են, մեկ տեղ թլթլում... Մեկի էրեսիցը քրտնքի տեղ կայծակ ա վեր թափում... մեկի բերնիցը կրակ, բոց ա դուս գալիս, իրան էրում…Կայծակը մեկ կողմիցն ա խփում, ամպը մյուս տեղից գոռում… Երկինք, աստղեր, արեգակ, լուսին՝ կորել, խավարել են… Էնպես պատկերներ են առաջս գալիս, որ մեկի լեզուն կրակած թուր ա, մյուսի ձեռը՝ օձ. Մեկի աչքիցը կրակ ա թափում, մեկի քթիցն ծուխ վեր ըլում… Ա՛ստված, էս ո՞ւր տարան ինձ… էս ով բերեց ինձ էստեղ… Աշխարքի վերջը հո չի՞ հասել… էրեկ չէ՞ր, որ էլով, գյունով նստած՝ քեֆ էինք անում… Քոմակ արե՛ք, օգնեցե՛ք, աստծու խաթեր, ի սե՛րը Քրիստոսի. հրես գալիս են, որ ինձ էլ տանին… Աղա՛սի ջան, ո՞ւր ես. էդ ղոչաղ ձեռդ մի հասցրո՛ւ, է՜, անումի՛դ մեռնիմ… Էլ քո հորը ո՞ր օրը պետք է քոմակ անես…

Որդու անումը անկաջն ընկավ թե չէ, հենց բռնես՝ կայծակը խփեց. ջանը մեկ թափ տվեց, սասանմիշ էլավ, աչքը բաց արեց, տեսավ, որ բոլորը մնաց ցնորք էր. ո՛չ դժոխք կար, ո՛չ կրակ. էլի էն սուփրեն էր, էլի էն հացը, բայց ղոնաղների շատը հեռացել, տերտերը ավետարանը նրա գլխին էր դրել, աչքը երկինքը քցել, սաղմոս էր ասում, աղոթք էր անում, վրեն խաչ հանում ու մարմանդ արտասունքը սրբում, հեկեկում։

— Տե՛րտեր ջա՛ն, դո՞ւ ես. ձեռդ մի տո՛ւր, համբուրեմ, աջի՛դ մատաղ գնամ։ Ուխա՜յ… Սիրտս հովացավ, ջանս տեղն ընկավ. հլա մեկ քանի տարի էլ ումուդ ունիմ, որ քո աղոթքովն ապրիմ։ Էս ի՞նչ էր, տո՛… ուզում էին ինձ սաղ-սաղ դժոխքը տանին… Դեռ Աղասու էրեսը չպաչած, դեռ կնկանս ու հարսիս օրհնությունն չառած ո՞ւր կէրթամ… Տղերքն ո՞ւր են, Վիրապն ո՞ւր ա, խի՜ստ եք ձենըներդ կտրել հա՜յ յա՛ սարներ. էլի փռսանդ են ճարել, ինձ քնած թողել, իրանք դուս գնացել, որ յալլի տան (պար գան)։ Տեսնո՞ւմ ես, էն հարամզադեքն ի՞նչ են բերում իմ գլո՞ւխը։ Ասենք՝ ծերացել եմ, ոտներս չի՛ պար գան, հո մեկ թևերս էլա կբարձրացնե՞մ, ծա՞փ կտամ, հեռըները քե՞փ կանեմ։ Ծերության երեսին նալլաթ. ո՛վ ասես՝ ծերի դնչին էլ չի՛ մտիկ տալիս։ Գինի ածա՛, խմե՜նք, տերտեր ջա՛ն։ Դժոխքն էլ քանդվի, աշխարքն էլ, մենք, քանի աչքըներումս լիս կա, քեփ անենք։

Ծեր մարդը, դորդ ա, ցավի է՛նքան չի՛ դիմանալ, չունքի կենդանական զորությունը հատած է, էլ է՛ն արինը, էլ է՛ն սիրտը չունի, ամա ցավն էլ շուտով կմոռանա, չունքի ջիգյարն էնքան տաք չի՛, միտքն էն կարողությունը չո՛ւնի, որ բանը երկար պահի։ Առաջի բոցն որ անց կացավ, թմբրությունիցը զգաստացավ, էլ մտքումը բան չէ՛ր մնացել։ Հենց իմանում էր, թե գինու զորությունն ա նրան հաղթել, թուլացրել, կրակի տաքությունը գլխին դիպել, քնացրել։ Աչքը որ բաց չարեց, էն սարսափելի երազն էլ, որ տեսել էր, հենց իմանում էր ողորմելին, թե նո՛ր ա էկել աշխարք, նո՛ր ա ծնել, ուզում էր, որ ինչ ունի-չունի տա՛, թաք ըլի մեկ քանի տարի էլ ումբր ունենա, աշխարքի սերը վայելի

Էնպես, ինչպես որ մեկ մարդ մեկ սարսափելի երազ տեսնի՝ իրան սպանում ըլին, թշնամիք ըլին չորս կողմը փակած, որ գլուխը կտրեն, ի՞նչ սրտով տեղիցը վե՛ր կթռչի ու էրեսին խաչ կհանի, որ էլի իրանց տանն ա, իր յորղան-դոշակի միջին պառկած, է՛ս հանգին էր հենց նրա հալը: Ուզում էր, որ դուս թռչի, պատեր, դռներ լիզի, հարս, էրեխա, դուստ, դուշման դոշին քաշի, համբուրի, սիրի, հոգին նրանց տա, որ քանի էս աշխարքումն են, իրար հետ լավ ապրին, իրար սիրեն, աշխարքի բարին վայելեն, որ էլ էն աշխարքումը մուրազները պակաս չմնա, էլ աչքըները էս կողմը չունենան: Բաղ, հանդ, սար, ձոր, տուն, ապրանք, մալ, դովլաթ, ծառ, ծաղիկ՝ որ միտքն էր ընկնում, որ տեսնում էր, թե էլի իր ձեռին են, էլի բաց աչքով նրանց մտիկ էր տալիս, էլի նրանց հոտն ու համն էր առնում, ուզում էր որ քարերն էլ լիզի սրտի սիրուն, հողն էլ: Ուզում էր բոլորի առաջին չոքի, ծունկը դնի, մատաղ անի: Իր օրումը էն սրտով ժամ չէ՛ր մտած, իր օրումը էնպես ջերմեռանդ աղոթք չէ՛ր արած, էրեսին էնպես հավատով խաչ չէ՛ր հանած, տերտերի ձեռն էնպես տաք-տաք չէ՛ր համբուրած, երկնքին, գետնին, աշխարքին էնպես քաղցր աչքով չէ՛ր մտիկ տված, էնպես հոգին չէ՛ր փառավորված, ինչպես էս սհաթին: Հենց գիտում էր, թե աշխարքս դրախտ ա, մարդիկը հրեշտակ են, էլ մեկ վատ միտք, մեկ փիս խորհուրդ նրա սրտումը չէին մնացել: Էլ ո՞վ կտար նրա մտքումը բարկություն, չարություն, նախանձ, ատելություն, չկամություն, բախլություն. բոլորը, բոլորը ջնջվել, փչացել էին: Հիմիկ էր իմանում, թե ժամ գնալն ի՞նչ ա, աղոթքն՝ ընչի՞ համար, պատարագի զորությանն՝ ի՞նչ:

Արա՛րիչ իմ, մարդ որ մտածի, թե քանի՞ օր, քանի՞ տարի կյանք ունինք, թե աստված մեզ ստեղծել ա, որ օր քաշենք, իր բարությունը վայելենք, թե մեր աչքն ա՝ մեկ բուռը հողը, մեր տեղն ա՝ երկու գազ կամ ոտնափոխ գերեզմանը, թե մեր առաջին էլ կա էն օրը, որ է՛ս հիանալի երկնքի պայծառ դեմը, է՛ս սիրուն երկրի ծաղկազարդ սարերն ու ձորերը մեր աչքիցը պետք է փակվին, խոր, սառը, մութը գետնի տակին մսըներս՝ որդունք, ոսկորներս փոշի պետք է դառնան, ու ո՞վ ա խաբար, թե ո՞ր աթրաֆի տակն, ո՞ր երկրի պուճախն ընկնի, էլի ասում եմ, ու աչքերիցս արտասունքը թափում ա, ջանս փշաքաղ ըլում: Որ մտածենք, թե է՛ս անկաջը, որ չար բանի էնպես քաղցր դեմ ենք անում, մեկ օր պետք է խլանա, է՛ս աչքը, որ չի՛ ուզում, թե ուրիշ աչքումն էլ փոքր լիս տեսնի, մեկ օր պետք է քոռանա, կիրանա, փչվի, է՛ս լեզուն, որ օձի պես օրը հազարին կծում ու յաղու ա տալիս, մեկ օր պետք է պապանձվի, չորանա, քրքրվի ու օրթունքի կերակուր դառնա, բա՛ս էլ չարություն մեր մտքովն ա՞նց կկենա:

Բաս չե՞նք ուզենալ, որ ամենին պաշտենք, պատվենք, սրբի տեղ գլխներովը պտիտ գանք:

Աչքըներս սովորել ա, սիրտըներս սառել, մտքըներս քարացել: Ժամ որ գնում ենք, հենց իմանում ենք, թե, էն ա, ամեն բանից պրծանք, պարտքըներս տվինք, որ մեկ քանի խաչ հանեցինք էրեսներիս, մեկ քանի ծունր դրինք, պատարագի էրես տեսանք, պասըներս բաց արինք, սրբություն առանք: Ինչ ասում են, մեզ համար մեռած ա, մեզ չի՛ ազդում, չունքի մեր սրտի բառը չի՛, մեր լեզվի խոսքը: Ուրըշներն ասում են, մենք էլ անկաջներս կախ արած, աչքըներս ցցած՝ լսենք-չլսենք, տեսնինք-չտեսնինք, ե՞րբ ա մեր սիրտը մեկ օր փափկում, որ իմանանք, թե էս ի՞նչ հրաշք ա, որ աստված ամենաբարին մեզ համար ստեղծել ա, մենք ի՞նչ ենք, որ մեր ասած գոհությունը, փառաբանությունը, ծունրը, երկրպագությունը աստծու սուրբ առաջին ի՞նչ ըլի: Պետք է մտածենք՝ ո՞վ ա աղքատ, որ նրան օգնենք. ո՞վ ա հիվանդ, որ նրան մխիթարենք. ո՞ւմ են զրկում, գնանք, նրան թափենք: Ո՞ւմ սիրտը նեղացրինք, գնանք, էլ ետ հաշտվինք: Թե սիրտըներս մաղձով, թունով, հազար մեկ դառնությունով լիքը մտնում ենք, լիքը դուս գալիս, էլ ի՞նչ օգուտ մեզ: Հենց պետք է մե՞ռնինք, որ սիրտըներս թամուզանա՞, հենց պետք է դժոխքի էրեսը տե՞սնինք, որ աշխարքիս համն իմանա՞նք, հենց պետք է հո՞ղը մտնինք, որ ձեռն ածենք, թե, երա՛բ, մեկ խսան կքթնվի՞, որ էրեսը տեսնինք, լեզվըներս նրանց լեզվին առնի, ականջըներս նրանց ձենն իմանա՞:

Ա՜խ, մտածի՛ր, թե որ հնար ըլեր՝ մեռած վախտդ գերեզմանիդ տակիցը դուս գայիր, էլի է՛ն խելքը, է՛ն զորությունն ունենայիր, որ հիմիկ ունիս, չէի՞ր ուզիլ էն մարդի ոտը համբուրիլ, որ գերեզմանիդ մոտովն անց կացավ: Չէ՞իր ուզիլ էն մարդին խտտես, արտասուքով էրեսը լվանաս, էրեսն էրեսիդ կպցնես, բերանը՝ բերնին, փարվիս, էլ դոշիցը պոկ չի՛ գաս, որ քեզ մեկ «Աստված հոգին լուսավորի՛» ասեց կամ գերեզմանիդ վրեն մոմ վառեց: Չէ՞իր ուզիլ, որ է՛ն հողն էլ ջուր անես, խմես, որ քո սիրուն աչքերդ ծածկել էր, քո ազնիվ պատկերը փչացրել, քո անույշ լեզուն, քո քաղցր շունչը բռնել, պապանձացրել, է՛ն քարն էլ պաշտես, որ քեզ դայիմ բռնած ուներ: Բաս հըմիկ ի՞նչ ա էլել, որ խելքդ՝ վրեդ, սիրտդ՝ փորումդ, միտքդ՝ գլխիդ, էդպես բաներ չե՞ս մտածում: Ա՜խ, սիրելի, երանի թե էս սհաթին իմ սրտումը ըլեիր ու իմանայիր, թե ի՞նչ ծով ա պտիտ գալիս սրտիս միջումը: Ձեր էրեսներիցը մեկ օր պետք է զրկվիմ, ձեր քաղցր լեզուն ու ձենը մեկ օր պետք է չլսեմ, ձեր ազնիվ երեսը մեկ օր պետք է չտեսնիմ, հոգվույս սի՛րելիք, բա՛րեկամք, սի՛րեկանք, դո՛ստ, ը՛նկերք, իմ բոլոր պատկերակից մարդիկ: Դուք ինձ գերեզմանը կդնեք, դուք իմ հոգուս ողորմի կտաք, դուք իմ էրեսիս հող կքցեք. կըլի, թե բազընի սիրտը մրմնջա, կըլի, թե բազինն էլ մեկ կաթ արտասունքի ինձ արժանի համարի. բայց, ա՜խ, լեզուս պապանձվում ա, որ միտք եմ անում, ձեռներս թուլանում... Ա՜խ, մեկ դարտակ ճնորհակալություն էլա իմ բերնիցը չե՛ք կարող լսիլ: Էլ ի՞նչ եմ անում դժոխքը: Քանց էս էլ մեծ դժոխք ո՞ր կըլի, որ ձեզանից հեռանամ, ձեր խոսքը չիմանամ, ձեր էրեսը չտեսնիմ:

Էս տեսակ մտածմունք էի՜ մեր խեղճ հալևորի ուշ ու միտքը բռնել, գրավել: Ուզում էր տերտերի փեշերն էլ համբուրի. էրեսին էր քսում, աչքերին էր քսում, նրա ձեռը իր ծոցն էր տանում յա բերնին էր դնում ու հոտ քաշում: Նաչար քահանեն մնացել էր մաթալ. թե աչքին էր հուպ տալիս, բերնիցն ու քթիցն էր ծուխ դուս գալիս. թե ձեռը բերնին էր դնում, աչքերն էին իրանց աղի ծովը բաց թողում: Ասեր, ինչ անց էր կացե՛լ... վախում էր, թե ողորմելի ծերը գնա, էլ ետ չի՛ գա. թե չէ՛ր ասում, ի՞նչպես կմնար բանը թաքուն, աշխարքը դմբդմբում էր: Բալքի թե որդին մեռներ, ու հոր աչքը մնար կարոտ, որ մեկ էրեսն էլա տեսնի: Ի՞նչ աներ, աչքը մնացել էր դռանը. ինքը դիմիշ չէ՛ր անում, որ ջրատար հալևորի էլած հոգին իր ձեռին դուս գա. սիրտը քրքրվում էր, աղքըները կտրատվում էին, մնացել էր էրկու սրի արանքում. դվորը շարժում էր, իրան էր կտրում:

— Օհանե՛ս ջան, ո՛րդի, վե՛ր կաց, մի քիչ գնանք դուս, մա՛ն գանք, էրեսներիս հով դիպչի, ինչ ենք տան պուճախը բռնել, նստել: Օրը տաքացել ա, հավեն կտրել. գնա՛նք, աստծու էրեսն էլ մի տեսնինք,— գեջղանգեջ բերանը բաց արեց էրվելով աստվածահոգի քահանեն ու ռանուտերի գլխին, միրքին պաչ անելով՝ ուզում էր մեկ միանով վեր կացնի, որ բալքի թե դուս գնալիս՝ ձենն անկաջն ընկնի, չիմանա, թե ի՞նչ խաբար ա, ուրըշների հետ խառնվի, գնա, իրան աչքովը տեսնի, չունքի որ անկաջի լածն ուրիշ ա, աչքի տեսածն՝ ուրիշ, ու քանի ցավը հեռու ա, ավելի ա քյար անում, բայց երբ առաջներիս ա, մնում ենք թմբրած, մինչև յարեն իրան[illegible]իրան կտում ա կամաց-կամաց սզլթալ, մրմնջալ ու ետո սաղանալ:

— Էս մեկ թասն էլ խմե՛նք, տերտեր ջա՛ն, ետո ո՞ւր տանում ես, տա՛ր ինձ. այսուհետև քո եսիրն եմ, քո շունն եմ. որ գլուխս կոխես էլ, ձեն չե՛մ տալ: Ախր Աղասուն էլ էսօր, սաղ օրը չե՛մ տեսել. առավոտը տանիցը դուս ա գնացել, չի՛ էկել. բաս նրա ջիրիդ խաղալը չի՞ պետք է տեսնիմ, բաս նրա աչքերին չի՞ պիտի պաչ անեմ: Առանց նրան կես սհաթ չե՛մ կարալ ապրիլ: Գնա՛նք, ա՛չքիս վրա, կենդանություն, աստված կարգիդ հաստատ պահի:

Հենց ասեց՝ «Աղա՛սի ջան, գյո՛զ բալասի (աչքի որդի), էս խմում եմ քո արևսաղաղին, արևի՛դ մեռնիմ... », հենց բռնես՝ մեկ թափի գյուլլա տրաքեց, դուռն ու փանջարեն ջախըբուրդ արեց, դուզ ճակատի մեջտեղին դիպավ, դուղն ու բեհնը տաղըթմից արավ, է՛նպես քամակի վրա գետնին դիպավ մաշված, չորացած հալևորը ու մնաց մորթած ոչխարի պես սուսը-սասը կտրած, ընկած հենց է՛ն սհաթին, որ վեր էր կացել, գդակն ուզում էր գլխին դնի, փետը ձեռն առնի, որ դուս գնա:

— Աղասին ո՞ւր ա… Աղա՛ ջան… Աղասուն տարա՛ն… գլխի՛ս տեր… տնները քանդեցի՛ն… Աղա՛ ջան… օջա՛խդ խավարացրի՛ն… իմ սա՛ր ջան… դռ՛ուռդ փակեցին, ի՛մ գլուխ… Աղա՛… ղա… ղա… սի… Աղա՛սի, Աղա՛սի, Աղա՛սի, Աղա՛սի… հրես էկա՜ն, հրես տանո՜ւմ են… ձեռները կապեցին… ոտները բխով դրին… վա՛յ… վա՛յ… վա՜յ… աչքս փորեցին… ո՞ւմ էի մեկ չոռ ասել, որ առաջս էկավ… Գնացե՛ք, հասե՛ք, էն սուրահի բոյին մտիկ արե՛ք… Տեսե՛ք, ի՞նչպես ա ջիրիդ խաղում… Գալիս եմ, գալիս, Աղա՛սի ջան… սաբր արա՛, որ մեկ չարսափս քցեմ, գլուխս կապեմ… Տո՛, տնաքանդի աղջիկ… մեկ ձեռներդ էլա բարձրացրո՛ւ… ի՞նչ ես փետացել, էդտեղ կաղնել… Վա՜յ… վա՜յ… վա՜յ… ամա՜ն, էրվեցի՜, խորովեցի՜… Չորանա՛ք դուք, ա՜յ ձեռներ… Խավարի՛ք դուք, ա՜յ աչքեր… Հարսի ջան, խաղա՛, է՜: Տո՛, մեկ կռներդ բարձրացրո՛ւ,
է՜հ. Վարդի՛թեր ջան, ի՛մ մանիշակ, ի՛մ սմբուլ, ի՛մ ալվան լալա՛զար, ի՛մ խնկան ծաղիկ… աչքերի՛դ մեռնիմ… Էրեսի՛դ մատաղ գնամ… ի՞նչ ես ձեռներդ խաչել… ի՞նչ ես քեզ ջարդում… սպանում… Զանգուն մոտիկ ա, մի քիչ կա՛ց, Աղասուն ճամփու դնե՛նք… Դեռ նրա հոգին երկինքը չի՛ հասած… մենք նրանից առաջ կէրթանք էնտեղ: Դարդ մի՛ անիլ… Անկաջ արա՛, մի Աղասու խաղն ասեմ…

Աղասի՜ ջա՜ն, գըլ…խի՛դ… ղո՜ւր…բա՜ն…
Դու… ես… մեր… թա՜գն… ու… պարծա՜նքը…
Թա՜գն է՜լ գնա՜ց… պարծա՜նքն է՜լ…
Թո՜ւրն է՜լ գնա՜ց… թվա՜նքն է՜լ…
Տո՜ւնս է՜լ քանդվե՜ց… պուճա՜խս է՜լ…
Ա՜չքս է՜լ փորվե՜ց… ումբրը՜ս է՜լ:

Աղասի՜ ջան, Աղասի՜… Տո՛, ջրատա՜ր… քանի՞ քնիս. լա՜վ ա, լա՜վ… Գնա՜… որդուդ տարա՛ն… գնա՜, ջուրն ընկի… մենք էլ էս ա, գալիս ենք:

Էս սհաթին էր, որ ողորմելի հերը տասն անգամ գնաց է՛ն դինեն, էլի ետ էկավ… Քանի որ գլուխը վեր էր քաշում, հենց իմանաս, էլի թաքբարխփում, նրան անդունդն էին տանում... Ջահել, քսան տարեկան հարսը մեկ կողմն էր գլուխը ծեծում, ջարդում, մազերը քրքրում, իր խեղճ պառավ կնիկը՝ մյուս: Էլ հաքըներին շոր չէ՛ր մնացել, էլ երեսներին սաղ տեղ չկար, բոլոր ճղել, քրքրել էին. արինը լաչակ, օսմաղ, ճակատ, դոշ շիլի պես ներկել էր: Ինչ պստի հարսն էր անում, աստված ո՛չ շհանց տա: Բարձր ձենով լար՝ ամոթ էր... Էս պատճառով սիրտը դհա ավելի էր էրվում, խորովվում... ուզում էր դոշը պոկի, գնա, բաշնըվեր ընկնի... Առաջին խաբարն որ իմացել էին, նրանք էլ հենց, խելքը թռցրածի պես, հացատանը, որը մեկ պուճախում էր անշունչ մնացել, որը մյուսումն: Նրանց տեսած էրազներն էլ պակաս սարսափելի չէին... Մորը՝ ջիրիդ խաղալիս էռավ: Հարսի աչքին երևում էր, թէ հարսանինպես էր էրևում, թե Աղասու ձին բուդուրմիշ էլավ, վեր ընկավ. հենց էն ա, վրա վազեց, որ որդուն խոտի, վեր թք էր, հարամիք վրա տվին, Աղասին մեկ քոզ ձիու վրա նըստած՝ նրանց առաջ արեց, թրով ծեծելով՝ թոզ ու դումանումը կորավ: Իր թայդաշ հարսներն ուզում էին, որ իրան բռնեն. փեշը թափ տվեց, ուզում էր, որ նրա ետևիցը կորչի, երեսի վրա վեր ընկավ. աչքը բաց արեց, տեսավ, որ տունը գլխին պտտում ա: Անց կացած բաները որ միտքը չէկավ, էնպես մեկ ծվաց, ծղրտաց, որ ձենը երկինքը հասավ, պատերը զրնգացին: Էս ձենի վրա կեսուրն էլ, հենց բռնիր, հինգ գազ ծուլ էլավ, հենց բռնես, մեկ թուր ջիգյարը խրեցին. հարայ տալով, մազերը պոկելով՝ հարսնի կոնիցը բռնեց, դուս թռավ ու իր կիսամեռ մարդի առաջին թավալ-թավալ էր տալիս, գետինը պոկում, գլխին հող ածում ու նոր մորթած հավի պես, որ դեռ քանի արինը տաք ա, ոտն ու երեսը քարերին էր ծեծում, ինչպես որ տեսանք: Ա՜խ, ես չե՛մ ուզում բանը երկարացնեմ, թե չէ նրանց արածն ու ասածն լսողի սիրտը կէրեն, կփոթոթեն:

Էս ձենի վրա էր, ինչպես ասեցի, որ մեր անբախտ ծերունին բիրադի վե՛ր թռավ, էլ ո՛չ գդակ, էլ ո՛չ քուրք հարցրեց. տանիցը բղդալով, գլուխը ծեծելով, միրուքը պոկելով դուս ընկավ ու հոգին բերնին հասած՝ գլորվելով, տրորվելով իր որդու ոտի տակին գետնին դիպավ ու թպրտում էր: Ընչանք էն տեղ հասնիլը հարյուր տեղ վեր էր ընկել, հարյուր տեղ ոտն ու ճակատը քարին էր առել, գլխումն ու ջանումն էլ սաղ տեղ չէ՛ր մնացել, հազար քարի էր դիպել ու յարալու-փարալու էլել, ձնի նման սիպտակ միրուքը արնի մեջը սառել, չանին էր կպել, ու հիմի էլ որդու ոտները լիզում էր, որ մեկ թուր էլ իրան խփի, որ շուտով էս դառն աշխարքիցս պրծնի:

Վա՜յ էն ազգին, որ աշխարքումս անտեր ա,

Վա՜յ է՛ն երկրին, որ թշնամու գերի ա,
Վա՜յ է՛ն խալխին, որ ինքն իր կյանքն, աշխարքը
Չի՛ պահպանիլ ու հարամու ձեռ կտա:
Ո՛վ որ սարեր կէրթա իրան փորսն անի,
Ո՛վ որ կուզի տեղը նստած մուլք դատի,
Անտեր ազգին նրա գյուլլեն կդիպչի,
Անտեր գլուխն նրա քիսեն կլցնի:
Հավատ, օրենք, տուն, ընտանիք, սրբություն
Հողի, քարի հետ կքսվին, կփչանան,
Թե ճար ունիս, մի՛ տար նավիդ գլուխն իրան,
Աչքդ թեքեցիր՝ ծովի տակին կբացվի:
Թե մեկ ազգ իր ջիլավն, յախեն թշնամուն
Իրան-իրան կտա, կմնա անվաթան:
Կատաղած ծովն ի՞նչ կիարցնի լաց, շիվան,
Նրա փրթնեն (ալիքը) ո՛չ սիրտ ունի, ո՛չ հոգի
Դառած արջը՝ փնչացնելով դուս պրծավ,
Սարեր, ձորեր սասանում են ձենիցը.
Անմե՛ղ զառը, ո՞ւր ես կանգնել դու անցավ,
Քեզ կքրքի՛, փախի՛ր նրա ձեռիցը:
Դաշտ ու զեռին դմբդմբում են, դղրդում,
Ամպի գոռոցն աշխարքն իրար գլխով տալիս.
Ա՛նցվորական, ի՞նչ ես ճամփիդ մղկտում,
Գնա՛ էլա մեկ քարի տակ, որ պրծնիս:
Ա՛խ, արեգա՛կ, բարի՛ հրեշտակ, մե՛ր մոի,
Ի՞նչ ես կանգնել, սիրուն աչքերդ բաց արել.
Հայի համար որ դուս էլ չգաս դու խսկի,
Դարդ չի՛ անիլ: Վաղուց է նրա սատղը թեքվել:
Թախտ, ապարանք, զենք, զարդարանք փչացան,
Թագավորներ, իշխանք, քաղաքք հողը մտան,
Էլ ո՞վ նրանց էթիմներին խեղճ կգա.
Մեկ թշնամու սրտումն մըզամ աստված կա՞:

ԱՌԱՋԻՆ ԳԼԽԻ ՎԵՐՋԸ

Բա՛ցի վախտ, որ մարդ մեկ քանդված տեղի
Վրա կանգնում ա ու ինքն իր մտքի
Հետ ա ընկնում ու անց կացած բաները
Ցիքր անում, տխրում, տրորում աչքերը,
Էնպես գիտես, թե է՛ն անբան քարերն
Մեզ ասում ըլին, որ մենք մեր օրերն
Լանք ու զգաստանանք, չունքի էս աշխարհ
Չի՛ մնալ մեզ համար ղադմի մուղարար:
Հենց իմանաս, թե լեզու են առել
Պատերն, ուզում են մեզ լալով ասել.
«Ա՜յ աղամորդի, տե՛ս, քո վերջն է՛ս ա.
Էստե՛ղ էլ կային նուրահարս, փեսա,
Էստե՛ղ էլ կային ծնող, երեխա,
Հարուստ, մեծատուն, իշխան համեստ:
Բայց ո՞ւր են նրանք՝ հողի հավասար.
Բայղուշն ա նստում նրանց գլխին անճար»:
Բայց ա՜խ, թե մեկ տեղ արին ա թափել,
Աշխարհ կործանվել, ազգեր փչացել,
Գազան բուն դրել, ավազակ բնակել,
Մարդի լերդն ու թոքն կրակ է ընկնում,
Միսը սրտում, աչքը սևանում:
Էս ցավն ա Հայի սրտում բհամ գալիս,
Երևանու բերդն, Զանգին տեսնելիս:

ԳԼՈՒԽ ԵՐԿՐՈՐԴ

1

Լե՛ռ քարափի վրա ցից գլուխը բարձրացրնում, թամաշա ա անում հանդարտ, հազար գլխանի դևի պես, Երևանու հազար տարեկան քավթառ, պառաված, չորս կողմը խանդակով կապած, բրջերով ղայիմացրած, սուր-սուր ատամները գլխին շարած, հինգ գազաչափ հաստ պարսպով երկու տակ բռնած, մեկ ոտը Կոնդումը, մեկ ոտը Դամուրբուլաղի գլխին դրած, մեկ բերանը հյուսիս, մեկը հարավ բաց արած, չորացած գլուխը երկինքը ցցած, լեն փեշերը երկրումը փռած, անամոթ երեսը կոկած, սվաղած, հազար բնով, հազար փանջարա աչքերը դես ու դեն չռած, ջուխտ չանգերով Զանգվի քարոտ, զարհուրելի, սևադեմ ձորը խոտած, դոշին կպցրած՝ անմազ, անլեզու, մարդակեր բերդը ու դեղնած երեսը հեռու տեղից ծածկում, ագահ աչքերը գետնին ցցում, որ միամիտ տեսնողին դիա՜ ստոր՜վ խաբի, դիա՜ հետ իր ծոցը քաշի ու բիրաղի, անձեն, անսաս կուլ տա, փչացնի:

Պարսիկ նրան շինեց՝ խորամանկ, խաբեբա, թե օսմանցի նրա հիմքը դրեց՝ կատաղի, անհաստ, ո՛չ գիր կա, ո՛չ թարեղ: Նրա պատմությունը խավարի միջումն ա, մարդ ուղիղ չի՛ գիտի, չի՛ լսել. բայց հազարավոր ժամանակով՝ անահ, անվախ, պինդ երեսը լիրբ գազանի պես դեմ տված, որքան թոփի, թոփխանի գյուլլեք էլ նրա կուռ քամակին, նրա կակող դոշին, նրա բաց գլխին դիպան, ո՛չինչ չի՛ ազդեց, քյար չարեց: Կորցրած թևերն էլ ետ սաղացրած, ջարդած ոսկորներն էլ ետ պնդացրած՝ գլուխը վեր քաշեց, էլ ետ ստնչ առավ, վեր կացավ, կանգնեց, ուսերը դզեց, ոլորեց, սարքեց ու էլ ետ հարբա զալով, հաթաթա տալով, իր գլուխը քորողի, իր ցխաքի հետ խաղացողի թողության, փոքրոգության, անզորության ու հիմար հանդգնության վրա ծաղր անելով, ծիծաղելով, ծափ տալով՝ պպին կանգնեց, մատը ցցեց էս հողաշեն, այլ ո՛չ քարաշեն բերդը ու խենեշիմոք, իր կոտրած ոտները Զանգվի բերանը խցկելով՝ մնաց տեղը նստած, Զանգվի, որ գիշեր-ցերեկ անքուն, անդարար, զժված, կատաղած՝ նրա բաց դոշին, նրա անիրավ սրտին իր պլոկած ջրի անբերան թրովը, քարի ուրագովը վեր հատում, զարկում ա, բայց տեսնելով, թե չի՛ կարում ջիգրը հանել, վրեժն առնել, նրան քանդել, գոռալով, գանգատելով, կական բառնալով, ֆիչ-ֆիչ ձենը փորը ցցում ու մունջ-մունջ երեսը կալնում,Զանգիբասարի ծոցն ա մտնում ու հույսը կտրած, սիրտը կոտրած՝ տխուր դես ու դեն ցրվում, ցնորվում ու հազար բարի, հազար պտուղ ու արդյունք տալով, բաշխելով՝ ճամփեն մոլորում, կորչում ու չի՛ կարում իր սիրուն քվորն էլա՝ Արազին, մեկ խաբար տանի, չունի Երևանու թամարզու, կարոտ բնակիչքը նրա ճամփեն բռնում, նրան սիրով խոտում, իրանց մեջը, իրանց հանդն են տանում, որ նրա սուրբ, կաթնահամ ջրովը իրանց էրված սիրտը հովացնեն, իրանց դաշը քրտինքը նրանով լվանան ու նրա տված պտղովը իրանց գլուխը պահեն:

Երևանու բերդն, Հայաստանու հողն, որ հազար տարուց հետ սկսած՝ դառել էր գողի ու ավազակի բնակարան... Է՛ն հողը, է՛ն հիանալի աշխարհը, ուրտեղ որ դրախտն էր եղեմական, ուր որ աստված, բոլոր աշխարհը ջրհեղեղովը երբ որ

կործանեց, հայոց սուրբ Մասսա սարը միայն արժան տեսավ, որ Նոյան տապանը նստի, ու Հայոց երկրիցը էլ ետ մարդիկ բազմանան ու ուրիշ երկրներ էլ շինություն քցեն: Է՛ն սուրբ հողը, ուր որ անպարտելին Հայկ՝ անաստված Բելա չար մտքին չհավանելով, իր ընտանիքը, իր քաջ, պատվական զորքը հավաքեց, էկավ ու Հայաստանի զարմանալի սարերի, սիրուն դաշտերի տեսույն մայիլ մնացած, Զանգվի դրախտանման ձորը, Զանգվի փրփրադեզ, անահ ջուրը, Երասխի մարմանդ ծոցը, Մասսա ու Ալագյազի երկնանման գլուխը, Սևանա ծաղկափթիթ ձորերն ու սարերը տեսնելով՝ իր մզրախը ցցեց ու իր սուրբ անունովը Հայաստան կանչեց ու Բելա անհոգի մարմինը իր նետ ու աղեղին մատաղ արեց: Է՛ն սուրբ տեղը, ուր որ Շամիրամ՝ աշխարհի տիրելով, ո՛չինչ տեղ էն պատկերը չճարեց, որը որ իր սիրտն ուզում էր, ու մեր հրեշտականման Արայի սիրուն երեսին կարոտ՝ զորք ժողովեց, էկավ, որ թե նրա սուրբ սիրտը լալով, սիրով չզրավի, զոռով նրան գերի անի, որ բալքի նրա սուրբ շունչը իր երեսին դիպչի, ու մեռած ժամանակն էլ նրա մարմինը առաջին դրած՝ գիշեր-ցերեկ սուգ էր անում, որ կամ նա կենդանանա, կամ ինքը նրա ոտի տակին հոգին տա: Է՛ն աշխարհը, ուր որԶարմայր՝ Աքիլեսի հետ Հեկտորի դեմն ուզեցավ պահի, Պարույր՝ Արբակի հետ Սարդանապալին էրեց, Տիգրան՝ Կյուրոսի հետ Աժդահակա հոգին առավ, Վահե Դարեհ Կոդոմանի հետ Աղեքսանդրի ճամփեն ուզեցավ բռնի, Վաղարշակ Պարթևն՝ իր եղբայր Արշակա ոտը իր երկրիցը կտրեց ու Հայաստանին կարգ տվեց, նախարարներ հաստատեց,Տիգրան՝ արքա արքայից, Ասորոց աշխարհն իր ձեռի տակը բերեց ու կարթագինացոց հսկային՝ Աննիբալ զորապետին, իր մոտ հրավիրեց: Է՛ն աշխարհը, ուր որ քաջահաղթն Տրդատ՝ Հռոմ իր քաջությունովը ու իմաստությունովը զարմացնելեն հետո, էկավ, իր հայրենական հողին տիրեց ու ալանաց, պարսից շունչն ու ոտը կտրեց. ուր որ որդին աստուծո երևեցավ ու սուրբ Լուսավորչու՝ Իջման տեղի կերպը լուսով չափ տվեց: Է՛ն տեղը, որ Վարդան Մամիկոնյան, Վահան՝ ընտիր եղբայր նորա, անօրինակ քաջությամբ, որ աշխարհի դեռ չի տեսել, իրանց օրենքն ու սուրբ եկեղեցու պատիվը արընով զնեցին: Է՛ն տեղը, որ Վռամշապուհ բոլոր աշխարհի լուսավորությունն ու իմաստությունը իր կողմը քաշեց, իր աշխարհը բերեց: Է՛ն ընտիր աշխարհը,
ուր Ռուբինյանք,Բագրատունյանք՝ իրանց՝ հազար թշնամու ձեռի անտեր մնացած Հայրենիքը (վաթանը) էլ ետ գերեզմանից հանեցին, էլ ետ նո՛ր հոգի տվին: Է՛ն օրհնյալ հողը, ուր ասորիք, պարսիկք, հոնք, ալանացիք, մակեդոնացիք, հռովմայեցիք, արաբք, օսմանցիք ջրհեղեղի պես վրա էկան, հարյուրավոր ազգ ու աշխարհի ոտնակոխ արին, ջնջեցին, սրբեցին, թրի, կրակի մատաղ արին, ուրտեղ որ սար չի՛ մնացել, որ արին չտեսնի, քար չի՛ մնացել, որ մարդ տակով չանի, ու հարիր մեր հարևան ազգեր

էնպես են հողի հետ հավասարվել, կորել, որ էսօր ո՛չ նրանց շունչը կա, ո՛չ անունը, բայց սուրբ Հայոց ազգը, անհաղթելի Հայկա որդիքը իրանց կյանքը, թագավորությունը, մեծությունը, փառքը, իշխանությունը, զորքը կորցնելեն ետև որ տեսան, թե է՛ս աշխարհակործան ջրհեղեղին, է՛ս գազան ազգերին, որ մեկը մյուսի ոտիցը ճողոլակ՝ ուր որ կամենում էին գնալ, Եվրոպա թե Ասիա, Հայոց հողովը պետք է անց էին կացել, չե՛ն կարող դիմանալ, աչքները երկինքը քցեցին, գլխները գոզները դրին ու հազար թրի տակից, հազար կրակի միջից՝ սիրտ-սրտի տված, հոգի-հոգու կպցրած, մինչև էսօր էլ իրա՛նց գլուխը, իրա՛նց սուրբ հավատը, իրա՛նց սուրբ օրենքը է՛ն վեհանձնությունովը պահպանեցին, որի օրինակը աշխարքում ո՛չ էլել ա, ո՛չ կըլի: Է՛ն աշխարհը, է՛ն անօրինակ ազգն էր էս վերջին ժամանակը, շունչը բերանը հասած՝ աչքը երկինքը կթել, որ ռուսաց հզոր արծիվը գա ու իրանց հողն ու զավակը իր թևի տակովն անի:

Քսան տարու միջում լուսավորյալ, քրիստոնյա, խաչապաշտ եվրոպացոց ոտը ողորմելի Ամերիկա էնպես քանդեց, ջնջեց, հողի հետ հավասարեց, որ հինգ-վեց միլիոն ազգերիցը էսօր հազար հոգի էլ չեն մնացել, էն էլ սար ու ձոր ընկած՝ վայրենի գազանների պես են իրանց սև օրը լալիս ու կոտորվում. բաս ի՞նչ աներ հայոց խեղճ ազգը, որ Նոյան գեսը, վեց հազար տարի, ո՛չ թե քրիստոնեի կամ լուսավորյալ ազգի, այլ հեթանոսի, կռապաշտի, մահմեդականի, անօրենի ձեռին էր աչքը բաց անում, նրանց հետ քյալլա տալիս ու շատին, շատ անգամ, իր ոտի տակը քցում, բայց կարո՞ղ է փարդը ծովիմիջում զորանալ, մանիշակը՝ կրակի առաջին դիմանալ. կարո՞ղ է կակող ցորենի հասկը է՛ն կայծակին ու կարկտին համբերիլ, որ մեր ազգը իր թշնամուն համբերել էր յա դիմացել:

Հայո՛ց ազգ, Հայո՛ց ազգ, ձեր ջանին մեռնիմ, Հայո՛ց ազգ, քո հողին մատաղ, Հայո՛ց աշխարհ. էն ո՞ր կաթը դուք ծծեցիք, է՛ն ո՞ր մեջքը ձեզ բերեց, է՛ն ո՞ր ձեռը ձեզ գրկեց, է՛ն ո՞ր բերանը ձեզ օրհնեց, որ դուք է՛ս հոգին ունենաք, է՛ս սիրտը ձեր միջումն ըլի, է՛ս հրաշքը դուք աշխարքին ցույց տաք: Է՛ն ի՞նչ աչք պետք է ըլի, որ քոռանա, ձեզ չտեսնի, ձեր դարդը չիմանա. է՛ն ի՞նչ բերան պետք է ըլի, որ կապվի, ձեր փառքը չգովի, ձեր անունը չպաշտի. է՛ն ի՞նչ քարացած սիրտ պետք է ըլի, որ ձեզ չսիրի, ձեզ իր հոգին մատաղ չտա: Օրհնեցե՛ք ուխի ոտը, ջան-ջանի տվե՛ք, իրար սիրեցե՛ք, դուք է՛ն աշխարքի ծնունդն եք, է՛ն ազգի զավակը, որ աշխարհ ամենայն զարմացրել են ու կզարմացնեն: Դո՛ւք, դո՛ւք իրար պահեցե՛ք, ինչպես ձեր նախնիքը, դո՛ւք իրար թասիբ քաշեցե՛ք, ձեր նախնիքը միտք բերե՛ք, ձեր հողն ու ազգը պաշտեցե՛ք, ես ետ եմ դառնում էլի իմ պատմությունն անեմ, բայց աչքս ճամփի ա, անկաջս՝ ձենի, ձեր ջանին ղուրբան. չթողա՛ք, որ էս մուրազը հետս գերեզմանս տանիմ, ու հողումն մարմինս քրքրվի, երկնքումը հոգիս տանջվի, երբ իմանամ, թե ձեր սերը պակսել ա, ձեր բարեկամությունը ցամաքել:

Գնա՛նք Երևանու բերդը, օրը մթնում ա, խավարը բռնում, աչքերս սևանում, սիրտս տրորվում, ու ինչ տեղ որ ծնել եմ, է՛ն հողն էլ ա աչքիս փուշ դառել, սրտիս՝ դանակ: Ղուշն իր բունը սիրում ա, ես իմ հողը ատում, փնովում, չունքի լսած ու տեսած բաներս կրակ են դառել, սիրտս էրում, փոթոթում, չունքի Երևանա բերդի հողի ու ջրի շատ փայը, հե՛նց բռնիր, հայի արընով ա շաղախած. ի՞նչպես անեմ, ո՞ր ջուրն ընկնիմ, որ սիրտս հովանա, ա մեռնիմ, պրծնիմ, ու էս դարդերը ինձ սաղ-սաղ չուտեն, չսպանեն:

Երևանու բե՛րդն, Երևանու բե՛րդն, ուր որ,— քանի Հայոց թագավորությունը իր աշխարքիցը ձեռք վերցրեց, ու քրիստոնեությունընդառավ Հայոց ազգի հույսն ու ապավենը, ու երկնից արքայությունը, ու պարսիկ, օսմանցիք հռովմայեցոց գլուխը Եվրոպա ուտելով, հունաց ազգը էնտեղ տանջելով, ասորոց, բաբիլոնացոցը՝ Ասիա վերջացնելով, թուրքները սրած, կատաղած ասլան-դափլանի պես, մեկն էս դիից, մյուսն՝ էն, մեր ազգի արնին էին ծարավել, որ իրանց անկուշտ փորին մատաղ անեն, ու մեկը ծամում էր, մյուսին տալիս, մյուսը արինը խմում, մեկի չանգը քցում,— մնացել էր հարիր հիսուն տարուց հառաջ օսմանցոց ձեռին, որ Նադր շահը դուս էկավ ու Հնդստան, Արաբստան ոտի տակը տալուց ետև երեսը ետ դարձրեց Երևանու վրա: Սար ու ձոր նրան գլուխ էին վեր բերում, մեկ բուռը հողը ու լենաշալվար օսմանցին ո՞վ էր, որ առաջին դիմանա: ՀէնցՄուրադ թափի գլխին, Քանաքռուց մի քիչ բարձր, նրա չադրի ծերն էրևաց, ղաջար Հասան Ալի խանը օսմանցվին ընչանք Ղարս մին քշեց, ու կտրիճ զորապետը էնքան թուրն ածել, օսմանցվի գլուխ էր թցրել յա ուս վեր բերել, որ ձեռը փետացել էր, թուրը գուլացել, ու ինչ ժամանակ ետ դառավ ու Նադր շահի չադրի առաջին որ մզրախը չշպրտեց, մզրախը դողալով գետնումը ցցվեց, բայց քաջի արած տղամարդկությունը շահի աչքումը տնկվեց, ու պատվի, փառքի փոխանակ՝ ողորմելի խանի աչքերը իսկույն հանել տվեց, որ արեգակի առաջին լուսինը չերևի, ու իրան անունը չկոտրվի: Էս կույր ողորմելին էր, որ օսմանցվից հետո Երևանու խանությունը առացավ, ու էլի պարսից անիծած ոտը մեր աշխարհը մտավ: Սրանից հետո իր ախպեր Հուսեին Ալի խանն սկսեց նստիլ, որ է՛նքան աջիզ, խեղճ էր, մինչև վրաց Հերակլ թագավորն էկավ վրեն, ջարդեց ու 3000 թուման էլ հարկ դրեց ուսին: Սրա որդի Մահմադ խանն էլ որ նստեց, Աղա Մահմադ խանն, որ ավելի անունն Ախտա շահ էին կանչում, դուս էկավ, Նադրի պես սար ու ձոր ջարդելով՝ ինքը դեպի Ղարաբաղ ու Թիֆլիզ երըմիշ էլավ, իր ախպեր Ալի Ղուլի խանինԵրևանու վրա ղրկեց: Բայց մինչև Թիֆլիզու գերին Երևան չհասավ, Մահմադ խանը երկրի խալխը գլխին, բերդումը թոփ արած՝ իր ջիլավը թշնամու ձեռը չի՛ տվեց, որ Երևանու բերդի չորս կողմը կտրել, նստել էր, բայց կռիվ չէ՛ր տալիս, չունքի խանն ասում էր.

— Երբ Թիֆլիզ կառնիք, ես ձերն եմ ու ձերը: Թիֆլիզ առան, էրեցին, եարի տուտը Երևան հասավ թե չէ, խանի մեջքը կոտրվեցավ: Ալի Ղուլի խանը մտավ բերդը, Մահմադ խանին ղոնաղ արեց ու, հացի վրա հենց, ոտն ու ձեռը կապիլ տվեց ու Պարսկաստան ուղարկեց:

Պատմում են, թե բոլոր խաների միջին սրանից լավը չէ՛ր նստել: Մեկ քանի օր որ անց ա կենում, մեկ գիշեր հանկարծ մելիք Աբրահամինկանչիլ ա տալիս: Ողորմելու արինը ջուր ա դառնում, բայց հենց կուշտն ա գալիս, սրան բարկացած հարցնում ա, թե ինքը լսել ա, որ հայերը առանց զանգակի ժամ չեն գնալ, ի՞նչպես ա, որ զանգակի ձեն չի՛ լսում: Մելիքը որ դողալով չի՛ ասում, թե նրա ահու չե՛ն տալիս, իսկույն բարկանում, հրամայում ա, որ գնա, հայերին ասի, թե նա էկել ա, որ խալխին պահի, նրանց տիրություն անի, նրանց ցավին հասնի ու ո՛չ նրանց նեղացնի: Ու էս արժանահիշատակ խանն ա, որ խալխի խարջը, կոռը բաշխում, շատ ումուդ, շաֆաղաթ ա տալիս, բայց թուրը երկար չի՛ կտրում: Ախպորը որ Ղարաբաղումը Սադըղ խանը չի՛ սպանում, Երևանու հայ, թուրք բերդը բռնում, սրան զոռով դուրս են անում, որ դաջարի անունը իրանց վրա չըլի, էնպես որ ողորմելին հազար մուննաթով ու աղաչանքով, բռանց ա գլուխը պրծացնում ու էլ ետ իր երկիրը քաշվում: Փոքր վախտ սրանից հետո Մակվա խանն ա գալիս, Երևան նստում, չունքի որ Մահմադ խանի ազգականն ա ըլում: Ցաթ Ալի շահը որ նստում ա, Մահմադ Խանը շահի մորը մեջ ա քցում, մինչև 10 000 թումանն Երևանու փող ռուշվաթ (կաշառ) խոստանում ու էլ ետ գալիս, իր տեղը բռնում:

Էս միջումն ա ըլում, որ Նախչվանու քոռ Քյալբալի խանը Ղարսա վրա կռիվ ա դուս գնում, փաշին ջարդում, երկիրը ոտնատակ տալիս, ու ռուսն էլ նոր Փամբակ առած էնտեղ մեկ մայոր ա ըլում, ավելի անունըՂարա (սև): Խանը ետ դառնալիս ուզում ա, որ Փամբակ էլ մեկ ատամին խփի, ու որ լսում չի՛ թե Ղարա մայորը մեկ քանի հարիր մարդից ավելի ո՛չինչ չունի, հրամայում ա, որ գնան, նրան սաղ-սաղ բռնեն: Բայց ռսի սալդաթի ու թոփի հունարը դեռ չեն տեսած ըլում ողորմելիքը: Իրեք-չորս անգամ էնքան ղոշունը վրա է տալիս, բայց տեսնելով, թե ռուսը պատի պես կանգնած՝ գյուղից էլ չի երես ետ դարձնում, փոխանը կատու ընկած՝ ձիու գլուխը շուռ ա տալիս ու իր հողը գալիս:

Էլի էս միջոցումն ա ըլում, որ անիրավ Մահմադ խանը շահի հետ խոսքը մին ա անում ու քաջահաղթ Ցիցիանովին խաբնով իր մոտ ա կանչում, որ բերդը ռսին տա: 3000 մարդով որ նա Երևան չի՛ մտնում ու տեսնում, որ խորամանկ պարսիկը կամեցել ա նրան ականաթի մէջ քցի, մտնում ա թուշ Երևանու մեչիդը, ու իրեք ամիս էս քաջ հսկայն, առանց հացի, առանց օգնության, էն շոգ ժամանակին, որ մարդի գլխին կրակ ա վեր թափում, էն թանկությունն ա ըլում, որ աղի լիտրը մեկ մանեթով ճարվելիս չի՛ ըլում, ու շահն էլ անթիվ, անհամար զորքով գալիս, սար ու ձոր բռնում ա, ու ռսի դոնշունի շատն էլ որը սովն ա սպանում, որը շոգը, ու հայերն են ըլում հաց տվողը, ռսի քոմակը, մանավանդ կենդանի նահատակ Հովհաննես եպիսկոպոսը, որ էջմիածնա ամբարները դարտակում ա, որ բալքի թե էնպես բան ըլի, որ ռուսն Երևան մնա, բայց աստուծո հրամանը չի՛ ըլում, Ցիցիանովը էնքան գազանի ոխից իր մեկ բուռը դոնշունը ու հայերին հավաքում, էն վախտն ա քաղաքը մտնում, որ սաղ Վրաստանը, Կավկազը դոնմիշ էլած՝ մեկ-մեկու ուտելիս են ըլում: Մինչև Ղազախ դզլբաշի դոնշունը նրա աղաքն ու քամակը բռնած՝ կովելովգալիս են, բայց էլի գլխները քրելով ետ են դառնում, ու Ցիցիանովի ոտն ու երկրի խաղաղությունը մեկ ա ըլում, էնքան անուն ա ունեցել էս քաջ հսկայն: Հալվաքարու հայերը որ կան, էն ժամանակն են իրանց երկիրը թողում, քոչում ու որը մելիք Աբրահամի, որը Հովհաննես ուզբաշու ձեռի տակին՝ գալիս, քաղաքը մտնում:

Ռուսը որ ետ ա դառնում, Մահմադ խանին բռնում, Պարսկաստան են տանում, ու նրա տեղը Թավաքյալ խանն ա գալիս, նստում, որԳուդովիչի հետ կռիվ ա տալիս: Սրան էլ փոխում են, Հուսեին խան սարդարը ու իր ախպեր Հասան խանն են Երևան ղրկում, որ մեկ քանի տարվան միջումը Ղարս, Բայազիդ, Արզրում ոտի տակ տվին ու օսմանցվին կատու էին շինել: Կարելի ա, թե Երևան էնպես բարի, ազնիվ, խալխի ցավին հասնող, աշխարհաշեն մարդ չէ՛ր տեսել, ինչպես որ սարդարն էր. բայց ինչքան նա բարեսիրտ էր, էնքան չար, գազան, դժոխք էր նրա ախպերը, որ ոտը փոխելիս՝ սար ու ձոր դողում էին: Նրա համար հո՛ մարդի, հո՛ սոխի գլուխը, բոլորը մեկ էր:

Էս էր, որ աստված գլխին շարկացավ, էլածն էլ ձեռիցը խլեց ու խեղճ հայերի էրված, խորովված սիրտը անջախ մի անջախ հովացրեց, ու էսօր խաչն ա նրանց պահում, ու ո՛չ Ալու փանջէն նրանց սասանեցնում:

Օրհնվի՛ էն սհաթը, որ ռսի օրհնած ոտը Հայոց լիս աշխարհը մտավ ու դզլբաշի անիծած, չար շունչը մեր երկրիցը հալածեց: Քանի որ մեր բերնումը շունչ կա, պետք է գիշեր-ցերեկ մեր քաշած օրերը մտքըներս բերենք ու ռսի երեսը տեսնելիս՝ երեսներիս խաչ հանենք, աստծուն փառք տանք, որ մեր աղոթքը լսեց, մեզ ռուս թագավորի հզոր, աստվածահաստատ ձեռի տակը բերեց: Բայց թե մինչև էս բախտին հասնիլը ի՞նչ օր ենք քաշել, ի՞նչ զուլլեք ա դիպել մեր խեղճ ազգի գլխին, ի՞նչ թրեր ա նրանց լերդն ու թոքը կերել, էրել, նրանց արինը վեր ածել, քանի՜, քանի՜ անգամ են քոչել տնըհան, տեղըհան էլել, քանի՜, քանի՜ իշխանք՝ որը կրակով, որը փետի տակին, իրանց հոգին տվել, ով ուզում ա իմանալ, հետս գա, գնա՛նք էլ ետ Երևան:

Թո՛ղ լսողը չի՛ իմանա, թե ես Երևանու ծնունդ ըլելով՝ նրա հողի ու ջրի սերն ա էնքան սիրտս քաշում, տանում. չէ՛, գիտե աստված: Երեխա եմ էլել, որ էնտեղանց դուս եմ էկել, ամա էսօր էլ, որ մտածում եմ, թե Զանգվի կարմնջի վրովը յա բազարի մեյդանովն անց կենալիս ինչպես էր իմ լուսահոգի հերը ինձ ոտով-ձեռով անում, չունքի լեզվով խոսալն էլ ղազաբի էր բերում, որ թեզ անց կենանք, մեզ թուրք չտեսնի, որ մտածում եմ, թե քանի՜, քանի՜ անգամ, հենց մեր այգումը, յա մենք ենք ղզլբաշ յարալու արել, յա նրանք մեզ, ջանս վրես սրսռում ա, միսս վեր թափում:

Դեռ ռսին չտեսած՝ մեկ էլ մտնինք Երևան, չունքի մեր հայրենիքն ա, մեր նախնիքն են էնտեղկացել, տիրել, մեռել, թաղվել, էն ժամանակը կիմանանք ռսի ղադրը ու մեր բախտավորության գինը, ով ուզում ա՝ գա:

2

Երևանու բե՛րդն, Երևանու բե՛րդն, ա՜խ, որ առավոտը բացվելիս նրա էն լաչար գլուխը մարդի աչքով չէ՛ր ընկնում, հենց իմանաս, թե դժոխքն ա իր բերանը բաց անում, ատամները ղրետացնում ու իր ապականյալ, թունավոր, դառը շունչը չորս կողմը փրփրալով փչում, ցրվում, փռնչացնում, որ կարենա իր հոտած աղքների կերած, լափած արդար ջանը մարսի, էլի չանգերը դուբարա քցի, էլի հազար անմեղ, արդար հոգի անճամ կուլ տա, իր անկուշտ փորին մառաղ անի: Արեգակը մտնելիս հո, հենց իմանաս, թե Սադայելի որդիքն ու զավակները, նրա զորքն ու զորապետներն ըլին իրանց դիվական խաղը խաղում, իրանց դժոխային քեֆն անում, ու բրջերի գլխին մեկ կտրած գլուխ էստեղ էին ոտի տակ տալիս, մեկ անգլուխ լաշ էնտեղ էին կտոր-կտոր անում, վրեն թքում, ծափ տալիս, ծիծաղում, հրհռում, քրքռում ու թրով, մզրախով յա փետով մեկ մեռած մարմին էս կողմն, էն կողմն գլորում, քացի տալիս ու ներքև քցում: Ճաշվա ժամանակին, հենց իմանաս, մեկ կրակի սար ըլեր էնտեղ կանգնած՝ փոր, ծոց տաք քուքուրթով, բոցով լիքը, ծխում, բորբոքում էր, որ բիրդանբիր ճնչա, բացվի, տրաքի ու ինչ կա, չի՛ կա, տակովն անի, լափի: Ամեն մեկ բուրջը, ամեն մեկ բաղանը ոսկորով, ջամդաքով յա անմեղ դութսաղներով լիքը, քած խոզի պես, հենց իմանաս, ծանրացել, փորըներն էլ չէին կարում քաշել, էնպես ուռել էին, որ բիրաղի ճաքին, պատռին, կտոր-կտոր ըլին:

Մեչղների ոսկեվարաղ գլխըներին արեգակի շողքը դիպչելիս, պլպլալիս, հենց իմանաս, էն իրանց միջի անսիրտ նամազ անողների անխղճմտանք հոգու շնչովը փչված՝ ուզում ըլեին աստծուն փառաբանություն, աղոթք անելու տեղը, որ երկրին խաղաղություն, դինջություն տա, սողոմական կրակն ըլեին ուզում երկնքիցը վեր ածել տան, որ սար, ձոր էրեն, խորովեն, տակով անեն: Հայի թշնամի մոլլեն, որ գիշեր-ցերեկ ուզում էր, որ յա քրիստոնեության անունը վերանա, յա Հայ ազգի, մինարեն որ չէ՛ր նի ըլում, որ ազան տա, ու իրան հավատացյալ ժողովուրդքը գան, իրանց իմամներին, իրանց Ալուն, Մուրթուզալուն աղոթք անեն, որ էն դինումը դժոխքի փայ չըլին, ձեռն անկաշին որ չէ՛ր դնում ու ծխում, հենց իմանաս, հայի համար սաղայելյան փողն ըլի փչում, որ իրանց գլուխը լան, չունքի շատ անգամ էր պատահում, որ մեկ խեղճ, անճար գեղըցի հայ, որ բազարն էր գալիս էս հաղաղին, որ իր առուտուրն անի, քանի շահի ձեռք քցի, որ տանի, իր քյուլֆաթներին պահի, է՛ն տեղն էին քցում, է՛նքան էին ուտին, գլխին վեր տատում, որ հացն էլ էր մոռանում, էկած ճամփեն էլ, իր օղլուշաղն էլ, չունքի բեղաֆիլ մեկ թուրքի շորի դիպած, մուռտառած էր ըլում:

Աշխարքի գլխին, հենց գիտես, կրակ պետք էր վեր գար, է՛նպես էր ամեն մարդ սասանահարվում, սարսափում, որ իր գլուխը պահի, բալի տակ չընկնի: Ի՞նչ ասեմ, ի՞նչ պատմեմ. կըլի՞ որ ի՛սկ սաղայելյան փողն ու դատաստանի օրը էնքան սարսափելի չըլին, չունքի աստուծո ողորմության հույսը էլի կա, ինչքան էս օրերը, որ րիգունը գալիս՝ մարդ չէ՛ր իմանում, թե երաբ առավոտը կհասնի՞, լիսը բացվելիս՝ ումուդ չո՛ւներ, թե սաղ-սալամա՛թ, մթանն աչքը խփի՞, էնպես ահում, դողում էին երկրի խալխը:

Երևանու բե՛րդը, Երևանու բե՛րդը, ա՜խ, աչքս դուս գա, քանի՜, քանի՜ ողորմելի հայի միս ա կերել, քանի՜, քանի՜ անմեղ հոգի՝ տարիքներով չարչարվելուց, տանջվելուց, կենդանի նահատակ ըլելուց, կրակի, բոցի, երկաթե շամփրի, թոխմախի, կրակած քարիշի տանելուց, համբերելուց ետը կամ թոփի գյուլլի հետ ա թռել, հազար կտոր էլել, կամ տարաղաջի (կախաղանի) վրա ա զոռալով, երկինք, երկիր աղաչելով, իր մինն իր ատամներովը կրծելով, աչքերը դուս տրաքելով, ղովում, ղարղաշ, իրավորի, ազգականի, իր որդոց, զավակաց ձենը լսելով, տրորվելով, փոթոթվելով՝ հոգին ավանդել, երկինքը գնացել, որ պրծնի էս դառն աշխարքի՞ցը, էն կատաղի գազանների ձեռիցը: Քանի՜, քանի՜ ջահել երիտասարդ՝ մեկ սաղ օջախի մեն մենակ որդի, մեկ աղքատ, չքավոր տան սին, մխիթարություն, մեկ տասը գլուխ քյուլփաթի տեր ու ապավեն, իր ծաղկած, դալար հասակին, իր ըմբրի ու արևի նոր բաց էլած ժամանակին կամ սաղ-սաղ քերթվել ա, կամ իր պատվական գլուխը գառան պես թրին դեմ արել, որ երկնքումը իր ջահելության մուրազն առնի, վայելի, չունքի երկիրը նրա անարատ արնին էր ծարավ, որ շուտով խմի ու քալքի կշտանա:

3

Սի՛րելի կարդացող, իմ ա՛չքի լույս հայ, էս քո հավատակիցքն ու հայրենակիցքն են, որ ես ասում եմ ու էրվում. քեզ հետ մեկ ավազանից ծնվել, քեզ հետ մեկ մեռոնով օծվել, մեկ խաչով կնքվել, երա՜ք, որ լսում ես, սիրտդ ի՞նչ ա ասում, ջիգյարդ՝ ի՞նչ: Գիտեմ, որ ասում կըլիս մտքումդ՝ էսպես օրը գնա, ո՛չ ետ գա, քո թշնամին էս կրակի մեջը չընկնի: Գիտեմ, որ սիրտդ էրվում, խորովվում կըլի, ու ուզում ես, որ էս անիրավ ազգի երեսին էլ մտիկ չանես, նրան տեսնելիս՝ գլուխդ առնիս, կորչիս, բայց, հավատացի՛ր ինձ, մեղավորը նրանք չեն, մենք ենք: Մենք որ իրար թասիբ քաշենք, իրար քոմակ անենք, իրար պայծառացնենք, շենացնենք, ծովն էլ տեղիցը վեր կենա, մեզ տակով չի՛ կարալ անել, ինչ թե օսմանցին յա պարսիկը: Մեզ ամենաբարի արարիչը է՛ն հոգին, է՛ն խելքը, է՛ն շնորհքը չի՛ տվել, որ նամարդի մուհտաճ մնանք: Աստված հիմիկ մեզ լիս ա բաց արել, ռուսաց թրին սարերը չե՛ն դիմանալ, որ ջանք անենք, մեկզմեկու սիրենք, մեր լեզուն, մեր եկեղեցին էնպես ղայիմ բռնենք, ինչպես մեր երջանիկ նախնիքը, հավատացի՛ր ինձ, աստված էլ կսիրի մեզ, մարդ էլ:

Լավ չի՛ սկսած բանը թողալ ու էսպես քարոզ ասիլ, ես էլ գիտեմ, ամա սիրտս չի՛ դիմանում, ի՞նչ անեմ: Էլի մեր գեղըցոնց ասածն ա միտքս գալիս: Խալխի մեղքը չի՛, որ ճամփից դուս են էկել, իրար մոռացել, մեզ նման կարդացողի ոտները պետք է ծառիցը կապած, ամսով սոված պահած: Ախր թե շատ առնողիցը շատ կպահանջեն, բաս դատաստանի օրը ի՞նչ ջուղաբ կտան ինձ նման գրի սևն ու սպիտակն իմացողները, որ էլ ուրիշ բան չենք փիքր անում, հենց ուզում ենք՝ լավ ուտենք, լավ խմենք, քյահլան ձիու վրա նստինք, չալ-չալ մանեթները ջեբըներումս չխկչխկացնելով, ձեռըներիս դըղդողալով, խաղացնելով ման գանք, քեֆ ու մարաքյա անենք: Շինած արաղ կոնծիլը, Կախեթու գինին անուշ-անուշ խմիլը, կառեթով, դրոշկով փառավոր, ուռած-ուռած ման գալը, զառ, դումաշ հաքնիլ-մաշիլը, նոքար-բեքարի՝ ձեռին ջուր ածիլը, երեսի հով տալը, տաք յորղանի տակին, փափուկ դոշակի միջում շնթռիլն ու թավալ տալը, ոտ ու գլուխ զարդարիլը մեզ թե դժոխքը չտանին, դրախտը ըսկի չե՛ն տանիլ, հարկիզ:

Էդ երեխեքն էլ գիտեն, կաւ ես ինձ, բայց ի՞նչ անես. բանը գիտենալը չի՛, բանն անիլն ա: Ես ինձ վրա եմ ասում, թո՛ղ ուրըշի սիրտը չնեղանա: Ընչանք փողը չեմ առնում, ո՛չ գիրք եմ տալիս, ո՛չ աշակերտ կարդացնում: Լազգին ու թուրքի մոլլեքը էնպես չեն անում, անփող են իրանց ազգի երեխեքը կարդացնում, էլի աստված նրանց ռզը հասցնում ա: Հենց մե՞զ ատի սոված սպանի: Ամեն մեչըդի հայաթում, գեղ տեղարեքն էլ, մեկ մեծ փարժառուն կա, ուրտեղ երկու-երեք լեզու են սովրում. մեր եկեղեցըքանց հայաթներումը լաղլաղն էլ բուն չի՛ դնիլ, բաս ի՞նչ կըլի, որ ազգի սիրտն էլ քիչ-քիչ չի՛ հովանալ:

Ով թուր չի՛ առել ձեռքը, թրի ղադրն ի՞նչ կիմանա. ով թվանք չի՛ քցել իր օրումը, փորս ի՞նչպես կարա անիլ: Քրդին հազար տարի ասա՛, թե հնդուհավի միսը, ղաբլու փլավը հիանալի կերակուր ա, ւո՛, որ նա իր օրումը նրանց համը չի՛ առել, իր սոխն ու մածունը, թանն ու ճաթը կթողա. քո ասածի՞ն անկաջ կանի, խելքդ ի՞նչ ա կտրում: Ասենք՝ ես չասեմ, սաքի դու չե՛ս գիտել, որ երեխի ընչանք ատամները դուս չի՛ գան, կոշտ բան չի՛ պետք է տվա՞ծ: Դու ուզում ես անիհմքը տուն շինիլ, կրակ չի՛ վառած՝ հաց թխիլ. մմի ծերը թողել ես, դաստդ ես կրակին դեմ անում. առանց պատրուգի ուզում ես ճրագուն ինքն իրան քեզ լիս տա՞: Կացինը դնում ես ծառի քոքին, դու քնում յա ձեռներդ խաչում, դրաղին կանգնում, ծառն ինքն իրան քեզ ցախ կդառնա՞, խելքդ ո՞ւր ա: Խմորն առանց թխտմորի չի՛ ղալ, չի՛, նիախ տեղը ոտներդ գետնին մի՛ ծեծիր: Անբանացնիլ թուրը կժանգոտի. նամ տեղի ցորենը կբորբոսի: Անվարիլ հողը թե ցանեցիր, ղուրդ ու ղուշ կուտի սերմդ: Առաջ մեկ վարի՛ր, հիմքը քցի՛ր, մեկ ազգի աչքը բաց արա՛, դուզ ճամփեն որն ա, էն ճամփովը տա՛ր, սար ու ձոր մի՛ քցիլ, դու նրան քո սերը ցույց տո՛ւր, տեսնիմ, թե նա քեզ չի՞ սիրիլ: Ուրըշները մեզ բամբասում են, հերիք չի՛, մենք էլ ենք մեր ոտիցը մեզ ու մեզ ճըլոլակ ըլում, էստով հո բան չի՞ դառնալ: Հայոց ազգի ջանին ղուրբան, մեկ նրա երեխին ուսումն տո՛ւր, նրա էն լուսաթաթախ հոգին կրթի՛ր, կրթիլ եմ ասում, թուղթ խաղալ, ֆրանցուզերեն խոսիլ, անգիր բերան անիլ, գլխիցը դուս տալ չեմ ասում, ու շարական, փոխ յա շիլափլավ ուտիլ սովորցնիլ, որ մեզ էս տեղն ա քցել, տեսնիմ, թե ջան կտա՞ քեզ, թե չէ՛:

Մինչև գարունքը չգա, ծառը չի՛ ծաղկիլ, առանց ամառի պտուղ չի՛ հասնիլ, դու ուզում ես, որ ձմեռվան էն սաստիկ ցուրտ, սառած ժամանակին վարդի հոտ առնիս քո բաղումը, հասած պտուղ քաղես քո բաղչումը, էդ էլա՞ծ բան ա կամ կըլի ընկի՞: Պինդ ոսկորն էլ, որ շատ ծալած մնում ա, թմբրում ա, ճում ա ընկնում. երկու օր որ թեք ես ընկնում, քամակդ ցավում ա, ոտներդ ման գալիս բեզարում. տո՛, ախր հազար տարի ա էս բեռը մեզ վրա, էս բխովը մեր ոտումն ա էլել, ախր որ ասում ես՝ վազի՛ր, բաս ի՞նչ կանեմ, որ գլխիս վրավեր չեմ ընկնի: Շաբթով սոված մարդին մի՞ս կուտացնեն, ցուրտը տարած տեղը կրակի՞ն դեմ կանեն: Անձողի հոտը դիպած գլուխը ձնո՞ւմը կդնեն, թե՞ կրակումը: Խեղճ ազգի հոգին մինչև էսօր քաղել են, հազար տարվա յարա ունի սրտումը, որ դեռ չի՛ սաղացել: Էնքան դառն արտասունք ա կուլ տվել, որ ո՛չ աչքումը լիս կա, ո՛չ բերնումը համ, ո՛չ սրտումը եղ. դու հենց ուզում ես, որ էստոնք մեկ սհաթումն անց կենա, ի՞նչպես կըլի: Տո՛, որ մեկ գերեզմանատան համար, մեկ դարտակ ողորմի տալու խաթեր քո ազգի պատվական իշխանքը՝ պարոն Զավրովն, Խերեղիենովը, Դավիթ Թամամշովը, Մովսես Տեր-Գրիգորովը, հազար մանեթներով կխարջեն, իրանք իրանց տեղ կբաշխեն, ժամ կշինեն, խալխը ինքն իրան կերթա, իրան հացովը մշակություն կանի անփող, բաս խելքդ ի՞նչ տեղ ա, էսպես ընտիր իշխանքը, էսպես բարեսիրտ ազգը վարժատուն շինելուց, մեկզմեկու օգնելուց կփախչի՞ն, որ մեկ համն առնին: Ջուրը դարիդուս չի՛ գնալ, սիրելի՛, չի՛: Ճամփեն գտի՛ր, առուն սրբի՛ր, քար ու քող դեն ածա՛, տեսնիմ, թե ջուրն ինքն իրան կգա՞, թե չէ՛: Բանը երկարացավ, լոտը չի՛ նեղանա, էլի գնա՛նք մեր դժոխքը:

Հե՛րիք ա, հերիք, ասող կըլի ինձ, ձե՛ռք վերցրու էդ դժոխքիցը, ի՞նչ էլավ քեզ: Ա՜խ, ինչպես ձեռք վերցնեմ, բաս ո՞ւր թողանք մեր ազգի էն սիրուն-սիրուն, լուսաշաղախ աղջըկերքը, բաս մեկ ողորմի էլա չի՛ պետք է ասե՞նք, որ երեսների վրա, քարի, ավազի, փշի, տատասկի վրով՝ մազըներիցը բռնած, քարքաշան անելով, գլխըներին խփելով, մեջքըներին դամշելով, շատ անգամ փորըների վրա պար գալով, քացի տալով, թրևելով, թուր քաշելով, տրորելով, թվանքի ռոքով, լաբչընի նալչով տալով յա կխչորելով, ձեռըները կապած, ոտըները բխոված՝ շատ անգամ հարիր վերստ տեղից, հերնըմերն ետևներիցը ընկած, քիր, ախպեր՝ բոբիկ ոտով յա գլխաբաց, քեռի, փեսա, ազգական՝ դոշըները ծեծելով, մազըները պոկելով, հող ու քար գլխըներին տալով, ինչպես մեկ սուրու գառն ու մերը կորցրած ոչխար, տանում էին, բերդն ածում, որ իրանց արդար խմամներին փայ շինեն, հարսնացնեն, թուրքացնեն: Շատը հենց տանն էր հոգին տալիս, շատը ճամփին, հորն ու մոր աչքի առաջին, էն կյանքը գնում ուր ցավ, ուր վիշտ էլ չկա: Շատի սիրտն էլ որ մի քիչ պինդ էր ըլում, ընչանք ա, բերդն էր հասնում, հաջի, մոլլա, քյալբալայի, սուխտա, խան, բեկ, ախունդ, սեիդ վրա էին թափում, որ յա խաբնով հավատից հանեն, յա պատժով, բայց տեսնելով, որ նրանք ո՛չ փառքից են խաբվում, ո՛չ պատժից վախում, ո՛չ խանգարության թամահ անում, ո՛չ մահից ահ քաշում ու ուզում էին՝ Քրիստոսի հարսնանալ, կույս գնալ աշխարքիցս, որ հրեշտակաց դասը դասակվին, իրանց սուրբ հավատը չէին ուրանում, պատիժ, պատուհաս, սուր, հուր, բոց, կրակ, սով, մահ, մեկն էլա աչքըները չէին բերում, որի ոսկեթել գլուխն էին հորնըմորը տալիս, որի լուսաթաթախ լաշը, որի ձեռն ու ոտը: Աղջիկ, ու էսքան սի՜րտ... քար ըլեր՝ կպատռեր: Աստված նրանց հոգին լուսավորի:

4

Էս սիրտը, է՛ս հավատը, է՛ս հոգին, է՛ս սերն ուներ Հայ ազգը, որ թշնամու, գազանի ձեռի, երկիր, աշխարհ, ազատություն, թագավորություն, իշխանություն, մեծություն, բոլոր, բոլոր կորցրեց, իր հավատին մատաղ տվեց, աղքատություն, նոքարություն, գերություն, ղարիբություն, տանջանք, չարչարանք, սով, մահ հանձն առավ, որ իր սուրբ եկեղեցին, իր լիս, լուսավորչադավան օրենքը ամուր, հաստատ ու անխախտ պահի: Է՛ս ա հսկայություն, սրտապնդություն, մեծահոգություն, քաջություն, կամաց հաստատություն, հոգու կարողություն ու զորություն, որ աշխարհիս վրա, ջրհեղեղիցը դեսը, մեկ ազգ էլա մինչև էսօր չի՛ կարաց ու չի՛ էլ կարող ցույց տալ: Սար ըլեր՝ փուլ կգար, երկաթ ըլեր՝ կհալչեր, կմաշվեր, ծով ըլեր՝ կպակսեր, կցամաքեր, բայց աստվածասեր Հայ ազգը մինչև էսօր գերօրինակ հսկայությամբ տարավ բոլոր ու իր անունը պահեց:

Թողա՞նք էն խեղճ, քոթրո՛մած, աչքից, ձեռից, ոտից ընկած, էն սիրուն տղամարդ երիտասարդ հայերը, որ էսօր էլ Երևանումը, որը ջուխտ աչքով քոռացավ՝ ա՜խ, ո՜խ քաշելով մաշված ա իր հարսի, օղլուշաղի երեսին մտիկ տալիս, որը ո՛չ գդալով ա հաց կարում ուտել, ո՛չ ձեռով, ուրիշը պետք է, երեխի պես, թիքեն բերանը դնի, չունքի ո՛չ պռոշներ ունի, ձեռներն էլ ուսաբերնիցն են կտրել,— որը քոթրոմացել, անդամալույծ ա դառել, սելով են ման ածում, որը քիթ չունի, որը լեզու, սրտըներն ուզում ա տրաքի, որ ուրիշը խոսում, խնդում ա, երեխեքը լալիս յա ծիծաղում են, բալքի թե մեկ ազար, մեկ մուրազ ունի սրտումը, լալի (մունջ) պես, մանուկ օրորոցկանի պես ոտին-գլխին պետք է անի, որ միտքը հասկանան, բայց ինքն ուրիշին ո՛չ մեկ չոռ ա կարում ասիլ, ո՛չ մեկ ջան: Քանդվի՛ էսպես տերությունը, հաստատ մնա Ռուսի թագավորությունը, որ մեր ազգն ու աշխարքը գերությունից ազատեց, իր բարեգութ ձեռի տակը բերեց ու հոր պես մեզ խնամում, պահպանում ա: Էն ի՞նչ լեզու, էն ի՞նչ աչք պետք է ըլի, որ ամեն մեկ երկինքը տեսնելիս փառք չտա աստծո, երեսը գետինը չքսի ու մեր ամենողորմած կայսերը կյանք, առողջություն, զորություն, նրա արքայազն որդոցը ու զավակացը՝ կենդանություն, բարեբախտություն, ու հզոր տերությանը՝ հաստատություն, պայծառություն, մշտական տևողություն չխնդրի, չաղաչի:

Էնքան բաները լսեցիր, սի՛րելի կարդացող, բաս ի՞նչպես չի սիրտդ վառվիլ, որ դու է՛ն ազգի որդին ես, որ էնքան տանջանք քեզ համար քաշեց, ինքը նահատակվեց, քո կաթդ ու արինդ ուրիշ ազգի հետ չխառնեց: Էնպես կարծում ես քի՞չ բան ա, հազար տարով էս օրը քաշիլ, էլի ազգ պահիլ, որդի մեծացնիլ, անուն, լեզու, հավատ ունենա՞լ: Ա՜խ, էս միտքը անողը էլ ի՞նչ սիրտ պետք է ունենա, որ իր լեզուն, իր ազգը չսիրի:

Ասենք՝ բլբուլի լեզուն քաղցր ա, վերու հավին (խոխոբին), սիրամարգին աստված գեղեցիկ գույն, սիրուն թևեր ու բմբուլ ա տվել: Ասենք՝ վարդը շատ գովելի ա, բաս ընչի՞ չի մանիշակը իր ռանգը, իր հոտը նրան տալիս: Մի՞թե վարդին տեսնողը մանիշակին չի՛ սիրիլ: Սարի անհոտ ծաղիկն էլ իրան տեղը, իրան փառքը վարդի հետ չի՛ փոխիլ: Մի՞թե բլբուլի լսողը կանարեյկին էլ չի՛ պետք է պահի: Ամեն բան իր գինն ունի, շաքարեղենը քաղցր ա, ամա հացի տեղը ե՞րբ կբռնի: Ճամպանսկի գինին անուշ ա, ամա ի՞նչ անես, որ մեր երկրումը չի՛ դուս գալիս, մեզ թանկ է նստում: Ասենք՝ ջավահիրը, ալմազը շատ ջուհար ունի, շատ մեծ գին, ի՞նչ անես, որ նրանով տուն շինիլ չի՛ կարելի, ամեն մարդի ձեռք չի՛ ընկնում: Ասենք՝ հարևանդ հարուստ ա, օրը տասը տեսակ կերակուր ա ուտում, ձեռդ որ չի՛ հասնի, պետք է որ քո հացն է՞լ դեն քցես:

Ա՜խ, լեզուն, լեզուն. լեզուն որ չըլի, մարդ ընչի՞ նման կըլի: Մեկ ազգի պահողը, իրար հետ միացնողը լեզուն ա ու հավատը: Լեզուդ փոխի՛ր, հավատդ ուրացի՛ր, էլ ընչո՞վ կարես ասիլ, թե ո՞ր ազգիցն ես: Ինչ քաղցր, պատվական կերակուր էլ տաս երեխին, էլի իր մոր կաթը նրա համար շաքարից էլ ա անուշ, մեղրից էլ: Մեր կաթն էլ որ ծախենք, առնող չի՛ ըլիլ: Մեր աչքը որ հանենք, ուրշին տանք, ուրիշը կարելի՞ ա դնել տեղը: Մեր օրորոցի վրա մեր լեզվով մեզ նանիկ ասեցին, է՛ն էլ ա մեր միտքը չի՛

պետք է ընկնի՞: Ասենք՝ նոր ապրանք շատ ես առել, հինը պետք է դե՞ն ածած: Էն վայրենի ազգերն էլ իրանց առյո լեզուն աշխարքի հետ չե՛ն փոխիլ: Հո լսել ես շատ անգամ մուզիկի ձեն, սաա՛, քո սազն ու բայաթի՞ն ա քեզ դիր գալիս, թե՞ էն: Էնպես մարդ կա՝ տասը-տասնըհինգ լեզու գիտի, ամա նա իր լեզուն միշտ ամենիցը լավ աշի, իր ազգի հետ խոսաղիս ամոթ ա համարում կամ ուրիշ լեզվով իր միտքն ասի, կամ ուրիշ բառ հետը խառնի: Խառնի՛ր քո սիրեկան խաշի հետ ձուկը, շաքար, կանֆետ (շաքարեղեն), չամիչ, չիր, խիզիլալա, տե՛ս, ի՞նչ համ կունենա:

Ախր որ ասեմ
ես՝ փրոֆուլիվաթսա արի, սֆուչնա եմ, օփիժաթսաէլա, փրոշենի տվի, սանյաթիե շատ ունիմ, գլուխս քրուժիթսա էլավ,փեզչեսթնի մարդ ա, րազփոյնիք ա, յափեթնիք օքմին ես, զնաքքուփաթսա ըլինք, ափրանիեմեն եմ գալիս, փրոիզրաթսա արին, նամիինն փսեթքի ութոփին ա, շատ խլափոթ ալուչիթսա չի՛ ըլում և այլն: Ա՛չքիս լիս, մի մտածի՛ր, թե լաղն ի՞նչ կասի: Իսկ գիտուն, լուսավորյալ մարդը նա է, որ ամեն լեզու, քանի կարա, իստակ խոսա: Դու քո լեզուն որ իստակ խոսաս, ի՞նչ վնաս ունի, հենց գիտում ես խեղքդ ձեռիցդ կառնե՞ն, թե՞ սովրած իմաստությունդ ջուրը կթափի, կամ թե չէ, տերութեան սիրտն ես ուզում շահի՞լ: Բարեխնամ տերությունը ե՞րբ կուզի, որ մարդ իրան լեզուն կորի, իր ազգիցը հեռանա: Բաս էլ ո՞ւր են էսքան վարժատուն շինում, վարժապետ պահում, ստոինան, պատիվ տալիս: Ֆրանցուզ, նեմեց, ինգլիզ որ քո լեզուն սիրում, սովրում են, քանի՞ պատիկ դու էլ պետք է սիրես ու գովես: Թեզանից չեմ նեղանում, ա՛չքի լույս, մեր բախտիցը ժամանակն էնպես ծովել էր մինչև հիմա, որ մարդ իր գլուխը չէ՛ր կարում պահիլ, ո՞ւր մնա՝ լեզվի դարդը քաշիլ: Էս ա պատճառը, որ մեր նոր լեզվի կեսը թուրքի ու պարսից բառ ա: Բայց սրա դեղն էլ հեշտ ա, քիչ-քիչ կարելի ա իստակել, երբ որ ազգը ուսումն առնի ու իր լեզվի բառերը քիչ-քիչ հասկանա: Էս էլ հերիք ա, որ թուրքի լեզուն, որ իրանք թուրքերը չեն գրում, միմիայն խոսում են, ու մեզանից որքան բռի են ու կոպիտ, բայց էլի էնքան ա նրանց լեզվի համն ընկել մեր ազգի բերանը, որ խաղ, հեքաթ, առակ թուրքերեն են ասում, իրանց լեզուն թողում. պատճա՞ռ. չունքի սովորություն ա ընկել: Ազգին անհավատ են կանչում, լեզուն սիրում. զարմանալու չէ՞: Ախր ո՞վ ա լսել, թե ծծմոր կաթը մոր կաթիցը լավ ըլի: Էնքան խառը լեզվի հետ դու էլ որ քո փրոֆուլիվաթսան, մրոֆուլիվաթսան ես խառնում, ախր դրանից ի՞նչ համ դուս կգա: Էլ ավետարան, գիրք, ժամասացություն ի՞նչ կհասկանաս:

Ձե՛զ եմ ասում, ձե՛զ, հայոց նորահաս երիտասարդք, ձեր անունին մեռնի՛մ, ձեր արևին ղուրբա՛ն. տասը լեզու սովրեցե՛ք, ձեր լեզուն, ձեր հավատը դայիմ բռնեցե՛ք:

Մեկ դարտակ լեզուն ի՞նչ ա, որ մարդ չկարենա սովորի: Բաս չե՞ք ուզի, որ դուք էլ գրքեր գրեք, ազգի միջումն անուն թողաք, ձեր գրքերն էլ օտար ազգեր թարգմանեն, ձեր անունը հավիտյանս հավիտենից մնա անմահ: Ինչ կուզե ֆրանցուզերեն, նեմեցերեն գիտենանք, մենք չենք կարող էնպես բան գրիլ, որ նրանց միջումն անուն ունենա, չունքի նրանց միտքն, նրանց սիրտն ուրիշ ա, մերն՝ ուրիշ. մեկ էլ, որ նրանց միջումն էնքան գրող կան, որ ո՛չ թիվ կա, ո՛չ հեսաբ: Ռուսաց լեզուն մեր տերությանն ա, պետք է ամենից առավել համարինք, հետո մեր լեզուն ձեռք բերենք: Բաս ձեր սիրտը չի՞ ուզի, որ դուք էլ ոտանավոր գրեք, ձեր միտքը, ձեր խորհուրդը հայտնեք, որ այլազգք իմանան, թե մեր միջումն էլ ա էլել երևելի գրող, ու մեր լեզուն դիա ավելի սիրե՞ն: Աստված կյանք տա էն ծնողացը, որի որդիքն ինձ մոտ են: Նրանց առաջին խնդիրն միշտ էն ա էլել, որ նրանց որդիքը հայերեն լավ գիտենան: Գերեզմանն էլ որ մտնիմ, նրանց էս սուրբ խոսքը մտքիցս չի՛ գնալ:

Ընչանք Երևան գնալը մեկ քանի ամիս ժամանակ ունեի, էնդուր համար էսպես ճամփես ծռեցի: Ձմեռն անց ա կացել, ամառն էկել, վա՜յ նրան, որ էս շոգին գնա էնտեղ: Ես պետք է գնամ. ո՞վ կուզի՝ հետս գա:

5

Ճաշվա շոգն անց էր կացել: Սար ու ձոր գլխըներն էլ եա բարձրացնում էին, որ փոքր շունչ առնին: Արեգակը Մասսա քամակիցը հանդարտ աչքը բաց էր արել, մունջ▯մունջ րևանու   բերդին մտիկ էր տալիս ու էն ա, ուզում էր, որ կամաց▯ կամաց մեր մտնի: Թանձր խավարը, սև դումանը էկել, բոլոր դաշտերի, ձորերի երեսը բռնել, օդը ծանրացրել, կալել էր: Ղուշը տեղիցը չէր ուզում ժաժ գա, հավը բնիցը գլուխը հանի: Ամեն տեղից ոտքը խաղաղվել, ամեն տեղից ձենըձոր լռվել, պապանձվել, փասափուսեն քաշվել էր: Ջուր ջրողը առվի վրա էր թեք ընկել՝ քնած մնացել, վար ու ցանք անողը՝ հանդումը, բաղմանչին իր ծառի տակին, շվաքումը քուն մտել, դինջացել: Մարդ, ինս, ջինս՝ գեղերումը էլ չէին երևում: Բացի կոնդի (բլուր) ծերից, բացի սարի դոշից, բացի ճամփում, չոլում մեկ սև մազի չափ ղարալթու սևին էր տալիս, ձիու քամակիցը դես ու դեն թեքվում, երեսի, քամակի վրա շուռ գալիս, էլ եա գլուխը դզում, օրզանգուն ու ղանթարղեն ժաժ տալիս, ձիուն քացի տալիս յա ղամշով խփում, որ ոտները մի քիչ եգին փոխի, թեզ տեղ հասնի: Բացին էլ ձեռն անկաջի fոfին դրած՝ տխուր, բարակ ձենով մեկ բայաթի էր fոfել, fթի տակին, ձիու ջիլավը գլխին fցած՝ ինfն իրա՞ բզզում, գնում էր, որ տուն հասնի ու իր բեզարած, ջարդված ջանը կամ մեկ օվաfի տակի դինջացնի, յա իր տան դուռը, իր օղլուշաղի երեսը, fանի որ դեռ մութը վրա չէ՛ր հասել, տեսնի, ու սիրտը բաց ըլի:

Հոտաղներն (մեխրե) էլ իրանց գութանի տավարը բաց էին թողել, լուծը ետ արել ու մեկ fոլգի տակի՝ գութանը մեկ կողմը, եզները՝ մյուս, ջրերի դրադին վեր էին թափել, fաղցր fուն մտել: Նախիրը մեկ դզում, ոչխարի սուրուն՝ մյուս, օվաf տեղը նստել, չաներն չանի էին fսում, փնչացնում, արոճ անում: Չոբանն էլ գլուխը մեկ fարի վրա դրած՝ նղղել, աչfը կպցրել էր, որ ոտզը fաշվածին պես վեր կենա, սուրուն իրիկնահովին մեկ լավ խոտավէտ տեղ տանի, արածացնի: Օյաղ շներն մեկը է՛ս ցցի վրա, մեկը մյո՛ւս թափի ծերին, յա չոբանի ոտի տակին, գլուխը դրել, նոթերը կիտել, մարաղ էր մտել, որ թե գող, գել կամ գազան սիրտ անի, մոտենա, բիրդանբիր վրա թռչի, թիfա[illegible]թիfա նի , իր տիրոնջ ոչխարները պահի: Մեկ կանաչ խոտ, մեկ դալար թուփ կամ մեկ ծաղիկ մեկ տեղ [illegible]լա չէր երևում, որ մարդ հոտն առնի կամ երեսին մտիկ տա, սիրտը բացվի ու իր ճամփի երկարությունը մոռանա, կամ շոգի ձեռիցն էրված, խորոված ջանին հովություն տա, էնպես էր սար ու ձոր, դաշտ ու հանդ չորացել, խանձվել, պապանձվել: Միմիայն խոտերի չոփերն ու fոլերի սուր[illegible] ծերերն էին էստեղ-էնտեղ ցից[illegible]ցից լուլ[illegible] բարձրացրել, տխուր, տրտում, մոլորված, պաշարված կանգնել, մնացել:

Սև[illegible]ջև ամդաfակեր ագռավները յա փախլուկ տուղաշներն էին հենց մենակ մնացել, որ էստեղ[illegible]ն տեղ եկ fարափի ծերի յա մեկ բրջի գլխի, յա թե չէ, մեկ ճամփի միջում, իրար գլխի հավfվել էին, նստել կամ պտիտ էին գալիս, իրար կտցահարում, իրար թևերից fաշում, որ մեկի գտած որսը ձեռիցը խլեն, փայ անեն, իրանց ձագերին էլ տան կամ հետըները տանին: Օձ, կարիճ, խլեզ, բզեզ ու ինչ կերպ ջանավար ասես՝ մորեխ, մժեղ, մեյդան էին բաց արել: Որը մեկ fոլի տակիցը, որը մեկ fարափի բաշիցը, որը խոտերի միջին, կամաց-կամաց ժաժ գալով, պոչ ու գլուխը իրանց fաշելով կամ ծլունգ ըլելով, էլ ետ տաշ անելով կամ գետնի ապառաժի վրա սողալով, փռտացնելով, օվացնելով, փշշացնելով, ծվալով ծղրտալով՝ ոտն էին էլել, ուզում էին իրանց արևի ձենն ածեն: Որն էլ իր բնի առաջին արևկող անելով՝ գլխները հանել, մունջ-մունջ անկաջ էին դրել սուր-սուր աչfները ցցել, պելացել, շլացել՝ էս կողմն, էն կողմն մտիկ էին տալիս, որ ոտfը խաղաղվելիս դուս գան, մի fիչ շունչ fաշեն, իրանց fեփն անեն, իրանց ոզը ճանկեն, էլ ետ իրանց բունը մտնին, էլ ետ գնան, fնին, դինջանան:

Բացի պատաժակի արանքից կամ քարի ծերից էլ մեկ նաչար բայղուշ (բու)՝ գլուխը խոր վեր թողած, քիթ ու պռունկ կիտած, ծանրացած, զեռնին նայում էր, իր սև օրը լաց ըլում: Հավի թշնամի ուրուրն էլ (ձերեն) թևերը փռած, չանգերը սրելով, բաց ու խուփ անելով, կտուցը սրբելով կամ դոշը քուջուջելով, երկնքի տակին գլուխը դոշի տակին քաշ քցած՝ սուր աչքերը էս դեհն, էն դեհն էր քցում, պտտում, հազրվում, որ բիրդանբիր, ական թրթափել վեր վազի, մեկ լղպոր ճտի գլխի,— որ իր մոր թևերի տակին կամ մոր գլուխը քորելով, թևը քաշելով, ծվծվալով, կտկտալով կամ կտուց-կտցի տալով, մոր կրխալուն, ծվալուն անկաջ դնելով՝ սուս-փուս նստում էին իրար հետ կամ քուջուջ էին անում,— կամ մեկ խեղճ, անճար լորի քամակի խփի ու ճվճվացնելով, ծղրտացնելով՝ վեր քաշի, քրքրի, թքրի ու իր ազահ փորին մատաղ անի:

Ահա՛ զեղեցիկ, անզույգ օրինակ անսիրտ, բարբարոս Պարսից՝ ժանդ բռնակալաց, մաշողաց ազգի, երկրի Հայկա զավակաց:

Էնպես մեռել, լռվել էր բնությունը, ու մեկ ծիլթու էլա մեկ տեղից չէր լսվում: Միմիայն հեռու տեղից մեկ բարակ քամի բազի-բազի վախտ փչում, ծառերի տերևները պլլացնում, ժաժ էր քցում ու զոլ-զոլ՝ մարդի երեսին, բերնին ձեռը նազուկ քսում, շուտով անց էր կենում ու փշերի, խոտերի, քարափների, ձորերի մեջը մտնում: Ինչպես ծխի մեջը խրված՝ հեռու տեղից դաշտի զեղերը, հանդերը, փոսերը մթնած, լռված, ինչպես սև ամպի կտորներ կամ էրված, խանձված տեղեր, էս տեղից, էն տեղից սևին էին տալիս ու խառնիխուռն երևում: Արազը, ինչպես մեկ նետ օձ կամ էրծաթի զոտի, արևմտյան կողմիցը, ձորերի միջիցը իր սուր, լուսափայլ ու գլուխը բաց էր արել ու մրմունջ, հանդարտ, լուռ գալիս, Մասսա փեշին մի քիչ թեվով խփում էր, ծփում ու էլի ծուռն աչքով նայելով, նրան հաթաթա տալով, ձենըձոր անելով, գլուխը պտտելով՝ զնում, Զանգվին ու Գառնու զեռն իր ծոցն առնում ու խաղալով, խայտալով, վռվռալով հեռանում քվերտանց հետ ու պռունկ-պռնկի, դոշ-դոշի, քամակ-քամակի տված, իրար գլխի, երեսի ձեռընները քսելով, փաղաքշելով, համբույր անելով, աչքընները խփում, նրդում ու Տարուրի դուզ ծոցումը ծեծված, ջարդված՝ քուն մտնում:

Էս տխուր մեյդանի չորեքշուրջը, աչքդ որ բաց չես անում, մեկ էլ էն ես տեսնում, որ բազի վախտ երկինքն ամպակալած՝ ուզում ա, որ սար ու ձոր ոտնատակ տա, Ալագյազա, Մասսա ու մյուս սարերի գլխին բամբաչի, պռկի, նրանց զեռնի, խցկի, որ համարձակում են իրանց զագաթը էնպես բարձր վեր քաշել, որ բոլոր ամպերը վերևը ոտի բռնելու տեղ չունենալով՝ իրանց երկինք մորիցը խռոված, վեր են գալիս ու նրանց գլխին քուլա-քուլա դիզվում ու էնպես իրար վրա նստում, որ շատը տեղ չունենալով՝ մյուսներին քիչ ա տալիս, բոթբոթում, դուս ա քցում ու նրանց տեղը բռնում:

Էս հաղաղին էր, որ մեկ սև դարալթու բարակ օձի պես կամաց-կամաց գլուխը դուս քաշելով, դզվելով, աջ ու ձախ ծանր-ծանր մտիկ տալով, մեկ բարձր մինարեթի ծերի պտիտ տալով, քնահարամ մարդի պես ձեռը ուսուլով բարձրացրեց, անկաջին դրեց, գլուխը քամակի վրա թեքեց ու ճլերք ընկած հիվանդի պես սկսեց ձենը ծոր քցել և, ինչպես մեկ խոր ձորից, կանչել. Ալլա՜հո՜ւ-ալաքբա՜-րո՜ւ... (բարձրելոյն աստուծոյ):

Էս ձենը դուս էկավ թե չէ, հենց իմանաս, մեկ ամպ տրաքեց, ու ձենի տուտը հազար կտոր ըլելով, գեռինը ժաժ տալով, սար ու ձոր իրարոցով քցելով՝ քարափների, էրերի արանքներումն անց կացավ ու քիչ-քիչ ձգվելով՝ բարակացավ, խզվեցավ, կտրվեցավ: Ինչպես մեկ բունը քանդված մեղրաճանճի թաքուն, էնպես դուս թափեցան ուղղափառ մահմեդականքը. որն իր դուքանիցը, որը բաղիցը, ձորիցը, որը քնաթաթախ, որը սոֆու աչքը կույլ գնացած, ձենը փորն ընկած, ռանգը սփրթնած, ունքեր, նոթեր կիտած, գլուխը կախ քցած, որը մեկ ավթաֆա ձեռին, փեշերը վեր քաշած, գոտիկը խրած, Խորասանու սև մորթի էրկար գդակը ունքերին քաշած, միջի վրա կոտրած, թուխ ճալվերը (քոչորը) երկու տակ՝ անկաջների էս կողմն, էն կողմն ոլորած, քցած, գլուխը պլոկած, կլեկած, վեր արած, վիզն ու բուկը կեղտով, քրտինքով սևացած, կոշտացած, տարթի պես բասմա ընկած, էրկար, բարակ միրուքը հինա դրած, սևացրած, կոկած, սև կամ մուգ կանաչ լեն բորանի ֆարաջա՝ անյախա, անկոճակ, ուսերին քցած, փեշերը դայիմ բռնած, երկու տակ կապի, չիթ արխալուղի բաղանները (չաքերը) բդիցը մինչև ոտը ճղած, անթիվ դուգմեքով (կոճակ) թև, դոշ իրար հետ սխ, պինդ կոճակած, կպցրած, շալկի բահաձև, սիպտակ յախեն, ինչպես մեկ դաշղա եզան ճակատի խալ, թամուզ դուս թողած, բկին կպցրած, որը թիրմա շալի կամ սիպտակ կտավի մեկ բեռը գոտիկ, ինչպես մեկ մարգի (կուալի) թումբ կամ մեկ բոչքի կապ մեջքովն ոլորած, պիրկ կապած, մեկ ոսկորագլուխ, ծուռը խանչալ կամ մեկ հաստ, սրած կոլոլ թուրը թեք մեջը խրած, կապած, մեկ ջվալի դդար, բերանը բաց արած, դրաղները սիպտակ դերձանով մանր-մանր կարած, լեն, կարմիր դասար կամ մուգ մավի սադա փոխանն ու շորերի փեշերը գաքերին (լուլա) տալով, քարերին խփելով, հող ու թոզ սրբելով, քամու առաջին, ոտերի արանքին դես ու դեն ծալվելով, բացվելով, փոփռալով, ոտները կապ քցելով, գորտի բերանի նման սաղրի քոշերը՝ ծերը նեղ, բերանը լեն, ճոթռած, կրունկը սուր, բարձր, երկաթով նալչած, ոտի տակին քստքստացնելով, ծլփծլփացնելով, չալ, ճիտը կարճ, բրդի հաստ գյուլբեքանց հետ, սև, բաց-բաց գաբերի հետ հանաք անելով, խաղալով, կրնկին ծեծելով, թոզ, ավազ գետնիցը հավաքելով, անոշ-անոշ կուլ տալով, դուս ածելով, էլի հատիկ-հատիկ բերանը քցելով, չարազ անելով, ոտների տակը ծակելով, բզելով: Որը մեկ փալան սիպտակ կտավե չալմա (գլխի փաթաթան) գլխին փաթաթած, որը մեկ շիլա թասակ անկաջները պրծացրած, որը մեկ ոչխարի քոսոտ փոստ կատարին կպցրած, որը մեկ գելի քուրք ուսերին քցած, որը մեկ իծի յափնջի՝ կտրատված, քրքրված, բուրդ ու մազը զզզած, դուս դառած, ճոլոլակ կախ էլած, հազար տեղից ճղված, ճոթռած, հազար թելով, դազլով շուլալած, կարկատած, տոպրակի պես ծակած, շլնքովը քցած, չաթվի կոտրով բողազի տակին պինդ դայիմացրած, չարմխած, գոմշի կամ եզան տրխըները հաքին, զանգալները կամ մաշված պանուճները վրեն, երեսին ու միրքին հազար տարվա կեղտ, աղբ տարթ դառած, նստած՝թարաքյամա յա ղարփափախ, մեկ չաթու ճտին, մեկ մոթալ փափախ գլխին, տոպրակն էլ հո յափունջին էր,— դուս թափել, գնում են:

Մե՛ր տղա, չծիծաղաս, լավ չեն ասիլ, ամոթ ա. կարելի ա մեկ քացախած ճամփորդի քեֆին դիպչի, տրտինգ անի, փալանը շուռ տա, հետո տուրուդմբոց քո գլխին գա: Տե՛ս, ես իմ պարտքիցը դուս էկա, կուզես ծիծաղի, կուզես պա՛ր արի, չունքի հանաք-մասխարություն չի՛ էսքան հրաշք տեսնիլ, աչք ու բերան բռնիլ, ո՛չինչ չասիլ կամ սուս ու փուս կշտովն անց կենալ: Հմիկ դու գիտես:

Էսպես, ինչպես տեսանք, մեր ուղղափառ, աստվածապաշտ, նամազասեր, այլ ո՛չ քրիստոնասեր մոլլեքը, ախունդները, հաջի, թաջիր, արախչու, ղզլբաշ, թարաքյամա, ղարափափախ, մսկլլու, չոբան, քուրդ, պարսիկ, բեկ, խան սարից, ձորից, տանից, հանդից, գեղերից, յայլաղից, բազարից, առից, տրից, ինչ ունին-չունին, վեր ածած՝ գութանը հանդումը, ոչխարը սարումը, տավարը նախրումը, ջուր, վար, ցանք տեղնուտեղը երեսի վրա թողած, ինչպես մեկ թունդ կռվի ժամանակի, իրար գլխով դիպչելով՝ Երևան էին թափում:

Մեկը ուղտի վրա նստած՝ տմբտմբալով, մեկը իշի քամակին բազմած՝ չո՜շ, չո՜շ ասելով, մեկը յաբվի վրա ուռած՝ դա՜հ, դա՜հ անելով, մեկը գոմշի մեջքին՝ հա՛ տպո՜ւ կանչելով, մեկը եզան պոչի տակին՝ հո՜, հո՜ ձեն տալով, մեկը ղաթրի ուսին՝ բզելով, ը՜մ, է՜րի գոռալով, մեկը արաբում, մեկը քեջավում՝ հազար տեսակ ձենով իր ուլախին քշելով. որը քյահլան ձիու վրա նստած, յարաղ-ասպաբը կապած, զարդարված, թվանքն ուսին դրած՝ ծվծվացնելով, օրզանգուն զնգզնգացնելով, որը ոչխարի, իծի սուրուն առաջին, որը մեկ գառն ուսին քցած, որը մեկ գիլի պարկ վզաքոքին կապած յա թվանքը միջովն անցկացրած, որը մեկ արջի մորթի շուռ տված, հաքած,— մե՛ր տղա, տե՛ս ու քե՛փ արա, էս թամաշեն թանկ ածի,— որը գոմշի կաշի, որն իծի մորթի, որը մեկ շալ թուլա եղևին քցած, որը մեկ ուղխ թազի ձիու կողքին կապած, որը մեկ գոմփոռ շուն սելի ականը թոկած՝ էնքան փազել, հեթեթացել էին էս խեղճ գազանքը, որ լեզվըները մեկ գազ կախ էր ընկել, աչքըները դուս պրծել: Որի արաբումն խնցի, օրորոց, աման-չաման, ամա բոլորը դարտակ. որն իր լակոտը քամակին դզլով կամ փալասով կապած, չունքի շատի հաքին էնքան շոր չի կա, որ երկու աբասով առնես, էն էլ կեղտով, ծխով սևացած, մուր դառած: Որի սելումն կամ ծոցումն մեկ կտոր, հազար տարվան, ժանգոտած, բորբոսնած, քարացած ճաթ (այսինքն՝ կորեկի հաց), որը քթոցով յա քաղալաղով՝ հավ, ճիվ, ձագ, թուխսը, ձագեր, ճուտեր, չալ-չալ վառկըներ մեջն արած:

Հիմիկ ով մարդ ա, չծիծաղի, քարաքյալլա կասեմ. չունքի էս լավ, հնազանդ անասունքն ու թռչունքը իրանց տիրոջ տվածը կամելով էլ եռ տալ, հեսաբը դրստիկ՝ գոգ ասես թե ջեբ, խուրջին, սուփրա, աման, մարթաքա, միրուք, երես էլ չէին խնայում, չունքի տերերի շատը շոգի ձեռիցը անոշ-անոշ քնած ա սելումը ու երազ ա տեսնում:

Էնպես՝ մեկի ձեռին ղամչի, մյուսի՝ ղազանակ. մեկի ուսին մանգաղ կամ երկար ձողի՝ չարդի համար. մեկի գոտկի արանքումն դազիլ ու մախաթ կամ թալսման կարած, սուրբ մոլլի բաշխած. որը մեկ փորթի թոկ, որը մեկ շան բհիր, որը մեկ ձիու նոխտա, որը ձիու կամ իշի փալանը քամակին դրած. շատ տեղ խեղճ հայերի կալն ու դեզը տաղըրմիշ անելով, կամ ձին խըեղով, կամ բաղը քանդելով, խոտը վեր ածելով, բաշը ցրվելով, տնքալով, ճրրալով, ննջելով, բուդուրմիշ ըլելով, բայաթի ասելով, խաղ կանչելով, քյալլեի ղըլելով, մինչև գազանների քեփն էլ բաց էլավ. որը վնգվնգում էր, որը տրլնգում, որը բղղում, որը խրխնջում, անջախ մի անջախ մեկ ջրի դրաղ հասան, հենց էշը զռաց, շունը մռռաց, փառք հավիտյանս ամեն, մոլլա Մասրադնի առակը տեղն էկավ, մեր ուխտավորքն էլ վեր էկան, որ ոտ ու ձեռք լվանան, հետո մտնին Երևան, չունքի էսօր նրանց Միհալամն էր:

— Ալլա՛-հո՜ւ, բս՛-մլլա՛հ... ըլ ռա՛հ-մա՛ն... ըլ ռա՛-հի՛մ... չախսե՛-փախսե՛... Հասա՛ն, Հո՛ւ... սեյն, աղա՛մ... վա՛... Ցա՛ Ալի՛... չախսե՛-փախսե՛...

— Հերի՛ք ա, հերի՛ք, նամազ հո չի՛ պիտի անենք,— ինձ ասող կըլի:

Ո՞վ ա ասում, թե նամազ անենք. միտքս էն էր, որ ցույց տամ, թե մեր դրացի պարսիկքը ինչպես են սկսում իրանց աղոթքը:

Հմիկ գնանք Երևան, որ Միաղամը տեսնինք, ի՞նչ կասես. էս ձենը-ձորը էնտեղանց ա գալիս, էս սաս ու մարաքեն էնտեղ ա. ամա ծածուկ պետք է մտնինք, չունքի ինչ ունինք չունինք կառնին, մեզ էլ եզըդի կշինեն, որ իմամներին սպանեցին, էստուր համար էսօր որտեղ որ մեկ հայ ձեռք են քցում, ոտն ու ձեռը կապում են, լավ շորեր հաքցնում, ձի, յարաղ, ասպաբ տալիս, ընչանք որ սուգ ու շիվանն անց կենա, Հասան-Հուսեյնի կարգը կատարեն, կտակը կարդան, հետո վա՜յ քո օրին, արևին, շորերդ հանում են ուռտից-գլխից տալով դուս խռկում, հետ ածում: Ո՞վ կարա խոսալ, տերությունն իրանցն ա:

— Սփանդուլի խանը, յա Ջաֆար խանը, իմ փիրս ա, իմ տերս, իմ աղեն,— մեկ երևանցի հայ ասում ա քեզ,— գնանք նրանց տունը ու էնտեղանց գնանք, թամաշ անենք:

Ի՞նչ անես, մարդի փիրն աստված ա, ու իր տղամարդությունը, ամա սրանք փետի տակին են մեծացել, էնպես որ չասեն, բանը բան չի՛ դառնալ: Էս անգամ էլ մեր երևանցու խոսքին անկաջ անենք ու գնանք, որ էս հանդեսը տեսնինք, թե չէ ժամանակն անց կկենա: Աչքդ սառչի ո՛չ. սրտից ու բերնից հուպ տո՛ւր, որ չծիծաղիս, թե չէ գլուխդ կկտրեն, աղիքդ վեր կածեն: Քուչեք, փողոց, մեյդան, բազար, հայաթ, կտուր՝ մարդի ձեռիցը ղլվլում են: Էս ո՛չինչ. կարելի ա քեֆ են անում. դու ո՛չ մեռնիս. սև ըլի էնպես քեֆը, իրանց սպանում են. մեկը դոշին ա խփում, մեկը գլխին վեր հասում. մինը բողազը դուս ճրթում, մյուսը միրուքն ու մազերըպոճոկում, սուգ անում, ոտ ու գլուխ քարերին ծեծում, վա՜յ, հարա՜յ, տալիս, գոռում, բղավում, է՛ս պատին, է՛ն պատին քոռի պես գլուխը խփում: Ախր ընչի՞, ընչի. էս ի՞նչ խաբար ա, դատաստանի օրը հո չի՛ հասել, ո՞վ ա սրանց տունը քանդել: Հլա համբերի՛ր մի քիչ, քո ցավը տանիմ, տոհաչություն ի՞նչ հարկավոր ա, լոբի հո չե՞ս կերել. մի քիչ ձենդ փորդ արա՛, հետո կիմանաս: Գնա՛նք մեչիդը, մեր երևանցին մեզ ձեռաց չի՛ թողալ, մի՛ վախենար:

Վա՜յ քո տղիս-տղա, էս ի՞նչ բան ա. տո՛, մի մտիկ արա՛, տո՛, է՛յ, քե՞զ չեմ ասում, շլնքիցդ հո ջաղացքար չի՛ կապած: Էս մարդը գժվե՞լ ա, է՛ս ինչ մարաքյա ա: Կա՛ց, կա՛ց, մի մտիկ անենք, հետո բանի զորությունն իմանանք, մեզ ով ա հետ ածում, կրակ չի՛ վառվել հո ոտներիս տակին, մի քիչ համբերենք:

Մեկ հաստափոր թուրք՝ մեկ ղաբա միրուք, վրեն իծի քուրք, բալքի արջի ա, հլա քննելու վախտը չի՛, երեսը եղ քսած, մատները հինա դրած, կեղտոտ շորերով, վզին հո, աստված ո՛չ շհանց տա, տարով ջրի երեսը չի՛ տեսել,— մեկ եքա ձողի ջուխտ ձեռով դայիմ բռնած, կոթը դոշին կպցրած, գլխին Ալու փանջեն (ձեռը) ցցած, լալով, սգալով, իրան կտրատելով, պատմություն, նաղլ անելով, մեկ սուրու խալխ հետը, ի միասին գլխըներին թակելով, նամազ անելով, չախսե՛-վախսե՛ ձեն տալով, թոզ, թոփրաղ կուլ տալով, շորըները վեր քաշած՝ կամըներն առել, դուերն են ընկել ու ուզում են մինչև Մեքքա մեկ գնան: Բանն էս ա, որ մեր բարեպաշտ ուխտավորը է՛նպես ա կրակվել, էշխ ընկել ու յա ոտը քարին դեմ անում, յա գլուխը ետ քաշում, յա դոշը դեմ տալիս, քամակի վրա ծովում, ձգվում, ոլորվում ու դեմն էլ վազում ու Ալու զորությունն ու հրաշքը գովում, որ տեսնողը հենց կիմանա, թե թոկ են դրել վիզն ու քաշում: Բայց ո՞վ չի գիտի, որ անիրավ չար սատանեն հենց բարեպաշտ ուխտավորների ճամփին ա թոզ ու դուման անում, աչքըները հող ածում:

— Ջրխ՛կ, թրխկ...

Մեր տղա, հեռու կանգնի՛ր. մեր ուխտավորը մուրազին հասավ, սատանեն քոռանա. աչքդ հո ձենով չի՛ ընկել, ա՜յ տնաշեն: Տո՛, մի մոտիկ արա՛, տե՛ս, ի՞նչպես ա նա պատի տակին արինը սրբում, գլուխը կապում, է՜: Ախր պատի հետ հանաք անիլ՝ ո՞վ ա լսել: Դու էլ գլուխդ խփիր պատին, թե կարաս, տեսնիմ, արին դուս կգա՞, թե՞ մեկ անկաջ էլ կավելանա:

Տո՛, էս փոսիցն ո՞վ ա ձեն տալիս, բղղում, հարա՜յ, մադա՜թ անում, որ խալխը դեն կենան, ետ քաշվին: Տուն քանդվե՞ց, էս ի՞նչ խաբար ա: Տուն քանդվե՞ց... Տո՛, բաս տունը, որ լեզու չունի, էրդիկ է՞լ չունի, որ քոռըքոռ գնացողի հախիցը գա: Տան դարդը թողանք. քանդվեց, է՛լ կշինեն. բանն էս ա, որ մեկ ուխտավոր էլ մեկ հորից ա իր սև օրը լաց ըլում: Անջախ մի անջախ խալխը ետ քաշվեցին. հավատը սուրբ ա, աղոթքը՝ զորավոր, ո՛վ չհավատա, նա մնա պարտավոր. էլի մեր աղոթքի պարկը տեղիցը վեր կացավ թե չէ, ոտն ու գլուխը դզում, սրբում ա ու տնքալով, հազալով, նրրալով, մրրալով, անկաջները թափեթափ տալով, ուսերը քաշելով՝ չուլ ու փալասը հավաքում, քափ ու քրտինք՝ երեսը, փրփուրը բերանը կոխած, աբեն մեկ կողմը, չալմեն մյուսը ցխակոլոլ ընկած, տլոտ քոշերը չխպչխպացնելով, ծլփծլփացնելով, ծլունգ ըլելով՝ իր կոտրած ձողին էլ ետ պաչում, սրբում ու էն հալին էլ ետ ճամփա ընկնում:

Քո տունը չքանդվի, էս ի՞նչ անսիրտ մարդիկ են, տո՛. գլուխ առնի՛նք, կորչի՛նք: Տո՛, մեկ փորթ որ ցխումը խրվում ա, պոչիցն էլա բռնում, քաշում են, որ հանեն, մեր համշարիքը բոլորեշուրջ կանգնել, փառք են տալիս աստուծո, որ իրանց կարդացողը էս փառքին հասավ. էս դինումը պատժվեց, որ էն դինումը պսակվի: Խաչը տերը զորավոր կանի, բան չի՛ կա. մոռանաս ո՛չ, թե չէ մեծ թիքեդ անկաջդ կմնա: Իր հավատին պինդ մարդը գլխին քար էլ աղա, հենց կիմանա, թե դափ ու զուռնա ես ածում: Քո քիսիցն ի՞նչ ա գնում, որ գլուխ ես ջարդում, դու քո գլխի դարդը քաշի՛ր. վա՜յ նրան, որ գլուխը հաստ ա, ծուծը՝ բարակ:

Տո՛, ճանճերն էլ են էսօր գժվել, կատաղել, էսպես հրա՞շք կըլի: Շները հո, էլ ճամփա չեն տալիս. ընչի՞.— ո՛սկոր կա, ոսկո՛ր, խա՛նի խարաբ: Ծզվզոցն ընկել ա դուքան, բազար: Խորովածի, խաշլամի, փլավի, սանգակի (հաց) հոտը աշխարհ ա բռնել: Հլա մեկ մտիկ արա՛, քո աստվածը կսիրես, էս սիպտակամիրուք ծերերն էլ չեն ամաչում, որ իրանց տունը թողել են ու էս մեյդանումը որը սանգակն ա մեկ կտոր խորոված միջին դուրում արել, մշրում, որը շերեփով ա փորի կամքը կատարում, որն էլ մեկ թիքա ջիլ միս, կիսաեփ, էնպես ատամի տակն ա քցել, ծամում, ծամլամորում, եղը շորերին քսում, դմակը՝ միրքին. փորը նեքսևիցն ա ձեն տալիս, ղլվլացնում, բողազը մեկ կողմիցն ա իր գլուխը լալիս, բաց ու խուփ ըլում, աչքերումը հո, էլ լիս չի՛ մնաց, ամա նա հենց զոռ ա անում ու թիքեն դարիվեր բոթում: Աստված բարի ճանապարհ տա՛ թե կերթա նեքսև. ես գիտեմ, թե ո՛ր էշը նախրումը կգոա: Տո՛, զռաց էլ, պրծավ էլ: Միալամ-բայրամը կերան, գնա՛նք, էս թամաշեն ուրիշ օր էլ կտեսնինք: Ջհուդ դամշի՛ր, դո՛ջա բաբա, ալլա՛հ սախլասն: Տո՛, նա իր փորի դարդն ա քաշում, քո ի՞նչ բանդ ա, գնա՛նք, նա քո դնչիդ չի՛ մոտալ, գնա՛նք:

Մեչդի մեջը մտնիլ կարելի չի՛, մարդի միս են ուտում. պետք է մոտիկ տների կամ մոլլեքանց օթախների կտրներիցը, խալխի հետ խառնվիլ ու հեռվանց թամաշ անել: Լավ սիրտ պետք է, որ դիմանա, լավ աչք, որ տեսնի ու լաց չըլի: Մեչդի աղոթարանի առաջին մեծ բազմություն կա թափ էլած. թե՛ նրանք, թե՛ մյուսները էնպես են լալիս ու դոշերին վեր հատում, որ հենց իմանաս, թե Հուսեյնի նահատակության օրը է՛ս ա, որ էս ա: Ախունդը մեկ բարձր աթոռի վրա բազմել, մոլլեքը իր չորս կողմը բռնած՝ է՛նպես ա Ալու, Մահմադի ու Ալու որդի Հասան-Հուսեյնի պատմությունն անում, լալիս, իրան կտրատում, որ քարերն էլ ձեն են տալիս, մղկտում: Նրա առաջին մեկ քանի ջահել աղջըկերք՝ մազները ցրված, խճճած, կեսն երեսներին, կեսը դոշերին քցած, մեկ դրադում կուչ են էկել ու իրանց մոր հետ սուգ են անում: Մեկ քանի ջահել տղա էլ աղիողորմ ձենով իրանց խեղճ հոր մահվան սուգն են եռ ասում: Մեկ քանի ձիավոր էլ՝ թուրները հանած, պլոկած, ձի չափ քցում, նրանց վրա վազում, որ նրանց սպանեն: Սրանք էլ եզդեքանց օրինակն են, որ վրա պրծած գալիս են, որ իրանց խալիֆի հրամանը կատարեն: Ձիու վրա նստած՝ դես ու դեն են վազում ու կամենում են որպես թե Հուսեյնի ընտանիքը կամ սուրը քաշեն, կամ եսիր անեն: Բոլորն էլ խոսում են, բոլորն էլ է՛նպես կենդանի իրանց խաղը խաղում, որ տեսնողը հենց կիմանա, թե հենց է՛ս օր ա Հուսեյնը մեռել: Օրինակի խաթեր, մեկ քանի խոսք էստեղ գրենք, որ կարդացողն իմանա, թե ի՞նչպես են մեր համշարիքն իրանց սուգն անում:

ՄՀԱՌՎԱՄԻ ՍՈՒԳԸ

Առաջին բոթաբեր

Աչքըս խավարի, լեզուս կարկամի,
Ոտներս կոտրվեր, ա՜խ, ջանըս դուս գար,
Որ սկի նաչարս ձեզ մոտ չգայի
Ու ձեզ չտայի էս դառը խաբար:

Էլ ի՞նչ եք մնացել էստեղ լուռ նստած,
Ձեր արևն հանգավ, ձեր աստղը թռավ.
Ծառ ունիք՝ տեսե՛ք, ի՞նչ եք շվարած,
Թև առե՛ք, թռե՛ք, թշնամին հասավ:

Էզիդ խալիֆեն Դամասկոսի մեջ
Չի՛ ուզում գլուխ տա մեր սուրբ իմամին.
Զորքն էկավ անթիվ, չորս կողմներս բռնեց,
Կրակ է տալիս մեզ չար հարամին:

Մեր քաջ արաբի աչքի էս յաղին
Շլինքը ծռեց, հրես մոռացավ.
Մեր զորքի տուտը Հալեբ հասցրին,
Իմամ Հուսեինն դրդու չանգն ընկավ:

Երկրորդ գուժկան

Հարա՛յ, մադա՛թ, վա՛յ թուր խփի սրտիս.
Ամա՛ն, Ֆաթմա ջան, քո գլխիդ ղուրբան.
Հասան, Հուսեյն վա՛յ, վա՛յ իմ արևիս,
Հասան, Հուսեյն վա՛յ... վա՛յ... վա՛յ, վա՛յ, ա՛խ, ջան:

Աչքըս դուս գա, վա՛յ... խանում ջան, վա՛յ...
Երեսիդ մեռնիմ, օ՛խ... ըմբրիդ ղուրբան, ա՛խ...
Երկի՛նք, քանդվիք, վա՛յ... մեր գլուխը տարան, վա՛յ...
Գլխիդ ճարը տե՛ս, ա՛խ... իմամին տարա՛ն,
աստված ջան...
Վա՛յ, ես քոռանամ, վա՛յ... վա՛յ, ջանս դուս
գա, վա՛յ...
Վա՛յ, օրս խավարի, վա՛յ... վա՛յ, գետին,
պատռվի՛ր, վա՛յ...
Վա՛յ... ամա՛ն... մադա՛թ... հարա՛յ... ջան, ղուրբան...

Մերն ու դստերքը

Մերը

Ա՛խ, ի՞նչ եք ասում, էդ ի՞նչ եք պատմում,
Կրակ եք բերել, որ օջախս էրեք.
Լովի էդ լեզուն, չորանա բերնումն.
Տունըս քանդեցին, ջիվա՛ն երեխեք:
Հող ըլի գլխիս, ըմբրիս, արևիս.
Վա՛յ, իմ անցկացրած, իմ սև օրերիս.
Վա՛յ, ես ի՞նչ կանեմ, ո՞ր ջուրն ես ընկնիմ,
Ո՞ւմ դռանը մնամ, ո՞ւմ ձեռին նայիմ.
Ցարադանդ խռով, իմ բա՛խտ անիրավ.
Ոտս ընչի՛ չկոտրվեց, էս ի՞նչ եմ լսում.
Ա՛խ, իմ ծուխս հատավ, օրս խավարեցավ,
Ինձ ո՞վ անիծեց էս դառն աշխարքումն:
Քո սուրբ իմամի նամազիդ ղուրբան, վա՛յ...

Քո Ալու փանջի գլխին ես մատաղ, ամա՜ն...
Արդար պատկերից, ա՜խ, ես մեռնիմ, ջան...
Ջանս քեզ ղուրբան, ա՛դա ջան ..

Երեսս ոտիդ տակ փիանդազ, մադա՜ր...
Եթմներից գլխովն պտիտ կտամ, աղա՛ ջան...
Հասան, Հուսեյն՝ իմ՛ սա՛ր, իմ գլուխ, ա՜խ...
Սրանից ի՞նչ ջուղաբ տամ, ջա՛նմ ջան, վա՜յ...
Ախր էս ի՞նչ բերիր էսօր մեր գլխին, ա՛զիզ ջա՜ն...
Կրակ ածեցիր մեր սրտին, ջանին, թա՛ղլան ջան...
Ի՞նչ կըլեր, մեկ ձենդ էլա լսեի, ա՜խ...
Ի՞նչ կըլեր, մեկ երեսս երեսիդ դնեի,
ա՜յ իմ օրս խավարի:
Ի՞նչ կըլեր, հոգիս ոտիդ տակէն՝
Քո հոտն առնեի, շունչս փչեի:
Ա՜յ իմ երկնքի հրեշտակ, իմա՞մի որդի,
Երկրի թագավոր, աստուծո՛ սիրելի.
Մեկ թևդ երկնքումն, մեկ թևդ գետնում,
Սարերն էին թրիդ առաջին դողում:
Արարած աշխարհ ոտի տակ տվիր,
Բյուր ջամհաթ, օլքյա ձեռիդ տակը բերիր.
Ոտդ փոխելիս՝ դող էին ընկնում
Սարերն ու իրանց գլուխն քեզ ցածացնում:
Ծով, գետ ու ցամաք երբ քո ձեռնն առան,
Իրանց ոտովն, ա՜խ, քո դուռը էկան:
Աչքդ քցելիս՝ ամպերն էն սհաթին
Թև էին առնում, գոռում, սասանում.
Ոտդ թափ տալիս՝ գետինն իր տակին
Լերդը պատռում էր, սասանած մնում:
Արեգակն իրա գլուխը քեզ տվեց,
Լուսինն իր մազերն ոտիդ տակն փռեց,
Երկինքն քեզ համար ծոցը բաց արեց,

Ամպերով տարավ ու մեզ որբ թողեց:
Էլ ո՞վ աշխարհիս տերություն կանի,
Էլ ո՞ւմ շվաքի տակին կհովանանք:
Քյուլ աշխարհ, ջամհաթ քեզ կկարոտի,
Քո ձեռն էր պահում, էդ ձեռիդ դուրբան:
Քյաք ու Մեքեն մեր գլխները ծեծում,
Ծով, ցամաք, աշխարհ քո սուգն են անում,
Հող տալիս գլխին, հիմիկ էրվում են,
Անունդ հիշելիս՝ մաշվում, տոչորվում:

Քո երմների պետք է ձեռը բռնած՝
Գլուխս առնիմ, կորչիմ, ես խեղդվիմ.
Անտեր մնացինք՝ սրտըներս մեռած,
Էս դառն աշխարքումն էլ ի՞նչ օր կտեսնիմ:
Իմ տե՛ր, թագավոր, լուսին, արեգակ,
Իմ գլխի դու թագ, իմ հոգվույս ճրագ.
Ամենն փչացան, բայղուշ մնացի,
Որ իր սև օրը, ա՜խ, միշտ լաց ըլի:
Թե թուր կոխեմ սիրտս, սրանց ո՞վ պահի.
Թե լերդս ճղրեմ, սրանք ի՞նչ անեն.
Ո՞վ սրանց կաք կտա, ո՞վ կմեծացնի,
Թե ծծերս էլ կտրեմ, սրանք ո՞ւր կորչին:

Աչքս լալուցը քոռացավ, մաշվեց,
Տատ սգալուցը ջիգյարս խորովվեց.
Ա՜խ, ի՞նչ կըլեր, որ մեկ երեսդ տեսնեի,
Հետո հազար թուր սիրտըս խրեի:
Ընկե՛ք իմ գլխիս, սարեր ու ձորեր,
Ինձ տակով արե՛ք, կերե՛ք, մաշեցե՛ք.
Թո՛ղ ես մեռնեի, չմնայի անտեր:
Ջա՛ն, դո՛ւս արի, ջա՛ն. դժոխք, ինձ կերե՛ք:

Անհեր իմ եթիմ դստե՛րք, խղճալի,
Ձեզ ո՞վ էլ դոշին, գոգումն կդնի,
Ա՜խ, ո՞վ էլ սիրով, ձեր խաթրն առնելով,
Ձեր դարդը կքաշի՝ ղուրբան ասելով։
Ո՞ւր ա էն աչքը, որ ձեզ տեսնում էր,
Խնդում, զմայլում, ձեզանով փարվում.
Ո՞ւր, ա՜խ, էն ձեռքը, որ ձեզ գգվում էր,
Համբուրում, սիրում, ձեզ մխիթարում։
Ձեր ծովն հավիտյան ցամաքեցավ, վա՜յ…
Շլինքը ծուռը, ձեզ դարդավարում
Թողեց ու գնաց, ձեռք վեր առավ, վա՜յ…
Ո՞ւր ա ձեր հերը, ո՞ւր էլ նրան ման գամ։
Սիրտս յարալու, կրակ է ընկել,
Ո՞ւր ա ձեր տերը, քա՛ղցր բալեք ջան.
Թախտը փուլ էկավ, ո՞ւր կտեսնիք էլ,
Որ քաղցր լեզվով ձեզ մեկ բարով տան։

Հուսեյն աղամ ջա՛ն, ջանս քեզ ղուրբան,
Մեր տունը քանդեցիր, մեր սիրտն էրեցիր.
Ո՞վ մեզ ճար կանի, գլխովդ տամ ման,
Ո՞ւմ դուռը գնանք, մեզ էլ տանեի՜ր…

Աղջկերք (դստերք)

Աթա՛մ, անա՛մ, վա՜յ… բաբա՛մ, ջա՛նմ, վա՜յ…
Հերներս ո՞ւր ա, վա՜յ… նա ե՞րբ կգա, վա՜յ…
Ո՞ւր է գնացել, վա՜յ… էլ ետ չի գալ, վա՜յ…
Աթա՛մ, ջա՛նմ, վա՜յ… նանա՛մ, գյո՛զմ, վա՜յ…
Ա՜խ, լաց մի՛ ըլիլ, վա՜յ… Աչքիդ մեռնիմ, վա՜յ…
Մեզ տա՛ր, ջուրն ածի՛ր, մեզ եսիր տո՛ւր, վա՜յ…

Րիգունը կգա, օրը կբացվի,
Մեր դուռն բաց անող, ա՜խ, էլ ո՞վ կըլի,
Մեզ բարով տվող, ա՜խ, էլ ո՞վ կըլի:
Բաբա՛ ջան, վա՜յ... աղա՛ ջան, վա՜յ, վա՜յ...
Անա՛ ջան, վա՜յ... գյո՛զմ, ջա՛նմ վա՜յ...
Մեր աղեն, խալիֆեն էլ չի՜ գա՜լ...
Մեզ բարով, ա՜խ, սիրով էլ չի՜ տա՜լ...
Մեզանից խռովել ա, ձեռք վերցրե՜լ...
Մեր երեսն, մեր տունը չի՜ տեսնիլ...
Ախր ո՞ւր գնաց նա, մեկ բան էլ չասեց...
Ախր ի՞նչ արինք, որ մեզ դեն քցեց:
Մեր աչքը հանեիր, ախր ի՞նչ կըլեր,
Մեզ սաղ մորթեիր, քեզ ո՞վ բան կասեր.
Ղրղի ու ագռավ թո՛ղ մեր միսն ուտեր.
Մեզ սուր քաշեին, մեզ կրակ քցեին:
Ախր ի՞նչ կըլեր, դու էն չար մարդին
Մեզ տայիր, որ, ա՜խ, տարավ մեր աղին.
Բաս նա էլ չի՞ գալ, մեզ աչքից քցի՞լ,
Բաս նա մեր դարդը իմանալ չուզի՞լ,
Բաս որ լաց ըլինք, սիրտը չի՞ ցավիլ,
Մեռած վեր ընկնինք, չի՞ գալ, մեզ օգնիլ,
Մեզ եսիր տանին, չի՞ պրծացնիլ:

Որդիքը, աղջկերքը ի միասին

Ախր ի՞նչ արինք նրան, որ էսպես խռովեց,
Ընչո՞վ կոտրեցինք սիրտն, որ մեզ թողեց.
Էլի որ փազինք, եռնիցը հասնինք,
Ոտի տակն ընկնինք, սուրութմիշ ըլինք,
Փեշը համբուրենք, ոտները լիզենք,
Ծնկներն խոտենք, լանք ու վեր ընկնինք,

Ասենք՝ կմեռնենք, թե տուն չգաս, մեր շլինքն
Կտրի՛, դուս ճոթռի՛. էլ տուն մի՛ ղրկի,
Ճատեղ սպանի՛, մեր հոգին հանի՛,
Քեզ մատաղ կըլինք, ոտից հող կդառնանք,
Մեզ մի՛ կորցնի, գլխովդ ման տանք:
Բաս նրա սիրտը, ա՜խ, քար չէ՞ ընկնիլ.
Բաս մեր սուգն ու լացն նրան քյա՞ր չանիլ:
Կասենք՝ հետդ տա՛ր, ուր որ գնում ես.
Մերներս մեռավ, բաս դու ցավում չե՞ս.
Բաս ետ չի՞ դառնալ, սիրտը չի՞ ցավիլ,
Բաս մեզ չի՞ խոտիլ, հողից վեր քաշի՞լ,
Երեսներս սրբի՞լ, աչքներս պաչի՞լ,
Գոգին նստացնի՞լ, դոշին կպցնի՞լ,
Ղանդ ու շաքար տալ, գուրգուրի՞լ, ասի՞լ.
«Գլխովդ ման տամ, երեխիդ մեռնիմ,
Էլ մի՛ լաց ըլիլ, քո չարը տանիմ.
Աղեն նոքարդ ա, քեզ ղուրբան ըլիմ,
Սիրտը քեզ կուտա, անումիդ ղուրբան.
Դուք որ լաց եք ըլում, ձեզ մատա՛ղ գնամ,
Աչքս փուշ ա ցցվում, ձեր փուշն աչքս ըլի»:

Բաս մեզ աղեն էլ չի՞ գալ... վա՜յ...
Բաս մեզ բարով էլ չի՞ տալ... վա՜յ...
Բաս ձեն տալիս՝ ջա՞ն չասիլ... վա՜յ...
Մեռնում ըլինք, լաց չի՞ ըլիլ... վա՜յ...
Սոված ըլինք, դա՞րդ չանիլ... վա՜յ...
Անումը տանք, տուն չի՞ գալ... վա՜յ...
Հետը վազինք, ետ չի՞ գալ... ա՜խ...
Բաս մեր աղեն ո՞վ կըլի... ա՜խ...

Բաս մեր տունը ո՞վ կպահի... ա՜խ...

Ո՞վ մեր դարդին դարման կըլի… ա՜խ…
Մեր խավարին ո՞վ կհասնի… ա՜խ…
Մեզ որ տանին, ո՞վ կփրկի… վա՜յ…

Զէ՛, մեր աղեն բարի ա,
Դուս ա գնացել, տուն կգա…
Նրա ջիգյարն ազիզ ա,
Նրա սիրտը մեզ վրա ա:
Նա մեզ աչքից ավելի
Ուզում, սիրում, պաշտում ա.
Նա մեզ անտեր չի՛ թողա,
Մի՛ դարդ անիր, ջան ա՛նա.
Քո ցավը տանինք, ա՜խ, ա՛նա,
Մեզ մի՛ սպանիր, մատաղ գնամ.
Մեզ տա՛ր, թաղի՛ր, քեզ ղուրբան,
Ա՜խ, անա ջան, ջա՛նմ ջան:
Մենք ո՞ւր կորչինք, ա՛զիզ ջան,
Ո՞ւմ ասենք՝ լաց մի՛ ըլիլ.
Քեզ ղուրբան, հողդ ըլինք,
Երեսիդ մենք մեռնինք:
Ձենդ թո՛ղ չլսենք,
Լացդ չտեսնինք,
Քեզ տխուր չիմանանք,
Քեզ դարդոտ չգտնինք:
Ջուրն ածի՛ր, մեզ խեղդի՛ր.
Սուրը քաշի՛ր, մեզ սպանի՛ր.
Առաջ մեզ քո ձեռովն
Հողը դի՛ր, դու պրծի՛ր,
Հետո դու մեր կշտին,
Մեզ վրա լաց ըլի՛ր:

Անա՛ ջան, վա՜յ… հրես էկան, վա՜յ…
Մեզ կտանին, կսպանե՜ն… վա՜յ…

— Տարե՛ք, տարե՛ք, անա ջան, բաբա՛ ջան, բա՛ջմ ջան, դոխո՛ւմ ջան... ալլա՛հ, ալլա՛հ... վա՛յ... ա՛խ... վա՛խ... մեռա՛... հասի՛ր, հասի՛ր... հարա՛յ... դա՛տ... բեդա՛տ... վա՛յ... վա՛յ...հը՛-հա՛, հը՛-հա՛. հը՛-հը՛, հը՛-հը՛. հո՛... հը՛... հո՛ւ...

— Սասն քյա՛ս, վե՛ր ջանն, իմա՛մ ուշաղի, սանն նա՞ հաղդն վար քի դիա ուզըն բիզդան դոնդարիսան, աղլիրսան, բաղըիրսան. դո՛ւրն, դո՛ւրն, գեդա՛խ (Ձենդ կտրի՛ր, ջանդ տո՛ւր, իմա՛մի որդի. Քո ի՞նչ հաղդն ա, որ էլի երեսդ մեզանից քաշում ես, լալիս ես, ձեն տալիս):

6

Հենց էն ա, սուզը պրծնելով էր, որ բեղափիլ թամաշաչոց աչքը մեկ կողմով ընկավ, ու ամենն էլ սկսեցին փախսալ, իբար երեսի մռիկ անիլ: Ուչթափալարի (երեք սարի) գլխին հանկարծ մեկ քանի ղարալթու երևացին, որ ո՛չ արախչվի (պարսիկ) նման էին, ո՛չ հասարակ ճամփորդի: Հենց իմանայիր, թե նրանք զու են բռնել, որ գան Երևան, չափմիշ անեն, տանին: Ձին քշալիս՝ սուր գդակների ծերերը բռանց էին երևում: Էնպես գիտես, թե ամեն մեկի գլխից մեկ մեծ մահրամա կապած, ծերը մախսուս բաց թողած ըլի, որ քամու հետ խաղա, ու ամեն մեկը մեկ աժդահի նման էին աչքի առաջը գալիս, էնպես էր քամին նրանց ծոցը մտել, շորերը ետ տարել, ու չափ քցելիս՝ ձիու վրիցը դես ու դեն տանում, փռացնում: Էն էլ էր լավ պարզ երևում, որ էս էկողները ո՛չ թվանք ունեին, ո՛չ թուր, ո՛չ ջիրիդ: Հենց ձիանը բաց էին թողել ու իրար ետևից դարիվեր, դարիդուս իրանց քեֆին քշում: Տեսնողը մնում էր սառած, թե ի՞նչպես են նրանք սիրտ անում, էն սուր սարերի ծերիցը դարիվեր էնպես չափ քցում, որ մարդ ոտով էլ չի՛ կարող վազիլ, էնպես դիք ա էն սարերը: Փոքր ժամանակից հետո բոլորն էլ գյում էլան ու ընկան Դալմէքանց ձորերի, բաղերի մեջը: Ամենն էլ ուզում էին իմանալ, թե էս զարմանալի ճամփորդները ո՞վ պետք է ըլեին: Կարծեմ, որ մինչև չասեմ, դու էլ չե՛ս իմանալ: Մեր երկրացոնց աչքը էնպես սուր ա, որ շատ հեռու տեղից ղարալթուն իր շարժմունքիցն են ճանաչում, բայց էս միջոցին, հենց բռնի՛ր, բոլորի աչքերն էլ կապվել էին Ո՞վ ա գիտում, բալքի թե շատ էին լաց էլել:

Կես սհաթ չքաշեց, Գյոխմնեքանց կողմիցը վեղարների սուր-սուր ծերերը ափաշկարա ցույց տվին, որ էն Ուչթափալարի դուչաղ ձի խաղացողները մեր սուրբ

Աթոռից էկող եպիսկոպոս-վարդապետներն էին, որ էսպես հանդիսավոր օրերը միշտ պետք է գային, լավ-լավ փեշքաշներ բերեին, որ Երևանի սարդարի, խաների խաթրը առնեն, տերերը շնորհավորեն ու իրանց ծառայությունը ցույց տան, որ նրանց աչքը մեր ազգի ու մեր աշխարհի վրա քաղցր ըլլի: Իրանք էլ դորդ ա, խալաթ էին ստանում, էնպես եմ գնում, ամա մեկին տասը քթներիցը, ջանըներիցը հանում էին, հետո, ու շատ անգամ շաքթով, էրկու-իրեք հարիր մարդով գնում էջմիածին, նստում, քեֆ անում, վարդապետներին մզում, քամում, էնպես դուս գալիս: Ցավն էս ա, որ սարդարը կամ Հասան խանը գալիս՝ բոլոր միաբանքը պետք է խաչով, խաչվառով, զանգակ տալով, շարական ասելով առաջ գնային ու նրանց տուն տանեին:

Քյահլան ձիանոնց վրա նստած մեր փառահեղ հոգևորականքը՝ փոքրավոր, տիրացու, թվանքչի եռևներին քցած, մեկի ձեռին գավազանը բարձր բռնած, մյուսները՝ որը առաջ էր վազում, որ ճամփա բաց անի, տեղ պատրաստի, որը աչքը իր մեծավորի աչքին քցած՝ մտիկ էր անում, որ նա աչքը թերթելիս՝ իսկույն հրամանը կատարի: Կոնդի, Շհարի տերտերներն էլ, որ տիրացըվերով, խաչով, խաչվառով դուս էին էկել ու սաղ օրը բերդի մոտին չորացել, սպասում էին, որ նրանց առոք-փառոք տուն բերեն, էնքան ահ ու դող էին քաշել անց կենող անհավատների ձեռիցը, որ թուքըները բերնըներումը սառել էր: Ամեն անց կենող մեկ բան էր ասում. որը մատներն էր իրար վրա խաչաձև դնում, ափեղցփեղ գլխիցը դուս տալիս, բերանը հոտացնում, որը շարականի հանգով բան էր ասում, մռռում, տերտերների վրա ծիծաղում. որը դունչը ծռում, ձեն տալիս.

— Քեշիշ, բըլա ի՞շ (տերտերն ու էսպես գո՞րծ):

Բազի թաքիր ու պխուճդ էլ անց կենալիս հո, աստվա՜ծ ազատի, աչքերը առաջը քցած, նոթերը կիտած՝ էնպես մեկ խորթ ձևով տակնըհանց նրանց վրա քիթ ու պռունկը հավաքում, խոժոռած, քափը բերանը կոխած՝ մտիկ էր տալիս, որ թե ձեռին ճար ըլեր, կուզեր, որ հենց է՛ն րոպեին նրանց արինը ծծի, սաղ-սաղ ուտի: Էս էր, որ հենց էսօր էլ Երևանումը, շատ եկեղեցու սրբերի՝ որի աչքերն ա հանած, որի բերանն ա քերած, որի կես երեսը պոկած, շատ եկեղեցու գլուխը քանդած, դռներն ու սեղանը խարաբա, շատի միջում ոչխարի տարթը մեկ գազ բարձրացել, բեմ ու դուռը ծածկել ա, ամեն ծունր դնողի յա մեջը մտնողի հոգին էրվում, խորովվում ա, որ միտք ա անում, թե որ անշունչ պատկերների, քարերի գլխին է՛ս օյինն են բերել, տե՛ս թե կենդանի քրիստոնեից հալը ի՞նչ կըլեր:

Անտեր երկրի, անօգնական ազգի կամ անճար մարդի ցավն ո՞վ կքաշի, թե ինքը չխաշի:

Եպիսկոպոսին տեսան թե չէ, խեղճ տերտերները դողդողալով՝ ամենը մեկ պուճախից դուս եկան, շուրջառները հցեցին, տիրացուքը շապիկը հագան, խաչվառները բարձրացրին,գդակները վերցրին, խոր-խոր գլուխ տվին, եպիսկոպոսն էլ մեկ ծանր-ծանր խաչակնքեց ու հետո, առոք-փառոք, շարական ասելով, երեսները դեպի Անապատը շուռ տվին, ուրտեղ որ Երևանու առաջնորդը նստում ա: Հայոց միջումը, ինչպես որ հայտնի ա, ամեն տեղ էս սովորությունը կա, որ նվիրակին յա եպիսկոպոսին էսպես պատվով ներս տանին: Շատ անգամ խալխն էլ ա առաջները դուս գալիս, փեշերը, աջը համբուրում, օհնություն առնում ու էսպես ճամփից էկած, բեզարած, էկողին մեկ քանի վախտ էլ քաղաքիցը դուս կանգնացնում, որ, ինչ ա, իր մուրազն առնի, բայց, փառք աստուծո, որ էսպես անկարգ սովորությունները հմիկ քիչ-քիչ վերանում են, ու էլ էկողին չեն ինջմիշ անում:

Մեր եպիսկոպոսունքն էլ խոր հոգոց քաշելով՝ մեկ աչքները քցեցին մեչըդի կողմն ու անսաս գնացին Անապատը, ուր քեղխուդեքը, իշխանք էկան, հավաքվեցան, ձեռըները համբուրեցին՝ գդակները վեր կալած, օթախը ներս գնացին. մեկ քանի աղքատ-ուղքուտ էլ տերտերներ-ի ու թվանքչոց հետ մնացին դռանը, ու փիլոնները կռնատակներին զրից էին անում, իրանց աղի հրամանին սպասում: Եպիսկոպոսունքը հենց ներս մտան, չաքմեքները հանեցին, շորները փոխեցին, վեղարների ծերը ետ քաշեցին, խալըչի վրա նստեցին, բարձին թինկը տվին, իշխանաց որը երևելիքն էին, էս կողմն, էն կողմը պատի տակին չոքեցին, վարդապետ, տիրացու, փոքրավոր՝ աչքները իրանց աղի աչքին քցած, ձեռըները դոշներին, առաջին կանգնած՝ իշխանների համար յա արաղ էին բերում, յա մազա թավազա անում: Ամենի աչքն էլ էկողների բերնի վրա էր, նրանք եալիս՝ իրանք էլ բարձր ու ցածր էին անում, նրանք երեսները շրջելիս՝ իրանք էլ հետըները շրջում, մեկ բառով՝ էնքան էր իշխանաց պատիվ տալը ու եպիսկոպոսաց սիրելությունը, որ հենց կիմանայիր, թե նրանց հոգին սրանց ձեռին ա:

— Հլա գալուստդ շնհավոր, հա՛յր սուրբ, մեր գլխին, մեր երեսին. աստված ձեզ մեր գլխիցը չի՛ պակասացնի: Մեր աչքը հենց միշտ ձեր ճամփին ա. աստված մեր սուրբ Աթոռը ղադմի հաստատ ու պայծառ պահի,— սկսեց իշխանների մեկը գլուխ տալով ու տեղը դրստելով՝ բերանը բաց անիլ:— Ծառա եմ աջիդ, ի՞նչպես ա մեր հոգևոր տիրոնջ քեֆը, ջանը սա՞ղ ա, դամաղը չա՞ղ ա, լավ դրի՞ ա, թե՞ ոտից-ձեռից ընկել ա: Աստված նրան իր թախտին հաստատ պահի, նրա սուրբ աղոթքը մեր գլխիցը անպակաս ըլի՛. քանի որ նրա շունչը կա, աստված մեր ոգը միշտ կհասցնի: Մեկ Աթոռ ունինք, մեկ Հոգևոր տեր, էլ հո ուրիշ բան էս աշխարքումը չունի՞նք: Գիշեր-ցերեկ մեր խնդիրքն է՛ն ա, որ աստված մեր Աթոռը շեն ու պայծառ պահի, մեր հոգևոր տիրոնջ կյանքը երկար անի: Ինչ ունինք՝ ձերն ա. մեր որդիքն էլ, տեղն ընկած տեղը, ձեր ուղուրին կձախենք, թա՛ք ըլի՝ ձեր աչքը մեզ վրա քաղցր ըլի:

— Օրհնյալ լինիք, աստված ձեր հավատն օրհնի, աստված Հայոց ազգը միշտ շեն ու պայծառ պահի,— պատասխանեց եպիսկոպոսը,— դուք որ կաք, Լուսավորիչ պապի զավակներնեք, հալբաթ որ ձեր եղը պետք է ուտենք, ձեր կաթը՝ կթենք, ձեր բուրդը՝ խուզենք, շոր կարենք, թե չէ հո՝ մերն ա, էն սև քարը. ո՛չ թուր ունինք, որ չափից անենք, ո՛չ իշխանություն, որ զոռով խլենք: Ինչ որ կտաք, մենք էլ պետք է աչքըներս խփենք, ձեռըներս դեմ անենք, էն առնինք, ձեզ օրհնող ըլինք, ընդով յոլա գնանք: Վաճառականություն ասես թե ռաչպարություն, ջուլհակություն թե բաղմանչություն, դուք էլ գիտեք, որ մեր ձեռիցը չի՛ գալ: Սևագլխի փիրն իրան խռով ըլի, ընչի՞ ա պետքը էս աշխարքումս. օղուշաղի երես չի՛ տեսնում, մարդամեջ չի՛ դուս գալիս, ի՞նչ ա մեր կյանքը, մենք հո մարդի կարգում չենք: Դուք մե՞զ կտաք՝ աստված էլ ձեզ կտա, մենք էլ մեր մեղավոր բերնովը աստված կաղաղակենք գիշեր-ցերեկ, որ դուք միշտ բախտավոր ըլիք, ձեր մինը հազար ըլի, ու որդով, զավակով ծաղկիք, ծլիք, զորանաք:

— Հա՛յր սուրբ, գլխիդ ղուրբան, քո ոտի հողն եմ, լավ ես հրամանք անում, ամա ի՞նչ անես, որ ընչանք բանը բանին ա հասնում, դանակն ոսկորին դեմ ա ըլում, էլ հանիլ չի՛ կարելի,— էն դիիցը քյոնդալանա մեկը ձեն տվեց ու փափախը դզեց:— Մենք էլ լավ գիտենք, որ խաչն էլ ա մերը, ավետարանն էլ, մենք էլ գիտենք, որ տասներկու խաչապաշտի, էթմիշիքի միլլեթի գլուխն հայն ա, հայի ժամի արարողությունն ու շարականը, հայի մեռոնն ու Հավատամքը մեկ ազգ էլա չունի, ամա էս անօրենքները մեզ հավատից էլ են քցել, հալից էլ. մալ են տեսնում մեզանում, խլում են. աղջիկ են զտնում, քաշում են. մեզ կրակն են դրել, սաղ-սաղ էրում են, փոթոթում. թե մեկ խոսք էլ ասում ես հո, վա՛յ քո օրին, արևին, գլխիդ էնքան բռնցքում են (մուշտում), որ աչքդ բուրդ ա ընկնում: Տունդ էլ որ քանդեն, ձեն չպետք է տաս: Ախր որ մեր միսն էսպես զազանի պես ուտում են, սրա չարեն ի՞նչ կըլի: Տեղից վեր կենողը ոտը մեզ վրա ա բարձրացնում: Չի՞լում, որ մեկ օր գնանք, ջուրը թափինք, պրծնինք: Ախր էս հո օր չի՛, որ մենք քաշում ենք: Մնացել ենք եթմի պես շլինքներս ծռած. սրա վերջն ախր ի՞նչ պետք է ըլի, գիր չե՞ք բաց արել, ի՞նչ ա ասում. էս աշխարքս քանի՞ տարի էլ պտի մնա, վախտը հասել չի՞, որ մեկ Գաբրիելյան փողը փչեր, աշխարքս հայլու պես դզվեր, էնպես, որ մեկ պստիկ ասեղ էլ մեկ օրվան ճամփից էրևեր, աճուճ-պաճուճը, Եղիա մարգարեն գային, մարդիկ մեկ թզի չափ դառնային, մեր սուրբ Էջմիածինը ու Երուսաղեմը մնային, մեր ազգը զորանար, էս անհավատ անօրենքները մի կորչեին, ջնջվեին, ու մենք սկսեինք երկնքի ու երկրի փառքը վայելիլ, ինչպես որ հրեշտակը երազումը մեր սուրբ Լուսավորչին պատմել ա: Մենք էլ աստղից ենք լսել, հո մեր գլխի՞ցը չենք ասում: Ախր աթաղան, բաքաղան էնպես ենք իմացել, թե աստված պետականը որ մեր սուրբ Լուսավորչուն էնքան չարչարեց, տասնըչորս տանջանք տալ տվեց, տասնըչորս տարի Խոր Վիրապումը, ծառա եմ նրա սուրբ զորությունին (անեց ու երեսին խաչ հանեց), պահեց, մե՛ր խաթր էնպես արավ, որ մեր ազգն էլ տանջվի, չարչարվի, էլ էս աշխարքին թամահ չանի, որ աստուծո մոտ պարզերես գտնվի ու երկնային թագավորությունը վայելի: Ա՛խ, ի՞նչ կըլեր, որ էս օրը մի շուտով գար, մեր աչքն էլ մի լիս տեսներ. երկրի թագավորությունը մեր ընչի՞ն ա պետքը. երկնքումը պտի մեր աստղը բանի, որ ամեն ազգ էլ տեսնին ու մեզ էրնակ տան: Մեր գլխին՝ թագ, իրանցը բաց տեսնին ու ամաչին, փոշմանին, որ երկրի մեծությանը էնքան եսիր էին էլել: Տերտերներն էլ են գիր բաց անում, դորդ ա, ամա շատը իրանցից են ասում. նրանց ասածը ո՞վ մեկ չվանի կդնի. սուրբ Աթոռն էնտեղ էլած տեղը մենք նրա՞նց մունաթը պտի ընկնինք: Մեկ ջուղաբ տո՛ւր, է՛, ա՛ջիդ ղուրբան գնամ. ձեր ոտը շատ գիտի, քանց մեր գլուխը: Մենք որ կանք՝ սարի հայվանի պես աչավոտները վեր ենք կենում, էրեսներս լվանում, խաչհանում, մեկ քունի խուփ էլ գլխներիցս դուս տալիս ու գնում մեր բանը: Գիրն էլ ա ձեր ձեռին, գրի բալանիքն էլ: Ձեր մեկ մազը աշխարքի բարեբար բան գիտի: Ասում են, թե ընչանք աշխարքս չվերջանա, մեր ազգին ո՛չ թագավորություն կըլի, ո՛չ թախտ. հենց էնպես պտի չարչարվինք՝ մենք դատենք, ուրիշներն ուտեն: Ղորդն ու սուտն աստված գիտի, պատականն մնա ասողն էլ, գրողն էլ: Ասում ա՝ մեկ գիժ մեկ կարաս կոտրեց, հարիր խելոք վրա թաքեցին, չկարացին սաղացնիլ: Բանն ընկել ա բերներերան, ասածդ հո չե՛ս կարալ ետ ուտիլ: Մեր պապերից մեր անկաջն ա ընկել, մեզանից մեր որդիքը կիմանան: Վա՜յ հախին, փա՜յ նիախին: Լավ արիններս էլ եռ ա գալիս, լավ սիրտ էլ ունինք, տղամարդություն էլ, որ մեր դուշմանի հախից վեր գանք: Մեկ հայ, տեղն ընկած փախտը, լավ տասը թուրքի էլ տակն ա դնում ու միսըները բերանները տալիս: Ղորդ ա, նրանք պաս չեն պահում, միշտ եղ ու կարագ ուտում, ու մենք շատ վախտ, շաբթով, ամսով, հենց ցամաք հացով ու խոտով, բանջարով ենք յոլա գնում, ամա, ղուրբան ըլիմ մեր սուրբ մեռոնի ու Լուսավորչի լիս հավատին, նրանց զորությունը շա՜տ, շա՜տ ա: Փի՛ր ըլին մեր սրբերն ու մեր ամենափրկիչ սուրբ Գեղարդը. մեկ բան ըլելիս յա դոնշուն դուս գնալիս՝ մեր մի հայը մեկ դագանակով էլ շատ անգամ տասը թուրքի գլուխը կջարդի, մեկ մատով որ խփի, տեղնուտեղը բանհոգի կըլին, հայի փիրն ու սոյը ա՛ստված օրհնի: Ամա ի՞նչ անենք, որ մեզ հրաման չկա թուր բանացնել: Քրիստոս ինքը Պետրոսի ձեռիցը թուրն առավ, որ հայ քրիստոնեն էլ թուր չի՛ վերցնի: Քրիստոնեի թուրը աղոթքն ա, ժամը, պատարագը, պասը, ծոմը, ողորմություն տալը: Անիլը հեշտ ա, անիլը՝ դժար: Թող ժամ, պատարագն էլ ըլին, ո՞վ ասում՝ չըլին, լեզուն քրքրվի՛ ասողի, ամա թրի ու թվանքի փիրն օրհնած ա, թեկուզ բողազս էլ դուս կտրեն, ես դրուստն եմ ասում: Թուր որ չունիս՝ գլուխդ կտրում են, օղլուշաղդ քաշում, կերածդ հարամ անում, դատածդ խլում, քեզ էլ եսիր անում. աշխարքն էսպես ա, ի՞նչ կարաս անիլ: Տո՛ւր էն աջը, որ բռնի էն խաչը: Աղոթքն իր տեղը, թուրն՝ իրը: Աստված ղչին, հայվանին էլ յա՛ չանգ ա տվել, յա՛ պոզ, յա՛ ատամ, որ չանգռի, հարու տա, կծի, իր գլուխը պահի: Ես մեղա աստծու: Սիրտս էրվում ա, էնդուր համար եմ ասում, թե չէ՝ ինձ նման շատերն էկել, ա՜խ, վա՜խ քաշել, իրանց սև օրը լաց էլել ու էլ ետ ա՜խ, վա՜խ քաշելով՝ հողը մտել. ես էլ նրանց մեկը. թե մենակ իմ դարդն ըլիմ քաշում, թո՛ղ աչքս հանեն: Թողություն արա՛, ծառա եմ սուրբ աջիդ. գիտում եմ, որ դուք էլ կցավիք, էնդուր համար եմ ասում, թե չէ՝ մեկ պուճախ էլ ե՛ս կճարեմ, որ միջումը ձգվիմ. մեկ բուռը հող էլ հալբաթ կըլի, որ մեկ օր, աչքս խփելիս, երեսիս քցեն:

— Լա՛վ ես հրամայում, լա՛վ, ա՛ղա Պետրոս,— պատասխանեց սրբազանը,— ամա ի՞նչ անես, որ մենք Քրիստոսի ծառեն ենք և ո՛չ աշխարքի: Երկնքի որդին ենք և ո՛չ երկրի: Քրիստոս Տերն մեր, սի՛րելիք (երեսներին խաչակնքեցին), երկնի և երկրի արարիչը, եթե կամենար, որ իր սուրբ տնօրենությունը հեշտությամբ անց կենար, ու ինքը չչարչարվեր, չխաչվեր, էլ չէ՛ր գալ էս փուչ աշխարքը ու մարմին առնիլ որ մեզ ազատի: Մեկ որ հրամայել էր, ամեն բանը թամամ կըլեր: Ամա չէ՛, Ադամա մեղքը մնացել էր մեր վրա. մինչև էն մեղքը չջնջվեր, դժոխքը չքանդվեր, մեզ ազատություն չէ՛ր ըլիլ: Մենք սուրբ ավետարանի աշակերտն ենք, սուրբ ավազանի՝ որդիքը. էդպես մտքերը չար սատան են ա ձեր սիրտն ածում, որ գիշեր-ցերեկ մեր շվաքի ետևիցը ման ա գալիս: Ինքն՝ Տերն մեր, էկավ մեր մեջը, խոնարհեցավ, մեր մարմինն ու արինը առավ, մեր խաթեր խաչվեցավ, մեռավ, թաղվեցավ, որ մեզ, մեզ օրինակ ըլի, թե ով կամենում ա երկնային փառացը, Քրիստոսի սուրբ արքայությանը արժանանա, ընչանք չխաչվի, չչարչարվի, չտանջվի, իր գլուխը մահու չտա, աստուծո սուրբ տեսուն չի՛ կարող արժանանալ:

Ավետարանն ինքն ա ասում. «Որ ո՛չ առնու զխաչ և ո՛չ եկեսցէ զկնի, որ ո՛չ թողցէ զհայր, զմայր, զկին, զորդիս և ո՛չ եկեսցէ զկնի իմ, նա չէ՛ ինձ արժանի: Եւ թէ՝ յարիցեն ազգ յազգի վերայ և թագաւորութիւն ի թագաւորութեան վերայ, նեղեսցեն, տանջեցեն, հալածեցեն զձեզ վասն իմ, այլ դուք ուրախ լերո՛ւք, զի վարձք ձեր բազում են յերկինս, և մազ մի ի գլխոյ ձերմէ ո՛չ կորիցէ առանց հօր իմոյ՝ որ յերկինս է: Այսպես հալածեցին զմարգարէս՝ որք առաջ քան զձեզ էին» և այլն: Տեսե՛ք, սի՛րելիք, էս էլ ավետարանի խոսքը. ինչ գրվածնա, պտի կատարենք: Առաքյալք, մարգարէք, մարտիրոսք էսպես արին, իրանց արինը թափեցին, ինչպես ամեն օր լսում, կարդում ենք, որ այժմ աստուծո աջակողմյան դասումը նստած՝ իրանց վարձքն ստացել, փառավորվել, երկնային ուրախությունը վայելում են, մենք մեկ սհաթի հետ հավիտենական կյանքը պտի փոխե՞նք: Էդ ո՞ր գիժը կանի: «Փառք աշխարհիս, իբրև զծաղիկ խոտոյ, այսօր է և ի վաղիւն ցամաքի»: Մեզ պես մեղավոր, անարժան մարդիկը պետք է աստծուն ընդիմանա՞նք: Էդպես սարսափելի, չար միտքը ձեր սրտըներովն էլ չի՛ պտի անց կենա, ո՞ւր մնա՝ բերան բերեք յա լեզվով էլ ասեք: Ինչ աստուծո կամքն ա, էն պտի ըլի: Պողոս Առաքյալը չի՞ ասում, թե «Հնազանդ լերուք թագավորաց, զի յԱստուծոյ են կարգեալ»: Պրծա՛նք, գնա՛ց: Ով այլ տեսակ կմտածի, անհավատ ա ու դժոխքի բաժին, մեր պարտականությունն ա, որ ասենք, ձերը՝ որ լսեք: Ձե՛ք լսիլ, պարտականքը դուք մնաք:

Բաս թե խմանաք՝ մե՛ր գլուխն ի՞նչ են բերում էս հավատի թշնամիքը, էն ժամանակը դուք ձերը կմոռանաք: Ամեն մեկ բեկ, մեկ խան սուրբ Աթոռը գալիս՝ մեզ կրակն ա դնում, էրում, շամփրի պես պտտում: Ո՛չ հաց ու ջուրն ա նրանց փորը կշտացնում, ո՛չ պարտիզն ու փեշքաշները նրանց աչքը բռնում: Շաբթով նստում են մեզ վրա. ինչ որ ուզում են, տալիս ենք, էլի ռազի չե՛ն ըլում: Սարդարն ու Հասան խանը գալիս հո, երկինքը մեր գլխին փուլ ա գալիս, աշխարքն աշխարքով դիպչում. էլ շունը տերը չի՛ ճանաչում, էնքան զելեն մեր գլխին թափ ըլում: Քչիցը-քչիցը, ամեն մեկ գալիս, չորս-հինգ հարիր մարդ ետևիցն ընկած՝ տուն են թափում, ո՞ւմ առաջը բռնես: Խան, բեկ, ծառա, մեհտար, աշչի, դուշչի, ղայլանչի, էրկու էնքան էլ ձի, ջորի, ուղտ, բարգ, բարխանա հեռըները քշած՝ գալիս են, մտնում վանքը. դե արի՛, նրանց կառավարի՛: Ինչ օր որ նրանց ոտքը մեզ մոտ պետք է մտնի, հացըներս էլ ա հարամ ըլում, ժամըներս էլ: Սաղ օրը ժամի ծերին, յա ճամփի մեջտեղը, շոգում, անձրևում, թզում պտի կանգնինք, մտիկ տանք, որ նրանք գան: Իրեք-չորս եպիսկոպոս պտին առաջը գնալ: Բոլոր միաբանությունը դուս ա գալիս, մեկ վերստաչափ տեղ էլ գլխաբաց, խաչով, խաչվառով, շուրջառով, բուրվառով, խնկով, մոմով առաջ գնում ու շարական ասելով, պագելով, ձիանցից առաջին քափ ու քրտինքները կոխած՝ նրանց ներս բերում: Շատ անգամ, վանքի դուռը մտնելիս, պետք է զառ նոթից, դումաշից, խասից փիանդազ քցած, որ էս անօրենների ոտը խերով ըլի, մեկ վնաս մեզ չհասնի, թե չէ ամենիս էլ կկոտորեն: Փիանդազը փառաւների փայն ա, դե արի՛, նրանց սիրտը շահի՛: Էսպես՝ գալիս են, փանքը լցվում: Վեհարան, խցեր, Ղազարապատ՝ էլ տեղ չի՛ մնում, որ միջումը կուչ գանք: Հլա սարդարի, խաների սիրտը փեշքաշներով, փողով ենք առնում, ու կաթողիկոս, եպիսկոպոս գիշեր-ցերեկ գլխըներովը պտիտ գալիս: Ամա ինչ որ մեր խեղճ միաբանի ու նոքարների գլխին ա գալիս, քո դուշմանդ չտեսնի: Փետի, թրի առաջ արած, սաղ օրը ուշուշնց տալով, ծեծելով՝ հազար մեկ բան են ուզում: Ցա ձիանոնց տեղն ու խոռակը լավ չի՛, յա իրանց սրտի ուզածը բանի պետքը չի՛: Մեր ձիանքն էլ են դուս անում, տավարն էլ: Խոզերին հո, վա՜յ նրանց օրին, որտեղ որ տեսնում են, թրատում, միջիցը կես են անում. ախր խոզի թշնամի են, բաս ի՞նչ կըլի: Մեր թխած հացը, էփած կերակուրը, մորթած միսը, ձեռը տված զատը հարամ ա ու հարամ: Իրանք են ամբարը մտնում, մառանը ընկնում, դռները կոտրատում, ու ինչ սիրտըներն ուզում ա, շատ փայը շաղ տալով, ոտի տակ քցելով, կոտրելով, ջարդելով, փչացնելով՝ իրանց ձեռովը դուս բերում, ուզածները շինում, էլի մեր յախիցը կպչում:

Էսպես՝ մոյդա ասես, ղարաչի, քյամանչի, սազանդար, սաղ գիշերը որը պար ա գալիս, որը փալ բաց անում, որը բերնին զոռ տալիս, որը գլխին, որ էս անիրավի սիրտը շահի: Գինի խմիլն էլ հո, նո՛ր են սովորել, էլ ի՞նչն ա պակաս: Աստված ո՛չ շհանց տա. մենք էլ ձեռըներս դոշըներիս՝ սաղ գիշերը նրանց առաջին յա պետք է չոքինք, յա կանգնինք, որ քեփըները թամամ ըլի: Շատ անգամ վարդապետն էլ ա թրատվում, յարալու ըլում: Էսպես՝ ընչանք մենք նրանց մեր հասարիցը դուս ենք տանում, մերը մեզ ա հասնում:

Ախր մեզ որ է՛ս են անում, ձեզ ի՞նչ կանեն: Պտի համբերենք, համբերությունը կյանք ա: Կարելի ա, որ մեկ օր աստուծո ողորմության դուռը բացվի. յա էն ա, բոլորս էլ կկոտորվինք, կփչանանք ու աստուծո սուրբ տեսությանը կարժանանանք, կամ թե չէ՝ մեկ ճար կըլի մեզ: Քրիստոնեեն սրով չի՛ պետք է իր բանը յոլա տանի. նրա թուրը իր համբերությունն ու հավատն ա: Էսպես արեց մեր էն էշ գեղըցի, հիմար Աղասին էլ, որ մեկ աղջկա խաթեր սուր քաշեց, ու խեղճ քանաքոցիք էնքան ջաղըմա տվին, ու նրա հալևոր հերը ու գեղի քեդխուդեքը էս ա, հինգ տարի ա, բանտումը, քոթկումը չորանում, մաշվում են, ու աստված գիտի, թե վերջըները ի՞նչ կըլի: Ո՛չ մելիք Սահակի, ո՛չ Կաթողիկոսի մունաթը մեկ օգնություն չարին: Ինքն էլ գժի պես ընկել ա սարեսար, չափիլիշ անում, ճամփա կտրում ու իր թշվառ օրը էսպես անց կացնում: Ո՞վ ա գիտում, թե ո՞ր քարի վրա գլուխը վեր կդնի ու ի՞նչ տեղ շներոց-գիլերոց կըլի: Լավն է՞ն չի, որ մարդ գլուխն իրան քաշի ու տազ անի: Չէ՛, չէ՛ սի՛րելիք. քանի կարանք, մեր գլուխը պահե՛նք. «հա՛» կասեն, «հա՛» ասենք. «չէ՛» կասեն, «չէ՛» ասենք. կասեն՝ նստի՛ր, նստի՛նք, վե՛ր կաց՝ վե՛ր կենանք. մինչև տեսնի՛նք, թե բանն ի՞նչ տեղ կհասնի: Ասում են, թե ռուսներն էկել, Ապարան են հասել. ո՞վ ա խաբար. բալքի նրանցից մեկ ումուդ ըլի, աստուծո բանն անքննելի ա: Աստված նրանց թուրը կտրուկ անի. թե մեկ նրանց ոտը մեր հողը կմտնի, էն ժամանակը թո՛ղ մեզ էլ տանին, մատաղ անեն: Շտապիլ հարկավոր չի՛: Ցիցիանովն ու Գդովիչը Երևան չառան, բալքի թե աստված չէ՛ր կամեցել, որ մեզ էլի փորձի: Շատը տարել ենք, քչին էլ համբերենք, տեսնի՛նք, վերջըներս ի՞նչ կըլի: Ամա էլի եմ ասում՝ քրիստոնեն թրի կոթն էլ ձեռ չի՛ պետք առնի, կարճ, որ քար էլ աղան գլխին[2]: Իրիկնաժամի զանգակը տվին, գնա՛նք ժամ, աղոթք անե՛նք, հլա շատ կխոսանք: Ա՛յ տղա, վեղարս տո՛ւր, մաշիկս դի՛ր. ժամիցը ետը գիշերն՝ երկար, մենք՝ պարապ, էնքան խոսանք, որ քուններդ տանի:

Աստված բարի ճամփա տա՛, հա՛յր սուրբ. էդ բերանդ լիս դառնա. է՛դպես պետք է քարոզել խալխին: Աշխարքումը կենալը ի՞նչ լազաթ ունի. անապա՛տը պետք է գնացած, անապա՛տը, որ աստված երկնքիցն ուրախանա, երկիրս քիչ-քիչ քանդվի, սատանեն ճաքի, տրաքի, հրեշտակները մեզ շուտով տանին, մեր փառքին հասցնեն: Ազգն ի՞նչ ա, աշխարքն՝ ի՞նչ: Բոլոր սուտ բան ա: Ամեն մարդ իր հոգու ճամփեն պտի գտնի: Քանի կարաս՝ օր առաջ ջաղարեք տե՛ս, որ ետ չընկնիս:

Տիրացուն իսկույն վեղարը տվեց, փարաջեն հաքցրեց, վարդապետը մաշիկը դրստեց, առաջը դրեց, իշխանքը գլխըները տմբացնելով, քուրք ու աբա ուսըներին քաշելով, գդակներ ըդգելով ետ կանգնեցին, ու սրբազանը դուս էկավ: Նրանք էլ ետևիցը մեկ-մեկ ճամփա ընկան, քոշըները հաքան, որ դռանը թողել էին. մեկ սարկավագ փիլոնը վերցրեց, մէկ վարդապետ՝ գավազանը, ու դռանը ձեռը տվեց. տերտերները հո, փիլոնները ուսըներին, դռանը էնքան կանգնել, վրվրթացել, դողացել էին, որ դատաստանի օրն էլ էն մահվան քրտինքը չեն տեսնիլ: Եպիսկոպոսը դուս էկավ թե չէ, երկու կարգ դառան, փիլոնները քցեցին ու եպիսկոպոսին հանդիսով, տիրացու, սարկավագ, վարդապետ, իշխան, թվանքչի քամակիցն ընկած՝ տարան ժամը: Ներս մտնելիս՝ տիրացուն հողաթափը առաջը դրեց, սարկավագը փիլոնը քցեց, մեկ տերտեր էլ մեկ խալիչա ծալած, ձեռին բռնած՝ հենց եպիսկոպոսը ժամը մտավ, սեղանի առաջը հասավ, մեկ քանի խաչ հանեց երեսին, մեկ խոր գլուխ տվեց, խալիչեն բաց արեց, ետ կանգնեցավ. եպիսկոպոսը մեկ քանի խոսք իր մտքումն ասեց, սուրբ

2 Էս խոսակցությունիցը իմացողը կիմանա, թե ի՞նչ էր մեր խեղճության պատճառը: Էլ ես չեմ ուզում բերանս բաց անիլ: Ինչ ավետարանի կողքին դրած ա, սուրբ ա. բե՛ր հասկացողը, էն ժամանակ գլխիս խփի՛ր:

սեղանին գլուխ, երկրպագություն տվեց ու փառահեղ կերպով գնաց, ձախու դասումը, իր աթոռումը բազմեց. ժամն օրհնեց, Հայր մերն ասեց, ժամը կանգնեց:

7

Ժամը դեռ կես չէ՛ր էլել՝ հարայ-հրոցն աշխարքս բռնեց. սար ու ձոր իրարոցով ընկան: Թուրք, սարվազ, արախլու եկեղեցին լցվեցին. ժամ ասողների ձենը փորըներումը մնաց: Էլ մեծի, պստկի չի՛ մտիկ արին. ով ոտումը հարաքաթ ուներ ու ջանումը՝ դվաթ, դուս թռավ, գլուխն առավ, կորավ. ով՝ չէ, տեղնուտեղը մնաց քարացած, սառած: Գլուխ ասես, որ պատռվում էր, ատամ ասես, որ ջարդվում էր: Անիրավ արախլուն ո՛չ ժամի էր խնայում, ո՛չ մարդի. թվանքի ոռթով ամեն մեկին մեկ պատի կպցրին, վրա թռան, եկեղեցու ինչ զարդ, զինզինաթ, խաչ, ավետարան կար, դես ու դեն դաղթմիշ արին, շուրջառ, բուրվառ, ինչ տեղ մեկ էրծաթի նշան էր երևում, բոլոր քանդում, ջախըրբուրդ էին անում, վերցնում, ոտի տակ տալիս: Մեկ քանիսն էլ եկեղեցու դուռն ու շեմը բռնեցին, որ դուս գնացողին ձեռք քցեն, թալանեն: Էնպես՝ ում վրա մեկ նոր շոր էլ որ տեսան, հանեցին, զավթեցին: Ինչ կնանոնց հալն էր, աստված ո՛չ շհանց տա. երեսի ոսկի ասես, ձեռի մատանիք, դոշի շարք ու քորոց, զառ մինթանա (լեհին), դիբա արխալուղ, սամուր քուրք, ինչ կար չկար, բռնցքելով, ոտի տակ տալով էին հաքըներիցը հանում: Ծերունի եպիսկոպոսը մեջ ընկավ, որ մեկ քոմակ անի, բռնեցին, կոները կապեցին. տերտերներն էկան, ամեն մեկին մեկ պատի զարկեցին, ու ով կար չկար, ոչխարի պես թրի առաջն արած դուս քշեցին, հեռ ածեցին:

Լացի, սգի ձենը երկինքն էր հասել, բայց էս անողորմ ազգի համար, հենց իմանաս, քյամանչի, սազի ձեն ըլեր: Եկեղեցուցը դուս էկան թե չէ՛, աչքդ ո՛չ տեսնի էն օրը: Միաղլամի ձենն էլ էր կտրվել, Հասան-Հուսեյնինն էլ. սար ու ձոր ոտն էր առել, փախչում էր, աչք առել, լալիս էր: Զորագեղի ու Կոնդի քուչեքումը որ ասեղ քցեիր, գետինը չէ՛ր հասնիլ. էնքան արախլու, դարափափախ, քուրդ, սարվազ էին լցվել, որ գետինը սևացել էր: Բերդի չորս կողմն է՛լ տեղ չկարշ. դուքան էր, որ թարաշ էին տալիս. տուն էր, որ թալանում, կրակ տալիս ու տանտիրոնցը չփչփլախ, իր ողորմելի օղլուշաղի ձեռը բռնած, դառ ու դարտակ դուս խոկում, թրի, թվանքի առաջն անում: Ով շուտով մեկ բան տեսել, թաղել էր, յա հացի, ալրի ջվալում մեկ բան թաքցրել, էն մնաց իրան: Քուչեքանց միջին երեխեքանց, հարսների ու աղջկերանց ձենը քարերը մղկտացնում էր, լացացնում: Շատը ձիու ոտի տակին էր հոգին տալիս. շատը ահիցն ու դողիցն էր լեղապատառ ըլում. շատին երեսի վրա էին քաշ տալիս, որին մազերիցն էին ձիու ետևիցը սուրութմիշ անում, քարեքար տալիս: Էն օրը գնա, ո՛չ ետ գա, ինչ Երևանի հալն էր:

Շատ հեր, շատ տղամարդ կամ հանդումն էր, կամ բաղումը, կամ ուրիշ տեղ գնացել ու չիմացել, թե ի՞նչ կրակ ա գալու իր տան ու աշխարքի վրա: Նորագեղի դուզն ու կարմնջի ճամփեն, Կուզեռան դուզը ձիավորներով խլխլում էր: Մեկի տեղակ հազարն էին դուս թափել, որ գնան, խեղճ գեղցնց էլ էս դառն ավետիքը տան: Ղուշը գլխըներովն անց կենալիս՝ վեր էին քցում, թեքռում, պլոկում. մարդ չէ՛ր կարում տեղիցը եռա: Էնպես՝ որը ունևոր էր ու ջահել, շոր ու փալաս, բարգ ու բարխանա շալակները տվին, տարան, բերդն ածեցին. որը հալևոր էր ու աղքատ, օրվան հացի կարոտ՝ ծեծելով, ջարդելով տանից դուս արին, որ հենց էն սհաթին տունը, տեղը թողան, երըմիշ ըլին, որ գնան, գնան մյուս գեղցնից հետ խառնվին, որ քոչեն, չունքի ղալաբանդլը էր, Ռուսը գալիս էր: Երանի՜ նրան, որ մեկ սել ձի, կով, եզը կա՛մ մեկ էշ էլա ուներ: Էնքան կարացին, որ մեկ քանի կարպետ, խալիչա, յորղան, դոշակ, աման, մի քիչ ալիր յա չալթուկ հետըները վերցրին, որ անձրևի ու արևի տակին, սովի ձեռիցը չմեռնին: Բայց քաղաքումը շատը ո՛չ գրաստ ուներ, ո՛չ մարդ, սել հո, սկի լսված չի՛: Անիրավ թշնամին էնքան ժամանակ էլա չէ՛ր տալիս, որ էստոնք էլա վերցնեն: Ինչ ուտելիք կար՝ ձուկն ասես, եղ, պանիր, հաց, գինի, տան բոլոր տարվան թադարեքը, կամ ջարդում էին, դեն ածում, կամ էրում, ջուրը քցում, տները կրակ տալիս, փետումխս անում, որ շուտով ճամփա ընկնին, քոչին: Եկեղեցքանց, տների, ջաղացների դռները մնացին կրնկների վրա բաց կանգնած: Տանող-տանողի էր, քաշող-քաշողի, շունը տեր չէ՛ր ճանաչում, հերը որդուն ուրացել էր: Էս սարսափելի ձևովն ընկան գեջդանգեջ ճամփա. օձերը ծնեցին, քարերը պատռվեցին, քոչը երմիշ էլավ:

Շատ ողորմելի, երկու հոգիս մեր կինարմատ՝ շունչը բերնին դեմ առած, մեկ քոփա ծծին ուներ բռնած, մեկը՝ քամակին կապած, որի էլ ձեռիցը բռնած՝ հազար տեղ չոքում, հոգին ուզում էր տա ու իր սև սհաթիցը պրծնի: Չէ՛ր գիտում՝ ի՞ր գլուխը լաց ըլի, թե ողորմելի երեխեքանց Ճենը կորի, որ սոված, ծարավ, շոգի ձեռիցը թուլացած, ոտները յարալու-փարալու, չունքի շատը բոբիկ էր գնում, իրանց մոր ծնկներովն էին փաթաթվում, ճտովն ընկնում, որ իրանց կտոր հաց յա մեկ պուտ ջուր հասցնի: Շատ հեր՝ երեխեն ուսին յա շալակին, խալիչա, խուրջին քամակին, դեմը գնում, դեմը լալիս, հենց որ ուզում էր մի քիչ նստի, շունչ քաշի, թրի ոտքն յա թփանքի լուլեն էին աչքը բուռը քցում, որ տեղիցը վեր կենա, փազի, որ ետ չմնա: Որի հերն էր մերձիմահ՝ տանը մնացել ընկած, որի հարսը կամ կնիկը, կամ պառկած ծննդկանը, կամ ծծկեր երեխեն՝ օրորոցումը: Տեսնողի սիրտը կրակ էր ընկնում, բայց անողորմ ղզլբաշի թուրն ու արինաթաթախ ձեռը ո՛չ հեր էր հարցնում, ո՛չ հիվանդ, ո՛չ ծեր, ո՛չ տղա, ո՛չ մեր, ո՛չ աղջիկ: Որին քարով էին սպանում, որին թրով, որի ոտիցը քաշում, ջուրը քցում, որին բանհոզի անում, որ մնացողները ձեռք վերցնեն, գնան: Անբան, հայվան շները շատ էին ցավում, կսկծում էս դառն, սոսկալի տեսարանի վրա, քանց բանական մարդիկը: Ա՜խ, ո՞վ կարա է՛ն ողբը, է՛ն կսկիծը, է՛ն սուգն ու արտասունքը պատմիլ, ինչ որ էս ողորմելի խալխը վեր էին ածում ու քաշում: Մարդի սիրտ պատռվում ա, բայց երկինք-գետինք մեկ փուլ էլ չէին գալիս, որ նրանց տակով անեն, մեկ չէին էլա ճաքում, սիրտըները բաց անում, որ նրանց կուլ տան, պրծացնեն:

Ինչ որ գեղցոնց հալն էր, աստված հեռու տանի: Շատի տավարը հանդումը մնաց, մալը՝ չոլումը, ոչխարը՝ սարումը: Ում ձեռը հասավ, էնքան արեց, արաբեն լծեց, երեխեքը մեջն ածեց, մեկ քանի փալաս-փուլուս էլ վրեն քցեց ու լալով, աղի արտասունքով ճամփա ընկավ: Տուն, տեղ, բաղ, մասիլ՝ մնացին աստուծո ապով: Որդին հորն ուրացել էր, բայց էլի էս օրհնած գեղըցիքն էին, որ ճամփի կիսին բազի քաղաքացու երեխա, բարգ, օղլուշաղ իրանց սելումն էին դնում, կամ նրանց հիվանդներին տիրություն անում, չունքի լավ-օսալ, էլի գրաստ, ուտելիք, տավար սրանք ունեին, նրանց ո՞վ կտար, ու ինչքան ձեռըներիցը գալիս էր, քոմակ էին անում նրանց:

Շատ ողորմելի հերնըմեր, հենց ճամփին, մեկ սովամահ, ծծկեր երեխա՝ էրկու-իրեք օր ձեռըներին պահում, ուզում էին, որ մեկ էնպես տե՛ղ հողի տակովն անեն, որ բալքի թե գազան չդիպչի, ու իրանք՝ էլի ետ գան, իրանց ջրատար մեռելի ոսկորները հանեն ու տանին իրանց հետ, ժամով, պատարագով թաղեն: Բայց որ ճարըները կտրվում էր, գլխըներին կրակ էին փառում, էրեխեն կամ ջուրն էին քցում, կամ մեկ քարի տակ դնում, իրանք էլ վրեն էրվում, խորովվում ու մյուս օրը լալով, կիսամահ ճամփա ընկնում: Շատ հղի մեր հենց ճանապարհին կամ մեռած էր ծնում իր ինն ամիս դառը ցավով արգանդումը պահած, հասցրած մանուկը, կամ թե չէ, սաղ էլ որ ըլում էր, մերը բարուրում, ուզում էր, որ կամ ինքն էլ հետը մեռնի, կամ մանուկը չթողա, տանի, բայց ա՜խ, անաստված ղզլբաշի թրի բերանը կամ երկսին էլ ի միասին էր կտրատում, կամ բարուրը մոր ձեռիցն առնում՝ կամ սպանում, կամ ջուրը քցում, կամ քարին տալիս, փչացնում:

Շատ հալևոր կամ ոտից-ձեռից ընկած պառավ, որ էլ չէին կարում ոտը ոտի առաջ դնեն ու կիսաշունչ մեկ քարի տակի նստում էին, որ բալքի թե գազանք գան, նրանց կտրատեն, ուտեն, էլ գլխները բաց չէին անում, լալիս, մղկտում ու իրանց որդոցը օրհնում, բարի ճամփա, բարով մնա ասում ու ձեռաց գնում, յա արախլվի տները ընկնում, աղաչում, պաղատում, որ իրանց էնտեղ թողա, հենց խոսքը բերնըներումն էին թրախորով ըլում՝ ո՛չ որդու ձեն լսում, ո՛չ թոռի երես տեսնում ու թամարզու աչքը խփում: Շատ որդի՝ իր հալևոր հորնըմոր, շատ փեսա՝ իր նշանածի կամ նորահարսի, շատ ախպեր իր քվեր, աներ-զաքանչի հալը տեսնելով, որ էլ ջան չունին, որ տեղըներիցը շարժեն, իրանք էլ կիսաջան՝ էլած դվաթներն էլ որ ատամների տակը չէին առնում ու իրանց անգին բեռը շալակում, որ յա իրանք էլ մեռնին, յա նրանց չթողան, մեկ էլ էն էին տեսնում, որ քամակները թեթևացավ, ու իրանց քաղցր, ազիզ բեռան արինը շլնքներով շռռալով ծոր ընկավ, գետինը ժաժ էկավ, իրանց գլխները աչք ու լիս, ուշ ու միտք կորցրեց, դժժաց: Շատի բախտն էնքան բանում էր, որ թուրը իրան էլ էր զոռը ցույց տալիս, իր սիրելու հետ տանում, պրծացնում: Բայց ա՛խ, իրանք, դորդ ա, պրծնում էին, բաս իրանց քոփա մանուկների, էրեխեքանց ցավն ու հոգսը ո՞վ պետք էր քաշեր, ո՞վ նրանց մեկ պուտ ջուր, մեկ կտոր հաց տար, սովից, մահից ազատեր: Վա՜յ նրանց օրին. յա անիրավ արախլուն էր նրանց զավթում, յա սովը իր ճանկը քցում:

Բոբիկ ոտները քարերն էին ճղում, բաց գլխները՝ արեգակը էրում, փոթոթում: Շատ մոր երեխեն գրկիցը խլում էին ու կտոր-կտոր անում, որ եզին գնա: Ո՞վ. երկինքը՝ աչքը բաց, հանդարտ մտիկ էր տալիս, երկիրը՝ բերանը փակ, անկաջ էր դնում. ում տալիս էին էնպես անմեղ քոփին, դեն էր քցում, մեկ բուռը հողի էլա արժան չէ՛ր տեսնում: Վա՜յ նրան, որ կամ սելի ակն էր կտրվում յա ձին սովի ձեռիցը բեզարում, կամ զրաստը ծարավի, շոգի ձեռիցը թուլանում, վեր ընկնում. կամ տիրոնջն էլ անասունի հետ էին սպանում, կամ սել, մանր երեխեք միջումը վեր ընկած յա քնած թողում ու տիրոնջը թրածեծ անելով առաջ քշում, հետ ածում. շատը, դորդ ա, փազում, գնում էր, չունքի ջանն ազիզ ա, բայց շատը գլուխը դնում սելի վրա, աղաչանք էր անում, որ կտրեն, մեռնի, պրծնի ու իր ողորմելի զավակները չոլումը չթողա:

Ա՜խ, ո՞ր մեկը ասեմ. սիրտս արին ա դառնում, ձեռներս դող ընկնում, աչքերս սևանում: Երանի՜ նրան, որ էսպես բան ո՛չ տեսել, լսել ա, ո՛չ էլ կտեսնի, կլսի. բայց մեր ողորմելի ազգը հազար անգամ ա տեսել, լսել, քաշել: Քար չկա մեր երկրումը, քող չկա, որ Հայի արնով ներկած չըլի: Դո՛ւ էլ սրանց հետ գնացիր, սի՛րելի եղբայր իմ Մոսի, իմ զառնուկ ախպեր: Ա՜խ, հենց մանուկ երեսիդ էի կարոտ, էն էլ չտեսա:

Մորս ծոցին, իրեֆ տարեկան, սովը ֆեզ տարավ, էդ լիս երեսիդ ղուրբան: Գերեզմանդ ի՞նչ տեղ ա, չգիտեմ, բայց երկնֆումն էլա երաք մի ֆեզ կտեսնի՞մ, մի ճտովդ կընկնի՞մ, ա՜յ ֆո անմեղ ջանին մեռնիմ:

Ա՜խ, սի՛րելի Հայ, էս բաները լսելիս, ինչ ունիս-չունիս, տո՛ւր, որ ֆո ազգը ֆիչ-ֆիչ մեկ լավ օր ֆաշի: Սրանֆ են, որ դռներու ման են գալիս, ողորմություն խնդրում, որ գնան, իրանց գերիֆն ազատեն, որ էս դառն ժամանակին Բայազիդ կամ Ղարս ծախել են, որ մյուսներին պահեն: Որդուդ նայի՛ր, աստծուն փառֆ տո՛ւր, որ ֆո առաջին խնդալով, խայտալով խաղում են: Ա՜խ, ֆո դուռն էկողի ցավն իմացի՛ր, մի՛ երեսդ դարձնի՛ր: Սրանֆ տանից, տեղից ընկած, որդուց, օղլուշաղից զրկված, սոված, ծարավ՝ ֆե՛զ են ապավինել: Մի՛ ասիր, թե թամբալ են, բանից փախչում են, սրանց ամեն մեկի սրտումը հազար թուր կա ցցված:

Սրանց ուտելիֆն էր խոտը, ծառերի կճեպը, թուփը ու իրանց սատկած տավարի ջամդաֆը, չունֆի մորթիլ չէ՛ր կարելի էսպես ժամանակին: Մեկ արտ ռաստ գալիս կամ մեկ խարաբա գեղ տեսնելիս՝ հենց իմանում էին, թե դրախտն են գնում, չունֆի լավօսալ, էլի մեկ բուռը ցորեն յա մեկ պտղունց գարի ճարում էին ու հենց էնպես բովում, աղանձում, հատիկ անում. աղը հո դիաթ էր: Էնպես էին ֆոչում մեր խեղճ, ողորմելի խալխը. չունֆի ղըլբաշն իմացել էր, կամ ինֆն էր ուզում ռսի հետ կռիվ բաց անի, ուզում էր, որ թե երկիրն առնեն, խալխն էլա չի՛ կորցնի, որ տանին Թեհրան, իրանց ծառա շինեն՝ յա թուրֆացնեն, յա հողի հետ հավասար անեն:

Ա՜խ, հոգիս դուս ա գալիս, ընչի՞ հին դարդերս էլի նորոգեցի, ընչի՞ էս բանին ձեռֆ տվի:

Էնպես տասը-տասնըհինգ օր ֆաշեց, որ Երևանու էլլիգը կեսվեկեսէլած, ծեծված, ջարդված, կոտորված՝ որը ֆրդի, որը ղարափափախի ձեռը եսիր գնացած՝ կեսը Ղարսա հողը մտավ, կեսն էլ Մասսա սարի էն կողմն անցկացավ, Բայազիդ գնաց, բայց ո՞ւմ մոտ, ո՞ւմ տունը, աստված ո՛չ գիտե: Էջմիածնա միաբանֆն էլ ցրվեցան: Առաջին եպիսկոպոսֆը՝ Եփրեմ, Բարսեղ, Հովհաննես՝ այժմյան կաթողիկոսը ու այլֆ, վանֆի զարդն առան, էկան բերդը: Հինգ-վեց օր էլ է՛ս ֆաշեց, ընչանֆ թուրֆի միահիլը նրանց կցրվեր: Գրֆատուն, ամբար՝ որը դարտակեցին, որը փակեցին: Էրկու հարյուր ջանիցը հինգն էլա չմնացին, որ սուրբ տաճարին ու աթոռին պահպանություն անեն, էն էլ ծերացած, ոտից-ձեռից ընկած հաբեղա, վարդապետ էին, որ լավ համարեցին իրանց չոր գլուխը է՛նտեղ վեր դնեն, ուրտեղ որ էնֆան տարի ծառայություն էին արել, ֆանց աշխարֆե աշխարֆ ընկնին կամ ճամփին մեռնին:

Բազի խեղճ մարդ էլ է՛նքան հեռու տեղիցն ու է՛նքան վտանգավոր ճամփերով՝ գլուխը փեշն էր դնում, օղլուշաղն ուրծի յա սատծուն պահ տալիս, ետ դառնում, գալիս, որ համ իրբաղերին ու հանդին, համ իր հարևանների մլքին օրոն անի, ջրի, պահի, որ չի՛ չորանան: Էս խեղճերն էլ ցերեկը փշերի տակին, քոլերի միջումն յա քարափներումն էին ռափ կացած, ու գիշերը՝ մութը գետինն առնելիս, ոտ ու շփլթու կտրվելիս, մահվան դողով ու քռոնքով դուս էին գալիս, իրանց բաղերը, հանդերը ջրում, իրանք էստեղ հալվում, մաշվում ա՛խ ու վա՛խ քաշելով, իրանց ողորմելի օղլուշաղն՝ էն դարիբ երկրներումը: Տաճը հենց իմանալով, թե ոտը խաղաղվել ա, որ դուս չէին գալիս, ինկույն հարամին բկին չոքում, գլուխը կտրում, հոգին առնում էր: Գլուխը դառել էր մեկ սոխի գլուխ, ինչպես որ ասում են: Սար ու ձոր հարամով, գողով, ավազակով լցվել էին. ղուշը երկնքիցը վեր էին բերում: Օդը ապականվել էր ջամդաքի հոտով, ու հարամի ղշերը, որ աշխարքի տակիցն ասես, թռել, էստեղ էին հավաքվել, որ իրանց փորը կշտացնեն: Ջուր ասես՝ մարդ էր բերում, քամի ասես՝ մարդահոտ. Քար չկար, որ արինաթաթախ չըլեր էլած: Երկինքը պեղացել, մտիկ էր անում, որ տեսնի, թե ի՞նչքան չարություն մարդ կարա անիլ, որ էնըզյորա նրա պատիժը տա:

8

Էս ժամանակին էր, հունիսի...-ին 1825-ին, որ արինակեր Հասան խանը՝ սարդարի փոքր ախպերը, որ հազար անմեղ գլուխ կերել, հազար տուն քանդել, քաղաք, գեղ ավերել, Ղարսու Բայազիդ հինգ-վեց անգամ ոտի տակ տվել, Արզրումա սարասկյարին խղճացրել՝ աշխարի ձեռին զվիրն էր բերել, ոտը բարձրացրեց, որ գնա, Պետերբուրգն էլ առնի, ավերի, Թիֆլիզու սիրուն օղլուշաղը իրան ղազան զորացը մատաղ անի, հրամայեց Նաղի խանին, որ իր ղարափափախները ու մսկլուն վերցնի, գնա, Ղազախու բերանը բռնի. քրդերի գլխավոր Օքյուզ աղին էլ դրկեց Ղարսա սնըրը, ու ինքը իր սարվազներովը, ղոնշունովը գնաց Ապարան, որ Փամբակու վրովը, փռանգ ճարածին պես, ռուսի սահմանը անց կենա: Բերդերը բոլոր դայիմացրին, Երևանումն ու Սարդարաբադումը, որքան հարկավոր էր, զորք ու ջաբախանա թողին ու մնացածը հետըները վերցրին:

Ո՛վ էս սհաթը Երևան էր մտել, հենց կիմանար, թե ջհեղեղը նոր ա էկել աշխարհ քանդել: Ապարան դառել էր մարդի ղասաբխանա: Օր չէ՛ր ըլում, որ սարից, չոլից մարդ չի՛ բռնեն ու Հասան խանի առաջը չբերեն: Ամեն գլուխ բերող նրա աջու ձեռն էր դառնում, փեշքաշի տուտը Ղարս էր հասել: Առանց մարդ սպանելու մեկ օր աչքը չէ՛ր կպցնում: Տեղիցը վեր կենալիս, նամազը պրծածին պես, առաջին գործն էն էր, որ ջրատար, մոլորած եսըրների, որ էստեղ-էնտեղ ճանկում, բերում էին, կամ աչքերը հանի, քիթ ու պռունկը կտրի, կամ ոտն ու ձեռները կտրիլ տա, կամ կտրատած ձեռները դաղած եղի պղնձի մեջը կոխիլ տա, որ արինը կտրվի, կամ նրանց սաղ-սաղ փառչալամիշ անի: Նաղի խանի ու Օքյուզի ղոչաղ ծառեքը հրաշք էին գործում:

Բոլոր Ղազախ-Բոռչալու դոնմիշ էր էլել, շատ էսիր սրանք էին բռնում իրանց միջիցը ու ղզլբաշի ձեռը տալիս: Ծամխա ասես, վելադություն ասես՝ սրանք էին անում ու թշնամուն կամ իրանց մեջը բերում, կամ իրանք խեղճ հայերի տունն ու տեղը թալանում: Շատ անգամ էն մարդի, որի հետ որ աթաղան, բաբաղան, մուղարար, տարերով նստել, վեր էին կացել, հացը կերել, հարևանություն արել, գալիս էին աշկարա, օրը ճաշին տունը կտրում, ունեցած չունեցածը վերցնում ու հետն էլ ասում, որ՝

— Մենք տանինք լավ ա, քանց թշնամին, մենք ձեր դոստն ենք, մենք ուտենք ձեր մալը, թե չէ՛ թշնամին կգա, կտանի:

Է՛սքան բանն անց էր կացել, խորամանկ պարսիկքը իրանց բանը էնպես էին գողի պես սկսել, որ մեր կողմը ո՛չինչ խաբար չկար: Էնպես անօրենություն շա՜տ էր պատահում: Շատ տարի, Ղարսա կամ Բայազդու վրա գնալիս, էս օրը հազիր էր: Ապարանը ամեն տարի էր դուս գալիս սարդարը իր դոնշունովը, իրեք ամիս մնում, Փամբակու մեծավորին փեշքաշ ուղարկում, իր մոտ հրավիրում ու հազար օրթումով հավատացնում, թե ռուսը քանց նրան էլ մեծ բարեկամ չունի: Էս էր պատճառը, որ Փամբակու իշխող մեծավոր իշխանն և զորապետն՝Սավարզամիրզա, ո՛չինչ կասկած չէ՛ր տանում: Ղորդ ա, էստեղ-էնտեղ տավար, եսիր տանում էին, ամա էս բարի սովորությունը էսօր էլ ունին մեր պատվական դրացի Ղազախ-Բոռչալուն: Էսօր էլ են մարդ սպանում, թալնում, կոտորում, նրանց բան ու գործն է՛ս ա միշտ: Էստուր համար զարմանք չի՛, որ ո՛չ ոք մեկ չար բան չէ՛ր մտածում, թե Երևանը քոչում էր. նրանք հավատացնում էին, թե սարդարը ուզում ա գնա Արզրումու վրա: Ղալաբանթըղ հազար անգամ էր պատահել, էս նոր բան չէ՛ր, ու նրանց աղալարները էնպես էին Սավարզամիրզի սիրտը ձեռք քցել, որ ինչպես ուզում էին, էնպես էին շուռ տալիս: Բացի հայ էլ, որ Երևանիցը, իր բարեկամներիցը գիր էր ստանում ու գիտեր, թե բանի զորությունն ի՞նչ ա. ձեն հանելիս՝ Ղարաֆիլիսումը վրեն ծիծաղում, ոխին խփում էին ու փախլուկ հայ կանչում: Աղալարները մեծավորի դուռն ու շեմը էնպես էին բռնել, որ մեկ հայի չէին էլ թողում, որ շունչն էլա հանի:

Էլի Փամբակու հայերը պարսից խորամանկությունը լավ իմանալով և իրանց քաշած դառն օրերը միտք բերելով՝ ամեն տեղ պատրաստություն էին տեսել: Համամլու, Պարնի գեղը, Գյումրի, որը բերդ ուներ, պատերը շինել, մեջն էին մտել. Խլղարաքիլիսեն բերդ ու էր չունենալով՝ սելեր ու գութան իրար վրա էր դրել, սանգար կապել.— ունեցած-չունեցած էնտեղ էին դայիմացրել, գեղարենքն էլ իրանց մեջ առել, ինչ հին ժամանակից թուր, թվանք ունեին, հավաքել, տղամարդիկը գիշեր-ցերեկ ապաքավորած՝ օղլուշաղը էնտեղ էին հավաքել, տավարը բերդի տակն արել, որովհետև նրանց մեծ հարստությունը տավարն ա, գիշեր-ցերեկ դարավուլ էին քաշում. հանդն էլ բազմությունով էին գնում. ճամփեքը համարյա՛ թե փակվել էին. շատ գիշեր, շատ վախտ էլ Քրիստոսի խոսքին չէ՛ին մտիկ անում, մեկ թուրք աչքը թեքելիս, գլուխը հետն էր թեքվում. չունքի յայլաղի ժամանակն էլ էր:

Թուրքերը լավ չին իմանում, թե էջը ո՞րտեղ ա կորել, ու ինչ տեղ ուզում էին, որ իրանց զազանությունը բանացնեն, իրանց արինը իրանց սիրտն էր թափում, չունքի, թե քիչ, թե շատ, էլի Փամբակու, Լոռվա, Ղարաբաղու, Մշու, Բայազդի հայերը սարում, չոլում մեծանալով, շատ տերտերի ու ժամի ձեն չլսելով՝ մինչև էսօր էլ իրանց ապրության հետ էն քաջ տղամարդության հոգին էլ ունին, որը որ ունեցել են մեր անհաղթելի նախնիքը, ու տեղն ընկած վախտը է՛լ ավետարանի ու վարդապետի խոսք նրանց չէ՛ր վախացնում, թե որ արին վեր ածեն, դժոխքը կերթան, ու մատը բարձրացնողի սաղ ձեռն էին բերանը կոխում, հավ թռցնողի՝ գլուխը թռցնում: Էս էր պատճառը, որ թուրքերը էսօր էլ էս ձորերովը անց կենալիս՝ էնքան քարափի լեռ քարիցը չեն վախենում ու գետի կատաղությունիցը,որքան քարափների բերնիցը, որդիանից որ քաջ լոռցոնց թվանքի գյուլլեն, կամ մեկ լդրանի թուրը անցկենողի գլուխը սոխի պես էին թռցնում ու իրանց թշնամու մարմինը իրանց ձորերին մատաղ անում:

Մենակ դսեղեցի Մեհրաբյան-Թումանյան Հովակիմի անունը քարերը սասանացնում էին: Սարերի, ձորերի միջում մեծացած՝ զազանի ու հարամու արինը թափելով էր նրա ոսկորները հաստացել: Երկու տղամարդ նրա մեջքը չէին կարող խոտել. հինգ մարդ նրա մեկ ձեռը չէին կարող ոլորել. նրա գլուխը մեկ օր չէր ցավել: Կերածը մեղր ու կարագ էր, հագածը՝ շալ, կոխածը՝ ծաղիկ ու չիման. աղբրների վրա, մեջի միջումն էր նա օրորոցումը աչք բաց արել: Նրան ի՞նչ կդիմանար: Աժդահա՛, ու ո՛չ տղամարդ: Չորս գազ ու կես բոյն էր, գազ ու կես՝ թիկունքի լենությունը, դոշը՝ ապառաժի պես հաստ, ամեն մեկ ձեռը՝ մեկ սնի ղդար, ամեն մեկ ոտքը՝ մեղ կաղնու ճուղքը, շլինքը՝ մեկ ծառի քոքի հաստությունով. երեսը մազն էկել, կոխել, երկու թիզ ճակատի տակին սև-սև ունքերն է՛նպես էին բռնել ու նրա արծվի աչքերն ու քիթը կոխել, ինչպես կարկտախառ ամպը՝ գիշերվան աստղերը: Քիթ ու պռունկն էնպես էին մազի միջումը կորել, ինչպես մեկ ապառաժ քար՝ ջանջալի թփի միջումն: Ութ ախպեր ուներ, մեկը քանց մեկը աժդահա. ամեն մեկը հինգ-վեց որդի ունեին, շատի չէ թե հարսանիքն էին մենակ նրանք տեսել, թոռներն էլ մեծացել՝ առաջներին խաղում, սարն էին գնում: Վաթսուն ջանից ավելի հոգի՝ հարս, փեսա, թոռը, ծուռը, առավոտը նրանց տանիցը դուս էին գալիս, րիզունը մթանը՝ նրանց օճորքի տակին քնում, ու նրանց հարյուր տարեկան հեր Մեհրաբը դեռ երեկվան երեխի պես բեղերն օլորում, միրուքը սանդրում, փափախը կոտրում, նրանց հետ պար գալիս՝ պար գալի, խաղալիս՝ խաղում, սազ ածելիս՝ շատ անգամ ինքը սազը ձեռներիցը խլում, ածում, խաղ ասում, քսան տարեկանի պես ձիու վրա նստում, ապարքը քցում, ու սարերում, ձորերում, չադրի տակին՝ պարզիկա գիշերը որդվոցը իրան արած քաջությունները, լոռըցոնց տղամարդությունը, հին-հին բաներից, լազգուց, թուրքից հազար բաներ պատմում ու նրանց էլ ասում, որ քնած վախտին էլ՝ թուրը ու թվանքը բարձի տակին, ոտը գերեզմանումը՝ թուրը յա կողքին քաշ, յա պատանի հետ պետք է հողը տարած, որ անբան քարն էլ իմանա, թե ո՞վ ա իրան տակին թաղած:

Էն Հովակիմը, որ մեկ օր լեղանալիս մեջիցը հանկարծ որ տասնըհինգ լազգի չե՛ն դուս գալիս, ինքն էլ կամաց-կամաց ջրիցն ա դուս գալիս որպես թե նրանց բանի տեղ չի՛ քցում, սկսում ա շորերը հաքնիլ: Լազգիքը սովորաբար մարդ չեն սպանիլ, սաղ-սաղ կբռնեն, որ տանին, ծախեն: Հենց որ մոտանում են, ձեն ա տալիս էս աժդահեն, որ կանգնին, ու ասում, որ տղամարդկությունն էն չի՛, որ տասնըհինգ մարդ մեկի վրա թափին, բռնեն. թե սիրտ ունին, իրանք մեկ կողմը կանգնին, ու ինքը մեն մենակ՝ մյուս, թե որ հաղթեն, թո՛ղ էն ժամանակը բռնեն, տանին: Լազգիքն էլ իրանց գլուխը էնքան ցած չհամարելով՝ համաձայնում են: Ասլան Հովակիմը թվանքը քցիլն ու առաջի մարդին սպանիլը մեկ ա անում: Էս ղզղուն վախտը էլ գյուլլի չի՛ մտիկ անում, թուրը հանում ա, մեջըներն ընկնում. թշնամին երեսը ետ ա շուռ տալիս: Տասնըչորսին էստեղ-էնտեղ, որը թրով, որը փշտովով սպանում, աղցան ա անում: Վերջին տասնըհինգերորդն էլ որ էսրի պես չոքում, գլուխը դեմ չի անում քաջին, նա թևիցը բռնում, վեր ա կացնում ու ասում.

— Քեզ քո կյանքը կբաշխեմ, որ գնաս ձեր երկիրն ու ձեր քաջ ազգին պատմես, որ իմանան, թե մենակ իրանք չի թուր խփիլ գիտեն, թե Լոռու Դսեղ գեղումը էսպես, ինձ նման հազարավորները կան, որ թե ուզենան, ձեր երկիրը ոտի տակ կտան, կջնջեն: Ամա՛ հայ քրիստոնեին մեղք ա էսպես բանը, մեր օրենքը չի՛ հրամայում:

Է՛ս Հովակիմը, է՛ս Լոռու ձորերի աստվածը, է՛ս սարերի արծիվը, է՛ս մեծեքանց ասլանը մենակ հերիք էր, որ մեկ քարի քամակից ձեն տալիս կամ մեկ չղում ռաստ գալիս՝ հարյուր թուրքի լեղին ջուր կտրի, աչքերը սևանա: Էն սևացած, արևի, անձրևի տակի մուր դառած ունքերի տակիցը որ աչքը չէ՛ր ընկնում մարդի երեսի, էնպես էր իմանում, թե կայծակն ա խփում, ու սար ու ձոր սևանում էր գլխին, գետինը պտտում, ու ինքը քար դառած մնում առաջին կանգնած: Քանի՜, քանի՜ էսպես դոշաղ տղերք քամակին քցած, զիշեր-ցերեկ, էս ահագին հսկայն վիշապի պես պտտում ու Լոռվա ձորերումը ու սարերի գլխին դուշը երկնքիցը վեր էր բերում ու ձիավորի ոտի իզը բռնած՝ ձորեձոր ընկնում, փոքսի քամակիցը հասնում ու տասը ձիավորով հարյուր ձիավորի մեջը ճղում, ջախըրբուրդ անում ու էլի, թուրքերի օբեքանց միջովն անց կենալիս, մեկն էլա չէ՛ր սիրտ անում, որ աչքն էլա խփի: Ինչպես ինքն էր մեծացել, էնպես էլ իր բոլոր ընկերքը. ամեն մեկ տան հինգ-վեց տղամարդ կար, զարթնե մեծն ու պստիկը, ու սարի չայիր-չիմանը, ծաղիկն, աղբյուրը, ձորի քարն ու էրն էին նրանց ջանը, նրանց հոգին, նրանց կյանքը:

Տաք յորղան-դոշակում, բուխարու առաջի, շկոլում կամ եկեղեցում չէին մեծացել, որ նրանց սիրտ կամ ահ ունենա, կամ թուլություն: Շատ անգամ, անձրև, կարկուտ գալիս էլ, նրանք չղումը կամ սարումը, քնած տեղը գլուխ չէին բարձրացնում, որ քունը չփախչի: Նրանց բուխարին, նրանց փեչը իրանց տան մեջտեղն էր, ուրտեղ որ երկու-իրեք ահագին ծառ իրար վրա քցած՝ առավոտից մինչև մութը էրվում ա, ու իրանք էլ դռները բաց, շատ անգամ շապկանց, գլխաբաց, կրակի չորս կողմը կտրում, խմորը գունդ են անում, միջումը թխում, միս են խորովում, հաց են ուտում ու իրանց ձորերի պատմությունն անում, ու որդին հոր ճտովն, ախպերը քվորը խառնած՝ անմեղ գառի պես բոլորեշուրջը վեր թափում, քնում: Մեկ դալմադալ ընկնելիս՝ իրանց ապրանքը, օղլուշաղը տանում էին էնպես քարափների, էրերի մեջ պահում, որ դուշը սիրտ չէր անիլ մոտ գա: Հազար գազ բարձր, սուր քարափների դոշին, որ մարդ մոտիկ անելիս աչքը սևանում էր, սրանք էնպես էին ման գալիս, էնպես էին էս քարափի ծերիցը օձի պես էն քարափի ծերին թռչում, որ հեռվանից տեսնողն էլ մնում էր քար դառած, աչքերը կպնում էր ու դուզ գետնի վրա չէր կարում ահիցը կանգնիլ, նստում: Տավար, ոչխար, իլխի՝ մեծեքն էին քշում, ու իրանք, թվանքները ուսներին, սար ու ձոր ոտի տակ տալիս:

Ա՜խ, ի՞նչ տեղ են կենում, որ էսպես չանեն, էս սիրտը չունենան: Վարժատան չէին՝ մեռած բառով, անհոգի ընչով, թույլ լեզվով լսել, թե Հայք էլ վաղ թագավորություն ունեին, որ կամ չհավատային, կամ քունները փարպետի անսիրտ պատմության վրա տաներ: Ամեն քար նրանց համար գիրք ա, ամեն ապառաժ՝ նրանց համար պատմություն, ամեն հին բերդ, քանդված մատուռ կամ եկեղեցի, որ սար ու ձոր լիքն են էստեղ, նրանց համար կենդանի վարժապետ: Ամեն գերեզման, ամեն արձա՝ նրանց համար կենդանի վկա ու պատմագիր: Լոռվա անառիկ բերդը, Սանահնա և Հաղպատի վանքերի պատերը, տաճարները, սրահները՝ նրանց համար վարժատուն: Իրանք, ղորդ ա, կարդալ չեն գիտի, ամա սրտներումը երկաթի պես ա գրված, թե էս է՜ն սուրբ հողերն են, է՜ն սուրբ դաշտերն են, ուր մեծն Շահն-շահ Աշոտ Բագրատունի, Սմբատ..., Զաքարե Սպասալար, Արղությանց-Երկայնաբազուկ նախնիք, Հովհան Օձնեցի իմաստասեր, Հովհան Երզնկացի՝ արծվի պես խոյանային, առյուծի պես մռնչային ու իրեղեն սերովբեի ու քերովբեի պես թուրը ձեռ առած՝ երկրումս Օմարի, հոնաց, Չինգիզ խանի, Թամուրլանգի հոգին քաղեին, երկնքումը իրանց համար անմահության բարիքն, անթառամ պսակ պատրաստեին:

Նրանց ծնկները՝ սրանց գերեզմանի վրա չոքում. նրանց երեսը սրանց սուրբ հողին ա քսվում. նրանց ոտը սրանց երեսին ա կանգնում. նրանց արտասունքը սրանց հողի հետ ա խառնվում: Նրանց սերմը՝ սրանց հողիցն դուս գալիս, իրանց պահում: Նրանց տան հիմքը՝ սրանց գերեզմանի վրա շինած: Նրանց մեռելը՝ սրանց միջումը պառկած:

Քնից են վեր կենում, սրանց գերեզմանը տեսնում,
Թե՛ քուն են մտնում, սրանց երազում տեսնում,
Թե՛ օրթում ուտում, նրանց անունը տալիս,
Թե՛ ճամփա գնում, նրանց աղոթքն հիշում,
Թե՛ կռիվ անում, նրանց հիշում, հաստվում:
Ո՜վ սուրբ լերինք, ձորք, Հաղպատ, Սանահին.
Ձեր սուրբ դաշտերումը, սարերի գլխին
Հազար արձաններ անմոռունչ կանգնին,
Կենդանի լեզվով՝ խեղճ անցավորին

Կանգնացնեն, ասեն, էլ լովին կրկին.
«Լա՛ց քո տարաբախտ արևդ ու օրերդ,
Լա՛ց քո խեղճ գլուխը, բա՛ց էդ ձեռներդ.
Տո՛ւր հոգիդ անտեր, ողորմելի հայ,
Էլ ո՞ւր ես գնում, գլխիդ չտալիս վա՜յ:
Կա՛ց, մեռի՛ր էստեղ, թո՛ղ քո ոսկերքն էլ
Էս սուրբ հողումը կարենաս թաղել,
Որ մարմինդ էլա էս աշխարքումը,
Քո թագավորաց հետ ու միջումը
Էստեղ դինջանա, չունքի քո աչքը
Կարոտ մնաց, տեսնի քո ազգի փառքը:
Նրանց սուրբ հողն էլա թո՛ղ երեսդ ծածկի,
Նրանց կոխած թուփը քո գլխիդ ծաղկի»:

Թողե՛ք, սրբազան նախնիք մեր հզոր,
Ձեր սուրբ երեսին գոհ լինիմ մեկ օր.
Ա՜խ, շունչս քաշելիս կրակ է դուս գալիս,
Աչքս խփելիս, բերանս բանալիս
Ա՜խ ու ո՜խն ա լաց ամպի պես խառնվում,
Էրում, խորովում, օրս խավարացնում:
Ա՜խ, ի՞նչ օգուտ, որ սիրտս ա իմանում,
Աչքս չի՛ տեսնում, հոգիս մխիթարվում.
Ընչի՞ ձեր թևի տակին չծնեցի,
Ընչի՞ ձեր շունչը ես էլ չլսեցի,
Որ վեհ Շահն-շահն կամ Մեծն Սմբատ
Ինձ էլ ասեր, թե՝ «Որդի հարազատ,
Տե՛ս, է՛ս հողումը ես քեզ պահեցի,
Տե՛ս, է՛ս հողումը քեզ մեծացրի.

Շունչդ տո՛ւր, հոգի՛դ, բա՛յց քո հայրենիք
Մի՛ տար թշնամյաց, ու անաշխուրհիկ

Ընկնիլ սարեսար, լինիլ չարաչար,
Ծառա օտարաց կամ գերի անճար»:

Փակի՛ր երեսդ, աստվածասեր հա՛յ.
Վա՜յ մեր խեղճ օրին, մեր արևին վա՜յ.
Ամպել ա երկինքը, կայծակին տալիս,
Սար ու ձոր գոռում, հառաչում, լալիս:
Էլ ի՞նչ ես կանգել ձեռդ ծոցումդ,
Մնացել շփարած՝ շունչդ բերնումդ:
Փախի՛ր, ա՜խ, գլուխդ ա՛ռ, կորի՛, որ պրծնիս,
Էս հեղեղին դու ի՞նչպես դեմ կընկնիս.

Ա՜խ, ի՞նչպես էսօր դու գլուխ բարձրացրիր,
Բարի՛ արեգակ, երեսդ հանեցիր.
Ա՜խ, ի՞նչպես սիրուն աչքդ չխփեցիր,
Ու էդպես հանդարտ էկար, կանգնեցիր,
Որ վկա լինիս անիրավ գործքի,
Որ լիս տաս խավար, անողորմ սրտի
Ու խեղճ հայերի արինն ու ջանը,
Էրված տան ծուխը, փակված բերանը,
Կոտրատված լաշը, սուգ ու շիվանը
Լսես, տեսնիս, գնաս էլ ետ քո բանը:
Անողո՛րմ երկինք, ի՞նչպես դուք թողիք,
Ո՞ւր ձեր ամպը, կայծակն էսօր պահեցիք.
Չարի սուրը տեսած՝ դուք պապանձվեցիք,
Ու փուլ չի՛ էկաք, ձեր տակով չարիք:
Ապառա՛ժ գետին, անկո՛ւշտ հողի փոր,
Հենց անմե՞ղ արին կուզեիր էսօր.
Հենց անօ՛ւնչ մեռել ծոցդ կտանիս,
Ծնողաց սուգ, շիվան ո՛չինչ համարիս:
Աչքերդ կխփես, բերանդ կբանաս,
Թշվա՛ռ դու գազան, որ ո՛չ կշտանաս:
Ի՞նչ կըլեր էսօր մեկ գութ շարժեիր,

Անմեղի լացն, սուգն դու մեկ լսեիր,
Քո չար որդիքը հրով խրատեիր,

Բարի որդիքդ սիրով պահեիր,
Քեզ քանդողի դու տունը քանդեիր,
Քեզ շինողի դու տունը շինեիր,
Ու հազար անմեղ հոգի գառնի պես
Սրի չտայիր, խնամեիր մոր պես:

Ես դա՛ռն, անցավոր, ա՜խ, ո՞ւր ես գնում,
Մի՞թե արյան ծովն առաջիդ չտեսնում.
Քո խեղճ ազգի ջանն առաջիդ ընկած,
Արհնաշաղախ հողումը քցած՝
Մանուկն մոր սրտին, հարսը փեսային,
Որդին հոր դոշին, աղջիկն մոր ծծին,
Կաթը բերնումը, ձեռը նրա ծոցին,
Արյուն, արտասունք, մազ ու հող, երես՝
Իրար շաղախված, հնձած ծաղկի պես,
Քուչա, ճանապարհ բռնել են, փակել,
Քար ու դաշտ ու հող արնով լվացել,
Քեզ ձեն են տալիս, թե որ անց կենաս,
Խլղարաքիլսեն մոնես կամ դուս գաս,
Աչքդ մեկ գետնին քցի՛ր ու ասա՛,
Աղլուխն ա՛ռ ձեռդ, սրբի՛ր ու մեկ լա՛.
Զոքի՛ր էն հողի, է՛ն դաշտի վրա,
Նայի՛ր երկինքը ու լա՛ց, սուգ արա՛,
Հիշի՛ր նրանց հոգին, պահի՛ր քո մտքում.
Թե մեկ ազգ իրան, որ էս աշխարքում
Չի՛ պահի, թշնամուն ինքը գերի կըլի,
Աստված էլ նրան աչքից կըքցի:

9

— Տղե՛րք, օյաղ կացե՛ք, թվանքներդ հազրեցե՛ք, երեխեք, օղլուշաղ բերե՛ք, մեր տունն ածեցե՛ք,— ասեց Խլղարաքիլիսի իշխան պարոն աղաՍարգիսը,— փառք աստուծո, տունս հացով լիքն ա, գոմեշներս՝ կթի. ինչ ունիմ ձերն ա. ձեր տավարն էլ, որքան կարեք, գեղին մոտացրե՛ք. սիրտըներդ պինդ պահեցե՛ք, քանի իմ ծուխս չի՛ կտրվել, ու շունչս՝ բերնումս, ջանս ձեր ուղուրին դրած ա: Մենք քրդերի ու օսմանլվի հետ ենք քյալլա տվել, էս անսիրտ աջամն ի՞նչ ա, որ մեր առաջին դիմանա: Երկինքն էլ որ թռչին, տեղվետեղ կրակ դառնան, մեր մազին չե՛ն կարողիպչիլ: Մեր ոսկորները Ղարսա սարերումն ա պնդացել, սրանք ո՞վ են, որ մեզ դեմ կենան: Թո՛ղ մեզ բարութ ու թվանք չտան, մեր տղամարդությունը մեզ համար բարութ էլ ա, պարիսպ էլ: Լավ նայեցե՛ք, որ սելերը դայիմ ըլին: Մեկ դաստեղ գնա գեղի էն կողմը, մեկ՝ էս կողմը. թե կարաք, մեծ ու պստիկ խառը կանգնեցե՛ք, որ թշնամին հենց իմանա, թե մենք շատվոր ենք, ու սիրտ չի՛ անի, մոտանա: Ես իմ դաստովը ճամփի առաջը կկտրեմ. առաջի դուս էկողի ճակատը էս գյուղլին դուրբան կանեմ, որ հրես քցում եմ:

Ղորդ ա, շատ օր մտիկ արինք, չէկան, ամա էս գիշեր ինձ սուրբ Սարգիսն երևաց, ծառա եմ նրա սուրբ զորությունին, ու ինձ ասեց, որ մեր գլխի թաղարեքը տեսնինք: Սուրբ Սարգսի անունը տվե՛ք, աղոթք արե՛ք, հրես աղոթարանը, որտեղ որ ա, կբացվի: Նրանք մեր ազգի արինը շատ են վեր ածել մեկ օր էլ մենք նրանց արինը վեր ածենք: Հայ չե՞նք, հայի արարչին մեռնիմ, նրա ամեն մեկը մեկ սարի բարեբար ա: Էլ փախտ մե՛ք կորցնիլ. կապրինք, էլի մեր հողումը, մեր օղլուշաղի հետ կխնդանք, կմեռնինք, էլի մեր ննջեցելոց հողի վրա արին կթափենք: Վարդանա թոռները չե՞նք, Տրդատա արինը չի՞ մեր սրտումը, Տիգրանի շունչը չի՞ մեր բերնումը: Սար ըլեր՝ կհալչեր, էլի մենք՝ հայերս չե՞նք, որ ամեն տեղ անուն ունինք, մեր հավատը ամեն տեղ գոված ա. մեռնի՛մ ձեր արևին, էնպես մեկ քաջություն անենք էսօր, որ աշխարհի ամենայն իմանա: Դե՛, էլե՛ք, Սմբա՛տ, Աշո՛տ, Տի՛գրան, էլե՛ք, ձեր խոքուն (հոգուն) դուրբան, տեսնիմ, թե ի՞նչպես էսօր ձեր անունի լայաղ ձեր հունարը նշանց կտաք: Էնպես անուն ունեցողը, սար ըլի առաջին, պտի վրովը թռչի. ծով ըլի, պտի ոտնակոխ տա, ո՞ւր մնա էս քյամալսզ, թուլ աջամը, որ ո՛չ հոգի ունի, ո՛չ հավատ, ո՛չ օրենք: Մեկ մարդ որ մեռոն չունենա ճակատին, նրանում ի՞նչ զորություն կըլի: Մեր ձեռը որ թուլանա, աստուծո հրեշտակը, սուրբ Լուսավորչու բարեխոսությունը մեզ քոմակ կըլին, է՛նքան ա մեր հավատի զորությունը:

Տե՛րտեր ջան, վեր կա՛ց, ամենին էլ սրբություն տո՛ւր. դրա զորությունին ղուրբան. մեռնի՛նք, հոգու փրկություն ա, ապրի՛նք՝ մարմնի առողջություն: Խոստովանության վախտը չի՛. աստված ինքը գիտի, որ մեր սիրտն արդար ա: Թե մեռնիմ, ինձ թաղեցե՛ք, իմ հոգուս հացը տվե՛ք ու էս ջիվան որդուս պահեցե՛ք: Հինգ որդի ունիմ, իրեք՝ ախպեր, վեց-օխտը՝ ախպոր զավակներ, հարսն ու թոռը, ամա իմ աչքի լիսը սա ա էլել: Ամենից ավելի սրան եմ ուզել, սիրել: Ա՜խ, թե գիտենաք՝ սա ի՞նչ ցեղից ա: Վա՜յ, ի՞նչ ասեյի, դուք լավ գիտեք: Սա մեր քաջ նահատակի՝ Վարդանի Մամիկոնյանի արնիցն ա: Երեխա էր, որ հերնըմերը մեռան, ես սրան վեր առա, ինձ որդի շինեցի, ու ինձ որդուց ավելի համ տվեց: Ջուրը որ քցեի, կընկներ. կրակը քցեի. երեսը ետ չէ՛ր դարձնիլ: Տեսնո՞ւմ եք է՛ս լեն ճակատը, է՛ս պարթև բոյը, է՛ս արծվի աչքերը, է՛ս գեղեցիկ պատկերը. լսե՞լ եք սրա անուշ լեզուն: Եկեղեցին մտնելիս, հենց իմանաս, հրեշտակ ա մտնում մեր մեջը, դուս գալիս. հենց բռնես՝ արեգակ ա ծագում: Ա՜խ, ամեն մեկ սրան մտիկ տալիս, ամեն մեկ սրա ձենը լսելիս՝ էնպես եմ իմացել, թե սուրբ Վարդանն ա առաջիս կանգնած: Տե՛րտեր ջան, սրան օրհնի՛ր, ձեռդ դի՛ր գլխին. ո՞վ ա խաբար, աղոթարանը բացվում ա արնով լցված. սրտովս դառը մտքեր շատ ա անց կենում, ամա մեր հավատը զորավոր ա:

Վա՛րդիկ ջան, արևի՛դ մեռնիմ. քանի շունչս վրես ա, արի՛, մեկ քեզ համբուրեմ, արի՛, էդ սուրբ երեսիդ ղուրբան ըլիմ: Թե հողն էլ մտնիմ, էդ արդար ձեռովդ իմ աչքս խփի՛ր. իմ հողը դո՛ւ քցիր, իմ մեծ որդին դո՛ւ ըլի՛ր, իմ տեղը դո՛ւ բռնիր, իմ տունը դո՛ւ հովվիր: Քանի ոտդ իմ շեմումն ըլի, իմ տունը կծաղկի, քարերն էլ ինձ պտուղ կտան: Արի՛, երեսիդ մեռնիմ, իմ երկրո՛րդ Վարդան, իմ ազի՛զ Վարդան. գերեզմանումն էլ ուր ըլիմ, որ դու գաս, երեսս կոխես, հենց կիմանամ՝ հրեշտակ ա թևերն վրես փռել: Արի՛, արի՛, երեսս ոտիդ տակը, բալքի թե է՛ս ձեռը, որ հիմիկ քեզ խտտում ա, է՛ս աչքը, որ սուրբ երեսդ տեսնում, է՛ս լեզուն, որ հետդ խոսում, էսօր բոլորն էլ լռվին, ու մարմինս քո առաջին անշունչ, անլեզու ընկած ըլի: Լսաս՝ ես չլսեմ, սգաս՝ ես չտեսնում, չիմանամ: Վարդանի՛ աստված, Վահանի՛ աստված, ո՛վ սուրբ Լուսավորիչ. թե էս ծերացած գլուխը էլ ջեր օր չի՛ պտի տեսնի, թո՛ղ սրա ոտի տակին մեռնիմ: Թե էս հալևոր աչքը էլ արեգակի լիս չի՛ պտի տեսնի, ա՜խ, աստված, քո հողն եմ ու մոխիրը, թո՛ղ սրա ձեռն իմ երեսիս մեկ բուռը հող քցի:

Վա՛րդան ջան, արևիդ մեռնիմ. մի՛ լար, քո արտասունքը սիրտս էրում, խորովում ա: Մի՛ լար, էդ քո հրեշտակի աչքերիդ ղուրբան: Քո սուրբ պապի օրհնությունը մեզ վրա ա, սրբի՛ր աչքերդ: Մնամ քեզ որ օրհնեմ, ես պտի մեռնի՞մ. քեզ ո՞ր օրը չե՛մ օրհնել, ո՞ր օրը չե՛մ գովել ու երեսդ երեսիս, աչքերս երկինքը քցել, քեզ ումբր ու արև խնդրել: Արի՛, ո՜րդյակ իմ. արի՛, հոգի՛ իմ. իմ տան սին, իմ կենաց գավազան. իմ օրհնությունը հոր օրհնություն ա: Հոր ձենն աստված թեզ կլսի: Արի՛, քեզ օրհնեմ. վախտը հասել ա, գնա՛ մորդ մոտը, մյուս տղերքանցս սիրտն ա՛ռ, քեզ պահի՛ր: Աստված էս ձեռը, որ մինչև էսօր մեկի մազի չի դիպել, չի թուլացնիլ: Դուք ինձ համար աղոթք արե՛ք ձեր արդար բերնովը: Էս քաջ տղերքանց ջանն ըլի սաղ. արծիվը երկնքիցը վեր կբերենք:

Տե՛րտեր ջան, Պահպանիչդ ասա՛, ավետարանը կարդա՛, մեկ կարճ աղոթք անե՛նք, աստուծո էս սուրբ երկնքի տակին, բալքի թե դիա շուտով մեր ձենը առ աստված հասնի: Երեխե՛ք, չոքեցե՛ք, ծունր դրե՛ք. ձեր՝ էս սհաթի ամեն մի շունչը Աքելյան պատարագի պես երկինքը կվերանա. հանեցե՛ք թրըներդ, թո՛ղ տեր հայրն օրհնի:

Տան կտրներին, հայաթի միջին,
Դաշտի երեսին, հողի բաց դոշին,
Երկնից առաջին, աստղերի տակին
Նրանք չոքեցին, նրանք կանգնեցին:
Էրեխանց ձենը, տղայոց լացը,
Ծնողաց սուգը, նրանց մաղթանքը
Իրար հետ խառը երկինքն վերացան:
Հերը որդին օրհներ, մերը զավակն հանձներ:
Մութն ու խավարը քիչ-քիչ հեռանար,
Լիսն ու արևը ծանր մոտանար:
Երկիրը նրանց արտասունքը սրբեց,
Երկինքը նրանց աղոթքը լսեց.
Ուրախ երեսոք տեղից վեր կացան.
Տերտերի ձեռը, խաչն, ավետարան
Ճակատին դրին նրանք, համբուրեցին.
Ձեռ-ձեռի տված՝ իրար սիրտ դրին,
Աչքները սիրով երկինքը քցեցին.
Թե մահ էլ, թե կյանք նրանց հանդիպին,
Իրար հետ ապրին, իրար հետ մեռնին,
Իրար հետ արին թափեն ու կռվին,

Իրար հետ թաղվին, իրար հետ պսակվին:
Ահ ու տխրություն էլ չէ՛ր երևում.
Երեսն արև՝ լիս դառած փայլում,
Արինն սրտիցը կրակի պես վառվում,
Հոգին մարմնիցը ձեն տալիս, ասում.
«Էլ մի՛ կորցնեք դուք ձեր ժամանակն,
Գրվեց երկնքումը ձեր սուրբ հիշատակն:
Սար ու ձոր իրեն ոտն են վերցրել,
Գալիս ձեզ վրա՝ ոտնատակ անել,
Բայց ձեր քաջությունն, երկնից զորությունն
Կարեն աշխարքումս թողալ ձեր անունն.

Թե սէրն ու հավատն, հայրենյաց նախանձն
Որքան զորավոր են ու շնորհապանծ,
Որ մինն հազարին կարա խորտակի,
Երկուսը բյուրին՝ կոտրի, նվաճի»:
Ձեն տվին միմյանց, սիրտ տվին միմյանց,
Օրհնություն առան, գնացին ի բաց:

Բայց անմեղ Վարդանն մինչև էն փախտը,
Շլինքը ծուռը, աչքերը գետնին՝
Մեկ հորը նայելով, մեկ լացը սրբելով,
Մեկ ա՜խ քաշելով, մեկ սիրտը բռնելով,
Խալխին նայելով, սուգը կուլ տալով,
Երկնքին աղոթք, երկրին արտասունքը
Տալով, հանելով՝ մեկ ձեռը թրին,
Մյուսը հոր ուսին, հոր ճտովն ընկած՝
Լար ու մղկտար՝ աչքերը լցրած:
«Անուշ իմ դու հա՛յր, անգին բարերա՛ր,
Իմ կենաց տվո՛ղ, իմ հոգուս դու ճա՛ր.
Մկամ տո՞ւնն կարա իմ ոտը փակել,

Մկամ չե՞մ կարա իմ աչքը կապել։
Մի՞թե էս արինն ինձ դու՞ չե՛ս տվել,
Մի՞թե էս ջանը ինձ դու՞ չե՛ս բաշխել.
Կարե՞ն դինջանալ, ինձ հանդարտ թողալ։
Բանտումն էլ ըլիմ՝ ոտս բխովումն,
Մահն իմ առաջիս, սուրն իմ դոշումս,
Էլ քեզ կուզեմ, որ ես իմ հոգիս տամ,
Քո ոտիդ տակին մեռնիմ, հող դառնամ,
Որ ես քո կողքումն, ա՜խ, չըլիմ կանգնած,
Իմ կյանքը քեզ չտամ, հոգիս քեզ առաջ,
Հետո քո ոտը երեսս կոխի,
Հետո բերանդ իմ հոգիս օրհնի։
Ա՜խ, հա՛յր իմ, հա՛յր իմ. քո ըմբրիդ մեռնիմ,
Առանց քեզ մեկ օր թո՛ղ ես լիս չտեսնիմ.
Մեռնիմ՝ ինձ թաղի՛ր. ապրիմ՝ ինձ պահի՛ր,
Ինձ տա՛ր քո հետը, ինձ մի՛ սպանիր։
Տե՛ս, էս սուրը, որ ձեռիս բռնած եմ,
Առանց թշնամու իմ սիրտս կխրեմ.

Մինչև քո աչքի, քո տան առաջին
Հարիր թշնամի քեզ մատաղ չըլին.
Մինչև էս ձեռը քեզ գյուլլա քցողին՝
Հավի պես չմորթի քո ոտիդ տակին.
Մինչև էս թուրը հարիր թրավորի
Շլինքն առաջին կամ ձիու փորի
Տակին չջարդի, էլ ո՞ւր ես ծնա.
Իմ կերած հացը քթովս չի՞ դուս գա։
Չէ՛, հա՛յր իմ, հա՛յր իմ, քեզ մատա՛ղ ըլիմ,
Ինձ էլ տա՛ր հետդ, որ ես էլ կռվիմ։
Աշխարք իմանա, թե քաջ Վարդանի
Ցեղն ու բոլոր ազգն՝ անմահ, անվանի,
Հայրենյաց սիրուն, հավատի խաթեր

Պատրաստ են զոհ տալ իրանց կյանքն, օրեր»:

— Սելավն վրա պրծավ, գլուխդ պահի՛ր, Վա՛րդ ջան. տուտը բաց էլավ, մնաս բարով, ղո՛ւրբան:

«Ինձ ո՛չ սելավի, ո՛չ թրի, թվանքի,
Ո՛չ ամպի կայծակ, ո՛չ փրթնա ծովի
Չե՛ն կարող հաղթել, քեզանից ջոկել:
Տե՛ս, սփթա էկողն ի՛մ փորսս պտի ըլիլ.
Թե սելի տակիցն չե՛ս ուզում՝ կովիմ,
Դուս կգամ դաշտը, մենակ կկանգնիմ,
Կընկնիմ նրանց մեջը կեծակի նման,
Դաղըրմիշ կանեմ, ինձ կտամ ղուրբան:
Ցա՛ արագահաս զինավոր Սարգիս,
Քեզ եմ կանչել, դու դվաթ տո՛ւր ձեռիս»,
Ասեց պատանին՝ Վարդիկն Հայկազուն,
Ոտը վեր քաշեց թվանքի ու խ[illegible]յուն
Ակյան թրթափել՝ թշնամու գլուխն
Ձիու ճտովն ընկավ, լիսը բացվեցավ:

Կամեցավ երկինքն՝ ամպերն հավաքի,
Որ էս դառն վիճակն բնավ չտեսնի,
Բայց արեգակի լիսն, քամու թևն
Առան, տարան նրանց սարերի ետևն,

Որ տեսնիին Հայոց քաջության հանդեսն,
Թշնամու հաղթվիլն ու նրանց սև երեսն:
Ինչպես կատաղի գազան՝ Հասան խանն
Թափի տակիցը դուս պրծավ, հասավ.
Տորագյալի դռնն մթնեց, սևացավ.

Խլղարաքիլիսեն մխումը կորավ.
Հենց բռնես, երկինքն հանկարծ փուլ էկավ,
Ամպ ու կայծակով քանդեց սար ու ձոր.
Էսպես էր նրանց խեղճ հալը էսօր:
Տավարն մեկ կողմից քշեցին, տարան,
Գեղը մեկ կողմից կրակ տվին, առան:
Ինչպես մեկ կաթիլ գարնան անձրևի՝
Սաստիկ մրրկի, քամու ձեռ ընկնի,
Կամ մեկ անմեղ գառը հարիր գազանի
Ոտատ գա ու մնա կանգնած նրանց միջի,
Էնպես մնացին չորս կողմը պատած.
Վերևն՝ երկինքը, ներքևն՝ հողը սառած:
Բայց քաջ Հայկազունք սիրտ-սրտի տվին,
Վարդանն մեջ արած՝ իրար կանչեցին.
«Մեռնի՛նք թո՛ղ էսօր մենք էլ միասին,
Որ սուրբ Վարդանի հասնինք, ա՛խ, փառքին:
Ընկե՛րք, մի՛ վախիք, դուք ղոչաղ կացե՛ք,
Քամակ-քամակի տվե՛ք, միացե՛ք,
Թո՛ղ մեկ հող, մեկ սուր փրթի, մեզ թաղի,
Մինչև ետին մարդն, մեկն էլա չփախչի»:

Արեգակը կրակ դառած՝ Ալագյազի կողմիցը բարձրացավ. աչքերը սրել երկրի մեջն էր ուզում մտնի, քարերը ճողթի, որ պարզ տեսնի մեր ազգի քաջահաղթությունն ու տղամարդությունը: Ամպերի գլխին բոց էր վեր ածում, որ չհամարձակին նրա երեսը կալնին ու իրանց տեղը տազ արած մնան: Սար ու ձոր սիրտ ու գլուխ բաց էին արել ու իրանց խոնարհությունը, իրանց ծառայությունը ցույց տալիս: Բայց Խլղարաքիսեն է՛ն խավարն էր բռնել, է՛ն սամանդաղն էր պատել, որ աչքը իր առաջը բռանց էր տեսնում: Թվանքի ձենը, թշնամու գոռոցը, ձիանոնց խրխինջը, տավարի բառանչը, զենքի թոզը ու դումանը Տորագյալու դաշտը բռնել, կապել էին: Քրիստոսի խաչի ու Ալու փանջի հոգին ո՛չինչ օր էնպես իրար չէին դիպել, ինչպես էս սհաթը:

Հարյուր անգամ պարսից սևագունդ զորքը զու արին, երիշ քաշեցին, ամեն անգամ էլ հարյուրով կոտորվեցան, իրանք իրանց լաշերի վրովը էլի ետ փախան, շունչ առան, էլ կրկին էկան, էլ կրկին մեկ թուրը խալխի թվանքի համն առան, էլի ամոթով ետ դարձան: Ո՛չ Նադի խանն էր կարում իր հունարը ցույց տալ, ո՛չ Օֆյուզ աղեն, ո՛չ Սվանղուլի խանը: Ղազախ, ֆուրդ սարվազ՝ ինչ տղամարդություն ունեին, թափեցին, ո՛չ նիզամով կարացին, ո՛չ երշով մեկ քանի հողագործի տուն առնեն: Որտեղ մոտանում էին, տան դռներիցը, սելի արանքներիցը թվանքները էնպես էին ճոռում, որ շատ պարսիկ իր ընկերին էր ոտնատակ տալիս: Տա՛վար, ո՛չխար գնացին. արտերի կրակի բոցը և ծուխն երկինքն էր հասել:

Հասան խանը հուսակտուր սկսեց Սահակ աղին ղրկել, որ նրանց սիրով հորդորի, գան, նրան գլուխ վեր բերեն, ոսկիցը դոնմիշ ըլին, իրան հնազանդին, նա նրանց մազին չէր դիպչիլ: Բայց Սահակ աղեն՝ էս երևանցվոց փրկիչը, որ օրը հարիր մարդի գլուխ պրծացնում, գազանի ձեռիցը էր ազգին խլում, պահում էր, օրը հարիր աղքատ հայի դարդին հասնում ու թուրքիցն ազատում էր, ի՞նչ սրտով պետք էր նրանց խրատ տա, որ ատված թողան, սատանին հնազանդին: Բայց հրամանը ծանր էր. չաներ, հազար հայի սարվազ ու ձիավոր, որ դոնշունումն էին, մեկ րոպեումը սուրը կքաշեին: Արյուխը աչքին դրած՝ մոտացավ էս պաշտելի իշխանը: Նա չէր արտասվում, թե գան, հնազանդին, նա լաց էր ըլում, թե իրանց գլխի ճարը տեսնին ու գազանի ձեռը չընկնին: Հենց հայի դոնշունը մոտացավ, Սահակ աղեն՝ նրանց գլխին, հենց բերանը բաց արեց, որ խոսի, ո՛չ թե նրանց դարձնի, այլ խրատ տա ու մխիթարի, հարիր թվանքի բերանը ցցվեց.

— Գնա՛, աջամի հայ, էդ երեսիդ միտոնին ենք խաթր անում, թե չէ վաղուց ձեր արինը մեր հողը կներկեր, վաղուց ձեր հոգին մեզ դուրբան կըլեր: Լուսավորչուն գնացե՛ք, խունկ ու մոմ վառեցե՛ք, որ ձեզ սաղ-սաղ ետ ենք դարձնում: Մենք աջամի հացը չե՛նք կերել, աջամի ձեռի տակին չե՛նք մեծացել, որ նոքար դառնանք: Դուք մեր թրի հունարը լավ գիտեք, դուք դրադ կացե՛ք, ձեր ի՞նչ գործն ա. թո՛ղ մեր թշնամին մեր առաջը գա, սիրտ ունի, մոտանա, սովորել ա գողի պես գեղեր քանդի, տավար հետ ածի. թե կտրիճ ա, թո՛ղ իր հունարը ցույց տա: Մենք հազար մարդ չենք ըլիլ, ձեր դոնշունը քսան հազարից էլ ավելի ա. քանի շունչ ունինք, մեր հողն ու օղլուշաղը ձեզ չե՛նք տալ, ե՛տ դառ:

Ինչպես մեկ կատաղած դափլան (վագր), էս բանը որ լսեց Հասան խանն, հրամայեց զորացը, որ թրի, թվանքի մոտիկ չանեն. յա՛ էն օրը մեռնին, յա՛ իրանց ամոթը ծածկեն, յա՛ Խլղարաքիլիսեն տակնուվեր անեն, յա՛ իրանք տակովն ըլին: Ինքը թուրը հանած՝ ուզում էր, որ նրանց առաջին զնա ու առաջին թուրը ինքը խփի, սելի սանգարը ինքը կոտրի, ավալի եսրի գլուխն ինքը թռցնի, Օքյուզ աղեն մեկ կողմից, Նաղի խանը մյուսից՝ հազար մունննաթով նրան կակղացրին, որ իր անօրեն կենացը խնայի, իր գլխի պատիվը չի՛ կորցնի, ինքը չադրումը նստի, սարիցը նայի, տեսնի, թե ի՞նչ հրաքք կգործեն նրա ծառեքը. երբ իրանք կմեռնին, էն ժամանակը թո՛ղ գա, որ նրանց արնի ջառմեն հանի: Խնդրները կատարվեցավ. երկաթի երեսը մի քիչ դինջացրեց, քոսա միրուքը սղալեց ու քավթառ քոսի աչքերը դես ու դեն քցելով, անատամ չանեքը իրար խփելով՝ նօթերը կիտեց, ղայլանը քաշեց, որ քիթ ու պռունկը դեռ ծխով լիքը՝ իր դժոխքի բերանը բաց արեց, որ ինչ հայի ձիավոր ու սարվազ կան, առաջ քցեն, իրանք ետևիցը գնան, որ սրանք կոտորվին, նրանց բարութը հատնի, որն էլ իրանք ետևիցը սպանեն, թե իրան հավատակցին դիմից անի ու երըմից չըլի. կամ թե խլղարաքիլխեցիք իրանց դավանակիցը տեսնելով՝ թուլանան, թվանք չի քցեն, որ ետո իրանք հանկարծ վրա թափին, սելերը դաղըթմից անեն ու նրանց ապավինողներին կամ սրով ջարդեն, կամ սաղ-սաղ կրակը դնեն, էրեն:

Հասան խանը մեկ քանի ձիավորով նի էլավ սարը, դուրբինը առավ ձեռքը, մեկ քարի վրա պըպզեց ու ձեռով արեց: Օքյուզ աղեն իր քրդերովը, Նաղի խանը իր ղազախներովը՝ աջ ու ձախ բռնած, Սվանղուլի խանը իր սարվազներովը, Ջաֆար խանը՝ սարդարի մեծացրած փեշխդմաթը (փոքրավորը), իր ղոշունովը, հայերին, ինչպես մեկ սուրու ոչխար, մեջ արած՝ ծեծելով, ջարդելով սկսեցին առաջ խաղալ: Քաջածաղիկ պատանին Վարդան, որ հինգ սհաթումը քառասնից ավելի մարդ կամ սպանել էր, կամ յարալու արել, որ արծվիպես էս կտրից էն կտուրն էր ընկնում ու որին բարութ, որին սիրտ տալիս, մխիթարում, լեղապատառ վազեց, հոր անկաջը մտավ ու լացակրկնած, մազերը պոկելով հորը ցույց տվեց, ճտովն ընկավ, երեսը համբուրեց, ոտները պաչեց, որ չունքի մեկ օր պետք է մեռնեին, թո՛ղ էսօր մեռնեին, սել ու տուն կրակ տային, օղլուշաղներն էրեին ու իրանք ընկնեին թշնամու մեջը, որ որտեղ թուրը կոտրվեր, բարութը հատներ, իրանք էլ էնտեղ նահատակվեին, որ իրանց ազգի վրա ո՛չ թուր քաշեն, ո՛չ թվանք քցեն:

— Ամեն մարդ իր գլխի տերն ա,— գոռաց էս անսիրտ հալևորը էնպես, որ աչքերիցը կրակ էր վեր թափում,— ընչի՞ են էսքան խղճացել, որ իրանց թուրը իրանց սիրտն են կոխում: Մարդ որ իր տանը, իր աշխարքին մուղայիթ չի՛ կենա, իր հողի ղադրը չգիտենա, մեռնի մեկ օր առաջ լա՛վ ա, քանց սաղ մնա. հողն էլա հո կդինջանա՞: Նրանք էն վախտը կըլին մեր ազգը՝ հայ քրիստոնյա, որ թե էս սհաթին դոնմիշ կըլին ու համ իրանց կազատեն, համ մեզ քոմակ կանեն: Գլխիցս ձեռք վերցրո՛ւ, դու դեռ ջահել ես. հալա մեծացի՛ր, ետո ինձ խրատ տո՛ւր: Աշխարքը դեռ փակ ա քո աչքին:

— Հա՛յր, հա յր, նրանք ի՞նչ մեղավոր են, գլխիդ մեռնիմ, էդ սիրտը մի՛ ունենար, մեր ազգին խեղճ արի. թո՛ղ մենք մեռնինք, նրանք ապրին: Մեր օղլուշաղը մեր մոտին ա, նրանցի աչքը՝ ճամփի, մի՛ անիլ:

— Ձեռք վերցրո՛ւ, ասում եմ, հրես էկան: Տղե՛րք, էլ մե՛ք մոտիկ անիլ:

— Աղա՛, ձեր ազգն ենք, աղա՛, քո արևի սադաղին, ամեն մեկս տասը, քսան գլուխ քյուլփաթ տանը վեր ածած՝ թողել, էկել ենք. թրով են բերել, մենք չէինք գալիս: Աղա՛, գլխիդ ղուրբան, տեսնո՞ւմ ես, որ մեզ զոռով կրակն են ածում, յա՛ բաց արե՛ք ձեր սանգարը, որ մենք էլ ձեր մեջը գանք, ձեզ հետ թուր տանք, մեր օղլուշաղի տերն էլ աստված, յա՛ թող հայի թրով մենք չմեռնինք: Մեզ մորթի՛ր, գլխիդ մեռնիմ. չէ՞, մենք էլ քո ազգն ենք, մեկ ավազանում ծնված, մեկ խաչի պաշտող: Մեզ ջուրն ածի՛ր, խեղդի՛ր, մեզ մի՛ սպանիր, մեր դառն օրը մեզ հերիք ա: Մեր փրկիչն էսօր դու դա՛ռ: Թուր էլ ունինք, թվանք էլ, ամա հազար թուր՝ մեր գլխին սրած, հազար գազան՝ չորս կողմներս բռնած: Ի՞նչ անենք, ո՞ր ջուրն ընկնինք:

Ամպերն սկսեցին սարերիցը գոռալով բարձրանալ. երկինքը երեսը ետ դարձացրեց. արեգակը աչքը խփեց: Արին էին ուզում հայոց հսկայքը պրծացնիլ, իրանց ազգի արինը պետք է թափեին. հազար մարդ էին ուզում պահպանիլ, հինգ հազար ջիվան տղերք սրախողխող անիլ, տասը հազար մանր երեխա՝ մեծ, պստիկ, անհեր, անախպեր թողալ: Մեկ գեղ էին ուզում շինիլ, մեկ սաղ աշխարհ քանդիլ: Իրանք բոլոր մեռնեին, ետի եկողները կասեին, թե թշնամին նրանց կոտորեց. բայց թե իրանք իրանց ազգի վրա սուր քաշեին, հազարբերան ազգե-ազգս պետք է նրանց անիծեր, թե հայը հայի տունը քանդեց, հայը հային կոտորեց: Տղամարդություն էին ջանք անում ճարեն, ամոթք, նախատինք պետք է նրանց հավիտյանս հավիտենից մնար: Շատ էլ ուզեց, որ աղա Սարգիսը աչքին, սրտին հույս տա, բայց արինը ետ դառավ, արտասունքն էկավ, լցվեց, կրակը հանգավ, դող ու սրսուռ ընկավ ջանը: Առաջին էր նայում՝ իր ազգն էր լալիս, ետևն էր նայում՝ գեղը վա՜յ տալիս, երեխեն գոռում, օղլուշաղը մեռնում.

— Էկա՛ն, էկա՛ն, վա՜յ մեր օրին:

Բայց ո՛չ երեխեքանց սուգը, ո՛չ կնանոնց լացը, ո՛չ մահն ու կյանքը էլ նրանց աչքը չէկան: Երկնային հրեշտակն՝ անմահության պսակը ձեռին, էկավ, նրանց վրա կանգնեց, նրանց ձեն տվեց.

— Հազար ու բիլոն ձեր ազգիցը էս օրը քաշեցին. թե ազգ եք ուզում պահիլ, ահա՛, ձեր առաջին. մեռե՛ք նրանց ուղուրին, որ քանի աշխարհս կա, ձեր անունն հիշվի, թե դուք ձեր ազգի արինը լավ համարեցիք, քանց ձեր իսկ կյանքը, քանց ձեր որդիքը: Էլ ի՞նչ եք կանգնել, կրակ տվե՛ք, տուն, օղլուշաղ էրեցե՛ք ու վրա թափեցե՛ք:

— Կրակ տվե՛ք, տուն, օղլուշաղ էրեցե՛ք, վրա թափեցե՛ք. տղե՛րք, երեխե՛ք, մնա՛ք բարով. ամպեր, թափեցե՛ք. երկինք, փռացե՛ք. հողե՛ր, դաշտե՛ր, ձորե՛ր, սարե՛ր՝ սուգ արե՛ք, վկա կացե՛ք: Ով անց կենա էստեղ, ասեցե՛ք, թե մենք մեր ազգի համար մեզ մատաղ արինք, մեզ գերի տվինք, սուրը քաշվեցինք: Սեղավ ըլեր, մեզ տանիլ չէ՛ր. դժոխք ըլեր, մեզ մոտանալ կարող չէ՛ր. երկիրը բացվեր, մեզ կուլ տալ կարող չէ՛ր. սաղ Պարսկաստան պոկ գար, մեր մեկ մազը թեքիլ չէ՛ր. Հասան խան, քո ամեն մեկ թիքեդ հազար սատանի ձեռ ընկնի՛, քո ջիղեն սրտումդ ցվի՛: Որդիք, բալա, օղուլ, չողուլ, ղովում, ղարդաշ՝ էլ սուգ մե՛ք անիլ: Մեր տները թո՛ղ մեզ գերեզման ըլին, մեր արինը՝ մեզ մեռլաջուր, մեր հողը՝ մեզ պատան, մեր ձենը՝ մեզ ժամ, պատարագ: Սուրբ Վարդան քաջ նահատակ, դո՛ւ տուր մեզ պսակն:

Խոտի դեզերի կրակն ու բոցը,
Խեղճ օղլուշաղի հարայ հրոցը,
Դարմանի ծուխը, կալերի մուխը
Ամպի պես ելին, օրը խավարացրին:
Գեղի չորս կողմը առավ ալավը,
Տների մեջը ծով դարձավ լացը.
Էլ ո՛չ հեր կարաց որդուն համբուրի,
Էլ ո՛չ մեր կարաց տղին մեկ տեսնի:
Հարսի սրտումը իր սերը մեռավ,
Փեսի բերնումը լեզուն չորացավ.
Քիրն ուզեց ախպորն ջան էլա ասի,
Ախպերն՝ քվորը իր խոհտն առնի:
Մեր ու խեղճ հարսներ՝ իրանց երեխեքն,

Տղերք, ծերունիք իրանց սուրն ու զենքն
Դոշին կպցրին, երկինքն նայեցին,

Աչքները խփեցին ու ա՜խ քաշեցին:
Մեկը դուռը փակեց, որ կրակում էրվի,
Մեկն աչքը խփեց, որ ցավ չտեսնի:
Տերքը գեղիցը դուս թռան դաշտը.
Տանըցիք փախան, որ ընկնին կրակը.
Էլ լաց չէ՛ր գալիս նրանց կարոտ աչքը,
Նրանց բուրջ, բաղման մնաց երկինքը:
«Տունը քանդեցին տանըցոնց գլխին,
Սելը քանդեցին, վրա թափեցին»,
Ձայն տվեց Վարդանն՝ հզոր պատանին,
Աշոտն քաջասիրտ, Մուշեղ Արծրունին,
Մեկն Նաղի խանի, մեկն Օքյուզ աղի,
Մեկն Ջաֆար խանի քամակը բռնեցին.
Երկուսն հրեշտակի պես թռան, գնացին:
Բայց սուրն Վարդանի՝ Օքյուզ աժդհին,
Որ սաղ առյուծին բէ խփեր գլխին,
Իսկույն կսատկեր, կճապաղեր գետնին,
Միջիցն երկու կես արեց էն սհաթին.
Կեսն ձիու էս կողմը քաշ էլավ,
Կեսն մյուս կողմին դիպավ ու կպավ:
Իսկույն սարիցը ամպը տրաքեց,
Երկինքը բաց էլավ, թե հողը պատռվեց՝
Քսան ձիավորով հսկայն Աղասի
Ղարսի սարերիցն թռած, իր դշի
Ձիու ականջումն մտած՝ վեր էկավ
Քրդի շորերով, սարին վրա պրծավ:
Գազան Հասան խան նրանց քուրդ կարծելով՝
Հենց որ մոտացան, ընկավ քարերով:
Փեշտմաթքյարի, խանի, բեկերի
Գլխըներն, ինչպես մեկ անջան ծտի,
Թռան առաջները, ձիանոնց տակերը:
Հարամու գլխին ջուր, կրակ մաղվեց.
Ձին էլ տիրոջ վրա ոտը բարձրացրեց.
Գյումբրու դզիցը ասի բալաբան,

Քաջ սալդաթների դաստեն, կապիտանն

Արծվի պես հասան, թշնամուն մեջ առան:
Թոփը մեկ կողմիցն, թուրը մյուսիցն,
Մինը առաջիցն, մինը ետևիցն
Հնձեցին թշվառ թշնամու զորքը,
Ջարդեցին, բերին էլ թոփի կողքը:
Արինը ծովի պես գնում էր, կանգնում,
Հայերն լաշերի վրով անց կենում.
Նոր հոգի առած՝ իրանց տունն ընկան,
Հեր ու մեր, որդի դոշ-դոշի կպան.
Հարսն ու փեսայի ջուր դառած աչքը,
Երկինքն վերացած հոգին ու կյանքը
Էլ աշխարհ էկան, էլ իրար քթան,
Իրար գրկեցին, իրար մոռացան,
Իրար ձեռք տվին, բայց դեռ չիմացան՝
Երկնքո՞ւմն են, թե՞ աշխարքիս վրա,
Երազո՞ւմ, քնա՞ծ, թե՞ աչքները բաց:
Հազար անգամ էն սուրբ հողին, գետնին
Ընկան, համբուրեցին ու ծունր դրեցին,
Աղոթք, պաղատանք աստծուն մատուցին:
Սար ու ձոր նրանց վրա խնդային.
Դեզերի բոցը դառավ չրաղդան.
Որդի ու ծնող իրար ճտով ընկան.
Ինչ որ ունեին՝ առան ու էկան,
Որ թոփի տակին, սալդաթի մոտին
Հավաքվին, որ էլ վնաս չտեսնին,
Մինչև թշնամիքն գնան ու կորչին:
Բայց էս հարաղին քաջն Աղասին՝
Հազար աչք ուզեց, որ տեսնի նրան,
Գյում էլավ խսպառ, կորավ նա անձայն:

10

Արեգակը դեռ երկնքի մեջտեղը չհասած՝ ուզում էր, որ կրակ վեր ածի, սար ու ձոր խորովի: Հյուսիսային կողմիցը մեկ մթնած, սևակոլոլ ամպ, երկնքի երեսը ջարդելով, վազում էր, որ նրա առաջը բռնի: Ալագյազի քլխիցը մեկ դառնաշունչ բորյազ վեր կացավ ու քար ու հող իրար գլխի տալով՝ էկավ, Խլղարաքիլիսի վրա դահիճի պես բռնեց: Արհնակեր Հասան խանը, որ էսօր ավելի իր ձիուն, քանց իր քաջության հունարովը գլուխը պրծացրեց, կատաղած գազանի պես հոգին բերանն առած որ ետ չի՛ մտիկ արեց, աստված ո՛չ շհանց տա. զորքը ամեն մեկը սար ու ձոր ընկած, շատի ձիանը՝ որը լկամը կտրած, որի թամքը փորի տակին, որն էլ իր տերը էնքան էր գլխի վրա քաշ տվել, քարեքար տվել, որ գլուխ, երես ջարդվել, կոտրատվել, ոտներն էին օրզանգվումը մնացել ոլորված, կախ ընկած, կամ կես մարմինը ջախըրբուրդ էլել, սիրտն ու թոքը արհնքամ էլել, փորիցը դուս թափել, ու խրտնած ձին, քանի ոտներին էր դիպչում, է՛նքան խրխնջում, սար ու ձոր ընկնում:

Ղուլ ու նոքար Աղասու թևին էին դուրբան էլել, որ էս միջոցումը Ղարսա սարերի վրա մեկ քանի ղոչաղ քրդստանցի հայ եսեն էր քցել ու արծվի պես, որտեղ մեկ փոր ճանկում էր, ական թոթափել վրա էր հասնում, ցրվում, փարա-փարա անում: Հարիր տեղ նրան ղզլբաշի ղոնշունը՝ Մաստարա, Ղոշափանքի ղզերումն, ռաստ էին բերել, հինգ հարիր մարդով վրա տվել ու քառասունով, հիսունով ջարդվել, էլ ետ դառել: Սուրդագյան մեկ օր Նաղի խանին՝ էս ահագին գազանին, որ հարյուր մարդի չէ՛ր ասել, թե աստված ա ստեղծել, է՛ն տեղը քցեց, որ իր մարդկերանցովը մեկ բարձր թափից վեր ընկավ ու ղզլբաշի հողը մտավ, որ պրծավ, թե չէ՛ Աղասու ձեռին պետք է իր բոլոր սպանած անմեղ հայերի արնի ջաղըմեն տար: Բայց Աղասու արածները թողանք ուրիշ ժամանակի ու գնանք մեր բանը:

Հասան խանը որ աչքը չի՛ բարձրացրեց ու Աղասուն՝ ձիու անկաջը մտած, ետևիցը քշելիս տեսավ, ոտն ու ձեռքը թուլացան. ուզում էր ձին բաց թողի ու քարափնվեր, Արփաչայի ձորն ընկնի, ուզում էր, որ ինքը իր թուրը իր սիրտը խրի, որ չասեն, թե Հասան խանին սպանեցին. քարին իր գլուխը մատաղ տա, քանց մեկ ռհաթ հայի, որ հազարներով հենց էն տեղարանքն էր սուրը քաշել, տանով, տեղով էրել, գերի արել. բայց էլի ռաշղի սիրտը ո՛չինչ տեղ էնքան դայիմ չի՛ ըլի, որքան ետնին սհաթումը, կյանք ու մահ կռվելիս: Մեկ չարեք վերստաչափ տեղ էր մնացել, որ շունչը քամուն տա, հենց էն ա, թուր, ասպաբ ուզում էր, որ ետ անի, ձին բաց թողա, մեկ քարի տակ չոքի ու բալքի իր թշնամուն գյուլլով էլա վախացնի կամ սպանի, վախտն անց էր կացել: Հսկայն Աղասի թուրը սրտին դեմ արեց.

— Վե՛ր քցի թուր ու թվանք ձեռիցդ, որ էս սհաթիս փառչալամիշ կանեմ: Դու էստեղ չի՛ պետք է սատկիս, հայակեր շո՛ւն, իմ թուրն ափսո՛ս ա, որ քեզ պես թշվառ ճիճուն սպանի. չէ՛, ամոթ ա իմ տղամարդությանը, որ քեզ քարի տակի կամ չոլումն սատկացնեմ, որ ղշերը ջամդաքդ ուտեն, քարերն ու հողը քո մուրտառ արինդ ծծեն, ու լսողը էնպես կարծի, թե կռվումը մեռար. է՛դ անիրավ լաշդ չի՛ գտնի, մեռած հողիդ վրա էլ չի՛ թքի, ու ամեն անց կենող մեկ քար չի՛ վրեդ քցի ու գյոռիդ ուշունց տա, թե քո անաստված ոսկերքն են էնտեղ հող դառել: Հլա քանի Երևան չե՛ն առել, քեզ հետս շան պես քաշ կտամ, սարեսար կքցեմ: Ճանճը սպանիլ ի՞նչ տղամարդություն ա: Հլա շատ օր պետք է հայի հաց, խոզի միս ուտես, հայի մեծահոգությունը ու մարդասիրությունը տեսնիս, որ նեղ օրվան դարդը իմանաս, իմանա՛ս, թե տնաքանդությունը, մարդասպանությունը ի՞նչ զատ ա, իմանա՛ս, թե Քրիստոսի օրենքն ո՞րքան սուրբ ա, ու կամ մեր խաչին ղուլ դառնաս, մեր հավատը պաշտես, որ հոգուդ փրկություն ըլի, յա թե չէ, որ էդ արինաթաթախ ձեռներովդ, էդ սատանի փայ հոգվովդ ուզենաս ձեր ջհանդամը գնալ, քեզ էն հայերին տամ, որի որդիքը կոտրել, տները քանդել, աչքերը քոռացրել ես, որ միսդ՝ դիմա-դիմա, արինդ շանը տան ու գլուխդ գեղեգեղ, աշխարքե-աշխարհ ման ածեն, առաջիդ մատաղ մորթեն աստծու համար, չունքի մատաղի ու մարդի արնի էդքան ծարավ էր քո հարամ սիրտը, որ բալքի թե իմ խեղճ ազգի սիրտը հովանա: Հազար-հազար գլուխ ես կտրել, Ղարս ու Բայազիդ քանդել, ավերել, ափսոս չի՞ էդ ղոչ գլուխդ քարի տակի մնա: Չէ՛, չէ՛, Հասան շուն, հայի սիրտը մեծ ա. քեզ վրա պետք է գյոռ շինած, քար կաղնացրած, անունդ ա պատմությունդ վրեն գրած, որ մեր որդիքն էլ քո տղամարդությունն իմանան ու ձեզ պես շան ձեռին գերի չընկնին, ձե՛զ գերի անեն, ձե՛զ կոտորեն, ձե՛ր հոգին հանեն: Էս էն քարերն են, որ ոռնատակ էիր տալիս ու հազար գերի վրներովը տանում կամ սպանում, որ հիմիկ ոտդ բռնել են, քեզ ուզում են կուլ տան, քեզանից վրեժ պահանջեն. բայց ես չե՛մ տալ, ես քո արինը էդպես էժան չե՛մ ծախիլ, էդ թանկ ջանդ ի՞նչպես շուտով փարթարափ կանեմ. հլա ինձ շատ պետք է տեսնիս, որ արածներդ միտքդ բերես. դու ամաչես, որ հայի ղուլ ես դառել. ես ուրախանամ, որ քեզ լավություն կարողացա անիլ ու մեկ քանի ժամանակ էլ կյանքդ երկարացրի: Երեսիդ խաչ հանի՛ր, երեսդ մեր աղոթարանը դարձրո՛ւ. դու մեր անտեր հայերին շատ ես քո քյաքի կողմը դարձրել ու շլինքը կտրել. էսօր էլ դու մեր աղոթարանը ճանաչի՛ր. մերիցը արեգակն ա դուս գալիս, մեր դաշտերը ծաղկացնում, ձերիցը տաք քամի գալիս, հանդերը էրում, չորացնում: Զոքի՛ր, Հա՛սան խան. տերտեր չե՛մ, ամա գետը մոտիկ ա, ջուրը կքաշեմ, Հասան անունդ կդնենք Օհան: Մեր պասը դեռ չե՛ս պահել, չունքի միս ուտելու սովոր ես: Օ՜, մեր սրբությունը, որ էնքան ոտի տակ ես տվել, թե որ աստված տա, համն առնիս, էն ժամանակը է՛դ սև երեսդ կսպիտակի, է՛դ գիլի աչքերդ գառնի կդառնա, է՛դ հոտած բերանդ կդառնա աստուծո տաճար: Մինչև մեր Քրիստոսին չպաշտես, մեր սրբերի առաջին հազար անգամ չչոքես, մեր մեռոնը երեսիդ չքսվի, մեր տերտերի ձեռը չպաչես, Աստված երկնքիցը ձեն տա, քեզ չէ՛ թե բաց թողամ, փաշա-փաշա կանեմ, էդ փիս հոգիդ սատանեքանցը կտամ: Տո՛ւտ, չոքի՛ր, չոքի՛ր, թե չէ, տեսնո՞ւմ ես թուրը, գլուխդ սոխի պես կթռցնե՛մ, չո՜քի՛ր...

Քար ըլեր՝ կպատռվեր էս խոսքերիցը, ի՞նչ թե Հասան խանը՝ աշխարքի տերը, երկրի քանդողը: Ամեն բանը տարավ համբերությամբ, ձեն չի՛ հանեց: Քուրդ ասեր, օսմանցի ասեր նրան էս խոսքերը, ե՞րբ էնքան կցավեր. հայից էսպես թուք և մուր ստանա, որ մինչև էն օրը խո՛տ ա՛ղբ էր համարո՞ւմ: Հայը նրա հավատը ոտի տակ տա՞: Արինը կոխեց աչքերը, մեռած հոգին, հենց գիտես, նոր շունչ առավ. ատամները դրճտացրեց, աչքերը կայծակին տալով՝ տեղիցը վեր թռավ ու կատաղածի պես դամեն հանեց, վրա պրծավ.

— Հայի շուն, դո՞ւ մնացիր Հասան խանի վրա ոտք բարձրացնես, դո՞ւ մնացիր ձեր հոտած հավատի լափին իմ գլխին ածես. գյոդ պատովի, Հասան խան, հողը գլխիդ էս ի՞նչ ես լսում: Գլխիդ փափախը քամին տանի, քառանայիր, ո՛չ լսեիր, էս ի՞նչ իմացար: Հազար-հազար մարդի փոր վեր ածես, մեկ հայի կտորի առաջին էսպես կո՞ւչ գա՞ս. էլ ո՞ւր եմ ուզում աշխարհներ առնեմ, որ էս խոսքը պետք է լսեի: Ընչի՞ չի՛ պետք է ես հայ-օլանի քոքը կտրեի, որ ձեր անհավատ հոգին երկրի վրա էլ չըլեր,— ասաց ու կատաղությամբ դամեն էնպես Աղասու վրա շպրտեց, որ թե ձին չէ՛ր խրտնել, ու Աղասին գլուխը կռացրել, դամեն սրտի մեջտեղը պետք է ցցվեր:

Աղասին քարիցը կկարծեր, նրանից չէ՛ր կարծիլ էս բանը:

— Խա՛ն, կատաղած գիլի կերած մսի համը դեռ ատամների տակը կըլի, արինակե՛ր գազան. էդպես հո չե՞ն խփիլ կամ գողի պես վրա պրծնի՞լ: Ձեռս ափսո՛ս ա, որ քեզ դիպչի. գազանին գազանով պետք է պատժած: Խա՛ն, հլա ձիուս հունարը տե՛ս, հետո կիմանաս, թե ի՛նչ թուր ա վրեդ խաղում,— ասաց հսկայն ու ձիուն դամեց:

Կատաղած ձին՝ բերանը փրփուրը լիքը, առաջին ոտները որ չի՛ բարձրացրեց ու թռավ, Հասան խանի լեղին ջուր կտրեց, բայց բախտը բանեց. ձին որ թռավ, նա մնաց մեջտեղը անվնաս: Մինչև Աղասին ձիու ջիլավը կքաշեր ու ետ կդառնար, Հասան խանը հոգի առավ, փետովը հանեց, ձիու ճակատը ետ դարձնիլը ու փետովի տրաքիլը մեկ էլավ: Հայվանը փռնչաց, երկու քթիցը արինը պրծավ, առաջի ոտների վրա էնպեսչոքեց ու գետնին դիպավ, որ Աղասու ոտի մատները օրզանգվին կպավ, աչքը կեծակին տվեց, սևացավ, արինը սրտումը թան դառավ: Մինչև Աղասին ոտը օրզանգվիցը կհաներ, մինչև ձեռը թրին կհասներ ու ձիու տակիցը կբարձրանար, ալլան Հասան խանը վրա հասավ. երկու լոռանց թուրը շողաց. քար ու ձոր սկսեցին, էն ա, էլ իրանց գլուխը լալ, ալլան Աղասին գլուխը որ սատիկ թափ չի՛ տվեց, էլ ետ փոքր արինը տաքացավ, մեկ ոտը օրզանգվումը, ձախու ձեռը թրին դուրբան տալով, թշնամու դեմը բռնելով, աջու ձեռը որ Հասան խանի գլխովը չի՛ պտտեց, քաքուլի կամ միրքի մազի տեղ չանեն ընկավ ձեռքը. մատները բերնումը, բիթը բողազի տակին՝ չանին որ հուպ չտվեց, էն թաք-թաք հին ատամներն էլ, որ էստեղ-էնտեղ երևում էին, ճռռացին, իրար կպան ու փշուր-փշուր էլան. գլուխը հավի գլխի պես պտտելով՝ էնպես սատիկ ոլորեց, որ բոլոր տամարները ճռճռացին, ու Երևանու աստուծո գլուխը Աղասու մեկ ոտի տակին մնաց, փորը՝ մյուս, ու էսպես կաղնած վրեն, ինչպես սուրբ Գեորգ իր վիշապի գլխին, սկսեց մեր հսկայն մուշամբեն հանիլ, որ միշտ հետը ման էր ածում, դեմն ատամով ու աջու ձեռով յարեն կապիլ, դեմը էլ հավատի քարոզը կարդալ.

— Հայի ձեռի դու չե՛ս արժան, ոտը համբուրի՛ր, հայակե՛ր գազան: Հայի արնի ծարավ էիր, դե՛, կշտացի՛ր, ա՛նհոգի,— ասաց ու մինչև կուռը կկապեր, արինն էնպես էր վեր ածում, որ խանի աչքին ու բերնին թափի:— Քեզ ասում եմ՝ մինչև հայ չի՛ դառնաս, մինչև երեսիդ խաչ չի հանես, չե՛ս պրծնիլ, չե՛ս, ի՞նչ ես մտածում, ես էսօր Լուսավորիչը պետք է դառնամ:

Բայց ա՜խ, երանի թե հավատը էսքան չըլեր մեր Աղասուն մոլորացրել, ու վիշապն ընկել էր ձեռքը, տար, փարթարափ աներ: Սատանեն իր պոչը մի բանում չխառնի. մինչև դու խաչը կհանես, նա իրան բանը կհոգա: Հենց յարեն կապեց, պրծավ մեր կտրիճը ու ձեռը շարժեց, որ արինը էլ ետ իր տեղը գնա, ու ուզում էր, որ թշնամու չար ձեռները կապի ու էնպես նրան հավատ բերի, աչքը որ բարձրացրեց, աստված ո՛չ շհանց տա. իր ընկերտիքը, ամեն մեկը մեկ սարի ծերից թռած՝ էկան, վրա հասան:

— Ա՛ղասի ջան, գլխիդ ճարը տե՛ս. քեզ ման գալով հոգիքս թռավ, ախր ո՞ւր մնացիր. Հասան խանը նոր դոնշուն ա հավաքել, գալիս ա: Խլղարաքիլիսեն էլ ետ կոխեցին. Բոռչալվի թուրքերը կապիտանին գլխից հանեցին, թե ղզլբաշը Գյումրու բերդը կառնի, թոփ ու թոփխանա հետներն առան, ետ դառան. ջրատար, ողորմելի խալխը մնաց չոլումը, ոչխարի պես սառած, ոտը ո՛չ առաջ կարաց փոխել, ո՛չ ետը. որը ձի ուներ, էլ ո՛չ բարեկամի մտիկ արեց, ո՛չ ազգականի, վեր էլավ, փախավ Գյումրի. մնացածները, աստված ո՛չ շհանց տա, իրար ետով ընկած՝ մնացին գառն ու ոչխարի պես բղղալով կանգնած: Ի՛նչ նրանց հալն ա, աստված ո՛չ նշանց տա. սար ու ձոր սուգ են անում, լալիս:

Ձեր տունը չքանդվի, ի՞նչ եք ասում՝ Հասան խան: Տասը Հասան խան հո չկա՞ աշխարքումս. հրես, ոտիս տակին ընկած, հոգին տալիս ա. երազ ե՞ք պատմում, թե՞ գիժնովացել եք: Հասա՛ն խան, Հասան խան. տո՛, հրես գլուխը ճտի պես ձեռումս, դուք ինձ պառավի հեքաթ ե՞ք ասում: Ամո՛թ ձեր փափախներին, տո՛, մեկ մտիկ արե՛ք, է՜:

Ո՞վ կհավատար ապա, թե էն ահագին ասլանը մեկ գառի ոտի տակի ըլի. որ աչքերը չի առավ նրա զարհուրելի կերպարանքին, արինն աչքերը կոխեց. բոլորն էլ թուր հանեցին, որ նրան թիքա-թիքա անեն. էլի մեր խաչապաշտ Հսկայն իր սազն ածեց.

— Ո՛վ իմ գլուխը կսիրի, թուրը էլ ետ տեղը դնի. էդ ո՛չինչ տղամարդություն չի չոլումը մեկ ուլ մորթել: Թողե՛ք, հալա սրան մեկ հավատ բերենք, ետո ի՞նչ ուզում ա ամեն մարդ, թո՛ղ էն անի:

— Տո՛, տո՛ւր, գլուխը ջնջի՛ր, դրա հոգին աստված առնի, դրա ամեն մեկ շունչը յաղու ա. օձը քանի շուտ սպանես, էնքան քո խերդ ա: Դա էլ օ՞ր պտի տեսնի: Չէ՛, դրա օրը պտի խավարի, դրա գլխին քար ընկնի: Քարը քցի՛ր գլխին, դրա արինը մեր վզին: Տո՛, մեր ազգի տունը քանդողին էլ բոպե պետք է կյա՞նք տված, շունչը բերնումը թողա՞ծ. սպանի՛ր, ասում ենք, թե չէ քեզ էլ հետը կսպանե՛նք:

— Ինձ սպանեցե՛ք, սրան ձեռը մեք տալ: Թո՛ղ սրա մահը մեկ քանի մարդ էլա տեսնի, որ սրտները հովանա, է՜:

Էս խոսք ու զրուցումն էին, որ բիրդանբիր ձիավորի տուտը նրանց վրա բաց էլավ: Ընկերքը վրա թափեցին, որ անօրենի թոզը քամուն տան. անփորձ Աղասին, որ մինչև էն օրը նհախ տեղը մեկ արին չէ՛ր վեր ածել, նրանց դեն արեց, խանին քաշեց մեկ քարափի գլուխ, ինքը գլխին կանգնեց, խանի ձեռները կապած՝ ոչխարի պես առաջին վեր դրեց, ընկերներին հրամայեց, որ ձիանը ձորն անեն ու թվանքները հազրած՝ ձորի բերնումը կանգնին, ու իրեք գազաչափ խանիցը հեռու կանգնած, դոշը քարափին դեմ տված՝ էնքան մնաց, որ ձիավորների տուտը մեկ թվանքի մանզիլ էկավ, մոտացավ:

— Գլխըներդ ոտիս տակին ա, ա՛յ թուրքեր, ձեր ճակատը՝ գյուլլիս առաջին, քանի ինձ նման իգիթ (դոչաղ) տղերք՝ քամակիս. ամեն մեկս մինչև ձեզանից քսանը չսպանենք, մինչև մեր բարութը չհատնի, կրակ դառնանք, մեզ չե՛ք կարող մոտանալ: Հինգ սհաթ ա ձեր հոգին, ձեր գլուխըիմ ձեռիս ա էլել. էն Հասան խանը, որ սարեր էր դողացնում, ոտիս տակին ընկած. սրան նայեցե՛ք, ձեր սև օրը լաց էլե՛ք: Խա՛ն, հրամայի՛ր որ Խլղարաքիլիսեն ազատեն, կյանքդ էլ ազատ ա, թե չէ՛ հավի պես կմորթեմ. իմ ձեռի հունարը դու լավ փորձեցիր: Մարդ ղրկի՛ր, որ ղոշունդ ետ դառնա, թե չէ՛ քարափիցը վեր կքցեմ, հազար թիքա կըլիս: Ինչքան որ ըլի՝ մեկ հողում ենք մեծացել: Խա՛ն, կռիվ ունիս, դուշմանիդ հետ արա՛, խեղճ հայերը քեզ ի՞նչ են արել: Էն ժամանակը քեզ խան կասեմ, թե որ էս տղամարդությունն անես: Մեծություն ունիս, բանացրո՛ւ:

Ջանն ազիզ ա. Հասան խանի նամազն էլ էս էր, որ մեկ պրծնի. հազար արախչու ու թուրք սպանեին նրանք, ի՞նչ հաջաթ: Իրան դարդը քաշելով՝ իսկույն հրաման տվեց, որ մեկ քանի ձիավոր հասնին, ղոշունը ետ քաշիլ տան, մինչև ինքն էլ գա: Բայց դեռ կիսաճամփի՝ Աղասու սիրտը գնաց. քաջ հսկայն չէ՛ր իմացել, թե միլամը յարի վրա կդնեն: Կորած տեղը մնացել էր բոշ. արինը թևերովը գնացել, ջանը բռնել էր. արեգակի շոգը մեկ կողմիցը, սովածությունը՝ մյուս, արինն էլ հո, հենց բռնի, ցամաքվել էր. էն հաղաղին, որ զորքը ետ դառան, ու նա էլ սկսեց կրկին Հասան խանին հավատ բերի, քիչ-քիչ աչքերը շաղվեցավ, գլուխը պտտեց, ուզեց, որ մեկ գլուխը բարձրացնի, տեղիցը վեր կենա ու ընկերներին իր գլխի էկածը պատմի, թուլացավ, քամակի վրա վեր ընկավ, աչքերը խփեց, մեկ բարակ ախից ավելի էլ ոչինչ չկարաց ասիլ: Սար ու ձոր ձեն տվին: Աղասու անունը որ տվին, քարափները զարզանդեցին: Ողորմելի ընկերքը քար ու հող գլխըներին տալով որ վրա չի թափեցին ու հարայ տվին, ձենն ընկավ ձիավորների անկաջը: Լացի, սգի ձենը որ իմացան, հենց գիտես, արեգակը նոր ծագեց, ական թոթափել թև առած՝ ետ դառան. էլ ո՞ւմ գլխումն էր մնացել խելք: Թշնամին էն ա, մեկ թվանքի մանզիլ մոտացել էր, հարիր տեղից թվանքները բաց էլավ: Աղասին աչքը բաց արեց կամաց, ա՜խ քաշեց ու ձեռով իշարաթ արեց, որ ձորը թափին: Ընկերքը իմացան նրա մտիքը, ուսըներին դրին իրանց թանկագին բեռը ու ձորը թափեցին:

Հենց ոտն ու ձեռ բաց էլած որ տեսավ իրան, արյունակեր Հասան խանը թուրը ավալ ինքը ձեռն առավ. մինչև ղոշունը ձորի բերանը կհասներ, Աղասու ընկերքը Անի քաղաքի բուրջը մտան ու էնտեղ, ուր հարյուրավոր եկեղեցի, հազարավոր տներ, քոշք ու սարեք դիմացի սարերին ամաչացնում, վախացնում էին, ուր, ըստ ասության ռամկին, այնքան էր հարստություն և ճոխություն, մինչ մեկ հովիվ տեսնելով մեկ զառկի, թե կնիկը եկեղեցումը տեղ չէ՛ր ճարել, էս պատճառով մեկ ահագին տաճար շինեց, ու մեկ անսիրտ վանքականի խաթեր աստված հայոց վերջին կենաց ճրագը փչեց, թագավորաց թախտը կործանեց, իրանց սրո, հրո գերի արավ: Ա՜խ, անմեղ սնապաշտություն. Թագավորուց հաբեղայից մատաղ տվինք, որ էստեղ ընկա՛նք, է՜: Ու էն հիանալի ավերակքը, եկեղեցիքը թողեց մեզ սգո և լացի տեղեր: Էս բրջերի ծոցն էր, էն սրբոց աղոթքը ու մեր թագավորաց՝ Գագկի... երկնային հոգին, որ Աղասուն պահեցին:

Մինչև նրան հինգ ընկերքը խռռած՝ գետնի տակի ճամփովը գետի ղրաղը հանեցին, մինչև ընկերտանց հինգը թաքուն էս կողմից, հինգը՝ էն, անց կացան, որ ձորից, սարից ձեն տան, հարայ-հրոց անեն, մյուս հինգը բրջի ծակերիցը քսան-ավել մարդ սպանեցին: Նրանք լավ գիտեին, թե հենց էսօր էլ թուրք, քուրդ, հայ՝ ո՛չ ոք սիրտ չի անում Անու միջովն անց կենա, որովհետև կարծում են, թե մեջը քաջքերով լիքն ա, որովհետև աստված մեկ անգամ անիծեց. էս իրանց պատճառ շինեցին. առաջուց էլ էնտեղ էին նրանք շատ քրդի ու թուրքի միսը խորովել ու ամեն ծակ ու խոռ էնպես իմացել, որ սատանեն նրանց չէ՛ր գտնիլ. մեկ կողմից ղզլբաշի սնապաշտությունը գիտելով՝ որ ձորից, բրջից, սարից թվանքները չճռռացին, հայերը չգոռացին, ձորերը, խուլ-խուլ էրերը, խոր-խոր եկեղեցիքը, մատուռները նրանց ձենը ետ չի՛ կրկնեցին, Հասան խանի շլինքը թեքվեց, էնպես կարծեց, թե հազար մեռել, հազար հրեշտակ, հազար սատանա ոտն են առել, գալիս են: Էլ ձեն չկարաց հանիլ. խելագարի պես ձեռով արեց, ինքը թռավ, իրան դաստեն՝ քամակին: Երեք-չորս վերստ հեռացած՝ որ մեկ քանիսը էլ ետ սիրտները պնդացրին, որ մեկ տեսնին, թե ախր էս դիվանը ո՞րտեղանց դուս էկան, ո՞ւր մնացին, գա՞լիս են, թե չէ՛, մեկ չոքան, աստուծո ողորմությունիցը որ մինչև հիմա մեկ եկեղեցում դողալով ջանն իրան էր հասել, ուրը խաղաղված տեսնելով՝ իծանը, սեիզները դուս արեց, որ շուտով գնա, ձորը թափի ու թշնամու ձեռք չընկնի, սատանի պատկեր սեիզների գլուխը որ չտեսան պարսիկքը, որ իրանց սատանեքը միշտ իծին են նմանություն տալիս, հենց իմացան, թե Սաղայելի բոլոր զորքը աշխարհ են եկել. իրար գլխով ընկան, թոզն աչքըներն առավ. ամեն մեկ ձիու ոտը փոխելիս, հենց իմանում էին, որ հմիկ, որտի որ ա, գլխըները կերթա. էսպես՝ որ աչքըները բաց չարին, աստված ո՛չ մեր թշնամու առաջը բերի. իրանց դժոխքի փորը սկսավ բաց ըլիլ, իրանց զորքն սկսավ Խլղարաքիլիսեն մտնիլ, որ երեք սհաթվան ճամփա ա էստեղանց. քյաբի առաջին էնպես հավատով չէին չոքիլ, որ էստեղ չոքեցին, նամազներն արին, ձեռները լվացին, միրքները սանդրեցին, չունքի ճաշը հասել էր. թրները սրբեցին, Ալուն իրանցշնորհակալությունն արին, քյաբին՝ իրանց երկրպագությունը, ու թամուզ ձեռներով, մուռտառ սրտով վեր կացան, որ իրանց աստուծո տված մատաղը կտրեն, տոն կատարեն, որ ջաննաթի դուռը շուտով բաց ըլի նրանց առաջին:

Բոլոր տիեզերք, հորիզոնք երկնից, գագաթք լերանց, սահանք բարձանց սկսեցին տապալիլ. թխպացին, արջնաթույր, սևաթև ամպն, որ բարձրացել էր, հասավ արեգակի մոտ ու արյան ծովի պես առաջ փոքր ժամանակ կարմրատակեցավ, ապա կուտակվելով, ծալվելով՝ էնպես այլագունեցավ, սևացավ, մինչև հեռու տեղից տեսնողք էլ էն օրը էնպես էին կարծել, որ մեկ տեղ աշխարհ ա կործանվում. օրը դառավ գիշեր: Հավ, ճիվ, թռչուն, անասուն՝ վաղուց փախել, քարափների արանքը, մեշեքանց ծոցն, էրերի պուճախն էին մտել ու դողալով հեթեթում, հեթեթալով շունչ քաշում:

Խլղարաքիլիսո խոտերի, արտերի բոցը քամին քշելով՝ տարել էր, մեշեքն էր քցել. դուզ, չոլ, դռ, քոլ, յավշան, թուփ, խուփ, ծղնոտ, տերև, ծառ, ինչպես ամառվան գիշերը կրակ տված չոլ, սարերը աստղեր էին շինել, ձորերը՝ երկինք, որ պարզիկա վախտը ամեն գիշեր մեր գլխին էրվում են: Կատաղի քամին բոցին առաջն արած որ չէր դադրում ու քցի տալիս, հենց իմանում էր մարդ, թե Տորագյալու դաշտը հրեղեն ծով ա դարձել, ու կրակի, բոցի փրթնեն (ալիքը) քուքուրթ, կայծակ ածում դաշտերի գլխին: Խուլ ձորերը, խոր էրերը բողազները ետ նոթած որ կուլ տված քամին էլ ետ չէին քշում, տալիս քարափների ճակատին, քարերը, ծառերը ուզում էին անկաջները կալնին, ոտ առնին, փախչին, ու նրանց դողի ու զրնգոցի ձենի մեկ տուտը երկինքն էր հասել, ամպերն իրարոցով տալիս, մյուսը գետնի գլուխը, մեջքը, ոսկորները ջարդելով՝ անդունդը խրվում ու հազար տեղ գոռալով, ջարդվելով գնում, կորչում, լռվում, պապանձվում: Կայծակի ամեն մեկ ճամբարակը, ճոպանը, ինչպես մեկ հրեղեն սուր, որ երկինքը չէ՛ր ճղում, ամպերի մեջքը կոտրում ու Ալագյազի, Մասսա, Դիվալու գլխին, թափին տալիս, ուզում էին, որ էս ահագին երկրի գլխըները, իրանց աչք-ձորերը տակուվեր անեն, քոռացնեն, իրար սպանեն ու սաղ-սաղ անդունդը խրվին, բաթմիշ ըլին: Ամպերը օխտը գլխանի վիշապի նման, երկնքիցը ճոլոլակ էլած, որ բերանը չէին բաց անում, խփում, ուզում էին, որ սաղ երկինքը կուլ անեն, ծամեն, փշուր-փշուր անեն ու էլ ետ հազար թիքա արած՝ ածեն անիրավ մարդի գլխին, որ ո՛չ երկնքիցն ա պատկառում, ո՛չ աստվածանից վախենում, ո՛չ ջուր իրան օրինակ առնում, ո՛չ հողից մեկ խրատ վերցնում, ո՛չ իր խեղճ հոգու ներքին ձենը լսում, որ գիշեր-ցերեկ լալով, արտասվելով, քնած թե արթուն, ձեն են տալիս, գոռում.

— Երկնքի արեգակի պես, երկրի հողի պես, դու, աստուծո պատկեր, բարի կա՛ց, բարություն արա՛, քեզ պահի՛ր, լավություն արա՛, աստծուն նմանի՛ր, ընկերդ պահպանի՛ր, աստուծո աշխարքը շինի՛ր, նրա ձեռագործը մի՛ քանդի՛ր, որ դու էլ մնաս շեն, դու էլ չի՛ քանդվիս, հողին չի՛ հավասարվիս:

Երկինք, երկիր, սար, ձոր՝ անկաջ, աչք խփել, լալիս, սուգ էին անում, դոշներին ծեծում, գլխներին տալիս, երեսները պոկում, պճճկում. ամպք ուզում էին Խլղարաքիլիսեն վերև քաշեն, անդունդք՝ իրանց ծոցը քաշեն, պահեն. քար ու հող իրար կտրատում, սպանում էին, բայց աստուծո պատկեր մարդը՝ աչքը բաց, անկաջը սրած, կռները վեր քաշած, կայծակի թուրը ի՛ր գլխին էր խփում, նա իր թուրը՝ ողորմելի խլղարաքիլիսցվոց գլխին: Ամպի կարկուտն ի՛ր դոշին էր վեր հատում, որ աստվածանից վախենա, նա իր թվանքի կարկուտը անճար հայերի էրեխեքանց, անմեղ մանկանց, նորահաս հարսների գլխին էր վեր ածում: Երկիրն իրա՛ն էր ուզում քարի, հողի տակով անի, նա մեր ազգի ողորմելի ջիվան որդիքն էր արյան ծովումը խեղդում, ջախըբուրդ անում: Սարերն ուզում էին պարսից գլխին թափին, խո՛ր տանին, նրանք մեր անտեր խալխի տուն, տեղ կրակում, իրանց սրի բերնով դիմա-դիմա տալիս:

Ա՜խ, սիրտս կտրատվում ա. լեզուն ի՞նչ ա, որ բառով կարողանա էն սարսափելի տեսարանը պատմի, որ լսողը կամ կարդացողը իմանա, թե իր խեղճ ավազանի քիր ու ախպերը ի՞նչ հալումն էին էս սհաթին, ի՞նչ էին քաշում, ի՞նչ էին տեսնում, ո՞ւմ առաջին, ո՞ւմ ձեռին, ո՞ր աշխարքում, ո՞ր հողում: Ա՜խ, ըլինքդ չկոտրի, Ա՛դասի, ա՛խ. ո՞ւր էիր էս սհաթին: Թագավո՛րք Հայոց, որ Անու միջումը անուշ քնած, ձեր որդիքը հարամու ձեռին՝ դուք մեկ գլուխ չի՛ բարձրացրիք, որ նրանց հավարին հասնիք. է՛ն որդիքը, որ մեկ սհաթից առաջ աշխարք զարմացրին իրանց քաջությամբը, երկիրը սասանացրին իրանց տղամարդությամբը ու, ինչպես դուք, հսկայաբար պահպանեցին իրանց աշխարհը, ձեր հողը, ձեր հայրենիքը, ու դո՛ւք, անգութք, թողիք նրանց էսպես փորձանքի միջում, թշնամու թրի առաջին:

11

Բայց վա՜յ ինձ, ո՞ւր հասա, ո՞ւր տարավ ինձ իմ կսկիծը, իմ էրված սիրտը: Լեզուս չի՛, որ խոսում ա, հոգիս ա, որ զգում ա, ազգիս արինը առաջիս թափում, իմ հայրենիքն առաջիս քանդվում, իմ սիրելի ախպոր աղի արտասունքը ու դառը սուգը՝ սիրտս էրում, խորովում: Ի՞նչպես բերնիս հուպ տամ. արինս քթովս ա դուս գալիս, աչքս կայծակին տալիս. ջանս էլ տամ, էլի իմ թանկագին ազգի արինն ու ոսկերքը Տորագյալու հողումը չորացած՝ կարելի ա, թե մեկ մարդի չէրևեր, մեկ մարդ չիմանար, թե ես էլ էստեղ պետք է գոհ ըլեի[3], չիմանայի, չտեսնեի, չլայի ու աղի արտասունքով չխնդրեի. ով Խլղարաքիլիսու պատմությունը կարդա, ինչ աստվածասեր հայ նրանց տարաբախտությունն իմանա, գլուխը պահի, նրանց հոգին հիշի, իր հոգին ու մարմինը էլ թշնամու ձեռք չտա՛, չտա՛. ջուրն ընկնի, կրակումն էրվի, բայց իր յախեն պարսից ձեռը չի՛ քցի, չի՛ քցի. գլուխը ծախի, իր ազգի դարդին հասնի, իրան գերի չա՛նի, չա՛նի: Ա՜խ, երաբ ասածս տե՞ղ կհասնի, թե՞ հետս գերեզմանը կերթա ու հողումն էլ ոսկերքս կմաշի, կտանջի, դրախտն ինձ դժոխք կշինի, գերեզմանն՝ ինձ գեհյան (քուրա):

Էրեխե՛ք, ձեր ջանին մեռնիմ, ձե՛զ եմ ասում իմ դարդը, ձեզ համար եմ գրում, ձեր երեսին ղուրբան. հողումն էլ ըլիմ, էկե՛ք, վրես կանգնեցե՛ք. թե ազգասիրությունն ու հայրենասիրությունը ձեզ վնաս տա, անիծեցե՛ք ինձ, թե օգուտ՝ օրհնեցե՛ք ու լսեցե՛ք ձեր ընկերների լացն ու սուգը, նրանց հորնըմոր կսկիծն, ու ձեր հորնըմոր ծոցում դինջ հանգստանալիս՝ ասածներս մտքըներդ բերե՛ք: Խլղարաքիլիսեցոց անմեղ երեխեքանց ձենը քանի անկաջներդ ընկնի, փառք տվե՛ք աստուծուն, որ էնպես երկնքի տակի ծնվեցի՛ք, որ ձեր աչքը էսպես բան չտեսավ. նրանց ծոցումը մեծացաք, նրանց կաթովն ապրեցիք ու նրանց արինը չխմեցիք, նրանց դոշի վրա քնեցիք ու չմորթվեցիք, նրանց կրան վրա խաղացիք ու ո՛չ նրանց մեռած, կտրատված, թիքա-թիքա արած, արինաթաթախ լաշի վրա ընկաք ու լալով, արտասունքով նրանց արինը չծծեցիք: Կենդանի մոր փորից դուս էկաք,նրանց սերը վայելեցիք ու ո՛չ թե նրանց ճղած փորը դուք կենդանի մտաք, ու ձեր գլուխն էլ նրանց սրտումը արինաթաթախ ցցվեց: Բարձի վրեն, յորղան-դոշակի տակին նրանց խոտեցիք, խնդացիք ու ո՛չ հողի միջումը, քարերի վրա, նրանց արնումը թավալ տալով՝ ձեր արինն էլ հետը խառնեցիք:

Ա՜խ, մի՛ լաք, մի՛ նախատեք ինձ, որ ես ձեր առաջին դժոխք եմ բաց անում. իմ

3 Էս ժամանակին վարժատանիցը դուս էկա ու Թիֆլիզուցը գնացի Հախպատ, Եփրեմ կաթողիկոսի մոտ, որ թուղթ առնիմ, գնամ, իմ ծնողացը հասնիմ, նրանց հետ քոչիմ ու գնամ Վենետիկ: Ամեն բանս հազիր էր. Օսմանլվիցն էլ մեկ տերտեր էր էկել իր որդովը, ուզում էր ետ դառնար: Սրանց հետ էի ուզում ճամփու ընկնիմ, բայց դերձիկը դեռ շորս չէ՛ր հասցրել: Ո՛րքան նեղացա, որ նրանք գնացին, ես մնացի: Էրկու օրից հետո հենց մտա Ղարաքիլիսեն, Խլղարաքիլիսու եսրերն էկան: Ողորմելի տերտերն իր որդովն էնտեղ էր սպանվել:

սիրտս էլ որ դժոխքումն էրվի, շխաճ չե՛մ կսկծալ, չե՛մ մորմոքվիլ, չեմ տանջվիլ, ինչպես Խլղարաքիլիսու պատմությունը միտքս բերելիս: Զբաղկանա՛ք ինձ վրա, չասե՛ք, թե երազ եմ պատմում. հազարից մեկը չե՛մ ասում, որովհետև ձեռքս թուլանում ա, աչքս սևանում: Իմ լեզուս է՞նչ ա, հարցրե՛ք էնտեղ ըլողներին, նրանք հազարապատիկ լավ կասեն, թե ի՛նչպես էին անողորմ պարսիկքը մոր փորը ճղում, երեխեն հանում, թիքա-թիքա անում, առաջ ոտները կտրում, հետո՝ ձեռները, ապա մզրախի, թրի ծերը հանած՝ նրա մղկտալուն, թպրտալուն երկար ժամանակ մտիկ տալիս, իրանց դժոխային քեֆը անում, ասում, լսում, խնդում, ծիծաղում ու հետո, ա՜խ, հետո, էնպես անմեղ քոփին հորնըմորը տալիս, կամ նրանց գլուխն էլ սրանցի հետ մատաղ անում:

Թողե՛ք, թողե՛ք անց կենա՛նք, հերիք ա. բայց ի՞նչ անեմ, հենց գիտեմ՝ էսօր ա Սահակ աղեն առաջիս կանգնել, աղուխը աչքին դրել, աղաչանք անում, որ Հասան խանի սիրտը ռահմ ընկնի. էսօր են հայ սարվազներին են երեխեքանցը տալիս, որ նրանք բռնեն, իրանք փաոչալումից անեն. էսօր են տասը պարսիկ Վարդանի քիր ու ախպերը, հերնըմերը առաջիս սաղ-սաղ քերթում, կաշիները հանում, ոտ ու ձեռ քարով, թոխմախով ջարդում, քացով երեսներին տալիս, ու Վարդանը՝ էս հրաշագեղ պատանին, ձեռները կապած, էս երկնային հրեշտակը՝ նրանց վրա կանգնած. ոտն ա կամենում շարժի, ճոպանը չի՛ թողում. ձեռն ա ուզում մեկ բանի հասցնի, չվանն ա դայիմ. թրի առաջն ա ուզում ընկնի, թուրքը չի՛ թողում, սիրտը պատռում ա, ձեն չի՛ կարում հանի, չունքի նրա հա՛ռակի ջահել տղա, աղջիկ հավաքել, ձեռ, ոտ, բերան կապել, տանում են, որ իրանց դինին մատաղ անեն: Ողորմելի պատանին ուզում ա, որ մեկ եռ էլ մտիկ տա, իր ծնողաց սուրբ արինը ու կտրատված լաշը մի տեսնի, փափագն առնի, մեկ կաթ արին էլա վրեն քսի, մեկ բուռը հող էլա ծոցը կամ ջեբը դնի, որ հիշատակ մնա, մեկ համբուրի էլա ու եռին բարովն ասի, մեկ չոքի էլա, նրանց օրհնությունն առնի, բայց ա՜խ, ա՜խ, հարիր սուր գլխին պլոկած, աչքերը կապած՝ իր ընկերների հետ քշում են, անկաջներ՝ փակ, որ նրանց ձենն էլա իմանան, բերանները՝ կապած, որ իրար հետ խոսին. ձիու երըմից ըլելուցն են իմանում, որ շարժումեն, բայց չգիտեն՝ ո՞ւր. դժո՞խք, թե դրախտը.— դժո՛խք, սիրելի, դժո՛խք. սրանց տանում են, որ թուրքացնեն, իրանց դինին մատաղ անեն:

Եռ դառնա՛նք, պրծա՛նք. հազար ծեր ու պառավ, հազար տղա ու աղջիկ, մանուկ, ծծկեր իրար վրա փրթած՝ վառուց ձենըները կտրեցին, երկնային քունը մտան: Ժահահոտությունը քիչ-քիչ սկսում ա բարձրանալ, հարավի չոր քամին՝ փչում. ամպերն էլ եռ սարերի գլխըներին հավաքվեցան, նրանց աղաղակը ասված չիմացավ:

Արեգակը փագում ա արևմուտը հասնի, ղզլբաշը՝ Ապարան քաշվում. խլղարաքիլիսեցոց հոգիքը՝ ո՞ւր.— դրախտը. արդարը դժոխքը ե՞րբ կերթա: Խլղարաքիլիսեն էրվեց, ամպերը քաշվեցին, սարերը դինջացան, հարիր տասը-տասնըհինգ տարեկան տղա, աղջիկ Հասան խանի օրդուն մտան: Ղոնշունը նաղրախանեն ածելով, պար գալով ետ ա դառել. դահինքը իրանց թրերն են հազրում, մոլլեքը իրանց լեզվները սրում, որ Քրիստոսի որդիքը Ալուն մատաղ անեն: Վա՜յ, վա՜յ, Հայոց ազգ ջան, է՞ս օրին էիր դու արժան:

Իրիկունը որ գա, ա՜խ, գել, արջ, սարերի գազանները պտի գան, ձեր կացած տեղը իրանց ուրախությունն անեն: Էլ ո՞վ կլսի մոր ձեն, հոր աղոթք, երեխի խաղ ու ծիծաղ, ժամի ու զանգակի ձեն ձեր լաշերի վրեն: Գազաններին կմնա բոլոր մեյդանը. նրանք պետք է էս գիշեր մարաքյա անեն էստեղ: Գնա՛նք, գնա՛նք, միսս սրտում ա. օ՜հ, ո՞վ սիրտ կանի մտանա. բաս էրեխեքանց ճարն ի՞նչ կըլի. նրանք կերթան Հասան խանի օրդուն, լաց կըլին, ջան ասող չի ըլիլ. կէրվին, կմորմոքվին, մեկ ցավող չի՛ ըլիլ: Ամեն մեկը մեկ խանի կամ արախլվի ձեռի՝ հավի պես կծվա կամ լեղապատառ կըլի, կամ սուրը իր դոշը կխրի, իրան կսպանի, կամ տանջանքին չդիմանալով՝ կթուրքանա. ո՞վ, լսողը ի՞նչպես չպտի սարսափիլ:

Տեսնի՛նք, ո՞ւր գնացին էս անմեղ զառները: Մեր բախտիցը, թե տարաբախտությունիցը, մութը գետինն առել ա, էլ մեզ մարդ չի՛ տեսնիլ, որ եսիր անի:

Մթնագիշերը քեզ մեկ ղարալթու ա երևում. գլուխը ցից, պատերը քանդված, հազար կայծակի ու երկրաշարժության երեսը դեմ տված, դռներն ու փանջարեքը խարաբա, խորան ու սեղան ավերակ՝ կանգնել ա տխուր եկեղեցին Ապարանու: Ուր հազար գող ու ավազակ աղոթքի ու պատարագի տեղ անմեղ հայերի որդիքը՝ ձեռները կապած, բերան ու աչք խուփ, իրանց չար կատաղությանը պատարագ արին: Ուր հայոց թագավորքը, իշխանքը ու պայազատքը Ապարանի բյուրատեսակ ծաղկների հոտը, էն պատվական աղբրների համն առնելով՝ իրանց ամառվան օրերը հովացնում, իրանց հովացած, զովացած սիրտը աստվածային սիրովը վառում, իրանց սուրբ սրտի աղոթքն ու մաղթանքը ծաղկների հոտի հետ խառը, թռչնոց ձենի հետ հավասար, մեկ բերնով՝ իրիկուն, առավոտ երկինքն էին ուղարկում: Ուր էս սհաթին էլ մեկ ահագին չորս ջաղացի ջուր մեկ քանդված բլրի տակից, ուրտեղ որ Վաղարշակա, Տիգրանա, Տրդատա ապարանքն էին, երկրի երեսը ճոթռելով, Ալագյազի սրտիցը, գետնի տակովը ճանապարհ բաց անելով՝ բերանը փրփրով լիքը, աչքերը խոժոռած, դուս ա պրծնում կատաղած, որ իրան պսակողների երեսը տեսնի, նրանց սիրտը հովացնի, քնելիս, զարթնելիս՝ երկնային ցողը նրանց երեսիցը փողանա, իր ցողը նրանց վրա թափի, բայց, ա՜խ, գլուխը քանդված տեսնելով, վրի շինած ապարանը՝ բրիշակ, եկեղեցին՝ ավերակ, չորս կողմը նրանց հո՜ւքի, սեղանի քարերը արինաթաթախ, մամռապատ, փշրված ընկած, բերանը կրկին բաց ա անում, որ արտասունքը կուլ տա, էլ ետ իր փորը տանի, բլրի չորս կողմը պտտում, ոլորվում, խոտ ու ծաղիկ պոճոկում, սուս, մունջ՝ իր ձենը փորը քաշում, աչքը խփում. ջուրը հողի, քարերի տակին ցրվում, էլ ետ զետինը մտնում, ու կես փայը առու դառած՝ գնում Երևանու դաշտը, որ նրա էրված, խորովված սիրտը հովացնի էլա, Ապարանու սուգը, տարաբախտությունը Էջմիածնին, Վաղարշապատին, Արմավրին, Երասխին, Մասսին պատմի ու նրա սև ջրի դառը արտասունքը իր հետ խառնի, որ Արարատի սրտիցն ու աչքիցն, ահագին զետի պես, լուռ, հանդարտ դուս ա գալիս,— Արարատյան դաշտի քանդված, ավերած երեսը տեսնում, վրրները սուգ անում՝ ու քիթ ու պռունկ աղի արտասունքով լիքը, տխուր երեսը անհողի դամշով ծածկած, քամու առաջին, թշնամու ձեռին ծալվելով, չոքելով, կանգնելով՝ մյուս սարերի աչքի ջուրը, որ էստեղ էկել, ծովացել, կանգնել են, դամշի ու իլդունի միջումը կորել, վեղցնի, գնա, Խոր Վիրապա, Արտաշատա դզովն անց կենա, ու տրտում Երասխի հետ Զանգին ու Գառնու զետն էլ մեջ անեն, որոց մինը Սևանա աչքիցն ա կաթում, մյուսը սուրբ Գեղարդա սրտիցը բղխում, երեսները կալնին ու սուգ անելով, գոռալով, Նոյան, Նախիջևանի, Մարանդի գերեզմանի, Նարեկա վանքի, Սյունյաց դաշտերի սրտըները հովացնելով, աչքըները սրբելով՝ գնան, Քուռ էլ մեջ անեն, իրանց արտասունքը նրանի հետ խառնեն ու տանին, Կասպից ծովի սիրտն ածեն, նրա աղի ջրումը կորչին, պարսից նավերը ջախըրուրդ անեն, ռուսաց նավերը իրանց քամակի վրա տանին ու բերեն, որ նամփին չհուսահատվին, չբեզարին ու էն իրանց բարի ոտը մեր աշխարհիցը չկտրի, որ բալքի մեր հայրենիքը նրանց արծվի թևերի տակին զորանա, մեծանա, դարդերը մոռանա ու էլ ետ իր առաջին փառքին հասնի:

Է՛ս եկեղեցումը, է՛ս քարերի տակին ու աղբրի մոտին, քոլումը կուչ գա՛նք, որ մեզ չբռնեն: Գիշերն էլ ա, հասել ա, օրդուն՝ մեզանից մոտիկ, ու թուրք ազգը ցերեկն էլ էս կողմերովը չի՛ անց կենում, որովհետև Քրիստոսի թշնամի ա, ու անկաջ դնենք զիլանոնց ոռնալուն, պարսից գոռալուն, հայոց լալուն ու սգալուն ու էն անմեղ էրեխեքանց էրվելուն, ծեծվելուն, մղկտալուն, չունքի էստե՛ղ պետք է նրանց աչք ու բերան բաց անեն, որ նրանց ջարդելի երեսը տեսնին, իրանց ծնողաց երեսը, իրանց քաղցր հոր տունը մոռանան ու նրանց արինաթաթախ չանգերումը՝ իրանք մրմնջան, նրանք փրփնջան. իրանք մղկտան, սրանք վխկտան. իրանք գլուխ ու երես ծեծեն, խորովվին, սրանք միրուք ու ճաղվեր սղալեն ու փառավորվին. իրանք հերնըմեր, քիր ու ախպեր ձեն տալով՝ դոշըները ետ ճոթեն, նվաղին, սրանք իրանց իմամ Հուսէյնի անունը հիշելով՝ յա ծոցըները ուզենան նրանց առնեն, յա դանակները, թրերը սրելով՝ նրանց սրտըներին դեմ անեն, որ լռվին:

Ա՜խ, չէ՛, չէ՛. անկաջդ կա՛լ, սի՛րելի, մարդի միսը սրսռում ա, գլխին կրակ վառվում: Աստղերը դուս են էկել, պեղացել. ցավակից լուսինը տխուր, դառնավարամ՝ հենց աչքը Ապարանի երեսին առավ թե չէ, էլ ետ չոքըչոք արևմուտն ա փախչում, որ անկաջները կալնի, էս ողբալի աղաղակը չլսի. երկիրն իր սև սգի շորը հաքավ, աչքերը խփեց, որ էս դառը տեսարանը չտեսնի. միմիայն անսիրտ, անգութ սարերը սիրտ ու բերան բաց արած՝ չար հրեշտակ քամու ձեռովը խաբար են իմանում, խաբար տալիս. ծիծաղելիս՝ ծիծաղում, հրհռալիս՝ հրհռում, հառաչելիս՝ հառաչում, գոռալիս՝ գոռում, լալիս՝լաց ըլում, ու մեկ րոպեում հազար տեսակ ձեն իրար հետ խառնում, ու մեկն էլա իրանք չիմանում:

— Նա՛նի ջան... ջա՛նի ջան... ա՛խպեր ջան... ա՛ստված ջան... բա՛բա ջան, հո՛գի ջան... վա՜յ, վա՜յ... վա՜յ մեր սև օրին, արևին, վա՜յ մեր ջրատար գլխին: Ա՜խ, ի՞նչ կըլեր՝ ձեր ձեռովը մեզ ջուրն ածե՛իք, ի՞նչ կըլեր՝ մեզ չէ՛իք ծնել. ընչի՞ չի՛ մեզ էլ ձեր սրտի վրա մատաղ արին, ընչի՞ չի՛ մեզ էլ դիմա-դիմա տվին. էս ո՞ւր են հասցրել մեզ, էս ո՞ւր բերել. գետինը չի՛պատռվում, մեզ ներս տանում. երկնքի աչքը քոռացել, մեզ չի՛ տեսնում: Ա՜խ, ո՞ւմ ծոցից զրկվեցինք, ո՞ւմ ձեռն ընկանք: Ա՜խ, տեր աստված. ընչի՞ մեզ էսպես պատժեցիր. քեզ ի՞նչ էինք արել, որ մեր աչքը էսպես հանեցիր. ո՞ւմ մեկ վնաս տվինք, որ մեր գլխին քար քցեցիր: Մեր հորնըմորը, մեր քիր ու ախպերը մատաղ արիր, ախր մեզ էլ նրանց հետ տանեիր, ի՞նչ կըլեր:

Մութն էկել ա, գետինն առել, նա՜նի ջան, սար ու ձոր խավարել, փակվել, մենք մերը կորցրած հավի ճտերի պես ընկել ենք չոլ ու դուզ. ո՛չ աչքըներս ա քուն գալիս, ո՛չ սրտըներս՝ ղարար, ա՜խ քաշելիս՝ կրակ ա դուս գալիս լերդըներիցս. ո՞ւմ երեսին մտիկ անենք, որ մեր սուգը տեսնի. ո՞ւմ ճտովն ընկնինք, որ մեր արտասունքը սրբի. ո՞ւմ մոտ գնանք, որ մեզ գոգն առնի, մեր սիրտը մխիթարի, մեր դարդն իմանա: Քարերը անկաջ չունին, որ մեր ձենը լսեն. սարերը սիրտ չունին, որ մեզ վրա ցավին. երկինքը՝ հեռու, որ մեզ քաշի, տանի. երկիրը թուր չունի, որ մեզ էլ փրթի, կոտորի. ո՞ւմ ասենք մեր դարդը, ա՜խ, ո՞ւմ: Ընչի՞ մեզ աշխարհ բերիք, ընչի՞ մեզ կաթը տվիք, պահեցիք. դուք սուտով պրծաք, երկինքը գնացիք, մեզ՝ որբերիս, էս փո՛ւչ աշխարքի վրա թողիք, որ դհա ավելի տանջվինք, դհա ավելի չարչարվինք. ձեր կարոտը մեկ կողմից քաշենք, մաշվինք, մեր ցավը մյուս կողմից սրտներս անենք, էրվինք, փոթորվինք:

Ձեռներս կապած, գլխներս բաց, երկնքի տակին, Ապարանու չոլումը՝ ձեզ ենք կանչում, ձեզ ենք ուզում, ձեր անունը տալիս, ձեր խաթեր լալիս, ա՜յ մեր ազիզ ծնողք. երկնքո՞ւմն ա ձեր հոգին, թողե՛ք, մեկ սհաթ գա, վրըներս պտիտ տա. երկրո՞ւմս ա դեռ մեր աչքին մի երևի, հասրաթներս առնինք ու հետո, ա՜խ, հետո մեր հոգին էլ ձեր հոգուն տանք. ձեզ հետ թռչինք, ձեզ հետ միանանք, դժոխք թե դրախտ, միասին տեսնինք. ուր որ ըլիք, առանց ձեզ չմնանք. ա՜խ, ի՞նչ կըլի, ի՞նչ... Ա՜խ, ի՞նչպես չի մեր սիրտը պատռվում, մեր ջանը էրվում, մեր բերնիցը կրակ դուս գալիս, մեզ խորովում. ի՞նչպես ա մեր լեզուն խոսում, ու չի՛ քրքրվում. մեր աչքը տեսնում ու չի՛ դուս տրաքում. մեր շունչը դուս գալիս ու չի՛ կտրվում. մեր արինը եռում ու չի՛ ցամաքում. մեր անկաջը լսում ու չի՛ քառանում. մեր ոտները փոխվում ու չի մեր տակին փշրվում, խուրդուխաշ ըլում. էս ի՞նչ օր ա, որ մենք քաշում ենք:

Նանի՛ ջան, ա՛խպեր ջան, բա՛բի ջան, վա՜յ, վա՜յ... Է՞ս օրվան համար մեզ օրորոց դրիք, է՞ս օրվան համար մեզ սրից, ջրից ազատեցիք, մեր ցավին դարման արիք. մեզ ջան ասելով, մեր աչքը սրբելով, գոգըներդ առնելով, դոշըներիդ կպցնելով, քրտինք թափելով, անքուն մնալով, սար ու ձոր ընկնելով՝ մեզ ապրուստ ճարեցիք. ձեր կյանքը խավարացրիք, մեզ ծաղկացրիք. դուք թառամեցիք, մեզ դալարացրիք. ձեր ումբրը չորացրիք, մեզ տանը քուն դրիք. դուք հանդում, չոլում, արևի, անձրևի տակի ջանըհան էլաք, որ մենք զորանանք. աչքըներիդ լիսը սպիտակցրիք, որ մենք մեծանանք, հասնինք, ձեզ քոմակ ըլինք. է՞ս ա մեր քոմակ ըլիլը, է՞ս էր ձեր մուրազը: Էստո՞ւր համար աստծուն՝ լիսը բաց ըլելիս, մութը մթնելիս, գիշեր-ցերեկ աղոթք էիք անում, որ մեր ոտին քար չդիպչի, մեր մատը փուշ չըլի, մեր գլխին կարկուտ, արև չխփի. մեզ իր աչքի առաջին, իր թևի տակին ցավից, չոռից ազատի, որ մենք բարի զավակ ըլինք. Քրիստոսի խաչի դուլ դառնանք, ավետարանի՝ ծառա, եկեղեցու՝ հող, ազգի պարծանք, աշխարքի՝ շենություն: Ա՜խ, ո՞ւր էս սհաթը աստուծո անկաջը, որ ձեր արդար ձենն մեկ էլա չլսեց, ձեր հազար մուրազի մեկն էլա չկատարեց ու մեզ էսպես քարին տվեց, ու մեր հոգին էլա չի՛ առնում, որ պրծնինք, ա՜խ, կորչինք էս անօրեն աշխարքիցը:

Սրբություն էիք առնում՝ մեզ հետըներդ տալ տալիս. ժամ էիք գնում՝ մեր ձեռը մոմ տալիս. զատիկ էր գալիս, ջրօրհնեք ըլելիս, կիրակու ժամին, սուրբ պատարագին՝ մեզ խոխո անում կամ ձեռով տանում, քար, ավետարան, սեղանի, բեմի, խաչի, պատկերի առաջին, սրբերի ոտի տակին, գիրքը կարդալիս, սկին դուս գալիս՝ մեզ տերտերի ոտը քցում, խաչի առաջը դնում, մեզ համբուրիլ տալիս, դուք էլ համբուրում, աղաչանք անում, որ սուրբ ավազանի, մեռոնի շնորհքը մեզ վրա մնա. ջուրն ընկնինք, մեզ պահի. կրակն ընկնինք, մեզ պրծացնի, մեզ զորացնի, որ էսօր է՞ս կրակումը, է՞ս բոցումը էրվինք, տանջվինք, մեր ձենը չիմա՞նաք. մաշվինք, փչանանք, մեր սուգը չանե՞ք. թրով մեզ կոտրատեն, մեզ դուք չազատե՞ք։

Ով արարիչ, մեր հոգու տվող աստված. ինչպես մեզ ստեղծեցիր, էլ ետ մեզ սպանի՛ր. ինչպես կյանք տվիր, էլ ետ դու խլի՛ր. հող էինք քեզ մոտ, էլ ետ հող շինի՛ր. շունչ տվիր՝ ապրինք, էլի շունչդ ետ ուզի՛ր։ Ի՞նչ ենք անում մենք էլ փառքն ու կյանքը, մեզ ի՞նչ հարկավոր՝ երկիր, աշխարքը։ Մեր չունենաս, լա՝ դու լաց ըլելիս, հեր չունենաս, զա՝ դու կսկծալիս, քիրդ մոտիդ չըլի՝ դու սուգ անելիս, ախպերդ ձենդ չլսի՝ սիրտդ պատովելիս։ Ով մեր արարիչ, մեր տե՛ր ու մեր հե՛ր. հերնըմերըներս տարար, մեզ էլ տանեիր. քիր, ախպեր առար, մեզ էլ սպանեիր. էլ չենք ուզում քո սերն ու խնամքը, էլ չենք խնդրում, որ պահես մեր կյանքը. հրեղեն սերովբեդ թո՛ղ մեզ սպանի, բոցեղեն քերովբեդ թո՛ղ մեզ էրի, խորովի. մեզ դրախտը մի՛ տանիր, դժոխքը ուղարկի՛ր. հրեշտակի մի՛ տար, սատանեն թո՛ղ գար. մեր ծնողքը մի տեսնեինք, թող դևը մեզ կո՛ւլ տար. նրանց սերն առնեինք, նրանց տեսնեինք. մեր հոգին տայինք, նրանցն առնայինք ու էս դառն օրը հե՛չ չտեսնեինք, ա՜խ, չտեսնեինք։

Էսքան մեծամեծ մարդիկ՝ խաներ, բեկեր, աղեք, փառաշ, մոլլա, ախունդ, էս ի՞նչ են էստեղ կանգնել, հավաքվել. չե՞ս ուզում դու էլ մի աչքդ քցես, նայե՞ս։ Հայ սարվազները աչք ու բերան կալել, փախախով են անում, որ հեռանանք, մոտ չգնանք։ Սաքի մոտ էլ գնացիր, ի՞նչ օգուտ. միտդ ջանումդ կմաշվի, կքրքրվի։ Ետ դա՛ռ, ես քեզ կասեմ։ Քսան-երեսուն էրեխա փարչալամիշ արին։ Մոլլի թույնը քյար չարեց, չեն թուրքանում, պտի մատաղ ըլին։ Դահիճը մեկը-մեկի ետևիցը շախկա տալով կոտորում ա։ Վարդանը՝ էս թագավորածին պատանին, երեսը լուսափայլել, հրեշտակի պես կանգնել ա, ո՛չ Հասան խանի պարգևին ա մտիկ տալիս, ո՛չ ոսկուն, մարգարտին, ո՛չ ալվան-ալվան շորերին, ձիուն, յարաղին, ո՛չ մոլլեքանց խրատին, ո՛չ հայերի աղաչանքին, ո՛չ թշնամու ահ տալուն, ո՛չ թրին, սրին, վառած կրակին, տաքացրած շամփրին, որ պտի միսը կոխեն, ո՛չ քարփիջին, որ պտի ոտների արանքը դնեն, ո՛չ քյալփաթնին, որ հենց, էն ա, բարձրացնում են, որ միսը քաղեն, ո՛չ կրակած պղնձին, որ պտի գլխին դնեն, սարի պես դոշը դեմ ա տվել. ո՛չ պատժիցը վախում, ո՛չ պատվիցը խաբվում, իրան կսկիծը մոռացել, ընկերներին էլ ձեն ա տալիս, սիրտ դնում։

— Էս է՛ն անիրավ թուրն ա, սի՛րելիք, որ մեր հորնըմոր սիրտը էսօր մեր առաջին դուս նոթուեց: Էս է՛ն անաստված ձեռներն են, որ էսօր մեր մանուկ, ծծկեր քիր ու ախպոր մարմինը թիքա-թիքա արին, կտրատեցին: Էս է՛ն անողորմ ազգն ա, որ մեր նաչար ազգի արինը մինչև էսօր խմել ու խմում ա. էլ ի՞նչ ենք կանգնել սրանց միջին ու սրանց զարշելի երեսին նայում: Ձեր ջանին մեռնիմ, երեխե՛ք ջան. մենք ո՞ւմ որդիքն ենք, որ թրից վախենանք. ո՞ւմ զավակներն ենք, որ կրակը մեզ թուլացնի: Մեր ծնողք ու ախպերները չէի՞ն, որ էրեկ էնպես քաջությամբ մեռան, որ արարած աշխարքը զարմացավ ու հուրն հավիտենական պտի զարմանա:

Մտի՛կ արեք, ձեր երե՛սին դուրբան, էն պայծառ երկնքին. է՛նտեղ, է՛նտեղ են մեր սիրելիքը, մեր ազիզ բարեկամներն ու ազգականքը մեզ սպասում: Մի՛տք արեք՝ թե գլխներդ ցավի, ո՞վ պետք է ձեզ մեկ ջան ասի. հիվանդ ըլիք, ո՞ւմ կռան վրա պետք է քնիք. լաք, ո՞վ ձեր արտասունքը կսրբի. մեռնիք, ո՞վ ձեզ կթաղի: Մեր սո՛ւրբ լեզուն պետք է հարամ լեզվի հետ փոխե՞նք. մեր սո՛ւրբ պատարագն ու ժամը թողանք, ազանի ձենին անկաջ դնե՞նք. մեր սո՛ւրբ մեռոնը մոռանանք, մեր խաչ, ավետարանը մտքից հանենք, Ալուն, ղուռանին հետևի՞նք: Մտի՛կ արեք սրանց էս դժոխք, ժանդ, մրրած, կեղտոտ երեսին. դժոխքը սրանից լավ կըլի՞. սրանց աչքերիցը կրա՞կ չի վեր թափում: Վա՜յ մեր գլխին ու արևին, էնքան պետք է խղճանանք, որ մեր հորնըմորը սպանողներին, մեր ժամն ու աշխարքը քանդողներին նոքար դառնա՞նք: Ա՜խ, թե էս փուչ փառքիցը խաբվինք, էս անպիտան պատժիցը վախենանք ու մեր սուրբ հավատն ուրանանք, որ մեռնինք, ի՞նչ երեսով պետք է գնանք մեր ծնողաց մոտը, ի՞նչ աչքով պետք է նրանց նայենք: Ասենք, թե էս աշխարքումը նրանցից զրկվեցանք, բաս չե՞ք ուզիլ, որ երկնքումն էլա նրանց հետ միանանք, նրանց երեսը տեսնինք, նրանց սերը վայելենք:

Չէ՛, չէ՛. մեռնի՛նք միասին, երթա՛նք միասին, հասնի՛նք մեր ծնողաց փառքին, պսակին: Երկինքն մեզ համար է իր սիրտը բացել, հրեշտակք մեր գլխին թևները փռել. նահատակք, կուսանք, սուրբք և մարտիրոսք մեզ ձե՛ն են տալիս, մեզ կանչում ամոք: Նրա՛նց մոտ գնանք, նրա՛նց սիրուն մեռնինք, մեր մարմինը տանք, որ հոգով ծաղկինք: Ձեզ մոտ ենք գալիս, ծնո՛ղք սիրելիք, ձեր տեսուն կարոտ՝ դուք մի՛շտ պաշտելիք. ձեր արդար կաթը, ձեր սուրբ խրատը մենք ե՞րբ կմոռանանք, որ մտնինք կրակը:

Արի՛, երկնային հրեշտա՛կդ լուսեղեն,

Տա՛ր մեր աղաչանքն աստծուն էս կողմեն:
Բարո՛վ մնաք դուք՝ լերի՛նք, հո՛ղ, աշխարհ,
Բարո՛վ կացեք դուք՝ ծառք ու ձո՛րք, անտա՛ռ:
Մենք չէինք արժան ձեր սուրբ երեսին,
Մեր ոտն անիրավ դիպավ ձեր դոշին:
Քանի՞ցս ձեր պտուղն, ձեր համն ու հոտը,
Ձեր շվաքի տակին, ձեր ծաղիկն, խոտը
Մենք հարամ ձեռով քաղեցինք, առանք:
Կոխեցինք ձեր սուրբ երեսն ու դոշը,
Ձեր ղադրն ու խաթրը մենք բնավ չիմացանք:
Աղբրի գլխին, առվի ղրաղին,
Սիրելյաց միջին, ծնողաց գոգին
Սեր վայելեցինք, մեր օրն անց կացրինք:
Աստղերն մեր գլխին քաղցր ծիծաղեցին,
Լուսին, արեգակ իրանց լիսը տվին.
Թռչունք երգելով, ծաղիկք հոտ տալով
Մեզ քնացրին, մեզ զարթեցրին.
Բայց, ա՜խ, անիրավ մեր ձեռն, երեսը
Քնով ծածկեցինք, ձեզ մտիկ չարինք:
Քո սուրբ հողին, մեր քա՛ղցր Հայրենիք,
Ծունր չդրինք, մենք չպաշտեցինք,
Սիրուն փաթանին մենք կյանք չտվինք,
Մեզ մատաղ չարինք, մենք չսիրեցինք:
Թշնամուն հիմիկ մենք եսիր դառանք.
Թե որ ուզենան էլ, որ տան մեզ կյանք,
Էլ չի՛ հարկավոր. դո՛ւ ա՛ռ մեր հոգին,
Ո՜վ բարի հրեշտակ, որ կաս մեր գլխին:

Մնացե՛ք բարով, հողեր ու դաշտեր,
Ա՜խ, թո՛ղ վայելեն ձեր սերն ուրիշներ.
Վարդանի աչքը, էս մանկանց ոտքը

Էլ ձեզ չե՛ն տեսնիլ, ձեր վրեն ըրջիլ,
Ձեր հոտովն զմայլիլ, ձեր զրկովն փարվիլ:
Ո՛չ հոր ոտ կգա մեր գերեզմանը,
Ո՛չ մոր արտասունք կթափի մեր տանը.
Ո՛չ ժամ, պատարագ, ո՛չ խունկ կամ բաժակ
Մեր հոգուն տվող կըլի մեկ ժամանակ:
Ո՛չ քիր ու ախպեր կգան մեր քովը,
Ո՛չ մեկ անց կենող կըլի մեր մոտովը.
Մեր ծնողաց մարմինը մեր գերի չոլումն,
Մեր փուչ ոսկորներն էս օտար հանդումն՝
Ձեն միմյանց տեսնիլ, իրար հետ թաղվիլ.
Նրանք զազանի, մենք գիլի, ղշի
Փայ կըլինք, մեզ վրա մեկ ասող չի ըլիլ.
«Աստված ձեր հողին միշտ լուսավորի,
Իր սուրբ երեսին արժանի անի»:

Կըլի, որ դուք մեկ էլ ետ հոտ տալիս,
Գարունքը գալիս, դաշտերն ծաղկելիս՝
Մեր երեսին էլ ծաղկիք, կանաչիք,
Մեր հողիցն էլ դուք դուս գաք, զարդարվիք,
Ձեր ցողն մեզ վրա թափեք, հովացնեք,
Ձեր հովն մեր դոշին փչեք, զովացնեք,
Ձեր պարզ ջրի հետ մեր արինը խառնեք,
Մեր տված շունչը առնիք ու պահեք,
Ձեր քաղցր հոտի հետ երկինքն ուղարկեք:
Ա՜խ, թե մեկ ճամփորդ էս կողմովն անցնի,
Ձեր միջին վեր գա ու էստեղ քնի,
Ձեր հոտն առնելիս, ձեր ջուրը խմելիս,
Բալքի թե հոգին իմանա, ասի,
Միտքը բերի, թե էս է՛ն դաշտերն են,
Որ էսօր մեր չար թշնամու ծառեն
Ուզում ա, որ մեզ խաչին մատաղ տա,
Մեր ջանը խըլի, մեզ անի դիմա:

Ի՞նչ կըլեր, ա՜խ, որ մեկ օրհնած հողում,
Մեր ազգուտակի, սիրելյաց միջումն
Մեր հոգին տայինք, նրանց խառնըվեինք:

Ա՜խ, խա՛չ զորավոր, քո հրաշքիդ դուրբան.
Մինչև ե՞րբ մեր ազգն, աշխարհն Հայկական
Էսպես կտանջվի, էսպես կմաշվի,
Էսպես կքանդվի, էսպես կխաշվի:
Խա՛չ, քեզ պատողին ընչի՞ չես պահում,
Խա՛չ, քեզ բռնողին ընչի՞ սպանում.
Քեզ անարգողին էսպես դվաթ տալիս,
Քեզ պարսավողի սիրտը ո՛չ խրվիս:
Ա՜խ, տե՛ր իմ աստված, թե մենք առաջիդ
Մեղավոր էինք, որ պատվիրանիդ
Չհնազանդեցանք, անիրավ էինք,
Մեզ սպանեիր, ընչի՞ մեզ թողիր,
Մեր խեղճ ծնողացը թրի տակ տվիր.
Մեզ կրակ տվին, ընչի՞ չէրեցիր:
Թողիր, որ էսպես տանջվենք չարաչար
Անհեր ու անտեր, անմեր, անհավար
Մնանք էս չոլումն, գազանաց միջումն,
Մեր լաշը թռչնոց, մեր արինը հողին
Մատաղ տանք, մեր ջանն դնենք էս գետին:
Մնացե՛ք բարով, ա՜յ մեր խեղճ ազգ Հայ,
Էլ մի՛ լաք, ողբաք, ցավիք մեզ վրա:
Սրբեցե՛ք աչքներդ, տեսե՛ք մեր հալը,
Էլ ի՞նչ օգուտ մեզ ձեր սուգն ու լալը:
Թուրը գլխներիս, մահն առաջներիս,
Կրակն էրելիս, ամփուրն ծակելիս,
Բոցն խորովելիս, մեր հոգին տալիս,
Մեր կեսն փորթված, կեսն անձող դառած,
Մեր ոտներն մոխիր, ճնչերս կրակված,

Մեկ ձեռը կտրած, մյուսը քերթած,
Պղինձն գլխըներիս, քարփիչն ոտներումս,
Սրտներումս արին, արտասունքն աչքումս.
Ո՛չ երկինքն փուլ գա, ո՛չ հրեշտակ տեսնի,
Ո՛չ դահիճն ցավի, ո՛չ երկիրն ճղվի:
Դուք ո՞ւր եք լալիս, որ մենք չենք լալիս.
Դուք ո՞ւր մղկտում, որ մենք չենք խնդրում:
Պահեցե՛ք ձեր սուգն սև օրի համար.
Ձե՛զ վրա լաց էլե՛ք ու տեսե՛ք ձեր ճար:

Մենք մեր ծնողաց հետ կմիանանք,
Էսօր նրանց տեսուն մենք կարժանանանք.
Էս դառն աշխարքիցս կհանգստանանք,
Դրախտը կերթանք ու միշտ կխնդանք:

Բայց վա՜յ ձեր օրին, ձեր օղլուշաղին,
Թե դուք կենդանի կանգնիք, ձեր աչքով
Տեսնիք սիրելյաց տանջանքն՝ մղկտալով.
Ձեռներդ խաչած՝ ձեր դոշը ծեծելով,
Հող տաք ձեր գլխին, թաղեք ձեր որդին.
Ձեր սիրտը հանողին, կյանքը քանդողին
Եսիր դառնաք ու էլի չպրծնիք, էլի միշտ տանջվիք
Ու ձեր հողի վրա դուք մատաղ ըլիք,
Ձեր աշխարքումը էսպես դուք մաշվիք
Ու դեռ սիրտ չանեք, դուք չմիաբանիք,
Մեկ օր էս սուր, թուրն, էս կրակն ու բոցը,
Էս պղինձն, շամփուրն, էս փառ հնոցը
Դուք ձեր թշնամուն միշտ հազիր չպահեք,
Նրան դուք չէրեք, նրան չկոտորեք,
Ձեր ազգն, աշխարքը դուք ազատ չանեք
Ու էսպես թշվառ, տարաբախտ մնաք:

Մնա՛ք դուք բարով, տարե՛ք ձեր որդոցն
Մեր կարոտ սերը, մեր ազիզ բարովն.
Պատմեցե՛ք նրանց մեր խեղճ օրերը,
Թո՛ղ պահեն նրանք իրանց գլխըները.
Է՛ս օրին չհասնին, է՛ս ցավը չտեսնին,
Տա՛ն իրանց կյանքը ու պահեն աշխարքը.
Մնա՛ք բարո՜վ, բարո՜վ...

Վա՜յ... վա՜յ... ա՜խ... նա՛նի ջան... բա՛բի ջան... Աստված, քե՛զ ղուրբան... ամա՜ն... ամա՜ն... ամա՜ն... Մեռա՜նք... էրվեցի՜նք... խորովվեցի՜նք... ամա՜ն... վա՜յ... Հրես պրծա՜նք, հրես էկա՜նք. ո՜վ Վարդան նահատակ, սուրբ ծնողք. ձեր զավակք գալիս են, մոտ էկեք. կյանք տվին, մահ առան, ձեզ չթողին, ձեր հավատն, ձեր սուրբ խաչն չուրացան: Թրի բերնին, վառ կրակին, տանջանքին դիմացան:

«Փչրեցե՛ք, ջարդեցե՛ք, ոտն ու ձեռ կտրեցե՛ք,
Առաջ փորն, հետո գլուխն էրեցե՛ք, ճամփրեցե՛ք,
Մատները հաղըհան, ձեռները կաճըհան
Արե՛ք, մեջքն կրակին դեմ արե՛ք, խանձեցե՛ք,
Կտրած ձեռն, ոտն ու մատն եղումը դաղեցե՛ք,
Ով ճուտով սպանի, իր գլուխը կթռչի:
Ուսուլով ու յավաշ կամ կաշին հանեցե՛ք,
Կամ գլուխը քերթեցե՛ք, կամ աչքերն փորեցե՛ք:
Թո՛ղ ոտներն էրվելիս՝ աչքը տեսնի, սիրտն էրվի.
Թո՛ղ ձեռներն կտրելիս՝ բալքի թե ահ ընկնի
Սիրտները ու դարձ գան, մեր հավատն ընդունին,
Խաչը թողան, դուրանին գլուխ տան, մերն ըլին»:

Հասան խանն անիրավ՝ էս հրամանն ասելով,
Կրակին էր տալիս սուրբ մանկանցն՝ տանջելով:
Բայց արդարքն, վաղուց էր, տվել էին սուրբ հոգին,
Սուրբ արյան պատարագն նվիրել երկնքին:

Ողջակեզ, անուշ հոտն բարձրացել առ վերինն.
Սև ամպերն հեռացան, երկնային լիսն իջավ,
Նրանց մարմինն ամփոփեց, պատեց, բարձրացավ:
Ու հանկարծ՝ սոսկալի վերևիցը ձեն էկավ.
«Հասան խա՛ն, դու գազա՛ն, անօրե՛ն, դիվակա՛ն.
Բա՛ց չար սիրտդ, կա՛ց, կանգնի՛ր, որ ինձ տաս պատասխան:
Ո՛չ գետինն քեզ կպահի, ո՛չ անդունդն քեզ կքաշի,
Ո՛չ դժոխք թուլ կտան, ո՛չ գեհյանն սոսկալի.
Կենդանի դու պետք է քրքրվիս ու տանջվիս,
Մինչև էդ անմեղաց սուրբ արինն վճարես:
Թե շանթ քեզ հանդիպի, թե կայծակ քեզ էրի,
Իմացի՛ր, որ ե՛ս եմ, որ քեզ տամ տանջանքի.
Երերյա՛լ մնացես, տատանյա՛լ մաշեցիս,
Փուշ, տատասկ քեզ պա՛տի, թե հողն էլ դու մտնիս»:

Հանգիստ ու խաղաղ մնա՛ք, սիրելի՛ք,
Մինչև օրն վերջին, լիսն գեղեցիկ.
Անմե՛ղ երեխեք, արդա՛ր դուք հոգիք:
Քանի Ապարան տեսնիմ, անց կենամ,
Քանի շունչս առնիմ, ձեր անունը տամ.

Ա՜խ, իմ ազգի դուք հրեշտա՛կ, սո՛ւրբ որդիք,
Որ էդպես կանուխ դուք թառամեցիք:
Երբ երեսս հողին, ծնկներս չոքած,
Աչքս ծով դառած, սիրտս արնով լցված՝
Ընկնիմ, ա՜խ, գլուխս բաց ձեր առաջի,
Համբուրեմ ձեր հողն, մնամ վրա գետնի.
Քաղեմ ձեր ծաղիկն, հիշեմ ձեր հոգին.
Ո՜վ սուրբ հոգիք ջան, երկնային բեմին,
Աստուծո ատենին, սրբոց խորանին
Տարե՛ք իմ խնդիրս, տարե՛ք արտասունքս,
Որ մեր խեղճ ազգը, մեր սուրբ աշխարքը,

Որ ձեզ պես մատաղ տվեց աստծուն,
Էլ չի՛ ավերվի, չմնանք գերի,
Սրի մատաղ ու եսիր թշնամուն,
Անտեր ու անճար, անտեղ ու անտուն:

ՎԱԽՃԱՆ ԵՐԿՐՈՐԴ ՄԱՍԻՆ

ԳԼՈՒԽ ԵՐՐՈՐԴ

1

Հայաստան աշխարքը շատ վախտ էր նեղության, ավերման, տակ ընկել, ամա էս ամենիցը անց կացավ: Սար ու ձոր դառել էր գողի, ավազակի բնակարան: Ամեն կողմից պարսիկք է՛նպես ոտը բարձրացրին հանկարծ, որ էլ դեմ կենալու ճար չկար: Բայց է՛ս նեղությունն էր, որ հայոց էլ է՛ն հոգին էր տվել, որ թե մեկ կողմից իրանց ազգին ոտի տակ էին տալիս, մյուս կողմից իրանք էին թշնամու արինը ծծելով ման գալիս: Սաղ Պարսկաստան պակ էր էկել, սաղ Կավկազ՝ դոնմիշ էլել: Իրակլի որդի Ալեքսանդրեն, որ Վրաստան առնելուցը ետը փախել, պարսից դուռն էր ընկել ու հարիր անգամ գլուխը քարեքար տվել, որ իր աշխարքը էլ ետ ձեռք գցի, էլ սար չէր մնացել, որ անց չկենա, որ բաղքի թե իր սրտի մուրազը կատարի: Լազգի, Չաչան, Չերքեզ, Ղազախ, Բոռչալու, Շամշադին, բոլոր Կասպից գավառները՝ ձեռները հինա էին դրել, թև առել, որ թուչին ու ուսի իշխանությունը ստանան: Հայ ազգին յա կրակ էին խոստանում, յա սուր. յա կոտորում, յա թալանում: Ինչքան թուրք ունեին, մեր ազգի գլխին էին թափում: Ցա պատիվ, մեծություն խոստանում, որ խաբեն նրանց, յա պատիժ, պատուհաս տալիս, որ վախեցնան, ռաիցը ձեռք վերցնեն: Շահիցը, սարդարիցը փարման փարմանի վրա էր գալիս, բայց հայոց արդար սիրտը, ուղիղ սերը, որ ռուսաց հետ ունեին, է՛ն ժամանակն էլ նրանց չթողեց, երբ թուրը գլխներին խաղում, որդի ու զավակ դոշըներին, առաջներին սուրն էր քաշվում յա կրակումն էրվում:

Ինչ որ Պարսից կռվի ժամանակին հայք արին, աստուծո է հայտնի, ու ամենողորմած կայսրն էլ շնորհակալությունով ու հրովարտակներով, խաչով ու նշանով էս արած լավության տեղը շատ անգամ լցրեց: Թո՛ղ բազի հիմար, անաստված մարդ հայոց ոտը ծգի. թե մարդ չիմանա, քարերը վկայություն կտան: Հալբաթ որ մեկ օր մեկ արդար, անաչառ մարդ Վրաստանու պատմությունը կգրի, էն ժամանակը կերևի, թե հայք ի՞նչարին, ի՞նչ հավատարմություն են ցույց տվել տերությանը, ի՞նչ արին են վեր ածել:

Ո՞վ չգիտի, որ էս հաղարին, ինչ ժամանակ Հասան խանը՝ արևմտից, Աքաս Միրզեն՝ արևելից, ավազակի պես հանկարծ էկան, մեր սահմանը (սնոր) կոխեցին, մեր կողմը ամենևին խաբար չունեին: Ընչանք ռուսք իրանց զորքը կհավաքեին, ղզլբաշը կարող էր սաղ Վրաստան ոտի տակ տալ, եթե հայք չէին ամեն տեղ նրա

ճամփեն կտրել:
Միմիայն Ներսես ու Գրիգոր եպիսկոպոսաց, Մատաթովի ու Բեհբուդովի արածը բավական է, որ աշխարհ իմանա, թե ի՞նչ հոգի ուներ էն ժամանակը մեր ազգը: Առաջինը՝ խաչը ձեռին, հայոց քարոզում, զորք էր հավաքում, որ գնան, արին վեր ածեն իրանց ազգի համար. երկրորդը՝ Երմալովի խնդրքովը եպիսկոպոսության շորերը փոխած, չերքեզի շոր հագած, յարաղ-ասպաբ կապած՝ որ Թիփլիզու, Ղազախ-Բոռչալվի միջովը չէր անց կենում, հենց իմանում էր խալխը, թե իրանց փրկիչն էր գալիս:

Էն ժամանակը, որ Շամշադինի մովրովը հարիր մարդով հենց հասավ Մատուշկի ասած կարմունջը ու սարսափելով էլ ետ ե՛տ դառավ, չկարաց առաջ գնալ, էս հսկա եպիսկոպոսը երկու մարդով հազար արինակեր հարամու գլուխ ջարդելով՝ Ղազախ-Բոռչալու անց կացավ, հասավ Շամշադին՝ իր հայրենիքը, իր ընտանյաց մեջը, զրաֆ Սիմոնիչին, որ Գյանջուցը փախած՝ գալիս էր, իր բոլոր զորքովը իրանց տանը երկար պահեց ու Երմալովի թղթովը բոլոր կառավարությունն ստացավ, մինչև Թիփլիզուցը օգնություն գար: ...գեղը, որ պարսիկք էկան, քանդեցին, գերի արին, ուր յոթանասուն տանից ավելի էր, երեսուն մարդով հինգ հազար մարդի մեջ մտավ, առյուծի պես իր ժողովուրդն ազատեց, նրանց եսիրը ետ բերեց: Էս միջոցին Երմալովն էլ էկավ, հասավ: Մեկ պաս օր եպիսկոպոսիցը խնդրում ա, որ կռվի ժամանակին էլ պասին մտիկ չանի, բայց նա հսկայաբար պատասխան է տալիս.

— Պարսից միսը թողած՝ ի՞նչ հարկավոր է տավարի միս ուտիլ:

Էս միջումը Ալեքսանդր փալին ու Ջոհրաբ խանը էկան, Շամշադինը կոխեցին, ու քիչ էր մնացել, որ բոլորը տակ ու գլուխ անեն. բաց եպիսկոպոսը իր ընտիր հայերով նրանց քամակը կտրեց, զորքըները կոտորեց ու հինգ պարսիկ իր ձեռովը բերեց ու Երմալովին փեշքաշ արեց: Սա էլ ճակատը համբուրեց ու շատ անգամ խնդրեց, որ իրան ասի, թե ի՞նչ պարգև ա ուզում թագավորիցը, բերիլ տա: Անմահ եպիսկոպոսը է՛ն խնդրեց, որ Շամշադինու ու Ղազախ-Բոռչալվի հայ ազգը թուրքի ձեռիցն ազատվի, չունքի մինչև էն ժամանակը նրանց ձեռին շատ նեղություն էին քաշում: Խնդիրքը կատարվեցավ, ու ինքն էլ արքայական պսակին ու թոշակին (պենսիա) արժանացավ:

Ո՞վ չի զարմանալ, որ սրա ախպեր Գալուստը ինչ ժամանակ Հասան խանի ձեռը գերի ընկավ, ու ուզում էին, որ գլուխը տան, Նաղի խանը մեջ ընկավ ու նրան արձակիլ տվեց: Սարդարն էլ էն պայմանով նրան թողեց ու փարման տվեց, որ Շամշադնու, Ղազախ-Բոռչալվի մեծությունը որդոց-որդիս նրան կքաշեր, թե կարողանար հայերի սիրտն առնիլ, նրանց դարձնիլ, որ ղզլբաշին ծառայեն: Հրամանն էնպես էր տված, որ թե չորս օրվա միջի խարար չբերի, գլուխը հազար կտոր պետք է ըլեր: Բայց նա էս բոլոր արինը աչքի տակն առած՝ էկավ ու թղթերը Մատաթովին տվեց: Հասան խանը հազար ոսկի նրա գլուխը բերողին, երկու հազար՝ նրան սաղ-սաղ բռնողին էր խոստացել: Շամշադնու սարերը, ձորերը գիշեր-ցերեկ գող ու ավազակ ղվլում էին, որ նրան բռնեն, իրանց պարգևն առնին, բայց շատին ինքը իր թրին պարգև արեց: Է՛սքան անվանի, է՛սքան քաջության տեր էր էս օջախը, բայց էլի ով Գրիգոր եպիսկոպոսին տեսներ, հոգին հետը կերթար. է՛ն զարմանալի սրտի տերն էր, է՛ն քաղցր լեզուն, է՛ն անուշ բնությունն ուներ: Երեխի պես կնստեր, կպատմեր, ինչ գլխովն անց էր կացել:

Բայց ի՞նչ հարկավոր է բանը երկարացնիլ: Քանի Կավկասյան սարը կա, Մատաթովի ու սրանց արածը հավիտյան կհիշվի, կասվի:

Միթե Ներսես եպիսկոպոսը չէ՞ր, որ գրաֆ Պասքևիչի հետ մտավ Հայաստան ու հայոց մեծ մասը՝ քարոզելով, հորդորելով, ռսի ձեռի տակը բերեց: Քանի՜, քանի՜ քաղաքներ, գեղեր դարտակվեցան ղզլբաշի ու օսմանցվի երկրումը ու քանի՜սն էր Հայաստան, Վրաստան նրանցով լցվել:

Ո՞ւր թողանք էն մեր հոյակապ իշխանքը՝ Բարսեղ, Մանուկ, Մկրտիչաղեքն բայազդցի, աշխարհահռչակ տունն Տիգրանյան ղարսցի, որ, ինչպես հայր, իրանց բոլոր հարստությունը վատնեցին, փչացրին ու իրանց աղքատ ժողովուրդը պահելով՝ բերին էս կողմը: Էսօր էլ նրանց անունն տալիս՝ բայազդցիք ու ղարսցիք ուզում են երեսներին խաչ հանեն, էնքան անթիվ է նրանց հերությունն ու լավությունը ազգի վրա:

Միթե էս բայազդցի՞ք չէին, որ երբ մեր զորքը նրանց քաղաքն առավ, մեկ քանի օրից ետը հանկարծ Վանա փաշեն մեծ ղոշունով որ էկավ, Բայազդի չորս կողմը բռնեց, էս քաջ հայերը հոգին ատամների տակն առած, է՛ն տղամարդությունը ցույց տվին, որ դեռ Երևան չեկած՝ շատը աստիճան, խաչ ստացավ: Էսօր էլ որ էս ողորմելիքը Թիֆլիզումը, մշակություն անելիս կամ բաղնսներումը ծառայելիս, խոսք ա ընկնում, էն կտրատված շորըներիցը էլի իրանց խաչերը հանում, զոռզությունով ցույց են տալիս իրանց արնի գինը:

Կարելի է, թե պատմությունը, որ հայի համար քոռացել, մեծ-մեծ ազգերի ա ղուլուղ անում, էլի մոռանա, բայց ազգասեր հայն ի՞նչպես չպաշտի էն արծափեցի Մանուկ աղայի գերօրինակ քաջությունը ու հսկայությունը, որ դեռ Բայազիդ չառած՝ առյուծի պես, քառասուն քաջ հայազգի քամակին, Մասսա սարին նայելով, իր ազգի մեծությունը միտքը բերելով՝ թև էր առել, սար ու ձոր ոտնատակ տալիս, փաշին ու բոլոր Բայազդու զավառը պահում, քրդերին քարեքար տալիս, հալածում: Տասը տարուց ավելի էսպես իր աշխարհին տիրություն էր անում. վաթսուն մարդով շատ անգամ երկու-իրեք հարիր քրդի մեջ մտել, ջախըրուրդ արել, դուրս էր էկել, ու ինչ ժամանակ Պարսից կռիվը բաց էլավ, արծվի պես ընկել էր Մասսա էս կողմը ու Հասան խանի ղոշունը շատ տեղ կոտորել, ջնջել էր: Ինչպես որ, խանը անճարացած՝ գրեց փաշին, որ յա Մանուկին կորցնի, յա թե չէ հազրվի, որ վրեն կռիվ կգնա: Հսկա, բայց տարաբախտ Մանուկ աղեն էն օրը, որ էս խաբարն ընկնում ա քաղաքը, գալիս ա, որ բարութ առնի: Փաշեն, որ նրան աչքի լսի պես էր սիրում, կանչում, աղի արտասունքով խնդրում ա, որ անպատճառ գլուխն առնի, քաշվի, բայց քաջասիրտն Մանուկ իր տղամարդությանն ապավինելով՝ ասածն անկաջըվեր անում ու գալիս, մեկ դուքանի առաջի զրից տալիս, որ տասը ղզլբաշ հանկարծ վրա չեն թափվում, վեցին էլ սպանում ա ու հետո ա հոգին տալիս ու խաչվում: Էսօր էլ ինչ բայազդցի նրա անունը տալիս ա, ծուխը քթիցը դուս ա գալիս: Լիս կտրի՛ գերեզմանդ ու հողդ, անպարտելի՛ հսկա: Ա՜խ, ե՞րբ կըլի, որ քո հոգին գա, մեր ազգի վրա իջանի, որ մենք էլ մեր ազգին քե՛զ պես տիրություն անենք, քե՛զ պես մեռնինք:

Ո՞ւր թողանք ղարաբաղցոց, երևանցոց ու լոռըցոց արածները, որ քար ու հող ղզլբաշի արնովը լվացել, արին են թափել: Ղորդ ա, էն վաղուցվան հիանալի մելիքները չկային, ամա նրանց հոգին շա՛տ տեղ էր մնացել: Ղզլբաշի շատ ղոշունի գլուխը սրանք կերան:

Ա՜խ, ո՞ւմ մտքից կերթա է՛ն հսկա կերպարանքը, է՛ն գեղեցիկ պատկերը, էն անուշ լեզուն ու անօրինակ ռաշիդությունն ու սիրտը, որ շուլավերցի Սոսի աղեն ու մելիք Հոհանջանն ունեին: Հրեղեն վիշապի պես ընկել էին Քաշվեթու ու Բոլնիսի սարերը, որ թշնամու առաջը կտրեն, տեղ չտան, ու ինչ ժամանակ խաբարը նրանց է հասնում, թե Նեմեցի Կոլոնիեն տվին, քառասուն կտրիճ տղերք քամակին, իրանց մովրովն էլ մեջքներումը՝ է՛ն վախտն են վրա հասնում, որ քուրդ Օքյուզ աղեն վաղուց Կոլոնիեն քանդել ու իրեք հազար մարդով եսրների կեսը կոտորել, կեսըառաջն արել, տանում ա: Արինն աչքներն առած՝ ընկնում են էս մեկ բուռը զորքը էն անթիվ բազմությունի եռևիցը: Քուրդ ու ղարափափախ՝ եսրները տալիս են մեկ քանի մարդի ձեռք ու իրանք եռ դառնում: Էս միջոցումը մովրովը հայի ղոշունն առնում, փախչում ա, որ իր գլուխը պրծացնի. միմիայն քաջն Սոսի մեկ քարի տակի, իր կտրիճ ընկեր մելիքՀոհանջանի հետ դայիմանում, ու մեկը մեկին ձեն են տալիս.

— Նամարդությունն ու թուլությունն տղամարդի համար ամոթ ա, քաջությամբ մեռնինք, որ մեր որդիքն էլ իմանան, թե մենք էլ ենք սիրտ, ունեցել ու մեր երկրի թասիբը քաշել, մեր աշխարհի սիրով մեռել: Էս մուրտառ արինն էլ ընչի՞ ա պետքը, որ էսպես օրը չենք թափիլ: Զոլումը մեռնիլը տղամարդություն է:

Ճանանչ թուրքեր ձեն են տալիս.

— Սո՛սի աղա, քո աղ ու հացը շատ ենք կերել, մեր աչքը կրոնի, թե քեզ վրա թուր բարձրացնենք: Մենք քեզ կտանինք, սաղ-սալամաթ ճամփու կքցենք. մի՛ անիր, գլուխդ մահու մի՛ տար, քե՛զ ենք ափսոս գալիս, արի՛, քեզ խնայի՛ր:

Բայց հսկայն Սոսի՝ կասկած ունելով, թե իրանց կրոնեն, եսիր կանեն, նրանց խոսքին չի՛ նայում ու առաջի թվանքը որ չի քցում, Օքյուզ աղի տղեն է սփթա ձիու շլինքովն ընկնում: Կատաղած հարամին ընչանք վրա կհասներ, մեկ տասնըհինգ մարդ էլ սպանում են էս կտրիճ հսկայքը ու թուրքները հանած, երբ բարութները հատնում ա, ընկնում են զազանների մեջը, առյուծի պես: Ընչանք իրանց հոգին կտային, մեկ տասը հոգի էլ թրի են մատաղ անում ու իրանք աստծուն մատաղ ըլում:

Հանգի՛ստ ձեր սուրբ ոսկէրացը, ո՜վ քաջ նահատակք: Ձեր ջիվան ջանի արինն ա, որ էսպես սիրտս կրակում ա: Ի՞նչ հայ ձեր անունը լսի ու ձեր լիս գերեզմանին ողորմի չասի, ձեր հիշատակը իր սրտումը չգրի: Մի՛ իմանաք, թե ձեր ազիզ արինը նահախ տեղը թափվեցավ. էդպես պատվական արինն էր, որ աստուծո սիրտը գութ քցեց, մեր աշխարհին ազատեցու էսօր էլ է՛ն ձեր նահատակության քարի տակիցը ձեն ա տալիս.

— Հա՛յք, մե՛զ պես մեռեք, որ անուն ճարե՛ք:

Էսպես օրինակներ հազարները կան, բայց էլի մենք մեր պատմության տուտն սկսենք:

Բարեխնամ կառավարությունը տեսնելով, որ աշխարքն էսպես ոտի տակ ընկավ, հրամայեց, որ Փամբակ, Շորագյալ քոչին, գան Լոռի, որ իրանց պրծացնեն: Աստված հեռու տանի, ինչ խալխի հալն էր: Որի ախպերը չկար, որի հերը, որի որդիքը, որի մերը: Ղարաքիլիսեն, ինչ տեղ որ իշխանն Սափարզամիրզա կենում էր, դառել էր սգատուն, գողաղարան: Անօրեն պարսիկքն ու թուրքերը ձորից, սարից, օրը ճաշին, մեր աչքի առաջին, մեկ թվանքի մանզիլ տեղ, վրա էին տալիս զազանի պես ու տավար, մարդ եսիր անում՝ կամ սպանում, կամ գլուխը կտրում: Ո՛չ ցերեկն ունեինք քուն, ո՛չ գիշերը: Մեկ ձիու ոտի կամ թվանքի ձեն մերուցը գալիս՝ աչխարքն աչխարքով էր դիպչում: Հերը որդին ուրանում էր ու աչքը ջուր կտրած, շլինքը ծուռը՝ մտիկ անում, թե հրես, որտեղ որ ա, հարամին կգա, նրան սուրը կքաշի: Մեկ դաստա սալդաթ ու մեկ քանի ղազախ, որ գնացել էին ճամփեն բռնեն, էնպես ջարդված, յարալու-փարալու ետ էկան, որ մարդի գլխին կրակ էր վառվում: Մեկ օր Նաղի խանը էնպես վրա տվեց, Ղշլաղ ասած գեղն էրեց ու Ղարաքիլիսու վրա էկավ: Էլած-չէլած ղոշունը թոփերն առած՝ քաղաքի առաջը կտրեց, խալխն էլ տուն ու տեղ բաց թողին ու իրանց էրեխեքանց ձեռը բռնած՝ գնացին, թոփի տակը մտան: Ռուսաց քաջ հոգին էր, որ մեզ ազատեց:— Վաղուց էինք սրբություն առել ու մեր սև օրին աչքըներս կթել:

Խալխը քոչիլ չէր ուզում, չունքի սրի ձեռիցը, սովի ձեռը պետք է ընկնեին, ու չէին ուզում էլ, որ իրանց քաղցր հողիցը բաժանվին: Մտքիցս չի գնալ էն դառն օրը, որ հրամանն էկավ, թե անպատճառ քոչին: Ո՞վ կուզեր ախր է՛ն տունն էրել, որտեղ որ իր հերնըմերը կացել, իրան կաթը տվել, պահել, մեծացրել, մեռել էին. է՛ն իգին իր ձեռովը քանդիլ, որ դառը քրտնքով բհամ բերել, էն տեղն էր հասցրել: Հաջաթ, զարդ, տան կայենք, ինչ կար չկար, բոլոր կրակ տվին, ինչ ժամանակ ռսի ժամի մուխը տեսան, որը որ մեծավորը ի՛ր ձեռովը կրակ տվեց, ու սկսեցին լալով, սգով իր քաղցր, ազիզ սիրելյաց գերեզմանը համբուրի, բարով մնա ասիլ իրանց հողին, ջրին, թոփի, սալդաթի մեջն ընկնիլ ու Դվալի սարի է՛ն կողմն անցնիլ: Դեռ կիսաճամփի էինք, որ Նաղի խանը իր ղոշունովը էկավ, մտավ Ղարաքիլիսա, ու սարի դոշիցը ամեն մարդ իր տան կրակի ծուխը տեսնելով՝ քթի ծուխն էլ հետն էր դուս գալիս, ու աչքը խփում էր, որ էս կսկիծն էլա չտեսնի: Քոչվորի մեկ տուտը Ջալալօղլի էր հասել, մեկը դեռ հլա սարի էն կողմն էր: Թուրքերը ջամդաքակեր գիլի պես գլխըներիս պտիտ էին գալիս ու սարից, ձորից թվանքները մեզ վրա կրակում: Էն օրը գնա, ո՛չ ետ գա, ինչ մեր հալն էր: Լացի, սգի ձենը երկինքն էր հասել, լսողի, տեսնողի սիրտը էրում, փոթոթում:

Խալխը սար ու ձոր լցվել, իրար վրա էր թափել. ո՛չ տուն կար, ո՛չ տեղ, ո՛չ հաց, ո՛չ ապրուստ: Ով բարեկամ կամ ծանոթ ուներ Լոռի, գնաց, նրա մոտ վեր էկավ. ով հարուստ էր, գլուխը պահում էր. ով մեկ աստվածասերի ռաստ էր գալիս, գեղարենքումը իր քյուլփաթին մեկ տաք գոմ էլա ճարում, նրանց տեղավորում էր, ով չէ՛, սարում, ձորում, էրում, քարափում բուն փորում, մեջը մտնում ու գլուխն ու մեջքը լեռ քարին տալիս: Լոռվա ձորի մեջը, էս գլխիցը էն գլուխը, խալխ էր, որ իրար վրա վեր էր թափել. շատը հողն էր ծակել, մեջը մտել. շատը փետեր իրար վրա տվել, տակին կուչ էկել, բայց հաց, շոր, ապրուստ ո՞րդիանց ստանային ողորմելիքը: Հացի կոտը դառավ օխտը-ութ մանէթ, էն էլ չէր ճարվում: Սարերումն՝ էլ բանջար, խոտ չէր մնացել, քաղել, կերել էին: Ձուկը բռնելով, փորս անելով ի՞նչպես կարելի էր տուն պահիլ. քչիցը, ամեն մեկ տան տասը ջան կըլէին: Էլ սատկած տավար չմնաց, որ չմորթեն, չուտեն: Շատ հեր, շատ ախպեր իրանց օղլուշաղի, քռփա էրեխեքանց ձենին չդիմանալով՝ տասնով, քսանով հավաքվում, գլխները փեշըներին էին դնում, էլ եռ թաքուն Փամբակ գնում, որ հաց բերեն. բայց, ա՜խ, որը եսիր էր ընկնում, որը գլուխը թշնամուն տալիս, իր տունը քանդում:

Ձմեռն էլ էկավ, վրա հասավ: Մարդ, անասուն սովի, ցրտի ձեռիցը ազար ընկավ: Աստված ո՛չ շհանց տա, ի՜նչ էս խեղճերի հալն էր: Քար էր, որ գերեզման էր դառնում, հող էր, որ ջիվան-ջիվան երեխէք, իրեք-չորս օր սոված, թաղաթը կտրած՝ տակովն անում: Մեկ հացի փոր դուս գալիս, հազար աղքատ՝ շլինքը ծուռը, դուռըդ կտրում. չտայիր, սիրտդ էր էրվում, տայիր, երեխեքդ մնում սոված. կարոտ էինք մնացել, որ ցամաք հացն էլա կուշտ փորով ուտենք: Ով ինչ զարդ, զինքս ու զարդարանք, արծաթեղեն կամ մարգարտեղեն ունէր, որը ծախեց, որը գրավ դրեց: Շատը որդիքը տարան Շուլավեր, Բոռչալու, եսիր տվին: Իմ տան տերը դերձիկ էր: Որ գնում չէր, բանում ու մեկ քանի շաբթից ետը մեզ համար հաց բերում, հենց իմանում էինք, թե երկնքիցը հրեշտակ է գալիս: Էսպես՝ հազարավորք մեռան, սովամահ էլան, ու շատ փայն էլ էկավ, ընկավ Վրաստանու հողը ու գլուխը պրծացրեց: Էսպես ա հայն իր խեղճ օրը հազար տարի պահել, իրան էս տեղ հասցրել, մեկ թշնամի ոտը բարձրացնելիս՝ նրա գլուխը ջարդվել, նրա տունն ու տեղը քանդվել, էլ ի՞նչ անօրէն, անգութ մարդ պետք է ըլի, որ հայի միսն ուտի ու նրան չխղճա:

Հիմիկ էս թողա՛նք, գնա՛նք էլի մեր սիրելի Աղասու մոտ, տեսնի՛նք, ո՞ւր մնաց, ու ի՞նչպես պետքը նրա բանը վերջանա:

2

Էս խառը, դառը, ալեկոծյալ ժամանակին էր, որ մեր իգիթ Աղասին հինգ տարի սարեսար, քարեքար ընկած, էհինգ ընկերիցը իրեքը կորցրած, երկուսը քամակին, մեկի անունը Կարո, մյուսինը՝ Մուսա, մեկ տասը-քսան քրդստանցի հայ էլ իր թրի տակը բերել, սար ու ձոր չափելով՝ ման էր գալիս: Մեկ օր Անի էր ըլում, մեկ օր՝ Ղոշավանք, ու էստեղ-էնտեղ չափմիշ անելով՝ գլուխը պահում էր, որ յա իր ջիգրը հանի, յա մեկ հազար մարդ էլ ա սպանի, հետո հողը մտնի, որ սրտումը դարդ չմնա: Ավելի Անի էր նրա բնակության տեղը, որտեղ որ հարիրավոր ղզլբաշի գլուխ էր թրին մատաղ արել: Էստեղից էր, որ վրա հասավ ու իր չար թշնամի Հասան խանին ճանկեց, ամա ջահելությունն ու խաչապաշտությունը նրան գլխից հանեցին, նա խաբվեց ու հազիր ձեռն ընկած փորսը էլետ բաց թողեց:

Մեր կարդացողների լավ մտքին կըլի, որ նա, երբ Քանաքեռ սարդարի փառաշներին սպանեց, ինքն էլ էնպես մնաց ազիզ թագուհու ու իր արածի վրա սառած, կանգնած: Ընկերներն էլ ժամանակ չկորցրին. գիտեին, որ բոլորի վերջը մահն է, էլ ո՛չ հոր մտիկ արին, ո՛չ մոր, Աղասուն կապեցին ձիու վրա ու ընկան Ապարանու սարը, որ կամ Փամբակ փախչին, կամ Ղարս, կամ Ախլցխա, որ իրանց գլուխը թաքեն: Էրկու սհաթից ետը ի՞նչ Քանաքռու հալն էր, աստված ո՛չ նշանց տա: Սուգ ու շիվանն ընկավ գեղը. տուն էր, որ քանդում էին. մարդ էր, որ փետ ու միս էին արել, փախածներին պտրտում. նրանց հերնըմերը, օղլուշաղը թրի տակ արած՝ մեկ սհաթի միջումն որի շլինքը թոկ քցած, որի ձեռները ետևին կապած՝ ոչխարի պես առաջ արին, որ տանին սարդարի դուռը:

Որդի էր առաջները գալիս, որ հոր ճտովն ընկնի ու իր վերջին բարովն առնի. աղջիկ էր մոր դոշին ընկնում, որ հոգին տա. հարսն էր մեջ ընկնում, փեսա էր ոտնըներովը փաթաթվում. որին թրով էին յարալու անում, որին թվանքի ոռքով ջարդում: Քար էր ընկնում ձեռըները, վրըներն էին քցում. փետ էր պատահում, գլխըներին խփում: Տատին էլ տան սներիցը կապել, էնպես էին չիփ-չիփլախ ոտին, գլխին վեր հատում, որ մեկ ձենը երկինքն էր հասել, մեկը՝ գետինը: Սաղ գեղը պոկ էր էկել. որը գլխաբաց, որը բոպիկ ոտով, որը յարալու, որը կուռը կոտրած՝ արնաթաթախ, երեսը պճնոկելով, գլխին, դոշին տալով. որը ջուրն էր ուզում ընկնի, որը քարափինըվեր: Քեղխուդեքն էլ հո, ձեռ-ձեռի կապած, էնքան ոտի, թվանքի տակ էին ընկել, որ ջանըներումն էլ սաղ տեղ չկար:

Էս հալին մտան Երևան. գնացին բերդը: Կնանոնցը քարով, փետով դեն արին, մարդկերանցը ներս քաշեցին, ու անկուշտ Երևանի բերդը ատամները սրեց, որ էս նոր էկած ղոնաղներին էլ փորումը լավ տեղ տա, մարսի: Երկար վախտ դեռ նրանց ձենը բերդիցը, կնանոնցը՝ դրսիցը, իրար էին հասնում, իրար գլուխ լալիս, մինչև քամին բոլորի ձենն էլ կտրեց,— աշխարքը դինջացավ, դահիճքը կատաղեցին:

Էս միջոցին խաբար հասավ Սահակ աղին: Էս Երևանու հայերի փրկիչը, որ ազգով, պապով էնքան հոգի, տուն ազատել էին բանտից, մահից, սրից, թրից, որ թիվ ու համար չկա: Ջին թամքած՝ տանը հազիր էր. թռավ ձիու քամակը ու նոքար, բեքար առաջն արած՝ է՛ն սհաթին հասավ բերդի դուռը, որ կնիկ, օղլուշաղ, քար, հող ուզում էին պոկեն, գլխըներին տան, բայց քարն էնքան անիրավ չէր, որքան անաստված փառաշները: Ջին որ չքշեց մեկի վրա ու ղամշով գլխին տրաքացրեց, տասը տեղ գունդ ու կծիկ անելով՝ մնաց քամակի վրա ընկած:

— Հենց է՛ս սհաթին փորդ վեր կածեմ,— ասեց,— սա՛տկած շուն, քո ի՞նչ հաղդն ա կնիկարմատի ձեռ վրա բերես: Կապեցե՛ք էդ շներին, հենց էս սհաթին դրանց թոզը քամուն տալ տամ, դրանց սոյին նա՛լլաթ:

Էս խոսքի վրա նոքարները էլ վախտ չի՛ կորցրին, վրա թափեցին ու հենց, էն ա, էստեղ-էնտեղ շատին բողմիշ արել, ուզում էին ոտ ու ձեռ կապեն, որ բիրդան Սվանդուլի խանը բերդիցը դուս էկավ: Թուրքերի միջին, կարելի է, մեկն էլա էնքան հայի թասիբը չէր քաշում, ինչքան էս օրհնած խանը: Նրան էլ որ էն դիիցը դուս գալ է՛ս չտեսան, թուրք, հայ մնացին փ՝տացած, կանգնած: Բայց ո՞վ էր կարող էս հաղաղին էն նաչար, ջրատար եսըրների օղլուշաղի ձեռ ու ոտ կապիլ: Հարայ տվին ու ընկան ձիու ոտը.

— Խա՛ն, գլխուդ ման տա՛նք, ոտիդ հո՛ղ դառնանք, մեր ձեռն ա, քո՝ փեշ. վերևումն՝ աստված, ներքևումը՝ դու. մեզ տա՛ր, ջուրն ածի՛ր, մեզ էստեղ սպանի՛ր, սուրը քաշի՛ր, ձիուդ ոտի տակին մատաղ արա՛, մեզ մի ճար արա՛:

Բարեսիրտ խանը ձին ետ քաշեց, փառաշներին ղամշելով դեն արեց, որին իսկույն վեր քցիլ, բերանը հող ածիլ տվեց, որի ատամներն ու գլուխը մաշկի նալչով լավ տրորիլ տվեց, մյուսներին էլ բերդն արեց ու ինքը աղլուխը աչքին դրած՝ սկսեց ձեռը մեկիք Սհակի գոտիկը քցիլ ու ասիլ.

— Ա՜խ, ճամփեն փուշ ու տատասկ դառնար էս անիծած ղաջարի, որ մեր հողը չմտներ: Աշխարքը քանդեցին, աստված մեկ քար էլա չի՛ քցում սրանց գլխին, որ սատկին, փչանան: Էս ի՞նչ ա էս խեղճ խալխի հալը: Մեկ աղջկա խաթեր էսքան տուն քանդիլն աստված է՞նչպես ա ղաբուլ անում: Աստված մեր թուրը մեկ օր մեր սիրտը կցցի, էս զուլումին քարը չի՛ դիմանալ, ո՞ւր մնա մարդը: Գնա՛նք, Մա՛լիք, գնա՛նք, կեռ սհաթ որ ետի վրա հասնինք, է՛ն խեղճ բռնվածների տունը կքանդեն՝ յա աչքները կհանեն, յա գլխըները կկտրեն: Աֆա՛րիմ, Ա՛ղասի. էս սհաթին էստեղ ըլի, աչքին պաչ կանեմ: Ռաշիդ տղեն էնպես կըլի, ամա ի՞նչ անես, որ անօրենի ձեռի եք մնացել: Գնա՛նք, վախտ կորցնիլ պետք չի:

Էնպես խոսեց էս արժանահիշատակ թուրքը, որ ամեն սհաթի հայերի համար գլուխը ետ էր դրած: Նոքարներին հրամայեց, որ էն կնանոցն ու Թագուհուն իր տունը տանին, ընչանք ինքը գա, ու ինքը Սհակ աղի հետ մնավ բերդը: Ղարավուլները սրանց որ տեսան, մնացին փետացած կանգնած: Երևանու քնիկ թուրքերը, որ հայի հետ մեկտեղ մեծացել, ախպոր պես էին վարվում, սարդարին, Հասան խանին անիծելով, թքելով, ղզլբշի վրա ատամները ղռնտացնելով՝ քիչ-քիչ քաշվեցին ու դեմը գնում էին, դեմը ասում.

— Տե՛ր աստված, ե՞րբ կըլի, որ քո ողորմության դուռը բացվի, ու մենք էս անիծած ղզլբաշի ձեռիցը մեկ օր ազատվինք:

Ձունքի սրանք երլու ըլելով՝ չէին ուզում մեկ օր էլա նրանց ծառայեն, ու շատ անգամ հայերի հետ միացել, քշել էին նրանց, ամա թրի զոռով էկել, էլ ետ երկիրը զավթել էին:

— Սարդա՛ր գլխի՛դ ղուրբան,— ասացին Ավանդուլի խանն ու Սհակ աղեն ու ձեռ-ձեռի տված՝ ընկան դիվանխանեն հենց է՛ն սհաթին, որ խեղճ հայերի կռներն ու աչքերը կապել, չոքացրել էին, որ գլուխները տան: Դահիճները թուրըները սրել, գլուխներին կանգնել էին:— Սա՛րդար, մեր գլուխն էլ սրանցի հետ տո՛ւր,— ասեցին, չոքեցին ու ուզում էին իրանց ձեռովն իրանց աչքը կապեն:— Տուն, մալ, դովլաթ, օղլուշաղ, դովում, դարդաշ՝ գլխիդ եսիր ըլին: Ձեռըներիցը բռնի՛ր, ջուրն ածի՛ր, մեր հոգին ա՛ռ ու էս անմեղ խալխին սուրը մի՛ քաշիր: Սարը քո առաջին գլուխ չի բարձրացնիլ, ծովը, քեզ տեսնելիս, բերանը կփակի. ոտդ թափ տաս՝ երկիրը թև կառնի, կթռչի. արարած աշխարքը թրիդ առաջին դուլ ա դառել. անունդ երկնքումն ա ձեն տալիս. ոտդ որտեղ դնում ես, ծաղիկ է դուս գալիս. աչքդ որտեղ քցում ես, արեգակ է բաց ըլում. ի՞նչպես ես մեկ լաչար աղջկա խաթեր, մեկ-երկու նոքարի խոսքով՝ էսքան տուն քանդում. բաս ո՞ւր մնա քո ռահմն ու քյարամաթը, որ ալամ աշխարք տեսել, զարմացել ա: Ի՞նչպես էս էդ հալալ բերնիդ լայեղ տեսնում, որ սրանց արինը վեր ածիլ տաս: Քո քոշք ու սարեն ողորմության դուռն ա, ընչի՞ ես արնի տեղ շինում: Սրանց ծեր հասակին, սրանց խեղճ եթըմներին խնայի՛ր: Սրանք ի՞նչ են արել, որ մեկ տղի, մեկ թուլի, հարամու գլխին եսիր ես անում: Երկինքն էլ ա քոնը, ի՛նչ թե երկիրս: Արարած աշխարքս քե՛զ ա գլուխ վեր բերում. մեկ աղջիկն ի՞նչ ա, որ նրա խաթեր քո խալխի տունն ուզում ես քանդես: Աղջիկ ես ուզում, հազարը կա: Ո՞ւմ աչքդ առնի, որ քեզ մատաղ չըլի: Մեր ջանն ուզի, որ քեզ տանք, աղջիկն ո՞ւմ շունն ա: Դո՞ւ չես, որ էդ հալալ բերնովդ ամեն օր ասում ես. Հայերը քո աջու թևն են, քո երկիրը շենացնողը, խազինեղ լցնողը. Քո թուրը կտրուկ, երեսդ պարզ անողը նրանք են: Ի՞նչ կըլի, որ էս սհաթին քո ցասումդ մեզ վրա թափես, սրանց խեղճ գաս: Ասլանին ի՞նչ փառք՝ զառի գլուխը ջարդի: Չէ՛, սրանք քո չրաղն են, քո ըմբրիդ դիպչին. ընչի՞ ես նհախ տեղը կորցնում: Անողը պետք է բռնած, սրանք ի՞նչ մեղք ունին: Ում ձեռն արնոտ ա, նրա աչքը պետք է հանած, սրանք ի՞նչ են արել: Սա՛րդար, երկնքի, երկրի տե՛ր, սա՛րդար. Դու չես մեր ղլինքը տալ, մե՛նք մեր թուրը մեր սիրտը կխրենք: Թե մեր արինը քեզ համար թանկ ա, սրանց գլուխը մեզ բաշխի՛ր: Քո դրան ծունն ենք, մեզ մի՛ կորցնի՛ր:

Էսպես աղաչանք արին ու չոքչոք, թրները տարան, սարդարի առաջին դրին, ոտի տակն ու փեշը համբուրեցին, երեսներին քսեցին ու գլխները գետնին կպցրին, որ տեսնին, թե բանն ինչպես ա վերջանում:

— Ձեռներս կապում եք, Խա՛ն, Մալի՛ք,— սկսեց սարդարը բերանը բանալ,— ի՞նչ անեմ. ի՞նչ կըլեր, մի քիչ եռի էիք էկել: Ինչքան բարկացած էլ որ ըլիմ, ձեզ տեսնելիս՝ թուրը ձեռիս, ձեռս թուլանում ա: Մինչև ե՞րբ էս կրակը մեր երկիրն էրի: Հայ ազգը ո՛չ թրից ա վախենում, ո՛չ թվանքից, ո՛չ թոփից: Կրակն ես քցում, էլի իր հավատն ա պաշտում, ծառին էս կախ անում, միսը պոկում, բերանը տալիս, էլի իր խաչն ա պաշտում, իր Քրիստոսի անունը տալիս: Էս մեկ կտոր փեռն ի՞նչ ա ախր, որ սրանք էսպես ապավինել են. որդին ես քշում, ինքն ա հետը կրակն ընկնում. հորն ես բռնում, որդին ա գլուխը մահի տալիս: Սրանց մեկ կնիկ են տալիս, մեր օրենքը՝ քանի որ քեփդ ուզի: Ուխայթություն, մեակություն են անում, բուրդ հաքնում, ցամաք հացի կարոտ, մենք սրանց խանություն, բեկություն, աշխարք, պատիվ, դովլաթ, մեծություն ենք տալիս, ախր ընչի՞ համար չեն խելքի գալիս, մեր մասսաբին, օրենքին հավանում, մեր հավատը ընդունում, պաշտում: Բոլորը ջնջես՝ աշխարքը կքանդվի, չունքի երկրի շենացնողը, հաց տվողը սրանք են: Արևի, անձրևի, կոտի, բեզյարի տակին չորացել, չոփ են դառել, էլի որ մեկի մազին դիպչում ես, ալան ա դառնում, մարդի պատռում: Էնքան մեր ազգը սրանց կոտորեց, եսիր տարավ, աշխարքը քանդեց, էլի խելքի չէկան: Շահություն էլ որ խոստանում ես, իրանց գլուխն են դեմ անում, էլ ի՞նչ ասես: Մեկ մարդ փլավի, մսի տեղ խոտ, բանջար ուտի, ամսներով պաս պահի, ցամաք հացի ապով մնա, ախր էն գլխումն էլ ի՞նչ խելք կըլի: Ախր ի՞նչ սատանա է սրանց սիրտը մտել, սրանց ճամփից հանում:

Մեր փեղամբար Մահմադն ասում ա՝ թշնամուդ աչքը հանի՛ր. սրանց Քրիստոսն հրամայում, որ նրան սիրես, էն աչքդ հանես, նրան տաս, նրանօրհնես, թե քեզ հալածի: Էս խե՞լք ա: Հավն էլ իր ճուտը ուրուրին չի տալիս, սրանք ո՞նց են իրանց որդիքը իրանց ձեռովը մատաղ անում: Մեկ սիրտ անեն, մեր հավատն ընդունեին, տեսնեին՝ մեր շահն ի՞նչ փառքի սրանց կհասցնի: Ջաֆար խանին թո՛ղ մտիկ անեն. մեկ ղարաբաղցի հոտաղի տղա էր, որ եսիր արի, հիմիկ աշխարքի տեր ա դառել: Խոսրով-խանն ո՞վ էր, ո՞ւմ որդի, էնպես էլ՝ Մանուչար-խանը. հիմիկ սաղ Իրանը զավթել են. շահն էլ են նրանք, շահզադեն էլ: Շահի հոգին նրանց ձեռին ա. ասեն՝ նստի, կնստի, վե՛ր կա՛ց, վեր կկենա. ինձ նման հարիր սարդար, խան, շահզադա նրանց ձեռին են մտիկ տալիս: Ստամբոլ են գնում հայի տղերքը՝ վազիր ու փաշա են դառնում. Թեհրան են ընկնում՝ նազիր ու խան. սրանից ավելի էլ ի՞նչ պատիվ կուզի մարդ, որ ստանա, ու սրանք էսպես քարացել, ոչինչ չեն ընդունում: Մեր կուռը բեզարեց՝ սրանց կոտորելով, մեր թուրը գլացավ՝ սրանց սպանելով, սրանք էլի, հենց գիտես, թե խիարի սերմ ըլին. մեկ դրաղիցը կտրում ես, մյուս դրաղիցը դուս են գալիս, էլի հասնում, էլի կտրածի տեղը բռնում:

Մարդ կուզի՝ օր քաշի, կյանք վայելի, սրանք իրանց կյանքը իրանք են մահու տալիս, իրանց օրը իրանք խավարացնում: Մեռնին իրանց հավատովը՝ դժոխքը պետք է գնան,սատանի ձեռքը: Մեկ կտոր պանիր ուտիլն, մեկ ուշունց տալն, մեկ արած մեղքը չասիլն ի՞նչ զատ է, որ սրանք էնպես կարծում են, թե իրանք դևի փայ կըլին, թե որ չպահեն: Մեր հավատովը՝ կե՛ր, քանդի՛ր, խըլի՛ր, սպանի՛ր, քեֆ արա՛, աշխարքի վայելչությունը քաշի՛ր: Կնիկդ փիս ա, դո՛ւս արա, ուրիշն ա՛ռ. ո՛չ պաս, ո՛չ ծում. աչքդ ի՞նչ սիրի, էն կե՛ր, էն հաքի՛ր, մաշի՛ր. մեկ չոռ սաղի աղիքը վե՛ր ածա, քեզ ծուռը մտիկ անողի աչքը հանի՛ր, էլի որ մեռնիս, գնա՛ էն կյանքը, ի՞նչ դժոխք, ի՞նչ պատիժ. առաջիդ էլի հազար մոյդա ու աղջիկ պար կգան, քեզ քեֆ շանց կտան. վարդի ջուրն երեսիդ կթափի, ոսկեջուրն տակովդ կերթա, սրանից ավելի փա՞ռք: Էստոնք թողած՝ հոգի ու հավատ կորցրել են էս հիմարները. էս դինումը ջոկ են տանջվում, էն դինումը հո, էլ ի՞նչ ասիլ կուզի, չունքի դրախտի բանալիքը մեր փեղամբարի ձեռին ա: Ո՛չ սրից են վախում, ո՛չ փառքից խաբվում: Ծծկեր երեխեն էլ, թուրքի անունը տալիս, ուզում ա՝ մարդի կտրատի: Էլ ի՞նչպես համբերես, համբերությունը մեկ օր կըլի, երկու օր: Սաղ Իրան հարիր անգամ սրանց գլխին փուլ էկավ, էլի տակիցը դուս էկան, շունչ առան ու տեղն ընկած վախտը մարդի սաղ-սաղ ուտում են, սրանց արածին ո՞վ կդիմանա: Հմիկ էլ մեկ գյադա իմ ղլերին (ծառա) ա սպանել. ախր ի՞նչ անեմ. սիրտս բերնովս դուս ա գալիս, ի՞նչպես չի սրանց դիմա-դիմա անես: Ախր նա էս օձերի ճուտն ա. ընչանք մորը չսպանես, ձագը ձե՞ռ կընկնի:

Խա՛ն, Մա՛լիք, էլի ասում եմ՝ սրանց արածը տանելու չի, ամա դո՛ւք եք էկել իմ դուռը, ի՞նչ անեմ, ի՞նչպես ետ դարձնեմ: Որ սիրտս ուզեք, գիտեք, որ կհանեմ, ձեզ կտամ: Սրանց գլուխը ձեր արևին սաղաղ. թո՛ղ բխով քցեն դրանց ոտներն ու շլինքը, ու բերդումն ընչանք մնան, մինչև սուչլուն ինքն իրան ետ գա: Հորնըմոր արինը քաղցր ա, վաթանի հողն ու ջուրն՝ անոշ: Թո՛ղ սրանք գրեն իրանց տղերքանցը, խրատեն, որ ետ դառնան, թե չէ բանը փիս կգա: Կուզեմ, որ է՛ն, է՛ն, է՛ն բեդովլաթ Աղասուն մեկ էլ տեսնիմ, մեկ էլ էն սուրահի բոյին նայեմ, հետո միսը բերանը տամ, որ սրտումս դարդ չմնա: Թո՛ղ նա էլ, ուրիշներն էլ լա՛վ իմանան, թե սարդարի հրամանը գետինը չի՛ պետք է քցած, սրբի պես պաշտած, որ մեկն էլա չի՛ համարձակի էնպես բանն անիլ: Թե չէ՝ հայերը գել կդառնան, մեզ կուտեն: Էլ էս երկրումը կենալ չի՛ ըլիլ:

Ասում եմ ձեզ, ա՜յ աղսախկալուք (ծերունիք), դուրանի զորությունը գիտենա, թե առնին ձեր որդիքը, երկինքը թռչին, էլի նրանց վեր բերիլ կտամ. գետնի տակը մտնին յա ծովի, կհանեմ, թիքա-թիքա կանեմ. նրանք որ չգան, սաղ հայ ազգը թոփի բերնին կապիլ, քցիլ կտամ. թե խելք ունին, ձեզ խեղճ գան, ետ դառնան: Հազար ձիավոր նրանց ետևիցն ընկած՝ սար ու ձոր ոտի տակ են տալիս, ղազախ, ղարափափախ՝ նրանց արինը խմում. թե մեկ ձեռս են ընկել, մեծ թիքեն անկաջները կմնա. ձիու պոչից կապիլ, քաշ տալ կտամ, թո՛ղ ձեզ խաթր անեն, ետ գան, թե չէ, որ ես բերիլ տվի, ո՛չ դուք կպրծնիք, ո՛չ նրանք: Քյար ու դուշմանով, շահի գլխովն օրթում եմ ուտում. ասածս ասած ա, դուք գիտեք: Գնացե՛ք. էսօր կգան՝ ազատ եք, էգուց կգան՝ նմանապես: Ձեր ու ձեր խալխի կյանքը նրանցիցն ա կախ. թե ետ գան, բալքի թե սիրտս ռահմ ըլի ընկած, բարկությունս անց կենա, նրանց սպանեմ: Սար ու ձոր առաջիս դողում են, նրա՞նք պետք է ինձ դեմ կենան: Գնացե՛ք, միտք արե՛ք. ձեր գլխի դարդը քաշեցե՛ք:

Էս խոսքի վրա Սվանդուլի խանն ու Սհակ աղեն վեր կացան, աթոռի ոտն ու սարդարի փեշը համբուրեցին ու հազար անգամ գլուխ տալով, ոլոռ անելով դուս գնացին:

Բանտը բաց արին, ու մեր խեղճ քեղխուդեքը մտան ներս. դուռը վրըները փակեցին, նրանք աչքները բաց արին: Թագուհին էլ էնքան ոտին-գլխին տվել, երեսը չանգռել էր, որ էլ սարդարի երեսը չկարացին բերել: Սվանդուլի խանը տարավ իր տունը, որ նրա հոգսն էլ քաշի, նրան էլ ճար անի:

3

Բայց ինչ մեր Աղասու հալն էր, աստված ո՛չ շհանց տա: Ձեռն ու ոտը կապած.

դժոխքը փորումը, սաղայելյան չար հրեշտակները գլխին պտիտ տալով՝ Զանգվի վրովն անցկացրին, ու, հենց բոնես, սար ու ձոր բերանները բաց՝ նրանց ըլին ուզում կուլ տան, էնպես փախցրին նրան նրա քաջ ընկերքը: Շատ տեղ իրանից գնում, քիչ էր մնում ձիուցը վեր ընկնի. էլի ընկերքը հասնում, երեսին ջուր էին ածում, անկաջները տրորում, ետ բերում. էլի նրա սիրտը գնում, ձիու գլխովն էր ուզում ընկնի: Բազի վախտ որ բիրդանբիր «Թա՛գուհի, նա՛նի, բա՛բի, Նա՛զլու» չէր ձեն տալիս, քար ու հող ուզում էին կրակվին:

Հենց մութը գետինն առավ, նրանք նի մտան Ապարանու քանդված եկեղեցին, չունքի օրն էլ կարճ էր. արեգակը քիչ էր մնացել մեր մտնի, որ նրանք գեղիցը դուս էկան: Ձիանքը որ ջուն չէին քաշում, աչքները արին էր քցում, քիթ ու բերան՝ կրակ: Ամեն մեկ ջունչ քաշելիս փոր ու աղիք իրար էին կպչում, էնքան էին քշել: Վարթն սկսեց ձիանը ման ածիլ, Կարոն՝ սար ու ձոր աչքի տակն առնիլ, ղարավուլ քաշիլ, Մուսեն՝ Աղասուն ուսին դրած մտավ եկեղեցու խարաբին, գլուխը դրեց գոգն, ձեռը՝ երեսին, ու աչքը երկինքը քցեց, որ իմանա, թե աստղերն ի՞նչ են ասում: Մեկելներն ընկան դես ու դեն, որ ձիանոնց համար մի քիչ եմ (ուտելիք) ճարեն: Բայց էն փախտին չոլումն ի՞նչ կըլեր: Խոտի չոփերն էին մնացել տեղ-տեղ ցից-ցից կանգնած:

Երկինքն աչք ու ունք կիտած՝ իր չարխը պտտում էր հանդարտ. լուսինը ամպերի տակիցն մեկ երեսն հանում, ջանց տալիս, մեկ էլ ծածկում, կորչում էր: Գերեզմանատունն էնքան սարսափելի չէր ըլի, ինչպես էս յաբանի չոլը: Ամեն մեկ սարի արանքից կամ քարի տակից դժոխքի ձեն էր գալիս: Գել, չարխալ, արջ՝ մեկ կողմից, ղանդառունչ բորյաղը, որ էստեղ, օրը ճաշին, մարդի աչք ու բերան կալնում, խեղդում է՝ մյուս կողմիցը, Սանդարամետը բաց էին արել, սար ու ձոր իրար գլխով տալիս: Ամեն մեկ քար, ամեն մեկ թուփ նրանց աչքին դև էր դառել, ու ձին մեկ ոտը խփելիս կամ փռնչալիս՝ քարերն ուզում էին ճաքին, ձորերը՝ տրաքին: Աղասին՝ նաֆասը փորն ընկած, որ բազի անգամ ա՛խ չէր քաշում ու ոտին-գլխին անում, գետինն ուզում էր պատռվի, ընկերներին խոր տանի: Նրա հավատարիմ ջունը գլուխը նրա ոտի տակը դրել, մնացել էր փետացած: Ձին էլ բերին, գլխավերևը կապեցին, որ բալքի նրա ջունչն էլա Աղասուն մեկ ճար անի:

— Ջա՛նիդ ղուրբան, Ա՛ղասի, էս ի՞նչ օրն ես ընկել. մեր աչքը պտերդուս գար, որ քեզ էսպես չտեսնեինք, էս ի՞նչ ա քո հալը,— ասում էր ջիվան Մուսեն ու գլխին տալիս, երեսն երեսին դնում, ձեռը՝ դոշին. դամարի տալն ու ջանի տաքությունն էլ որ չէր տեսնում, գլխին կրակ էր վառվում։

Էն մեկել տղերքն էլ ձիանոնցը ջուր տվին, ձեռները քամակներին քսեցին, ու էլ ետ թամքեցին, լգամները բերանները տվին։ Թվանքների, փտովների ոտներն էլ քաշեցին, ազդրին թաքցրին, ու ամեն մարդ, իր ձիու լգամը ձեռին, էկան, Աղասու չորս կողմը կտրեցին։ Աչքըներիցը արտասունքը գետի պես էր վեր թափում։ Հորնըմոր դարդը մեկ կողմից, իրանց սև օրը մյուս կողմից, իրանց սիրելուն էլ է՛ն հալին տեսնելիս՝ ուզում էին քար ու քոլ պոկեն, գլխըներին տան։ Մեկ սա էր ընկնում Աղասու վրա, մեկ նա։ Մինը ձեռն էր դնում բերնին, մինը գլուխը քաշում դոշին։

— Ցարադանիդ ղուրբան, աստված, փառքդ շա՜տ ըլի. հենց է՛ս արավոր ամեն աչք մե՛զ էր էրնակ տալիս, ի՞նչ արինք, որ մեզ էս պատժին հասցրիր։ Վա՜յ մեր խեղճ օրին, ա՜յ ազիզ ծնողք. երբ սա՞ղ եք, թե՞ թրի տակին մնացիք. երբ թո՞փ ձեզ գետնէն խփեց, թե՞ զընդան ձեզ մեջն առավ. երբ մե՞ր ցավն եք քաշում, թե՞ ձեր սև օրը լաց ըլում։ Տե՛ր աստված, տե՛ր աստված. ո՞ւմ մեկ չոռ ասեցինք, որ մեր առաջն էկավ։ Ո՞ւմ մեկ ծուռն աչքով մտիկ արինք, որ մեր գլխին էսպես բարկացար։ Արյան ծովն էկել, չորս կողմըներս բռնել ա, ո՛ր կողմն էլ ձեռն ենք ածում, կրակ է ընկնում ձեռըներս։ Էստեղ մեր թագավորներն էին վաղ ժամանակը քեֆ անում, իրանց ամառը անց կացնում, որտեղ որ հիմիկ մենք կրակումն էրվում ենք։ Էս ժամումն էին նրանք կանգնում, աղոթք անում, որտեղ որ հիմիկ մենք մեր հոգին ուզում ենք տալ։ Ա՜խ ո՞ւր էն ժամանակը, ո՞ւր էն փառքը։ Ձեր հողը լիս կտրի, ա՜յ մեր ազգի թագավորք, իշխանք. երա՛բ դուք էլ միտք կանեի՞ք, թե ձեր որդիքը մեկ օր էսպես արին պետք է վեր ածեն ձեր գերեզմանի վրա։ Էս ի՞նչ չար լեզու մեզ անիծեց, որ մեր օրն էսպես սևանա, մեր աստղն էսպես թեքվի։ Ո՛վ արագահաս սուրբ Սարգիս, ո՛վ զինավոր սուրբ Գեորգ. էլ ո՞ր օրը մեր հավարին պետք է հասնիք։ Դժոխքումն էրվում, տապակվում ենք, ախր ի՞նչ կըլի, որ մեզ չարա անեք։ Ա՛ղասի ջան, Ա՛ղասի. ի՞նչ կըլեր, որ ամենս էլ քո ուղուրին մատաղ էինք գնացել, ա՛խպեր ջան, մեր հո՛գի, մեր աչքի լի՛ս։ Արին կապեցիր խալխի սիրտը, կրակ վառեցիր երկրի գլխին, ա՜յ աշխարհի աչք Աղասի։ Մեկ ճանճ էլա նհախ տեղը չես սպանել, մեկ սառը խոսք քո բերնիցը չի դուս էկել, ա՜յ աստուծո զառն ախպեր, ախր ընչի՞ պետք է աստված քեզ էլ, մեզ էլ էստեղը հասցներ։ Ո՞ւր գնանք, ո՞ւր, մեր գլուխը ո՞ր քարի առաջին լաց ըլինք։ Ո՞ր ջուրն ընկնինք, խեղդվինք, պրծնինք։ Տո՛, մեկ բերանդ էլա բաց արա՛, քո ջանին մեռնինք։ Ընչի՞ ես էսպես մեզ էրում, փորթորում։ Ի՞նչ կըլի, որ էդ սիրուն աչքդ էլա մի բաց անես, մեզ էսպես չսպանես։ Աշխարհն էլ ի՞նչ պետք է մեզ համար, որ քեզ չենք ունենալ։ Մեր գլուխը քեզ ղուրբան, ամենս էլ առաջ մե՛ր արինը վեր կածենք։ Կարճ ու ծիծ մեկտեղ ենք կերել, որ քեզանից ձե՞ռ քաշենք: Բախտ ու լավ օր մեկտեղ է՛նդուր համար ենք փայելել, որ քեզ նեղ օրը բա՞ց թողանք: Որիս ուզում ես, վեր կա՛ց, քո ձեռովդ մատաղ արա՛. ով երեսը ետ թեքի, շլինքը տո՛ւր, քո ձեռին ղուրբան. ախր մեկ խոսս, ի՞նչ կըլի:

Էս խոսքին բիրաղի մեկ ձիու ոտի ափլթոց էկավ: Երկինք, գետինք գլխըներին սևացավ: Հենց իմացան՝ մեկ ամպ տրաքեց, մեկ սար գոռաց, փուլ էկավ: Յարաղ-ասպաբ առան ուսըները, ամեն մեկը մեկ բուռը հող սրբությունի տեղակ բերանը քցեց, մեկ քարի առաջի չոքեց, իր մեղքը խոստովանվեց, մեկ քանի ծունր դրեց, երեսին խեչըհանեց, ժամի քարերը պաչելով տեղիցը վեր կացավ, ձիու աչքերը ճմռեց, մեջքը տղալեց, որ անկաջները սրել, խլշացրել, էն կողմն էին մտիկ անում էնպես խլշկոտալով, որդիանից որ ձենը գալիս էր: Շունը դրաղ քաշեցին, մատով-ձեռով արին, որ ձեն չհանի, ու իրանք թուր ու թվանք հազրած, ձիու ջիլավը քցած՝ սկսեցին պատի արանքիցը անսաս անկաջ դնիլ, որ տեսնին՝ էկողներն ո՛վքեր են: Դամարները ուզում էր տրաքի, ոտըների տակին կրակ էր վառվել: Անիծած բուքն ու քամին հյուսսի դիիցն էր գալիս ու ձենը փակում: Ուզում էին իրանց կտրատեն, որ չէր թողում՝ պարզ իմանան, թե ի՞նչ խաբար է:

Էնպես՝ կես սհաթ քիմի մնացին փետացած: Էլ չէին ուզում ծպտան: Շատ մտիկ արին, ձեն չէկավ. հենց էն էին ուզում, որ էլ ետ տեղըները նստին ու թվանքները վեր դնեն, ու մեկն էն կողմիցն սկսեց բերանը բաց անիլ.

— Տղե՛րք, ի՞նչ կըլի՝ ըլի, տղամարդությունն էն ա, որ մարդ իր գլուխը դուշմանի ձեռ չտա: Դուք լավ գիտեք, որ մեր մեկ հայը տասը թուրքի բարեբար է: Երևում ա՝ ետևներիցս մարդ են քցել, ման գալիս: Թո՛ղ գան, դրանց փիրն իրանց խոռվ կենա: Բոլորին յա կջարդենք, յա կջարդվինք: Քամակ-քամակի տանք, նամարդի մուհդաջ չըլինք:

Հենց էս խոսքն էր Կարոյի բերնումը, որ բեղափիլ տեղիցը էրկու գազ ծուլ էլավ, թուրը դուս քաշեց ու ուզում էր, որ դուս պրծնի, ընկըրները փեշիցը քաշեցին, ձեռնըները բերնըներին դրին, որ անսաս տեղը նստի, չունքի ձիանոնց ոտի թրխկոցն ու փռնչոցը էնպես մոտեցավ, որ, հենց բռնես, թե անկաջների տակին ըլի: Բայց նրանք լավ գիտեին, թե գիշերը ձենը շատ թեզ տեղ կհասնի, ու չուզեցան, որ իրանց տեղը իմաց անեն, ու նրանք հազըրված գան: Քիչ-քիչ էկողների խոսակցությունն էլ էին ջոկում, չունքի պարզիկա գիշեր էր, քարերն էլ էին խաբար բերում:

— Լավ հարաքյաթ են արել,— ասեց մեկը,— ա՛փսոս. անիծած բորանն էլ իզըները կորցրել ա, գիշեր էլ ա, թե մարդ տեսնի. ամա ո՞ւր կկորչին: Երկնքումն ըլնին՝ վեր կբերենք. հլա քշենք, էս չոլումը նրանք չէին մնալ:

— Աչք ա, որ էգուց առավոտ յա կծիծաղի, յա լաց կըլի. սարդարին էլ ընչո՞վ իմ հունարը ցույց տամ, որ նրանց սաղ-սաղ չկալնիմ, չտանիմ, փեշքաշ չանեմ,— ասում էր մյուսը:

— Ախպե՛ր, ինչ առնինք՝ նոր անենք: Աղասուն, թե կարանք, սաղ-սաղ բռնենք, ոտ ու ձեռ կապենք ու ձիու առաջն արած, յա կողքիցը կապած՝ տանինք, որ իր լայաղ պատիվն առնի, չունքի ուշիդ տղամարդ է. մեկելներին սպանենք էլ ի՞նչ հաջաթ:

— Տղամա՞րդ, էս թո՛ւրը էսօր նրան իր տղամարդությունը կուտացնի աստուծով. հլա մի ձեռս ընկնի, մեկ մեյդան դուս գա, հետո կիմանա իր ուշդրությունը:

— Տո՛, բերանդ քեզ արա՛, Մա՛մմադ, մենք գիտենք՝ ինչ պտուղ որ ես. նրան ասլան ըլի, չի հաղթիլ. քանի՞ մեզ նմանին առաջն է արել տասնով, քսանով ու ջանըները հանել: Բանն արա՛, հետո պարծեցի՛ր: Էդպես քամի տալով փորս անիլ չի՛ ըլիլ:

Էս խոսքը մեր տղերքանց սիրտը տասը թիզ բարձրացրեց:

— Թուր, թվանք հազիր պահեցե՛ք,— ասեց թուրքի մեկն էլ էն,— սատանին նալլաթ. կըլի, որ հենց էս քարերի տակին տափ ըլին կացել, ասածներս լսեն ու բիրադի էնպես վրա թափին, որ էլ չկարենանք ձեռըներս գլխըներս տանիլ: Սրան Ապարան կասեն: Աղասու պես ասլանը էսպես տեղը քսան ձիավորի մենակ չի ասիլ, թե աստված է ստեղծել:

— Տո՛, քի՛չ գովիր էդ մուրտառ, անհավատ հային. չէ՛, չէ՛, մեզ սաղ-սաղ կուտի: Հայն ի՞նչ ա, որ ինչ ջան ունենա: Մեռնիմ ո՛չ, ընչանք մի աչքս նրան հասնի, կտեսնինք, թե ի՞նչպես ճուտ դառնա առաջիս:

Էս ասեցին թե չէ, մեկը էն դիհիցը ձեն տվեց.

— Ա՜յ ադա, ա՜յ ա՛դա, ո՜յ ադա. էս ժամիցը հետու կենանք, լավ կըլի, չունքի ասում են, թե փլան թարըղին մեկ խան էկել ա, թե քանդի, բիրադի միջիցը կանաչ ու կարմիր ձիավորներ էնքան են դուս էկել, որ սար ու ձոր բռնել, խանի դոնշունը կոտորել, փախցրել, իրանք է՛լ էն գյում են էլել: Սրա միջումը, ասում են, սուրբ Մողնու մասունք կա թաղած, ու դուք լավ գիտեք, որ էս գիժ սրբի քյալլա տալ չի՛ ըլիլ: Մարդի շլինքը ծոխում, երեսն ետևն ա ընկնում: Հազար էսպես բան իմ աչքովն եմ տեսել: Հայ, թուրք, նասրանի՝ ամենն էլ նրա դուլն են:

— Բերնիցդ հայի հոտ է գալիս, Մա՛ստաղի, ամոթ էդ մեծ միրքիդ, էլ ո՞ւր ես վրեդ պահում, հինա դնում: Տղամարդի փափախ չի գլխի՞դ: Տո՛, հայն ի՞նչ ա, որ իր փիրն ի՞նչ ըլի: Լեզուդ քեզ քաշի՛ր, էդ փափախիցդ էլ ա ամաչի՛ր: Ես քո ջգրու էս գիշեր ընչանք սրա միջումը քյաքաք չանեմ, չուտեմ, ձիս միջին չկապեմ, չապականեմ, բաս մարդ չեմ: Էլ էս միրուքը վրես չե՛մ պահիլ: Քանի՜ էդպես ժամի պատ իմ ձեռովս քանդել, քանի՜ սրբերի աչք էս մատովս հանել, դու հիմի պատավի նաղլ ես գլխիս կարդում: Քյարդ քեզ խոով, էլ նամազ ո՞ւր ես անում, որ էդ սրտի տերն ես: Քշի՛, քշի՛, գնա՛նք. քյաքաքի կեսն էլ քեզ կուտացնեմ:

Ասիլն, «Ցա՛, սուրբ Սարգիս» ձեն տալն ու թվանքների ճռոցը մեկ էլավ:

— Տղե՛րք, ձեր ջանին մեռնիմ, էլ մոտիկ մե՛ք անիլ. մեր թուրը՝ նրանց գլուխը, էլ ո՞ր օրվա համար ենք կողքըներիցս կախ անում,— ձեն տվեց աժդահա Կարոն,— իրեքի գլուխը գնաց, սրանց փիրն անիծած:

— Էրկուսինն էլ ի՛մ թրիս մատաղ արի, դոշաղ կացե՛ք,— էն դիհիցը Վաթոն գոռաց:

— Երկուսին սպանել, մնի գլուխն էլ հրես, ոտիս տակին է,— ասեց Վանին:

— Տղե՛րք, փախան, ձիանը նի՛ էլեք, սրանց էկած ճամփեն քոռանա, սովորել են գեղերումը հավի գլուխ թռցնելով ման գան, հայերի արինը խմեն, սրանց տունը քանդվի: Տղե՛րք, երըմիշ էլե՛ք, սուրբ Սարգսի ջանին մեռնիմ, մեյդանը մերն ա:

Ասեցին ու վիշապի պես ընկան հարամու քամակիցը, որին ինչ տեղ հասցրին, էնտեղ փառչալամիշ արին: Քար ու սար աչքներին լիս էր տալիս, կըռներին՝ դվաթ: Հենց իմանաս՝ հայոց մեծ զորապետքը կենդանացել, նրանց սիրտ ըլին տալիս: Էսպես՝ միս ու աղցան անելով ընկան ետևներիցը:

Բայց ա՜խ, արինը աչքըները կոխած՝ հենց քշեցին, գնացին, էլ միտք չարին, թե Աղասին, ի՞նչ նեղ սհաթի միջում, ընկեր ա ձեն տալիս, ընկեր չի կա. ա՜խ ա քաշում, ձենը լսող, իմանող չկա: Թվանքները որ քիրադի չճռռացին, հենց իմանաս, թե հոգին ետ էկավ տեղը: Վրա թռավ տեղիցը, ընկավ ձիու քամակն ու խելքը կորցրածի պես էլ չիմացավ, թե ո՞ւր ա գնում: Թուրը որ մեկի քյալլին չհասցրեց, գլխի հետ էրկու կտոր էլավ.ընչանք թուրը յա դամեն կիհաներ, պարանն ընկավ ճտովն, ու շատ էլ ուզեց, որ ձին առաջ քշի, չէլավ. ձին տակիցը դուս թռավ, ինքը գետնին դիպավ, ու չորս աժդահա տղամարդ վրա թափեցին: Նրա շանը վաղուց էին ուզում սպանել, որ ձեն չհանի: Բայց շունը, շունը՝ էս տիրասեր, հավատարիմ կենդանին, տեսնելով, որ իր տիրոջն էլ խեղ չի՛ անիլ, ընկավ գնացածների ետևից: Աղասու ձեռները կապեցին, բերանը բամբակով լցրին, աղլխով ղայիմ հուպ տվին, ու աչքդ բարին տեսնի. մյուս օրն էր թափին, ու Աղասու շանը:

Շատ ու քիչն աստված գիտի, թե ո՛ւր հասան, տղերքը բիրադի որ ետ դառան, գլխներին կրակ վառվեց, երբ Աղասու շունը տեսան ճամփին:

— Վա՜յ, մեր տունը քանդվեց, տղե՛րք,— ձեն տվին,— էս ի՞նչ արինք, մեր ձեռովը մեր աչքը հանեցինք. հասնի՛նք, գնա՛նք. էլ ի՞նչ ենք անում մեր գլուխը, որ նրան կտանինք:

Բայց ո՞ւր Աղասին, ո՞ր քարի տակին, ո՞ր չոլումը յա ձորումը: Մեկն է՛ս սարն ընկավ, մեկն էն ձորը. քարը լեզու չուներ, որ ասեր. ձին իմաստուն չէր, որ գտներ. շունն էլ առաջներիցը վաղուց կորել էր: Ո՞ւր գնային, ո՞ւր կորչեին: Գետինն էլ թե պատռվեր, ներս կէրթային, որ նրան հանեն: Լինենյակ գիշերը շատ որ դես ու դեն ընկան, զատ չգտան, էլ ետ հավաքվեցան մեկ տեղ ու միտք արին: Սուգ ու շիվան անելու վախտը չէր: Նրանք լավ իմանում էին, որ Աղասին էն ձենի վրա պետք էր, որ զարթնած ըլի էլած, փորձանքի մեջ ընկած, որ շունը նրան թողել, էն հայվան տեղովը իրանց ետևիցը վազել, որ գան, նրան ազատեն: Էս էլ լավ էին իմանում, որ Աղասու բռնողները առաջ չէին գնալ, պետք էր, որ մեկտեղ տափ կացած ըլեին, որ ոտը խաղաղվի ու էնպես ճամփա ընկնեին: Ի՞նչ անեն, մնացել էին մոլորված:

— Տղե՛րք, մնա՛նք էստեղ. Աղասու շունը, տեսնո՞ւմ եք, որ կորել ա. նա իմաստուն հայվան է, ինչպես որ ըլի, հոտի վրա կարող է գտնիլ. թե ճար կա, նրանից կըլի էս գիշեր, մենք ո՛չինչ չենք կարող անիլ:

Էսպես՝ խելի՜ վախտ տարակուսած նստած՝ միտք էին անում, որ բիրդանբիր խելոք շունը՝ լեզուն հանած, հեթեթալով լիս ընկավ: Շունը վազեց, նրանք՝ ետևիցը: Հենց մեկ խելիմ տեղ անց կացան թե չէ, շունը ետի ոտը վեր քաշեց, կանգնեց: Շատ էլ զոռ արին, որ տեղիցը եռա, չէլավ: Իսկույն իմացան զգույշ հայվանի միտքը, ձիանոնցիցը վեր էկան, մեկին տվին, ու Կարոն առաջները ընկած՝ կամաց-կամաց ոտները փոխեցին: Մեկ թափի մոտացան թե չէ, էլի շունը կանգնեց, հոտոտաց: Թվանքները առան ձեռըները: Աստուծո ողորմությունը հասավ. նրանք է՛ն կողմիցը գնացին, որ թափի շվաքը մնաց առաջներին: Քարերի տակովը, փորըսող անելով, էնքան գնացին, որ մտան մեկ քանդված փոսի մեջ: Ջուր չկար միջումը, բան չկար, անձրևի ճղած էր: Թափի շփաքը մեկ հինգ գազ էլ էն կողմն էր ընկել նրանց գլխի վրովը: Էս խանդակի միջովն էնքան էսպես ուսուլով գնացին կռացած, որ հարամին մնաց դեմ ու դեմ: Լիսնյակը հենց ընկավ թուրքերի ճակատներին, տեսան, որ Աղասին միջըներումը չի: Սիրտըները ընկան տեղ: Մի քիչ էլ շունչ առան, ու ամեն մեկը մեկի ճակատին նշանիլն, թվանքների տրաքալն ու հարամիքանց բանհոցի ըլիլը մեկ էլավ: Հավի պես դեռ էնպես թրպրտում էին, որ մեր տղերքը վրա հասան: Ա՜խ, ո՞վ է կարող նրանց ուրախությունն ու արտասունքը էս սհաթին պատմիլ. երկնքիցը իրանց հոգին ետ բերին, էլ նրանց բերանն ի՞նչ խոսք կգար: Որ էլ վախտ չկորցնեն, վերցրին իրանց կորցրած զանձը, հանեցին թշնամու յարաղ-ասպաբը, շորերը, բարձեցին թուրքերի ձիանոնց վրա ու երըմիշ էլան: Ո՞վ կզարմանա, որ լսի, թե Աղասին, ամեն իր շանը տեսնելիս, ուզում էր կյանքը նրան տա: Վարավուրդով՝ մինչև տասնըհինգ մարդ էն գիշերը սպանել էին: Եկեղեցու մոտ էլ ետ հասան, հանեցին, մեկ քանի շահի փող դրին սեղանի վրա, չոքեցին, աստծուն փառաբանություն տվին ու ճամփա ընկան:

4

Լիսադեմը կարմրին էր տալիս, աղոթարանը քիչ էր մնացել բացվի, որ մեր ճամփորդները մտան Ոսի հողը ու թուշ քշեցին Պարնի գեղի վրա: Աղասին չէր ուզում, որ մարդամեջ մտնի, ուզում էր՝ սարե-սար ման գա, որտեղ իր ճակատին գրած էր, էնտեղ մեռնի: Ինքն էլ ուրախ չէր, որ աչքը լավ օր տեսնի, բայց ձմեռվան ցուրտ եղանակը, դաշտերի սառնությունն ու չորությունը, ողորմելի ձիանոնց սովածությունը ո՛չինչ կերպով չէր կարելի հաղթել:

— Է՛ս վախտին, է՛ս հալին՝ աջա՜բ-աջա՜բ, Ա՛ղասի ջան, խե՛ր ըլի,— ձեն տվեց աղա Ն., որ նրա հետ միասին տարերով հաց էին կերել, ու ուրախ-ուրախ դուռը բաց արեց, ձիանը ներս քաշիլ տվեց ու ղոնաղների ձեռիցը բռնեց, տարավ սաքուն:

Գոմի երկենությունը հարիր գազ կըլեր: Գոմեշ, ձի, եզը, տավար, ոչխար՝ էլ ո՛չ տուտ ուներ, ո՛չ տակ: Իսկույն շոր փռիլ, բուխարին վառիլ տվեց, հարսներն էկան՝ հարգևոր-հարգևոր, քիթ ու պռունկ կալած. նրանց ոտները քաշեցին, ջուր բերին, ոտ ու գլուխ լվացին, ու ղոնաղները երկու կարգ սկսեցին նստիլ: Աղա Ն. ամենիցը ներքև էր նստել: Մեկ ութ-ինը մեծ ու պստիկ դոշաղ տղերք էլ, անլվա-անլվա, որը խանչալը կողքին քաշ արած, որը մեկ կտոր հաց ձեռին, կրծելով, որը մեկ փետ չանի տակին դրած, որը գլխաբաց կամ փորաբաց, շապկանց կամ անփոխան, էկան, անկաջները խլշացրած՝ սաքվի չորս կողմը շարվեցին ու աչքները ղոնաղների երեսին կթեցին: Հերը ծեծում էլ էր, դուս չէին գնում: Դեռ բարիկենդանի մազեն՝ սուջուխ (չուչխել) ասես, ալանի, տանձ, խնձոր, փշատ, չիր, ջիբըներումն ունեին մեր տղերքը. հանեցին, երեխեքանցը բաժանեցին. աչքները մնաց բաց, չունքի նրանց երկրումը էնպես արմաղան բաներ չկային:

— Մեր կաղնին ու փռնն էլ էս համը չունին,— մեկզմեկու ասում էին ու անուշ անում:— Էնքան մածուն, կարագ, եղ, սեր ու մեղր ենք կերել, որ բերան ու փոր հոտել են. աշխարք, աշխարք է՛ս պետքը ըլի, որ էսպես բաներ դուս են գալիս, մեր հավերիցն ու գոմիցն ի՞նչ լազաթ դուս կգա,— ասեցին ու ուրախ-ուրախ դուս թռան, որ գնան, իրանց հարևաններին երեխեքանցն էլ իրանց ճարած նուբարը ցույց տան:

Ընչանք ծիտը ջուր կխմեր, գոմը երեխեքանցով լցվեց. մինը մնին բոթում էր, որ առաջ գնա, միրգ ուզի: Ղոնաղների մեկը որ ձեռը չէր շարժում, հազար տեղ գունդ ու կծիկ էին ըլում: Էնպես՝ հլա խելիմ վախտը երեխեքը նրանց պարապացրին:

Տանուտերը քանի ուզեցավ բան հարցնի, նրանք մատըները բերններին դրին, սուս արին. էստով իմացան, որ սրանում մեկ բան կա: Մեկ քանի սհաթ անց կացավ թե չէ, սաղ գեղն էկավ, հավաքվեցավ նրանց գլխին: Ով տուն էր մտնում, գդակը գլխին, յափունջին վրեն, չիբուխը բերնին կամ ձեռին, թութունի քիսեն ու խանչալը գոտկիցը քաշ արած, քոքաչի չուխեն հաքին, շալվարի ծերը պաճուճումը դայիմացրած, տրխըները կուփ-կուփ հաքած՝ ամեն մեկը մեկ սարի դդար տղամարդ: Էլ մեծ ու պստիկ չէին հարցնում: Գլուխ տալը հո, ըսկի՛ ադաթ չի: Որն էկավ, մեկ Բարի՛ լիս կամ Ողորմի՛ աստված ասեց ու նստեց: Քսան-երեսուն տարեկան ջահել տղերքն էլ որը սնըդուս, որը պատընդուս շարվեցին ու իրար անկաջում քփսալով՝ յա ղոնաղներին էին մտիկ անում, յա նրանց յարաղ-ասպաբին, յա մեկ բան ուզելիս՝ ամենն էլ իրար գլխով էին դիպչում, որ իրանց պարոնի պարոնների ասածը կատարեն: Տանու տղերքն էլ էկան. որը գոմն էր սրբում, որը ձիանը թիմարում, որը խոտ ու դարման բերում, որը մալը ջուրը տանում, որը չիբուխի կրակ դնում. ամենն էլ ուրախ էր, որ մեկ բան անէ, մեծերի ու ղոնաղների սիրտը շահի: Սրանք էլ յարաղ-ասպաբ հանել, պատիցը քաշ էին արել ու ծալապատիկ նստած՝ զրից էին տալիս: Ջհանոնց համար ամոթ էր հարցնիլ. նրանք լավ գիտեին, որ իրանց ուլախին շատ պատիվ կտան, քանց իրանց:

Օրը հենց մի քիչ ետ բացվեց, շատն էլ հանդիցն էկավ, ձինն աչքներն առել՝

երկար վախտ չէին իմանում, թե էկողներն ի՞նչ մարդ են։ Գոմն էլ հո, լիս չուներ, չունքի մեկ պստիկ էրդիկ ուներ։ Ով ըլին, չըլին, թաք ըլի՝ ոտըները խերով ըլի, նրանց աչքի, գլխի վրա, տարով կպահեն, պատիվ կտան։ Հենց լիսը բացվելիս աչքըներն էլ որ բաց էլավ ու տեսան ո՛չ, թե էկողներն ո՞վքեր են, խելքըներն էկավ գլխըները։

— Բարո՛վ, բարո՛վ, մեր Աղասին բարո՛վ,— ձեն տվին ամեն դիհից ու վրա թռան, իրար պաչպչորեցին։— Էդպես ա, ձեզ յա ձմեռվան հոսանը մեզ մոտ կբերի, յա ամառվան շոգը։ Խա՛նի խարաբներ, հա՛, մտի՛կ արա, հա՛, մտի՛կ արա. էնքան մտիկ արինք, որ աչքըներս ճամփին ջուր կտրեց։ Մեկ դուռ որ գլխըներովս անց է կենում, հազար անգամ փափախով ենք անում, որ ձեզանից մեկ խաբար իմանանք։ Մեր սարերը խոմ գել չե՞ն, որ ձեզ ուտեն. ի՞նչ կըլի, որ մեկ օր էլ ճամփեն մեր դիհի վրա ծռեք։ Բաղ, բաղաթ չունինք, զինի, մազա չենք կարալ թափազա անիլ, մեր եղին, կարագին ու մեղրին էլա խեղճ էկեք։ Փա՛ռք աստուծո, տունըներս՝ լիքը, գոմըներս՝ լիքը, ցամաք հացով ճամփա կքցենք. մարդի սիրտն ա բանը, թե չէ՝ էսօր դաբլու փլավ էլ ուտես, էգուց փորդ էլի իր ուզածը կուզի։ Աղ ու հաց՝ սիրտը բաց։ Տանտիրոջը տեր ողորմյա ասիլ չի՛ ըլիլ։ Քաղաքը գնում եք, սար ու ձոր ոտի տակ եք տալիս, հենց մե՞ր կողմն ա, որ ձեր աչքին փուշ ա դառել։ Ձեր հախը չի՞, որ էս սհաթին ոտըներդ կապենք, մեկ լավ քոթակենք, ինչ ունիք, չունիք՝ խլենք ու ձեզ էլ դարտակ ճամփու քցե՞նք։ Էդենց եք անում, որ մենք էլ ձեր դուռը չի գա՞նք, ձեր հացը չուտե՞նք։ Հա՛յ նամարդներ, չե՞ք գիտում, որ մեկ օր էս սարերումը թե ձեզ ճանկենք, էլ հազար տարի որ կուչ ու ձիգ անեք, ձեզ բաց չենք թողա՞լ։ Ի՞նչ ա, ձեր թունդրի ու քուրսու դրաղը կտրել, ձեր կնկա առին նստում եք, էլ միտք չեք անում, թե գնանք, մեր դոստ ու բարեկամին էլ տեսնինք, հալըներն իմանանք, քանի մեռել չենք մեկ բարով էլա տանք, որ մեզ կարոտ՝ հողը չմտնինք։ Քա՛ր է ձեր սիրտը, քա՛ր, ձեզ հո մեր չի՞ բերել։ Բիր գյորանդա՝ յոլդաշ, իքի գյորանդա՝ դարդաշ (Մեկ տեսնելիս՝ ընկեր, երկու տեսնելիս՝ ախպեր)։ Տո՛, ձեր տունը չծակվի. էլա մուսուրման օլուբսազ քի աթանըզ խաչի թանըմիրսզ (Էնպես թուրք եք դառել, որ ձեր հոր խաչն էլ չեք ճանաչում)։ Քրիստոնեի երկիրը՝ մերը, մենք՝ ձեր ազգը, ձեր արինը, ի՞նչ եք էդ շան հողումը կենում, ձեր օրն ու ումրը խավարացնում. ի՞նչ համ եք առնում, որ էդպես ծանր-ծանր նստել, տարենը մի անգամ էլա՝ երեսներդ մեր կուռը չեք շուռ տալիս։ Ձմեռը հո բան չունինք, վախի՛լ մեք, ձեզ չենք ուտի՛լ. չունի՞ք, ձի կտա՛նք.կով չունի՞ք, կով կտա՛նք. էկե՛ք, տարե՛ք, ո՞վ ա ձեր ձեռը բռնում։ Կուզե՛ք, մեր երեխեքանց անկաջներիցը բռնեցե՛ք, տարե՛ք, ծախեցե՛ք. ով ձեզ ձեն տա, պարտականը ինքը մնա։ Չունքի էսպես ա՛, քյո՛խվա, սրանց մեկ լավ պատժենք. հազիր բարիկենդան օր էլ ա. էս շաբաթ սրանց էլ չթողանք, աչքըները հանենք. էնքան ուտացնենք, խմացնենք, որ էլ ճամփեն չգտնին: Սրանց հախն ա. ով տարենը մի անգամ կգա մեր տունը, բոլոր տարվան պարտքը պետք է վճարի. քնի էլ, զարթնի էլ, պետք է ուտի, խմի, քեֆ անի: Հաց ենք դատում, որ մենակ մե՞նք ուտենք, ու չորս պատերը տեսնին. էսպես հացը հարամ ըլի: Մեկ թիքեդ որ հազար կտոր չանես, հազար դուրդ ու ղշի չուտացնես, ի՞նչպես կուլ կերթա, յա կմարսես: Էստուր համար ենք արևի, անձրևի տակին՝ սարում, չոլում ջանըհան ըլում, որ մեզ մի բարի լիս աստղ, մեր դուռը բաց անող, մեր ննջեցելոց ողորմաթասը խմող չըլի՞: Ի՞նչ տուն, ի՞նչ օջախ, որ օրը տասը աղքատ ու ճամփորդ չմտնին, չկշտանան: Էլ էն տանը բարաքյա՞թ կըլի: Էլ էն դաշտը պտո՞ւղ կտա: Չէ՛, քյո՛խվա, էսօր ամենս քո ղոնաղն ենք, էգուց՝ իմը, էլօր՝ սրանը. էսպես՝ մեկ լավ քեֆ անենք ու մեծ պասին սրանց ճամփու քցենք: Չենն ուզիլ մնան, ոտըները կապենք, մինչև զատիկն ու համբարձումը էստեղ դութսաղ անենք, պահենք: Ի՞նչ կասեք:

— Հա՛յ, բերանդ ապրի, հա՛յ, ավետարանի կողքիցն ես խոսում,— ասեցին չորս կողմիցը,— շա՛տ լավ, շա՛տ բարի, էդուր ո՞վ ինչ կասի. մեր սրտի ուզածն էլ հենց է՛դ էր:

— Հա՛յդե, տղե՛րք, զնացե՛ք, աշըղին բերե՛ք,— ասեց քյոխվեն ուրախ-ուրախ ու գդակը մեկ լավ կոտրեց, աջու անկաջի վրա դրեց,— մեծ աչառը մորթեցե՛ք, դավլուրմա տվե՛ք, մեկ դոչ էլ հետը, ու կակող տեղերը՝ բդերն ու սուկին, բերե՛ք, որ մենք մեր ձեռովը խորովենք. զուռնաչին էլ թո՛ղ գա, տերտերին էլ համեցեք արե՛ք: Գինին դուքանումն ա, փողը՝ ջիբումս, մեր ջամըհաթն ըլի սաղ. եղն ու կարագը, սերն ու մեղրը ու պանիրն՝ կճճներով տանըս դրած, ամբարս ու հորս՝ լիքը: Շահն էլ մեր քեֆը չունի. ուտե՛նք, խմե՛նք, քեֆ անե՛նք, աստծուն փառք տա՛նք, մեր մեռելները հիշե՛նք, մեր ղոնաղների սիրտը շահե՛նք, որ իմանան, թե սարի մարդն էլ սիրտ ունի, քար չի: Աստված ռուս թագավորի թախտը հաստատ պահի, նրա դովլաթիցը՝ ինչ ասես, ունինք. օձի ձու էլ որ ուզենամ, կճարեմ:

Աղասին, էսքան խոսք ու զրից անց էր կացել, ոչինչ չէր իմացել. ինքը ճամփիցը բեզարած՝ ցուրտը մեկ կողմիցն էր թմբրացրել, շոգն էլ իր հարարաթը շհանց տվեց ու ջանն առավ: Գլուխը պատին դեմ տված՝ մնացել էր էնպես ցից քնած: Նստողները բոլորն էլ փարավուրդ էին անում,որ նրա երեսը հեչ ծիծաղ չէկավ, ինչ ասեցին էլ: Աջու կուռը մնացել էր փզզումը, ձախունը՝ էնպես թուլ, զետնի վրա ընկած: Շատն էնպես էին կարծում, թե ճամփի յա ցրտի հարարաթն էր նրան էն տեղը քցել: Շոր չէր հարկավոր, որ ծածկեն, չուքի զոմը առանց էն էլ համամից տաք էր: Ղոնաղները չէին փարավուրդ արել, որ էն գեղի թուրքերիցն էլ մեկ քանիսը խալխի հետ խառնըվել, ներս էին մտել ու շատը հայերեն էլ հասկանում էին, ու էստեղ-էնտեղ, գողի պես նստել, աչքները ղոնաղների թուր ու թվանքին էին քցում, ատամները ղրճտացնում, թե ընչի՞ չէին մեկ չոլում նրանց ռաստ բերել ու բոլորը թալանել:

Աղասու քափ ու քրտինքն էկել, ամպի պես աչք-ունքի վրա կիտվել էին. երեսի ռանգը ամեն սհաթի փոխվում էր. բազի վախտ իրան-իրան խոսում, բազի վախտ էլ ձեռը բարձրացնում, ջիլ ու դամար քաշում, էլ ետ հանգստանում էր: Ամենից ավելի խալխը նրա վրա էին մնացել զարմացած, որ նրանք վեց հոգի էին, բայց քսան-ավել մարդի յարաղ-ասպաբ ունէին հետըները բերած: Էնպես տարակույս, չորս կողմը կանգնած՝ խոսում էին, որ Աղասին բեղափիլ ձեն տվեց.

— Թուրք քե՛զ քաշիր, դժոխքի պահապան, շլինքդ մեկնի՛ր: Ախու ջան, էդ ո՞ւր են տանում քեզ...— էս ասիլն, տեղիցը վեր թռչիլն ու թրին վրա փազիլը մե՛կ էլավ:

Գեղըցիք իրար ջարդելով դուս թափեցին. որը երեսին խաչ էր հանում, որը Տե՛ր, ողորմյա ասում: Մի քիչ որ դինջացան, էլ ետ դոնիցը անկաջ դրին, տեսան, որ ձենը կտրել ա, ուսուլով ներս էկան ու փախփախելով նստեցին: Էլ ո՞վ կարեր հիմիկ նրանց բերնին փակ դնել: Բոլորն էլ ուզում էին, որ իմանան, թե ի՞նչ ա անց կացել: Աղասու ընկերքն էլ, ճարակտուր, սկսեցին պատմիլ: Քանի գլուխն էր, ո՛չինչ, էնպես բան շատ էին լսել. ինչ ժամանակ խոսքն էն տեղն էկավ, թե ի՞նչպես կոտորեցին, փախան, հարիր բերան ձեն տվեց.

— Ջա՛նմ սան, ջա՛նմ, Աղասի. օջախի որդին, կտրիճ հայն էդպես կըլի: Բարիկենդա՞ն, բարիկենդան է՛ս ա. դե տղե՛րք, էլ մեք մտիկ անիլ: Հացը հազրեցե՛ք, սուփրեն քաշեցե՛ք, հայր Աբրահամի հրեշտակն ա էկել մեր տունը: Էնպես իգիթ տղի գլխին ղուրբան գնամ. բարաքյալլա, տղե՛րք, դուշմանի աչքն էսպես պետք է հանած: Տեսնո՞ւմ եք, ա՛յ գյադեք (իր տղերքանցն է ասում), ռաշիդ տղեն սրանց նման կըլի. ուտում եք՝ տանը նստում: Ա՛փարիմ, տղե՛րք, որ ձեր մեծին էսպես պահել եք, շունն է՞լ էստեղ ա:

Մեծամարդիկը, ջահել տղերքն էս կողմից, էն կողմից վրա թափեցին, որ Աղասու ձեռքն, ճակատին պաչ անեն, քյոխվեն չթողաց. որ քնահարամ չըլի: Մյուսներին ուզում էին սաղ-սաղ ուտեն, էնքան դոշըներին կպցրին նրանց:

— Օրհնվի է՛ն կաթը, որ դուք կերել եք, է՛ն հողը, որ ձեզ ծնել ա. տղեն էդպես կըլի, թե չէ՝ քանի լեզուդ կարճացնես, գլուխդ կախ անես, ուսերիդ կնստին, դուդդ կքամեն, աչքդ կհանեն, ջիգյարդ վեր կածեն,— ասում էին ամեն կողմից:

Սազ ու զուռնի ձենը որ վեր չեկավ, զեջդանզեջ Աղասին աչքը բաց արեց ու էնպես էր զարմացած դես ու դեն մտիկ տալիս, ինչպես թե նոր ըլի աշխարք էկել: Ուզում էր էլ ետ աչքը խփի, բայց խալխը էնպես վրա թափեցին, որ քիչ մնաց նրան ոտնատակ տային. փեշերն էլ էին համբուրում, ո՞ւր մնա երեսը: Էնպես՝ նրան էլ մեջ արին ու մինչև իրիկնապահը, ժամերի վախտը, է՛ն քեֆն արին, որ աչք պտեր՝ տեսներ: Ձենն ընկավ գեղըցոնց անկաջը. ով ասես տուն էր ընկնում, որ նրան տեսնի, մուրազն առնի: Հենց իմանաս՝ ուխտ ըլեին գալիս: Տանուտերը Ղարաքիլիսա մարդ ղրկեց կնյազի մոտ ու բանի ահվալն իմացում տվեց: Հրաման էկավ, որ մեկ-քանի օրից ետը՝ Աղասուն վերցնեն, կնյազի մոտ զնան:

5

Փամբակու թուրքերը տխրել, հայերը թև առել, ուզում էին թռչին: Բարիկենդանը անց կացավ, մեծ պասն էկավ: Աղասին քսան ձիավորով որ Ղարաքիլիսա չմտավ, աշխարք ամեն առաջն էր էկել, որ նրան տեսնին: Հազար բերան նրան գովում, բարաքյալլա էր ձեն տալիս: Կնյազ Ս. շատ ումուդ, շափաղաթ տվեց նրան ու խոստացավ էլ, որ բալքի մեկ կերպով սարդարի սիրտն առնի, չունքի շատ բարեկամ էին իրար հետ: Ինչ հարկավոր էր, հրամայեց, որ նրանց տան ու լավ մուղայիթ կենան, որ նրանց վնաս չհասնի: Բայց Փամբակու հայերը մե՞ռել էին, որ նրանց վնաս հասներ: Էնպես՝ սաղ ձմեռը, քսան-երեսուն ձիավորով, տնետուն, գեղեգեղ էնքան ման էին ածել ու օրով, շաբաթով պահել, որ իրանք էլ էին բեզարել:

Քաջ լոռեցիք էլ որ իմացան, էլ դինջություն չունեին, սրանք էլ էին ուզում նրանց իրանց մեջը բերեն, պատիվ տան: Մեկ ամսաչափ էլ էստեղ մնաց:

Էս պատվական խալխի պարզ սիրտը, նրանց տաք ջիգյարն ու անուշ սերը, տեղի քաղցր հավեն ու ջուրը, կնյազի տված ումուդը՝ Աղասուն մի քիչ ետ բերին, սիրտը բաց արին: Ղորդ ա, ասում, խոսում, լսում էր, ամա տխրությունը նրա երեսի ու աչքերի վրա էնպես էր կիտված, ինչպես սև ամպ: Շատ անգամ որ ա՜խ չէր քաշում, քար ու հող լաց էին ըլում: Ծիծաղելիս՝ բերնի չորս կողմը, էնպես գիտես, թառամած վարդի տերև ըլի, որ շաղը տալիս մի քիչ զվարթանում, էլ ետ ճլորում, թուլանում է:

Շատ անգամ մեկ քարի ծերի նստած, կամ մեկ քարափի գլխի թինկը տված, աչքը ձորին, գետին քցած, գլուխը ձեռին, կամ մեկ աղբրի ղըրաղի՝ կողքի վրա ընկած, թփերի, խոտի, ծաղկի, ջրի հետ խաղալիս, լաց ըլելիս էին նրան ռաստ բերում: Բազի վախտ որ «Նազլո՛ւ» չէր ձեն տալիս յա հորնըմոր անունը հիշում ու ա՜խ քաշում, սար ու ձոր հետը ձեն էին տալիս, մղկտում: Ինքը որ տխուր ու մաշված էր, հենց իմանում էր՝ մարդիկ սիրտ չունին, որ ուրախանում, ծիծաղում էին: Էստուր համար իր ընկերքը սար ու ձորն էր շինել, էնպես էր ծնողաց կարոտը, քիր-ախպոր հասրաթը, դարդը նրա սիրտն առել: Երևանու մեկ ծուխն էլա չէր ընկնում աչքովը, մեկ սար էլա էն կողմիցը չէր տեսնում, որ բալքի սրանով էլա սիրտը մի քիչ հովանա:

Էս ժամանակին էր, որ մեկ օր ընկերներին հավաքեց, գնաց փորս, Համզաչիման ու Զըխլու անց կացավ, Ղանիյարաղ հասավ ու հենց Մասիս աչքովն ընկավ, ընկերներին ձեռով արեց, որ մի քիչ հեռանան, ինքը նստեց մեկ թփի տակի, գլուխը դրեց քարին, աչք ու բերան արտասունքով, ծխով լիքը՝ էս խաղն ասեց:

Սար ու ձոր ընկած՝ մեկ չոր թփի տակի,
Գետին նայելով՝ մնացել եմ նստած.
Ձեռս ծոցումս, գլուխս մեկ լեռ քարի
Տված՝ լալիս եմ, օրս խավարած:

Ամպերն առաջիս, սարերն ետևիս,
Քեզ մտիկ տալով, ա՜յ իմ քա՜ղցր Մասիս,
Աղի արտասընքով էրված, խորոված՝
Երեսիդ նայիմ, մնամ քարացած:

Ծնո՛ղ, ազգակա՜նք հեռու ինձանից.
Լուսնին նայելով, ձեր սերն հիշելով՝
Երաբ, ե՞րբ կըլի, որ ես ձեզանից
Իմ կարոտս առնիմ, ձեզ ջան ասելով:

Երաբ ձեր ճտովն մեկ օր էլ կընկնի՞մ,
Երաբ ձեր երեսն մեկ էլ կտեսնի՞մ,

Երբ ծունկ-ծնկի տված՝ ձեզ կասե՞մ.
«Ա՜յ, իմ խեղճ ծնողք, ձեր ջանին մեռնիմ»:

Աչքս ծով դարձավ ճամփին նայելով.
Մեկ դուշ որ գլխիս պտիտ ա գալիս,
Թե ե՞րբ մեկ խաբար կհասնի ինձ բարով.
Հոգոց հանելով՝ ասում եմ, լալիս:

Երբ գետնի վրա դեռ սո՞ւզ եք անում,
Ձեր կորած որդուն կարոտ մնալով,
Թե՞ հողի տակը մտած՝ դինջանում,
Ինձ թողիք, տանջվեմ՝ ա՜խ, ո՜խ քաշելով:

Երբ ձեր ամակն ինձ հալալ արի՞ք,
Երբ սուրբ բերնով ձեր ինձ օրհնեցի՞ք,
Ծերունի՛ իմ հայր, չարաբա՛խտ իմ մայր.
Էլ իմ հավարիս ե՞րբ կհասնի աշխարհ:

Էն սուրբ, անարատ կաթնին եւ ղուրբան,
Ձեր լիս ձեռներին, ձեր անոշ լեզվին.
Մեկ բուռն հողի էլ ե՞րբ կըլիմ արժան,
Որ գամ ձեր հողումն, քնիմ ձեր միջին:

Է՛ն ի՞նչ օր էր, որ ձեր քաղցր ծոցին,
Գլուխս ձեր դոշին, աչքս խուփ կամ բաց,
Ձեր սուրբ ձեռի վրա, երեսս բարձին՝
Կամ խաղում էի, կամ մնում քնած:

Է՛ն ի՞նչ օր էր, որ մեկ ծառի տակի,

Ծռնումն, ձեռներս ձեր ճտովն քցած՝
Ձեր սուրբ երեսին ես համբույր տայի,
Նանիկ ասելով՝ թողեիք քնած:

Ո՞ւր էն օվաքը, էն կանաչ՝ ջրի ափը,
Էն խոտն ու ծաղիկն, էն դաշտն ու տափը,
Որ ձեր առաջին անմեղ խաղայի
Ու ձեր բարի սիրտն խաղով բանայի:

Լալիս՝ դուք լայիք ինձ հետ ցավելով,
Ծիծաղս տեսնելով կամ ձենս լսելով՝
Կանչեիք. «Արի՛, մոտս, Ա՛ղասի ջան,
Երեսիդ մեռնիմ, քո ջա՛նին դուրբան»:

Ա՜խ, էս խոսքերը ինձ կրակ են դառել,
Լերդս ու թոքս հիմիկ էրում, խորովում.
Ի՞նչ կըլեր՝ ես է՛ն փախտն էի մեռել,
Ձեր օվաքի տակին, ա՜խ, քնել հողումն:

Մեկ բուռն հողի էլ կարոտ եմ մնացել.
Քարափից թե ցած կամ ջուրը ընկնիմ.
Ձեր սուրբ երեսը դեռ որ չեմ տեսել,
Ի՞նչպես ես հանդարտ էս հողը մտնիմ...

Նազլո՛ւ իմ, Նազլո՛ւ, աննմա՛ն Նազլո՛ւ,
Սիրտս խորովի անունդ հիշելով.
Նազլո՛ւ իմ, Նազլո՛ւ, հրաշալի՛ Նազլո՛ւ,
Աղասին քեզ տա իր ետին բարով:

Սարերի դոշին, ձորերի միջին

Վա՜յ գլխին տալով քո խեղճ Աղասին՝
Երեսիցդ զրկված, քո սիրովն մաշված,
Տատրակի նման փշի վրա նստած:

Լիզեմ հող, գետին, այրիմ, մղկտամ,
Կամիմ օր առաջ, ա՜խ, որ հոգիս տամ,
Երբ մահն մոտանա սարը թևերովն,
Հոգիս պահանջե, որ տանի շուտով,

Էս դառն աշխարհիցս մի ինձ ազատի,
Ոսկերքս գազանաց կերակուր անի.
Կամ երբ գետի ափին նստած, շվարած՝
Աչքերս նվաղին՝ թմբրած՝ սառանած,

Գլորիմ կատաղի գետի փրփրի մոտն,
Հոգոց քաշելով պարզեմ ես իմ ոտն.
Կամիմ գերեզմանս որ էս ջուրն ըլի,
Էս սարը պատանն ինձ հողը տանի...

Կամ մեկ քարափի բաշից նայելով,
Աչքս մեր տան ծուխն հանկարծ տեսնելով,
Քո անուշ երեսն ինձ փակ մնալով՝
Նազլո՛ւ իմ, Նազլո՛ւ, անո՛ւշ յա՛ր Նազլո՛ւ.
Թեքիմ, ու հանդարտ գա ինձ քուն մահու.
Երևի աչքիս, թե անդունդը խոր
Մոտ է ինձ զրկել, տանիլ իր լեն ձոր:

Նազլո՛ւ իմ, Նազլո՛ւ, մեկ շունչս ա մնացել,
Ոսկերքս քրքրվել, աչքս խավարել.
Թո՛ղ մեկ շունչդ առնիմ, հետո հողը մտնիմ,

Դժոխքն էլ տանին, ես հանգիստ կըլիմ:

Քե՛զ եմ մնում, քե՛զ, քո ջանին մեռնիմ.
Հող ու գերեզման ես վրես ունիմ.
Քանց իմ սառն մարմինը էլ ի՞նչ գերեզման
Ինձ պետքը կգա, երեսի՛դ ղուրբան:

Արի՛, աստծդ արա՛, ինձ թաղի՛ր,
Բե՛ր իմ երեխեքս ու վրես կանգնի՛ր.
Մեկ նրանց տեսնիմ աչքս խփելիս,
Մեկ նրանս սեմ լեզուս լռվելիս.

«Մնա՛ք բարով, ո՛րդիք, ազի՛զ, սիրեկա՛ն.
Է՛լ չէ՛ք տեսնիլ ինձ, ա՜խ, դուք հավիտյան.
Ձեր անբախտ հորը հոգին հիշեցե՛ք.
Մնա՛ք բարով, իմ քա՛ղցր, սիրո՛ւն երեխեք.
Ձեր հոր տեղակ ձեր խեղճ մորն հիշեցե՛ք
Ու իմ ողորմին, ժամն կատարեցե՛ք»:

6

Ո՞վ չի գիտի, որ մարդի սիրտը արնով լցվելիս՝ ո՛չ սուր էնքան քյար կանի, ո՛չ դեղ, ո՛չ քուն, ինչքան բառն ու խոսքը ու իլլահիմ խաղը, բայաթին, էստուր համար Աղասու ընկերքն էլ դրան քաշվեցին ու հեռըվանց նրան մտիկ էին անում, որ գլխին մեկ փորձանք չգա, չունքի սար ու ձոր նրա արինն էին խմում: Էնքան անկաջ դրին, որ ձենը կտրեց, քունը տարավ, հետո էկան, մեջըներն առան ու էլ ետ Ղարաքիլիսա տարան:

Մեկ օր էլ էսպես, էլի էս հալին, դրանը մեկ քարի վրա նստած էր, որ մեկ ղարիբ մարդ քիչ-քիչ նրան մոտացավ, առաջին կանգնեց, երկար նրան մտիկ արեց, ու հենց էն ա, Աղասին ուզում էր նրանից հեռանա, որ իր դարդն օքմին չտեսնի, ղարիբը դոշը բաց արեց, վրա թռավ, նրան խտտեց ու հենց «Ա՛ղասի ջան» ասեց, ու ձենը փորն ընկավ, լեզուն պապանձվեց ու էապես մնաց յարալու-փարալու՝ Աղասու դոշին փռռացած, ընկած: Աղասին գոչղանգեց որ խելքի չէկավ ու աչքը բաց արեց, աստվա՜ծ, ո՞վ կարեր նրա արտասունքը քոնիլ, նրա սրտին մեկ ճար անիլ:

— Ա՛մու ջան, Ա՛վետիք ամու ջան, դո՞ւ ես,— ասեց ու իրանից գնաց:

Տեսնողներն էս դիից, էն դիից վրա թափեցին, երկուսին էլ, էնպես մեռած, տուն տարան, ջրով, հոտով ետ բերին: Հենց աչքները բաց էին անում, իրար երես տեսնում, էլ ետ դուբարա ընկնում էին իրար ճտով, իրար անուն տալիս, գնում էին էն դինեն, ետ գալիս: Մոտըներին կանգնողների աչքերիցը արտասունքը գետի պես էր վեր թափում: Ծառըները կտրվեց, տերտեր Լանչեցին, ավետարան կարդացին, խաչ ու մասունք գլխըների վրա դրին, որ անջախ մի անջախ ուշըներն էկան:

Էս էկող դարիբը, սի՛րելի կարդացող, Աղասու հորախպերն էր, որ գլուխը փեշն էր դրել, էկել՝ իր ազիզ կորածին գտնի, տեսնի, մուրազն առնի, էնպես մեռնի: Ո՞վ ըլեր՝ էնպես չաներ: Սիրտըները որ մի քիչ դինջացավ, ջանըները հովացավ, Ավետիքը գդակի ծալիցը մեկ թուղթ հանեց, Աղասուն տվեց, ինքը միանով տանիցը դուս գնաց, որ նրա աչքի արտասունքը չտեսնի, չէրվի, չփոթոթվի: Երկու թուղթ էր բերել հետը. մեկը Աղասու մերն էր գրել, մեկը՝ նշանածը: Երանի՜ էն աչքին, որ էապես թուղթ իր օրումը ո՛չ տեսել ա, ո՛չ էլ կտեսնի: Էլի Աղասին էր, որ դիմացավ, բայց վա՜յ էն դիմանալուն. հարիր անգամ թուլացավ, նվաղեց, թուղթը դրեց երեսին ու աչքերը խփեց, էլ ետ ջուրածեցին, ետ բերին:

Մոր թղթի խոսքերն էս ա.

«Ա՛ղասի ջան, Ա՛ղասի. գլխովդ փարվան ըլիմ, Աղասի: Ընչի՞ չեմ էս սհաթին կրակ դառնում, ինձ էրում. ընչի՞ չի լեզուս չորանում, աչքս խավարում. ընչի՞ չեմ թոզ դառնում, որ բալքի թե քամին բերի, գամ ոտիդ տակին ցրվիմ, սարեսար ընկնիմ, քարեքար, որ հ՛մ երեսը կոխես, որտեղ որ ման գաս, որ հ՛մ աչքը հանես, որտեղ որ նստիս, որ ի՛նձ վրա գլուխդ դնես, որտեղ որ քուն մտնիս. Նանն ըմբրիդ մեռնի, իմ թագավո՛ր, իմ արա՛ Աղասի:

Տնկած ծառերդ փուշ են դառել, ինձ սպանում. պահած ծաղկըներդ կրակ են դառել, ինձ էրում, խորովում ման էկած տեղերդ՝ աչքիս լուսը մզրախի պես ցցվում, սիրտս դուս նըթռում: Ո՞ւր կդրչիմ, որ ձենս օքմին չիմանա. ո՞ւր գնամ, որ աչքս քո տեսած բաներն էլ չտեսնի, միտքս քո ասած խոսքերն էլ չհիշի. ջանս քարանա, որ էլ անունդ չտամ. սիրտս ջուր կտրի, որ էլ քո սերը չզգամ. ումբրս փչանա, օրս խավարի, որ երկնքի տակին էլ չասեմ, թե է՛ս էլ եմ մեր, է՛ս էլ որդի բերի, ի՛նձ էլ մեկ օր աչքալիս տվին, է՛ս էլ մեկ օր որդու, զավակի արևի ձենը պետք է ածեի. ես էլ որ աչքս խփեի, մեկ բուռը հող դո՛ւ պետք է երեսիս քցեիր, դո՛ւ իմ նաշը խոտեիր, դո՛ւ իմ լաշը հողին տայիր, դո՛ւ վրես սուգ անեիր, գլխիս վրա կանգնեիր ու էդ ազի՛զ, էդ սո՛ւրբ բերնովդ ասեիր. «Հոգիդ լի՛ս դառնա, ա՜յ իմ մեր, ա՜յ իմ մեր. ի՞նչ կըլեր, որ մեկ էլ աչքդ աչքիս, բերանդ բերնիս առներ, ու հետո աստված հոգիս տաներ»:

Հոգիս խոր է, թե հանեմ, աստծուն տամ. սիրտս ձեռիս չի, որ կրակը քցեմ, էրեմ. երկնքին ձե՛ռս չի հասնում, անկաջդ ձե՛նս չի ընկնում: Ղուշ ա գլխավերևս թռչում, քո անունն եմ տալիս. շունչս ա բերնիցս դուս գալիս, քո հասրաթը ջիգյարս էրում, փոթոթում. աչքիս եմ հուպ տալիս սիրտս ա տրաքում. բերանս եմ կալնում, միտքս ա ցնորվում. տունն եմ մտնում, պատերն են ինձ դժոխք դառել. դուս եմ գալիս, սար ու ձոր սև օրս լաց ըլում. երկնքին եմ նայում, մեկ ձեն չի գալիս. երկրին եմ մտիկ տալիս, մեկ խաբար չիմանում: Բարձին եմ գլուխս դնում, շունչս ա ինձ խեղդում. քնած թե զարթուն՝ դո՛ւ ես աչքիս առաջին պտիտ գալիս: Արտասունքս ծով ա դառել, Ա՛ղասի ջան. ա՜խ ու ո՜խ քաշելուցը շունչս կտրվել, հոգիս մաշվել. գլխիս էլ մազ չմնացել, որ քամուն չտամ. երեսիս էլ տեղ չկա, որ չըլիմ կտրատել. տան ու դռան էլ քար չկա, որ չըլիմ դոշիս խփել: Գլուխս ծեծելուցը ձեռներս բեզարեց. շատ լաց ըլելուցը աչքս խավարեց, բայց ա՜խ... ա՜խ... Հոգիս իմ տված չի, որ ասեմ՝ դուս գնա. սաղ-սաղ էլ գերեզմանը մտնիմ, ո՞ւմ ձենը լսեմ, ո՞ւմ երեսը տեսնիմ, ո՞ւմ հոգիս տամ, ո՞ւմ ոտի տակին գլուխս դնեմ, ո՞ւմ էս փետացած ձեռներովս խոտեմ, ո՞ւմ էս չորացած լեզվովն ասեմ. «Մեռնիմ էլ, Ա՛ղասի ջան, հոգիս գլխովդ պտիտ կգա. ապրիմ էլ, ո՛րդի ջան, ջանս քո ուղուրին դրած ա: Հոգիս երկնքումն ըլի, մարմինս՝ քո առաջին, փիանդազ. շունչս վրես ըլի՝ դո՛ւ ես իմ սրտի մուրազն: Հող կդառնամ, հողս քե՛զ պտուղ կտա. ջուր կկտրվիմ, քո՛ հանդի, ծաղկի վրա կթափիմ. դրախտումն ըլիմ, քո՛ ծառի ճղքների վրա բլբուլի պես կկանգնիմ, քե՛զ անուշ քուն կդնեմ. աշխարքումս ապրիմ, ջանս քե՛զ ղուրբան կտամ, թաք դու ծաղկիս, ծլիս, զորանաս, անումի՛դ մեռնիմ»:

Անումի՛դ մեռնիմ, արևի՛դ մեռնիմ, Ա՛ղասի ջան. մոր ազիզ պահած, հոր աչքի լիս, ո՛րդի ջան. Ալամ աշխարքի գոված, աստծու՝ սիրեկան, մարդի՝ դիրեկան. ջա՛նս քեզ մատաղ, Ա՛ղասի ջան. փուշ էիր տնկում, վա՛րդ էր քեզ դառնում. քարին էիր ձեռը տալիս, քա՛րը հոգի առնում: Մեկ հոգի ունեիր, հազար աղքատի սրտում. մեկ շունչ ունեիր, հազար հիվանդի բերնում. մեկ անուն ունեիր, արարած աշխարքի միջում: Երկու ձեռք ունեիր, մեկը ողորմություն տալիս, մյուսը՝ աչք սրբում: Երաք, ո՞ւմ մեկ թթու խոսք ասեցիր, որ ինձ անիծեց. ո՞ւմ վրա դուռը հետ արիր, որ ինձ վա՜յ տվեց.

ո՞ւմ վեր ընկած տեսար, անց կացար, որ մորդ գլուխը լաց էլավ. ո՞ւմ կաթը կերար, որ քեզ լեղի դառավ. ո՞ւմ ձեռին մեծացար, որ գիշեր-ցերեկ քեզ չօրհնեց. ո՞ւմ ծնկան վրա քնեցիր, որ երեսիդ քրտինքը տեսնելիս՝ հազար անգամ աչքը երկինքը չքցեց, արտասունքը երեսիդ չթափեց ու իր մեղավոր բերնովը չասեց.

— Փառք շա՜տ ըլի, ա՛րարիչ աստված. դո՛ւ տվիր՝ դո՛ւ պահիր, իմ կյանքս ա՛ռ, սրա վրա դի՛ր, սրան մեկ փորձանք գալիս՝ ի՛մ աչքը հանիր: Թո՛ւր պետք է սրան դիպչի՝ ի՛մ սրտումը առաջ ցցվի. կրակ պետք է սրան էրի՝ սփթա ի՛նձ փոթոթի. սրա աչքը ցավելիս՝ ի՛մ աչքը դուս գա: Թա՛ք ըլի, սա, ո՜վ երկնային թագավոր աստված, զորանա՛, մեծանա՛, իր մուրազին հասնի՛: Հաց չունենամ՝ դռնեդուռ կընկնիմ, սրան կպահեմ, գլուխս կծախեմ, եմ թողալ սրան ուրիշի ձեռին մուհդաջ, որ թաք, ես մեռնելիս, սա՛ իմ երեսիս հող քցի, սա՛ իմ աչքս խփի, սա՛ իմ գերեզմանս օրհնի, իմ օջախի սինն ու ճրագը սա՛ դառնա, որ իմ հիշատակը աշխարքի երեսիցը չկտրվի, իմ տան ծուխը չհատնի, չպակսի:

Ա՛ղասի ջան, ծուխս հատավ, կտրվեցավ, տունս քանդվեց, հիշատակս քո՛ռ էլավ, հիմքս՝ տակ ու վեր. աստղս խավարեց, իմ փայ արեգակը վաղուց մեր մտավ, իմ փայ երկինքը վաղուց փուլ էկավ: Ինձ համար էլ լիս չի՛ բացվում, ինձ համար էլ աղոթարանը չի ծեգում. օրն ինձ համար՝ գիշեր, գիշերն ինձ համար՝ տարտարո՛ս, դժո՛խք: Վաղուց եմ գերեզմանիս ղրաղին կանգնել, հորը փորել, հազար անգամ մեջը մտել, դուս էկել, բայց, ա՜խ, հողն ինձ ի՞նչ տեղ կտա, որ քեզ չեմ տեսել. աչքս ի՞նչպես կկպչի, որ քեզ չեմ նայել. գերեզմանումը կդինջանա՞մ, որ դեռ բերանս բերնիդ չառել, լեզուս՝ լեզվիդ, աչքս՝ աչքիդ, դոշս՝ դոշիդ, էդ ջիվան ջանիդ ղուրբան, Ա՛ղասի: Հրեշտակս ի՞նչպես սիրտ անի, որ ինձ մոտանա. էն ձեռը չի՞ չորանալ, որ ինձ լվանա. էն լեզուն չի փետանա, որ իմ սուգն անի. էն բեմը ի՞նչպես տեղը կմնա, որ իմ նաշը տեսնի, էն բաժակը կրա՞կ չի դառնալ, որ հոգուս համար պտի խմեն. էն խունկը բո՞ց չի դառնալ, որ ինձ վրա պտի ծխեն: Որ որդին մոր գլխին կանգնած չըլի, էն մորը ո՞նց պետք է թաղեն. որ որդին ծնողի սուգը չանի, էն ծնողին ո՞նց պետք է հողը դնեն. որ որդին մոր գերեզմանը օրհնիլ չտա, էն քարը ո՞նց պետք է քցեն:

Ա՛ղասի ջան, Ա՛ղասի. երեսս ոտիդ տակն, Ա՛ղասի. ի՞նչ կըլի՝ մեկ շվաքդ էլա տեսնիմ, հետո հոգիս տամ, մեկ ձենդ էլա լսեմ, հետո աչքս խփեմ, մեկ ձեռդ բերանս առնիմ, հետո շունչս կտրեմ: Էն ի՞նչ օր էր, որ գլուխդ գոգումս, ձեռներդ դոշիս՝ ջուրն էի գնում, քամակիս կապում. Հանդն էի գնում, ուսիս քեզ դնում. մեկ ձեռս բերնումս, մյուսովն քեզ խտտում. խոտ էի հնձում, քեզ ճոճումն պահում, հետդ խաղ ասում ու քեզ օրորում. պտուղ հավաքում, քեզ մեջքիս կապում. հացը բերնիցս հանում, քեզ դեմ անում, ծառիցը պտուղը քաղում, քո խաթրին առնում. հարիր անգամ գիշերը վեր կենում, քեզ ծածկում, ջա՜ն, ղուրբա՜ն ասելով հետդ քաշ գալիս, արտասունքդ սրբում, երեսդ համբուրում, վրեդ խաչակնքում ու աղոթք անում, կամ քեզ գիրկս առնում, հետդ քուն մտնում:

Հերդ՝ զընդանում, ոտները՝ բխովում. Նազլուն՝ կիսաջան, մահի հետ կռվում. հենց է՛ս եմ մենակ չոր գլուխս պահում, որ մեկ շունչդ քաշեմ ու քո սուրբ գոգումը գլուխս դնեմ ու քեզ բարով մնա՛ ասեմ. բարով մնա՛ ասեմ ու աչքս խփեմ, որ քո արտասունքն հեչ չտեսնիմ, քո սուգը չլսեմ: Ա՜խ, ա՜յ իմ կորած որդի, ըմբրի՛ս լուսատու. բաս քո խեղճ մերդ հեչ միտդ չե՞ս քցում, բաս քո ջրատար հոր հալը հեչ չե՞ս հարցնում, բաս ջիվան Նազլուդ, որ քեզ ա ուզում. անունդ տալիս, թե աչքը բանում. քո սիրովն էրվում, թե քեզ ա հիշում. շունչը բերնումը, հրեշտակն առաջին, ոտը հողումը, խաչը գլխատակին, պատանը ծալած, խունկն ու մոմն հազրած, աչքը խոր գնացած, բերանը փակված. լեզուն չի բռնում որ անունդ տա. Ա՜խ քաշելու տեղ նա Ա՜ղ... է ասում, ո՜խ ասելու փոխ նա սի՜... հանում: Արտասունք չունի, սիրտը հովացնի. էլ թաղաթ չունի, որ հինձ էլ չէրի: Ոտդ հ՞նչպես ա քարերին բռնում, աչքդ հ՞նչպես ա քուն գալիս, որ մեր մեռնիլը միտդ ա գալիս. գլուխդ էրտեղ լվա՛, էստեղ չորացրո՛ւ. թո՛ղ մեկ սհաթ ըլի. թռի՛, արի՛, հողին տո՛ւր մորդ, որ էլ մեր չունենաս. մերդ քա՛ր դառնա. Նազլուն հետդ տա՛ր, սա էլա ապրի, քեզ մխիթարի. գնա՛, արևի՛դ մեռնիմ, Ա՛ղասի, արևիդ ձենն ածի. հինձ թաղի՛ր, բայց Նազլվիդ մի՛ թողար, մի՛ դեն քցիր. քեզանից ավելի սա էլ ո՞վ ունի. քեզ ապավինեց. արի՛, սրան հասիր, քանի շունչ ունի. տա՛ր, չտեսնիմ: Հենց քեզ տեսա թե չէ, հոգիս ձեզ կտամ. ես հողը կմտնիմ, ձեզ բարով կտամ: Էկե՛ք, թաղեցե՛ք, փախե՛ք, գնացե՛ք, էս դառն աշխարքի՛ցս, ոտներդ քաշեցե՛ք ու ձեր անբախտ մոր հոգին հիշեցե՛ք»:

Էս թուղթը կարդալիս էլ հարիր անգամ իրանից գնաց ու էլ ետ՝ ետ էկավ ու սկսեց կրկին կարդալ ու հինքն իրան սիրտ դնիլ: Վերջը թուղթը ծալեց, ծոցը դրեց ու մտքի ծովն ընկավ: Իրիկնահովն ընկել էր, որ աչքը բաց արեց, ձեռը ծոցը տարավ, որ մոր գիրը մին էլ կարդա, իր սիրեկանինն ընկավ ձեռը, իր Նազլվինը, ու քիչ էր էրվել, նորեն հազար խանչալ սկսեց սրտումը ցցվիլ. շեկլած, շշմած սկսեց կարդալ:

Նրա թղթի միտքն էլ է՛ս էր:

«Երա՛բ, որ սիրտս հանեմ, էս թղթումը դնեմ, երա՛բ, որ բաց անես ու հազար թուր միջումը ցցված տեսնիս, կիմանա՞ս էն ժամանակը, թե Նազլուդ, քո ջրատար Նազլուդ, ի՞նչ ցավս քաշում, ի՞նչ օրու՞ն ա, ի՞նչ հալումն, իմ գլխի՛ տեր, իմ ըմբրի՛ թագավոր. Ա՛դասի: Ո՞ր սարեր են առաջդ կապել, ո՞ր գետեր՝ ճամփեդ կտրում, ո՞ր ձեռն ա թևիցդ բռնում, ետ քաշում, ա՜յ իմ թուգ ու պարծանք, որ էսպես ինձ կրակում թողել ես. ինձ դժոխքը դրկում, դու արքայությունը վայելում. ինձ սուրը քաշում, դու ձեռներդ լվանում. ինձ դիվանոնցը տալիս, դու հրեշտակների միջին արևիդ ձենն ածում ու երեսդ էլա չե՛ս ետ դարձնում, որ ինձ հողը դնես:

Ա՛դասի ջան, Ա՛դասի. երաբ սիրտդ քա՞ր ա դառել, երաբ աչքդ ծաղիկ ու թուփ էլ չի՞ տեսնում, երաբ երեսդ մի երկնքին չե՞ս քցում, որ տեսնիս, թե ի՞նչ մրրած ամպեր են առաջիդ կանգնած, ի՞նչ կրակ է վերևիցը վեր թափում. չե՞ս իմանում, միթե, ա՛նիրավ, ա՛նջիգյար, թե էս կրակն ու էս բոցը, էս ծուխն ու էս ամպը ի՛մ բերնիցն են դուս գալիս, ի՛մ սիրտս ա քուլա-քուլա իրանից հանում, վերևն աստղերը խավարացնում, բռնում, ներքևը սար ու ձոր պապանձացնում, անձող շինում:

Հարիր անգամ գերեզմանի դուռը հասել, էլ ետ՝ ետ եմ էկել. հարիր անգամ արեգակը, որ մեր մտավ, ես էլ իմ հոգիս հետը ճամու քցեցի ու, ա՜խ, էլի, ծեգը բացվելիս, հենց իմանում էի՝ հողումն եմ, չէի ուզում շունչ քաշեմ. հենց իմանում էի՝ մեռելների կողքին եմ, չէի կամենում գլուխս բարձրացնեմ, ու էլի մորդ, ա՜խ, քո ումբրը խավարած մորդ ձենն որ անկաջս չէր ընկնում, էլ ետ աչքս բաց էի անում, մազերս նրա ոտի տակին փռում, որ կամ ինձ սպանի, կամ թե չէ՝ մահի ձեռիցը չխլի. ինձ սաղ-սաղ էսպես չէրի, չխորովի. ամա էլի, որ նրա է՛ն խավարի աչքերը, է՛ն չորացած, մազ դառած ջանը որ աչքովս էր ընկնում, որ իմանում էի, թե նա էլ քո ցավն ա քաշում, քո դարդովն ա էնպես փոթոթվում, քո՛, քո ջանի՛ն մեռնիմ, միտք էի անում. որ թե ես էլ մեռնիմ, էլ նրան աշխարքումը պահող չի՛ ըլիլ. որ ես կորչիմ, նա էլ կենդանի հետս պետք է հողը մտնի կամ ջուրն ընկնի, խեղդվի. որ միտք էի անում, թե նրա խորոված սիրտը ինձանով ա մի քիչ հովություն գտնում, քո կարոտը, քո հոտն ու համը, քիչ թե շատ, ինձանից ա նա առնում. ինձ որ չունենա՝ կամ սովը պետք է նրան սպանի, կամ քարեքար ընկնի, մեկ բուռը հողի, մեկ օրհնած տեղի էլ հասրաթ մնա: Ի՞նչ պետք է անեի, ո՞ր ջուրը ընկնեի: Հոգիս իմը չէր, որ հանեի, նրան տայի, բալքի նա ապրեր, քեզ տեսներ, քո արդար ձեռքը բռներ, գար գերեզմանս ու գլխիս կանգներ, ասեր.

«Ա՛դասի ջան, է՛ս ա Նազլվիդ հանգստարանը, է՛ս հողին նա իր ջանը դուրբան տվեց: Հետս խոսում չէր, որ դարդն իմանայի. ես էլ չոփ էի դառել, աշխարքն աչքիս փուշ կտրել, որ մեկ մոտիկն նստեի, քրտինքը սրբեի կամ մեկ սառը ջուր տայի: Ես ի՛մ տեղումն էի կրակի միջումն էրվում, սա՝ իր բարձի վրա. ես ի՛մ գլուխս էի բարձրացնում, որ հոգիս տամ, սրա հրեշտակն էի տեսնում գլխին պտիտ գալիս. ես ա՜խ էի քաշում, որ ձենս քո անկաջն ընկնի, սրա անկաջն էր ընկնում. սրան էրում, մաշում: Ա՜խ, հինգ ամիս էսպես տանջվեց, չարչարվեց էս խեղճ ջրատարը. ո՛չ դեղ կարաց սրան ետ բերիլ, ո՛չ դեղապետ. ո՛չ տերտեր, ո՛չ հսկումն. ո՛չ աղոթք, ո՛չ սրբություն: Մեկ առավոտ էլ, ա՛խ, էն սհաթը գնա, ո՛չ ետ գա, աչքս բաց արի, որ վեր կենամ՝ կամ երեսը ծածկեմ, կամ տեղը փոխեմ, տունը գլխիս փուլ էկավ. աչքերը երկինքն էր քցել, երեսն՝ աղոթարանը, ձեռ ու դոշ բաց արել. հենց իմանաս էն ետին սհաթին էլ իր հրեշտակին ուզեցել էր խնդրի՝ մի քիչ համբերի, որ բալքի թե էս սհաթին էլա մեկ դուռը բաց էիր արել, մեկ քեզ տեսել էր, մեկ հասրաթդ առել էր ու հետո հոգին տվել:

Ընկի՛ր գերեզմանի վրա, Ա՛ղասի ջան. էս գերեզմանը քո արնի գինն ա, քո աչքի լիսն ա էստեղ թաղած. երեսդ հողին տո՛ւր, որ բալքի հողն էլ նրա մուրազը տա, բալքի հողիցն էլա գալդ իմանա ու գերեզմանումն էլա դինջանա: Ա՜խ, ի՞նչ կըլեր, որ էնքան ցավը քաշեց, մեկ օր մեկ ձենն էլա իմանայի, մեկ օր մեկ խոսք էլա ասեր, որ սրտումս դարդ չմնար, ինձ էսպես չէրեր, չխորովեր: Ա՜խ էլ որ քաշում էր, էն կրակված սունչն էր երեսիս դիպչում. լաց էլ որ ըլում էր, էն գետանման արտասունքն էի միայն տեսնում. մեկ աչքն էլա չէր բանում կամ գլուխը բարձրացնում, որ բալքի երեսն երեսիս առներ, աչքը՝ աչքիս, որ մեկ սիրտս հովանար, մեկ լացը դինջանար, աչքս իրան տայի, որ ինչ արտասունք ուներ, ինձ բաշխեր, գետնին վեր չածեր. սիրտս իրան հանեի, բաշխեի, որ բոլոր ցավն ինձ տար, ես էլ անկորուստ էսօր քեզ ամանաթ տայի, որ քանի տեսնիս, իմանաս, թե քո խեղճ, անճար Նազլուդ քո սիրովն մեռավ, քո կարոտովն գետինը մտավ, որ քանի նրա անունը տաս, հրեշտակ էլ որ ըլի, էլ թամահ չանես. էլ է՛ն բարձի վրա ուրիշ գլուխ չդնես, որի վրա որ քո հարազատ Նազլուդ հոգին տվեց. որ է՛դ դոշդ էլ ուրիշի դեմ չանես, որ Նազլվի ջանը հանեց. է՛դ լեզուդ ուրիշի ջան չասի, որ Նազլվին կրակ դառավ, էրեց:

Չէ, Ա՛ղասի ջան, թե քո մերն եմ, ասածս արա՛. քանի Նազլվիդ գերեզմանն աչքովդ ընկնի, քանի քնից վեր կենաս, երեսդ երկինքը քցես կամ իգին մտնիս, ծաղկըներդ ջրես կամ պտուղ քաղես, դոշդ բա՛ց արա, նրա անունը տո՛ւր, նրա գլուխը լա՛ց ըլ. թուփ չկա, որ նրա արտասունքը տեսած չըլի. քար չկա, որ նրա դոշին չըլի դիպել. ծաղիկ ու թուփ չկա, որ նրա գլուխը չըլի խտտել, սուզը տեսել, հոտը սգացել, սրտի ծուխը մեջն առել ու թառամել, չորացել, որ նրա կսկիծը չտեսնի, ձենը չլսի: Թե իմ կաթն ես կերել, Ա՛ղասի ջան, թե իմ ձեռին մեծացել, քանի սունչդ բերնումդ ա, ոտդ՝ վրեդ, արի՛, արի՛, էս սուրբ հողի վրա կանգնի՛ր, ինձ էլ նրա հետ թաղի՛ր, ու հետո, աստված քեզ հետ: Քանի որ կենդանի եմ, թուր կյցեմ սիրտս, աչքս կհանեմ, ուրիշի էլ հարս չեմ կարող ասիլ, ուրիշի էլ մեր չեմ դառնալ. ինձ էլ աչքալիս չի՛ հարկավոր, չի՛ հարկավոր. իմ աչքիս լիսն էլ էր սա, իմ օր ու ումբրս էլ, որ կորավ, փչացավ. սրա կոխած տեղը թե ուրիշի ոտ ա դիպել, հոգիս կտամ. սրանից ետը աշխարքս ջավահիր էլ դառնա, էլ ո՞ւմ աչքը կգա, ո՞վ թամահ կանի: Մեռնելիս էլ՝ անկաջումն էն եմ ասել. գնա՛, իմ ջա՛նի հանող, քանի շունչս վրես ա, Աղասին էլ կարմիր չի՛ կապիլ, էլ ձեռները հինա չի՛ դնիլ, նրա հինեն վաղուց քամուն տվի. մե՛կ բարձի գլուխ դրիք՝ մե՛կ հողում պտի քնէք, ինձ էլ միջըներդ առնէք, որ ձեր սերը գերեզմանումն էլ տեսնիմ, երկնքումն էլ վայելեմ, ձեզ օրհնեմ, ձեզ որդի ասեմ ու աստծուն, ինչպես առա, էնպես ամանաթ տամ»:

Գերեզմանի դրաղին կանգնել եմ, քե՛զ եմ կանչում, Ա՛ղասի ջան, ձեռս ու դոշս բաց եմ արել, քե՛զ եմ կարոտ, ջանի՛դ դուրբան: Հողն իմ ձեռովս եմ առել, որ երեսիս քցեմ, որ մատաղդ գնամ. պատանքս ե՛ս եմ կարել, որ մեջը մտնիմ, Նազլո՛ւն չարդ տանի. խունկս ու մումս ու ժամոցս ի՛մ ձեռովս եմ տվել, ա՛նումիդ մեռնիմ. էլ ժամ կամ պատարագ, տերտեր կամ բաշտակ ինձ չի՛ հարկավոր, ե՛րեսս ոտիդ տակը: Հազար անգամ հրեշտակիս ոտն եմ ընկել, ետ դարձրել, որ մեկ էլ ձենդ լսեմ էս քառացած անկաջովս, մեկ էլ երեսդ տեսնիմ էս խավարած աչքովս, մեկ էլ էդ սուրբ ձեռդ էս քարացած դոշիս կպցնեմ, մեկ էլ էդ ազիզ պատկերը էս հող դառած երեսիս դնեմ ու էս էրված, խորովված, քրքրված հոգիս ու շունչս քեզ տամ, Ա՛ղասի ջան. բաս սիրտդ էնպես մեռել, փետացել ա, որ էլ ինձ չե՛ս սիրում: Ա՜խ, ի՞նչ անեմ, ի՞նչ ասեմ. սիրտս՝ լիքը, ձենս՝ կարճ, տեղդ՝ հեռու. ո՞վ մեր դարդին ճար կանի»:

Ողորմելի աղջիկն էլ չէր կարացել իրան պահի. կեսուրն էլ էն վախտը վրա հասավ, որ էսպես փետացել, վեր էր ընկել. ձեռիցը բռնեց, դողդողալով տուն տարավ ու տեգորը խնդրեց, որ գնալիս՝ էս բայաթին էլ մեկ աստվածասերի գրիլ տա, հետը տանի, որ Նազլուն վաղուց իրանից հանել էր ու ամեն օր սգալով ասում.

ՆԱԶԼՎԻ ՍՈՒԳԸ

Գարունքը բացվել ա, դաշտեր կանաչել,
Ծառերը ծաղկել, սարեր զարդարել,

Բլբուլն իր վարդի սիրովն կշտացել,
Հենց ե՛ս, ա՜խ, սիրույդ կարոտ մնացել: Ա՜խ, կարոտ...

Ինչ քար տեսնում եմ, դո՛ւ ես առաջիս.
Ինչ խոտ կոխում եմ, դո՛ւ միտս գալիս.
Աղբրի ջուրն էլ ք՛ո համն ա տալիս,
Հանդի ծաղիկն էլ ի՜մ օրը լալիս: Ա՜խ, օրս լալիս...

Աչքիս լիսն էլ, ա՜խ, լալով փչացավ,
Ա՜խ, ո՜խ քաշելով լերդս չորացավ.
Ո՞ւմ սիրտս բանամ, ո՞ւմ ասեմ իմ ցավ,
Ասեմ էլ, երաբ, ո՞ւմ սրտին կտա ցավ: Ա՜խ, կտա...

Չե՛մ ուզում աչքս երկինքը քցեմ,
Լիսնյակն, արեգակն ինձ համար կանչեմ.
Սի՞րտ ունին նրանք, որ իմ դարդս ասեմ.
Արի՛, արեգա՛կ իմ, քեզ կարոտ եմ: Ա՜խ, քեզ...

Երաբ քո սիրտն էլ հետս ցա՞վում ա,

Երաբ անունս միտդ գա՞լիս ա,
Թե՞ չոր քարերը ձենս ու սուգս լսում,
Ո՛չ հետս խոսում, ո՛չ սիրտս առնում: Ա՜խ, սիրտս...

Է՛դ սուրբ երեսդ մեկ էլ ես տեսնիմ,
Մեկ էլ մոտիդ նստիմ, մեկ ճտովդ ընկնիմ,
Թո՛ղ էն ժամանակն ես տամ իմ հոգին,
Մեռնի՛մ արևիդ, էդ ոտիդ տակին: Ա՜խ, ոտիդ...

Նազլվիդ աչքը ճամփին մի՛ թողար,
Նազլուդ մի՛ սպանիր, Նազլու ջրատար
Քեզ ղուրբան ըլի. հասի՛ր նրան հավար,
Հասի՛ր, հողը դի՛ր, հոգին հետդ տա՛ր: Ա՜խ, հետդ...

7

Ա՜խ, ա՛յ իմ աստվածասեր կարդացող. քար ըլեր էս խոսքերը կպատռեր, ո՞ւր մնաց մարդ, էն էլ Աղասին, որ սիրտը բարակել, փոշի էր դառել: Բայց մարդիս հոգին խոր ա, ջիլը՝ կակող. քանի ձգվում ա, բարակում է ու հանկարծ կտրվում: Լեն օրին ա մարդ շատ անգամ իրան մոռանում, թե չէ նեղությունը միայն հոգին մաշում է, բայց շուտով չի հանում: Աղասու էսքան էրվիլն ու տանջանքը որ տեսնում էին փամբակեցի կտրիճ հայի տղերքը, խոսք ըմին արին, որ գնան, թաքուն նրա մորն ու կնկանը փախցնեն, բերեն, բայց խելոք մարդիկ խորհուրդ չտեսան, չունքի խեղճ ծերունի հորը բանտումը թիքա-թիքա կանեին: Շատ անգամ փարավուրդ էին անում, որ Աղասին միտը ծռել, ուզում ա գնա հորնումոր հավարին. բուսուն բռնում, ետ էին դարձնում: Էնպես՝ տանջվելով էս ձմեռ էլ անց կացրեց, մինչև գարունքն էլի բացվեց, ու թուրք ու հայ յայլաղ դուս էկան: Աղասին էլ հետըները գնաց:

Աղբրների գլխին, ծաղիկների վրա օբեքը իրանց չադրները տվին ու մալն արին էն անմահական դրախտը: Առավոտը որ տեղիցդ վեր էիր կենում, հազար սարի ծերից ամպն ու ծուխը, իրար հետ խառը, երկինքն էին վերանում ու շաղն ու ցողը անձրևի հետ նրանց շորերի, երեսների վրա դնում: Կնանիքը կթի տավարի հետ էին ըլում, կաթը հավաքում, եղ ու պանիր շինում. մարդիկը տավարը սարը տանում կամ բուրդ ու եղ բազարը բերում, ծախում, իրանց տան պակասությունը հոգում: Մենակ էս չէր կնանոնց գործը. ցերեկը ջահրա էին մանում, շալ ու խալիչա կամկարպետ գործում ու իրանց օրը ուրախ, միամիտ անց կացնում: Էլ ի՞նչ ասիլ կուզի, որ տան պես աղջիկ ու հարս էստեղ կուչ ու ձիգ անելով չէին ման գալիս կամ երեսները կալնում: Մեկ տան պես, ում օբեն մտնեիր՝ թուշ էր, որ վարդի պես փայլում էր, աչք էր, որ մարդի խելք տանում էր: Է՛ն օդի ու ջրի, է՛ն ծաղկի ու կանաչի հոտն ու համն առնողի հոգին ու ռանգն ի՞նչ կըլեր բաս: Հայտնի բան է, որ փորսի ու, շատ անգամ, գողի ու հարամու հետ շաբթով էին ման գալիս չահել տղերքը, ու սպանած կամ բռնած ժամանակը մեկ հարսանիք էր ըլում բոլոր օբեքանց միջին: Ղոնաղ պատահեր՝ էստեղ պատահեր: Տաքթով, ամռով էլ չէին թողալ հեռանա. ու աղբրների քչքչոցը, ջրերի խշշոցը, ծառերի սլսլոցը, ղշերի ծլվլոցը, չոբանի թութակը, գառան, ոչխարի ու տավարի ձենն ու բառանչը ամեն մարդի ուզում էին ասեն. «Թե դրախտ ես կամենում, է՛ստեղ կաց, է՛սպես կաց. սիրտդ՝ անմեղ, միտքդ՝ հիստակ»:

Չե՛մ կարող ասիլ, թե էս տեղի փոփոխությունը Աղասու սիրտը բաց չի արեց. քար ըլեր, կկակղեր, կրակ ըլեր, կհանգչեր, ո՞ւր մնա նրա սիրտը: Բայց Աղասու գլխին դեռ չար հրեշտակ էր պտտում, ու ինքը՝ ողորմելին, չէ՛ր իմանում: Տաս անգամ սարից որ օրեն չէր մտնում, հազար աչք մնում էին վրեն հայիլ-մայիլ: Իլահիմ որ իմացան նրա պատմությունը, ամեն աչք ուզում էր նրա՛ համար բացվի, ամեն բերան՝ նրա՛ն իր շունչը տա: Ում որ մեկ ծաղիկ չէր թավզա անում, աչքը արտասունքով լիքը՝ ուզում էր ձեռի տեղակ սիրտը դեմ անի, քթի տեղը հոգումը դնի նրա տված ծաղիկը: Ով մեկ անուշ թիքա ուներ, նրա համար էր պահում. մեկը սե՛ր էր նրա առաջին դնում, մեկը՝ ձվածեղ, մեկը՝ գառան միս, մեկը՝ պախրի խորոված: Տատը նրան ղոնաղ կանչելիս՝ գառն ու ոչխար էին մորթում, որ նրա սիրտն առնին: Նրա տխուր բայաթու ձենը, նրա աղիողորմ սուզը կամ արտասունքը որ չէին տեսնում, մեծ, պստիկ ուզում էին նրան մատաղ գնան: Աղջկերքը որ չէին դաստա-դաստա սարի դոշին ման գալիս, ծաղիկ քաղում, գլուխ ու դոշ զարդարում, սիրտն ուզում էր, թե տրաքի, որ իր Նազլուն էստեղ չէ՛ր:

Բայց Մուսեն, ջիվան Մուսեն. ո՛չ Նազլու ուներ, որ դարդ անի, ո՛չ հեր, որ բանտումը տանջվի. մեկ ջահել մեր ուներ, էն էլ էսօր-էգուց էր ընկել, որ մեկ քիր կամ ախպեր էլ նրա համար բերի: Բոյն էկել, շիշակացել էր, չինարի դառել. բեղերն նոր էր բերնի վրա ծաղկել. թուխ-թուխ ճալվերը շարմաղ երեսին հովին անելիս, հենց իմանաս, հրեշտակ ըլի թևով խփում: Տասնըվեց տարին անց էր կացել, դեռ նա ծուռն աչքով մեկի երեսի չէ՛ր մտիկ արել: Բազի վախտ, մեկ քող կամ սպիտակ լաչակ տեսնելիս, դորդ ա, խելքը գլխիցը գնում, սիրտը կրակով լցվում, աչքերը արտասունքը կոխում, ուզում էր սար ու ձոր ընկնի, գլուխն առնի, կորչի: Ամա մեկ քանի օր որ անց էր կենում, աչքը էլ որ չէ՛ր տեսնում, սիրտն էլ հովանում էր: Բազի վախտ, էնպես գիտես, թե նրան վեր ըլին քաշում: Հովը տալիս, ծառը ծաղկելիս, ջուրը քչքչալիս, հենց գիտես, թե մեկ աներևույթ ձեն նրան ասում ըլի. «Մո՛ւսա ջան, քնի՛. ես աչքդ կկպցնեմ, երազումդ հետդ կխոսիմ, որ զարթնիս, գյում կըլիմ, չունքի վախտը չի՛ հասել, որ դու քո նասիբը գտնիս: Ինչ որ ճակատիդ գրած ա, էն պետք է ըլի»: Քնից որ վեր էր կենում, հենց իմանում էր, թե հրեշտակները մոտիցը նոր թռան: Նա չէ՛ր իմանում, թե սերն ա էս, որ քէչ-քիչ նրա սրտումը տեղ էր պատրաստում:

Մեկ օր էլ էսպես, մեկ ծառի տակի քնած տեղը, երազում մեկ թաս գինի բերին, դեմ արին նրան ու մեկ հրեշտակի պատկեր նրան՝ թևերն երեսին փռած, կամաց ձեն տվեց.

— Մո՛ւսա ջան, յա խմի՛ր էս թասը, յա ինձ սպանի՛ր, իմ կյանքս քո ձեռին ա: Հերնըմեր չունիմ, ընկել եմ մեկ անօրեն տանկի ճանկ: Ղարսա սարումն ա մեր օբեն, թե սիրտ ունիս, թե աստվածդ սիրում ես, արի՛, ինձ ազատի՛. չե՞ս ազատիլ, քո օրումդ դու կյանք չե՛ս տեսնիլ: Մո՛ւսա ջան, գնում եմ, դու գիտես: Արի՛, թե չէ, էս ա, քսան օր ա, ինձ տանջում են, որ թուրքանամ, չեմ թուրքանում, քեզ եմ սպասում: Ինձ երազումս ասացին, թե դո՛ւ ես իմ ազատողը:

Աչքը որ բաց արեց, հենց իմացավ, թե ծառ, խոտ, ծաղիկ անմահական հոտով լցված ըլին. ու արեգակի շողքը երեսը սղալելով՝ ուսուլով սարի քամակը անցավ: Ուզում էր խոսա, ձենը չէ՛ր դուս գալիս. ուզում էր վեր կենա, ոտն ու ձեռը չէ՛ին զորում: Թուլթակի ու շվու ձենն էլ որ անկաջը չընկավ, էլ եա աչքը խփեց: Ա՜խ, ի՞նչ կըլեր, ջահելությունը նրան չէ՛ր էքման հաղթել, սերը չէ՛ր էքման նրան թմբրացրել:

Մութը գետինն առավ: Մառդ որ կոխեիր մարդի աչք, չէ՛ր տեսնիլ: Ամպերը սարերիցը գլխները բարձրացրին, ոտները կտրեցին. չանկ ու դուման սար ու ձոր բռնեց: Հենց գիտես՝ հազար սիրապ բերանները բաց արած, գալիս են, որ սար ու ձոր կուլ տան: Կայծակը էստեղ-էնտեղ որ չախմախին չտվեց, սարըցիք իմացան, թե ի՞նչ խաբար ա. տավար, ոչխար աղալի մեջն արին, թվանքներն առան, շները բաց թողին, չունքի լավ գիտեին, որ գողի, հարամու, ջանավարի ղզղուն վախտը հենց էս ա: Ամպերը որ թափ ու թռիխանեն չսարքեցին, ո՛վ ոտ ուներ, փախավ, ո՛վ աչք ուներ, փակեց. օղլուշաղը ալաչուխի տակն արեց, ճրագ, կրակ հանգցրեց, որ աչքը մի քիչ էլա բան տեսնի, ու հենց ոտի վրա՝ ամենը մի կտոր հաց առան, էն էլ գոտիկը դրին, չկերան, որ տեսնին, թե վերջըներըի՞նչ կըլի, ի՞նչպես կլուսանա: Մեկ բարակ կարկուտ, անձրևի հետ խառը, էկավ, վրըներովն անց կացավ: Երկինք, գետինք սկսեց կրակվիլ: Կայծակը որ չէր դամշում սարերի գլխին, ուզում էին, թե հազար գազ խոր գնան: Ամպը որ չէր թռիի բերանը բաց անում, գետինն ուզում էր հազար կտոր ըլի ու հոգին տա: Ճրագ չկար, որ մարդ տեսնի. ձեն մարդի անկաջ չէր հասնում:

Աղասին պառեց գռալով, Մուսի անունը տալով, բայց ջուրը տանի նրա մորը. նա ի՞նչ տեղ էր, որ խոսք իմանա, ի՞նչ նեղ սհաթի, որ գլուխ առնի, փախչի: Աղասու ընկերքը ամեն մեկը մեկ սար ընկավ, գլուխը մահու տվեց. հարիր տեղ թվանք քցեցին, ու ո՞րքան էր նրանց ահն ու երկյուղը, երբ որ իմացան, թե նրա թվանքն էլ վրեն չի՛: Աղասին մահվան դուռը գնաց: Անգն էլ ետ դառավ, կայծակն էլ, բայց գիշեր էր, ի՞նչ տեղ պետք է նրան քթնեին: Ընչանք ծեգը բացվեց, օձերը ծնեցին, ու ո՞վ նրանց հալը կարա պատմիլ, երբ էկան տեսան, որ ջիվան Մուսեն՝ արնի միջումը ռաղախված, չորս կողմի խոտն ու թուփը պոկած, մեկ ահագին քաֆթառ նրա դոշին նստած, Մուսի ձախու ձեռը բերնումը, քիչ մնաց, որ թուրն իրանց սիրտը կոխեն. որ ձեն չտվին ու վա՜յ տվին, հսկայն Մուսա աչքը բաց արեց, ընկերներին որ տեսավ, գլուխը ժաժ տվեց ու ժպտելով ասեց.

— Աֆա՛րիմ, լավ վախտի եք գալիս. էկե՛ք, կուլս հանեցե՛ք. դամեն ռաւո խորն ա գնացել, ձեռս էլ հետը. ինձանում էլ թաղաթ չկա, որ հանեմ:

Ո՞ւմ աչքը էն ուրախությունը կտեսնի, ինչ նրա ընկերների աչքը տեսավ: Վրա թռան, քաֆթառին դեն քցեցին, ու Մուսեն որ կուռը չհանեց, կեսը, հենց բռնի՛ր, ծամած էր: Մեկ սաղ սհաթ Աղասին նրա դոշիցը չէ՛ր պոկ գալիս: Էնպես գիտում էր, թե է՛ն կյանքիցն ա վեր էկել: Սարըցիք էլ էս ջիվան, իգիթի սիրտը տեսնելով՝ մնացել էին զարմացած, ու սաղ ռաբաթը հենց է՛ն էին խոսում:

Բայց Մուսի աչքիցը քունն էր փախել, սրտիցը՝ ղարարը: Արեգակն էր դուս գալիս, նրա օրը մեր էր մտնում. օրն էր մեր մտնում, նրա ցավերն էին նոր ի նորո բացվում: Սար ու ձոր նրա համար դժոխք էր դառել: Գիշեր-ցերեկ նրա կերած հացը, նրա խմած ջուրը, նրա տեսած լիսն ու երազը է՛ն սքանչելի պատկերն էր, որ իրան կանչել էր: Ծառերն էին սլսլում թե ջուրը քչքչում, քամին էր փչում թե հովը հնչում, նա ո՛չինչ ձեն չէր իմանում, ո՛չինչ չէր տեսնում, եթե ո՛չ՝ իր սիրեկանի երկնային դեմքը:

Հսկայն Աղասի, որ իր վերջին օրումն էլ չէ՛ր ուզում, որ իր ընկերներիմեկի մազն էլա թեքվի, վաղուց էր վարավուրդ արել սրա էս նեղությունը, վաղուց էր իմացել, որ իր սիրեկանի սիրտը, ուշ ու միտքը թռել ա, էլ վրեն չի՛. ամա չէ՛ր իմանում, թե պատճառն ի՞նչ ա: Գիտեր, որ նրան աչքի լսի պես էր մինչև էն օրը պահել, բայց թե ի՞նչն էր էսպես նրան էրում, խորովում, չէ՛ր կարում հասկանալ: Նա տեսնում էր, որ ջիվան Մուսին մեկ աղջկա ձեն լսելիս, մեկ աղջկա պատկեր տեսնելիս, իրանից գնում, խելքամաղ էր ըլում, ամա էնպես կարծում էր, թե էս էն առաջին կրակն ա, որ ամեն ջահել մարդի սիրտ վառում, բորբոքում ա, երբ ինքն իրան ճանաչում ա, երբ արինը եռ ա ընկնում, ու սար ու ձոր մարդիս աչքին յա սազ ու քյամանչա են դառնում, ուշ ու միտքը տանում, յա թուր ու դանակ դառնում, սրտումը ցցվում: Շատ օր ճտովն էր ընկնում, լալիս ու աղաչանք անում, որ իր դարդն ասի, արտասունքից ավելի ո՛չինչ չէ՛ր տեսնում, լացից ավելի ո՛չինչ չէ՛ր լսում:

Շատ անգամ սիրտը բերանն էր գալիս, որ իր ցավերն ասի, ամա լեզուն չորանում էր, պապանձում, երեսը կարմրատակում, չէ՛ր գիտում, թե ի՞նչ ջուղաբ տա. դողդողալով սարերն ու ծառերն էր նրան նշանց տալիս: Ընկերքն էլ էին մնացել մաթալ. որ մի փուտանդ էր ճարում, էլ հաց ու ջուր միտքը չէ՛ր բերում, գլուխն առնում, կորչում, ու սար ու ձոր պետք էր ոտնատակ տված, որ նրան մեկ տեղ քնած քթել էին:

Մեկ օր էլ էսպես Մուսին ման էին գալիս, որ մեկ քարափի տակից էնպես մեկ ձեն էկավ, որ մարդ լսելիս՝ ջանը վրեն սրտում էր: Քամին ձենը ձորն էր քցել, ու քարերն էին խոսքերը ետ ասում:

ԲԱՅԱԹՈՒ ԳՈՒՆՈՎ

Հրեշտակ էիր, որ ինձ երևեցար, ա՜խ, ինձ երևեցար,
Երկրո՞ւմն ես ծնվել, թե՞ երկնքիցն էկար,
Մեկ ջան ունեի, էն էլ դու տարար,
Ա՜յ իմ սուրբ պատկեր, արի՛, հոգիս ա՛ռ:
Ա՜խ, հոգիս ա՛ռ...

Մեռնիմ՝ չե՛ս տեսնիլ, կորչիմ՝ չե՛ս ման գալ,
Սո՛ւր կոխեմ սիրտս, դու չե՛ս իմանալ.
Ո՞ւր կորչեմ, որ էս անողորմ չանգալն
Սիրտս չխրվի, չթողա ինձ լալ: Ա՜խ, չթողա...

Երա՜զ թե քուն ինձ, ա՜խ, մահ են դառել,
Իմ սև օրս՝ գիշեր, կյանքս խավարել.
Ի՞նչ պետք է անեմ, ո՞ւր եմ ապրում էլ,
Թե ոտիդ տակին մատաղ չե՛մ ըլիլ: Ա՜խ, մատաղ...

Ամպին իմ սրտիս դարդերը պատմում,
Ցրվում, գալիս չի՛ ու քեզ ետ ասում.
Քար ու սար աչքիս աղի արտասունքն
Էլ ետ սիրտս ածում, էլ ետ ինձ էրում: Ա՜խ, ինձ էրում...

Քանդեցիր անմեղ իմ հանդարտ հոգին,
Կրակ քցեցիր իմ ջանն ու մարմին.
Թե հրեշտակ էիր, ո՞ւր էն սուրն, էն կրակն.
Խրի՛ր իմ սիրտս, թափի՛ր իմ գլխին: Ա՜խ, թափիր...

Կգա՛մ, հո՛գի ջան, կգա՛մ քո ոտքը,
Քեզ մոտ ա սիրտս, քեզ հետ՝ իմ միտքը.
Բայց ի՞նչ տեղ ես քո աննման դեմքը
Տեսնիմ, կատարեմ իմ տված խոսքը: Ա՜խ, իմ խոսքը...

Որ ընկերքս էլ ինձ, ա՜խ, քոմակ չըլին,
Երես դարձնեն ու չըլին խոսքըմին,
Կընկնիմ սարեսար ու քո հավարին
Կըհասնիմ, դարդ չանես, քեզ մատաղ ըլիմ:
Ա՜խ, քեզ մատաղ...

Թո՛ղ մեկ էլ տեսնիմ քո սուրբ պատկերը,
քո սուրբ պատկերը,
Թո՛ղ մեկ էլ տա ինձ բաժակ քո ձեռը,
Մեկ ծունչդ առնիմ, ընկնիմ սարերը,
Քեզ մատաղ անեմ իմ գլուխս, իմ օրը:
Ա՜խ, իմ գլուխս...

Ասեց ողորմելի պատանին ու սկսեց գլուխը քարին դնիլ:

Արեգակն ուզում էր մեր մտնի: Աղասին, որ թաքուն ետևիցը դուս էկել, մեկ թփի տակից անկաջ էր անում, սիրտը էրվում, չուզեց ողորմելու քունը խառնի, մնաց քարի վրա նստած ու աչքը իր ազիզ ընկերի աչքին քցած՝ սկսեց իր դարդերը միտքը բերիլ, իր ջահելությունը փիքր անիլ ու մտքումն ասել. «Ա՜յ ջիվան, ջիվան տղա՛. լավ իմանում եմ՝ ի՞նչ թուր ա էկել, սրտիդ դեմ առել. ի՞նչ կրակ ա ընկել, լերդդ էրում ու ջիգյարդ. բայց ի՞նչ անեմ, ընչի՞ չես սիրտդ ետ բանում, որ մեկ քո ցավդ իմանամ ու էլած կյանքս էլ քո ուղուրիդ մատաղ անեմ: Ա՜խ, լավ եմ իմանում, ա՛զիզ ջան, որ սիրո թևը երեսիդ քսվել, սիրո նետը քեզ էլ ա դիպել, բայց ընչի՞ չես պարզ ասում, որ գլուխս ետ դնեմ, սիրածդ գետնի տակին էլ որ ըլի, հանեմ, ձեզ ձեր մուրազին հասցնեմ ու ես էլ ձեր ոտի տակին հոգիս տամ: Մեր ու նշանած գլխիս կրակ են ածում, սար ու ձոր ինձ, քիչ ա մնում, ուտեն, մեկ քար չունինք, որ գլխըներս վրեն դնենք, էլի դու, ո՜վ սեր, ո՜վ բնություն, ուզում ես ցույց տալ քո զորությունը: Ա՜խ, ո՞ւր կորչի մարդ, որ քո ձեռիցը պրծնի, քո ցավը չտեսնի: Առաջ փառում, բորբոքում ես մեր սիրտը, հետո էրում, խորովում. առաջ վարդի հոտով գալիս, մեր սիրտը մտնում, հետո փուշ ու սուր դառնում, մեզ կտրատում»:

Էս խոսքերը միտք անելիս՝ բիրադի անկաջն ընկավ.

— Հա՛, Հռիփսիմե ջան, քո ջանի՛ն ղուրբան. քո սրբի անունը կտամ ու էգուց, էգուց Ղարսա սարերումն ինձ կտեսնիս:

Աղասու էրված սիրտն էլ հենց է՛ս էր ուզում իմանա: Էնքան կացավ, որ սիրելին քնից կշտացավ, ու իրան-իրան որ աչքը չի՛ բաց արեց Մուսեն, վրա թռավ, ճտովն ընկավ, կպցրեց նրան դոշին ու լալով ասեց.

— Ա՜խ, ա՛չքի լիս, որ սրտումդ էդպես դարդ ունիս, հենց իմանում ես՝ քա՞ր եմ, որ ինձանից բան ես թաքցնում: Չէ՛, էնպես ես կարծում, թե էս իմ խորոված ջիգյարը, որ էլ սաղ տեղ չունի, քո դարդի համար էլ տեղ չի՞ քթնիլ, քո ցավը չի՞ քաշիլ, էլած շունչս ու ումրքս քե՞զ չեմ տալ: Հենց իմանում էի՝ աստվածանից դու բան կթաքցնես, ինձանից չե՛ս թաքցնիլ: Է՞դ ա քո սերդ ու սիրտդ: Հենց իմանում էիր, թե Աղասին էնպես մեռել ա, որ քեզ համար մեկ ա՜խ էլա չի՞ քաշիլ, քեզ համար մեկ կաթ արտասունք էլա չո՞ւնի: Հերնըմերս, ղորդ ա, մահվան դուռն են հասել, նշանածս, ո՞վ ա գիտում, հողի տակին ա, թե երեսին, ամա քանի նրանց ձեռս չի՛ հասել, ե՞րբ կթողամ ձեր մեկի աչքը ցավի, ձեր մեկի մազը թեքվի: Մինչև ես մեռնիմ ո՛չ, մինչև ինձ թիքա-թիքա չանե՛ն, ձեզ կթողա՞մ, որ մեկ դուշ անց կենա գլխըներիդ վրա: Վե՛ր կաց, երեսդ սրբիր, ինձ ուղիղ ասա՝ էդ քո ջանը հանող Հռիփսիմեն, էդ հրեշտակն ո՞վ ա, որ քեզ երևացել ա, քեզ տանջում, մաշում, ու դու մեզ բան չես ասում: Հազար սար ու ծով մեր մեջն ըլի, էլի կթռչիմ, նրան կհանեմ, կբերեմ, թաք ըլի դու դարդ չանես, երեսիդ մեռնիմ: Ասում ես՝ Ղարս ա: Էդ հո երկու ոտը տեղ ա, դրա համար էդքան պետք է է՞րված: Վե՛ր կաց, դեռ երեխա ես, դեռ գլխիդ բաներ չի անց կացել շատ, որ մարդ ճանաչես: Վե՛ր կաց, էլ ամաչելու, գլուխը կախ անելու վախտը չի՛:

Մուսի աչք ու երեսը կրակ էր դառել ամոթու, չէ՛ր իմանում, թե իր մեծահոգի բարեկամի ո՞տներն ընկնի, թե՞ ձեռը համբուրի: Արտասունքն ու դամարի սաստիկ խփիլը ցույց էին տալիս, որ Մուսին ուզում էր ասի, լեզուն չէ՛ր բռնում. բերանը փակվում էր, պապանձվում, որ ձեն տա. «Ա՛ղասի ջան, յա մորթի՛ր ինձ, յա սպանի՛ր էստեղ. յա ասածս արա, իմ մուրազին հասցրո՛ւ. Հռիփսիմեն որ չըլի, էլ ինձ ո՛չ կյանք ա հարկավոր, ո՛չ օր. նրա շունչը որ չառնիմ, ես ինքս իմ շունչս բերնիցս կհանեմ, կկտրեմ. նրա աչքը որ աչքիս չառնի, աչքս կփորեմ, դեն կքցեմ: Դո՛ւ ես իմ տերը, իմ աստվածը. իմ ձեռս քո փեշն եմ քցել. յա ձեռս կտրի՛ր, յա գլուխս, յա իմ մուրազը անկատար պետք է չթողաս, պետք է ինձ սաղ-սաղ չէրես, չփորթես»:

Էնպես՝ որ ձեռք-ձեռքի ետ էին դարձել, գալիս էին, Աղասին իր սիրելու գլուխը դոշին կպցրած՝ քաշում էր նրան, քանց թե բերում, մյուս ընկերքն էլ, որ սաղ գիշերը չէին քնել դարդու, ուրախ-ուրախ վազեցին առաջ, հենց իմացան՝ արեգակը նոր ա բացվում, էկան, էրկուսին էլ մեջ առին ու չադիրը գնացին: Սարըցիք էլ ուզում էին, որ ուրախությունիցը հոգիները տան:

Աղասին մտածմանն մեջ ընկած, աչք ու ունք կիտած՝ չադիրը մտավ թե չէ, տղերքանցը իշարաթ արեց, որ ձիանը հավաքեն, յարաղ-ասպաբ հազիր անեն, որ էն գիշեր դուս պետք է գնան: Չէ՛ր ուզում, որ մարդ իմանա. վախում էր, թե իրան բռնեն, չթողան: Էն իրիկունը բոլոր սարըցոնցը գլխին հավաքեց, նրանց խոսքով արեց, որ կասկած չտանին, հազար բերնով իր շնորհակալությունը էնպես էր ուզում ցույց տա, որ նրանք ո՛չ նրա միտքը իմանան ու, թե փախած ըլի, չասեն, թե ի՞նչ վատ մարդ էր նա, որ մեկ դարտակ շնորհակալություն էլ նրանց չասեց: Էնքան աղ ու հացըները կերավ, բոլոր ոտի տակ տվեց ու վեր կացավ, փախավ: Շատ էին նրան աղաչել ու լալով ասել, թե նա նրանց միջումը մնա, իրանք իրանց կերթան, կնյազին կխնդրեն, որ իրանց ուզբաշին, իրանց կառավարիչը նա ըլի, ու ասում էին.

— Մենք գիտենք, թե ի՞նչպես հոգի կտանք քեզ, որ արարած աշխարհ իմանա, թե հայի ազգումն էլ սիրտ կա, հայումն էլ ռաշիդ տղամարդին աստծու տեղ պաշտել գիտեն:

Էս իրիկուն էլ գլխին ժողոված մեծ ու պստիկ էլի էն էին ասում ու վրա բերում, թե որ նա իրանց միջիցը հեռանա, աշխարք նրանց համարքանդված ա, ու նրանց աչքն էլ արեգակին ուղիղ չի՛ մտիկ տալ, նրանց սիրտն էլ լավ օր չի՛ քաշիլ: Քանի նրա ասած խոսքերը, նրա տեհած բաները տեսնին, կուզեն, որ էրթան, ջուրը թափին, նրանց օրն ու ումբրը կսևանա: Ամեն էսպես խոսք լսելիս՝ ինչ Աղասու բերնիցն էր դուս գալիս, լեզու պետք է ըլի, որ պատմի. սիրտ պետք է ըլի, որ իմանա: Տեսավ, որ անեղ սարըցիք հենց նրա բերնին են կարոտ, ուզում են, որ սաղ գիշերը նրա կշտիցը չհեռանան, նրա մոտին նստին: Հա՛, շատն էլ էկել, գլուխը նրա ծոցին էին դրել ու երեսին մտիկ անում, աստծն իմանում. աղջիկ ու հարս էլ չադրի դուռն ու դռանն էին կտրել ու ա՛խ քաշում. տղերքանցն իշարաթ արեց, որ ձիանները հազրեն, առավոտը փորս պետք էր գնար, գան, մի քիչ քնին, դինջանան, ամեն բան հազիր ունենան, ու ինքն էլ գլուխը թեքեց, որ սաղի թե աչքը կպցնի, խալխը քաշվեցին, բարի գիշեր ասացին, ու ամեն մարդ իր չադիրը գնաց:

Հենց աղոթարանը կարմրատակեց, ու ամպերն սկսեցին գլուխները քիչ-քիչ սարերիցը բարձրացնիլ, տղերքը ձիանը թամքեցին, յարաղ-ասպաբ քցեցին, էկան, չադրի դռանը կանգնեցին: Աղասու ձին ոտին-գլխին էր անում: Սարերի ծաղկըները ու ջուրը նրա միսը անկաջովն էին դուս բերել, էնքան չաղացել էր: Ընչանք սարըցիք վեր կկենեին, որ իրանց կով ու ոչխար կթեն, նրանց ղոնաղները մնաք բարով ասացին, ձիանոնց գլուխը ծռեցին ու թռան: Աչք էր, որ ետևներիցը մայիլ էր մնացել. սիրտ էր, որ ասում էր իր միջումն՝ երանի՜ նրան, որ էսպես զավակ, էսպես փեսաք կունենա: Սարը բարձրացան թե չէ, Աղասին, որ ման էկած սարերին ու ձորերին, իր տեսած ծաղկներին ու աղբրներին, իրան սրբի պես պատող անմեղ սարըցոնց օջեքանցը մտիկ չարեց, խելքը թռավ, աչքերը ցցվեց ու սկսեց բարակ ձենով էս բայաթին ասել:

Բարո՛վ մնաք, բարո՛վ, սարեր ու ձորեր,
Ալվան ծաղկըներ, սիրուն աղբրներ,
Որ ինձ պահեցիք դուք էսքան օրեր,
Ա՜յ անմեղ հայեր, սիրուն աղջըկներ:

Աղասին բալքի ձեզ էլ չտեսնի,
Աղասին ձեր վրա, կըլի, էլ չքնի,
Ձեր հոտը չառնի, ձեր կշտովն չանցնի,

Ձեր ձենը չլսի, ձեզ կարոտ մեռնի:

Հալալ արե՛ք նրան ձեր աղ ու հացը,
Քանի նա ձեզ մոտ կանգնած՝ իր լացը
Ծոցն ա հավաքում, քանի աչքը բաց՝
Ձեզ միտքը բերի, օրհնի ձեր արածը:

Ա՜խ, ի՞նչ կըլեր՝ ոտս կոտրեր, էստեղ չգար,
Ձեր ազիզ երեսն չտեսներ, էսպես չլար.
Ի՞նչ կըլեր՝ աստված ամեն մարդի տար
Ձեր անմեղությունը, ձեր հալալ պաշարն:

Երաք, յարալու սրտիս սաձը
Կպահե՞ք ձեր մտքումն, թխե՛ր բաց էլած.
Ձեզ վրա ման գալիս՝ ձեռ-ձեռի տված
Աղջիկ ու հարսներ, ձեր մոտին նստած:

Սիրո՛ւն աղբրներ, լաջվա՛րդ ծաղկըներ.
Երա՜բ, որ նրանք ձեզ քաղեն, ծոցերն
Լցնեն, հոտ քաշեն, զարդարեն դոշերն,
Իրար տան, կապեն փունջ ու պսակներ,

Մեկ-մեկու ասեն՝ մեզ չմոռանա՛ք.
Պահի՛ր էս ծաղիկն քեզ մոտ հիշատակ.
Երա՜բ, իմ լացս էլ դուք չե՞ք մոռանալ,
Ու ձեր հոտի հետ իմ սուգս նրանց տալ,

Նրանց իմ օրհնությունն, իմ խնդիրն ասիլ,
Որ ինչքան շունչս կա ու չեմ մեռնիլ,
Նրանց սերը կհիշեմ, նրանց կուզեմ պաշտիլ.

Ինձ չի՛ մոռանան, ես նրանց չե՛մ քցել

Մտքիցս, ու նրանց սերն սրտումս կպահեմ,
Հետս ման կածեմ, հողը կտանիմ.
Աստված թո՛ղ ձեզ տա, ինչ որ ես կուզեմ,
Մնաք բարո՛վ, սարեր, էլ ձեզ տեսնիլ չե՛մ:—

8

Մեկ տափարակ, դուզ տեղ բաց ա ըլում հանկարծ տեսնողի առաջին մեկ մեծ դաշտ՝ չորս կողմը սարերով պատած, աջ ու ձախ սևին տալիս, ու քանի գնում ա մարդ, ամպ ու դուման քաշվում, պարզում են, ու հենց իմանում ես, թե առաջիդ մեկ էնպես քաղաք ա բաց ըլում, որ հազար-հազար կենող միջումն ունի, ու ցրտի յա շոգի ձեռից բեզարած՝ ուզում ես, որ շտապիս, գնաս, մեկ աստվածասերի դռան վեր գաս, դինջանաս, էլ ետ ճամփեդ բռնես, գնաս: Մեկ տեղից ահագին բերդի պարիսպն ա քեզ խաբում, մեկ տեղից՝ զարմանալի եկեղեցքանց գմբեթն ու մեծությունը, մյուս տեղից՝ բարձր մինարեթքը, քոշք ու սարայի գլխները: Մտքումդ ասում ես, թե էս տեսածդ մեկ մեծ, զորեղ թագավորի թախտ պետք է ըլի. էստեղ ոսկին ու արծաթն աղբի հետ պետք է խառը ընկած ըլի, էստեղ օրը հարիր քարվան ներս մտնի, հարիրը դուս գա: Հենց իմանում ես, թե ցերեկը թոզն ու դումանն ա աչքդ բռնում, գիշերը մութն ու խավարն ա քեզ խաբում, որ ինս, ջինս, մարդ, անասուն չե՛ս տեսնում, հենց ջամդաքակեր ագռավներն են աչքերիդ սևին տալիս: Մարդ չի՛ կա մոտիդ, որ հարցնես. գիր չե՛ս կարդացել, որ իմանաս. մտքիդ հետ ընկած՝ տեսածդ հրաշք կարծելով յա աչքակապություն, որ հանկարծ գլուխդ չես բարձրացնում, ա՜խ, սի՛րելի իմ հայազգի, ջանդ դող ա ընկնում, կռներդ թուլանում: Հենց իմանում ես, թե մեկ վիշապ յա մեկ հարամի հենց էն սհաթին ա մտել ու բոլոր կենողներին յա կուլ տվել, յա սուրը քաշել, յա գերի արել, ինքն էլ փախել: Ուզում ես, որ աչքդ խփես, ետ դառնաս:

Ա՜խ, չէ՛, չէ՛, ետ մի դառնալ. էստեղանց ծուխը հազար տարուց ավելի ա, որ կտրվել ա. կա՛ց, մի՛ վախենալ, անշունչ քարերն ու եկեղեցիքը մարդակեր չե՛ն: Աչքդ բա՛ց արա, սիրտդ քե՛զ հավաքիր ու գլխիդ վա՜յ տուր: Է՛ս սրբատաշ տաճարները, է՛ս ահագին բերդը, է՛ս քարերը քեզ կասեն, թե սա է զոռոզն Անի, քո թագավորների հզոր մայրաքաղաքը, որ էնքան էր իր հարստությունովը, իր փառքովը փարթամացել, ճոխացել, մեծամտել, որ չորսնն էլ եկեղեցի էր շինում, ոչխարածն էլ արծաթե նալչով, սաղրի քոշերով ման գալիս, ուզվորն էլ հացի տեղակ՝ փլավ, ղանդ ու շաքար, սև փողի տեղակ արծաթ ու ոսկի պահանջում, որ եկեղեցի մտած ժամանակ էլ էնքան էին նրանք աստված մոռացել, որ կարճ վարդապետ գալիս՝ բարձր գրքակալ էին զնում, բարձր եպիսկոպոս ըլելիս՝ ցած գրքակալ դուս բերում, որ յա ձգվին, յա կռանան, յա չոքին, յա գիրքը չտեսնին, ու իրանք ծիծաղին, աստուծո տաճարումը քեփ անեն: Բայց սուրբն Հովհան Երզնկացի հանաք չվերցնելով՝ մեկ օր օրհնած բերանը բաց արեց, երկիրը տրաքեցավ, տակըվեր էլավ, խալխը ցրվեցին, փախան՝ որը Ղրիմ, որը Պոլշա. էս անշունչ քարերը մնացին ցից-ցից, հազար եկեղեցուցը հինգը մնացին շեն. տաճարք, ապարանք, գանձ, հարստություն անեծքի փայ էլավ, հողը մտավ հայոց ազգի մնացած փառքն էլ, ու մինչև էսօր էլ երկրի ձենը գալիս ա: Գող, ավազակ են միջումը բուն դնում, նրանց բանն աստված հաջողում ա, նրանք չե՛ն տակով ըլում, ու աստված էնքան իր զուլթը հայերիցը պակասացրեց, որ էնքան անմեղ հոգիքը, էնքան միլիոնավոր մարդիկ մեկ սհաթումը մեկ սևագլխի խոսքով ջնջեց, Հայոց Տունը քանդեց, էլած փառքն էլ ձեռիցը խլեց, որ գնա, էսպես երերյալ, տատանյալ մնա աշխարքիս երեսին:

— Լա՛ց գլուխդ ա՛նցավոր, տե՛ս, թե աստուծո դատաստանն ի՞նչպես արդար է. կարգավոր տեսածին պես ոտները ջուր արա՛, խմի՛ր, որ էսպես քաղաքը անեծքով քանդեցին, ու էսօր էլ քանդողին եկեղեցումը տոնում են: Դու չե՛ս իմանում, որ նրա անունը տաս, սուրբ աղոթքն ու բարեխոսությունն հիշես, որ քեզ էլ չանիծի, քու որդիքը պահի, մեծացնի: Նրա տոնի օրը լավ մտքումդ տպավորի, ի՞նչ կանես Անի քաղաքի անունը: Նա քանդվեց, պրծավ, ամա սուրբը քեզ միշտ օգնական ու բարեխոս կըլի:

Ղրաղին կանգնել ես, ձեռդ ծոցդ դրել,
Խելքդ ցնորվել, լեզուդ պապանձվել.
Ո՞վ էսքան հրաշք տեսավ, վայելեց:
«Երա՞զ եմ տեսնում, քնա՞ծ եմ, ա՞չքս ինձ խաբեց»,
Ասում ես մտքումդ, ուշագնաց ըլում:
Հո նո՞ր են սրանք. բաս սրանց միջումն
Ընչի՞ չկա ձեն, ընչի՞ են լռել:

Ա՜խ, թշնամյաց սուրն ա նրանց վերջացրել:
Հմիկ հավատո՞ւմ ես, ա՜յ իմ խեղճ ազգ,
Թե քո երկրումն բյուր էսպես քաղաք
Կամ կրակով փչացան, կամ սուրը քաշվեցին,
Ու քեզ չոր քարեր մենակ թողեցին,
Որ տեսնիս ու լաս, տաս քո գլխիդ վա՜յ.
Խելքդ ժողովես, լինիս կտրիճ հայ,
Ռուսաց հզոր, քաջ ձեռի տակին
Փոքր դինջանաս ու քո աշխարքին
Մուղայիթ կենաս, արյունդ թափես,
Քո ազգը պահես, քեզ անուն ճարես:

Հանգստարանի ձեն էր գալիս, որ մեր ճամփորդքը գիշերվա կեսին էստեղ հասան: Լավ կտրիճ մարդ պետք է ըլի, որ էս ժամանակին էսպես չոլ, յաբանի տեղը սիրտ անի, մտնի: Կարելի է, թե մեր բեզարած ճամփորդքն էլ էստեղ չէին հասել, թե գիշերվան լիսնյակի լիսը, էս տաճարների, բրջերի գլուխը ու իրանց ազիզությունը նրանց չէին խաբել, էս տարտարոսը քցել: Էն քաղաքի անունն էլ չէ՛ին լսել, ո՞ւր մնա իմանային, թե նրա խարաբեքը դեռ աշխարքումս կան: Հեռվանց որ ցից-ցից տների գլուխը չտեսան, ասի հողիցը դուս էին էկել, հարամու հողը էլ ետ մտել: Ղորդ ա, աքլորի ձեն չէ՛ր գալիս, ամա սարերի չոբանի շների ձենը լսելով՝ էլ մտիկ չարին, զո՛ւ քաշեցին ու, քու դուշմանի գլխին չի գա, որ չմտան էս լուռ, տխուր պարսպների մեջը, հենց իմացան, թե մեկ մեռելատուն կամ գերեզմանատուն ընկան, ու ամեն մեկ ձիու ոտի շփլթոցը յա իրանց քաշած շունչը սար ու ձոր կատաղացնում ա:

Ամեն մարդ փորձած կըլի, որ մութը ժամանակի մարդ, որ մեկ գերեզմանատան կամ մեկ քանդված եկեղեցու ղրաղով էլ ա անց կենում, սիրտը թուլանում ա, ջանը զարզանդում, հազար միտք հոգին կտրատում, քարերն էլ դև համարում ու հարամի, որ իրան կամենում են ուտել, շատ անգամ ուշագնա էլ ա ըլում: Սրա պատճառը բոլոր էս ա, որ մարդ սովոր ա, ինչ տեղ տուն ա տեսնում յա շինություն, կարծելով, թե մարդ էլ կըլի, ու ետո, որ ձեն չի՛ լսում, էնպես կարծում ա, թե անպատճառ չար հոգիք են էնտեղ բնակում. թե չէ մեռելի չոր մարմինը յա խարաբա պատերը ի՞նչ զորություն ունին, որ մեզ ի՞նչ անեն: Էլ ո՞վ սիրտ կաներ ապա կամ եկեղեցու մոտանա, յա մեկ բուրջ մտնի, էն էլ է՛ն երկրումը, որ ամեն քարի տակի հարիր գլուխ էր կտրվում, ամեն մեկ ձորում՝ հազար լաշ հոգին գոռով տալիս:

— Տղե՛րք, չար սատանի թուրը գլխըներիս խաղում ա,— ձեն տվեց պինդ սրտով քաջն Աղասի:— Տղամարդությունն էսպես տեղը մալում կանի. յարաղ-ասպաբ հազրեցե՛ք, ձիանոնցը դինջացրե՛ք, որ թե աստված տա, մինչև առավոտը գլխըներս վրըներս ըլի, տեսնինք, թե էս ո՞ր գեղարգյալ մազն ընկանք: Նամարդությունը էլ ձեռք չի՛ տալ. ձիանները ջրեցե՛ք, քաշեցե՛ք մեկ պատի տակ, ես մեկ շունս առնիմ, յավաշ-յավաշ մեկ աչք ածեմ, տեսնիմ, թե տեղըներս ռահա՞թ ա, թե՞ էլի սրով ու արնով պետք է յա գլուխ պահենք, յա գլուխ կտրենք:

Շատ էլ խնդրեցին ընկերքը, որ չանի, անկաջ չարեց, թվանքն ուսին դրեց, փշտոբերը հազրեց, սուրբ Սարգսի անունը տվեց ու ոտը փոխեց: Գիժ կըլի էն տղամարդը, որ իր գլուխը մահու կտա, ամա Աղասին իր գլխիցը վաղուց էր ձեռք վեր առել: Հավատարիմ շունը գլուխը նրա ոտիցըչէր հեռացնում. մեկ հոտ առնելիս յա շիրըլթու իմանալիս կանգնում էր, ետի ոտների մինն էլ ցցում, երկար վախտ անկաջ դնում, հետո երըմիշ ըլում:

Հենց մի քիչ հեռացան թե չէ, մեկ եկեղեցու դռնից կրակի լիսն ընկավ Աղասու աչքը. արինն աչքն առած՝ էլ միտք չարեց, թե էսպես տեղը, գողից, հարամուց ավելի ուրիշ օքմին չի՛ ըլիլ, թուշ կրակի վրա գնաց: Աստված հեռու տանի, ինչ նա տեսավ. տասը քուրդ եկեղեցու մեջտեղը կրակ էին արել, չորս կողմը նստել, խորոված էին անում, շամփըրներով բերանները քաշում, ուտում, խնդում ու աչքըները օյաղ որսկանի շան պես յա դուռը քցում, յա պուճախը: Հարամին ինչքան զազան էլ ըլի, շատ անգամ իր շվաքիցն էլ կվախենա: Ընչանք նրանք կրակի մոտիցը ձեռները աչքըներին կդնեին ու դռան դարալթուն կտեսնեին, Աղասին յավաշ-յավաշ ներս մտավ, ծանր դեմքով, առանց բարով տալու կրակինմոտացավ ու ձեռը մեկնեց, որ մեկ խորովածի շամփուր էլ ինքը քաշի: Նրա դեղնած, մեռելի պատկերը, նրա անահ շարժմունքն ու էնպես անժամանակ վախտը ներս գալը որ չտեսան քրդերը, հենց իմացան, թե նա էն աշխարքիցն ա վեր էկել, լեզվըները չորացան, ձեռըները թուլացավ: Ի՞նչ կկարծեին, թե էն հաղաղին ինսանարդի մեն մենակ սիրտ կաներ էն ավազականոցը մտներ, որ ցերեկն էլ հարիր մարդ զարզանդում էին՝ մոտովն անց կենան, որ հազար տարուց ավելի՝ էր ինսանարդի սիրտ չէր անում, որ գա, էն հազիր շինած տներումը կենա: Հենց գիտես, թե մարդիկ չըլին առաջին. աչքը խոժոռած՝ մեկ դես քցեց, մեկ դեն, քրդերեն էլ չգիտեր, որ մեկ բառ էլա խոսի, բայց է՛ս էր, որ նրան պրծացրուց, չունքի թե խոսացել էր, կիմանային, որ մարդ ա, դև չի՛, թիքա-թիքա կանեին. մեկ շամփուր խորովածի որը կերավ, որն էլ եռ կրակը քցեց, տաճարի հիանալի շինվածքին ու գեղեցկությանը մտիկ արեց ու գլուխը ժաժ տվեց. քրդերը փետացած՝ մնացել էին նստած. աչքը որ հանկարծ նրանց վրա չխոժոռեց, ամեն մեկը տեղնուտեղը ուզեցավ որ հալչի. էնքան էնպես նրանց աչքը մոխիր ածեց, որ ընկերների ոտի շփլթուն իմացավ, ու շունը ուրախ-ուրախ ներս ընկավ, ոտներովը փաթաթվեց: Հենց շունը տեսան հարամիքը թե չէ, աչքերի փառը վեր ընկավ. ամեն մարդ թրին վրա վազեց, որ նրան փառչալամիշ անի. առաջի թուր վրա բերողի գլուխը կես էլավ. փշտովների երկուսն էլ իրանց փորը ճաքեցին, ու ղամեն ձեռն առած որ գոռաց ո՛չ՝

— Տղե՛րք, ձեր արևին ղուրբան, աստված մեր կողմն ա. դուք կտրեցե՛ք, որ սրանց մատաղն էս գիշեր անե՛նք...

Հայի լեզուն որ բաց չէլավ, հենց բռնես, պատերը լեզու առան:

— Ամա՜ն, ձեր էկած հողին ղուրբա՛ն, ճար ունի՞ք, տեսե՛ք, մեզ ազատեցե՛ք, տնով-տեղով ձեզ եսիր կդառնա՛նք:

Տասը-տասնըհինգ քրդստանցի հայ էլ որ էս կողմից, էն կողմից գլուխ չի՛ բարձրացրին ու քրդերի մնացած թրերն ու մզրախները ձեռք առան, քրդերի աստղը թեքվեցավ. ութը կոտորվել էին, երկուսը մնացել յարալու ընկած: Սրանց էլ կապեցին մեկ ձիու բիրի վրա, ու աչքդ բարին տեսնի. ոչինչ սհաթի մարդի քաջությունը էն բարերարությունը չի՛ արել, ինչպես հիմիկ: Աղջիկ ասես, տղա, հարսը, երեխա, ծծկեր հազար չվանով կապած՝ տուն էին արել, Ղարսա գեղերիցը եսիր բերել, որ տանին յա սարդարին փեշքաշ անեն, յա Ախըլցխա ծախեն: Ո՞ւմ էնպես սհաթին մարդ կյանք տա, որ նրա առաջին ծունր չդնեն, երկրպագություն չանեն: Բայց հսկայն Աղասի ինքն էր ընկնում նրանց ոտովը. ինքը նրանց կապը եռ անում, ինքը երեխին ջոկ, մորը ջոկ սիրում, գուրգուրում, որ սառ ծուն փառք տան, սուրբ Սարգսին խունկ ու մոմ վառեն, թե չէ էս իր հունարը չէ՛ր: Ոչի՛նչ գիշեր էն լիսը, էն կյանքը չի՛ տեսել, չի՛ քաշել, ինչպես՝ էս: Ազատվողք թե ազատողք, իրար տեսնելիս, հենց իմանում էին, թե երկնքումն են ու ո՛չ երկրումս:

Փոքր-ինչ որ դինջացան. աչքդ բարին տեսնի: Քրդերի շորերն, ասպաբն, ձի ռախտը ու խուրջինները որ բաց չարին, հազար արնի գին կար միջըներումը, ամեն մեկի վրա հարիր թումանի զինքս, արծաթ ու ոսկի, թո՛ղ նաղդ փողը: Աղասին ո՛չ մեկին էլա մտիկ չարեց, դրկեց, ձիանը բերել տվեց, ներս քաշեց ու քրդստանցի հայերին հարցրեց, որ իրան միամտացնեն, թե էն գիշերը կարո՞ղ են էնտեղ ռիսք մնալ, թե ո՛չ:

— Աղա՛, գլխուդ, արևուդ ղուրբան, վալլահա, չընք գինա, թե էս շան լաջերիցն էլ կա՞ն, թե՞ չէ. ամա օյաղությունն աղեկ է: Սրանց չանգիցը շունը չի՛ խլսի, մարդն իմա՞լ կխլսի: Մգա սատծուն փառք, խազար էնպես ջանավար մեր առաջը գան, զէնոնց խերն անիծեմ, մեկ թուր տո՛ւր մեր ձեռը, մենք գինանք, թե իմա՞լ քո ճակատը պարզ կէնենք: Մեր ամեն մեկը, սուրբ Կարապետ գինա, էտոնց տասնին խավի պես կծալի, տակը կքաշի: Դու դարտ մի՛ արա: Ռահաթ պարկի, մեր երեսը ողացդ հողն ըլի: Էտոնց քոքը կտրվի. քանց շուն շատ են, քանց գել՝ առավել: Թե մեզ կխարցնես, մենք էմլա խեյրաթ կտեսնինք, որ մեր կես պարկի, կես ղարավուլ քաշի: Էս ձորեր խանա լիքն են:

Հենց էս մասլըհաթին էին, մեկ էլ էն տեսան, որ ձիավորի ոտի ձեն ա գալիս: Արիասիրտն Աղասի միտք արեց, որ սրանք նրանց ընկերները պետք է ըլին, ական թոթափել, երեխա, օղլուշաղ դրաղ քաշեց, հազար անգամ ձեռն էստուր-էնտուր բերնին դրեց, որ ձեն չհանեն, երկու քրդին էլ բերան, ձեռ, ոտք դիա դայիմ կապեց ու մեկ իգիթ քրդստանցու՝ թուրը հանած, վրըները կաղնացրուց, մյուս քրդստանցոնցը կրակի չորս կողմը նստացրուց, որ կարծիք չընկնին, ու ինքը իր ռաշիդ տղերքանցովը եկեղեցու դռան աջ ու ձախ կողմը կտրեցին, թուրները հանած պատնըդուս ցցվեցին ու թշնամուն ճամփա տվին:

«Լո՛, լո՛...» ձեն տալով՝ քսանից ավելի ձիավոր ժամի դռանը վեր էկան, բալուր տվին մեկ-երկուսի ձեռքը, որ ման ածեն: Հայի երեխեքանց ու կնանոնց սուգ ու շիվանի ձենը որժամը չէ՛ր ընկնում, պատերն էլ սուգ էին անում. բայց խեղճերը չէին իմանում, թե ի՞նչ բարի հրեշտակ ա աստված նրանց համար ուղարկել: Հենց գյուռ արած, որ ղալմաղալանելով ներս չընկան, էլ չիմացան, թե մարդ ա, որ իրանց գլուխը կտրում ա, դև կարծեցին կամ սուրբ. էլ թրի, մզրախի յա ղալխանի վախտ չէ՛ր: Քրդստանցի հայերը մաջալ էլ չտվին աջամի հայերին. շատին հենց կրակի շամփուրն կամ թերէրեցն էին բերանը կոխում, գլխին, դոշին քարով, փետով ծեծում, որ շուտ չմեռնին ու տանջվին: Էլի Աղասին էր, որ էս կատաղությանը չափ դրեց, սպանածներին դուս ածիլ տվեց, ու որը սաղ էին յա յարալու, ձեռ ու ոտք կապիլ տվեց ու դրաղ քաշիլ տվեց:

— Աղա՛, մեր տուն քաղող էտոնք են, էտոնց խոր տունը քաղվի. էտոնք մեր ճիժը ու մանչ խատացրին. թո՛րկ, թո՛րկ, էտոնց սատանի կեր անենք, էտոնց խոր գաղտը գյոռբագյոռ ըլի:

Թո՛ղ կարդացողը ինքը մտք անի, թե էս գիշեր ի՞նչ գիշեր կըլեր էս ջրատար եարների համար, որ ամեն մեկ ոտք փոխելիս՝ իրանց մահն էին տեսել, իրանց մահին էին սպասում, թե ի՞նչ սրտով նրանք աղոթք կանեին, ի՞նչ հոգով իրար կնայեին ու աստծուն փառք կտային: Հենց էն կոտորելու ժամանակին էր Աղասին դուս թռել, էն դրան երկու քրդի մըճին էլ սպանել, մյուսը փախցրել, ու խեղճ հայի էրեխեքանց աչքերի ու ձեռների կապը իրան ձեռովն ետ արել, իրան ուսին ներս տարել: Զարմացած, մահի դուռը գնացած ու ետ եկած հայերը որ աչքները բաց չարին, իրանց ազատողին տեսան, ուզում էին ոտներն արտասունքով լվանան, բայց համեստ պատանին հենց էն էր խնդրում, թե աստծուն փառք տան, սուրբ Սարգսի անունն հիշեն: Տեսնելով, որ քրդստանցիք սուրբ Կարապետին ավելի են ճանաչում, ասեց.

— Թո՛ղ էդպես ըլի, սուրբ Կարապետին հիշեցե՛ք: Սրբերը չե՛ն խռովիլ յա նախանձ պահիլ: Ո՞վ ըլի՝ նրա զորությունն ու բարեխոսությունն շատ ա:

Աղասու սիրտը վկայում էր, թե էն գիշերը էլ փորձանք չի կա. բոլորին էլ խնդրեց, որ չքնին, աղոթք անեն: Նրանց բախտից՝ եարների միջումը տերտեր էլ կար, տիրացու էլ: Սրանք սկսեցին առավոտվան ժամը, ու Անի քաղաքը, հազար տարուց ավելի, որ ո՛չ ժամ էր տեսել, ո՛չ աղոթքի ձեն լսել, էս գիշեր հենց իմացավ, թե իրան երևելի, շքեղ թագավորազունքը կրկին վեր են կացել, իրա հողն օրհնում, իրա ջուրն գովաբանում, որ հայ ազգը էլ չհավատա, թե իրան աստված էնպես ա անիծել, որ էլ մարդ չի՛ կարող նրա միջումը կենալ: Ո՛չ երկիրը քանդվեցավ, ո՛չ երկինքը փուլ էկավ: Քրդստանցիք իրանք էլ էին մնացել զարմացած, թե էն ի՞նչ անճոռնի ասություն պետք է ըլեր, որ մինչև էն օրը սրտըներումը հաստատ տպավորել էին:

Առավոտը որ լուսացավ, Աղասու աչքը մնացել էր սառած: Չէ՛ր իմանում՝ աչքին հավատա, թե ո՛չ: Եկեղեցի, պարիսպ, բերդ, մինարեթ՝ էնքա՛ն նոր, էնքա՛ն պայծառաշեն ու անբնակ: Կարդալ չէ՛ր գիտում, որ միտքը բերի, թե էս ի՞նչ քաղաք պետք է ըլի. տերտերին որ չի՛ կանչեց ու պատմությունն իմացավ, խելքը գլխիցը թռավ.

— Վա՜յ իմ օրին, արևէն. մեր ազգն էսպես քաղաքներ ա ունեցել, էսպես մեծություն ու հմիկ ամենն էլ կորցրել, հարամու ձեռին գերի ա մնացել,— ասեց հսկայն լալով:— Չէ՛, տեր հա՛յր, մեզ աստված ա բերել էստեղ. աստված մեր թրին, մեր կռանը ղվաթ տվե՛ց, որ մէկ գիշեր էսքան բաներ արինք. էն աստվածն էլ էնքան կարողություն ունի, որ մեզ միշտ հաջողի. հարամություն հո չե՞նք անում, որ նա բարկանա, հարամու ոտն ենք կտրում, աստուծո ստեղծվածը ազատում: Մնանք էս սուրբ հողումը, մեր սուրբ թագավորաց գերեզմանը, մեր սուրբ եկեղեցիքը ազատենք գողի, ավազակի ոտքից: Հարըրից ավել ենք հիմիկ: Ի՛նչ ձեռք ենք քցել, ձեզ ըլի: Մնա՛նք էստեղ. յա մենք էլ մեր արինը մեր սուրբ թագավորաց հողի վրա թափենք, յա քիչ-քիչ նրանց քաղաքն էլ ետ պայծառացնենք: Տուն կա, ջուրը՝ բոլ, հանդը, դաշտը՝ մեծ, մեկի տեղակ հինգ զարմանալի եկեղեցիք. Քարի տակիցը ողջ կհանենք, ձեզ կպահենք:

Բայց՝ թե քարին ասած, թե մեր քրդստանցի հայերին: Կովում, ղորդ ա, ամեն մեկը մեկ աժդահա, բայց ինչ գրումը գրած ա, նրա շլինքը տո՛ւր, նրան ուրիշ բան մի՛ ասիլ: Մեռնիս էլ, նա իր ասածը կանի, էնքան կողքը հաստ ա:

— Իմա՞լ կեղնի, անիծած խողում փո՞վ կմնա՛: Հայսմավուրքն սուտ իմա՞լ կխոսի: Մեր վիզը զարկես, մեր ջանը խանես, փալլախս, էս չոլում կեցող հմլա մեկն էլա չեղնի, չեղնի: Խազար տարի խա ասա՛, խա գլուխդ ի քարին զարկի: Մենք չընք կենա, չընք գինա: Ինչ կասես՝ ասա՛: Մենք մեր խողը չընք թողա:

— Չե՛ք թողալ, աստված ձեզ հետ: Մեր աստղը մեկ անգամ ծովել ա:Մարդ ինքն իր գլուխը որ թրի տակը դնի, էլ ո՞ւմ բանն ա կտրվել նրան քոմակ անի: Էնպես արինք, որ մեր տունը քանդվեց, է՛: Գնացե՛ք աստված բարի ճանապարհ տա ու ձեր սիրտը մեկ լիս քցի, որ ձեր խերն ու շառն իմանաք: Ես իմ տղերքանցովն էս տեղանց էլ դուս գալու չե՛մ: Թե ձեզանից էլ ուզող կըլի, որ ինձ հետ միանա, իմ ախպերն ա, իմ աչքի լիսը: Մեկ թիքա ունենամ, կեսը նրան կտամ. ինձ համար աշխարքն յա ըլի, յա չըլի:

Ասեց ու հրամայեց, որ ինչ ճարել են, հավասար ճոթ անեն: Ինքը մատն էլա մի բանի վրա չդրեց, բայց թուր ու ասպաբ հրամայեց, որ վերցնեն, բոլոր ընկերներին մեկ-մեկ ձեռք քրդի շոր հաքցրեց, որ շուտով չճանաչեն. ամեն մեկին մեկ ձի էլ բաշխեց: Էս որ տեսան, քանից ավելի ջահիլ, կտրիճ տղերք կանգնեցին, խնդրեցին, որ իրանց էլ ընկեր շինի. նրանց էլ գլխին հավաքեց, սրբություն առավ ու մյուսներին լալով խելիմ տեղ էլ տարավ, ճամփու քցեց ու ինքը իր ընկերտանցովը ետ դառավ, փոքր հաց կերան, պարիսպ, եկեղեցի բոլոր իսկույն ման էկավ, ու հարավային քարափի գլխի բուրջը խստակել տվեց, մեկ-երկու հոգի Շորագյալ ուղարկեց, որ գնան, հաց առնեն, ու ինքը՝ սիրտն ու թոքն էրված պատանին, ընկավ քաղաքի ամեն ճամփեն ու խոռը, ամեն քունջն ու պուճախն աչքի տակ առավ, տեղի դայիմությունը ու վտանգավոր կողմը լավ փարավուրդ արեց ու բեզարած, ջարդված էլ ետ վեր էլավ, ձորիցը դուս էկավ, դրաղ քաշվեց, մեկ բրջի վրա նստեց, Արփաչային ու արեգակի մտնելուն նայեց, աղլուխը ձեռն առավ ու էս բայաթին ասեց.

Ա՜խ, փաթան, փաթան, քու հողէն ղուրբան,
Քո ծխին ղուրբան, քո ջրին ղուրբան.
Է՞ս փառքն ունեիր, է՞ս պատիւն առաջ,
Որ հիմիկ ավերվել, մնացել ես անջան:

Ե՞րբ միտք կանեի, թե էս հողերը,
էս դաշտն ու սարեր, էս սուրբ ձորերը
Էնպես մեծություն, էնպես լավ օրեր
Քաշել են, մնացել, ա՜խ, հիմիկ անտեր:

Ո՞ւր ձեր տերերը, բազավորները,
Ձեր պահողները, ձեր իշխանները.
Ընչի՞ մեզ թողին իրանց որբերը
Ու ձեռք վերցրին, թողին էս քարերը:

Ձեր գերեզմանը, ա՜խ, ձեր լիս հողը,
Որ հիմիկ չի տեսնում ձեր կորած թոռը,
Կրակ է ընկնում ջանն ու ոսկերքը,
Ուզում ա ձեզ հետ պարզի իր միտքը:

Ընչի՞ ձեր վախտը աչքս բաց չարի,
Մարմինս հողին, ջանս ձեզ չտվի,
Որ հիմիկ էսպես չթռչեի, չգայի,
Ձեր հողը չտեսնեի, ձեր վրա չլայի:

Հող ունինք՝ խլած, կյանք ունինք՝ մեռած,
Ա՜խ, թրի, կրակի մենք եսիր դառած.
Ո՛չ երկինքն տեսնի մեր սուգն ու լացն,
Ո՛չ երկիրն պատռվի, մեզ տանի ցած:

Ի՞նչ կըլի մեկ էլ գլուխ բարձրացնէք,
Ձեր որդիքը տեսնէք, նրանց ցավը քաշէք,
Ձեր արինախառն աշխարհին ազատէք,
Ցա մեզ էլ ձեզ հետ հողը տանիք, պահէք:

Աչքս բաց արի, խարաբա տեսա.
Ա՜խ, ո՞վ գիտեր, թե մեր ազգի վրա
Սարեր են էլել, հիմիկ բրիշակ,
Մեզ տակով չարել, որ էլ խեղճ չմնանք:

Ա՜խ, մեր սիրտն էսպես ընչի՞ հովացել,
Արինը ցամաքել, մեր կուռը թուլացել.
Երաբ կտեսնի՞մ, ա՜խ, ես մեկ օր էլ,
Մեր սուրբ երկիրը թշնամուցն ազատիլ:

Էն ի՞նչ շունչ կըլի, որ էս նոր հոգին
Փչի՛, վեր կացնի ք՛նից մեր ազգին.
Էն ի՞նչ ձեռք կըլի, որ մեր աշխարքին
Էլ եռ սիրտ տա ու կանգնացնի՛ կրկին:

Ա՜խ, ես էն ձեռին կյանքս դուրբան կանեմ,
Էն կոխած հողին երեսս կքսեմ.
Այրիմ, իմ արինս նրան մատաղ կանեմ,
Մեռնիմ, հողիցն էլ ես նրան միշտ կօրհնեմ:

Կանգնել ես էդպես, գլուխդ ամպին խփած՝
Ա՜յ խեղճ հալևոր, երեսդ փակած.
Ի՞նչ կըլեր, Մասի՛ս, ա՜խ, դեռ աչքդ բաց
Սրի չտայիր քո որդիքն էրված:

9

Արեգակն սկսել էր, որ մար մտնի: Մութն էն ա գետինը առավ:

Էնպես նստած սուգ էր անում մեր տարագիր Աղասին ու իր ու մեր սև օրը լաց ըլում, որ հանկարծ աչքը ձորին ընկավ, աչքը սևացավ: Հինգ հարիր ձիավորից ավել ի՝ թարաքյամա, քուրդ, Ղարսա ղզիցը հազարից ավելի քյուլփաթ, մալ, իլխի, ոչխար առաջ էին արել ու վեր հատելով՝ սարիցը ձորն արին, որ տանեն Երևան՝ յա սպանեն, յա ծախեն, յա թուրքացնեն: Տատին էնքան թակել, հետ էին ածել, որ ջանումն էլ թաղաթ չէ՛ր մնացել: Ամեն մեկ ձիավոր մեկ ջահել տղա կամ աղջիկ գավակն էր առել, ձեռն ու ոտ հազրել, որ էն գիժերը յա նրանց անմեղ հոգին ապականի, յա սրի, կրակի դուրբան անի: Հենց նստած տեղիցը ընկերներին ուսուլով ձեռով արեց, որ տեղըներիցը չշարժին, ինքն էլ քարափնըվեր կուզըկուզ նրանց մոտ հասավ, որ հարամին չտեսնի, իր պատրաստությունը չանի:

Էնքան կացան, որ թշնամիքն էկան, գետի ղրաղին վեր էկան, թըղները, երեսները լվացին, նամազները արին ու իրանց Սաղայելի նոքարներին հրամայեցին, որ ինչ բեզարած, հալևոր, պառավ մարդ ու կին կա, աչք ու ձեռք կապեն, բերեն իրանց առաջին, կարգավ չոքացնեն, որ իրիկնահացն ուտեն, պրծնին ու նրանց անմեղ գլուխը իրանց մուրտառ սրտին մատաղ անեն:

Էլ չթողին էլա, որ հեր ու որդի, յա մեր ու աղջիկ, իրանց եռին բարովն ասեն, իրար մի համբուրեն, մի օրհնեն, իրար մի փարվին. թրի ոտքով վեր հատելով՝ հրամանը կատարեցին ու բերին, ողորմելիքը իրար մոտ չոքացրին:

Աստված ո՛չ շհանց տա, ի՞նչ նրանց քոփա էրեխեքն անում էին. ջուրն էին ուզում ընկնիլ, քարերը պոկում, գլխըներին էին տալիս, բողազները թրին դեմ էին անում, որ մեկ թողան էլա, իրանց հորնըմոր երեսը յա ձեռը համբուրեն, բայց շատի թևից որ չէին վեր քաշում, գետնին խփում, հենց էն սհաթը հոգին հետը յա դուս էր գալիս, յա էնպես բանհոգի մնում վեր ընկած, գետնին կպած: Ողորմելի ծնողքն էն հալին էլի է՛ն ասում, աղաչանք անում, որ որդիքը մեռնին, սրին, կրակին տան իրանց գլուխը ու իրանց հավատը չուրանան: Էնպես՝ հեռըվանից խոսալիս էլ էնպես էին խփում գլխըներին, որ աչքըների լսին կրակ էր տալիս:

Ընչանք նրանք մեկ քանի ոչխար կմորթեին, կքերթեին, ու կրակը չաղ կըլեր, սարու ձոր մութն առավ. մեր քաջ հայերը թուր ու թվանք հազիր արին, չոքեցին, աղի արտասանքով իրանց աղոթքն արին, վեր կացան, իրար ճտով ընկան, իրար եռին բարովն ասացին, ձիանները թամքած՝ մեկին պահ տվին, ու իրանք աստծու անունը տվին, ճամփու ընկան, ամա էնպես ճամփով, էնպես տեղով, որ դուշը չէր իմանալ: Հինգը մեկ կողմից գնաց, հինգը՝ մյուսից, էն մնացած տասը հոգին էլ էնպես պետք է գային, որ բոլոր մեջ անեին, թրի առաջը ընկածը կոտորեին, սաղ բռնածը եսիր անեին ու, որքան կարելին ա, հայերին արձակեին, որ քոմակ անեն, իրանց թուր ու թվանք տային, չունքի ամեն մեկը ամեն յարաղիցն էլ ջուխտ-ջուխտ ունեին: Չորս քուրդ էլ, որ բռնել էին, Աղասին ինքը վերցրեց, չունքի նրանք օրթում էին կերել մինչև մահը նրա ձեռի տակիցը չհեռանան, ու նրանց միջումը օրթումը սուրբ ա: Էսպես՝ բոլորը քսանըչորս մարդ, պետք է հինգ հարիր մարդի հախիցը գային: Լսողը չի զարմանա, թե ի՞նչպես կարելի ա: Քաջությունն սրտիցն ա կախված. մեկ էլ որ ինչ-քան կուզե թշնամին շատ ըլի, հանկարծ վրա տալիս, է՛ն էլ գիշերը, ի՞նչ ա իմանում դիմացի կռվողի շատությունն ու քչությունն: Սրանից զատ, Աղասին պատվեր էր տվել, որ հայերեն յա թուրքերեն հեչ չխոսան, քրդերեն հարայ տան, հավար կանչեն, ու էնքան եսիր արած հայի միջումն ի՞նչպես կըլեր, որ մեկ-երկու հարիր տղամարդ չըլեր. որ սուր չունեին, էնդուր համար էին խղճացել:

Հենց էն սուփրի ու խորովածի չաղ ժամանակը, էն վախտը, որ ամեն մարդ յարաղ-ասպաբ վեր քցած՝ իր փորսի ետևիցն էր ընկել, որ նրան ձեռք քցի, թվանքների տրաքիլը, տասըհինգ-քսան հարամու հոգին տալը, ձիանոնց խառնվիլը ու հարամու փախչիլը մեկ էլավ: Աղասին, իր ընկերների կեսը վրեն, ձորի ճամփեն էր կտրել, մյուս կեսը՝ հարիրից ավելի հայ բացարած, քամակներին քցած, ձորի ետևը: Մեկ քսան-երեսուն մարդ էլ վրա թռան, էն խեղճ չոքածների աչք ու ձեռներ ետ արին, ու էս հալևոր աժդըհէքը, որ կռվումն էր մազերն սիպտակել, թուր որ չտեսան ձեռըներին, ասլան դառան. որը միջիցը, որը ձորի քամակիցն ու ետևիցը էն կարկուտն ածեցին թշնամու գլխին, որ աստված ո՛չ շհանց տա: Ղարսցի հայերը էս ձորերի քարերն էլ ունեին համարած. ինչ տեղ փշտով, թվանք էր տրաքում յա թուր խաղում, առանց դոշի ու գլխի չէ՛ր անց կենում: Մենակ Նաղի խանը ու Օքյուզ աղեն, ինչպես որ էլավ, գլխըները թափեցին, ձիանները ձեռք քցեցին ու մեկ քանի մարդով դուս փախան: Մնացածը, ինչ կոտորվել էին՝ կոտորվել, ինչ չէ, մնացել ձորի միջումն, ոչխարի պես չոբանը կորցրած, կանգնած: Ընչանք էսպես պահեցին մեր տղերքը, մինչև ծեգը բացվեց, ու աչքդ բարին տեսնի. տասըհինգ թուրքի մենակ էն չորս բրդերն էին սպանել, տասից ավելի դուռ մենակ Աղասին էր ցրվել ու փոր վեր ածել:

Նորը կարելի ա զարմանա, թե ի՞նչպես է՛սքան բաներ մեկ օր ու գիշեր անց կացան: Էնդուր համար, որ ղզլբաշը էս միջոցումը Ղարսա վրա կռիվ էր դուս գնացել, ու ասածս քսան ու մեկ թվին էր, որ սար ու ձոր, մանավանդ Անի, հարամի ու յաղի էր դառել:

Առավոտը լուսացավ. էն առավոտը երանի՛ ամեն խղճի ու տառապելու ռաստ գա: Հինգ հարիր հոգուցը փաթսունն հոգի չէ՛ր մնացել, էն էլ ոչխարի պես մեջ արած, շատը անյարաղ-ասպաբ: Ձիուն, շորին, ասպաբին թիվ ու համար չկար: Լեզու պետք է ըլի, որ պատմի է՛ն փարվիլը, է՛ն ուրախության արտասուքը, որ էսօր Անի տեսավ: Ղարսըցի հայք դեռ չէին հավատում իրանց աչքին, թե դորդ, թշնամու ձեռից ազատված՝ էլ ետ իրանց աշխարքը պետք է գնային: Էնքան շշկլել էին, որ չէին էլա միտք անում, որ մեկ հարցնեն, թե ո՞վ էր նրանց ազատողը: Գեջդանգեջ որ Աղասու մարդիկը ձիանը չէին վեր բերում բերդիցը, աշխարհին իրարոցով դիպավ. հենց կարծեցին, թե թշնամի են. թուանք վեր առան. բայց Աղասին բոլորին էլ հանդարտացրուց ու հսկայական քայլիվ որ առաջ չի գնաց փոքր ու իր ընկերներին կանչեց, ամենի աչքն էլ մնաց նրա պարթև բոյի, նրա ազնիվ շարժվածքի վրա հիացած: Էլ էնքան նրանց մարվելուն ու օրհնելուն չմտիկ արեց, երբ իմացավ, թե Հասան խանը դոնշունով Ղարսից ետ ա գալիս (ղարսըցիք ասեցին նրան), շուտ ականջ թոթափել՝ մեկ-երկու ձիավոր Գյումրի ղրկեց, մյուսներին հրաման արեց, որ էլ ժամանակ չկորցընեն, օղլուշաղն տանին, բերդումը յա ձորումը ամրացնեն, մալն ու ոչխարը ձորնըդուս քշեն, Շորագյալու հանդը տանին, ու ինքը, ինչքան թվանք, թուր բռնող տղամարդ կային, գլխին հավաքեց ու սարնըդուս վեր էլավ: Տասը-տասնըհինգ տարեկան տղերքն էլ ասլան էին դառել, ուզում էին իրանց արընի ջիգրը հանեն: Գերի արած թուրք ու քրդերիցն էլ յարաղ-ասպաբ ետ առին, իրար կապեցին ու բերդը տարան: Աղասին չէ՛ր էլել, ղարսըցիք ուզում էին նրանց քարով սպանեն յա ջուրն ածեն:

Հուլիսի 23-ին 1821-ին էր, որ հայոց երևելի հին քաղաքն Անի իրեք հարրից ավելի կտրիճ զորք, թողունք ջահել տղերքը, զրահավորված, զարդարված՝ աչքը բաց տեսավ. որ մնան ո՛չ իրանց որբ մայրաքաղաքը,աչքները ծով դարձավ. մեկ սհաթ քիմի տաճարի միջումն ընկել երեսի վրա, գետնիցը պոկ չէին գալիս:

Բայց գլուխը պահելու ժամանակ էր. Աղասին խնդրեց, որ ինչ սրտներումն ունին, եռո ասեն, եռո անեն, ու զորքը կես արեց, կեսը տվեցԿարոյի ձեռքը, որ էս կովըներումն եփվել, հասել էր, կեսը ինքը ձեռի տակն առավ. ամեն մարդ, ինչ ուտելու էր, ջերը դրեց. երեսնաչափ մարդ էլ օղլուշաղի հետ դրեց. ինքը բերդումը դայիմացավ, Կարոն՝ արևմտյան ձորումը, Մուսեն՝ օղլուշաղի հետ: Աստուծո ողորմությունիցը՝ բարութ-գյուլլեն էլ լավ փախտին հասավ: Էնպես էին պայման կապել իրար միջում, որ թե Հասան խանը ձորը մտնի, էնքան թողան, որ բոլոր դոնշունի ոտքը կտրվի, ետո շենլիկ անեն. թե թուշ բերդի վրա գա, էնքան դուս չի գան, մինչև բոլորը նրանց գլխին հավաքվին, ետո կեսը ձորի մեկ կողմիցը, կեսը մյուսիցը, կռվի չաղ ժամանակը, վրա տան, որ էնպես շշկլացնեն թշնամուն, որ փախչելուց գյուման էլ ուրիշ ճար չքթնին, ու թե աստված էս հաջողությունը կտար, Մուսեն օղլուշաղը թողար մեկ դայիմ տեղ ու ձիանը դուս բերեր իր մարդկերանցովը, որ բալքի թե հնար լինի, բոլորին էլ ջարդեն:

Առավոտյան հովն անց էր կացել, որ ամեն մարդ հեռացավ ու իր տեղը քթավ: Ճաշն էլ եկավ, հասավ: Էնքան շոգը չէ՛ր զետինն էրում, ինչքան քաջ հայերի արինը, իրանց սիրտն ու դամարները, որ իրանց ազգի իշխանաց, թագավորաց հողի վրա արին թափիլ ն ու քաջությամբ մեռնիլ ն էլ իրանց համար անմահություն էին համարում: Արեգակը երկնքի միջիցը երկու գազաչափ թեքվել էր, ու բերդիցը մեկ թոզ տեսան. քիչ-քիչ շատացավ ու ամպի պես Անու սար դուզը կոխեց: Զորիցն էլ էին տեսել ու իրանց տեղը անսասել: Դամար էր, որ ուզում էր տրաքի, սիրտ էր, որ ուզում էր պատռի, շատն ուզում էին բերդ ու ձոր թողան, մեյդան դուս գան, իրանց տղամարդությունը ցույց տան: Աստուծո ողորմածությունիցը՝ էնպես էր երևում, որ թշնամին բանից խաբար չի, ու հենց էնդուր համար ա էնպես ոտն առել, որ գան էնտեղ, մի քիչ դինջանան ու ետո, իրիկնահովին ճամփու ընկնին: Հետըները ո՛չ թոփ էր երևում, ո՛չ ջաբախանա. հենց սուքահ ձիավորներն էին առաջ ընկել, որ հասնին Երևան, ավետիք տան, թե Ղարս առան, քանդեցին, բոլոր գեղարենքն էլ քոչացրել, թրի առաջ են արել, բերում են: Էնպես՝ մարդաշատ երկրները քանդող Հասան խանն էլ ի՞նչ կասկած կտաներ, թե մեկ խարաբա տեղում, ուր չոքաններն էին անց կենում, ագռավները բուն դնում, գլխին փորձանք պետք է գար:

Թոզ ու դումանի տուտը քաղաքը բռնեց. խարաբա պարիսպն ու բրջերն էլ, հենց գիտես, իրանց քանդողներին տեսնելով՝ աչքերները խփում էին,չէին ուզում թամաշ անիլ: Աստուծո աչքը որ քաղցր լինի, մատաղի գառը իրան ոտովը կգա դուրդ՝ ասած ա: Հենց էս օրինակին բանը պատահեցավ. քաղաքը մտնիլ ն ու Հասան խանի ձիուց վեր գալը, չաղիր խփիլը մեկ էլավ: Ղզլբաշի սովորությունն ա՝ ձիուց վեր էկավ թե չէ, թվանք, ապպաք, յափնջի կքցի թամքի դաշը, ձիանը ման ածիլ կտա՝ չորս-հինգ մեկ գյադի ձեռք տված, ինքը, թե նամազի վախտ ա, նամազը կանի, թե հացի՝ դայլանը կքաշի ու հացի կնստի ծալապատակ: Էս անգամ երկուսի վախտն էլ էր. Ճամփից էկած, ջարդված՝ քսանը մեկ տեղ, հարիրը՝ մեկել, յափունջին փռեցին, կոլոլ քարըները ու սանդրիրը՝ ծոցըներիցը, թրերը բնիցը հանեցին, առաջներին դրին, ու, հենց իմանաս, սև-սև հոգիք են, լեզու, բերան փակած՝ բարձր ու ցած անում, երեսները դնում քարի, թրի վրա, փոքր ժամանակ մնում գետնին կպած, էլ ետ գլխըները վեր քաշում, էլ ետ երեսի վրա ընկնում, գդակը գլխըներին, ետո բարձրանում, կիսով չափ գլխըները կախ քցում, աղոթքները մունջ քնթըների առաջին էնպես ասում, որ իրանց անկաջն էլ չէ՛ր իմանում, ետո ձեռըները ծնկների վրա դնում, քարին, թրին կռացած մտիկ տալիս, էլ ետ չոքում, գլխըները գետնին կպցընում: Մահմեդականին նամազ անելիս որ գլուխը կտրես, ամեն մարդ էլ գիտի, որ երեսը թեքիլ չի, էնքան իր աղոթքի զորությունն զգում ա, բայց մի բառ էլա չի՛ հասկանում, չունքի բոլոր աղոթքները արաբերեն ա:

Հենց առաջին չոքելումը ուզեցան մեր տղերքը, որ վրա տան, բայց քաջն Աղասի մատը բարձրացրեց, որ տեղըներիցը չեռան. թուրքերն ուզում էին իրանց կտրատեն, որ իրանց հավատակցի հավարին չէին կարում հասնիլ: Մեկ-երկուսի փորը տեղնուտեղը վեր ածեցին. որ էս բանը վարավուրդ արին, մյուսներն էլ շուն դառան, ձեռըները փորըները քցեցին: Աղասին ղզլբաշի միջումն մեծացած՝ գիտեր լավ, որ նամազը ընչանք կես չըլի, վախտը չի: Ջորի տղերքն էլ տեսնելով, որ թվանքի ձեն չէկավ, իմացան, որ գելը ինքն իրան ա ականաթի մեջն ընկել, էրերը թողին ու քարափե-քարափ էկան, քաղաքին մոտացան: Շատը ղզլբաշի նոքարների աչքներովն էլ ընկան, ամա ի՞նչ կարծիք կտանեին. իրանց մարդիկն էին կարծում, որ էնպես վախտին փորսի են ման գալիս, որ բերեն, խաներին, բեկերին պեշքաշ անեն, խալաթ առնեն: Նրանց շարժումքը բերդըցիքն էլ էին տեսել ու ջանները դող ընկել. էլ վախտը կորցնիլ չէ՛ր հարկավոր, թե որ իմացել էին թշնամիքը, բանը խարաբ կըլեր: Հեռըվանց էլ Երևանու կողմիցը մեկ-երկու ձիավոր, ձիանոնց անկաջը մտած՝ թոզին, փափախին անելով գալիս էին:

Թշնամին նամազ էր անում, ի՞նչ մտիկ կտար, թե աշխարքն էլ փուլ գար: Հենց մեկ էլ ձեռըներն անկաջներին դրին, չոքեցին ու գետնին կպան, թվանքները բերդիցը ճռռացին, սար ու ձոր թնդացին, եկեղեցիքը գլուխ բարձրացրին. ձիանքը թոկ ու դանթարդա կտրեցին, երկու հազարից ավելի՝ յափունջի, թուր, թվանք, գետնի վրա մնացին, ու ղզլբաշի շատը անգդակ, բոբիկ ընկավ ձորնըվեր, չունքի հրաշքից յա քաջքից ավելի ո՛չինչ չէին կարծում: Ղոչաղ հայի տղերքը քար ու ձոր բռնած՝ էլ էնքան թվանքին չէին զոռ տալիս, որքան թրին ու դամին: Գազան Հասան խանի լավ աջալն էկել, հասել էր, ամա նրա բախտն էր, որ էն Երևանից էկած ձիավորները հենց էս սհաթին ձորաբաշը հասան. մինչև փիադա հայի տղերքը նրան կհասնեին, սրանք ներև էկան, Հասան խանին ձիու վրա դրին ու թոցրին: Ողորմելին ձորի էս կողմիցը որ աչքը չի քցեց ու իր ջրատար օրդուն տեսավ, երեսը կալավ ու ձիուն օրզանզվիլ տվեց: Հազար մարդից ավելի հոգին տվել էին էսօր, մյուսքը՝ որը քարափի, քարերի գլխով վեր ընկել, փառչա-փառչա էլել, որը բանհոգի էլած՝ վերընկած մնացել, որն էլ քարի, քոլի տակի տափ կացել, ճապաղել: Շատին հենց էսպես տեղերից հանեցին, կռները կապեցին ու դարիդուս տարան: Թո՛ղ նրանց ուրախությունը նա զգա, իմանա, ով սիրտ ու երևակայություն ունի: Հարիր ավելի գերի էլ էս օր ձեռք բերին:

Փոքր ժամանակի Անի էն անունը հանեց, որ սաղ Երևան դողում էր: Էն ժամանակը ես ինքս էջմիածին էի, որ Հասան խանը էնպես փախած՝ էկավ, անց կացավ: Առաջուց մարդ էր ուղարկել, որ էջմիածնա միաբանքը առաջը չգնան խաչ ու խաչվառով, ինչպես միշտ անում էին: Բայց ձեն հանեցին, թե քրդերը ճամփին վրա են տվել, ու Ղարս ցավ էր ընկել:

Աչալուրջն Աղասի, երբ բոլոր խալխը էկան, հավաքվեցան, ամեն բանը թողաց, հրամայեց, գնացին եկեղեցին, րիզնաժամն ասեցին, աստծուն իրանց շնորհակալությունն արին, ու ժամը որ դուս էկավ, մարդ քցեց ամեն տեղ, որ դարավուլ քաշեն, տեսնին, թե հարամու ոտքը կտրվե՞լ ա, թե՞ էլ ահ կա: Գոհություն աստուծո, ոչինչ չտեսան, ետ դառան: Մեռած մարմինները որը քարափնրվեր ձորը շպրտեցին, որը՝ հորերը. մնացած ձի, հարստություն ճոթ արին: Շորին, ձիու, ասպաբի մտիկ անող չկար: Մութը գետինը չառած՝ ամեն տեղ պահապան դրեց ու մնացած խալխը բերդը հավաքեց: Րիզնահացը որ կերան, Աղասին սկսեց խորհուրդ անիլ, թե ի՞նչ ա նրանց միտքը, ո՞ւր են ուզում գնալ: Նրա միտքն էն էր, որ բալքի սրանց էլա ճամփու բերի, մնան Անի՝ իրանց հին պթռանիստ քաղաքը, ուրտեղ որ նրանց կյանքը ազատվել էր, կրկին շեն քցեն, զրեն Գյումրի, ոսի ռահաթ դառնան ու էստով աշխարքումը հավիտենական անուն ճարեն:

Բայց սնապաշտությունն ու սուրբ Հովհան Երզնկացվո անեծքի սուրը էնպես էին նրանց սրտումը ցցվել, որ հազար քարոզ ու քյալփաթին ըլեր, չէր կարող հանել: Աստված մի՛արասցե, որ մարդի գլուխը մեկ անգամ ծովի, էն ժամանակը հազար կարգավոր ու բժիշկ էլ որ հավաքվին, խեր չի անիլ. Զանի դզես, էլի կծովի, ու վերջը, թե զոռ արիր, իսպառ կկոտրվի: Գիժն, ասած ա, մեկ քար քցեց ծովը, հազար խելոք վրա թափեցին, չկարացին հանիլ: Աղասին տեսավ՝ ասածը չվանի վրա չե՛ն դնիլ, զուր տեղն անց կկենա, քաշվեց մեկ դրաղ, աղուխը դրեց աչքին ու բերանը բաց արավ.

— Փառք քեզ ըլի, ո՜վ արարիչ Աստված. էլ ո՞ւր ենք ասում, թե մարդ Քո սուրբ հոգին ունի, Քո պատկերն ա, որ քարից էլ շատ անգամ միտքը պինդ ա, գլուխը՝ հաստ: Գող ու ավազակ էստեղ տարեյով բուն են դրել, էլի Քո երկիրը նրանց տակով չարել, վրեն պահել ա, հենց մեր ազգի՞ն ա քո զուլումը հասել, որ չես թողում իրանց աշխարքը շեն անեն, Քո սուրբ անունը փառաբանեն, կյանք ազատեն ու կյանք վայելեն: Չէ՛, ամենակալ Արարիչ, դու Քո ստեղծվածը, Քո որդին էդքան չե՛ս անարգիլ, չե՛ս ոտնահարիլ: Մարդս որ ծնվում ա, մեկ զունդ մսից ավելի էլ ո՛չինչ չենք տեսնում: Տարիք են անց կենում, որ քիչ-քիչ ոտն ա ըլում, քիչ-քիչ լեզու, ուշ ու միտք գալիս, ձեռը բերանը տանիլը ու դարտակ հաց ուտիլն էլ ա, հաց դատիլը չե՛մ ասում, սովորում: Բայց վա՜յ էն էրեխին, վա՛յ էն ազգին, որ աչքը էնպես գոցում բաց կանի, որ լսի տեղ խավար կտեսնի: Աչքը բաց՝ դուզ ճամփեն կթողա, քարեքար կընկնի: Վա՜յ էն ազգին, որ բնական օրենքը կթողա, անբնականին կհետևի, որ էնպես խրատ տվող չի՛ ունենալ, որ նրան հոգի տա և ո՛չ՝ հոգին էլ հանի: Երբ, որ լավ կարդացող էր էլել, երեխեքանց ջոկ, ժողովրդին ջոկ գիշեր-ցերեկ խրատ էր տվել, կարդացրել, լուսավորել էր, հիմիկ մեր ազգը է՞ս հալին կըլեր, է՞ս տեղ կընկներ: Սարի հայվանն էլ մեզանից լավ ա ապրում, հազամուց, փորսկանից յա փախչում, յա վրա թռչում, կտրատում, գլուխը պահում: Ծտի բունն էլ որ քանդում ենք, դժվժում, թևին-գլխին ա անում: Մենք ծտի դդար էլա չկա՞նք, որ մեր բունը պահենք: Ի՜նչ օգուտ էն գիրքն ու ավետարանը, էն խաչն ու երկրպագությունը, որ մենք չենք հասկանում: Գետնի տակին էլ շատ գանձ կա, մեզ ի՞նչ: Ա՜խ, մեր կարդացողներ, մեր կարդացողներ. ի՞նչ կըլի, որ ինչքան ժամանակ քնի, քեֆի հետ են անցկացնում, ավելի փողի թամահ անում, էսպես բանի թամահ անեն, մեզ լուսավորեն, իրանք էլ թշնամուց, հարամուց ազատվին, մեզ էլ ազատեն: Մարդս մեկ անգամ է աշխարք գալիս, էնպես պետք է անի, որ դուս գալիս՝ էս դինումը անունը հիշվի, տռնվի, էն դինումը հոգին փառավորվի, լսի փայ ըլի: Բայց ի՞նչ օգուտ, որ աստծու քարեղն են իմանում: Ասենք, թե տգետ խալխը էսպես բանը լսել, ասում ա, կարգավորին ի՞նչ ա էլել, որ նա էլ ա հաստատություն տալիս, թե էսպես հրաշալի քաղաքը անէծքով ա կործանվել: Առաջինը՝ սուրբ մարդի բերնից անեծք, դառը խոսք չի պետք է դուս գա, դուս էլ էկավ, Արարի՛չ, երեսս ոտիդ տակը, դու պետք է մեկ մարդի խաթեր միլիոն հոգի կորցընե՞ս: Թե պետք է կորցնեիր, ինչո՞ւ ստեղծեցիր: Ա՜խ, հազար էսպես ցավեր կա սրտումս, ամա բերանս փակում են, չե՛մ կարում ասիլ:

Էս մտատանջության միջումն էր, որ աչքը հանկարծ որ չի՛ բարձրացրեց, Անու բոլոր դուզը կրակ էր դառել: Նա իմացել էր, որ Ղարսա էլլիզը Հասան խանը քշացրել, ուզում էր, որ բերի, Երևան ածի: Լավ իմանում էր, որ սրանց վրա թե ղոնշուն էլ ըլին, էնպես մարդիկ չեն ըլի, որ իրան դեմ կենան: Հասան խանին որ կոտրեց, ի՞նչը նրան կդիմանար: Նրա համար կովիլը խաղալիք էր դառել. մինչև առավոտն սպասիլ չէ՛ր ուզում, կասկածում էր, թե նրանց գլխին էլ է՛ն բերեն, ինչպես մյուս հայերի, ծեր ու պառավ սուրը քաշեն: Երկու հարրաչափ ընտիր ձիավոր քամակը քցած՝ ընկավ դուզը: Էն հաղաղին վրա հասավ, որ նոր էկել, վեր էին էկել, ու շունը տեր չէ՛ր ճանաչում. քոչ-քոչի վրա վե՛ր էին թափել, ամեն մարդ իր գլխի ցավն էր քաշում: Թշնամին էնպես ցրվեց, տաղըթմիշ էլավ, որ մեկը չմնաց: Հայերին որ չարձակեցին ու մեկ տեղ հավաքեցին, նրանք իրանց դարդը մոռացած՝ ձեն տվին էկողներին, որ թոփ ու ջաբախանեն ձեռք քցեն ու սարվազներին հետ ածեն: Երկու հազարից ավելի սարվազ, որ Հասան խանը թողել էր, որ էլլիզը յավաշ բերեն, շատը հայ, ղալմաղալը որ ընկավ, հենց իմացան, թե էկողները ռուս են, բոլորն էլ թոփ-թոփխանա թողին ու ձորը թափեցին: Մեկ քանի երևանցի թոփչի ու սարվազ ձեռներն ընկավ, էլ ի՞նչ էր պակաս, որ Անի քաղաքին հարամի մոտանա:

Ինչպես որ էր, գիշերն անց կացրին: Առավոտը որ լուսացավ, աստուծո լիսն ընկավ հայերի սիրտը: Էնքան բարութ, թվանք, թոփ էին նրանք ճարել, որ սաղ աշխարքը պոկ գար, նրանց վնաս չէ՛ր ըլիլ: Բայց ինչքան Աղասին խրատեց, ասեց, խնդրեց, չէլավ, չէլավ, հայքը ետ չի՛ դարձան, անիծած տեղը չուզեցան մտնիլ ու շատը երեսները էլ ետ դեպի Ղարս շուռ տվին: Աղասին շատ ուզեց, որ ոսի հողն էլա գնան, չէլավ. որը կամենում էր, որը՝ չէ : Ընչանք էսպես կռվրային, Ղարսա փաշեն ղոնշուն հավաքած՝ գալիս էր, որ իր ռիաթը ետ դարձնի: Պետք է ասած, որ թե Ղարսա, թե Բայազդու փաշեն հայերին իրանց որդու պես էին սիրում:

Փաշեն մնաց սառած. երազ էր կարծում աչքի տեսածը: Նա էնպես էրկարծում, թե իր գլուխն էլ սաղ չի դուս տանիլ էս ձորերիցը, բայց ի՞նչքան զարմացավ, որ երբ կամենում էր վրա տալ, խալխը հազար տեղիցը ձեռները բարձրացրին, անունը տվին ու խնդալով առաջը վազեցին: Հոր պես, որդվոց ազատությունը տեսնելով՝ սկսեց փառք տալ աստուծո, երեսը գետինը քսել ու դեռ բերանը չբաց արած, որ հարցնի, թե ախր էս հրաշքը ի՞նչպես էր պատահել, Աղասուն ձեռների վրա բռնած՝ առաջին կանգնացրին, ու հազար բերան ձեն տվեց.

— Էսո՛ւր, էսո՛ւր մեզ, մեր որդիքը ղուրբան էրե՛, փաշա, գլխիդ ղուրբան: Մեր ազատողը, մեր երկրորդ աստվածը սա է:

Ազնիվ երիտասարդը, որ ամեն մեկ սրտի ցավը հազար անգամ երեսի գունը էնքան փոխել, ներկել էին, էնքան աչք ու թուշ կարմրացրել, սպիտակացրել, որ շարմաղի պես, մեկ ձեն անկաջն ընկնելիս, իսկույն աչքի աղբրները գետ էին դառնում, երեխի գունը՝ դրմզ,— ձեռը անլեզու երկինքը քցեց ու առանց խոսալու ցույց տվեց, որ նրա հաջողողն ու զորություն տվողը երկինքն էր, և ո՛չ իր ձեռի հունարը:

Ազնիվ փաշեն առաջին անգամ իր կենաց միջումը մեկ հայի տղի ճակատը էնպես համբուրեց, ինչպես իրան նամազի քարը. դոշին քաշեց, էլ ետ գլուխը ձեռն առավ, էլ ետ համբուրեց ու իր քաջության բոլոր ըխտիարը նրան խոստացավ, որ հետը գնա Ղարս ու իր ձեռի տակին մնա: Աղասին ընկավ փաշի ոտը, շնորհակալություն արեց ու ասեց, որ աշխարքի թագավորությունն իրան տան, նա Անուցը ձեռք վերցնողը չի. նրա միտքն էն ա, որ Անի շինությունը քցի: Ի՞նչն էր փաշի ձեռին հեշտ, քանց էս. միմիայն խնդրեց, որ հիմիկ հետը գնա Ղարս, ոտը խաղաղվի, էն ժամանակը նրա բոլոր մուրազը կկատարի, ինչքան տուն, մալ, ապրանք ուզում ա, կտա ու ինքն էլ հետը քոմակ կանի: Արտասունքն աչքերը լիքը՝ կրկին ընկավ Աղասին փաշի ոտը.

— Է՛ս գլուխը, որ ինձ էլ պետք չի, է՛ս դոշը, որ հազար անգամ կրակումն էրվել, խորովվել ա, է՛ս ձեռը, որ հազար անգամ ուզել ա իր թուրն իմ սիրտս խրի, բոլոր, բոլոր քեզ մատաղ, փաշա՛. յա էս սհաթին ինձ սպանի՛ր, յա ասածդ արա՛, որ ես իմ ազգի մայրաքաղաքը էլի շեն տեսնիմ, ետո գետինը մտնիմ:

— Անխավարտ աջամ,— քրդստանցիք հազար տեղից ձեն տվին,— ծո՛, ի՞նչ կզրուցես, ծո՛: Գիր չգինա՞, կարդալ չգինա՛. փաշություն կտան, հմլա էլ իր սազ կածե: Ո՞վ է խելք, իման կորցրել, որ էմալ անիծած տեղ դա, բուն դնե: Շիդակ ա՜ջամ, աջամի լաճ: Ի՞նչ կուզես, էրո՛, աքլոր-մաքլոր չի խարցնի, հմլա կբռնա՝ մեր նետ խանչեց, մեր նետ խանչեց (մեր աքլորը կանչեց):

Խնդալով, պար գալով դուրսըցիք էլ ետ իրանց հողը մտան, ա՜խ քաշելով, աչքը սրբելով՝ Աղասին Անի թողեց: Փաշի կողքին, հազար խոսք, զվարթություն անկաջն էր ընկնում, հենց գիտես, քարացել էր: Հազար անգամ շուռ էկավ, էլի որ դեռ Անու պարիսպքը, եկեղեցիքը աչքին երևում էին, սիրտը մի քիչ հանդարտում էր, դոշին խփում էր, ա՜խ քաշում, կրակ վեր ածում: Հենց սարի գլուխը վեր էլան, որ էն կողմն անցնեն, ու Անին պետք է աներևութանար, էլ չկարաց իրան պահի. թուլացավ, ձիուց վեր ընկավ, չոքեց, ձեռները երկինքը քցեց, աչքերը՝ Անու վրա, ու գոռաց.

Յա ա՛ռ իմ սիրտս, յա տո՛ւր ինձ հունար,

Ո՛վ դու երկնային ստեղծող բարերար.
Ցա իմ հոգիս էլ հանի՛ր, քեզ մոտ տա՛ր,
Ցա քո երկընքիցդ արա՛ ինձ մեկ ճար:

Քանի շունչս վրես ա, քանի ձեռքս գլուխս,
Կրակ էլ որ թափես, խորովես իմ սիրտս,
Էլի իմ հոգիս ուրախ քեզ կտամ,
Թե Անու միջումն իմ մարմինս թողամ:

Աչքե՛ր, քոռացե՛ք, բալքի թե էլ բաց
Չտեսնիք դուք Անու լուսահողն օրհնած.
Բալքի թե մեռնիմ էս դարդովն էրված,
Հողս էլա հողին չմնա կորած:

Թո՛ղ հոգիս դժոխքը գնա՛, խորովվի՛.
Իմ սուրբ նախնյաց տեղ՝ իմ ազիզ Անի,
Էլի որ մարմինս մեկ քարի տակի
Ըլի, քո ծոցումն, ինձ դրախտ պետքը չի՛:

Թո՛ղ էն անեծքը, որ քեզ են տվել,
Բանան անդունդը, կուլ տան ինձ սաղ էլ.
Քո հողն երեսիս մտնիմ գետնի տակն էլ,
Երկնային լսին էլ ես չե՛մ կարոտիլ:

Սուրբ Երզնկացի, սուրբ Երզնկացի,
Պարծեցի՛ր, թե ես չեմ շինիլ Անի.
Անեծքդ էն փախտը թրի, կայծակի
Պես թո՛ղ ինձ էրեն, իմ հոգիս տանջվի:

Ջանս ձեզ դուրբան, ա՜յ սուրբ քար, հողեր,

Տաճարք, ապարանք, պարիսպք, տապաններ
Թե մուրազս սրտումս պետք է մեռնի, մնա,
Էս չոքած տեղս թո՛ղ ջանս քաղանա:

Քարացած տեղիցս կանգնիմ ու ասեմ,
Ամեն անցնողին ետևից կանչեմ
Քարացած լեզվով վա՜յ տամ, աղաչեմ.
«Ո՞ւր եք գնում, թողում, ձեր նախնյաց տեղն եմ»:

10

Առավոտը, էն ա, լսին էր տալիս, որ իշխանն և քաջահաղթն գեներալ-մայոր Մատաթովն վեր կացավ, Ճամքոռա ղզին մտիկ արեց, զորաց ինչ հրաման ուներ, տվեց, ու ինքը՝ արծվի աչքերովը Գրիգոր եպիսկոպոսը ու հայերի իշխանները քամակը քցած, օրդվի չորս կողմովը պտիտ տալով՝ մտիկ էր անում սարերի գլխին, խոռ տեղերին դուրբընով, որ թշնամին հանկարծ վրա չտա, ու իր պատրաստությունը տեսնում էր: Զորքը, ղորդ ա, շատ քիչ էր, ամա Մատաթովն էր նրանց գլխին, որ սար ու ձոր դողացնում էր, որ աստուծո տեղ պաշտում էին, որ ղզլբաշի հոգին ջուր էր կտրում անունը լսելիս, ու իր հավատարիմ ազգը՝ արինը աչքումը, շունչը բերնումը, գլուխը փեշումը, հազիր, վառված, քամակին՝ որ տուն, տեղ, որդի, օղլուշաղ, մալ, դովլաթ թշնամուն ա գերի տան, յա ուսի թուրը նրանց աչքը խրիլ տան: Զոռը խփեցին, առավոտյան աղոթքն արին, բայց մեկն էլա դեռ չէր գիտում, թե ո՞ր կողմովը գնան:

Ղզլբաշի զորքն Գյանջա, Ղարաբաղ էս կողմիցն էր առել, ոտնատակ տվել, Փամբակ, Ճորագյալ՝ էն: Էս կողմիցը՝ Աբաս Միրզեն, էն կողմիցը՝ Հասան խանը, քանդելով, ավերելով էկել, հասել էին, որ գնան Պետերբուրգ: Թիֆլիզ, ինչպես որ տեսանք, սհաթե-սհաթ աչքը կթած ուներ, թե Աղա Մահմադ խանի կրակը, որդիանց որ ա, էլ կրկին իր գլխին կթափի: Երմալովն ինչ հնար, ճարտարություն ուներ, գործ դրեց: Մատաթովը պետք էր Վրաստանու փրկիչը լիներ ու ցույց տար աշխարքի, թե հայոց հոգումը իրանց հին հսկայության կրակը, քաջության բոցը, հավատարմության խունկը դեռ կար ու վաղուց մխում էր, որ մեկ հով դիպչի՝ հոտն աշխարք ընկնի, կրակն իրանց թշնամուն, իրանց աշխարքը քանդողին էրի, փորթի:

Պտտելով՝ էլ էտ չադիրը մտավ զորապետը ու միրզի մեկին կանչեց, որ ասածը գրի, թուրքերին խաբի, թե ֆլան գեներալը ֆլան տեղիցը, ֆլանը՝ ֆլան, անթիվ զորքով գալիս են, որ թշնամու գլուխը ջնջխեն, հանկարծ ղշղրուն ընկավ զորաց մեջը: «Կարաո՛ւլ» ձեն տվին, թվանքները հազար դիից վրա բռնեցին, բայց «Քրիստիան, Արմյան» գոռալով, երեսին խաչակնքելով՝ մեկ աժդահա որ ղոնշունի մեջը չընկավ, Մատաթովի չադիրը չտեսավ ու ձիուն ետի ղամչին տվեց, Մատաթովը ատլի վրա մնաց փետացած. ընչանք մարդ կկանչեր, անծանոթի ձին առաջի երկու ոտը չադրի առաջին փռեց, փռնչաց ու հոգին քթովն ու փորովը դուս փչեց: Կտրիճ ձիավորը մզրախը գետնին ցցեց, ղարավուլի, բանի մտիկ չարեց ու Մատաթովի չադիրն ընկավ: Քաջ գեներալը, թե եվրոպացի էր էլել, հուշտ կըլեր յա կզարմանար ու էնպես հանդգնությունը, կարելի ա, պատժեր, բայց նա մեր երկրի մարդի խասիաթը լավ գիտելով՝ տեղը մնաց կանգնած, ու էլ էկողին ժամանակ չտվեց, որ խոսի, ինքը հարցրեց, թե ի՞նչ խաբար ա: Ձին որ էն հալն էր ընկել, նստողինն ի՞նչ կըլեր: Երկար ժամանակ լեզուն խոսք չէ՛ր բռնում: Գեջդանգեջ որ խելքը գլուխն էկավ, ձեն տվեց.

— Կնյա՛զ, թադարեքդ տե՛ս, որ էսօր ա՝ ձեզ դաղթմիշ կանեն, էս գիշեր ա՝ նմանապես:

Ու պատմեց, թե ինքն ո՞վ ա, Խլղարաքիլիսումն ի՞նչ արել, Անի՝ ի՞նչ, Ապարան, Դիլի՝ ի՞նչ, ու քսան-երեսուն ձիավորով հազար հարամու աչք հանելով, էստեղ-էնտեղ կոտորելով՝ ուզեցել էր հենց ինքը մեկ փոսանդ ճարի, ղզլբաշի օրդուն մեկ գիշեր կոխի, ամա բանը տեղը չէ՛ր էկել: Էն օրն էլ Թարթառ գետի դրաղիցն անց կենալիս, թշնամու աչքովն էր ընկել, սաղ օրդուն վրեն պոկ էկել, ընկերների մեկ-երկուսն էլ բռնել, մյուսները սար ու ձոր ընկել, ինքը հազար թվանքի գյուլլից պրծել, նրա անունը լսել, ընկել ռսի հողը, ընկել, որ գա Թիֆլիզ, իմաց անի, բեղաֆիլ նրա օրդուն տեսել ու թուշ էնտեղ էկել:

— Ղզլբաշի շատը, որ ինձ հետ էին ածում, հենց նոր քամակիցս ռադ էլան. երբ ձեզ տեսան, փախան. հիմիկ ի՞նչ գիտես, էնպես ա՛րա. գլուխս էտ եմ դրել, որ ռսին ղուրբան անեմ: Վաղուց էս մուրազը սրտումս կար, վախտ չէի ճարում: Հույս ունիմ, որ մեկ քանի թշնամի էլ ես իմ թագավորի ուղուրին ղուրբան անեմ: Էս կողմերի քարերն էլ համարած ունիմ, աչքս խուփ՝ մութը գիշերը ես ճամփեն կքթնիմ: Ի՞նչպես կամենաս, էնպես իմ ծառայությունը թագավորին հասկացրո՛ւ: Փաշությունն էլ ինձ տվել են Օսմանլվումը, չեմ ուզել: Քրդերն իրանք էին ուզում ինձ իրանց գլխավոր շինեն. հինգ տարի ա, Բայազդու ու Ղարսու գլխու դուշ չի՛ անց կացել. սար ու ձոր ոտի տակ եմ տվել: Միտքս էՆ էր, որ Անի քաղաքը շինեի: Հայերը, հայերը, աստված նրանց խեր տա, ո՛չ ինձ մտիկ արին, ո՛չ փաշի հրամանին. էնքան էսօր-էգուց քցեցին, մահանա արին, որ ղալաքանթլըղը ընկավ: Ճարս որ կտրեց, էլ ո՛չ փաշի մտիկ արի, ո՛չ փաշության, եռ էկա էլի, Անուն ապավինեցի: Լավ աստված Հասան խանին ձեռս քցեց, ես ջահելություն արի, հոգին չհանեցի. ուզում էի նրան թաքուն պահեմ: Ղզլբաշը որ եռ դառավ Փամբակից, ես էս սարի, էն սարի ծերին էնքան գլուխս պահեցի, որ էլի նրան մի ձեռք քցեմ, չէլավ. աստված գլխիս բարկացավ ու էս հալիս ինձ քո ոտը բերեց, որ շատ չի՛ հպարտանամ, շատ չի՛ ամբարտավանեմ: Որքան քարուք ունեի, հատավ: Ընկերքս էլ չկարացին դեմ կենալ, ամենը մեկ սար ընկան, ես էլ էս հալին առաջիդ կանգնած եմ. ինչ հրաման ունիս, սաս՛. մեկ գլուխ ունիմ, էն էլ ռուս թագավորին ղուրբան: Թաք էլի՝ մեր աշխարքը անօրենի ձեռիցն ազատվի, թո՛ղ մեր կերածը ցամաք հաց ըլի: Երևան բոլոր քոչացրին. խեղճ խալխի տուտը Թավրեզ, Բայազիդ, Ղարս հասավ: Մեկ ծեր հեր ունիմ, քանտումն ա փտում. մեկ պառավ մեր ունեի, ճամփին, քոչելիս ա հոգին տվել. մեկ նշանած ունիմ, հազար կրակից, սրից, թշնամուց սաղ ամառը տանջվեցա ու անջախ մի անջախ բերի, ռուսի հողը քցեցի: Էլ ուրիշ բան չե՛մ ուզում, մեկ էս ազատեի, մեկ մեր ազգը, մեր երկիրը, մեր հավատը ազատ տեսնեի, եռո թո՛ղ աստված, ինչ իմ ճակատիս գրվածն ա, էն կատարի:

Էս խոսքումը էլ սիրտը չդիմացավ: Չիգյարի կրակը բերանը փակեցին, աչքի արտասունքը՝ տեսությունը: Հսկայն Մատաթով երկար ժամանակ մնացել էր զարմացած ազնիվ երիտասարդի էնպես ճարտար բերնի, էնպես քաջ սրտի վրա, էնպես հիանալի, պարզև բոյի ու փափուկ ջիգյարի վրա: Խնդրեց, որ քիչ-մի հանգստանա, ու ինքը իրան թաղարեքը տեսավ:

Ով էն ժամանակը կար, տեսած կամ լսած կլինի, թե Մատաթովն ի՞նչ արեց: Նախ տեղը չի նրա անունը հայի, թուրքի, զըլբաշի բերնումը մնացել: Աշխարք տակ ու վեր կըլի, բայց նրա հիշատակը անջնջելի կմնա մեր ազգի միջին ու մեր աշխարքումը:

Դեռ փարժատան աշակերտ էի ու, ինչպես էսօր, կենդանի է մտքումս՝ Աղասին ի՞նչպես մտավ Թիֆլիզ: Երևելի իշխանի որդի չէ՛ր, որ նրան մեծ փառքով ներս բերին, բայց ով նրա արածը իմացել էր, ուզում էր ոտները ջուր անի, խմի: Մեկ թղթի միջում ծալած՝ իրան ոսկորները, քսան անգամ հենց ինձ ա ցույց տվել, որը որ զանազան տեղ կռվըներումը կոտրել, հանել էին:

11

Մեկ քանի ժամանակից ետո, հայտնի ա ամենին, որ երբ Ղարաբաղու կողմն թշնամուցը ազատվեցավ, Ապարան, Երևան դառան ռուսաց քաջ սրտի մեծագործության ու տղամարդության ասպարեզը: Նախ տեղը չի Երևանու անունը էնպես անձին պատիվ տվել, որ ռուսաց զենքը Ասիա ու Եվրոպա երկինքը հասցրեց: Ո՞ր հայը իրան պարծանք չի համարիլ, որ օսմանցվի, ղզլբաշի ու Պոլշիո աստվածը էսօր իր կոմսության անունը Երևանու անունովն ա զարդարել: Իշխանն Վարշավի և կոմսն Երևանի՝ Ասիու միջումը Ալեքսանդրի ու Պոմպեոսի, Չինգիզ խանի ու Թամուրլանգի հիշատակը խպառ ջնջեց ու ռուսաց քաջության, մեծահոգության, բարեսրտության, մարդասիրության անունը աստղերի հետ դասեց: Քանդելու միայն էին սովոր ասիացիք, շինություն ու խաղաղություն տեսան: Ուրիշ՝ թշնամու առաջ իրանց արինն էին տալիս, ետո իրանց քաղաքն ու օղլուշաղը. ռուսաց, ընդհակառակն, բալանիքն էին ընծայում, ետո իրանց տունն ու ընտանիքը: Գոռոզ կարծիքն պարսից, թե խաչը միշտ պետք էր Ալու փանջին հնազանդեր, ցրվեցավ, ու իրանց անողորմության, անօրենության տեղակ շնորհք, ողորմություն տեսան:

Հայոց արտասվալից աղոթքը, որ գիշեր-ցերեկ անում էին, թե ե՞րբ կըլի՝ ռուսաց, իրանց հավատակցի երեսը տեսնին, ետո հողը մտնին, լսեց աստված ու կատարեց: Խաչի լիսը ու ռուսաց մարդասիրության շնորհքը ապառաժն էլ կակղացրին, ու Հայաստանի չոլ, ամայի դաշտերը էսօր մարդաբնակ են դառել ու ռուսաց ազգի խնամքը վայելում, իրանց սուրբ աշխարքը կրկին շենացնում: Հայոց ազգի կարոտ աչքը վաղուց էլ արտասունք չի՛ տեսնիլ, իրան Հայրենիքը կտեսնի, նրա ծոցումը կմեծանա, նրա սերը կվայելի ու քոռ, նախանձոտ մարդին գործով ցույց կտա, թե Հայ ազգը ո՛չ թե փողի կամ շահի խաթեր ա ռուսի տերության անունը պաշտում, այլ թե իր սրտի ուխտն ա ուզում կատարի, որ իրան հավատն ու ազգը պահողին արինը, կյանքը, որդին չխնայի: Հայ ազգը, որ ո՛չ թե թուլ էր յա քաջություն չուներ, որ իր երկիրը պահել էր, ո՛չ: Երկիրն ինքն էր պարտական: Աշխարքումն ով ոտը բարձրացրեց, Հայաստանու վրովը պետք էր լոք տար, հայոց ազգին պետք էր ոտնատակ տար, ձեռք քցեր, որ իր թշնամու հախիցը կարենար գալ: Ո՛չ ասորիք, ո՛չ պարսիկք, ո՛չ մակեդոնացիք, ո՛չ հռովմայեցիք, ո՛չ պարթևը, ո՛չ մոնղոլք, ո՛չ օսմանցիք չէին կարող էն զորությունն ստանալ, եթե հայոց ազգը մեկի դեհը չէ՛ր պահել: Դեհը պահելով, ղորդ ա, իր տունը քանդեց, չունքի իր բարեկամը վեր ընկնելուց ետո իր թշնամին ավելի և իր չարությունը գործում, ինադը (ջիգրը) հանում էր, բայց էստով հայոց ազգը արարած աշխարքին հավիտյանս հավիտենից կարող է համարձակ ցույց տալ, թե ի՞նչքան հոգի ուներ, ի՞նչքան կամաց զորություն, սրտի հաստատություն որ իրան չորս կողմի էն հզոր ազգերը կորան, փչացան, անունները չկա, հայոց ազգը անուն էլ ունի ու իրան հավատն ու լեզուն մինչև էսօր իր արնի գնովը պահեց, հասցրեց, որ մեկ ազգ էլա էսպես օրինակ չունի:

Երևան թևին տվեց, երբ ռուսաց զորքը իր մեջը մտան: Էջմիածնի խնկի, մմի հոտը ու զանգակների ձենը երկինքը հասավ: Քաջահաղթ հսկայն՝ կոմսն Երևանի, Տոքիչա հրեշտակ Ներսես արքեպիսկոպոսի ձեռիցը բռնած մտավ Վաղարշապատ, որ Եփրեմ կաթուղիկոսի սուրբ աչքին լիս տա ու առողջություն:

Էն ժամանակվան խաղերը, որ հանել, ասում էին, հավիտյանս հավիտենից կարող են աշխարքին վկայություն տալ, թե թուրք ու հայ հենց իմացան, թե աստված վեր էկավ իրանց համար: Հարիր տեսակ խաղ՝ հայերեն, թուրքերեն, Երևանու բաղերն ու ձորերը լսում էին, ու հինգ տարեկան երեխեն էլ էսօր, ուրախ վախտը, ձեռը բերնին ա դնում ու ասում: Որ ասածիս ամեն մարդ հավատա, էն խաղերիցը մեկը թո՛ղ օրինակի խաթեր գրվի էստեղ:

Սար ու ձոր սասանմիշ էլան, զարմացան,
Պասքովիչ սարդարի ոտի տակն ընկան,
Մեր Մասիսն, Ալագյազն փիանդազ էլան.
Անիրա՛վ, էս բաղին բաղմանչի ունի:

Անիրա՛վ, էս բաղին բաղմանչի ունի,
Ցարալու փիրոս էդ քարը մի՛ քցի:

Մատաթովն Ղարաբաղ առավ, ազատեց,
Կրասովսկին Ապարան ոտնատակ տվեց:
Սաղ Իրանն Պասքովչին չոքեց, ծունր դրեց,
Ղզլբաշն մուկ դառած՝ գլխին փա՛յ տվեց:
Բեկենդորֆն Սարդարին ջախըրբուրդ արեց,
Ասլանի գլուխն արծվին ռուսն մատաղ արեց:

Անիրա՛վ, հայերի արինն մի՛ խմի,
Միտք արա՛, էս բաղին բաղմանչի ունի:
Անիրա՛վ և այլն:

Սրբազան Ներսեսի խաչին դուրբան գնամ,
Եփրեմի՝ հոգևոր տիրոջն դուլ դառնամ:

Սուրբ Գեղարդն, մեռոնի զորքն մաղում էլան,
Թշնամին քոռացավ, հայքն ուրախացան:
Հայ ազգի աղոթքը երկինքը հասան:

Անաստվա՛ծ, հայիցը ձեռք քաշի՛, կորի՛:
Անիրա՛վ, հայերի արինն մի՛ խմի:
Միտք արա՛ և այլն:

Մենք քամակ-քամակի կտանք, վեր կկենանք,
Ոսին մեր աշխարքը, կյանքն դուրբան կտանք:
Հասան խանն կատվի պես քարեքար ընկավ,
Տահզադի դոնջուլը ցիր ու ցան էլավ:
Մեր խաչին, անհավա՛տ, արի՛, ճանաչի՛:

Անաստվա՛ծ, հայիցը ձեռք քաշի՛, կորի՛:
Անիրա՛վ, հայերի արինն մի՛ խմի:
Միտք արա՛ և այլն:

12

Էջմիածին, Թավրիզ, Աբասաբադ, Սարդարաբադ ռուսաց օրինյալ ոտի հողին արժանացան, բայց դեռ Երևան իր անճար գլուխը դեմ էր տվել ու հետին շունչն ընկած՝ ուզում էր, որ դեռ մեկ քանի սհաթ էլ իր ջրատար որդվոց գլուխը լա, նրանց սև երեսը մեկ էլ տեսնի, որ փրկիչն Հայաստանի՝ կոմսն Երևանի, իշխանն Վարշավի, էկավ՝ էնտեղանց քանդում, զընդանում մաշված հայերին էլ մեկ օգնություն անի, ազատի:

... ամսի ... էր, որ Երևանու բերդը ծխումը կորավ: Երկնքի կրակը ջոկ էր վեր թափում խեղճ կենողների գլխին, թոփի, թոփխանի գյուլլեն՝ ջոկ: ... օր ... գիշեր սար ու ձոր դըմբում, դմբըմբում էր: Հենց գիտես՝ Սոդոմ-Գոմորի քուքուրթն ու կրակը էսօր ա վեր գալիս: Երևանու բերդը, ձեթը հատած պատրուգի պես, թե մեկ ճրթճրթում էլ էր, մեկ սհաթ քիմի, էլ ետ հանգչում, խավարում էր: Էնքան թոփի գյուլլա էր գլխին ու սրտին դիպել, հոգին բերանը հասցրել: Սարդարը, շահզադեն վաղուց էին իրանց սև օրը լաց ըլելով՝ Երևանու երկրիցը ձեռ քաշել, Իրան փախել: Հասան խանն էր մնացել մենակ թոռումը, որ իր արած չարության պատուհասն առնի, ու էն մարգարեական ձենը կատարվի, որ Ապարանումը նրա խուլ անկաջն ընկավ, բայց խելքը գլուխը չեկավ: Նախ, որքան բերնումը լեզու ու ձեռին հունար կար, բանացրեց, որ իր ազգին սիրտ տա՝ իրանց գլուխը ձեռ չքցեն: ... օրվանից հետո խալխը, որ տեսավ՝ ճար չկա, իրան միջի մեծամեծներիցը մեկ քանի մարդ ընտրեց, ու հենց, էն ա, վերջին սհաթն էր մնացել որ բերդը հոգին տա, կենողները իրանց-իրանց դուս էկան բրջերի գլուխն ու բալանըքերը ձեռըներին բռնած՝ ռայի էկան:

Քանի որ Երևան բինա էր ընկել, կարելի ա, թե է՛ն օրը, է՛ն տեսարանը, է՛ն անունը չէ՛ր տեսել, չէ՛ր ճարել, որ էսօր տեսավ ու իմացավ: Կարելի է աշխարք աշխարքով դիպչի, ազգեր գան ու էլ ետ ո՛չնչանան, բայց քանի որ հայի շունչն ու լեզուն կա, ե՞րբ նրանց մտքիցը կերթա էն ավետալից սհաթը, որ իշխանն Վարշավի, զեներալն Գրաստովսկին, մեր անմահ Ներսեսին հետըները՝ խաչ, ավետարան ձեռին, մտան բերդը, որ Հայոց աշխարքի ազատության տոնը կատարեն: Պետք է աշխարքումն էլ հայի հոգի չըլի, որ իրանց փրկիչ Պասքովիչի անմահ հիշատակը արտասունքով ու լալով չհիշեն, իրանց աշխարքի հոր ու պահպանողի սուրբ անունը, որ Հյուսիսի բերնիցը սկսած նրանց հոգսը քաշել, նրանց իր թևի տակն էր ուզում բերի, սրբության պես չպաշտեն: Կամիլլոս, դորդ ա, Հռովմ ազատեց: Սցիպիոն՝ հռովմայեցվոց թուրը Աֆրիկումը ցցեց՝ Կեսար՝ Գալլիա ու Բրիտանիա ոտի տակն առավ, Նապալեոն՝ Իտալիո, Սպանիո և Եգիպտոսին ազատություն էր խոստանում, բայց ե՞րբ հռովմայեցիք, գալլիացիք, եգիպտացիք է՛ն սրտովը, է՛ն սիրովը իրանց ազատողներին կընդունեին, կպաշտեին, ինչպես հայք, հա՛յք, որ առավոտն էին վեր կենում, է՛ն էին առաջանք անում աստվածանից, բիզունն էին քնում, է՛ն էր նրանց աչքի արտասունքը: Մեծ էր հիրավի ու անմոռանալի ռուսաց Փարեժ մտնիլը, բայց ե՞րբ գաղղիացիք էն հոգվով իրանց բախտավորությունը կվայելեին, ինչպես հայք էս արժանահիշատակ օրը:

Սալդաթի տուտը հենց բերդը մտավ թե չէ, հազար տեղից, հազար փանջարից լացն ու արտասունքը էլ չէին թողում, որ մարդի բերան բաց ըլի: Բայց ով սիրտ ուներ, լավ էր տեսնում, որ է՛ն ձեռներն, է՛ն աչքե՛րը, որ քարացել, սառել, երկնքին էին մտիկ տալիս, առանց խոսքի էլ ասում էին, որ դժոխքի քանդվիլը մեղավորների համար էս գինը չէ՛ր ունենալ, ինչպես Երևանու բերդի առնիլը հայերի համար:

Ինչպես բարեկամ, ինչպես երկնային ավետաբեր հրեշտակ, ազատության ու ողորմության պսակը ձեռին՝ մտավ իշխանն Պասքևիչ սարդարի ամարաթը: Նա անց կենալիս հազար տեղ տեսել էր ու արտասունքը բռնել, թե ինչպես էին ծեր, մանուկ, աղջիկ, պառավ՝ չէ՛ թե մենակ իր ոտը համբուրում, այլև շատը ընկնում էին սալդաթների ոտովն ու էնպես նվաղած, հոգին քաղված մնում: Քանի Հայաստան իր փառքը կորցրել էր, քանի հայք իրանց գլուխն էին թրի տեղ թշնամու ձեռք քցել, է՛ս օրը, է՛ս ուրախությունը չէին տեսել, չէին վայելել:

Էջմիածնա եպիսկոպոսունքը, որ բերդումը, հենց բռնի՛ր, մաշվել, հեռին թելն էին ընկել, մեկ կողմից, Շիարի ու Կոնդի քահանայք ու դպիրք մյուս կողմիցը որ դուս չէկան՝ երեսները գետինը քսելով, էնպես գիտես, թե քաջն Վարդան նո՛ր ա վեր կացել, Տրդատ նո՛ր ա գալիս Հռովմիցը, որ իրանց հայրենյաց աշխարքը կրկին ազատեն, նո՛ր լիս, նո՛ր կյանք իրանց ազգին տան:

Սցիպիոն Աֆրիկացի Կարթագինեի ծուխն ու էրված, քանդված ամարաթներն էր տեսնում, աչքը բռնել, լալիս, որ հռովմայեցվոց գազան բնությունը նրանց արինը խմեց, կշտացավ, Պասքևիչ Մասիս էր առաջին տեսնում ու ուրախությունիցը աչքը սրբում, Տիգրանա, Վաղարշակի, Անիբալա, Տրդատի, Վարդանի պատմությունն էր մտածում, նրանց պատկերն էր առաջին կանգնել: Նրանց անմահ հոգիքն էին երկնային լուսով նրա աչքի առաջին, նրա գլխովը պտտում, ժպտում, զմայլում, ձեն տալիս.

— Տե՛ս Հայկ աստղի կամարը. է՛ն լուսեղեն, է՛ն կապտագույն զրքումն քո անունը գրվեց, փրկի՛չ որդվոց մերոց: Էնտեղ տարանք քո մեծագործության պատգամը: Հայկի մոտ, Լուսավորչու գրկումն իրար կտեսնինք, այժմ պահի՛ր մեր աշխարքը:

Հայկա որդիքն էին նրան երկրպագություն տալիս, հայոց անմեղ լեզուն էր նրա կյանքը օրհնում, հայոց սուրբ աշխարհին էր իր սիրտը բաց արել, նրան պատվում, պաշտում: Երևանու բերդի անվան կեղտը պետք էր նա սրբեր ու իր անունովը նոր կնքեր, երևանցվոց, հայոց մեծ ազգին հավիտյանս հավիտենից հեր, տեր դառնար: Ի՞նչ սիրտ ըլեր, որ էստոնք մտածելիս չվերանար, չմեծանար: Ի՞նչ աչք ըլեր, որ էս սհաթին իրան բռներ ու էնքան օրհնության, ուրախության ձենը լսելով՝ դինջ մնար, ծով չդառնար: Նա արեգակ էր դառել Հայաստանի, ռուք մղորակի պես նրա գլխովը պտտելով՝ նո՛ր կենդանություն էին բերել, ո՞վ կարեր էս մտածել ու լուռ կանգնել, որ էնպես քաջ հսկայն կարողանար դիմանալ: Հասան խանն ընկել էր ոտը, իր վերջին սհաթին էր սպասում. նա չէ՛ թե Սցիպիոնի պես իր ազգի կատաղի բնությունն իմանալով՝ ոտնահար արեց, այլ ռուսաց ազնիվ հոգին ճանաչելով՝ էնպես անօրեն ավազակին գրկեց, էլ իր պատվով՝ հրամայեց, որ ճամփու քցեն, գնա, դհա ավելի իմանա, թե ո՛րքան ողորմած է հզոր տերությունն Ռուսաց: Ռուք էն մութը հոգին չունեին, որ Նապոլեոնի պես մարդին, իրանց մեծահոգությանը ապավինելիս, նավ քցեն, որ գնա, իր դառն օրը Օվկիանոսի միջումը վերջացնի, չէ՛: Ռուք իրանց թշնամուն, էնպես անարգ հոգուն էլ, ցույց տվին էսօր, որ իրանց ոտքը որտեղ որ մտնի, էնտեղ բախտավորություն ու խաղաղություն պետք է ըլի: Հասան խանը գլուխն էր դեմ անում, որ կտրեն, պարսիկք երեսներն էին փռում, որ ոտնակոխ անեն, բայց Պասքևիչ՝ անօրինակ հսկայն, մեկին հանդիսով Թիֆլիս ուղարկեց, մյուսցը շնորհք, ողորմություն ցույց տվեց: Այլ եվրոպացիք Ամերիկա ավերեցին, հողի հավասարեցին, ռուք Հայաստան կանգնացրին ու ասիացվոց բիրտ, գազան ազգերին մարդասիրություն ու նոր հոգի տվին, աստված ի՞նչպես չի՛ պետք է նրանց թուրը կտրուկ անի, պատմությունն ի՞նչպես չի՛ պետք Պասքևիչին աստվածացնի, հայք ե՞րբ կարեն ռուսաց արածը մոռանալ, քանի որ շունչ ունին:

13

Բայց ա՜խ, սիրելի կարդացող, մի հարցնես, թե ախր էսքան բանը որ անց կացավ, ո՞ւր մնաց մեր ջրատար, սիրտը փորումը մեռած Աղասին, որ չի՛ գալիս՝ իր մուրազն առնի, իր մահվան դուռն ընկած խեղճ հորն ազատի, նրա օրհնությունն առնի, թողություն խնդրի, որ էնքան նեղությունն ու տանջանքը իր խաթեր էր քաշել, հինգ տարի բանտումը չորացել, ցամաքել, հազար անգամ գերեզմանի դուռը գնացել, ետ եկել, որ իր որդուն տեսնի, փափագն առնի, էնպես հողը մտնի, որ սրտումն էլ դար չմնա, գերեզմանն իր համար դժոխք չդառնա:

Բերդի մեջն ու չորս կողմը, որ ասեղ քցեիր, գետնին չէ՛ր հասնիլ. աշխարքը իրարոցով էր դիպել: Աչք էր, որ խնդում էր ու լալիս. բերան էր, որ գովում էր ու օրհնություն տալիս. ազգական, բարեկամք էին, որ իրար փաթութված՝ մնացել էին փետացած: Լեզվի տեղակ արտասունքն էին նրանց էրված սիրտը հովացնում: Սար ու ձոր խնդացին, քար-քարաստան ցնծացին, որ իրանց տերերն էլ ետ ճամփու էին ուզում ընկնիլ, որ գնան, նրանց զվարթացնեն: Բերդի դռներն ու քուչեքը դմբում էին ոտի ու ուրախության ձենիցը: Ռսի ղարավուլները ամեն տեղ բռնեցին. խալխը քիչ-քիչ սկսել էր, որ քաշվի, բայց որտեղ որ Հասան խանի խերիցը քոռացրած, քոթռմացրած, ոտից-ձեռից ընկած անդամալույծ կար, էկել, բերդի դուռը բռնել էին, որ իրանք սև օրին մեկ լիս, մեկ ողորմություն, մեկ դինջություն գտնեն:

Էս միջոցին էր, որ Ներսես սրբազանը Սահակ աղի ձեռիցը բռնած՝ ընկել էր բրջերի, բաղանների գլուխն ու հենց գիտեր, թե երկնքիցն ա Երևանու դաշտին մտիկ տալիս, նոր ըլի դրախտը նրա աչքի առաջին բաց էլել, նոր ըլի ջրհեղեղը դադարել, նոր ըլի որդին միածին վեր էկել, որ իր արդար, սիրելի հայոց ազգին փրկություն բերի: Անց կացած ժամանակները երազի պես էին նրա աչքի առաջին կանգնել: Չէ՛ր իմանում, թե Երևա՞ն ա տեսածը, թե՞ Թիֆլիզ: Է՛ն պուճախներումը, է՛ն ձորերումն ու բաղերումը, որ սև ղզլբաշի երեսի էր նրա աչքը սովորել, ռուս էր տեսնում ցրված, նստած. ո՞վ չէր տեսածը երազ համարիլ յա հրաշք:

Էս մտածմանց մեջը խրված՝ էն թանձր ունքերի տակիցը իր հոգելից աչքը Զանգվի վրա էր քցել ու մնացել վերացած, գավազանի վրա թինկը տված, որ մեկ քաղցր ձեն ետևիցը որ «Հա՛յր սուրբ ջան» չասեց ու ձեռն առաջ դոշին, հետո երեսին չկպցրեց, քաջաջան հովվապետը մնաց ուշագնաց:

— Հա՛յր սուրբ ջան, սրբազան տե՛ր. ա՜խ, էս ի՞նչ օր ա,— մեկ ձեն էլ մյուս կողմիցն էկավ ու մյուս ձեռը բերան ընկավ:

— Սմբատով ջան, Երուսաղեմսկի ջան, ո՛րդիք. թաղեցե՛ք ինձ այսուհետև ձեր ձեռովը: Թե որ մեկ քանի օր էլ աստված ինձ կյանք պետք է տա, թո՛ղ էնդուր համար տա, որ էս էրված սրտիս մուրազը կատարեմ, մեր խեղճ, ցրվյալ ազգը էլ ետ իրանց աշխարհը բերեմ, էս մեկ բանն էլ թո՛ղ էս կարոտ աչքս տեսնի, հետո, ա՜խ, հետո Հայաստանի սուրբ հողի տակը մտնիմ: Խնդրեցե՛ք, խնդացե՛ք, խնդացե՛ք, խնդրեցե՛ք, ո՛րդիք ջան, որ ձեր ծերունի հոր էս մեկ խնդիրն էլ աստված լսի, էլ ուրիշ բան չե՛մ ուզում: Հայաստա՛ն, Հայաստա՛ն, տո՛ւր ինձ քո սիրտը, տո՛ւր ինձ գերեզման: Էլ որ որ ազգեր թե գան ու երթան, ա՜խ, չի մոռանա քո սև, դառն օրվան նեղությունն, տանջանքն. կա՛ց ու զգաստացի՛ր, քո խեղճ որդոցը սիրով պահպանի՛ր, էլ քո զավակը գերի մի՛ քցիր: Սուրբ հողդ իմ երեսս, ընտի՛ր Հայաստան, աթոռ աստուծո, տուն Արշակունյան: Ախր ո՞րտեղանց որտեղ թռաք, էկաք, սիրելի ո՛րդիք, որ ձեր Հայրենիքը տեսնիք,— վերջապես հարցրեց սրբազանը զարմացած՝ աչքերը սրբելով ու էս ազնիվ հայկազանց գլուխը դոշին կպցնելով,— ախր մի ասեցե՛ք, որ դինջանամ. ձեր կարոտն էի քաշում, ձե՛զ էի ուզում, ձե՛զ որ էս սհաթին իմ սիրտն իմանաք, իմ ուրախությանը մասնակից ըլիք, ո՛րդիք ջան, հայոց ազգի բարի շառավիղք: Էդ ո՞ր աստվածը իմ մեղավոր սրտի խոհուրդն իմացավ ու ձեզ ինձ մոտ բերեց:

— Մենք էլ հենց է՛դ մտքովն ու մուրազովը տուն ու տեղ թողինք, իրեք գիշեր ու, չենք քնել, սար ու ձոր ոտնատակ տվինք, որ մի գանք, էս սհաթին ձեզ տեսնինք, քո ուրախությունն ու օրհնությունն առնինք, մեր Հայրենյաց ազատությունը տեսնինք, մեր կարոտ աչքը մի կշտանա, ու էլ հենց էս սհաթին պետք է ետ դառնանք, որ կուսակալը մեր գալը չիմա:

— Հա՛յ անիրավս ձեզ, է՞տուր համար եք էդպես չերքեզի շորերում կուչ էկել, որ մարդ ձեզ չճանաչի՞. շատ լա՛վ, հանաքն հո էդպես չե՛ն անիլ. դուք ձեր խաղն եք խաղացել ձեր ջահել տեղովը, ես էլ իմը կխաղամ էս ծեր տեղովս, տեսնինք՝ ո՞րս կհաղթենք: Ձեզ բանտ պետք է քցած, որ մի քիչ քիթըներդ տրորվի, իմանաք, թե Հայրենյաց համար էդքան նեղություն քաշողը, էդքան ճամփա էկողը ու իր դուլլուղից ձեռք վերցնողը՝ թուր էլ որ դեմ անեն սրտին, կրակ էլ որ ածեն գլխին, պետք է երեսը ետ չի՛ թեքի: Դուք էսքան տեղն անահ, աներկյուղ անց եք կացել, ոտի տակ տվել, որ մարդ են ուտում, հիմիկ սիրտ չե՛ք անում, որ կուսակալի առաջը գա՞ք: Տո՛, Հայաստանու փրկիչը որ ձեր էդ ազնվական գործն իմանա, հասկանա, թե դուք ձեր աշխարքի ու ազգի ազատության հանդեսը էկել եք, որ տեսնիք, ձեր ձենն էլ նրանց ձենի հետ խառնեք, ձեր ազնիվ սիրտն էլ նրանց սրտի հետ միացնեք, էն էլ է՛ս հրաշալի, է՛ս արժանահիշատակ ժամանակին, ձեզ սիրելու, ձեզ գրկելու խաթեր ձեզ վրա պետք է բարկանա՞: Էն ի՞նչ սիրտ պետք է ըլի, որ տեսնի՝ մեկ որդի սարեսար ու ընկել, գլուխը մահու տվել, որ իր ծնողին նեղությունից պրծած տեսնի, ինքն էլ ջանը ետ դնի, ինքն էլ հետը ուրախանա ու, մահապարտ էլ որ ըլի որդին, նրան թողություն չտա՞: Ձեզ պես որդիք շա՜տ ունենամ, շա՜տ. էկե՛ք, էկե՛ք, ձեր երեսին մեռնիմ, ձեր էդ ազնիվ աչքերին ղուրբան, իմ սիրուն պահած որդիք, էկե՛ք, ձեր էդ մաքուր ճակատը մեկ էլ համբուրեմ, մեկ էլ ձեր էդ սիրուն երեսը դոշիս կպցնեմ, հետո ձեր շունչն իմ վզին: Կուսակալը թե խոսք ունի, առաջ ինձ ասի: Դուք է՛ն օրինակն եք ցույց տվել, որ մեկ որդի Սիբիրից ոտով գնացել ա Մոսկով, որ իր հորն ազատի, ձեզ ո՞վ կարա ղնամից անիլ: Հայոց դոնշունն էլ, է՛ն ա, հա՛, հազրել ենք. քիչ-քիչ սովորում են կովելու կերպը: Մելի՛ք, էսպես զավակներ որ թագավորն էլ ունենա, չի՞ ուրախանալ: Հայոց ազգը էս՛պես որդոց ա կարոտ, է՛սպես. ի՞նչ կըլի, որ սրանց նման մեկ հարիրն էլ ըլին: Հլա մտիկ տո՛ւր սրանց բոյին, սրանց պատկերին, սրանց լեզվին, սրանց աննման աչքերին. աստծուն հայտնի ա, ուզում եմ, թե էս սիաթը հոգիս հանեմ, սրանց տամ: Օրհնվի՛ էն արգանդը, որ էսպես զավակներ կբերի: Ամեն մեկը, էնպես գիտես, թե թագավորազունք ըլին: Ձեզ ստեղծող աստծուն զո՛հ ըլիմ, զո՛հ. ինձ պետք է թաղեք, որ հետո վրըներովդ դուշ անց կենա: Ձեր Հայրենիքն էիք ուզում, էս էլ ձեր Հայրենիքը: Ես էլ գիտեմ, որ չոր, հալևոր սևագլխի խաթեր էդքան ինջըմիշ չէիք ըլիլ: Ինձ սիրեք, չսիրեք, ձեր ազգն ու աշխարհը որ էդքան սիրում եք, հենց գիտեմ, թե Գաբրիել ու Միքայել հրեշտակն եք ինձ համար, որ մեր Լուսավորիչ պապին Խոր Վիրապումը մխիթարում էին: Գնա՛նք, իմ հոգու ճրագներ, գնա՛նք, ուշացանք, կուսակալը ինձ կըլի մնում. հլա բերդը նոր ենք առել, ո՞վ ա խաբար, թե ի՞նչ դուս կգա: Խալխի հոգսը պետք է քաշենք. բանտ ու զընդան լիքն են մեր անմեղ զավակներովը, նրանց ախր հանիլ, ազատություն ու տերություն կուզի, ո՞վ ա խաբար, թե դրաղ-պուճախում դեռ ի՞նչ բաներ անց կկենա. չունքի ղըլբաշը, ղորդ ա, կոտրվել ա, ամա դեռ ոխն ու քենը սրտումը մնում կըլի, որ էրեկ իրանք էին Երևանու տերը, մեր ազգի գլուխը, էսօր մեր ոտն ա նրանց գլխին, մեր խաչին պտի հնազանդին ու երկրպագություն տան: Գնա՛նք[4]:

Էս խոսքը բերնիցը դուս գալը ու մեկ ողբալի ձեն հենց էն վրեն կանգնած բրջի տակիցը վեր ըլիլը մեկ էլավ.

— Հա՛յր սրբազան, գլխիդ ղուրբան, հասի՛ր. մեկ հայ աֆիցերի սպանեցին իր հոր հետ. ճար ունիս, տե՛ս:

---

4 Էս ընտիր, հայրենասեր հայկազունքը, որ երկուսն էլ էսօր մեր ազգի միջումը իրանց ազնվությամբը, իրանց ազգասիրությամբը դեռ, փա՛ռք աստուծո, փայլում են, ու տեր աստված դհա երկար փայլիլ տա, Ներսես եպիսկոպոսի ձեռին էին, հենց բռնի՛ր, մեծացել: Երևան մնալն ու չմնալն էլ չե՛մ իմացել, ու ինչ արած ունին, լավ հայազգին պետք է ջոկ-ջոկ գրքեր շինի, որ բոլոր կարողանա պատմի, ու ամեն տեսնելիս, էնպես գիտեմ, թե նո՛ր Սմբատ, նո՛ր Վարդան են մեր միջումը շրջում: Հետո ժամանակի՝ աստված էնպես նրանց մուրազը կատարեց, որ Երուսաղեմսկին երկար ժամանակ քաղաքապետ (պոլիցմեյստր) էր Երևան, մյուսը հո՛, որ ազգի աչքի լիսն ա էսօր էլ, տարի ու կես կառավարիչ էր բոլոր Հայոց Նախանգին: Ո՛չ թե հայք, թուրքերն ևս նրանց անունովը էսօր էլ երդվում են:

Բրջի դռանը մարդ չէ՛ր երեւում. որ մի քիչ կռացան, մտիկ չարին, գլխըներին կրակ վառվեց, բերդը մեկ գազ էլ խոր գնաց, չունքի տեսան, որ էն մարդը փանջարիցն ա գլուխը հանել ու ձեն տալիս:

Ա՜խ, սի՛րելի կարդացող, էլ ի՞նչ երկարացնեմ էս սարսափելի պատմությունը: Կըլի, որ քո սիրտն էլ քեզ ասէց, որ էս հաղաղին ի՞նչ աֆիցեր պետք էր էնպես դժոխք մտնիլ, որ գլուխը մահու տա, թե ո՛չ մեր ջիվա՛ն Աղասին, որ հինգ տարի սար ու ձորի, գազան, հարամու գլուխը չի՛ տվեց, պահե՛ց, էն բաներն արեց, որ աշխարքումը քիչ ադամորդի արած կըլի, վերջը Գրասովսկիյ գեներալի հետ թռավ իր ցանկալի վաթանը, որ իր ջրատար հոր հետին շնչին հասնի, ու հենց բերդն առան թե չէ, նա, մերը կորցրած գառան պես, էլ չի՛ համբերեց, որ ոտքը մի քիչ խաղաղվի, ընկավ բրջե-բուրջ ու որ հոր անունը չիարցրեց, մեկ երեւանցի հայ առաջն ընկավ, տարավ նրան էն բրջի դուռը, որտեղ որ նրա տարաբախտ հերը, մեկ քանի հայերի հետ, բռնված էր: Բայց անիրավ պարսիկքը վաղուց էին իմացել նրա՝ ղոնշունի հետ գալը, ու նրա սպանածների հեր, ախպեր, ազգական՝ մինչեւ տասը մարդ, գնացել, էն բրջումը տափ էին կացել:

Ա՜խ, էլ ի՞նչ գրեմ, ձեռս թուլանում ա, սիրտս արին կաթում... Ա՜խ, բաս Աղասու սուգն ո՞վ անի, նրա ջիվան ումբրն ու օրը ո՞վ լաց ըլի: Ե՛ս, ես, ողորմելիս, նրա գերեզմանին ղուրբան... Ա՜խ, բաս նա, որ ինձ էնքան էրեխա ժամանակս իր ծնկա վրա խաղացրել ու ինձանով մխիթարվել ա, բաս ես քա՞ր պտի ըլիմ, որ նրա սուգը չանեմ: Բաս սիրտս կհամբերի՞, որ էսօր չուզենամ էնպես հսկա, էնպես ազնի՛վ, քաջ երիտասարդի վրա հոգիս տամ: Բայց չէ՛, ես ի՞նչ եմ, որ Աղասու սուգն անեմ, իմ բերանն ի՞նչ ա, որ լսողի սիրտ շարժի, էրի, խորովի: Նրա սուգ անողը հետո կգա, ես իմ դառը պատմությունն անեմ:

Իրեք թուրք ջոկ էին ընկել բրջի մեկ ղրաղումը, մյուսները փախել. ա՜խ, լե՛զու, լռվիս, ի՞նչ կըլի: Աղասին, հրեշտակ Աղասին. երկու խանչալ սրտումը ցցված, իրեքը քամակումը, ու ոտ ու ձեռ հազար տեղ յարալու-փարալու՝ իր ողորմելի հոր դոշին, արինը ծովի պես չորս կողմը թռնած, որ սրբազանը վրա հասավ: Աջու ձեռը որ չէր տարել, որ հոր գլուխը, էն ձնի պես սպիտակ մազերը, մեկ խոտի, մեկ դոշին կպցնի, որ էնքան տարվան էրված սրտի մուրազն մի առնի, հովանա, հենց տեղնուտեղը ուրվեր էին բերել, ու կտրած ձեռը մնացել էր հոր գլխատակին, երեսը՝ երեսին, ու ձախու ձեռն՝ էնպես փեռացած, դոշի վրա ընկած:

— Վա՜յ, աչքս դուս գա, ա՜յ իմ ազգի ազիզ որդի. վա՜յ, մեր ճամփեն փուշ դառնար, ա՜յ ջիվան, ա՜յ մեր ախպեր, հայի զավակ. վայ մեր օրին ու արևին, Երևանա ճրագ, իմ պահած-մեծացրած, սիրուն Աղասի, քո արինն է՞ստեղ պտի թափե՛ր,— ասացին էս ազգասեր հոգիքն ու աղլխներն աչքներին դրած՝ ամեն մեկը մեկ ղրաղ քաշվեցին, չորացան, թուլացան, երկինքը գնացին, քարացած մնացին, ու էլ որ մեկն ու մեկը հանկարծ աչքը կամ հոր երեսին՝ էն լիս դառած պատկերին, յա տղի կտրատած ջանին՝ էն արնաթաթախ մարմնին, չէ՛ր քցում ու սիրտը բերնովը դուս բերելով՝ բիրդանբիր ձեն տալիս ու գոռում.

— Հլա մի մտիկ արե՛ք, տեսե՛ք, հորն ի՞նչպես ա խոտել: Տո՛, էն ծերին նայեցե՛ք, տեսե՛ք, աչքը ի՞նչպես ա որդու երեսը քցել ու երկու ձեռով ճակատին խփում:

Սի՛րտ, տրաքի՛, սի՛րտ. էլ չեմ կարում տանիլ. ո՛վ ջիգյար ունի, ինքն իմանա, մնացածը էգուց կգրեմ:

14

Հայոց ազգը էնպես ռաշիդ, էնպես ջիվան որդիք շատ էր կորցրել էս կռվներումը. էլ ո՞ւր կհասնեն, էլ ի՞նչ օգուտ շատ սգալն ու մղկտալն, բայց, ա՜խ, Աղասու մերը քոչի ճամփին էր իր սև օրը վերջացրել, հերը՝ որդու արնովը իր փետացած լաշը լվացել, նշանածը՝ ողորմելի Նազլուն, դեռ Փամբակ էր. միմիայն տես ու ճանաչ էին նրա վրա ցավում, կսկծում, իր ռաշիդ ընկերներից հո, քանի Մատաթովի մոտ էր գնացել, ո՛չինչ խաբար չէ՛ր իմացել. էկող-գնացող էնպես էին պատմում, թե նրանց եսիր էին արել, Հասան խանի մոտ տարել: Ո՞վ էր խաբար, բալքի թե էն անդամալուծների շատը նրա բարեկամքն էին, բայց մարդ չէ՛ր գիտում: Էն բրջից ձեն տվող երևանցի հայիցը հենց էսքան իմացան, թե երբ քաջն Աղասի՝ ռահ ապելատով, բրջի դռանը երևեցավ, ղարավուլ սալդաթը դրան կանգնեց, պատիվ տվեց:

— Ինչպես մեկ հրեշտակ, է՛նպես ներս ընկավ իգիթը,— վրա բերեց երևանցի հայն:— Անօրեն թուրքերը մեկ ղրաղում, թուր ու խանչալ պլոկած, տափ էին կացել: Բերդի առնիլը դեռ չէինք իմացել: Հենց իմացանք, թե էն թուրքերն էկել են՝ մեզ յա սուրը քաշեն, յա դուրս տանին, կախ տան: Լերդ ու թոք ջուր կտրած՝ մնացել էինք սառած, որ հսկայն Աղասի ներս ընկավ. հենց իմացանք, թե եկել ա, որ էն անիրավներին բռնիլ տա ու մեզ ազատի: Ո՞վ կիմանար, թե ի՞նչ մարդ ա ու ընչի՞ համար ա էկել: Խեղճ հոր հո, շունչն էր մնացել բերնումը. աչքի լիսը վաղուց էր հատել, վաղուց էին ոտ ու ձեռք նրան թողել, չորացել։ Փորն էկել էր, ուռել, բերնին դեմ առել. հենց գիտես, թե հոգին ինքը նրանից չէ՛ր ուզում ձեռք վերցնի, չունքի ստո անգամ, էն ուշագնաց վախտը, լավ պարզ լսում էինք, որ ուզում էր գլուխը բարձրացնի ու մեռած ձենով մղկտում էր. «Բաս ո՞ւր ա... թո՛ղ, թո՛ղ, մի տեսնիմ... Ա՛ղասի, ո՛րդի, հո՛գի, քա՞նի մի քանի ինձ մոտես. երկնքումը վաղուց եմ տեղս տեսել, ա՜յ իմ ջիվան որդի, քանի՞ մի քանի ինձ մոտես։ Արի՛, արի՛, երեսիդ մեռնիմ, արի՛, մեկ շունչդ առնիմ, էլ հո աչք չունի՞մ, որ քեզ տեսնիմ. էլ հո ձեռք չունի՞մ, որ քեզ գրկեմ. լեզուս ա մնացել, անկաջս. թո՛ղ մեկ էլ ձենդ լսեմ, որ մորդ էլա մեկ խաբար տանիմ։ Հո՛փսիմե, Նա՛զլու, Կա՛րո, Փա՛րիխան, Ա՛ղասի»։ Սանզարի ժամանակին ձենը իսպառ կտրվել էր։ Մենք հենց իմանում էինք, թե վաղուց ա հոգին տվել։ Թուխի, ղումբարի ձենը մեզ խլացրել էր։ Երբ ոտը խաղաղվեց, էլի առաջվան պես նղդալով՝ խոր հոգոց քաշեց, էլի էս խոսքերը սկսեց եռ ասիլ ու հոգու հետ կռիվ տալ։ Վերջին խոսքն էլի էն էր՝ «Արի՛, արի՛, Ա՛ղասի, ո՛րդի, հո՛գի ջան», որ դռները ճռռացին, ու ջիվան որդին հոր ձենը որ չիմացավ, «Ա՛փու ջան, գլխովդ ման տամ, դեռ սա՞ղ ես, երեսիդ ղուրբան, ա՛փու ջան», «Ա՛փու ջան» ասիլը, գժվածի պես հոր վրա ընկնիլն ու թուր ու խանչալ վրա գալը մեկ էլան։ Հերը հենց ձենիցը մեռավ. որդուն, ա՜խ, ջրատար որդուն էլ ժամանակ չմնաց, որ յա հորը եռ բերի, յա իրան մեկ չարա անի։ Էլի աստված մեզ էր խեղճ եկել, որ սալդաթը էս ձենըձորը որ լսեց, խիստն առած՝ ալանի պես ներս ընկավ, իրեքին սպանեց, մյուսները փախան։ Քոռանա իմ աչքս, որ էսպես բան չէ՛ի տեսել։ Հազար անգամ Աղասու հոր հացը կտրել, հետը քեփ եմ արել։ Բարիկենդանին էլ, որ Աղասին փախավ, նրանց տան քեփ անողների մեկն էլ ես էի։ Իմ որդիս, ա՜խ, իմ ջիվան Մոսին էլ էր նրա հետ փախել։ Բայց ես լսում եմ, թե նա դեռ սաղ ա։ Աստված, դատաստանդ քաղցր ըլի, էսպես զուլում էլ ո՛չ շնանց տաս, էլ ո՛չ տեսնինք, երեսս ոտիդ տակն,— ասեց ողորմելին ու փեշն աչքերին դրեց։

Րիգնահովն ընկել էր, թոզ ու դուման՝ բերդի չորս կողմը բռնել։ Էսպես վախտին ղուշն էլ իր բնիցը չի դուս գալիս, բայց սաղ աշխարհին էկել, Երևանու բերդի չորս կողմը բռնել էր, որն ջիվան Աղասու խաթեր, որը նրա մեխը դուս բերելու, չունքի լսել էին, որ մուզիկով ու դոնշունով պտի թաղեն, ու էսպես բան, էսպես տեսարան, Երևանումը դեռ առաջինն էր։ Սալդաթ ու մուզիկանդ բերդի դուռը կտրել էին. ժանդարմեքը ճամփա էին բաց անում։ Համամների ու սուրբ Սարգսի դուզը էնպես էր սևին, սպիտակին տալիս ու դես ու դեն ծփում, ինչպես մեկ փրփրած ծով, որ քամու ձեռին յա սպիտակ փրփուրն ա, կխտուկ-կխտուկ, քարին, ապառաժին խփում, յա սև ջուրն ա դրմբալով դես ու դեն քցում։ Թոզն էլ հո բոլորը թամամ էր անում։

Տամբուր մայորը թափուզը պտտեց, սաղդաթները կարգ ընկան, մուզիկեն իր կսկծալի ձենն սկսեց, սև ծիանոնց գլուխն ու դագաղի ծերն երևեցան, ու գեներալ, ափիցեր՝ Ներսես սրբազանին մեջ արած, դուս էկան. ոտը շարժիլն ու սգի ձենը մեկ էլավ: Հազար բաշից, հազար կտրից աչք էր, որ մրմնջում էր. սիրտ էր, որ էրվում, մղկտում էր. բերան էր, որ ա՜խ քաշելիս՝ քարերն էլ հետը ա՜խ էին քաշում, սզլթում:

Մեծ ա Անապատի հայաթը, բայց ռուս, հայ, թուրք, մեծ, պստիկ է՛նպես էին լցվել, որ շունչ չէր դուս գալիս: Տերտերներն եկեղեցու դուռը վաղուց էին բաց արել, ճրագները վառել, շուրջառները քցել, բուրվառ, խաչ, խաչվառ ձեռըներին՝ մտիկ տալիս, որ մեիդը ժամը տանին: Խալխին դեն անելուցը զվիրն էին էկել. շատը պատերովն էին ներս թափում, որ շատով մեկ տեղ ճարեն: Էն հաղաղումն էր, որ իրար ոտնատակ էին տալիս, մեկ անդամալույծ էլ սուրբութմից ըլելով, քանի որ ոտը խաղաղ էր, գլխին-դոշին վեր հատելով, մազերը պոկելով, «Սուրբ Սարգիս» ձեն տալով՝ հասավ, ընկավ մեկ տերտերի ոտ, որ թողա, ժամի դռանը վեր ընկնի: Աստվածասեր քահանեն՝ Տեր Մարուքը՝ Հովսեփ եպիսկոպոսի հերը, հենց իմացավ, թե յա ուխտ ա էկել ողորմելին, յա ուզում ա մեկ ողորմություն խնդրի, սիրտը մրմնջաց, հանեց, մեկ-երկու գռռ էլ առաջը քցեց ու տիրացվերին ասեց, որ նրան ձեռ չի՛ տան:

— Ա՛խ, քոռանա քո քոռացնողի աչքը, մեկ բուռը հողի հասրաթ մնա, որ քեզ էդ տեղն ա քցել, ա՜յ խեղճ տղա. էդ պատվական սուրաթը, էդ գյովդեն ու սիրուն բոյը, որ քոնն ա, ընչի՞ պետք է էդպես չուռումիշ ըլեր, չուռումիշ ըլի քո էդպես անողի կյանքը, — ասեց աչքը տրորելով ազնիվ քահանեն ու երեսը շուռ տվեց:

Հենց պատվական մարմինը տեղ հասավ, հենց մուզիկի ու շարականի ձենը կտրեցին, մեիդը վեր բերին, որ հոգոց ասեն, հենց Ներսես սրբազանը էն սուրբ բերանը բաց արեց, ա՛ստված, ո՞վ ունի էն լեզուն, որ պատմի, ինչ որ էստեղ պատահեցավ: Սար ու ձոր կրակ ընկավ, խալխի գլխին ջուր մաղվեցավ, էլ բերան չէ՛ր բաց ըլում. աչքն էր իր կրակը վեր ածում, սիրտն էր իր խանչալները փոխում, շունչն էր իր ծուխն ու բոցը քթիցը քուլա-քուլա դուս փչում: Ալամ-աշխարք մնաց քարացած, կանգնած: Երազ չէ՛ր, որ աչքները բացանեին, պրծնեին. կրակ չէ՛ր, որ փախչեին, դինջանային. ջիգյար էր, որ էրվում էր, սիրտ էր, որ պատռվում էր:

— Ա՛ղասի ջան, Ա՛ղասի, աչքիս լիսը վաղուց ա խավարել որ մեկ երեսդ էլա տեսնիմ,— մեկ ձեն գոռաց,— ոտներիս ջլերը վաղուց են փետացել, որ վրեդ էլա մի կանգնիմ, սուգ անեմ. ձեռներս քոթուկի պես դոշիս են կպել, որ մեկ նաշդ էլա խտտեմ, որ մեկ նաշդ էլա դոշիս կպցնեմ, որ մեկ երեսիդ վրա ընկնիմ, երեսդ երեսիս տամ, հոգիս հոգուդ հետ ճամփու քցեմ, էդ լիս երեսիդ ղուրբան, Ա՛ղասի, էդ ջիվան ջանիդ մեռնիմ, թա՛գավոր Ա՛ղասի: Է՞ղպես էիր ուզում քո խեղճ հոր հավարին հասնիս, է՞ղպես էիր ուզում քո դոստ-բարեկամի սիրտն առնիս, է՞ղպես էիր ուզում Անի շինես, ումբրդ ու արևդ խավարացնես, որ բալքի քո ազգին ու աշխարքին մեկ ճար անես, ա՛յ քո հրեշտակ ջանէն ղուրբան, Ա՛խ, մկամ երկիրը քեզ պես ծնունդ ո՞ւնի, քեզ պես զավակ բե՞րել ա, որ էդպես անջիգյար քեզ տանում ա. մկամ երկինքը քեզ պես հողեղեն տեսել, առեղծե՞լ ա, որ քեզ խլում ա. մկամ հայոց ազգը քեզ պես որդի, քեզ պես ճրագ էլ ո՞ւնի, որ քեզ բերել ա, հողը դնի, քեզանից ձեռք վերցնի, քո ջիվան ջանը գետնին, գերեզմանին պահ տա, էդ երկնքի՛ նման լուսեղեն պատկերիդ մեռնիմ, Ա՛ղասի:

Լոռվա սարերը քեզ պահեցին, քեզ սիրեցին. Անու խարաբեքը քեզ ղվաթ տվին, հարամուց ազատեցին. բաս հենց վա՞թանն էր քոռացել, վա՞թանն էր խարաբ էլել, որ խորթ մոր պես իրան գլուխը կրծացրեց, քեզ մահու տվեց, քե՛զ, որ հազար տարի անց կենա, էլ քեզ նման զավակ ո՛չ ունեցել ա, ո՛չ կունենա: Հինգ տարի բոլոր դո՛ւ էիր մեր դաշտերի, սարերի աստվածը, հազար գերի ու անճար քո՛ ձեռիցը իրանց կյանքը նորեն ստացան, բաս է՞նքան սիրտ էլա չուներ քո աշխարքը, որ մեկ սհաթ էլա քեզ պահեր, քո արևը էդպես շուտով չթո՞ղար մեր մտնի: Աչքերս Հասան խանը հանիլ տվեց. ոտ ու ձեռ նրան ղուրբան էլան, Ա՛ղասի ջան. երկինք ու երկիր ինձ համար հավիտյան խավարեցան, ջան ու զորութուն վաղուց ինձանից ձեռք վերցրին, արեգակ ու լուսին վաղուց ինձ համար մեր մտան. ծնող, ազգական դեռ չե՛մ տեսել, որ սիրտս չէրվեր, բայց էլած շունչս էլ քե՛զ համար էի պահում, քաշած անկաջներս քո՛ ձենին էին հասրաթ մնացել, խավարած սիրտս քո՛ անունովն էր պայծառանում, մխիթարվում. քո անուշ ձենին էի մնում, որ մեկ լսեմ, հետո հոգիս տամ. քո լուսեղեն պատկերին էի կարոտ, որ մեկ գայիր, էն խավա՛ր գնդանին լիս տայիր, որտեղ ինձ պտի դնեին. էն սա՛ռը գերեզմանին շունչ տայիր, որ ինձ պտի ծածկեր. էն տեսնող-լսողին էրեիր, որ իմանային, թե դո՛ւ, դո՛ւ ես ինձ վրա սուգ անում, քո արևին մատաղ. հիմի, ա՛խ, ի՞նչ կըլի, երկնքիցը մեկ կրակ ընկնի գլխիս, ինձ էրի, փոթոթի, կամ երկիրը պատռվի, ինձ ներքև տանի. ա՛խ, ե՞ս պետք է քո սուգն անեմ, որ աչք էլ չունիմ. ե՞ս պետք է քո վրեդ գամ, որ չե՛մ էլ տեսնում. ո՞վ պտի ըլի քո գերեզմանը, թե՞ սիրտս. մարդիկ են մենակ վրեդ լալի՞ս, թե՞ սար ու ձոր էլ. գիշե՞ր ա, որ քեզ թաղում են, թե՞ ցերեկ. արեգա՞կն ա աչքը բռնել, խավարել, թե՞ լուսինը. հրեշտա՞կք են քեզ շրջապատել, քեզ ողբում, թե՞ մարդիկ. երկընքո՞ւմն եմ քեզ հետ, թե՞ երկրումս, էդ սիրուն ջանիդ մեռնիմ, Ա՛ղասի:

Հերնումերդ առաջիս կանգնել, խնդում են, հրճվում են, քե՛զ են կանչում. թագ ու պսակ, լիս ու ծաղիկ քե՛զ վրա են վեր գալիս, քե՛զ պետք է զարդարեն. թագավոր ու նահատակ քո առաջն են եկել. բոլորը տեսնում եմ, բոլորի միջումն դո՛ւ ես արեգակի պես փայլում. բաս էս ի՞նչ տխուր ձեն ա, որ անկաջս ա ընկնում. բաս էս ի՞նչ կոծ, կսկիծ ա, որ վեր ա ըլում. բաս ո՞ւր ա Նազլուդ, ո՞ւր քո ջիվան երեխեքդ, որ թողել, գնում ես, չե՛ս հարցնում. բաս էս ի՞նչ քարեր են, որ չոքած տեղս ծնկերս ջարդում, մաշում են. չէ՛, վա՜յ իմ գլխիս, արևիս. դո՛ւ ես երկնքումը, ե՛ս, ե՛ս, ողորմելիս՝ միայն երկրումը, էս փո՛ւչ աշխարքումը, էս խավար տարտարոսումը, էս փշալից ձորումը, ե՛ս՝ առանց քեզ. Մոսին, ու ո՛չ Աղասին, մարմինն, ու ոչ հոգին. լաշը դարտակ, բայց ո՞ւր հրեշտակն: Քե՛զ հետ կյանք քաշեցի, առանց քեզ թո՛ղ չըլի. քո կողքին արևս էլավ, առաջին՝ քոնը մեր մտավ. էս շունչը կրակ կդառնա, ինձ կէրի. էս հողը դժոխք կդառնա, ինձ կմաշի. էս մարմինը, որ ինձ պետքը չի՛, քե՛զ, թո՛ղ քեզ ղուրբան ըլի, քե՛զ. ինձ ո՞ւր ես թողում, դու գնում. ինձ ո՞ւր ես թաղում, դու թռչում. երկիրն մեկտեղ վայելեցինք, օրորոցում, չոլում դու էիր իմ կենաց ընկերը, դու՝ իմ սրտիս սիրեկանը, ես՝ քո ազիզ բարեկամը: Մնամ հերնըմեր, որ քեզ լաց չըլին, ազգական, սիրելի՝ վրեդ չկանգնին, բաս քո ջրատար Մոսին՝ քո պահած որդին, քեզ կուղարկի, ինքը կմխիթարվի՞, քեզ հոգին կտա, որ հետդ չի՛ գա՞. չէ՛, չէ՛, էդ սուրբ երեսիդ մեռնիմ, որ էլ չեմ տեսնիլ. դու գնա արքայությունը, ինձ տա՛ր դժոխքը, տա՛ր, էս աշխարքն էլ չի՛ կարող ինձ պահիլ. մարմնիս աչքը քեզ չի՛ տեսնում, հոգուս աչքը հո բա՞ց կըլի, քո ջանին մեռնիմ. Թե երկնքումն էլ քեզ չկարենամ խոսել, գրկել, հետդ խոսալ, մոտդ նստել, հրեշտակ տեսնելիս, գլխովդ շրջելիս, դրախտումը նայելիս, լիսն վրեդ գալիս, որ քեզ տեսնիմ, քե՛զ, Ա՛ղասի ջան. սուր խրեն սիրտս, էլի կխնդամ. կրակ վառեն գլխիս, էլի կցնծամ. տա՛ր, տա՛ր քո բարեկամն, թե չէ ես կգամ, որ ետ չմնամ... Ա՜խ...

— Ա՜խ, էս ո՞ւմ ձենն էր, որ լսեցի. քար առե՛ք, ա՜յ ջամըհաթ, ինձ սպանեցե՛ք. սուր առե՛ք, ինձ թիքա-թիքա արե՛ք,— մեկ ձեն էլ խալխի միջիցն վեր էլավ ու, հենց իմանաս, մեկ ամպ տրաքեց:— Մոսի՛, ո՛րդի, առաջ ի՛նձ սպանի, ի՛նձ թաղի, ա՜յ իմ կորած որդի, որ իմ ջանը հանեցիր, իմ սիրտը մաշեցիր. քո հալևոր հորը խեղճ արի՛. էս սպիտակ մազերը քեզ ղուրբան, բա՛լա ջան: Թո՛ղ մեկ շունչդ էլա առնիմ, է՜. վա՜յ իմ գլխիս, արևիս: Մո՛սի, Ա՛ղասի. երկի՛նք, քանդվեցե՛ք, աշխարք, հիմքդ կործանվի՛: Հա՛սան խան, դժո՛խք, դժո՛խք. ինձ տարե՛ք, ինձ կերե՛ք: Մո՛սի ջան, բալա՛ ջան, դու ինձ թողիր, դե՛, կշտացի՛ր. ե՞ս պետք է քո հողը բուռն անեմ, էս չորացած ձե՞ռները պետք է քեզ թաղե՞ն. ընչանք ես գետինը չմտնիմ, քեզ երկնքումը տե՞ղ կանեն: Գնա՛ք բարով, ազիզ ո՛րդիք ջան, գնա՛ք բարով. սիրով ինձ էրեցիք, ես էլ էս սրով հոգիս ձեզ կտամ, մարմինս՝ հողին, որ ձեր առաջին, աստուծո բեմին, իրար հետ խնդանք, իրար հետ ցնծանք, իրար հետ տանջվինք, իրար հետ մաշվինք. գնա՛ք բարով՝ հերնըմերով,—

ասաց ողորմելին։

Թուրը պսպղաց, արինը շռաց, ամպը գոռաց, օրը խավարեց. թվանքները ճռացին, դազաղները բարձրացրին, շարական ու երգ վերջացրին, ու Քանաքռու Վերի եկեղեցին էրկու հեր, էրկու որդի մեկ օրում, մեկ տեղում մինչև էսօրը առել՝ պահել ա իր սուրբ ծոցումը, որ դատաստանի օրը լիս քցի, իրանց փառքին հասցնի։

Գերեզմանն կորած, հողումը թաղված,
Աչքից հեռացած, մտքից մոռացած,
Իրանք անլեզու, աշխարհն անիրավ,
Որ հայոց ազգիցն անթիվ ու անբավ
Էնպես քաջ որդիք խլեց, չկշտացավ.
Ո՛չ մատուռ նրանց գլխին կանգնեցավ,
Ո՛չ արձան նրանց անունը թողեց,
Ո՛չ ազգի միջումն հիշատակն լսվեց։
Դո՛ւ, քնքուշ Մուսա՛, որ ինձ շարժեցիր,
Իմ էրված սրտին գրություն տվիր,
Ա՜խ, էնքան չառնիս հոգիս, չմեռնիմ,
Որ իմ ազգի սուգն անեմ, հետո մտնիմ
Քո թևի տակը, նազելի՛ Մուսա։
Քեզ թո՛ղ Աղասին, իմ սիրուն Մուսա,
Էնքան ամանաթ մնա, որ սրտիս
Մուրազն, ա՜խ, առնիմ, հետո ես գալիս՝
Իմ ազգի հսկայքն ինձ որ ճանաչեն,
Ինձ իրանց կշտիցն չզրկեն, չասեն.
«Անիրա՛վ որդի, մեր հողի վրա
Էնքան կանգնեցիր, կացար համեշա,
Մեր արի՞նը չէիր, որ չի՛ ցավեցիր,
Մեր արինը տեսած՝ դու մեզ չհիշեցիր»։
Ո՛չ, քեզ՝ Աղասի, սիրուն իմ Մուսա,
Որքան շունչս, արինս դեռ իմ վրես ա,
Ինձ քուն ու հանգիստ, ինձ փառք ու պարծանք

Ես էն կհամարեմ, որ իմ բոլոր կյանքն
Զոհ տամ իմ ազգին, որ ձեր առաջին
Ես, ա՜խ, պարզերես լինիմ, երևիմ,
Ձեր գերեզմանին, սուրբ հողին մեռնիմ։—

ԵՐՐՈՐԴ ԳԼԽԻ ՎԵՐՋԸ

ԶԱՆԳԻ

1

Ինչպես մեկ կատաղած միջատ՝ երկնքիցը թռած, գլխիվեր ճողողակ, մեկ տուտը Սևանի հանդարտ ծովումը, մեկ տուտը Արագի քրքրված դրադումը, սար ու ձոր կխչոր տալով, քանդելով, տապալելով, քափ ու քրտինքը բերանը կոխած, զզված մազերը քյալլին ցցած, կապը կտրած, գժված, ռեխն ավազով, քարով, զիբիլով լիքը, էս կողմն, էն կողմն փնչացնելով, ճռթելով, ջարդելով, տակ ու դրաղ ծամելով, բրդելով՝ մեկ թևն իր ծոցի, էն սև՛, մութն ու չանգը կոխած, խևանդ-խևանդ կտրատած փորն ու դոշը բաց արած, ծառով, թփով զարդարած ձորի գլխովը քցած, մեկ թևն էն նե՛ղ, չո՛ր, տխո՛ւր Կաքավասարի տակիցը որ ական թրթափել դուս չի՛ պրծնում, վազում,— ու իրո՛վ, սրո՛վ, բոցո՛վ, բրո՛վ, փռնչալով, մռնչալով, խռնչալով, քարի, քարափի գլուխ վե՛ր հատելով, իր փորը խցկելով, վեմ, ապառաժ իրար ծեծելով, կայծակին տալով, ճչալով, ճռնչալով, թնդալով, դղրդալով,— ցած ափները, սասանահար գետինը պոկելով, պոճոկելով, քրքրելով, քրքրվելով, կենդանի, անկենդան, խան, հայվան գետնին զարկելով, բամբաչելով, խլացնելով, քառացնելով, սրսրթացնելով, վրվրթացնելով՝ վառված, կրակված աչքերը արնով լիքը, յալը ցցած, ատամները դրճտացնելով, կրճտացնելով, դաշտ ու տափ դըմբացնելով, դրնգացնելով, դմբդմբացնելով, դնգդնգացնելով, ու կայծակի թուրը բերնին բռնած, վրա պրծած որ չի՛ գալիս ամեհի Զանգին ու Զորագետ մտնում, որ Հայաստանի սուրբ գետինը ոտնատակ տվողին, մեր նախնյաց մաքուր գերեզմանները քանդողին, կործանողին, մեր նահատակաց սուրբ, անմեղ, արդար արինը թափողին, կխչորողին, մեր աստվածաբնակ տաճարները, եկեղեցիքը ավերողին, ապականողին, մեր հոյակապ թախտերը, քաղաքները խլողին, փչացնողին, մեր անճար, օրվան հացին կարոտ, եթիմ, ցրված, սասանած, գերի ընկած, հարամու, թշնամու ձեռին կոտորված, երկրե-երկիր կորած, փչացած, խեղճ, անտեր ազգիտունը քանդողին, հողի հետ հավասարողին՝ ու մեր չար հարամու բունը, անօրեն թշնամու տունը, մեր արինը խմողի թախտը, մեր աշխարքըքանդողի ամարաթը, նրա արինածաղախ բերդը, նրա ոսկորածեն բուրջը, նրա գողաբնակ տեղը, նրա գազանաբնակ հողը՝ քանդի՛, տապալի՛, փշրի՛, ավերի՛, տակ ու գլուխ, գլուխ ու տակ անի՛, քուրեքար, պատեպատ տա՛, հիմնատակ, բրիշակ անի՛, կլանի ու՝ նրանց միջի ըլողներին, դրսի թաղածներին, գլխումը բուն դնողներին, տակումը քուն մտնողներին՝ քշի՛, տանի՛, սրբի՛, ողողի՛, թիքա-թիքա, փառչա-փառչա անի՛ ու մեր խեղճ աշխարքի, մեր ողորմելի ազգի աղի արտասունքը սրբի՛, էրված, խորովված սիրտը հովացնի՛, զովացնի՛, մեր հազար տարվան թունալից, անբժշկելի յարեն կտրի՛, վերջացնի՛, որ հազարների, բյուրավորների ցավամաշ հոգին ուտում, կեղեքում, մաշում, տոչորում, սաղ-սաղ, դալար ու զվարթ՝ էս անգո՛ւթ ազգին, անողո՛րմ գազանին շատ տարի, շատ դար դուրբան էր տալիս, վերջացնում:

Գիշերվան մութը գետինն առած ժամանակին, որ մարդ իր շվաքիցն էլ սասանում, սարսափում ա, ու բազի դիվահալած, մահատագնապ անցավոր՝ երեսին խաչ հանելով, Հավատով խոստովանիմն ասելով, սրբոց, մարգարեից անունը տալով որ Զանգվի կարմնջի վրովը անց չի կենում ու Կոնդի չոր դարդուսը նի ըլում, սարսափը ջանն առած, լեզուն բերնումը սառած, աջու կողմն՝ Երևանու զարհուրելի բերդն ու թուրքի գյոռխանեքը (գերեզմանատուն), ձախու կողմն՝ դնգերը, ջաղացները, որ չեն ձորումը թխթխկացնում, չխչխկացնում, ու փոքր ինչ հեռու՝ չանգը կոխած, կամարակապ համամները ու տխուր Զորագեղը՝ փոսումն ընկած, ձեներները փորները քցած, առաջին՝ Երևանու Շհարը, տրտում, դառնավարամ սգի քողն երեսին փռած,— որ չե՛ն երևում, հենց իմանաս, բոլորն անդունդն ա գնում, բաթմիշ ըլում, քանի մարդ բարձրանում ա, վեր ըլում,— ու հեռըվանց որ արթուն շները տների կտրներիցը չեն վնգվնգում, ոռնում, հաչում, ղշղրու տալիս, էլի ձեները փորները քցում, բարակ ձգում, զլում ու քթերիցը իրանց տխուր, սարսափելի կոնգոռնալը դուս թողում, նվում, — որ սուր-սուր սարերի, թափեքանց գլխըներիցը, տակըներիցը սոփամահ գիլանը փորսի հոտն առած, փրփրած, անկուշտ բողազներն ու ոխըները չե՛ն բան քցում, ոռնում, շան պես կոնձկոնձում, որ նրանց խաբեն, մոտ գան, ներս մտնին՝ կամ իրանց զզզեն, պատառեն, խեղդեն, դաղըթմիշ անեն, կամ մեկ անմեղ գառն, մեկ կաթնակեր, ճամփեն մոլորած, տունը կորցրած փորթ, կամ մեկ նախրիցը ետ ընկած, քուչում կամ քարի տակի կուչ էկած արդար կով, կամ առըխ յաբու, կամ ծնած ղսրաղ, կամ մեկ բեզարած, իրան համար հանգիստ, խաթրջամ նստած արռնող ոչխար գտնեն ու լափեն, կամ մեկ շատ բանացրած, հալից իսպառ ընկած, տիրոջիցը խռոված, տանից դուս արած, էստեղ-էնտեղ չոր-չոփ, ծերը սուր փուշ կրծելով, ծամելով, ղոթուր անկաջները թափեթավ տալով, իր սև օրիցը բեզարած, ձեռք վերցրած, անատամ, անպոչ, անլեզու, հայվան՝ մեկ խղճալի է՛շ, պարապ ռաստ բերեն, հետը խաղան, ծլունգ-ծլունգ ըլին, ջահելությունը միտքը քցեն, որ մեկ քեփը բացվի, սազը քոքի, ու հետո իրանք իրանց բանը տեսնին, մաքրազարդեն: Սրանց սոսկալի ձենի հետ էլ որ ձորերի միջիցը, քարափների արանքներիցը, ապառաժների գլխներիցը, բաշերիցը, թփերի, քոլերի տակերիցը, ոզերիցը, չոլերիցը, բներիցը մեկ կատաղած արջ կամ խորամանկ աղվես, կամ վախլուկ չախկալ, կամ մեկ ամեհի քափթառ, կամ գլխիցը ձեռք վերցրած ալապատրակ իրանց տոսկալի, զարզանդելի ձեներն իրար չեն խառնում, գոռում, մռռում, բռռում, մնկմնկում, ծնկծնկում, ճչում, խռանչում, բառանչում, բղղում, ճղղում,— կամ անքուն աքլորները իրանց տիրոջը կամենալով արթուն պահպանիլ լեռպատառ, սասանահար վախտ-բեվախտ որ չեն թրպրտում, թևները թափեթափ տալիս ու ճղլանի ձեները նրա բողազներիցը՝ մեկ խոր ձորից, մեկ փոսից, մեկ բաշից յա կտրից հանում, կանչում, անկաջ դնում, էլ եռ ծղրտալով կանչում,— կամ հիմիկ ուհի սալդաթը, էն ժամանակը թուրքի դարավուլ սարվազը, ինչպես գերեզմանիցը նոր դուս էկած, դիվանոնց ճանկը ընկած, ոտ ու ձեռը կապած, սարն առաջին հանած, մահապարտ մեղավորի պես որ ուզում ըլին՝ հոգին հանեն, թե բերանը բաց անի յա ծպտա, սևամորթ փափախը խոր, քիթը քցած, աչք ու ունքը կալած, ծանր, կամաց, սուս, փուս՝ ոտները փոխելով, աչքերը տրորելով, քնահարամ արտառոտալով մեկ մութը պուճախից կամ մեկ բուդկի տակից որ գլուխը չի՛ հանում ու խուլ, խոր, զարհուրելի, փորն ընկած ձենով «Սլո՛ւ-շա՛յ» կամ «Խաբա՛ր-դա՛ր, սա՛ր-հե՛-սա՛ր» գոռում, կանչում:

Որ քամին մեկ կողմից, բուքն ու բորյազը մյուս դեհից, ինչպես կատաղած դահին, սրարձակ դամշով, մաթրախով, թոփով, մզրախով՝ սարերի գլխըներիցը, ձորերի միջիցն թռ՛զ, ա՛վազ, հո՛ղ, ա՛ղբ, զի՛բիլ առաջն արած՝ փոսերիցը հանում, պատեպատ չի՛ տալիս, գետնիցը պոկում, քուրափին խփում ու՝ ծառերը ջարդելով, խոտերը նոթելով, գետինը ճղելով, մեկ նուղք մյուս նղքի, մեկ պատ մյուս պատի, մեկ տախտակ մյուսին չի՛ սատիկ կպցնում, թրխկթրխկացնում, զրխկզրխկացնում, մեկ էս քարափին քարով բոնցքում, մեկ էն սարի գլխին դմբզում, բամբաչում, զրխկացնում, թրխկացնում ու մեկ կիտուկ հող, ավազ՝ շունչդ քաշելիս կամ աչքդ բանալիս, էրկու ձեռով բերանդ ու բաց քիթդ չի՛ խցկում, լցնում, շունչդ կտրում, քիթդ կալնում, փակում, աչքերդ խավարացնում ու անկաջիդ տակին թափի գյուլլի պես կամ սուր նետի նման վզվզալով, դզդզալով եռ դառնում շուտով, երեսիդ էնպես խփում, որ աչքերդ մթնած՝ կեծակին են տալիս, ու դու տեղնուտեղդ չե՛ս շշմում, շշկլում, թմբրում, սասանում, քար կտրած մնում ու սառած կանգնում, ու աներևույթ թշնամիդ էլ եռ ձին չափ քցած, էլ եռ հրեղեն բոցով որ չի՛ սարերի, ձորերի ջանին դատ անում, հասնում, թակում, մեյդանը բաց անում ու՝ թնդում, դղրդում, շաչում, շառաչում, ճայթում, կատաղում, փրփրում, խռնչում, դռնչում, գլուխը թափեթափ տալիս, նայում, ձենը կտրում:

Որ աչքդ կիրացած, ջանդ սասանահար, խելքդ թռած՝ հանկարծ, ինչպես մեկ խոր քնից, գլուխդ ահիվ, սասանմամբ չե՛ս բարձրացնում, առաջդ քցում ու՝ ամեն մեկ խորից, փոսից, ամեն մեկ ճեղքից, մութը արանքից էս կողմն, էն կողմն՝ հեռու տեղերից, ծառերի տակից, բաղերի միջից, սարերի գլխից, զանգվի դրաղներիցը ծիրանի փետի չաղ ալավը, կրակի վառ բոցը հրեղեն ձողու պես վրփռալով, խավար գիշերը թրի պես ճղելով, սև մութը, թանձրամած ծուխը, պեծն ու վառ կայծակը վերըվեր չե՛ն խփում, ձորերն ու երկինքը կրակում ու՝ խավարը կոխած սև խոռոչների, բերանները բաց էրերի, օձի պես ոլորված ճեղքերի, քաջքի պես ճողոլակ էլած, չանգըները դես ու դեն քցած, մազերը խճճված, ծամերը կախ ընկած, դոշ ու ծիծ եւ ճոթռած՝ բարձր ծառերի, դիվի պես երեսը դեմ տված կանգնած, անահ, անվախ, սուր, ցից, իրար վրա թինկը տված, երես-երեսի դրած, բերան-բերնի խփած, խավարադեմ ծոցըները բաց արած, ատամները սրած զարհուրելի քարափների սոսկալի սփաթները չե՛ն բաց անում ու էլ ետ խփում, ու էլի՝ խելքը ցնդած, ընկնավորի (թուլացկոտ) պես շատ թրպրտալուց, ծեծվելուց, դես ու դեն գլորվելուց, դրճտացնելուց, դնջատացնելուց հետո իրանց-իրանց էլ ետ աչքըները չեն խփում, տազ անում, անշունչ, անսաս մնում, դադարում:

Ու է՛ս հաղաղին, է՛ս սարսափելի սհաթին, որ բազի վախտ էլ երկինքը իր ալեկոծությունը չի՛ սկսում, սարերը ջարդում, ամպերը տրաքացնում, կեծակի լախտին աշխարքի չորս կողմի գլխին վեր հատում, փշուր-փշուր անում, ու Զանգին, սարսափելի Զանգին էլ որ մեկ կողմից չի՛ զոռում, մռնչում ու թուլ ձեռները, անկազմ ոտները քարեքար տալիս, թոզ, դուման անում, բառանչում, ու քամու վզվզոցը, երկնքի տրաքոցը, քարափի ճռճռոցը, սարերի դըմբդըմբոցը, ձորերի դընգդընգոցը, ծառերի խշխշոցը, էրերի խռնչոցը, դնգերի, ջաղացների թրխկթրխկոցը, գետնի զրգնդալը, տների թնդալը, պատերի տրաքտրաքոցը, շների, գիլանոնց, արջերի, դարավուլների, աքլորների ծղրտալը, ճչալը, ծվալը, բառանչիլը, խառանչիլը, վնգվնգոցը, կռնձկռնձալը, ճնկճնկալը իր ահագին ձենի հետչի՛ խառնում, ոլորում, փորը քաշում, էլ ետ, մեկ րոպեից հետո, հազար կողմերով դուս փչում, ցանում ու սարերի, ձորերի, քարափների բերանը էլ ետ լեզու դնում, էլ ետ շունչ տալիս, որ իր քաղցր ձենը քաշեն, դամ անեն, իրանց դժոխային քեֆն արամիշ անեն, պար գան, ծափ, ծիկա տան, ծղրտան, դիժինա քցեն, քեֆ անեն, խնդան, ցնծան:

Էս հաղաղին, որ աստված ո՛չ շհանց տա, մեկ անծանոթ անցավոր որ Կոնդի դուզը չի՛ նի ըլում յա Ասպրանքափոսիցը[5] վեր գալիս, որ Զանգվի վրովն անց կենա, աչքը

5 Ասպրանքափոսն Ասպովենց մենծ հզու տակին ա: Քանաքցիք պատմում են, թե մեկ չոբան, էշը բարձած, տուն գալիս, տեսնում ա բիրադի իրան աղաքին մեկ դուռը բաց էլավ:

շաղվում ա, գլուխը շվարում, ու հենց իմանում ա, թե մեկ ահագին սար վրեն փուլ էկավ: Էլ ո՛չ առաջն ա տեսնում, ո՛չ ետևը: Քարացած, փետացած՝ մնում ա տեղնուտեղը սառած, ցցված: Ինչպես երազում՝ մեկ հեռու, խոր տեղից մեկ խուլ դղրդոց անկաջդ ընկնի, ու հենց իմանաս, թե երկինք, արեգակ, լուսին, աստղեր իրարոցով դիպան, փշրեցին, փշրվեցին, կոտրեցին, կոտրվեցին ու գոգռալով, գոռգոռալով, պատռելով, պատռվելով վեր թափեցին, ու՝ անդո՛ւնդ, դժոխք, արքայություն, տարտարոս, հրեշտակք, դիվանք, սերովբեք, քերովբեք, Սադայել, Սադանայել, սասանած, սփրթնած՝ հրեղեն սրով, բոցեղեն թրով, ամպով, կայծակով թռթափում են, վեր ընկնում, որ աշխարհս վերջացնեն ու հետին դատաստանի տեղը պատրաստեն, որ Աթոռ աստվածությանը իջանի, բազմի ու անիրավ մարդիցը հեսաբ պահանջի, որ հենց իմանում ա, թե աշխարքն իրն ա, ինչ ուզենա, է՛ն պետք է անի,— էնպես ա ողորմելի անցավորի հոգին ու սիրտը խառնվում, երկրից երկինքը գնում, իր փախճանը տեսնում ու արյան քրտինքը երեսիցը՝ մեռա, ասելով, իր մեղքն հիշելով սրբում, երբ աչքի առաջին կամ Քանաքեռ ա բացվում, կամ Նորագեղի դուզը:

Մտնում ա ներս, աչքդ բարին տեսնի. ջավահիր, մարգարիտ, ոսկի էնքան ա, որ էլ հեսաբ չի՛ կա: Իշի բեռան մոխիրը դեն ա ածում մեր բախտավոր իշարածը ու խարարները պրտեպրունկ ջավահրով լցնում, դուս գալիս: Մի քիչ տեղ որ գնում ա, ձեռի փետը միտն ա ընկնում: Աչքը չկշտացած՝ էն փետի խաթեր ետ ա դառնում, հենց ուզում ա, որ դուս գա, էլ դուռը չի՛ կա: Նա էն տեղ ա իր սև օրը լաց ըլում ջավահրի միջումը, իշարածի խաթունը՝ տանը, չունքի անբան էշը ի՞նչ կիմանար, թե վրինը ջավահի՞ր ա, թե աղբ. տնքալով, որ տուն չէկավ, դռանը անկաջները կախ արած կանգնեց, ազիզ խանումի լեղին պատռեցավ, որ տեսավ, թե իր սիրելի մարդը չի՛ կա: Քիչ էլ մնացել, որ իր գրաստին էլ խեղդի, բիրդանբիր մեկ զատ պսպղաց: Էնպես իշին ուրիշ մարդ թագավորություն կտար, ամա մեր տանտիկինը չուներ: Իր օրումը մարդին էլ չէ՛ր էնպես մուրազով, կուշտ փորով պաչ արել, ինչպես մեր էշ աղային, ու նոխտիցը բռնեց, տուն հրավիրեց: Էշն էս սիրովը զարմացած լեզու էլավ ու, ինչ որ անց էր կացել, պատմեց: Աստված իշարածի դատաստանը քաղցր անի ու ամեն քրիստոնեի էնպես մեկ իշարածի ռաստ բերի:

Մեր գեղըցիք էս էլ են պատմում, թե էս տեղ էր, որ մեկ րիզուն, բազարիցը գալիս տեսան, որ իրանց Ապով պապը, որի լավությունը հազար բերան էսօր էլ պատմում ա, ետին շունչը հասած՝ վեր էր ընկել: Որդու հարսանքավորը տունը լցվել էին, որ հոր մեիդը ուսներին դրած բերում են: Հարսանիքը սուգ ա դառնում: Էնպես են ասում, թե դեղել են:

2

Էնպես մեկ սարսափելի գիշեր էր, որ Այովենց Հարությունը՝ Քանաքռու ազնվական անձանց մեկը, Ապրանքափոխիցը դուս էկավ, մտավ իրանց մենծ իգին, տեսավ կատեպանները (բաղմանչի) բոլոր քնած են, էլ դիմիշ չարավ, որ նրանց վեր կացնի, ինքը, քյահլան ձին տակին, ասեց՝ մեկ Գորգոչանը դիպչի յա բանդը գնա, տեսնի, թե ջուրն ընչի՞ չի՛ գալիս: Մութն էնպես էր զոռինն առել, որ մատդ կոխեիր մարդի աչքը, չէ՛ր իմանալ: Բայց բոլոր քարերն էլ, որ բերանները բաց անեին, նրան չէ՛ին կարող վախացնիլ, է՛ն աներկյուղ սիրտն ուներ մեր քաջ հայազգին: Թուրք ու հայ էսօր էլ կասեն, թե նրա ո՛չ սրտին, ո՛չ լեզվին սարն էլ չի՛ դիմանալ: Բաղերի գլխովը տվեց մեր սրտոտ իգիթն ու հասավ Գորգոչանի գլուխը. ջրի բաժանվելու տեղն էս էր: Տեսավ, որ էստեղ էլ ա ջուրը պակաս: Հենց Վերի եկեղեցու գլխովը պտտեց, որ մեկ բանդին հասնի, ջուրը կապի, աչքը որ ետևը չքցեց, մնաց տեղնուտեղը սառած: Չէ՛ր գիտում, թե ի՞նչ տեղ ա: Ուզում էր ետ դառնա, սիրտը չէ՛ր տալիս, ամոթ էր համարում իր գլխին. ձիուն էր զոռ անում, ձին անկաջները խլշացնում, փնչացնում էր, ետ փագում: Չորս կողմը բոլոր մութն ու խավարը կոխել էր, բայց եկեղեցու գլուխը արեգակի պես փայլում, ճաճանչում էր:

— Սո՛ւրբ Մարիամ Աստվածածին, քեզ եմ կանչել,— ասեց բարեպաշտ հայազգին, ձիուցը վեր էկավ, մեկ դրան տեղ կապեց, ու երեսին խաչակնքելով՝ մտավ գերեզմանատունը:— Աստված ձեր հոգին լուսավորի, ա՛յ արդար ննջեցյալք,— ասեց ու մտավ ժամի հայաթը:

Քանի Քանաքռու աստղը ծովել, հազար հարուստ տանիցը քառասուն տուն էին մնացել ու էն էլ աղքատ, ողորմելի, օրեն հացին կարոտ, էս սուրբ եկեղեցին էլ մնացել էր ամայի: Տարենը մի անգամ էին էնտեղ ժամ ասում, էն էլ սուրբ Աստվածածնի տոնին: Էստուր համար դուռ ու հայաթ բաց էր մնացել: Հենց մեկ քանի ծունր դրեց, էրեսին խաչ հանեց ու ուզում էր, որ սեղանն էլ համբուրի, գնա իր բանը, էնպես գիտես, թե թևիցը քաշեցին: Էնպես որ սառած, կանգնած մնաց ո՛չ, հանկարծ մեկ երեխի ձեն ընկավ անկաջովը: Կարծում էր, թե երազ ա տեսածը, յա միտքն ա իրան խաբում: Մի քիչ էլ որ անկաջ դրեց, մեկ ուրիշ ձեն էլ ընկավ անկաջը, ու պարզ լսում էր, որ մեկ երեխա՝ ձենը փորն ընկած, հեկեկում էր:

— Նա՛նի ջան, նա՛նի. ա՛խր մի աչքդ էլա բա՛ց, ա՛յ քո չարը տանիմ: Մեզ ո՞ւր բերիր էստեղ. էս մեռելները հո մեզ կուտեն. մեր ճարն ո՞վ կըլի, որ դու էլ քնում ես, աչքդ չե՛ս բաց անում: Վե՛ր կաց, զնա՛նք տուն, քանի՞ լաց ըլիս, քանի՞. մեր ափուն հո կորել չի՞, էլ եռ կգա, ի՞նչ էս էդքան սուգ անում: Մեզ թաղի՛ր, նա՛նի ջան, մեզ մորթի՛ր, ջուրն ածի՛ր. մեզ հարամին կգա, կտանի, մեզ ի՞նչ կանես էս չոլումը: Նա՛նի ջան, նա՛նի. էդ սիրուն երեսդ ղուրբան, ընչի՞ չես մեկ խոսք էլա ասում, ախր քո երեխեքը չե՞նք, ի՞նչ արինք, որ էդպես մեզանից նեղացար: Էլ քո սիրտը չե՛նք կոտրիլ, քո հոգուն մատաղ. թաք ըլի մեզ սիրես, մեզ պահես, մեզանից էլ չխռովիս:

Ա՜խ, էնպես շարհուրելի սհաթին ո՞ւմ անկաջն էս ձենն ընկնի, որ սիրտը չտրորվի, չխռովվի: Նազլուն էր, ա՜յ իմ սիրելի կարդացող, էս մերը, որ երեխեքը սուգ էին անում: Թե դու էլ սիրտ ունիս, չե՛ս ասիլ, թե շինովի ա էս պատմությունը:

Սե՛րը, սուրբ սե՛րը, որ բալասանի պես կենդանացնում ա մարդի սիրտը, ու թրի պես կտրատում, սե՛րը, ի՞նչ ասես, որ չանի: Ի՞նչ կրակ կարա անսեր սիրտը տաքացնիլ. ի՞նչ ջուր կարա սիրով վառված հոգին դինջացնիլ, հանգցնիլ: Սիրով վիրավորված սիրտը ո՛չ հողից կվախենա, ո՛չ գողից. ո՛չ ահ գիտե, ո՛չ վախ. ո՛չ սրից երեսը կդարձնի, ո՛չ ջրից: Քանի շատ ա սերը, էնքան քաղցր ա տանջանքը: Սերին ի՞նչ կդիմանա, որ մահից վախենա: Սիրելուցդ զրկված վախտը հողն էլ ա բերան առնում, քեզ ուտում, քարերն էլ են աչքումդ մզրախի պես ցցվում, քաշած շունչդ էլ ա քեզ կրակ դառնում, էրում, փչթոթում, քո մարմինը քեզ գերեզման դառնում, քո սիրտը՝ քեզ դժոխք, քո աչքը՝ քեզ արյան ծով, քո ձենը՝ քեզ ամպ ու որոտումն, մրրիկ, փոթորիկ, բաս Նազլուն կարո՞ղ էր առանց Աղասուն կենալ, ասած խոսքը, նրա հետ կապած ուխտը չկատարի՜լ: Ճշմարիտ սիրողի մեծ մուրազն հենց էն ա, որ իր սիրելու խաթեր մեռնի. Նազլվի սիրելին էր հողումը, է՛ն թագավոր տերը, է՛ն աշխարքի աչքի լիսը, բաս նա կարո՞ղ էր, առանց նրան, աչքը բաց ու խուփ անի՞լ կամ մեռած, զնաշած շունչը երկար քաշի՞լ: — Գլուխը դրել էր գերեզմանի վրա, երեխեքն առել դոշի տակը, լիսն էկել էր, չորս կողմը բռնել, բայց ողորմած երկինքը դեռ չէ՛ր կամեցել նրա սուրբ հոգին առնի, ընչանք էն անմեղ էրեխեքանցը մեկ տեր լիս կընկներ: Նա էլ հո գլխըներին կանգնած էր: Մեկ ա՜խից ավելի էլ ո՛չինչ չիմացավ էս էկողը: Երանի՜ էն գերեզմանին, որ էսպես կսիրեն: Երանի՜ էն հողին, որ երկու սիրելու մարմինը էսպես խառնակ, անարատ կտանի, կպահի, որ աստուծո առաջին պարզերես դուս գան, մեր երկիրն էլ, որ երկնքի քինն ա, մեր հոգին էլ, որ աստուծո սուրբ պատկերը:

Նազլուն էլ գնաց, Աղասին էլ, նրանց էրեխեքանց տերն էլ աստված հասցրեց, աստված կթողա՞, որ իր որդիքը կորչի՞ն: Մենք էլ մեկ օր կերթանք, մե՛նք էլ, ա՜յ իմ սիրելի հայրենակիցք. ասա՛, որ Աղասու գերեզմանն էսօր քո աչքիդ առաջին էլ ըլի, դու չե՞ս ա՜խ քաշիլ, ողորմի տալ ու մտքումդ ասիլ. «Ի՞նչ կըլեր, ես էլ քո ընկերների մեկն էի էլել, իմ Հայրենիքը սիրել, իմ ազգին լավություն արել, որ ինձ էլ էնպես սիրեին, իմ անունն էլ էնպես աշխարքի միջումը փայլեր»:

Գանձ ու հարստություն, պատիվ ու նշան, իշխանություն ու մեծություն մինչև գերեզմանի դրանն են մեզ հետ ընկեր և ո՛չ բարեկամ: Սառը պատանը երբ որ աչքդ փակեց, էդ հոգելից աչքին ղուրբան, ա՜յ իմ Հայկա ազնիվ զավակ, տխուր զանգակը երբ որ քեզ ժամը տարավ, քո պայծառ երեսը երբ որ մահվան դեղնությունն առավ, քո անոշ լեզուն երբ որ փետացավ, սիրուն արևդ երբ որ մեր մտավ, գագաղդ՝ գերեզմանը, մարմինդ՝ հողը, հոգիդ երկինքը գնացին, դինջացան, էն սգավորքն էլ կդինջանան, որ քո խաթեր իրանց սպանում էին, ու նրանք էլ որ մեռնին, խունկն ու մոմն էլ վրիցդ կպակսի, ժամ-պատարագն էլ: Կարելի ա, որ էն քո վրա անսիրտ, անջիգյար ման էկողների, խնդացողների շատը նրանք են, որ հացդ ուտելիս, բարությունդ վայելելիս քո սաղ փախտը ուզում էին ոտդ համբուրեն: Աշխարքն էնպես ա: Քո գո՛րծքը, քո գո՛րծքը միայն քո անունը կպահեն: Հայրենասիրությունը միայն քո հիշատակը կտոնի, ազգասիրությունը՝ քո արածը կենդանի կպահի, քեզ սրբի տեղ պաշտիլ կտա: Հայրենյաց հողը քո անգին ոսկերքը, քո սուրբ գերեզմանը ամեն անց կենողի առաջին կկանգնացնի ու մատով ցույց կտա.

— Թե ուզում ես քեզ էլ էնպես սիրեն, զգվեն, դու էլ ինձ սիրի, ինձ պայծառացրու՝ ի՛մ սիրելի որդյակ:

Աղասու սուգն արինք, պրծանք. ա՜խ, նրա պես հայազգի հիշատակը, նրա պես աննման հսկայի պատմությունը ե՞ս չպետք է գրեի: Երանի՜ էն սհաթին, որ մեկ ազնիվ հայի ծնունդ իմ անպիտան լեզվի վրա բարկանա, իմ անպիտան գրությունը դեն քցի ու ինքը նորեն էնպես գրի մեր քաջ հայերի պատմությունը, որ լսող-կարդացող փառվի, բորբոքի, զարմանա, հիանա ու էն գրողի ղալամն ու գիրքը, ինչպես Պետրարքինը, մասունքի տեղ պաշտի, ծոցումը պահի: Սերն էր, որ ինձ համարձակություն տվեց, որ գրեցի, թո՛ղ կարդացողը պակասությունս երեսովս չտա:

Գնա՛նք մեկ Զանգվի դրանն էլ, մեկ մեր սուրբ Զանգին էլ տեսնի՛նք, մեկ նրա ձորն էլ օրով տեսնի՛նք, չունքի գիշեր էր, որ վրովն անց կացանք, գիշերվան տեսածն ու ցերեկվանը մեկ չի՛ ըլիլ. մեկ էլ մեր սուրբ Հայրենյաց հողը մտնինք, հետո ձեռ-ձեռի տա՛նք, սիրտ-սրտի, իրար գրկե՛նք, դոշ-դոշի տա՛նք, ու որ արտասունքը մեր աչքը կալնի, ցավն ու կսկիծը մեր բերանը փակի, սար ու ձոր մեր ձենը խլեն, ու թե մեկսումեկս երկնքումն ըլի, մյուսը՝ գետնքումը, ո՛ր լուսնի տակին որ կանգնի, ո՛ր աստղին որ նայի, ո՛ր ծովի դրաղին նստի, ո՛ր սարի գլխով անց կենա, աչքը երկինք ցցի, ձենը՝ փոքր, ու առաջին ա՛խը, առաջին կարթը, որ թափի կամ բերնիցը դուս գա, է՛ն ըլի, որ ասի.

— Բա՛րեկամ, բա՛րեկամ, դու գնացիր, ես մնացի. սաստ խոսքդ գետինը չի՛ քցեցի, Հայրենյաց սերը միշտ սրտումս ունիմ, Հայրենյաց ուղուրին կյանքս եռ եմ դրել: Չի՛ դարդ անես, չի՛ ցավիս, ինձ հիշես, կարողություն խնդրես:

3

Զանգի՛, Զանգի՛, գեղեցիկդ իմ Զանգի՛: Քո երկնանման երեսը տեսնելիս, քո տխուր ձենը լսելիս, քո սուրբ ջուրը բերան առնելիս, քո ծաղկազարդ ձորերի միջումն, քո զորավոր ափների դրաղին, քո սիպտակ, լուսաթաթախ փրփրի տակին, քո պարկեշտ Մամբրու ափին, քո խնկահոտ ծառերի տակին, քո անմահական ծաղկների միջին, քո էդ տրտում, դառնավարան լացի, բոթի, ազի ձենն առնելիս, քո սիրուն աչքերի աղի արտասունքը տեսնելիս բաս ի՞նչ կըլեր, որ քո բախտավոր, վաղուց հեռացած, մեր գլխիցը պակսած մեծազն, քաջազոր, աշխարհասասան, անհաղթելի, անպարտելի իշխանաց, աշխարհակալուց թագավորաց, մեծազոր, քաջաբազուկ հսկայից, տարաբախտ, վատաբախտ, թշվառացյալ, գերեվարյալ, տատանյալ, տարտամյալ, զուրկ, թափուր, սրախողխող, քարակոծկոծ, հայրենամերկ, կենսակորույս, տնանկ, սգավոր, աղքատ, չքավոր որդիքը ու թոռունքը մեկ միտք անեին, գլխներին փա՛յ տային, իրանց սև օրը լաց ըլեին, թե ո՞վ քեզ առաջ՝ ուրախ ձայնիվ, բարձրադիր ճակատով, երկնանման պատկերով, արծվահայաց աչոք, հսկայական դիմոք, քաղցրամոք ժպտիվ ողջույն տվեց, քո համն առավ, քո լեզուդ ծծեց, քո ջուրը խմեց, քո ծաղկըներիցը խնդալով, գնծալով հոտ քաշեց, որ քաղցրահամ պտղըները պտորժանոք ճաշակեց, քո հով, զովարար դրաղին էկավ, բազմեց, քո սուրբ, անարատ գիրկը համբուրեց, քո անուշահոտ փարդը, քո պարկեշտ մանիշակը ողջագուրելով, խանդաղատելով քաղեց, ծոցը դրեց, ու պերճ դիմոք, վսեմ ծանրությամբ իր քաջ բազուկը վրեդ մեկնելով, տարածելով ու՝ իշխանական զորությամբ, խորհրդածու ուշիմությամբ էդ սուրբ ափներին, էդ ազնիվ ձորերին, էդ աննդրվելի քարափներին սուր նայելով, էդ անահ, քաջ սրտին, էդ փրփրուն, ամեհի, սարսափելի ալյացդ երկա՛ր հիացյալ, ապշյալ մնալով՝ խրոխտ ձայնիվ, հզոր շրթամբք, վճռահատ, ազդու բարբառով, երկնալից բերանով, քերովբեական լեզվով գոչյաց.

— Հրազդա՛ն[6], դո՛ւ ես իմ այսուհետև նազելի՛ բնակարան:

Այս քա՛ջ բազուկ, այս լայնալի՛ճ աղեղն, այս նետ երեքթևեա՛ն, այս կուրծ քաջակո՛ւռ, ամո՛ւր, այս աշխարհասասա՛ն, անընկճելի՛, անպանելի՛ հսկայից սիրագումա՛ր դասք, քե՛զ լիցին յայսմհետէ պահապա՛ն, պաշտպա՛ն՝ սխրալի՛դ իմ Հրազդան: Ցնծա՛, զուարճացի՛ր, բերկրեա՛ց, փարթամացի՛ր, հրճուեա՛ց, զուարթացի՛ր, գեղեցի՛կդ իմ Հրազդան: Թո՛ղ ծոց քո ցնծալից, թո՛ղ դաշտ քո զուարճալից ուռճացի՛ն, ծաղկացի՛ն. ընձխղեսցե՛ն, բողբոջեսցե՛ն պտուղս հազարաւորս, սերմանիս բիւրաւորս՝ ի կերակուր իմ սերընդոց, ի ցնծութիւն իմ զաւակաց, ի վայելչութիւն իմ ազանց դիւցազանց: Իմ տո՛հմք ժառանգեսցե՛ն յայսմհետէ զայս դաշտ երկնատիպ, իմ շառաւի՛ղք եղիցի՛ն քեզ թշնամայա՛ղթ խնդակիցք: Այս լեռի՛նք երկնամբարձք եղիցի՛ն իմ պատուարք մշտահաստատք. այս դաշտավա՛յր չքնաղաղէ՛մ՝ իմ քաղցր օթևան: Քո ձո՛ր ծաղկածին՝ իմ նազելի զբօսարա՛ն: Իմ անուն կնքեսցէ՛, դրոշմեսցէ՛ զայս մաքուր, վայելչագեղ սահման, զի ո՛չ գոյ երբէք ի բոլոր ուղիս, յերկարատև չուս իմ բացական՝ սմա հանգունատիպ տեղի յարանման, սա՛ կոչեսցի՛ այժմ և յայսմհետէ, մինչև ցօրն յաւիտենակա՛ն՝ Հայաստա՛ն...

Զանգի՛, Զանգի՛, անողոքելի՛ իմ Զանգի՛. սի՛րտ իմ մորմոքի, աղի՛ք իմ գալարին, ոսկե՛րք իմ քստմնին, ո՛ւշ իմ աղմկի, հոգի՛ իմ բորբոքի. տուայտի՛մ ի ցաւս, վարանի՛մ ի ծուփս, հառաչե՛մ լալով, հայցե՛մ ողբալով. ա՛ռ զիմ արտասուս, տո՛ւր ինձ սփոփ, յոյս:
— Քանի՜ցս, քանի՜ցս կանգնեալ ի վերայ ահեղատեսիլ քարաժայռից քոց, խայտալով ի ծաղկանկար, երփներանգ ծոց քո հրաշագեղ, մինչ տղայն էի, խնդայի, խաղայի, ցնծայի՝ զմայլեալ, ապշեալ, մերթ ևս զարհուրեալ, սասանեալ յահեղ-գեղեցիկ դէմս քո զայրագին, ահիւ, սարսափմամբ, կամ ի գիրկս ծնողաց վազէի, կամ խնդութեամբ, ցնծութեամբ յալիս քո կայտռէի,— այժմ թանձր հառաչք և թախիծք հոգետանջք՝ կուտակեալք ի մրրկայոյզ, վարանեալ սրտէս, առ քե՛զ համբառնան, առ քե՛զ գոչեն, ի քե՛զ մեռանին, ի քե՛զ կարկամին:

Զանգի՛, Երա՛սխ, Հրազդա՛ն, Արա՛զ. կաթնահա՛մ ստինք մօր իմոյ սիրելւոյ և զորովագութ ծնողի՝ Մեծին Հայաստանի: Ո՞ւր ձեր տիեզերատօն անո՛ւն, ո՞ւր այն ոսկեղէն դա՛րք, ո՞ւր դիւցազանց բո՛յլք. ո՞ւր հսկայից կաճա՛ռք, ո՞ւր աթոռանի՛ստք, ո՞ւր քաղաքք, ամբարտա՛կք, ուր բրգունք, ապարանք, կրկէսք երկնահրոսք, տաճարք

6 Զանգի: <Հրազդան է անուն Զանգի գետոյն>:

պանծալի՛ք, շէնք զուարճալիք՝ որք զձեօքն պնդագոյն զօդիւ, հզօր ձեռամբք, ամուր բազկօք, քնքուշ սրտիւ, խանդակաթ սիրով, զորովաժպիտ դիմօք պաշարեալ, պատեալ՝ խանդաղատէի՛նն, փարէի՛նն, ողջագուրէի՛նն, փաղաքշէի՛նն և զիրկս արկեալ զանուշահամ, երկնատի՛պ ձեռովք լանջօք՝ համբուրէի՛նն զնոսա ի համբոյր սրբութեան, ի նշան սիրո՛յ մշտական, ի ջերմեռանդն ուխտ մտերմութեան, հարազատութեան:

Զանգի՛ իմ, Երա՛սխ, Մասի՛ս, Ալագեա՛զ.
Դեռ կանգնիք անմռո՛ւնչ,
Դեռ հայիք անշշո՛ւնջ:
Գնայք միամի՛տ, հոսէք ի մեր հովի՛տ,
Սպառնա՛յք ամպո՛ց, խիզախէք ձորո՛ց,
Վարսագեղ ալեօ՛ք, կատաղի դիմօ՛ք,
Ոմն ձիւնափա՛յլ, ոմն արծաթափա՛յլ,
Ոմն ի փողփողիւն, ոմն ի փրփրիւն,
Ոմն վանէ զերկին, ոմն ճնշէ զգետին,
Ոմն ի ձիւնեայ պսակ, ոմն ի ծաղկանց թագ՝
Ցարշալույսին տես, լուսնին ի պայծառ, հեզ՝
Ողջունէք միմեա՛նց, համբոյր տայք շրթանց
Ձեր սուրբ ստորոտաց՝ խնկածին դաշտաց
Հայկազա՛նց վայրեաց, սուրբ անդաստանաց:
Երկիր՝ աւերա՛կ. դաշտք մեր՝ անբնա՛կ,
Անսի՛րտք, անողո՛րմք՝ հի՞մ եղէք վկայք
Կորստեան ազգի՛, աւերման դաշտի՛
Չքնա՛ղ քաղաքաց, հզօ՛ր իշխանաց,
Որոց զարմ և ճիռ ի ձեռս թշնամեաց,
Ի բանտ, դառն յոճիր, անօրէն ազգաց
Զոհ եղէն ի սուր, մտին ի բոց, հուր,
Թողին զմեզ ի սուգ, յարեան արտասուք,
Վտարիլ յայլ աշխարհ, զսուրբ Հայրենեաց վայր,

Սգալ, ողբերգել, կոծել, հեծեծել
Ի հեռուստ աչօք՝ արտասուօք մաշեալ,
Աղէկէզ սրտիւ, կարօտով մեռեալ:
Զանգի՛, Զանգի՛, քա՛ղցր իմ Զանգի՛.
Ի քոյդ հայեցեալ անյողդողդ ճակա՛տ,
Վառէինն ի զէնս հսկայք քաջամարտ.
Հայկազեան տոհմի ընտիր պատանեակք
Զքո ալիս տեսեալ ահեղ-աղուորակ,
Մղէին ի մարտ, վանել քաջայաղթ,
Զինակո՛ւռ բազկաւ, տիգօք, ասպարաւ,
Աղեղա՛մբք վառեալք, զրահի՛ւք զարդարեալք՝
ԶԲելայն գունդ ահեղ սրոյ մատնեալ ի զոհ.
Ելին յասպարէզ, թշնամեաց եռուն զրոհ.
Ոսկեթել վարսիւք, դաբնեայ պսակօք,
Պսակեալ զիւրեանց զլուխ անվախճան փառօք,
Ճեմեալ յերկնից խումբս՝ զվերինն վայելեն
Զկեանս անտրտում, յերկրի կանգնելով
Զանմահից անուն գրաւեալ անձանց՝
Ի դարըս անանց, անհոլով ամաց:

Զանգի՛, Զանգի՛, հրաշագե՛ղդ իմ Զանգի.
Դու զքոյդ սուրբ նախանձ տակաւին տածես,
Դու ահե՛ղ թնդմամբ տակաւին հերքես,
Դղրդաս յարձակմամբ, մեծաձայն գոչես.
«Ելէ՛ք, Հայկազեան սերո՛ւնդք քաջազունք,
Առէ՛ք զէն, զասպա՛ր՝ զաւա՛կք բարեսնո՛ւնդք,
Հարէ՛ք, փշրեցէ՛ք զթշնամեաց ձեր գունդ,
Տո՛ւք հոգի հոգւոյ, թիկն ընդ թիկուն,
Զախջախեսցի՛ թող զազա՛նն նկուն.
Ռուսիա՛ հզօ՛ր բազուկ եղիցի՛ ձեզ նիզն,
Նմա՛ զոհ լինիլ լիցի՛ ձեր միշտ ճիգն:
Վօլգա՛յ՝ իմ մեծ քեռ, ես՛ւ իմ քոյր Երասխ
Համբո՛յր մատուսցուք ի Կասպեան կոհակ:

Նա զի՛ւր բարութիւն, ես զի՛մ խեռութիւն
Ի մի մեր մօր ծոց ընդ միմեանս խառնեսցուք:
Ես զի՛մ Սևանայ օրհնութեան մաղթանս,
Ես զի՛մ սուրբ Մասսայ ողջո՛ւն հայրական

Տարա՛յց, մատուցից սիրելւոյն իմ քեռ,
Բերի՛ց ձեզ զողջոյն նորա աւետաբեր:
Ո՛չ ես խղճալի օրհորդս էի պարտ,
Զի չար թշնամին եմուտ ի մեր դաշտ,
Այլ քոյրս զառամեալ՝ հին աւուրցն Արագ,
Թո՛յլ ետ նոցա գալ՝ բռնի, ինքնահաս:
Տեսեա՛լ զծերունի սկեսրայր իմ Մասիս՝
Ծածկեմ զիմ գլուխ, փակեմ զիմ երես,
Զի մի՛ ալևորն արու, ձիւնահեր,
Յալիս հասակի լիցի՛ դառնացեր:
Թէ քոյր իմ Երասխ անհաշտ բնութեամբ
Ո՛չ տայ խղճալւոյն հանգիստ և դադար.
Ճեղքէ, պատառէ զոտս նորա ցայտմամբ,
Ե՛ս պարտիմ զայս վէրս փարատել իսպառ:
Իմ չե՛ն բայց այդ շնորհք, զի դաշտք, անդաստանք
Ետուն զիս կոչել՝ Զանգի ոսկեհանք[7],
Այլ սուրբ Սևանայ, հօր Լուսաւորչի՝
Որոյ արդար նշխարք աստ իմ առաջի
Կան և պահպանեն, օրհնեն, խնամեն
Զիմ անզօր ձեռաց զարդիւնս, որք աստ են:

Բացէ՛ք զճակատ ձեր, ցնծացէ՛ք յամայր,
Իմ քաղցր Վօլգայ քոյր հոգայ միշտ զձեր ճար:
Ես զի՛մ մտերմութիւն ցուցից նմա համակ,
Նա զի՛ւր քաղցրութիւն տացէ՛ ձեզ, ո՛րդեակք:

7 Զանգի պարսկերէն նշանակէ՝ հարուստ, ճոխ:

Այս կա՛պ անխզուն, այս սէ՛ր սրբազան
Մնացէ՛ ի մէջ մեր ի կեանս յաւիտեան:
Դո՛ւք զօրացարո՛ւք, որդի՛ք Արամեան,
Եղբարո՛ւք ընդ միմեանս սիրով միաբան.
Սէր, խաղաղութիւն պահեն զամենայն
Զազգս և զազինս ի բարօրութեան։

www.ingramcontent.com/pod-product-compliance
Lightning Source LLC
Chambersburg PA
CBHW031309170626
46807CB00001B/342
* 9 7 8 1 9 0 9 6 6 9 4 7 5 *